主　编　付用现

参编者　李承辉　陈荣香
　　　　何　霞　贺与诤

传奇 129

不一般的精彩人生

付用现　主编

上海文艺出版社

图书在版编目（CIP）数据

传奇 129：不一般的精彩人生 / 付用现主编. — 上海：上海文艺出版社，2023
ISBN 978-7-5321-8324-1

Ⅰ. ①传… Ⅱ. ①付… Ⅲ. ①散文集—中国—当代 Ⅳ. ① I267

中国版本图书馆 CIP 数据核字（2023）第 018686 号

责任编辑　毛静彦
特约编辑　长　岛
封面设计　马海云

传奇 129：不一般的精彩人生
付用现　主编
上海世纪出版集团
上海文艺出版社 出版
200020 上海绍兴路 74 号
上海文艺出版社发行中心发行
200020 上海绍兴路 50 号 www.ewen.co
苏州市越洋印刷有限公司印刷
开本 787×1092　1/16　印张 28.5　插页 2　字数 418,000
2023 年 2 月第 1 版　2023 年 2 月第 1 次印刷
ISBN 978-7-5321-8324-1 / I·6828　定价：98.00 元

告读者　如发现本书有质量问题请与印刷厂质量科联系
T：0512-68180638

序：每个人的"传奇129"

　　健康的身体、成功的事业似乎成了现代人生赢家的标配，但真正能够二者兼得的人却很少。许多事业上取得成功的人往往因过度投入而透支了健康，甚至遗憾地倒在事业辉煌的前夜。呕心沥血创下的产业因为创始人的健康而发生质的改变。在当下全人类平均寿命日益提高的状况下，随着经济的发展，关注健康生活成为生命的重要部分。中国再生医学国际有限公司正是从健康生活的基础工作做起，旨在打造出一批优秀的健康管理团队，帮助人们在追求成功事业的道路上，享受专业的健康指导并辅以必要的最新现代医疗科学技术，实现生活与事业的良性搭配，优雅享受人生的一百二十九岁。这尽管只是一种理想化的生活想象，但也许在不久的将来，人们就真地能够享受到这种理想的生活。

一、"传奇129"的缘起

　　"传奇129"作为一种健康生活的美好凤愿，是针对当下人们追求事业成功与渴望健康生活之间的矛盾而预设的一种美好愿望。从古到今，所有的人都渴望活得越久越好。古代的帝王、方士等曾有过寻找长生不老药以求长寿的做法，但从没有人成功过。古语说，人生七十古来稀。的确，在人类发展的漫长过程中，由于营养、医疗以及战争等各种外在的客观原因，人类的平均寿命相对较低，青壮年的死亡率相对较高，大多数人都难以活到七十岁。根据我国统计的数字，新中国成立初期国民的平均寿命约是三十岁。在建国后，随着社会经济的飞速发展，我国医疗水平的提升大大改善了人们的健康生活。据最新的统计数据，至2021年我国国民的平均寿命已超过七十七岁，比建国以前翻了一番还多。这也充分说明人的寿命与社会经济发展有着重要的正相关关系。所以，现在全国各地到处都有百岁老人在享受天伦之乐，这是古代社会时期所难以想象的事情。

中国再生医学国际有限公司立足于当今社会快节奏生活造成的人类亚健康的实际情况，以改善生活方式、改变生命品质为导向，提出了"让每一个生命优雅地活过一百二十九岁"这一健康愿景，是希望所有的人都能过上幸福安康的生活，优雅地享受各自的人生，最后能够活过一百二十九岁。这种理想化的表达，是作为对于健康生活的形象化描述，是对现代医学技术提升的追求。按照现代生命科学研究，人类作为哺乳动物的自然寿命应为一百至一百七十五岁，这一研究科学地阐释了人类生命的自然法则。当然随着现代生物医学科学的高速发展，有些比较乐观的科学家甚至认为人类可以在现代医学技术的帮助下，通过器官的移植而实现生命的永久。但不管未来人类寿命能够达到什么样的极限，现代文明的进程已经大大地提高了人类的平均预期寿命。世界上许多发达国家的平均寿命已超过八十五岁，这就是最好的证明。现代抗衰老医学的研究发现，人们可以通过预防干预手段阻止甚至逆转人体机能的衰老，可以大大延长人类的寿命。

《传奇129》是记录建国后一批在时代潮流中白手起家的创业者的真实故事，他们不仅走在同时代创业者的前列，也走在了民营企业主健康管理的前列，做到对自己负责、对家庭负责、对企业负责。"传奇129"不仅仅是作为一种生命的理想追求，更可以作为我们真正追求健康生活与成功事业的现实愿望。

二、我的"传奇129"

作为以关注健康生活为企业目标的中再生，我们对"传奇129"健康理念的提出，是建立在对当今现代医学科学发展的美好愿景的充分认识上。在这个过程中，我们与许多事业有成的企业家结为朋友，而我本人对于这份"传奇129"人生理想生活的追求，正是基于我所从事的对这份健康行业的充分了解的基础上，经过深思熟虑之后所提出的。我对这份事业的坚持，可以从我个人成长的经历中总结探索出一些规律性的价值与大家共勉。

我与本书中的各位企业家在追求事业成功的道路上，有着许多相似的经历。

作为 20 世纪 80 年代出生的一代人，骨子里都有一种不服输的劲头。我的家乡是江苏溧水的一个小山村，父母在当地一家生产塑料袋制品的工厂上班。父亲具有较好的文化功底，他从一名普通工人一直做到了经营厂长，他的成功对我的成长影响较大。从小学到初中，因为性格上活泼好动，学校的光荣榜与批评榜始终都有我的名字，班主任老师对我们也是既爱与恨。对此比较叛逆的我有时也会做出出格的事情，记得曾有一次就因鼓动班里的同学一起逃课，遭到了班主任范老师的一顿暴打。当时他一边打，一边流泪，恨铁不成钢。但那个时候，我并不能理解老师的良苦用心。今天想来，仍然对他心存感激，是他的严格教育才有了我后来的成功。

1994 年夏天初中毕业，按照当时的学习成绩，我有两种选择，一是可以升入高中继续学习，以后参加高考，但是会有一个不能确定的未来。另一种情况就是考入中专学校，学完四年，就可以有一个包分配的工作。按照当时的情况，很多农村家庭的孩子都会选择这个有铁饭碗的中专。最后按照家人的意见，我选择了苏州铁路机械学校。这个中专学校是当时铁道部的重点学校，在我们溧水只有两个名额，其中就有我。我当时的中考分数比上县重点高中的分数还高，但因时而定，我还是选择了读中专。这当然也是我的遗憾，因为从此我失去了读大学的机会。但当时"包分配"，又可以转入城市户口，是人们所无法抗拒的诱惑。

在苏州四年的中专学习，是我人生成长的重要历练期，为我以后从事的这份事业打下重要的基础，尤其是在团队协作中宏观把控、勇于担当等方面给予了充分的锻炼机会。当时一入学校，我就因升学时的高分，而被全票选为班级团支部书记，又接着被选进校团委担任组织委员。这让我在团队管理、营销策划上打下了坚实的基础。这两个职位很好地锻炼了我。我当时虽然上的是中专学校，但与大学教育基本上也没有差别。在我读中专期间有两件重要的事情对我后来事业发展产生了极其重要的影响。一件是对于见义勇为的理解。当年有一次，我们班级到苏州的天平山做校外活动。中午在休息时，因天气炎热，有几位同学就到山脚下的湖里游泳。那时，大家基本上没有太多的安全意识，许多农村出来的孩子都有野游的经历，自然也不觉得有什么危险。在湖里游得好的同学就比赛，向湖对岸游。但由于湖水太凉，游到中间时，有两个同学因为腿抽筋而出现危险，我和班长等几个同学当时又着急又害怕，但也没有考虑危险便奋力向他们游去，岸边的几位社会群众也纷纷找来木棒、绳索投掷到湖里，最后经过多方的努力终于把他们俩救上了岸。这个事情在当时被当地媒体知道后，他们写了新闻登载到报上，盛赞同学之间危难之时伸出援手，显示了高尚的见义勇为精神。但对于学校而言，这却不是什么光荣的事，因为这个事件的背后潜隐着重大的安全隐患。所以学校虽没有给予我们处分，但让班主任好好地教训了我们一顿。这个见义勇为事件对我以后做事产生了重要的影响，那就是很多事情在做之前对自己要有一个审慎的评估，把事情可能出现的各种后果都要尽可能地考虑到。当然对于这种生死救亡之事，即使再来一次，我也还会去救。这也是我成长过程中在课堂之外上过的重要一课，它对于我人生观的价值塑造有着重要的影响。

还有一件事情就是为班级争取荣誉而作检讨。这个事情发生在三年级时的全校运动会上，当时同学们的班级荣誉感很强。我们班在参加 4×100 米接力赛时，与另外一个毕业班之间出现了分歧。从当时的实际情况来说，我们班应该是冠军。但当时学校出于各种考虑，最后却把冠军给了那个即将毕业的班级，这对于年轻气盛的我们来说难以接受。我作为班干部，便向学校据理力争。但学校希望我们各退一步，最后协调为冠军的荣誉归毕业班，冠军的奖金给我们班。而对于当时只想要一个公平的我来说，无法接受这种和稀泥的结果。最后，为了我们的班级荣誉，在运动会闭幕式上我与全班同学一起退场，以表达我们抗议的心声，但这一行为却给学校造成了比较恶劣的影响。这本是一个性质极其严重的违纪错误，但学校考虑到我们的出发点是为了集体的荣誉，并没有作出严厉的惩罚，只是让我作为班干部代表班级在全校升国旗仪式时作一次检讨。而我在检讨时，也把这个事件向全校师生作了一个交代，为我们班级洗脱了不好的名声，显示出了我们的班级凝聚力。对此我事后反省，确实当时带领全班同学退场的行为是一时的冲动，对学校管理产生了负面影响。但年轻人如果没有血性的阳刚之气，是不可能做成大事的。后来在做企业管理时，我也深刻地感受到一个公平合理的机制的重要性，面对不公平的事情，必须要有人站出来去抗争，否则大家可能就会被所谓的权威所吓倒。

四年的中专学习结束后，我于 1998 年夏天被分配到常州火车站，当时我们班只有我一个人被分配到常州，这对我的打击很大，主要是心理上难以接受这种结果。再加年轻气盛，满怀激情，梦想着参加工作后可以施展个人志向抱负，而现在却一下被分配到这样一个小机房内，每天上班的任务就是安排提醒火车司机按时上车下车，心理落差极大。当时我与一个五十多岁的师傅一起上班，他最大的乐趣就是每天上夜班的时候，从家里拎两瓶烧菜的黄酒，让我搞点排骨，烧点豆芽，与他一起喝点小酒，乐滋滋地与我轮换着上夜班。从他的生活中，我感受到了自己的未来，每天这样循环往复的生活，平淡且缺乏激情，也没有进取的方向，失望却又无可奈何，这样的生活，肯定不是我想要的未来。改变来自一次偶然的行车事故，它直接把我推到了人生选择的十字路口。当时因为整天与师傅喝酒聊天睡懒觉，对程式化的工作已经失去新鲜感，以至于有一次喝得太多，错过了安排车次的时间，造成了当天的列车跨局晚点四小时。尽管没有造成人员伤亡，但也属于重大行车事故，以至于整个路局一条线的所有员工都被扣发了奖金，给我的惩处是待岗与下岗两个选择。对于一直不能满足现状的我而言，这无疑是一次改变命运的机遇。所以我毫不犹豫地选择了下岗，此事对于十分注重铁饭碗的父母那一代人来说，无疑是无法接受的。尤其是父亲，他差点跟我断绝父子关系。但对于立意闯荡社会的我来说，我还是选择了抛弃所谓的铁饭碗，带着未知的希望走进了现代职场。这个决定我至今也不后悔，甚至庆幸自己当时能够有这样一股闯劲，勇敢地迈出了人生职场的第一步。

2001 年中国已经加入了世界贸易组织，更多机会摆在了我的面前，但从哪里入手、做什么，对于我来说，没有任何目标。所以在职场里经历了几年的摔打后，我走上一条与人的健康生活相关的职业之路，并积累了一定的销售经验，创建了自己的团队。创业之路的艰辛，每个人都有不同的经历，但克服战胜困难，并最终取得成功，却都有相似的经验。我也曾经历过身上只有两元钱去乘公交车的困境，也曾遭遇过一个月也卖不出一张卡的困事，也曾有冒着炎热的酷暑在苏北的几个城市里用脚板丈量街道跑业务的经历，也曾遇到过一位中国医科大学的女学生帮我销卡的幸运。总之，几年职场的历练成就了我后来的事业，也积累了丰富的团队管理经验，锻炼了我的组织管理才能。

记得当时刚进入第一家公司时，我充满激情，每天坚持穿职业装，西装领带，认真地对待每一个客户。但随着对公司了解的深入，我逐渐发现公司存在着中层都在忙于个人圈子、员工缺乏敬业精神、个人的成长空间受到无端打压等诸多弊端，便有了离开的打算。但在内心深处又觉得我既然是这个公司的一员，如果在离开之前不把我看到的问题讲出来，又与我的个人价值观不符。于是在一次有董事长参加的公司员工大会上，我就把自己看到的问题毫不保留地讲了出来，然后就等着离开。因为大家都知道公司的李董事长是一个非常独断专行的人，杀伐决断，雷厉风行。我的这番批评一定会惹怒他，肯定会将我辞退。但没有想到的是，他在会后专门约我到上岛咖啡坐下来进行了细致的交流与沟通，最后不但没有辞退我，反而决定让我去当时最难做的扬州市场以检验我的能力。本来就抱定离开决心的我，为了证明我自己，便答应去扬州市场。去扬州后，我连续三个月都以超出公司目标三倍的市场配额完成了任务。李董事长在对我的能力认可的同时，也显示了他敢于突破规矩的管理才能，半年后就提拔我做市场总监，再半年后又提拔我为苏南分公司总经理。这次的职场经历，让我形成了自己带团队的管理模式，被公司称为铁腕管理。从这些年的职场经历中，我也深深地认识到无论是对自己的团队成员，还是对客户，只要以诚相待，信用为先，说到做到，就没有过不了的坎。

几年的职场经历既锻炼了我的团队管理能力，也让我熟悉了行业的竞争规则，更重要的是积累了重要的社会人脉资源，我所经手的客户大多都成为了我的朋友，这正是我以诚待人的原则所带来的良性循环结果。因此，后来的创业之路也走得很顺，现在所从事的再生医学行业，虽然具有跨行业的特征，但我一如既往地以我的从业经验来做团队管理，专业的事让专业的人来做。我依托这些职场得来的宝贵经验，针对当下人们对于健康生活的追求提出了"传奇129"这个目标，放在未来健康管理的理念中，它应该具有着深远的价值与意义，它在为我们的客户朋友带来全新的健康生活理念时，也必将为我们的事业创造辉煌的未来。

三、寄语"传奇129"

回顾我的从业经历，我提出的"传奇129"这个健康生活的理念，实际上也是我个人生活经历的现实反馈。自从从体制单位中走出来，我就是奔着做一番事业去的，但对身体健康的关注，是我从事化妆品、保健品等行业开始的。我创业时尽管主要从事商贸企业，但后来进入医疗领域，创建星空，从事再生医学，组建医疗团队，制定行业标准，为中国人的健康管理保驾护航，这都与我个人价值理念有关。我在走进职场的第一天就坚守我的文化信念、价值底线，真正做到知行合一，追求事业的成功一定不能以牺牲健康的生活为代价。所以今天对于"传奇129"的未来，我充满信心，也坚定相信，大家会越来越多地认同这种健康生活的理念，会接受现代医学对个人健康的科学化管理，以享受生命带给人类的无限想象。

在我们的星空公司从事健康生活管理团队的所有成员，对于这份事业的坚守已经成为我们的精神追求，渗透在我们企业文化的肌理血脉之中。下面是他们对于"传奇129"的感受与寄语，列举给大家，共同感受这份事业的美好。

裴钊（业务中心事业部副总）

我从我父亲的生病经历中深刻了解到健康管理的重要意义。西方的医疗从早期的临床治病到现在提倡预防是一个逐步演进的过程，中国医疗在逐步发展中，越来越多地关注疾病前、中、后的健康管理，显示了现代医学文明的进步。"传奇129"通过许多既注重创业又关注健康的企业家的案例故事，很好地诠释了生命的价值意义，对于当下的年轻人、尤其是90后的成长有着重要的传承和启发。

钟为为（业务中心事业部副总）

对于在健康管理这个行业里从业十几年的我来说，从事这个行业，对于自己的提升、对于家庭的帮助都是非常好的。如今作为具有预防功能的健康管理行业越来越受到人们的关注，并非偶然。"传奇129"的理念，与古代"上医治未病"是相通的。书中的企业家的励志故事是感人的，他们的健康生活也是我们所希望的。

郑艳（采购部总监）

随着人民生活水平的提升，人们对自身健康的关注度日益提高，对健康服务的需求日益增多。随着社会竞争压力的增大，每个人多多少少都会有一些亚健康的状态，基于健康与病态之间，这个时候我们需要有一个专业的组织介入干预，调整，针对生理、心理、情绪、膳食、健康评估、运动、生活习惯等方面做出综合管理，提高全民健康体质，减轻就医压力。"传奇129"中的这些企业家，用微薄之力创行业标杆，打百年基业，从完成个人梦想到实现社会使命，必将会成为社会的中流砥柱。

刘思含（业务中心事业部副总）

我从事健康管理这个行业已经有十二年的时间。我认为健康管理是一个全方位的系统工程，首要责任人应该是自己，只有自己对生命有所敬畏，对自己生命足够负责，健康管理的效果才会达到最好。"传奇129"中的企业家是我们的榜样，无论是他们在漫漫人生奋斗过程中坚韧不拔的创业精神，还是他在经营企业过程中的重诚信、讲责任都是我们学习的标杆。

吴慧辰（业务中心事业部副总）

健康跟我们每个人都息息相关，是生存、生活的一个刚需，我们都需要有一个健康的身体。做好个人健康管理，是顺应社会发展的需要，符合我国未来发展的健康规划。如果每个人都能对于自己的健康高度重视，做到提前预防，做好自我健康管理，成为自身健康的第一责任人，那么我们国人的整体健康水平也一定会上升一个大台阶。"传奇129"中的创业者们，尽管来自不同行业，创业经历也千差万别，但他们的成功与失败都能够给我们带来更多的启发。他们的励志故事，具有教科书一般的价值，可以为后来的创业者们提供参照。

杜成俊（行政院长）

随着现代医学模式的转变，医学物联网飞速发展，人们对于健康管理的需求越来越大，健康管理行业日益成为现代社会发展的重要行业。它与传统医疗产业的区别在，它是从健康理念、健康评估、医疗服务、疾病干预等多维度进行服务的产业，具有集团化、专业化及服务个性化的特征。中再生提出"传奇129"这一理念，并不仅仅是作为一种理想化的口号，更是从专业的医疗健康管理出发，为人们提供一个更加专业的健康管理。书中这些成功的企业家就是这一健康管理理念的享受者。

张延延（门诊中心总经理助理）

活在昨天的人失去过去，活在明天的人失去未来，活在今天的人拥有过去和未来。健康管理行业绝对是造福人类的事业。健康管理行业有政策含量、文化含量、科技含量、医疗技术含量、资源含量、服务含量和一定的资金含量，综合来讲健康管理行业属于资源性产业，目前处在成长期。而随着"互联网＋健康管理"

时代来临，由云计算和大数据等驱动的健康管理将会逐渐成熟并逐步探索出新的业务模式。"传奇129"中的这些成功者，是我们的创业英雄，他们身上怦然勃发的创业精神和一往无前的坚定信念，是点燃整个社会创新进步的能量之火。

刘志建（专家组成员）

作为一个有着四十五年从医经历的医生，我看惯了病人痛苦扭曲的面容，听惯了他们无助的呻吟。我为能解除他们的病痛而自豪，但也常常为那些无力回天的重患而感到无奈。伴随着星空的诞生，我站到了这一职业生涯的新起点。用诗人泰戈尔的一句诗句代表我的心愿：我愿每一个生命——生如夏花之绚烂，逝（死）如秋叶之静美。"传奇129"中的所有企业家都为他们的成功付出了艰辛的努力，他们身上肩负着社会责任，他们的健康不仅仅属于他们自己和家庭，而且也是与企业的兴衰和企业员工的利益紧紧联系在一起的。

田丹丹（护士）

加入了公司已有7年之久，从起初的质疑，到现在的相信，我知道现在有越来越多的人正在加入到这个健康管理的行业中，健康管理逐渐日常化、全民化，人们正走在共享健康的路上。记录在"传奇129"中的每一位企业家，尽管经历不同，但价值一样。我们通过阅读去深入了解他们创业过程中的艰辛，学习他们不断努力拼搏的精神，以此来激励我们做更好更优秀的自己。

袁中凡（人资总监）

健康管理是一个朝阳行业，聚焦人的生命体征展开研、检、清、调、养、抗、医等全生命周期管理。随着人民生活水平和收入的提高，人民关注从治"已病"向调"亚健康"以及养"未病"转变，也是世界各国大力倡导及发展的一个方向。"传奇129"所关注的重点是大健康行业，书中所有企业家的成功不是偶然的，每个人的事业都是他以坚强的信念和百折不挠的精神作为基石，以九死一生的坚持作为材料，而建立起来的一座精神大厦。

蒋蕾（传媒公司总经理）

从发起《传奇129》活动开始，参与到每一个企业家的采访、深入到每一个人的故事，内心颇有感慨。以前是站在企业的本位角度，从国家战略、企业经营内容、客户实际的效果案例去理解健康是至关重要的，是第一位的。而在书籍的采编过程中，和讲述的民营企业主们一起经历他们的艰辛、感受他们对事业的热爱，更加明白他们对于健康认知的前瞻性、对于优雅生命品质的强烈渴望。因为来之不易，所以更加珍惜。希望他们这些发生在身边的故事，能够让更多年轻人学习借鉴，也能影响更多创业者、企业主关注"第一人"的健康。

　　"传奇129"不仅是一种健康生活的理念，更是我们每个人的追求目标。仰望璀璨星空，我们感受到自我的渺小，却渴望生命的永恒；俯视地球家园，我们寻找灵魂的归宿，却把美好寄托于未来。愿我们所有的人都能真正优雅地享受到各自的"传奇129"。

中国再生医学国际有限公司董事局主席　王闿

2022 年 10 月

目 录

以诚信与感恩筑就事业的塔基

——记上海舜睿实业有限公司创建人张伟元、俞幼凤夫妇

付用现

　　同是浙江上虞人的张伟元、俞幼凤夫妇是上海舜睿实业有限公司的创建人，在 20 世纪 90 年代，跟随上虞的建筑企业来到上海做建筑工程，在建筑领域打拼了近三十年。从 2000 年开始创业，到 2017 年成立上海舜睿实业有限公司，张伟元夫妇在建筑行业闯出了一条自己的成功路。现在他们的企业业务涉及建筑工程、房地产开发、物业管理、文化传媒等多个领域。正是如张伟

张伟元

元这样的外来创业者壮大了上海民营企业的队伍，为上海的发展做出重要贡献，也是上海这样的大都市为他们的成功提供了舞台。

一、平凡成长中积蓄上升力量

位于浙江省钱塘江南岸的绍兴上虞，被誉为"建筑之乡"。这个"建筑之乡"的名号确实名符其实。俗话说，一方水土养一方人。上虞这个地方基本上每年都有台风光临，台风来时会夹带着钱塘江的潮水，一起扑向岸边。风雨齐至，损毁房屋。当地人在台风过后，互帮互助，修房搭棚，以度难关，年年如此。这样一来，一批"台风泥水匠"应遇而生。这些人都是当地的青壮年，只要有力气，都可以上房修补，搭梯盖房也基本没什么问题。慢慢地，师傅带徒弟，各地逐渐形成了不同规模、不同特点的民间小型建筑队。这些自发的建筑队伍，遍布上虞各地。他们中每一个人都是技术过硬的泥瓦匠，能随时应对乡间的各种房屋的修建。随着中国的改革开放，上虞人凭借这种民间传承的建筑技术走出了浙江，到中国最发达的上海等地去谋生活，闯世界。

20世纪90年代，正是中国改革开放转型时期，全国各地都成立了各种类型的建筑公司以适应地方的建筑需求。上虞的泥瓦匠人终于也有了更广阔的发展空间，靠着他们修屋盖房的过硬本领，依托当地县政府组建起了几支规模较大的上虞建筑工程队，冲出浙江，奔向上海。这批领头羊在上海有了自己的建筑公司后，又把家乡的能工巧匠带到上海，以充实自己的队伍。因此随着上虞人在上海、江苏、山东，甚至东北地区完成一项项建筑工程之后，1997年浙江省政府授予上虞"建筑之乡"的称号，成为名符其实的"建筑之乡"。

在这样"建筑之乡"的背景下，1970年1月1日出生于浙江上虞章镇的张伟元，就好像是为建筑事业而生的，上虞得天独厚的建筑环境为张伟元展开了广阔的人生空间。因为元旦这个吉利的生日，也注定了他以后的人生会有一个不平凡的经历。

浙江上虞章镇，地处绍兴东南山区一带，是绍兴的南大门，与嵊州市三界镇接壤。因曹娥江穿镇而过，小镇也因此而具有了依山傍水的特点，自然风景秀美宜人。孝女曹娥成为此地精神文化基因的符号，孝亲敬贤，代代传承。这个地方曾是东汉著名的唯物主义思想家王充的故乡，小镇也因此具有了底蕴深厚的历史文化内涵。张伟元出生在这样的山区小镇，如果按照父母的生活，日出而作，日入而息，自然也不会成就后来辉煌的事业。但从小就有韧劲的张伟元，做事脚踏实地，认真读书，在他二爷爷的影响下，立下了走出去闯世界的志向。

二爷爷在当地是个很有威望的文化人，他经常给小伟元讲各种历史故事，对当时中国的发展有自己的看法，并以此来激励张伟元。他曾经对张伟元说："将来的中国一定会点灯不用油，耕地不用牛。"这句话是张伟元幼小心灵的刺激，他多么渴望早日进入到这样的社会。因为当时的农村还基本上都是点煤油灯，用牛耕田的时代，现代化的电灯、种田的机械化操作对农村人而言还基本上只能是想象的。但二爷爷却能预见到中国的未来将会是现代化的时代，这对于山区小地方的人来说，能有这样见识的人，还是很少的。所以二爷爷对张伟元的成长有着重要的影响。

张伟元的家庭如当地许多的农民家庭一样，并不富裕，父母每天都要为一日三餐而奔波。张伟元上小学时期，正是我国改革开放刚刚起步时期，中国的农村基本上都还刚刚开始学习小岗村的经验，实行家庭联产承包责任制。家里也分到了田地，父母每天辛苦地耕种，也还是没有太多的积蓄。张伟元非常懂事，看到父母的辛苦，便在放学后帮助家里做点力所能及的农活。疼爱他的母亲总是舍不得让他做重活，但他能体会到家里的不容易。张伟元曾说："那时候家里穷，农村的孩子在假期时都不会闲着，当时我去卖过棒棒冰。去那个冷库里面去批一箱棒冰，然后在镇上卖，一个假期也能挣来学费钱。"那个时代的孩子，大都会因为家庭的贫困而早早地承担起为家分忧的责任。懂事的张伟元自然也不例外，穷人的孩子早当家。实际上，都是为贫困的生活所逼。后来他到县城读中专时，每周回家一次，在返校的时候，他都会把家里的水缸挑满再去上学。有时父母干农活回来的晚了，他总是把饭先烧好。张伟元从小就体会到父母的艰辛，孝敬长辈，替父母做自己力所能及的事情，从来都是非常自觉的。

初中毕业时，他报了县里的小中专。高中考大学毕竟还要再上几年，而且还不确定能不能考上大学。所以大多数农村的孩子都会毫不犹豫地选择报考小中专。况且那个时候能上小中专的话，还可以早早地挣钱贴补家里，也可以让父母少劳累几年。当时在填报志愿的时候，根本不知道自己将来能干什么的张伟元，就想填报电子电器专业，毕竟电子电器在那个时候远比任何实用的技术更具有吸引力，因为大家基本不了解它是什么。而张伟元的班主任林松青老师则从当时的实际考虑，认为建筑行业是上虞这个地方的强项，将来会有很好的发展前景，于是就给他推荐了建筑工程专业。学生一般都是非常相信老师的眼光，张伟元自然也听从了班主任老师的建议，选择了这个后来改变他命运的建筑工程专业。林松青老师成为张伟元走上建筑事业之路的第一位引路人。

1985 年炎热的夏天过后，张伟元怀揣对未来的美好憧憬，来到了上虞建筑技校，学的是工业与民用建筑专业，俗称工民建。虽然张伟元从来没有接触过建筑行业，但他学习刻苦，对于理论知识认真学习领会，不明白的地方，一定会想办法搞清楚。实践课上，他从不怕脏怕累，一定要把各种技术练到熟练为止。三年的时间，转瞬即逝。张伟元在 1988 年毕业后，来到了上虞第三建筑队，成为一名建筑工人。虽然做的活是累点脏点，但毕竟不用回到家乡种田了，这已经是令当时村里很多小伙伴羡慕的工作，父母自然也为儿子能走出农村，成为国家的人而感到高兴。而实际上，如张伟元这样的建筑工人，那时的工资待遇也还是很低的，而且要随建筑队到处跑，吃住在工地，生活相对还是很辛苦的。但张伟元并不觉得有多苦，反而为此感到很自豪。当一栋栋房屋建起来时，心中的成就感便会油然而生。正是这种自豪感为张伟元后来能够一直坚实走上建筑这条人生事业路打下了重要的基础。

当时上虞县建筑公司依托民间的"台风泥瓦匠"组建了好几支建筑队，这些建筑队靠着各自不同的建筑风格与过硬技术，不仅在当地有了较高的名声，而且也开始到当时的杭州、上海等大城市承建高楼大厦。张伟元所在的上虞三建在当时正好在上海有一个建筑工程项目。刚分配三建没多久就可以到上海去盖大楼，这对于年轻而稚嫩的张伟元而言，无疑是一个天大的好消息。他兴奋得一夜也没有睡着，第二天父亲把家里仅有的六十元积蓄全部给了他，母亲又把家里的所有鸡蛋全部卖了五元钱，也一起给了他。临行时，怀揣父母六十五元辛苦钱的张伟元，内心充满了感激与兴奋，父亲拍着他的肩膀说："孩子，在外面好好干，别想家！"张伟元用力点了点头，算是答应了父母的嘱咐，离开了家乡到上虞准备与公司的同事一起去上海。

但令张伟元没有想到的是，在上虞长途汽车站等车时却发生了意外。原来建筑队为了让他们一起到达上海的工地，约好第二天早上在上虞长途汽车站坐八点的长途客车一起去。但从未出过远门的张伟元，带着行李在车站外的门口处一直等着同事，而同事们都在车站里面的长途车上等他。而没出过远门的张伟元，也不敢到处转转找找，一直傻等着。最后长途客车到时间就发车开走了。错过了这趟客车的张伟元幸好被另外一个建筑队的同学唐和平看到，他告诉张伟元三建的人一直在找他，还以为他家里有事不去上海了呢。那个年代，既没有手机可以联系，又加张伟元没出过远门，缺乏经验。这第一次出远门就让张伟元吃了苦头，但也让张伟元吸取了教训，他从此后做任何事，都会把预案做好，充分考虑到事情的各种可能，这为他以后的人生上了一节生动的教育课。

由于唐和平所在的建筑队也是那天去上海，所以才在车站碰到了傻等的张伟元。既然已错过了与三建的同事一起去的这趟车，他便随唐和平的建筑队一起到了上海的工地，然后再辗转赶到三建的工地。最终还是找到了队伍，这也是张伟元平凡的成长之路的小插曲。现在想来，张伟元还感到自己那个时候，实在是太不灵活，只是一味的傻等。事有两极，好坏参半。成长的道路，所有需要经历的挫折没有人能替代，这正是对张伟元人生成长的考验。

上虞三建对张伟元这样新入职的年轻人，还是报有很高期望的。一方面认可他们的专业学习，另一方面也想让他们通过锻炼尽快成为队伍中的技术能手。所以三建的领导给他们每个人都安排了一个师傅，给张伟元安排的是技术非常全面的邵宝贤师傅。邵师傅不仅技术全面，而且为人平易善良，对待徒弟就像自己的家人一样，生活上关心照顾，技术上毫不保留。说是师傅，其实也仅比张伟元年长十多岁，实际上有如长兄。师徒二人的感情也在一次次的交流中逐渐加深，邵师傅也愿意把刀、瓦、泥等工种的各项实践操作技术倾囊相授。张伟元是个内向的人，不善言表，但对于邵师傅，他时刻记在心间。张伟元对于刚开始的工作还记忆犹新，他说："因为我刚开始就是属于做技术出身的嘛，但其实一到实践的工地上，就发现书本上所学的东西，一片空白，一切都还得从头开始。所以我就老老实实地跟着师傅学，邵师傅真是一个好师傅。他非常认真，也非常严格，每一项技术不达标，都不能再学下一项。虽然很辛苦，但是也很高兴。我很幸运能分到这样一个有真本领的师傅。我对自己的要求也很严格，不准自己偷懒。每天都是第一个到办公室的人，先把地扫好，再把开水烧好，师傅的办公桌，也给擦得干干净净。然后再按照师傅的要求进行技术练习。"

实际上，在上虞三建的建筑生涯，不仅仅有邵宝贤这样的老师傅对张伟元的成长付出过心血，三建的老领导、老员工对张伟元他们这些年轻的小辈都是毫不保留地将他们的建筑技术教给他们。这也正是上虞建筑人的优良传统，助人助己，一代代上虞建筑人把上虞打造成了真正的"建筑之乡"。

在上海的上虞建筑人，面对着20世纪90年代飞速发展的上海，在工程建设方面，都能做到互通有无，互助相帮。年轻的张伟元在其成长的这十年黄金时间里，在如邵宝贤一样的许多老师傅的带领下，一步一步地走向成熟。整个建筑工程的所有技术，张伟元基本上都已经掌握。大小工程的图纸、建造流程，几乎都能一看就懂，在这个领域基本上可以说完全有独挡一面的能力。因此，张伟元在后来的公司里，自然就成为主要的技术骨干，带领几十个工人，是工地项目建设的班组长。也正是这十年左右的工程历练，为张伟元后来在建筑事业的道路起飞，打下了坚实的基础。厚积薄发，张伟元在平凡的建筑工程中，磨砺了意志，锻炼了技能。不飞则已，一飞冲天；不鸣则已，一鸣惊人。张伟元经过这十年的人生准备，积蓄了奋飞的力量。

二、起步长春威尼斯花园

2000年，一个机会终于来了。对于已经积蓄力量准备腾飞的张伟元而言，他等这个机会已经很久了。他暗下决心，这可是人生成功转机的一个重要机会啊，他一定不会放弃。在上海跟别人打工已十二年了，一位建筑界的朋友送来了创业机会，他决不能放过。张伟元把自己要独立完成这个项目的事情，告诉了与她一起同甘共苦也快十年的妻子俞幼凤，心里暗下决心，一定要说服妻子，答应自己，拿出家里全部的积蓄搏一搏。没想到，识大体明事理的俞幼凤爽快地答应了他。当然对充满信心的张伟元来说，俞幼凤虽然全力支持他，但真正要跑到东北长春离家那么远的地方，做这个工程，他的心里是矛盾的。因为他听别人讲，东北那个地方的人欺生排外，作为外地人去那里做工程一定会受他们的欺负，但朋友推荐的这个机会又实在难得，错过就不会再有。面对这种矛盾的心情，他又有些犹豫，甚至于他一度想放弃算了，觉得还是平平淡淡地做一个公司的员工，也不必承担任何风险。但具有远见的俞幼凤看到了张伟元有底气不足的苗头时，就鼓励他说："我知道你是一个不甘心安于现状的人，创业有可能会实现你的人生梦想，不创业可能平庸一辈子。你还是去闯闯吧，不去试试，你怎么知道自己到底行不行。万一失败，大不了，我们重头再来，未来的日子还长着呢！"

夫人俞幼凤与张伟元都是上虞章镇人，既是同乡，又是中小学的同学。说他们俩是青梅竹马，两小无猜，也没有错。但作为那个时代成长起来的人，如果没有上天的缘分，他们也许不会走到一起。因为那个时候的孩子根本都不知道什么是自由恋爱，即使有好感，也不会、不敢越雷池半步。所以张伟元对于能与俞幼凤结为夫妻，他也觉得是人生的缘分。俞幼凤也觉得自己嫁给张伟元，好像也是冥冥中注定的。实际上，外人见到他们夫妇俩都夸他们俩有夫妻相，是老天的撮合。也有人夸赞俞幼凤长得旺夫相，是张伟元事业上的大福将。知性大方，善良温顺的俞幼凤确实是张伟元建筑事业成功的坚强后盾。当张伟元在外为了事业打拼时，俞幼凤总是给予他最大的支持，在家里处理家务，照顾孩子，对外做好张伟元的参谋，为公司的发展谋划未来，张伟元在建筑事业上的许多重要决策都有俞幼凤的参与智慧。张伟元现在的公司办公楼就是俞幼凤给选定的，张伟元对此也非常满意，这个办公楼好像是他的宝地，自从选定了这个地方，张伟元的人生事业，一步一个台阶，可以说是真正的一帆风顺。所以她说："我为他选了一个风景秀丽、位置绝佳的办公楼，真得好像是一个风水宝地，保佑着伟元的事业平平安安，蒸蒸日上。"

张伟元在三建工作，到上海做工程，俞幼凤也从家乡到上海来谋生，自然要投靠老乡兼同学的张伟元，张伟元自然也是不遗余力地帮助俞幼凤找了一个在工程队里的事情做。这样两个同在异乡互相照应的年轻人慢慢地就有了好感，并确定了恋爱，并进而谈婚论嫁，一切都好像是老天安排好的。两个性格上谈得来的青年人，最后也自然顺理成章地按照当时的社会习俗结婚了。当然，1992年那个时候，张伟元还没有什么积蓄，家里父母也没有多少财产留给他们，但俞幼凤并没有任何嫌弃，她嫁给的是有能力又勤快的张伟元，现在两个人艰苦点，没有关系，只要两个人不偷懒，认真做事，将来一定会好起来的。而张伟元能够得到俞幼凤的认可，也是因为他为人正直善良，讲诚信，懂感恩，善于结交朋友，未来一定不会混差的。所以二人结婚后，张伟元也时时准备着有机会一定要闯出一番事业来，不能对不起俞幼凤对他的信任。

这一次机会来了，俞幼凤又是这么通情达理地支持自己，听了妻子的话，张伟元心里感到暖暖的，暗暗感谢妻子一直以来的通情达理，善解人意。夫妻俩省吃俭用，十多年一共攒下了三十六万元。把这些钱一下子全部投到这个项目上，还不够，还要再让朋友帮衬一些才能度过这个关口，妻子俞幼凤就想办法从娘家的亲戚那里借了一部分钱来支持他。所以张伟元深知自己不能莽撞，必须好好筹划，只能成功，不能失败，全家人的希望都在这里，否则就无法对得起妻子对自己的信任。而俞幼凤也不是不知道这些积蓄是夫妻二人未来安身立命的本钱，虽然表面答应的爽快，那是为了给张伟元一个精神上的支持。实际上，她的内心也是忐忑不安，毕竟是要承担未知的风险的。而且这个项目又远在东北长春，人生地不熟，万一把本钱也赔进去，甚至还有可能再背上一屁股债，夫妇俩真的要从头再来，那谈何容易啊！但人生就需要在机遇来临时大胆地抓住，犹豫不决一定坏事，只有坚定站在丈夫的身后，让他义无反顾地往前冲，成功的概率才会更大。

谋定而后动。张伟元觉得一定要准备充分了再出手。他首先回老家动员了在村里做大队会计的小舅谢海洋出来帮助他管财务。比张伟元大十多岁的小舅，是个财务管理上的能手，为人心细，做事谨慎。张伟元对他的能力也非常认可，让他来帮自己也首先考虑到亲情，毕竟是一家人嘛，肯定只会希望他成功，不会暗地里给你搞事情。然后再找了几个与自己一起合作数年的熟练技术工去打拼这份事业，把各种可能都事先想好，才真正开始承接这个工程。这个工程项目是东北长春威尼斯花园住宅小区的附属分包工程，即小区的景观工程。当时承担建设的总公司，无暇顾及到这些小项目，就想把它外包出去。因此这个工程需要有人牵头，带一批人去完成。

当时新世纪之初，中国大多数的城市住宅小区建设还刚刚起步，景观建造的要求还不是太高，一般都是被分解成小项目分包出去，至于建筑资质等要求还基本上不太正规。所以湖州建筑工程公司的寿启明总经理通过他的高管丁兴表找到了张伟元，希望张伟元能够带一批人把这个工程承包下来。张伟元那时虽然还只是一位建筑工地的业务负责人，严格来说是不具有对外承包工程的资质的。但他做事细心，为人谦和，而且工程上的技术问题基本都能解决，在同事中的威信也很高。丁兴表又是张伟元业务上非常熟悉且要好的朋友，而威尼斯花园住宅小区的总承包商姚总又是寿总他们的好朋友，他需要一支建筑队去分包这个工程的景观项目。本着对工程负责的态度，寿总和丁兴表自然都想到了做事认真踏实的张伟元。因为他们对张伟元都非常了解，认为这个工程只要给了张伟元做，张伟元只会给总工程增光亮色，不会出任何质量纰漏。

朋友的认可给张伟元增添了信心。虽然平时在公司里早就摸爬滚打十多年，建筑工程上的所有流程没有任何一项能难倒张伟元，但毕竟自己始终是跟公司打工，一直是以公司职工的身份来做事。业务上尽管没有任何问题，但要他独立地带一支队伍，到远离家乡数千公里外的东北去做好一项工程，张伟元心里确实没有底。而在建筑工程可以说是专家级别的寿总及好朋友丁兴表，都那么看好他，这又是对他的最大鼓励。他感激生命中贵人寿启明的信任，暗下决心，一定要把工程做好，才是对这份信任的最好报答。

准备闯一闯的张伟元刚过三十岁，正是人生中的而立之年，创业正当时，此时不闯，更待何时？！干事业，靠的就是这股闯劲。年富力强，事业心正旺的张伟元在2000年夏天，带着不足三十人的团队从江南上海来到了东北长春。

二十年前的中国，从上海到长春，需要坐三十一个小时的火车。一行人怀着对事业的憧憬，踏上北行的列车。"哐当，哐当，哐当"的火车，慢慢地向北开去，张伟元坐在火车上，心潮澎湃，正思考着未来如何发展壮大这支刚组建起来的队伍。突然，拥挤的车箱道上，传来"唉哟！"一声尖叫，一位二十岁左右的姑娘哭喊着叫道："你是怎么走路的，把我烫着了。"原来一位小伙子端着一碗刚加了开水的方便面，因火车颠簸没有走稳，一个趔趄，这碗热水泡面整个倒在了女孩子的胸部。五月底的时节，人们基本上都已只穿一件单衣。这个姑娘"啊，啊"地叫着，又不好意思脱了单衣，皮肤一定给烫起了大泡。泼了面的小伙子，也吓懵了，怔怔地看着女孩子叫唤，不知道该怎么办。

张伟元听到叫声，抬头一看，心里顿时一紧，糟了。这毛手毛脚的小乔，怎么这么不小心，把面泼在别人身上。原来，小伙子正是张伟元建筑队的员工小乔，也是自己上虞的小老乡，被张伟元带到东北去做活。上车时还千叮咛，万嘱咐，在火车上一定要小心，不要轻易到处乱跑。也合该出事，小乔第一次出这么远的门，在车上一直不敢到处走动，但到中午时候，肚子饿了，就从行李架上取出事先买好的康师傅方便面，去两车厢之间的开水处泡方便面吃。谁曾想得到，刚端着一碗热气腾腾的方便面向过道中间的座位走去，火车一个猛烈的晃荡，还未来得及站稳的小乔，一碗热面整个扣在了拥挤过道上正在走路的姑娘的胸口上。

此时，女列车员正好在例行巡查中，便赶快把女孩子带到洗手间用冷水冲洗。但仍然无法解决烫伤的疼痛。与姑娘一起同行的，还有她的母亲，一看女儿被烫成这样，便非常生气地提出要求小乔必须赔偿。张伟元一看本来就是小乔不小心造成的，自然也应该赔人家的医药费。于是便让列车员给讲讲情面，小孩子出远门也不容易，我们作为小伙子的朋友，也愿意帮他解决问题。在列车员的调解下，双方达成和解协议，由张伟元代替小乔赔了800元医药费，这个事情才算解决。路上的意外虽然解决了，但张伟元也知道带一个团队出来，自己作为管理者的责任更重了。一定要告诫大家，做任何事，千万不能马虎，不可再出意外了。

终于，经过三十一个小时，一行人来到了长春的建筑工地。张伟元一到长春就与威尼斯花园住宅小区的主管方进行接洽，双方交代清楚工程的要求，签下各项有关质量的具体协议后，就开始按部就班地分配工作，把自己的团队管理得井井有条。景观工程本就是质量要求不高的项目，但做事一向认真，追求精益求精的张伟元，根本就没有放松质量要求，每天与队友们一起进驻工地，亲自检测各项技术指标，丝毫不敢大意，毕竟这是他事业起步的第一站，只能成功，不能失败。

东北的 6 月，也已经开始进入夏季，虽然没有江南那么炎热，但穿着单衣也还是觉着闷得很。张伟元看着工程建设正一步步走向正轨，满意地夸赞着员工的工作做得好。这时小乔走过来，骄傲地对张伟元说："师傅，你看我砌的墙符合标准吧？！"张伟元检查了一遍，点头说："很好，你的技术可以出徒了，但不要骄傲，要好好跟着其他师傅学习，争取多学点技术，将来你要成为我们队伍中的技术骨干呢！"接着又补充了一句，"做活要认真，与当地人也要小心相处，不可与他们搞冲突，我们毕竟是外地人。"

确实，张伟元在接手工程之后，就感受到来自当地人的压力。你技术上比他们好，他们没有办法跟你竞争，但他们却依靠当地的人脉资源，在原材料的价格上打压你。比如在黄沙的材料使用上，他们卡住其他沙场，不让他们把沙运进来。要用黄沙，只能用赵老三沙场的黄沙，而赵老三的黄沙却比其他沙场的，一车贵十元钱，而且每天的沙钱都要当天结算，不能拖欠。你不用他的沙，就买不到其他的沙。你即使能联系上其他沙商，那些人也惹不起赵老三，根本不敢把沙卖给他们。这让张伟元感到很是被动，而且账面上的现金，不仅是只用来买黄沙的，还有其他建筑材料也需要点付现钞，才可买到。所以他要求团队的人一定不能再出差错，与这些地头蛇千万不能硬来，要想办法与他们交朋友。

第一年的整个夏天都是在这种煎熬中度过的。多花冤枉钱不说，还要受他们的气。精明的张伟元不会与他们蛮干，但也不能老是吃这种哑巴亏。东北的建筑工程，一般每年只能做半年的活，冰天雪地的日子要占一半。到了 11 月初，长春已经开始下雪，工地基本全部停工，他们也要返回江南。张伟元离开长春之前，决心想办法化解这个矛盾。工程还要做下去，而且还想要做好，肯定不能与他人置气斗气。他便把这其中的问题反映给了当地政府的管理者，正好遇到了分管地方城建的李副区长。他把自己这半年来的基本情况反映给他，正直为公的李副区长对于当地工程建设的这些问题，也早有耳闻，只是苦于找不到两全其美的解决办法。毕竟当地的老板都有着盘根错节的社会关系，搞不好也会骑虎难下。但他在了解到张伟元的难处之后，便下决心通过解决张伟元的困难来做一个样板案例。于是，李副区长多方调研，了解到这些民营沙场老板各自都需要上交地方不菲的承包费，且各沙场之间也互相争抢生意，有时还会出现一些互相斗殴事件。要想解决这些问题，公平是最重要的竞争手段。于是，李副区长便把这些老板召集一起，坐下来与用沙客户进行协商，当然也包括张伟元。张伟元提出了分片包干的方式得到了大家的一致认可，这样大家都可挣到钱，还不会互相抬价压价，公平合理，随行就市。终于在解决了这个棘手的问题后，张伟元也踏上了回归的列车，与自己的家人一起度过了一个开心的春节。

第二年开春之后，张伟元便又坐上火车匆匆来到工地，并专门带着家乡的许多土特产去答谢李副区长。李副区长也安排了东北的杀猪菜来款待张伟元，并且还反过来感谢张伟元给他提供了一个解决此类事情的好办法。从此之后，两人竟因这件事情的圆满解决而结成了好朋友。即使是张伟元回到上海继续做工程的这些年，他们也经常联系，甚至每年都要互送本地特产，以加强感情沟通。这也正如张伟元所说："我喜欢结交朋友，从不与人为敌。也正是这些朋友的帮助，我才有今天的成果。我把这些帮我的人都看成是我生命中的贵人。"

长春威尼斯花园的景观工程也正是通过朋友的认可推荐，张伟元才走出了事业的第一步。当然更重要的还有来自家人的理解与支持。想当初，俞幼凤给予他最大的精神鼓励，使他大胆地放下包袱，走上创业之路。后面也是一如既往地对他关心与支持，她虽然人在上海家里，但她的心也还时刻记挂远在东北的丈夫张伟元和他们的建筑工程。有一次，俞幼凤决定去东北看望他，便带着幼小的儿子，与其中一个同事的妻子一起，乘坐火车到东北去。经历三十多个小时的火车，俞幼凤与孩子都累坏了，孩子在车上就有点感冒，下车后就开始高烧不退，在去往医院的途中，孩子都有些抽搐了，可把俞幼凤急坏了。而工地上的张伟元也因工程正进行到最紧要关头，无法抽出时间来照看她们，便让小舅谢海洋接她们到医院给孩子诊治。当时，张伟元的内心确实也觉得歉疚，对不起幼凤和孩子。当然当俞幼凤一个人在医院拖着疲惫的身体陪儿子挂吊瓶时，心里也有些许的埋怨与委屈，况且在这样陌生的地方，她一个人要面对这些困难，甚至于在匆忙中，钱包还被小偷给偷走了，俞幼凤内心的失落与绝望是可以想象的。但她能理解张伟元的难处，工程要紧，儿子也只是一个感冒，他们从江南过来，本来是想让他高兴的，现在更不能让他分心。况且如果不是工程紧张，伟元是不会不来的。所以，当工地上的事情有点眉目时，张伟元便直奔医院陪伴他们。儿子感冒好了，他带着妻儿在长春好好玩了一圈。当然俞幼凤还是坚决要求他以工程为重，自己只是来看望他，不能耽误了他们的工程。

实际上对于如此拼命打拼事业的张伟元来说，他不仅仅靠自己的辛勤智慧取得了事业成功，更靠的是自己做事的守诺诚信。他与团队在完成了这个项目工程之后，因为他们在工程上重诚信守然诺，得到工程开发商姚总的高度认可，姚总便结交了他这个朋友，又把总工程中后续的其他待建的单个项目，也让他的团队参与承建，当然张伟元也仍然没有让他们失望，每一个项目都得到他们的极大肯定。最后，东北的这个工程，张伟元一直做到了2004年。张伟元带着三十六万元的全部家当，挣了八十五万元净利润回来。虽然相对来说，不是什么巨款，但对创业开始的张伟元而言，可以说是一炮打响，第一步就走出了开门红。这个四年，也是张伟元人生产生质的飞跃的四年。他从一个班组长，到一个小包工头，现在却已经开始考虑如何组建一个正规的建筑公司了。面对这样的成绩，张伟元的内心是充满喜悦的，想当年一个浙江小山镇里走出来的农家孩子，怎么会想到有现在这样的发展呢！

张伟元回首这四年的创业经历，好好地作了总结。他首先相信天道酬勤，只要辛勤努力，机会总会青睐有准备的人。而与人为善，诚信待人又是一个正直的人走向成功所不可或缺的优秀品质。他也正是由于替人着想，助人自助，诚信做事，才有了第一步的成功。

三、扬帆佘山、览海高尔夫别墅区

东北威尼斯花园这个工程对张伟元来讲，只是他人生建筑事业的一个起步。虽然挣到人生的第一桶金，但张伟元并没有就此止步。他心里明白，自己还能够做得更好，做得更大。在这个四年的工程项目里，他和他的团队克服了各种难以想象的困难，也锻炼了自己的队伍。更重要的是，张伟元的个人成长有了一个质的飞跃。原来的张伟元只是一个能够在工地带着员工攻克建筑难题的班组长，充其量也仅仅是一个技术上的全面手。但威尼斯花园景观工程项目的圆满结工，使他获得了人脉，有了底气，更重要的有了管理团队的经验，他需要有更广阔的天地来施展自己的才华。通过这个工程，张伟元从一个建筑行业领域的技术能手，变成了一个既懂技术，又懂项目承包、工程管理的管理者。作为一个独立的项目部管理经理，他要带着他的团队去迎接更艰难的挑战。

2004年返回江南以后，很快一个机会又来了。但这次的机会也是一个看似不起眼的小项目，甚至于张伟元一开始也有些犹豫，似乎也没看上这个项目。但对于工程一向认真的张伟元，还是承接了下来。毕竟建筑项目不能只看大小，还要看未来的前景。他深信，小项目也要按大项目的质量要求去完成，没有优质的小项目，也必定永远不会接到高质量要求的大项目。

这个小项目就是为当时正在建设的佘山高尔夫别墅区建造一个高档的游泳池。建造游泳池，好像确实不是一个技术含量很高的工程。但事实上，高尔夫别墅区的高档游泳池，并非仅仅是挖一个大坑，用水泥浇灌上那么简单。其中包含着高尔夫、别墅、高档等概念就很具有吸引力。它作为这个别墅区项目的附属品，质量要求一定是很高的，不仅在品位上要有档次，而且在各种质量要求上也必须达到国际高档标准。尽管张伟元在建筑领域已经是一个技术全面的高手，但他并没有掉以轻心，而是带着自己的团队，夜以继日地挖掘这个小项目能够提升的潜力，力争使这个附属的小项目成为佘山高尔夫别墅区的亮点。先是带队出去进行考察，然后再根据业主要求，拿出自己的建造方案，把所有的环节都考虑到位。既为这个游泳池的外在景观进行了规划，又考虑到后期游泳池的维护与维修，把它建成一个具有现代化设施的高档游泳池，为整个别墅建筑群提升了品位。

正是张伟元这种精益求精的钻研精神，游泳池在建成交付之后，就成为了整个佘山高尔夫别墅区的亮点，受到业主们的交口称赞。而工程方也因为张伟元在小工程上都能下这么大的功夫，把工程质量做到极致，他们后面几期的别墅项目建设与开发也都邀请张伟元参与进来，给了他和他的团队更大的发展空间。而张伟元在这个方面所取得的成绩也为他在别墅建造行业，赢得了良好的口碑。在上海建筑界的朋友圈中流传着这样一句话，造别墅找张伟元，可见同行对他的信任和肯定。这也直接催生了他成为上海览海高尔夫高档别墅区的承建者。

当时是佘山高尔夫别墅区建设已经完工之后，上海崇明岛陈家镇滨江生态休闲运动居住社区有一块土地正准备开发，当时开发商密总正在物色有经验的建筑公司。因为他们想把览海高尔夫国际别墅区打造成世界一流级别的高档社区，对于建筑公司的资质、经验要求都比较高。而张伟元正好刚刚完成佘山高尔夫别墅区的建造，在业界口碑已经被人到处传扬。张伟元通过朋友的推荐与引介，与开发商密总进行了实质性交谈，两人一见如故，对于该工程的建造达成了共识，自然而然地这个览海高尔夫国际别墅区的主干工程就成为了张伟元人生事业道路上又一个里程碑式的工程。

崇明岛的览海高尔夫国际别墅区，从 2008 年一直做到 2012 年，共四年的时间，工程的体量远比佘山的项目大得多。张伟元虽然很有底气，也有能力，但如此大体量的工程，这是他与团队以前没有做过的。所以，在这四年时间里，他几乎从没有离开过工地，与员工一起摸爬滚打，把这个览海高尔夫国际别墅工程做成了标杆样板，2012 年完工后，被上海市政府授予了建筑工程领域的最高奖——上海白玉兰奖。这个奖的获得，是对张伟元及其公司的最大肯定，也是对他所建造的工程质量的最大认可。当然，这个四年也是张伟元建筑事业走向成熟的四年，在建筑领域，尤其是在高档别墅小区的建造方面，张伟元成了业界的权威专家。而这四年所经历的各种困难，以及如何解决这些困难，都是对张伟元及其公司的重要磨练。张伟元对此感受很深，他觉得每一个工程的建造完工，都是自己用心用力的最美作品，也是把开发商当作朋友的最好交待。他曾说，我很喜欢结交朋友，做工程就是交朋友。只有像对待朋友一样，对待所承接的工程，才能造出最美的房子。

值得一提的是，张伟元原来从不打高尔夫球，甚至于认为自己本来就是一个农民出身的企业家，那种贵族式的运动不是自己能玩得来的。但因为览海高尔夫国际别墅工程的完美建造，他与开发商密总成为了好朋友，喜好打高尔夫的密总，就送了一套高档的高尔夫球杆、球包以及球卡给他作纪念，当然也希望他能去自己建造的高尔夫别墅区打球。但张伟元并没有真正的放在心上，一直在忙自己的事业，把这个球包放在办公室的一个角落里，就没有动过它。

一个偶然的机会，在上海建筑界的上虞建筑老总们搞庆祝活动，有一位老总与他开玩笑说："委员长（因为他的名字是张伟元，大家与他熟悉了之后，就习惯地开玩笑以谐音相称他为委员长），你是建造高尔夫别墅区的，怎么能不会打高尔夫呢！你要学一学，到时候还要组织队伍代表我们上虞人去打比赛呢！"当时张伟元已是上海舜元总公司第六分公司总经理，心确实也动了起来，回家之后便去找那个球包，打开一看，里面的球杆却早已不知去向。而真正走进这项运动，按照张伟元的说法，是被逼上梁山。因总公司成立了舜元高尔夫球会，总公司的陈老总给每一个分公司的总经理各发了一套球杆，让他们定期打球，并参加比赛。张伟元才不得不请了教练，真的学起了打高尔夫球。

没想到的是，这一学，却是一发不可收，他竟然真的喜欢上了这个运动。现在一年三百六十五天，除了非常重要的事情之外，他几乎都是在高尔夫球场上挥杆打球。真是到了，一天不打球浑身难受的地步。张伟元曾说："有人说打高尔夫球就是'吸食绿色鸦片'，现在的我就已经对它上瘾了，几天不打都没法生活了。"还说："打高尔夫球，一共有十八个洞，每个洞的进洞感觉都不一样。而球场也是这样，每个球场有每个球场的风光，各不一样，但一样迷人。所以国外的日本、韩国，国内的北京、海南等地的高尔夫球场，我都去感受过。确实各有风采，各不相同。"甚至张伟元还惊喜地发现，自从打上了高尔夫球，他身体的各项健康指标都正常了，原来查体报告上各种超标的指数，都慢慢地回落了，这也使得张伟元更加放不下这项运动了。今年秋天竟然打出了一杆进洞的高超球技，更让张伟元感到心花怒放。他曾幽默地对朋友说："过去人们说，洞房花烛夜金榜题名时，是人生的两大喜事。其实打高尔夫球的人，也有两大喜事，那就是一杆进洞和打满72杆，我已经有了一喜了，这个一杆进洞虽然有些偶然性的运气，但也是我的喜事。但离打满72杆还有一定距离，我还要继续努力，争取能实现。"

张伟元在高尔夫球场上不仅收获了快乐，获得了健康，而且还结交到了很多生意上的朋友，通过一起打球谈成了很多大项目。张伟元对此也深有感触，他说："球品见人品，通过打球可以结识到各个行业的老板，甚至有时候工程、项目就是在球场上谈下来的。"浙江商会郭总通过打球与张伟元认识后，便认定张伟元是个真正做工程的人，他的所有工程项目首先都会先想到张伟元，并对工程建筑方面的朋友说："只要是张伟元做的工程，我没有不放心的。"张伟元对此也说过："做一方工程，交一方朋友。"

两个具有国际标准的高尔夫别墅建筑区的建成，使得张伟元在业界有了较高的专业声誉，他完成的这个工程也成为此类建筑的专业标杆。张伟元对此也有自己的深入思考，人生需要拼搏，但有时也不能把弦控得太紧，适当的放松，才是人生真正的享受。他说，有一次，就是览海别墅工程在赶工期的一个夏天，连续加班加点干了一个多月，不分白天黑夜，吃住在工地上，所有的人都筋疲力尽。但为了能够守时完工，张伟元不用动员，大家都还是没有怨言地坚持着。可是，不曾想，老天都不忍心再让他们如此劳累了。中午吃过饭后就开始下起了大雨，那雨下得实在太大，张伟元他们只能停工休息。大家好不容易获得了这半天的休息，都回工地的宿舍睡觉。张伟元回忆说："终于休息了半天，我那个时候感觉，这个半天是我这辈子最舒服的时候。"当然做工程就是这样，尤其是赶工期的时候，没日没夜，能休息了，就要好好地享受人生。所以张伟元现在之所以能够天天去打高尔夫球，也可以说是对此有了更深一层的感悟之后，才真正地喜爱上了这项运动。张弛有度，才会有更享受的人生，要让自己有停下来看看天空的机会。

四、跨跃发展淮南晟地绿园

如果说东北长春的威尼斯花园工程项目的完工使张伟元由一个建筑公司的班组长变成一个能够独挡一面的包工头，那么佘山、览海高尔夫别墅区的承建就是使张伟元从一个包头工变成了一个企业的真正管理者，而2015年在安徽淮南开始接手建造的晟地绿园住宅小区工程则又使张伟元真正成为了一个实体总公司的创建者，公司发展自此开始在战略上有了一个质的飞跃。张伟元建筑人生的三大事业台阶，终于搭建而成，一阶比一阶有高度，一级比一级有发展。

安徽淮南的这个晟地绿园是一个住宅小区。在2015年，一个在淮南从事建筑行业的朋友刘总把这个小区的开发商陈总介绍给他，并有意为他承接这个小区的商品房建造工程牵线搭桥。几经周折，张伟元作为这项工程的承建公司方，与安徽金岭晟地置业有限公司达成了承建协议。因此，对张伟元来说，盖楼是他们公司的基本主营业务，既然接下了这个工程，就要一如既往地按照基本的建筑流程，来准备这个项目。他便带领公司员工，查看图纸，落实材料，认真负责，层层落实，把每一道工序都做好了预案。很快一年多的建设时间，一期工程顺利交付给开发商安徽金岭晟地置业有限公司，只等着他们划拨给张伟元公司的建筑工程款。

然而，随着项目的进展，张伟元由原来的施工方，却变成了这个项目的开发商，这是张伟元所始料未及的。张伟元原是上海舜元建筑总公司第六分公司的总经理，他们作为工程的承建方也是以六分公司的名义招标的。但随着工程的进展，他又以他和夫人俞幼凤的身份成立了独资的上海舜睿实业有限公司，承接了这个项目的后续工程开发，使张伟元的建筑事业之路走上更高的平台。这其中又有什么原因呢？

原来安徽晟地置业有限公司的陈总，是这个房地产项目的开发商。他在前期已投入了大量资金，准备将这土地的开发分为四期，张伟元的公司已经完成第一期工程的建造，建成的房屋也已经开始销售。但当时的陈总由于家庭变故，事业的转型等各方面的综合原因，他不想继续开发剩余的土地，并想撤出自己的资金，移民海外，做其他事业的拓展。这其中就涉及到公司整体利益的开发问题，因为陈总作为安徽晟地置业有限公司的主要股东，他如果撤资就会动了公司的根基，其他股东如果有人有能力接收则还好说，但其他股东的资本占有率都很小，根本无法全部接手陈总的股份。作为土地开发，安徽晟地置业有限公司前期购地投入的资金太多，现在划拨给张伟元建造工程款还有一笔大的缺口，而张伟元除了要等这笔工程款发放工人工资之外，他们也还有大量的工程材料的垫资也需要开发商拨付。所以陈总作为安徽晟地置业有限公司的最大股东，他的撤资使得整个工程的进展出现了意想不到的困难。

作为该房地产的承建方张伟元，在完成了第一期房屋的建造之后，正等着开发商给他结算工程款。而开发商却出现了这样的大问题，确实也让人无法预知这个工程还怎么能进行下去。本来张伟元承接这项工程就是经朋友介绍的，而张伟元做工程的理念就是，做一方工程交一方朋友。他在与陈总的交往中，两个人也成为了志趣相投的朋友。此时陈总的公司出现了这样的无法排解的难题，张伟元自然也是义不容辞，想给陈总伸出援手。但这次的情况却比较特殊，不是简单地可以用钱来解决的问题。这里面涉及到陈总公司的其他股东，以及该项目未来的发展情况，未知因素太多。而且陈总作为开发商，欠张伟元公司的这笔工程款也不是一笔小的资金。千头万绪，乱的不是一点点。

此时的张伟元站在朋友的立场，也从自己公司的角度出发，综合考虑，想出了一个两全其美的办法。这本来也符合张伟元在生意上向来希望大家能共赢的理念。他在现有公司的基础上，成立一个新的实体公司，以工程款作为基础，自己再拿出一部分资金作为收购方，可以整个地把安徽晟地置业有限公司收购下来，由这家新成立的公司作为这块地产的开发商，继续开发剩下的土地，这样既可以解决陈总的资金与公司脱钩的难题，也不至于使这块土地成为房地产的烂尾房，同时他的公司也相当于收回了该是他们的工程款。这个一举三得的好办法，也得到了陈总的认可，大家坐下来互相协商，争取达成这样一个共赢的结果。

当然这其中也涉及其他股东的利益分成问题，还是经过很艰难的商谈，最后大家基本上接受了张伟元的方案，并达成了新的合作协议。张伟元的上海舜睿实业有限公司也成为了晟地绿园小区的新开发商，后面的几期工程，张伟元一直做到现在才基本完工。这对张伟元来说，确实是他没有想到的结果。

上海舜睿实业有限公司的成立，使张伟元更加有了底气，他又将公司进行了细分，有专门承接建造房屋的建筑公司，这是他公司的根本所在，也是总公司的大本营；另外还有以建筑装饰为主营业务的装饰公司，承接公司的所有精装房业务；还成立了天南地北文化传媒公司，既对自己的公司进行文化宣传，也承接外面的广告宣传制作；还成立了进行住宅小区环境管理的物业公司，以管理新开发的住宅小区。总之，新公司从全面全局的视野制定了未来发展的规划，以立体式建筑一条龙式的服务，进行工程建设，也使得公司有了更大的发展。上海舜睿实业有限公司成为了张伟元建筑事业发展的新界碑，张伟元对此也充满了信心。

安徽淮南的晟地绿园房地产开发，为张伟元的事业发展打开了新局面。

如今张伟元的建筑团队可以说是真正的实现了跨跃式发展，上海舜睿实业有限公司在业务上的全面开拓，也昭示着张伟元的建筑人生有了更为广阔的发展。张伟元现在信心满满，正渴望着承接更大的建筑工程，他注定是为建筑而生的。

五、诚信与感恩筑就成功人生

张伟元曾说，他之所以能够一步一步走向成功，是他生命中遇到了很多的贵人，这些贵人对他的帮助很大。实际上，所谓的贵人，都是张伟元靠着为人正直、与人为善的人品修来的。他曾说过，当年在完成东北威尼斯花园工程后，又承接了三一重工的工程项目。当他带着他的团队来到三一重工的临时建筑厂房时，他发现那面残破的墙上刷着一条醒目的红色警语："先做人后做事。"这句话对张伟元的感触很深，他把这句话作为自己团队的文化理念，传达给团队的每一个员工，强调做人一定要放在首位，要以诚信对待企业的每一位客户。

确实，张伟元也是这样做的。他说："对客户一诺千金，说到做到。"无论是起步阶段的东北景观工程，还是后来发展阶段的高尔夫别墅群工程，他都是严格以客户的标准要求公司的员工，真正做到答应的事情，必须保证不打折扣。同时公司在对工程质量的要求上，也保证做到，不弄虚作假，按合同上的要求保质保量地完工。

当时览海别墅群建造时，由于工程的规模太大，公司需要垫付很大的一笔资金，而他公司账面的资金根本达不到，他不得不到处寻求朋友帮忙。其中有一位朋友也是建筑界的同行老总听说后，便把自己厂房拿来作抵押，为他贷了所需要的大笔贷款，这既可以看出朋友的信义，也更说明张伟元是个让人信任的朋友，不用担心他会欠债不还。甚至还有一位朋友，直接就把凑到的款子打到张伟元公司的账户上，根本就不需要他写一张借条。这就是张伟元在诚信待人，真诚交友上所显示出来的人格魅力。他说："正是因为我坚持一诺千金的原则，我结交的许多建筑界的老总与我都像是兄弟一样，感情深厚。"

诚信待人，使张伟元赢得了朋友，也成就了事业。2020年张伟元在自己的家乡上虞承接了浙江理工大学科技与艺术学院一个室外景观的工程项目。这个景观的建成主要是为了迎接九月一号的学院开学，当时工期非常紧张。公司只能白天晚上二十四小时连轴干，两班队伍轮流换班。但当时正是夏天最热的暑期，这种高强度的加班很容易会出现问题。所以张伟元在督促员工们加班加点地完工时候，也时刻要大家一定要注意身体，如有不适，一定要休息。让伙房准备了各防暑降温的食品，来保护工人。但意外还是发生了，一个晴热的午后，有一个工人受热中暑，倒在了工地，人还没有送到医院就已经无法抢救而去世了。当时正在外地出差的张伟元接到消息后，立即结束行程赶回来处理这件事。实际上，工地上出现各种意外突发的事故，都是属于大概率的事件，毕竟建筑工地属于相对比较危险的地方。所以建筑公司大都要求工人安全第一，把安全生产作为第一位的要素来抓。而一旦出了事故，处理不好，也可能会产生相当恶劣的影响。因此，对于张伟元来说，当时的情况是既不能停工耽误工期，又要妥善安置死者的家属。张伟元对此也很悲痛，考虑到死者作为自己的员工，因加班加点赶工程而出现意外，本身公司就有责任，对死者也理应进行超出一般标准的赔偿。当死者家属要求一百万赔偿时，张伟元一口答应，根本就没有犹豫。而且还将医疗抢救费、死者丧葬费等各种额外费用全部承担，共计花了一百二十多万元。死者的家属虽然内心非常悲痛，但还是非常感激张伟元所做的一切，觉得张伟元是一位能担责的老板。这是张伟元对员工的交代，因为他们都是跟着自己打拼了十多年的兄弟。

其实，张伟元在诚信交友，真诚对待员工方面，从不吝啬金钱，也与他的夫人俞幼凤的善良人品有着重要的关系。二人在事业打拼时，受过很多苦，也得到了很多人的帮助，他们俩都能心存感激。所以对于张伟元在外面给朋友用钱，接济有困难的员工，俞幼凤从来没有埋怨过他。张伟元曾经说起一个故事，他的一位建筑界的朋友，曾经连续借了他两次钱，却一直没有还。过了一段时间，他又开口向张伟元第三次借钱。张伟元对有困难的朋友，向来是愿意慷慨解囊给予帮助的。但这次却觉得这个朋友，怎么会这样呢，就有些不太愿意继续帮他，当然也是担心朋友有问题，会使他上当受骗。而俞幼凤却认为，朋友既然能一再开口向他借钱，一来是觉得他是值得结交的朋友，二来肯定也是没有其他办法。况且帮助朋友，总会心里感到坦然的。他即使骗了你，你也就算是花了一笔钱，认清了一个人，也值了。张伟元最后还是满足了朋友的要求。这也可以看出，他们之所以能在事业上有今天的辉煌，与他们这种善良的人品有着直接关系。

张伟元在公司最显眼的地方，设置了一面功勋墙，上面都是他公司里跟随他很多年的老员工照片和介绍。一方面是对老员工的奖励介绍，另一方面也是展示公司发展过程中的成绩，因为这些一直跟随他打拼的老员工都是公司发展中的功勋元老，没有他们始终如一的追随，就不会有公司辉煌的今天。实际上，这正侧面显示了张伟元在诚信待人方面的人格魅力，没有人会愿意跟着一位对自己不重视的老板干十多年的。有一次，他的一位老同学来公司考察合作事项，看到功勋墙上所展示的是其中有几位是跟随他做了十五年工程的老员工时，他激动地说："我不看别的，就看你这面墙，我就知道你这个公司可以的。这些十几年的功勋员工就可以说明一切，与你合作必会成功。"

为了诚信，他可以不惜一切代价。张伟元说，我的管理团队从我创业起步开始，就一直跟着我，差不多有二十年了。虽然这些年公司发展壮大了，有了更多新员工的加入，但公司的高管基本上没变。他的一位高管王总，是一位稳重识大体的女高管，在谈及当时她进入张伟元的公司时，她深有感触地说："当时经朋友介绍加入张总的公司时，我还想着先进来过渡一下，有了好的公司就会立即辞职走人。甚至觉得不会在这里干满半年，但没有想到的是，到现在已经超过十五年了，我还没有离开，估计以后也不可能会离开张总的公司了。与这样一位讲诚信、懂管理的老总认识并有幸在他的这个团队工作，是我的荣幸。"2000年从老家被张伟元请过来替他管理财务的小舅谢海洋，虽然有亲戚身份，但对张伟元却是如员工们一样敬佩他的做人与做事，公平正直，诚信守诺。他跟着张伟元一起打拼事业都超过了二十年了，他觉得如果不是当年张伟元让他走出来，他可能现在还在老家的田里，种田育林过着典型的农民生活，无论是经济上，还是家庭上都不会今天的发展，所以他打心眼里感激这个带他一起闯事业的外甥。

如果说诚信是张伟元人生事业成功的一块坚硬的基石，那么常怀一颗感恩的心，则是张伟元获得更大成功的根本所在。张伟元曾对自己的孩子说："孩子，你以后成长不管怎么样，你的领路人千万不能忘记啊。"这就是教育孩子要懂得感恩。而实际上，张伟元正是因为自己懂得感恩，才取得了现在的事业。

所以他要把这种良好的品德当作自己的家风传承下去。懂感恩，才能懂人生。

张伟元出生的时代与地点都决定了他的成长不会一帆风顺，但祖辈、父辈对他言传身教的培养使他成为一个知恩善报的企业家。他在上小学时就得到二爷爷的教育，平时他也与这个有知识、懂教养的二爷爷关系最亲。甚至在家里如果犯了小错误，害怕父母惩罚，他都会躲到二爷爷那里，由二爷爷给他讲情。所以他与二爷爷的关系最亲。后来，二爷爷病倒了，张伟元从不嫌弃他，帮他拿药，给他喂药，即使是倒尿盆、痰盂这些事情，他都没有任何怨言，从没有表现出不高兴的样子。二爷爷去世后，张伟元每次回家都会去他的坟地去祭祀，以表哀思。

张伟元对于在建筑领域第一个领他走上建筑事业正路的师傅邵宝贤也是如此。1988年当时刚从建筑学校毕业被分到上虞三建工作，张伟元基本上是属于一点社会经验、建筑实践都没有的人，邵宝贤作为建筑事业的最重要引路人，手把手地从零教起，把他所有的技能倾囊相授，使张伟元从一个毛头小伙子成为了一个建筑技术的全面手。这里面既自己的刻苦与勤奋，但也离不开邵师傅的悉心教导与无私关怀。所以张伟元现在一提起邵师傅，还是心怀感激。无论是技术学习，还是生活常识，都总是为张伟元考虑。后来张伟元离开总公司，成立了自己的独资公司，邵师傅还是一直在原来的公司，忙于公司事务的张伟元便与师傅联系得少了。但只要能抽出时间，他还是总会与他电话问候。2015年的春节，张伟元却突然接到一位师兄的电话，说邵师傅突发心梗病逝了。张伟元内心悲痛至极，没想到向来身体健康的邵师傅会突然离他而去。他便放下所有的事，去吊唁师傅，并安抚邵师傅的家人。从此以后，他每年只要是师傅的祭日，他都要到师傅的坟前去祭拜，与师傅唠叨两句，以寄哀思。张伟元觉得，邵师傅是自己的引路人，吃水不忘挖井人，自己能有今天的成就，与当年邵师傅的帮带有着重要的关系。他要感恩师傅一辈子，他还要自己的孩子们也记住他的这位引路人。

张伟元对于帮助自己的人知恩图报，对于家乡的亲人、同乡，在报答恩情上也从不吝啬。他说："世界上最大的两尊菩萨就是爸爸妈妈，没有我们的爸爸妈妈，哪有我们！这两尊菩萨你不敬，敬其他所有的菩萨都是假的，因为爸爸妈妈才是你心中的最神圣的菩萨。"张伟元从小就懂得帮助父母做自己力所能及的事,现在事业成功了,更是想把父母接到上海来享享福,但已经养成生活俭朴的父母很难离开生养他们的乡村,离开了章镇,他们就感觉好像是拔了根,心里空落落的。所以在上海过一段生活,就一定要回老家。张伟元便也不强留他们,就把他们送回去。过一段时间后,他就会带着妻子、孩子去看望二位老人,让他们经常能享受到天伦之乐,这正是张伟元的父母最开心的事。他们既享儿孙绕膝的天伦之乐,又与身边共同生活几十年的乡邻享受乡情之娱。当然,同村的乡邻也都夸赞二老培养了一位感恩孝顺的好儿子,有这么大的一摊事业,还不忘孝敬老人。二位老人自然在乡邻面前,也觉得他们培养了这样一个出类拔萃的儿子,也是他们一生的荣耀。

对此,张伟元有自己的想法,父母一辈子都是生活在乡里的,大上海的生活再好,也不是他们的生活土壤,他们离开乡村是无法适应的。所以他在孝敬父母的时候,也时刻不忘从小帮助过自己的乡邻村民。2012年,他那时非常顺利地做完了览海高尔夫别墅区工程之后,有了一点闲暇时间,便从公司赢得的利润中抽出一部分钱做了一件让全村人都高兴的事。由他全额资助全村六十五岁以上的如他父母一样的老人,到北京旅游,共有七十余人,包了飞机去,乘坐高铁回,圆了村里许多老人一辈子也无法实现的愿望,去北京瞻仰毛主席的遗容。张伟元说:"父母辈的这些老人都是50、60年代的人,他们对北京是特别向往,尤其是对于毛主席,那是他们一代人心中的神,能在有生之年,看一看毛主席的遗容,那应该是他们最向往的事。但靠他们自己的收入基本上是很难的,即使有的人有这个能力,他也不一定舍得啊。所以,我就来满足了他们的愿望。虽然是一笔不小的开支,但是值啊!"乘着飞机去,坐着高铁回,这些一辈子也没有出过远门的老人,真是打心眼里感激张伟元。到了北京,由专门的旅游公司为他们的旅游参观服务,来到天安门广场,瞻仰毛主席遗容,很多老人都流出了激动的泪水,高兴地说:"能坐飞机,能到天安门广场,能看看毛主席,我这辈子真是没有什么遗憾的事了。"

张伟元每次回家,都会与邻居们聊聊外面的事。家乡的人也都会把他们自己觉得稀罕的东西送给他。比如他每次开车回家,许多老辈的乡民都会把家养的柴鸡蛋送给他，让他带回上海，而他一定也会返给他们比这些鸡蛋要贵很多的东西，他知道他们的生活都不容易，他不能亏欠他们。看到村里人吃水困难，他想起自己当年就曾经给家里挑过水，这么多年过去了，家乡人还是没有改变这个状况。所以他就专门拿出一笔钱，交给村支部，由村支部统一调配修改自来水站，让全村人都喝上了自来水。看到村里的老人，闲着的时候在街头巷尾打打扑克，下下棋，也没有专门的活动场所，他就又捐款给村里盖了一个很大的老年活动室，配备了各种娱乐的工具，让这些老人，老有所乐，在活动室里打打扑克，玩玩麻将。村有红白喜事的时候，这个地方就成了办公事的聚散地，村里人当然也都记挂他的好，都夸张伟元是个知恩感恩的好人。

结语

张伟元、俞幼凤夫妇在人生、事业都双双收获成功之时，也对美好生活的方式有了重新思考与感悟。尤其是作为女性的俞幼凤，她深深知道，要想让事业有更长远的发展，身体健康是最重要的保证。这些年，张伟元迷恋上打高尔夫，虽然对身体健康有着重要的帮助，但这只是表面上的，因为一个人的身体健康是综合多元的。健康不仅仅是外在身体的强健，更是内在心理的平和。俞幼凤通过自己与中再生医学的结缘，做过几次身心健康的疗养，深深领悟到这个真谛。这些年来，她虽然也注重身体的锻炼，但内心却经常会有些许的焦虑与不安。所以她在常州星空做完这几次放松式的休闲疗养后，更加确信这一健康理念，并经常劝说张伟元，也要注意身心的休养。对此，张伟元也有同感。他们俩是浙江上虞走出来的建筑企业家，他们怀着孝亲感恩之情，以诚信守诺的人格品性，为他们的建筑事业浇铸出坚实的塔基，他们未来的事业注定会在这坚实的塔基上造出更宏伟的大厦，凭借辉煌的业绩他们必定会成为建筑人注目学习的榜样。所以当他们夫妇俩在人生事业成功之时，从事业的收获、人生的健康、家庭教育等方面，他们都有了更重要的认识与感悟：海纳百川，有容乃大；壁立千仞，无欲则刚。以诚信结交天下的朋友，以感恩回报所有人的帮助。一个企业要想走得更远，只能敞开胸怀，拥抱世界。

从打工人到企业家

——记昆山聚美新科技复合面料有限公司创建者贾正虎、孔玉东夫妇

付用现

贾正虎

20世纪90年代，如许多年青人一样，贾正虎从安徽乡村奔向大城市上海打工，开始了自己起伏如过山车一般的人生历程。1996年遇到同样来自安徽到上海打工的老乡孔玉东，两人同在一家韩资制鞋企业上班，相濡以沫，终成眷属。2000年贾正虎转到一家台资企业上班，从普通职工做到车间主任。先后在这两家与服装材料加工相关，且都有外资特征的企业打工，练就了贾正虎对于服装材料专业加工的过硬本领。2007年与人合资创办上海聚美复合面料有限公司，开始了从打工人向创业者的转

变，但这个华丽的转变如夏夜的金蝉蜕壳一般经受了巨大的痛苦。刚刚起步的企业还未营利就先后遭遇了 2008 年的世界金融危机、合伙人因家庭变故而撤资退出的两次重大变故。贾正虎勉力支撑度过难关后又于 2014 年选址昆山，成立了昆山聚美新科技复合面料有限公司。创业之路艰辛而又充满幸福，在度过一次次的公司危机之后，2020 年初的新冠疫情，成为了贾正虎在企业发展之路的巨大机遇，他们紧紧抓住这次机遇成功地实现了公司的提升，从一个一路跋涉的创业者变成了一位成功的企业家。公司现在紧跟社会需求，真正走上了一条运行良好的成长轨道。

一、进城打工人

1968 年出生于安徽六安一个偏僻农村的贾正虎，正值中国发展的艰难时期，农村发展落后，农民生活也非常艰苦。贾正虎的家庭在村子里还算是能勉强应付得过去的人家，父亲是一个很要强的人，希望贾正虎将来能有一个好的出路，所以对贾正虎的要求也还是很严格的。但那个时候正是知识贬值的时代，要想读书也没有人教啊。虽然那个时候的中国正处一个非常混乱的政治时期，但相对偏僻的安徽农村并没有太多的人愿意参与到这种所谓"破旧立新"的运动中，大家都是跟随着政治的形势一天天过日子。

贾正虎的童年也在这种懵懂无知的混乱中度过了。1978 年中国迎来了改革开放时代，全国的农村都开始学习凤阳小岗村的经验，实行联产承包责任制。贾正虎家也承包了应该分得的几亩田地，每年的收入也开始有了赢余。父亲是个有文化的明白人，知道知识的重要性。当时的农村小学又重新重视知识教学，老师的教学地位也得到重视。全国已经重新恢复高考，所以他的父亲便要求贾正虎能够安心好好学习，将来高中毕业后也能考上一个好大学，来改变农村孩子的命运。贾正虎也不是一个贪玩的孩子，很愿意听老师的话，可以说在学校是一个乖孩子，小学时在班级里始终名列前茅，这让父母很高兴，看到了家庭未来的希望就寄托在贾正虎的身上。

20 世纪 80 代，中国的高考制度改变了无数人的未来命运。然而进入高中以后，对于一个出身农村的农家孩子而言，仅凭刻苦学习的毅力在那个时代却难以改变命运。贾正虎也如那个时代的学生一样，渴望能从高考这个所谓的独木桥上进入大学的殿堂。所以不分昼夜地拼命学习，按照老师的要求一遍遍地复习，但命运却好像捉弄他一样，1988年第一次参加高考就以失利告终。那个时代，因全国高招名额非常少，一个班几十个人，能考上几个就很不错了。再加上安徽也是全国有名的高考大省，参加高考的学生总量远比其他省市要大。所以高考失利接着复读，再次参加第二年的高考是很正常的事。对于贾正虎而言，本来也是心有不甘，再说父母更是希望他能考上大学来改变家庭的未来命运。复读之路，成为贾正虎改变命运的必然追求。

第二年的复读对于贾正虎来说，在时间运用上更是进入到极限，几乎可以说是除了吃饭睡觉，所有的时间，他都不会放过，买来各种复习资料，认真准备复读。实际上，在那个时代，类似于贾正虎一样的高考生，是很多的，大家都是拼命学习，总以为只要下了功夫，就不可能考不上。按照老百姓的俗语说，没有煮不熟的地瓜。但是，根据国家当时的招生计划来看，能考上大学的只是少数人，与每个人学习的刻苦程度并不成正比例关系。它实际上与当时全国招生总数与安徽省的高考实际形势等综合因素有着重要的关系。而对于这些复读的学生而言，他们没有人知道这其中的原因，更不可能去分析当时的国家基本情况。更何况改革开放十年来，已经有很多人通过高考改变了农家子弟的命运。不参加高考，也没有什么出路啊。所以当时的高考被称为是千军万马过独木桥。当然即使是在今天，大家也还是觉得高考上大学是一条比较正规的出路，尤其是对于农家孩子而言。但幸运女神并没有眷顾贾正虎，所谓"高四"后高考又以失败告终。更令人伤心的事，不服气的贾正虎又选择了继续复读，参加了第三次高考，结果仍是铩羽而归。这对贾正虎的打击，无疑是惨重的。一次、两次，现在都三次，他失去了再考下去的信心。尽管父母还是没有放弃支持他继续复读，但贾正虎还是放弃了。他觉得也许自己就不是读书的料，就不要再浪费时间了。而事实上，在那个时代，高考复读连续几年的人很多，新东方的俞敏洪不就是复读了三次才考上北京大学嘛。但大多数最后都放弃了，这其中的原因是多方面的，家庭贫困、受不了打击等等因素，都是复读生必须面对的实际问题。

高考复读的一次又一次的失利，让贾正虎不得不思考自己未来的出路。当时改革开放已经十多年了，沿海经济特区的影响已经有所显现，安徽农村有眼光的青年人都已开始选择去这些沿海较发达的城市打工，以改变生活的现状。再有就是当年中国经济在邓小平经济改革理论的指导下，有了较大的发展，沿海地区城市已经有大量的外资涌进来，经济特区，开放城市等新的经济名称已经成为人们熟悉的词语。贾正虎村里已有几个也是高考失利的年青人到上海去打工了，过年的时候回家来，不仅穿戴时髦，而且都还挣了一笔钱。这也让许多没有出路的年青人很羡慕，很想跟他们一起去闯荡闯荡。贾正虎于是也打算去上海闯一闯，反正在家里也是无法面对辛勤劳作的父母，他们再怎么支持自己，考不上大学终究不能改变命运。

于是在经历了高考的数次打击后，1993年的春节一过，贾正虎扛上打包好的行李，坐上火车来到了离上海最近的苏州昆山谋求打工的生活。当时一个招工的经理带着他们来到昆山，等着工厂招人，下了火车后，他们也没有地方住，又不舍得花钱住旅馆，基本上都是睡在火车站的候车室。一直等到有一家企业老板把他们这一批人招去。实际上，对贾正虎来说，到沿海经济发达的地区来打工，他是没有自己的选择方向，只是跟着别人随招工经理而来，碰上什么样的公司，做什么工作，都只能听天由命，听凭命运的安排。那个时候，对于大多数进城打工的年青人来说，都是如此，他们不可能有自己的选择，只能等着命运来选他们。所以，现在贾正虎在从事了这么多年的纺织服装行业后，想想自己当初的人生之路，实际上是迷惘的，更是被命运推着向前走。但幸好自己是一个做事认真，不贪安逸的人，只要有了合适的职业，就会一直干到底，坚持不懈。

一家韩国人投资的制鞋厂选了他们这一批工人。这也可以说就是命运的选择，从此贾正虎走上了与他以后人生相关的服装材料行业。实际上，对于贾正虎这个农村小伙子来说，如果当时让他选择，他肯定不会选这条路。因为那个时候他对服装类的事情基本上是一无所知的。这样一来，贾正虎进公司之后，只能从最没有什么技术含量的仓储管理做起。这个工种基本上只要细心负责就可以做好，不需要什么技术。贾正虎从农村来这个大都市，虽然眼睛里都写满了惊奇，什么都比家乡的好，但他心里明白自己现在是被逼上梁山才来到这里打工的。在农村里考不上大学就意味着人生的道路已被堵死了一多半，到大城市里来打工，有很多的未知，遇到好的老板，可以多挣点钱回家；而倘若遇到不好的老板，可能会白做，还会被坑。所以贾正虎在随波逐流中，也暗下决心，无论自己是做什么行当，一定要先做好，只有小事做好了，才有升迁加薪的可能。所以，仅仅在一个小小的仓储管理员的职位上，他都能做出耀人的业绩。他把所有仓管的账本都记录得清晰明白，毫无差错。而在他闲暇的时候，或下班后，他都会到其他工种的地方去看看，有的工人临时有事，他也会主动去搭把手。而实际上，服装鞋子等类的制作工序基本上都不复杂，大的工序就几道。所以一来二去，贾正虎成为了一个既懂仓储管理又懂制鞋的全面手。公司的高管对此也表扬过他，同时也逐年给他提升薪资，这正是贾正虎工作努力认真的结果。

当贾正虎在这个韩国投资的制鞋厂上班，正是逐步走向正规的时候，孔玉东在与安徽六安不远的庐江县也在焦虑地选择生活的出路。同样作为出生在安徽农村的孔玉东，家庭也并不宽裕，父母每天也是一样艰辛地在自家的责任田里劳作，但却不能改变家庭贫困的局面。孔玉东不愿重复过父母那样的生活，渴望凭借自己的努力改变命运。1995年的夏天，她的同村人，在昆山打工已有三年的张姐，正好回家处理家事，孔玉东便央求她带着自己去闯荡一番，她在家里也实在看不到未来的希望。于时，善良朴实且乐于助人的张姐，便带着她一起来到了昆山。孔玉东与父母告别时内心也是非常难过的，毕竟走出家门，未来是个什么样子也是无法预知的。但生性要强，从不服输的孔玉东，觉得走出家门到发达的地方看一看，一定会比在家里守着穷日子强。张姐

孔玉东

曾在贾正虎的这个韩资的制鞋厂干过，与贾正虎也比较熟，只是后来随丈夫到另外一家工厂上班去了。而她所在的工厂当时还不缺人，也不招人，她便让贾正虎帮帮忙，给孔玉东先在鞋厂找个工作，只要能挣到钱就行。经过两年认真踏实工作的贾正虎，此时在这个制鞋厂已经有了较好的工作业绩，而且这个鞋厂的效益也正在逐步上升，全时段都在招工。所以贾正虎也非常乐意愿意帮助来自朋友的请求。孔玉东就这样很顺利地与贾正虎在一个工厂上班了。

20世纪90年代是中国经济改革开放的重要发展时期，东部沿海地区成为改革开放的前沿阵地，国内自主产业与外资投资的产业大都还是比较低端的服装鞋帽企业。但相对来说，各种生产流程与生产标准已经逐渐规范起来。贾正虎对于制鞋厂的工作也已非常熟悉，但每天都是与流水线上的工人一起做工，生活也相对单调枯燥。而孔玉东作为自己的老乡刚入厂，很多事情不熟悉，他便时常去孔玉东的车间看看她。起初也仅仅是从老乡的关系考虑，但随着时间的流逝，贾正虎觉得这个老乡，性格温柔，为人善良，总能替人着想，便慢慢有了好感。而孔玉东是贾正虎帮忙介绍进来工作的，本身就觉得要找机会感谢一下贾正虎，要不自己还不知道在哪里找工作呢。当看到贾正虎经常过来给自己帮忙，还有时替自己打饭，送点好吃的。心里就觉得这个小伙子也蛮好的，乐于助人，还很懂得体恤别人，心里也慢慢地增加了几分喜爱。

两个年青人随着时间的推移，感情也逐渐加深，他们的好朋友张姐看到他们两人性格相合，脾气相投，便有意撮合他们，经常在周末请他俩到她家里，一起吃顿饭，聊聊天。最后，两个人也就水到渠成地走到了一起，1996年两人决定结婚。那时，贾正虎也还没有多少积蓄，父母在家种田，自然也不能给他提供多少条件，所以两人的婚礼也办得简简单单，在老家草草地举行了婚礼，又请好朋友们吃了一顿饭，便算是结婚了。孔玉东对此虽然也有些失落，但考虑到贾正虎当时的实际状况，自然也没有必要让他太过为难，毕竟以后的日子是他们两个人一起面对，真正的幸福生活是要靠他们两人共同打造出来的。现在两人都在工厂打工，本身就是要过紧日子的，怎么能太过铺张奢侈，以后的日子还长着呢。孔玉东的通情达理自然也让贾正虎内心充满了歉疚与感激，没想到孔玉东是这样一个识大体的女人，自己一定要好好努力，为她的未来创造更好的生活。

婚后两人在厂外租了房子，一起去上班，一起下班回家，倒也过得很甜蜜。很快孔玉东就有了身孕，但她仍然坚持上班，一直到快分娩的时候，才在家歇着。1997年随着儿子的出生，二人世界变成了三口之家，孔玉东要照看儿子，便不能再去工厂上班，挣钱养家的重担都落在了贾正虎一人的肩上。贾正虎为了孔玉东母子能过上更好的生活，每天都工作得更加认真，只要有加班，他从不推掉，这样可以多挣点加班费。毕竟打工人的生活都是这样，靠技术给老板挣钱，他们只能维持基本的家用。虽然略有赢余，但也只能积攒下来以备家庭的不时之需，从不敢乱花钱。曾经有一次，一个同事临时有事，便请正在休息的贾正虎去替他顶一会班，贾正虎本来在同事中就有好口碑，能够急人之困，乐意帮忙。他便来到车间看护机器，但由于贾正虎当时也太过劳累，在操作转动的辊子时，有些大意，左手的小指被夹进了机器中，慌乱中贾正虎硬生生地把手从机器里面抽了出来，但小指的最上一节，已经指甲脱落，鲜血直流。贾正虎在医院做了简单的包扎，回家休息了三天，便一只手骑着自行车又到厂子里上班了，公司也只给报销了差不多一千元的医药费。回想那个时候的打工生活，贾正虎的内心还有些激动，毕竟这样的生产事故是非常危险的，一不小心，搞个残疾或丢失性命，也是有可能的。况且那个时候的劳动保障也没有现在好，基本上都是打工人自己承担风险，公司老板能给报销医药费就已经不错了。

2000年中国加入了世界贸易组织，外资在中国投资的企业也开始重新洗牌，一些传统的服装加工企业开始撤离或转产，而一些有着机械化操作的流水线公司则大量涌入中国沿海开放区。贾正虎所在的那个韩资制鞋厂，由于发展的问题要转迁至连云港。再加公司的效益受外来企业的影响开始下滑，老板对员工也没有原来那么好了，甚至有时连加班费都难以发放。贾正虎为了几位员工的利益不受损失，与当值的主管经理吵了一架，便愤而辞职，离开了这个自己打了7年工的公司。而孔玉东在家带了几年的孩子，也没有上班。自然整个家庭就面临着困难。但贾正虎很快又找到了一家台资企业，主要是生产复合面料的企业，这家名为远东机械有限公司的企业，老板是台湾人。贾正虎刚进这家企业时，公司是按照新手刚入职的标准给他发工资，工资待遇也非常低。虽然贾正虎原来在服装面料加工方面也有一定的经验，但他毕竟是刚进公司，公司也只按照规定给他签协议。贾正虎却认为，刚开始工资低一点没关系，只要老板待员工不苛刻就行，而且协议中也讲了只要有了业绩，升职加薪都不是问题。因此，贾正虎便很快成为了这个有着生产流水线的服装面料加工公司的员工。

这时孔玉东也与贾正虎一起进入到工厂车间，重新开始了打工生活。孩子太小，带在身边也不方便照看，便被留在安徽老家，给贾正虎的爸爸妈妈看护。在中国当下的社会中，老人看孩子，都是天经地义的事，况且老人也非常乐意照看孙辈一代。但也有一个非常严重的后遗症，那就是这些留守乡村的儿童缺少父母的陪伴，他们的成长中缺少了父母的关爱，在整个心智的成熟上是有问题的。因此，好多留守儿童长大后有可能会成为问题孩子。当然对于打工的父母而言，他们要挣钱，又没有办法把孩子带在身边。这实际上，到现在也仍然是中国农村进城打工一代人所无法解决的难题，这是一个全社会都需要关心的问题。所以当孔玉东再次与贾正虎一起打工创业时，儿子在老家的成长便成为他们俩的心病，因为他们虽然在外打工，但文化知识水平都不低，也都能知道这其中的问题，但生存压倒一切，只能先打工挣钱再说。他们俩内心觉得亏欠孩子成长中的陪伴，后来在他们事业有成时，也想加倍地补偿孩子，给他提供优厚的条件，但总归是难以弥补的。这也是他们夫妇俩内心的歉疚，难与外人讲罢了。当然孩子后来在十岁以后再跟随贾正虎到上海城里读书时，就已经难以跟上城里孩子的学习节奏，学习成绩也一直难以提高，最终也没有成为优秀学生，这也是夫妇俩觉得对不住孩子的地方。现在孩子已经长大，虽然没有进到很好的大学深造，但孩子也能体谅他们的苦衷。毕业后便在他们的公司上班，贾正虎为了锻炼他，也让他从基层做起，一点点积累工作的经验。现在在公司做做业务，也渐渐地成为独当一面的管理者，这是让夫妇俩都感到欣慰的事。

二、创业合伙人

对于贾正虎、孔玉东夫妇俩来说，他们在远东机械公司的工作，为他们以后的创业提供了较好的职业历练。这家公司是台资企业，老板也是台湾人。这个老板做事低调，为人正直，对员工也很人性化。贾正虎很佩服他，自然也很愿意为这个公司出力。从基层的员工做起，由于他有原来从事这个行业的工作经验，所以很快就熟悉了这个复合面料加工的基本流程，由车间小组长到车间主任，一步步提升，最后成为公司的中层管理者。他凭着自己娴熟的业务，赢得了老板的认可。老板也有意培养他，给他升职加薪，希望他能成为专业型的技术管理者。贾正虎当然也以更加认真的工作来回报公司老板对他的认可。

一个人在追求事业的道路上，要想成功，除了要刻苦努力，武装自己外，机遇也是一个非常重要的因素。但机遇向来是给有准备的人留着的。机遇来临时，必须能够抓得住才行。这家生产复合面料的公司可以说是贾正虎人生转机的一个平台。他在这里从普通员工做到公司的行业技术专家，既是公司老板对他的培养，也是他自己积极进取，认真努力工作的必然结果。一开始，凡是公司重要的岗位有人辞职不干，都是贾正虎先顶上去，这样一来，他的业务水平便基本没人能超越他。他的步步晋升也必然使他成为了公司的主要管理者。按照人生事业的正常发展，也许贾正虎这样一步步成为公司的高管，也就可以满足了，毕竟作为一个底层起家的打工者，有谁不愿意走到这样的位置呢？

然而世事造化弄人，贾正虎的人生之路却在2006年前后走向了另一个方向。同为安徽老乡的李总，是一个有闯劲的年青姑娘，在上海已经有了自己打拼的事业。与贾正虎有很多业务上的来往，两人在很多方面都能谈得来。平时她也经常到这个老乡贾正虎家与孔玉东聊天。同为女性，两个人的沟通来往也能交心，这个李总靠自己的打拼也攒了一部分资金，再加她也有创业单做的经验，就经常与贾正虎夫妇俩聊创业的事。而当时贾正虎在公司里正在步步升职，根本就没有创业的打算。但是，人生创业机会的降临从来都是不打招呼的。一个突然的变故却将贾正虎推到了创业的大道上。

当时贾正虎所在的这家台资企业，经过这几年服装材料的生产加工已积累了一些资金，再加老板本身还有其他的产业，他看到当时中国发展的形势，认为投资房地产更赚钱，就想把资金收集起来转型做房地产，这也是一个非常大胆的想法。但对于员工而言，有的年轻员工可能会跟着他走，毕竟都是从新开始，没有什么障碍。但对于年龄稍大且不懂房地产的员工来说，则肯定难以接受。因为他们的年龄、经验都已经无法再让他们去适应新的行业了，他们也当然不愿意，也不可能再转行。贾正虎自然是属于后者，他从打工开始就一直在这个服装材料领域里工作，已经十五年了，而且在这一块他已是这方面的技术专家。但如换一个行业，他需要从零开始，对他这个人到中年的人说，这基本上是无法接受的事。然而原公司要转型，他就不得不重新考虑自己未来的职业规划。所以他感觉自己的人生事业之路才刚刚有了起色，接着又走入了低谷。内心的痛苦及当时的困境，都被同乡李总知道了。有着创业经验，且善于应变的她，便劝说贾正虎可以抓住这个机遇，重新做一个创业人，她可以做贾正虎的合伙人。这个台资企业转型之后，那原来的这套生产线势必就会空下来，没有人再做了，贾正虎是这方面的技术专家，可以把这个缺口填上，他们可以合作开一家新的复合材料公司，与原来的上游材料供应商和下游的复合面料的需求商进行沟通联系，再达成合作协议，不是可以继续从事这个行业吗？只是这次不用再听别人的指挥，他自己就可以按照个人的想法来安排生产，并从中挣得利润。这个想法确实也吓了贾正虎一跳，因为他一直作为打工者，从来都是听别人安排，自己也从没有过创业做老板的打算，现在却要让他去担起这样一个担子，他还真不知道自己有没有这个能力。

于是，贾正虎回家与孔玉东聊起这件事，也谈了自己的担心。而对丈夫非常了解的孔玉东却非常支持这个创业想法。尽管有很大的风险，但她知道贾正虎是一个做事谨慎，考虑周密的人，不会蛮干。只要他们尽心尽力，把很多事情都考虑全面了，应该肯定会成功的。所以她觉得这个创业很有必要，也值得冒这个风验。因为从当时的情况看，他们夫妇俩再转型干其他的行业，已经很难了。再到同行业的其他公司，从一个小员工做起，也难以平衡自己的心态，换一家公司，在这样的心态下能不能做好，也还是未知数。而如果合伙创业，两家的资金加起来，基本上可以应付当时的生产情况，而且还都如原来一样，只是换了管理的方式，他们虽然承担风险，但也可以获得比他们工资要高得多的利润。创业成功，他们的人生就会改变，这样的机遇是上天恩赐的，不抓住那不就傻了嘛！

夫妻合计商量了几天，把各种可能都考虑了，又与李总一起，三人细细谋划了未来的投资与分红，最后他们下了决心，两家合伙。贾正虎在技术专业方面有自己的优势，李总在创立公司管理方面有一定经验，双方拿出各占比例的资金，在上海嘉定租好了厂房，当地政府对他们的企业也给予了一定的免税支持，上海聚美复合面料有限公司于2007年4月就正式成立了。

这个公司的成立，改变了贾正虎、孔玉东夫妇的人生航向，他们从打工人正式走进了创业者的行列，能不能成功，未来还有更长的路等着他们，也还有更多的机遇与风险等着他们，当然也有更多的快乐与收获也会等着他们。他们的未来注定是不平凡的，也注定会走得轰轰烈烈。创业之路正式开始，贾正虎已做好了准备。

三、事业坚守人

上海聚美复合面料有限公司虽然是两人合伙开办的公司，但公司业务主要还是由贾正虎来管理。因为前面的台资公司所生产的新型复合面料基本上都是出口欧美等地，但都是通过上海的一些商贸公司来销售的。而现在的聚美基本上是承接了原台资公司的各项业务，他们只是换了公司的名字而已。贾正虎的业务经验是别人所无法替代的，这也正是他们重新开始后仍然还可以与这些上下游公司继续合作的重要原因。但贾正虎在原台资企业时，就明白他们作为加工生产商，而实际上是为别人的商贸公司做嫁衣裳，他们赚取的利润只占其中的一小部分，而有的时候还受制于经销商。所以作为代办加工的企业，他们的日子实际上也不容易，甚至有时还要与原材料的供应商进行商谈，如果没有懂专业的人，那势必就会受制于人。当然这本身就是生意场所必然要面对的事，只有专业的人才不会吃亏上当。而贾正虎是在这方面历练了许多年的专业性人才，基本上可以做到业务利润的最大化。公司成立后，一切都按部就班地进行，发展势头良好。从2006年开始筹备，到2007年4月公司成立，再到运营了八个月时间，公司已经把购买生产线、租用厂房、蓄积部分原材料的资金都赚了回来，信心满满的贾正虎感觉事业发展正在逐步走向正规，明年就可以扩大规模，好好地大干一场了。

正如哲学家孟子所言，天降大任于你，一定会让你受尽磨难，才会苦尽甘来，享受胜利的成果。正当贾正虎信心满满地在创业之路上大踏步前进时，一场意外已经悄悄地盯上他们的公司。2008年春节即将来临时，贾正虎让大多数员工放假回家过春节，等明年春节过后再回来继续开工。他与李总在公司的办公室里总结这不到一年的创业营收情况，再商量第二年如何进一步扩大生产规模，提升公司营运效率。二人对公司刚起步的整体状况都比较满意，毕竟刚刚开始，未来的走向一片光明。当时正是农历的腊月二十五，天空阴着厚厚的云，傍晚时已开始有小雪花飘起。天气预报说将有中到大雪。实际上，这之前，中国的南方已经经历了历史少有的风雪侵袭，许多地方道路交通瘫痪，给南方各地经带来了重大损失。但上海等地还基本上没有受到多大影响，都撑过来了。这也多多少少给贾正虎带来一定的担心，毕竟现在的身家性命都搭在了公司上了，不能出任何的闪失。稍有不慎，就会前功尽弃。

　　心神不宁的贾正虎觉得今天晚上就不回家了，待在厂里看看，也不知道这预报的大雪会下个什么样，万一有什么问题，自己可以第一时间采取补救措施。李总在厂里也有临时宿舍，看着这越下越大的雪，她与贾正虎都暂时待在厂里，观察大雪的状况。没想到，这场中到大雪在晚上十点以后，是越来越大，两个人根本不敢回各自的宿舍休息了，就到了门口的保安室，与保安们一起看着这场大雪。

　　因为他们俩心里都明白，公司当时为了省钱租下来的这个厂房，有的地方有些破旧，甚至于有的地方的钢梁也已经锈迹斑斑，有些变形。而公司刚刚起步，也没有更多的资金来进行修缮。当时只考虑厂房不漏雨就行，因为江南夏天的雨多，漏雨自然会损坏机器，所以只是简单地对一些破旧的顶棚进行了维修，以便能够平稳地度过当年的夏天。但没有想到上海这个地方会下如此大的雪。所以随着大雪的飘落，两个人的心情也越来越沉重。这样的大雪，如果出现了厂房坍塌的事故，他们基本上没有任何办法补救。因此，在厂门口的保安室，大家一边聊天，一边看雪，终于在后半夜清晨三点多的时候，厂房西北部的一角承受不住大雪的压力，开始塌掉。众人也都眼睁睁地看着，没有办法。后来又一根支撑厂房顶部的大铁梁也从中间锈蚀的地方断掉，整个厂房基本上全部塌掉，机器、原料、半成品全都被埋在了大雪底下。

　　面对这样的惨景，年轻的李总已经开始痛哭失声，无法控制自己的情绪。贾正虎也是悲伤难受，这些都是他们的血汗钱啊。夫妻俩打工积攒下来的这点积蓄，都被大雪吞没了，怎能不令人伤心呢？！他打电话给妻子孔玉东，告知了厂房坍塌的事故情况。孔玉东也是感到非常伤心，但性格坚毅的孔玉东并没有埋怨丈夫，毕竟这个时候，最痛苦的应该是贾正虎，这个企业是他刚刚做起来的，每一个地方都有他心血的付出。厂房塌了，但人的精神不能垮了。贾正虎这个时候最需要来自自己对他的支持，而不是埋怨。所以孔玉东，劝慰了贾正虎几句，便让孩子在家不要出门，自己穿上衣服，也来到了厂子。但坍塌的厂房周围已经拉起了安全警戒线，以防会发生人身伤害事故。

这场大雪下得实在是太大了，谁也没有想到。但对贾正虎夫妇来说，这是他们成立公司创业的最大考验。第二天雪停了以后，贾正虎便赶快找人抢救那些埋在雪下面的材料、货物以及生产线。首先清理出一大片空地，然后再把厂房顶上的雪清理掉，掀掉顶棚，再把里面与生产机器相关的地方一点点清理出来。幸好后面的几天没有再继续下雪，如果再继续下雪，这个货物与机器就基本报废了。公司里的员工大多都回家过节去了，便又通过朋友帮忙召集了一些人来帮着他们清理厂房，把还能用的原料、货物都清理了出来，又把能用的生产机器也抢出来，然后将厂房清理干净，买来建材，把厂房重新建了起来。本来这个厂区就是租的别人的，那个时候，也没有保险意识，这次雪灾的大部分损失都是公司承担的。虽然生产线重新修了一下，把坏掉的零部件换了，基本上还可以生产，但还是损失了一批积压的货品，还有后来抢修时所付出的人工费及建材费也是一笔不小的开支。公司的损失惨重，刚起步的赢利全部搭进去，还欠了一大笔外债。

尽管遭遇了这样一场突如其来的天灾，公司损失惨重，但经过他们的修整，公司在2008年的春天又重新运转起来了，工人们回来后还是在原来的厂房里进行生产。贾正虎虽然也觉得有些悲观，但他也深信创业之路本来就不会是一帆风顺，遭遇挫折也是必然的。所以要正确地面对灾难与困境。

创业者需要把握机遇，创业者也需要面对危机，上天对每个创业者都是公平的，但又是不公平的。贾正虎的公司在运营得蒸蒸日上之时，遭遇到这场意外，其实也算是一场考验，突发的天灾人祸只会让奋斗者变得更加坚强。所以贾正虎他们并没有感到绝望，反而是激起了他们更加努力的斗志。重新整理，收拾残局，整个2008年的春天，他们便开始加倍努力，只要有订单，他们就可以通过努力赚钱，也就可以有再次翻身的机会。半年下来，他们终于把这个天灾造成的损失基本填补上了，公司的运营可以说又基本上回归正位。

火热的暑期一过，贾正虎站在厂房门外的院里，看着天空的流云，思索着这一年多来的创业经历，真是有点沧海桑田的感觉。人生的经历在起起伏伏中变换着色彩，事业发展好像也在考验贾正虎的承受力。没有人能随随便便就会成功，幸好自己坚持下来了，慢慢调整，一定会好起来的。然而世事沧桑，21世纪的世界已经进入到了一个互相联系，互相影响的时代。亚马逊河上一只蝴蝶煽动一下翅膀，太平洋的上空也会卷起风暴，说的就是世间万物都有因果。2008年8月中旬由美国开始的金融危机，以所谓的"两房（房利美、房地美）"的破产为开端，接踵而来的是投行雷曼兄弟被迫申请破产保护，美林被美国银行收购，连累全球最大保险商美国国际集团，多米诺骨牌一张接一张地倒下。由美国波及到美洲、欧洲、亚洲等世界各地，自然也影响到日益加入世界行列的中国，尤其是中国东部沿海地区。贾正虎公司生产的复合面料主要是用来制作卫生防疫方面的用品，而且大部分也主要是出口欧美，自然这场金融危机也殃及到他们的公司，原来承接的订单都被退了回来，为生产订单而积压了大量的原材料，一时间公司运转又开始出现了问题。

刚刚复苏起来的公司，还未真正的恢复元气，没想到这场声势浩大的金融危机又给了他们一个沉重的打击，这些积压的货物纯靠国内销售几乎是不可能的，即使能通过一些私人渠道销掉一部分，但这些产品的批号、质量标准都不是按照国内的要求加工制作的，在一些相对正规的单位几乎是没法使用的。而且这半年来生产的产品还基本没有运出去，都压在仓库里。所以当时对于贾正虎与李总来说，真是感到绝望。公司只能先暂时停产，期待有机会先把货销了，才能有周转资金继续运作。

创业之路从来就不会一路平坦，这是每个创业人都会考虑到的。但起步阶段却遭遇这样连续的打击，却不是一般创业人所能面对的。坚强的贾正虎虽然还能坚定地面对，但没有想到的事却再次发生。真是屋漏便逢连夜雨，船破又遇打头风。由于这样巨大的变故，作为合伙人的李总，本来就灵活多变，她觉得投资这个复合面料生产，自己一开始没有看清楚。上一次天灾时，她就已经心生悔意，萌生了退出之意，但苦于朋友合伙，只能勉力支撑，现在又刚刚恢复，却又遭遇到这样的大危机，甚至于根本看不到未来，还有可能会拖垮自己。所以她就提出了要退出的想法。这无疑是对贾正虎的又一沉重打击，他正在考虑如何应对未来的意外，到处想通过各种关系来消解这些积货，以便回收部分资金，来寻求新出路。而在这样的关口，作为合伙人的李总却要退出。这实在是让他难以接受，却又无可奈何。

两人毕竟是合伙人，开始时大家都是奔着赚钱去的朋友老乡。现在不仅不能赚钱，而且还面临着赔掉本钱的可能，自然友情也受到伤害。但在这行业里做了十多年的贾正虎，无法再选择离开，因为他只熟悉这个东西，如果从零开始地去适应新职业，对他来说，基本是不可能的。然而这样的劣势其实也暗含着机遇，正因为贾正虎不可能再换新行业，所以他对这个行业就看得比别人透彻。因为这种医用的卫生复合面料是一种消耗品，而且也是属于易耗品，虽然受社会经济发展的影响比较重，尤其是金融危机造成的负面影响，但只要经济稍有复苏，这种材料的需求一定最先恢复生产。所以要看到未来的希望，就必须熬得住现在暂时的困难。对于这场世界级的金融危机，贾正虎并不觉得太过悲观，现在的寒冬只是暂时的，熬过去就会迎来春天。

但李总却听不进贾正虎的劝说，执意想退出，并以开办新的广告公司为由。当然她也觉得这个时候退出，确实也对不住老乡朋友。她便提出以半价折合货物的方式退出，自己损失一些，也算是对贾正虎的补偿。贾正虎也实在无奈，毕竟两人合伙开办这个公司，也不容易。要不是当初李总劝说他，他还不一定走上这条创业之路呢。李总的退出虽然会使得现在的公司面临更大的困难，但毕竟朋友一场，他还要感谢她这几年的风雨同舟。最后只好答应她的请求，两家好合好散，李总以半价折算货物的方式分走了一部分现金，整个公司都折给了贾正虎。所以贾正虎当时面临的困境是可以想象的。他守着一个有着生产线的空荡荡的公司，员工都已基本走光，看着仓库里积压成堆的、无人要的货物，内心的失落也是可想而知的。

整个2009年，贾正虎基本上是在这种等待与期盼的煎熬中度过的，一度都感到要失去信心，看不到希望，有了想放弃的想法。但又觉得真的放弃了，可能自己奋斗了这十几年的积蓄就真的全部化为泡影，而且未来的前途在哪里，也看不到出路。而只要坚持就还有可能看到解困的那一天，只有等下去才是最后的希望。所以苦苦支撑了一年，到2010年初，全世界的经济已经慢慢开始复苏，公司仓库里积压的货物已经开始有了新的订单，而价格也逐步回升，很快就已超过危机之前的价格。卖掉这些积压的货物，也接着有了新的订单，贾正虎便又把原来的老员工招了回来，又招募了一批新员工，生产线便开了起来。慢慢地又经过了两年的复苏，公司也基本上起死回生，又重新走上了正规，原来的业务继续加工，还有新的订单在拓展。贾正虎终于守得云开见日月，迎来了公司的正常发展。

尽管贾正虎的坚持最终有了回报，但公司在上海嘉定的厂址对未来的发展都不太有利。因为公司原来是租用了别人的厂房，三年的租期到了之后，房主也因当时上海房地产经济的飞速发展，带动房价的提高，而提出了要提高厂房租金的要求。而且对于租金交付也比较苛刻，根本不给公司留有任何余地。再加随着经济复苏，公司使用的上游原材料也开始提价。这些都逼得贾正虎不得不考虑将公司搬迁到相对便宜的上海周边地区，把生产成本降下来，公司才能有更多利润投入到扩大再生产中，也才能有机会做大做强，到那时候就必须有自己的厂房，否则就会一直这样受制于人，公司要拿出很大一笔利润为逐年增长的房租埋单。因此，另谋新厂址是未来发展的根本所在。

到哪里去找合适又便宜的新厂房呢？这让贾正虎有些头疼，这不是他擅长的领域。恰好这时，贾正虎在业务上有往来的朋友季总、刘总来公司谈业务，聊起这个迁厂的事情。贾正虎说，这个事情涉及两个问题，一个是资金，一个是位置。刘总说："这个厂址选择，我倒是有一个地方，我在昆山有一个朋友，他的老厂房已经荒废了好几年了，而且这个厂房外面还有很大的院子，估计也有几十亩地。那个朋友早就想出手卖掉，但一直也没有人愿意出合适的价格，所以一直就扔在那里荒废着。那个地方可以考虑试一试。"贾正虎便说："那有劳刘总去帮忙打听一下你朋友大约想卖多少钱？"刘总拿起电话就把大致的价格问清了，整下土地、厂房全签下来，大约也要一千三四百万元。这对那时的贾正虎来说，基本上拿不出这么多的钱，超出了他的承受能力。在一旁的季总听了，便说："这土地加厂房，要这个价格的确是比较便宜，如果能买下来，即使投资将来也不会亏的。要不，我们几个合资把它买下来，到时候也可以按比例分红。"生意上的事，有时候几句话就能谈妥。三个人聊了一会，基本上就确定由三人共同出资把这块土地买下来，季、刘二人也算是对公司的投资入股，以后可以按股份占比分红。下面的事情就是与原厂主洽谈，既然是刘总的朋友，也就由刘总联系，几个人选了大家都方便的时间，坐下来，进行了细致商谈，把所有的细节都谈妥了，最后签订了购买合同。

几位老板合伙签了协议，就各自按比例开始筹备款项，准备办理交接手续。但令人没有想到的事又发生了。这两位朋友在关键时刻却出了问题。季总做生意很讲究风水，他便找了经常给他看风水的一位风水大师给他参谋参谋，结果这个风水大师却说这个地方风水不好，将来必会受累，对这种东西笃信不疑的季总被吓住了，便想退出。而刘总也因为回家后与夫人谈及此事，而遭到夫人的坚决反对，也要退出。这简直是两人商量好了给贾正虎作的圈套似的，但贾正虎做事从来都是谨慎的，他也不会打无把握之仗。在这之前，他与孔玉东也商量过，并通过实地考察过，甚至也找过一些这方面的专业人士给自己测算过，自己有了较为透底的心理价格，才最后来做这个合伙生意的。但没有想到的是这样划算的生意，他的两位朋友却会以这样奇特的借口退出。因此，他心里明白这并不是他们有意地设局害他，只是他都因各自本身的原因不愿再加盟罢了。那既然划算，两位朋友想退出，他就想办法硬接过来，过几年的苦日子，也算是可以一劳永逸，从此就不会再受别人的要挟了。所以，他也没有过多地去埋怨这两位不守信约的朋友，这块土地他要想办法拿下来。

然而对于贾正虎夫妇而言，想吃下这块肥肉，却不是很容易的事。因为本来三家拿钱一起投资这块土地及厂房，贾正虎还是可以拿得出来的，而现在他们两人退出，这缺口的两块资金却非常大。想要贷款却又没办法办抵押，因为他现在的工厂还在上海嘉定，而要买的厂子却在江苏昆山，不能办理异地抵押，这确实让他有点儿手足无措。本来看到的希望又变得一片灰暗。这个搬迁的事情基本上搁浅了。

正当山重水复疑无路之时，却又有了转机。给他们公司生产供应所用原材料的张总得知此事后，却给他带来柳岸花明的好消息。张总为人正直善良，生意圈中的朋友都夸他是一个可以结交的朋友。另外，张总一直是贾正虎公司的原材料供应商，两家在生意上一直有业务往来。在贾正虎还是台资企业的员工时，他就与贾正虎有交往，他对贾正虎的做人做事也非常认可。所以他得知贾正虎当时的困难时，便主动伸出援手，愿意通过他的公司作抵押，贷一部分款给贾正虎用，以解燃眉之急。这样贾正虎的公司可以扩大生产规模，他作为原材料供应商，自然也可以与贾正虎多签一些生意。赠人玫瑰，手有余香。而且张总的公司也可赢得好处，这是一个多赢的局面。贾正虎没有想到，生意场上的朋友会如此慷慨，真是在内心深处感激张总的高尚。大恩不言谢，贾正虎自然会心存感激，也会以真朋友的方式与张总相处，到现在也还是一直在用张总公司的原材料来生产。

最后在 2012 年的年底，几经周折，昆山的厂区终于完成了接手。新的厂区建设也变成了现实。这个事情对于贾正虎来说，既是对他创业信念的考验，让他在一次次磨练中变得更加坚强，也是为他人生事业的发展做了经验上的积累。在创业之路上，不仅仅是只要业务过硬就可以，而且还必须要具有企业家过人的坚强意志，更重要的是要有一个企业家的胸怀，去面对困难，寻找机遇，创造机会，以实现企业的做大做强，并最终成为这个领域里的领头羊。这次厂区的选址与建造对于贾正虎而言，是一次巨大的事业考验，同时也为他在企业的发展中积累了大量的人脉及管理团队的经验。现在的贾正虎不再是一个简单向前勇闯的创业者，而是在创业之路，锻炼了头脑，增长见识，有了一定气度与格局的企业家了。

四、企业守护人

新的厂区筹资与准备，虽然过程很艰辛，但结果还是让贾正虎感到很满意。贾正虎在接手之后，又进行了重新的翻修与整改，又在空闲的土地上盖了三座新厂房，基本上可以满足未来整体发展的生产需求。2014 年整个生产线全部搬迁到昆山厂区，原来的厂区也退还给原房主，从此公司有了自己的生产厂址，再也不会受制于别人了。公司从上海搬迁出来后，原上海的公司并未完全撤掉，还是保留了这个公司的名称，仅在外面租了一个办公场所，为在上海的业务联系提供便利，而开发的业务则由昆山厂区的生产线来完成。昆山的公司也正式命名为昆山聚美新科技复合面料有限公司，对外承接生产业务，公司发展真正走上了正规。

2014 年新厂区的完工与使用，使贾正虎在创业之路上真正地完成了身份的转变，由打工人的身份转变为一个拥有生产销售一条龙服务的实体企业，企业家身份的确立也为此后业务的开展奠定了良好的基础。艰难困苦，玉汝于成。创业之路，从来就没有一条平坦的道。贾正虎对于公司未来的发展，也非常清醒。一个公司的成长必须有持续不断的业务才能谈发展，光有一个外壳，并不能带来利润。而他们公司虽然承接的大都是欧美的生产业务，但这些业务基本都不是他们自己谈的，都是为别人的商贸公司做代加工，业务受人限制，甚至还会被人欺骗，这都有可能。所以要想发展，就必须自己拓展国外的业务。对此，贾正虎曾谈到一个被人欺骗的真实案例，这个教训给自己带来了的真金白银的损失，所以对这个事情，他至今还难以释怀。

2014 年，公司刚刚落地昆山，正需要签一批业务加快公司发展，这时一家浙江的商贸公司来联系生产一批高档的医用材料，业务总量价值六百多万元。这对公司来讲，真是雪中送炭，贾正虎没有作细致的考察就与他们签了协议。但令他所没有想到的是，这竟然是一出预谋好的诈骗。浙江的这家公司在接完了全部的货物后，竟以公司破产为由，把货款给赖掉了。虽然公司据理力争，通过各种途径与他们交涉，甚至最后也到法院起诉，官司也赢了，但最后却没有获得赔偿，因为这家公司已宣布破产，老板名下已经没有任何资金与财产了。实际上，一开始这家商贸公司与公司签订这笔六百多万的生产业务时，就有欺诈的嫌疑，但当时公司正在急切想着赚钱翻身，没有进行细致考察，就与他签订了供货合同。而实际上，即使去做了详细的考察，也不一定能看出这其中的圈套。因为他们也按合同约定先支付了百分之十的定金，后面答应接货后一次性付清。然后就督促他们按照给定的规格要求加班加点地赶工，不到两个月贾正虎就按要求把生产好的货物交给了他们。但他们在接到货物后进行欺骗性处理，将货物转移到其他家公司进行倒卖，然后就以公司销售的这批货物还迟迟未收货款为由，临时拿不出这么多货款，要求延长合同的付款期限，等货物转卖出去后，再把货款付给他们。贾正虎他们一开始也没有怀疑就答应了，因为公司运转一般都会有临时资金紧张的现象，别人帮一把，就可以度过难关。但不曾想，他们在拖了一段时间后，又说公司已面临破产，无法偿还这笔货款了。而实际上，他们在这段时间里，已经把公司所有的财产转移完了，公司的老板名下已基本空了，即将宣告破产。这样一来，贾正虎公司的货物等于就是被他们赖掉了。最后也只能走正常的法律程序，起诉他。然而如果早一点知道他们的伎俩，早提起诉讼，也许按照正常法律程序，这家公司即使破产也还是可以执行一部分财产或者追回一部分货物的。但由于他们从一开始就没想给货款与货物，所以在各个时间节点、各种程序上做得天衣无缝，把公司的所有资产全部过户给其他人，老板直接成了光杆司令，官司即使赢了也无法执行，这个案例给贾正虎的教训是深刻的。因为贾正虎后来明知道他们是有诈骗嫌疑，但拿不出证据，而对方的所有程序都是合理合法，对方在浙江当地又有一些社会人脉资源给他们提供庇护。所以最后贾正虎被他们拖得精疲力竭，眼睁睁地看着公司损失了五百多万元。当然，这也是做生意的教训，无商不奸，在商业上一切要以合同为准，不能对别人，尤其是不熟悉的客户有放松之心，提防别人也是保护自己。

这个事情也教会了只懂技术的贾正虎如何真正做生意，为他们以后公司的发展提前交了学费，虽然有点贵，但毕竟公司只要能继续生产，就还会赢来利润，挣到他们应得的财产。的确，打江山易，守江山难。创业好像凭着一时的闯劲，就可以迈出第一步，但创业后，如何将事业做大做强，在同行业的竞争中不被淘汰，并能慢慢地取得领先地位，这确实是一个企业人所要日思夜想的事。贾正虎、孔玉东夫妇俩经历了许多的困难，也学会如何勇敢地面对困难，并想办法解决困难。公司还曾经发生过一次退货的事情，也给贾正虎一个很大的教训。因为工厂是流水线作业，其中有个车间的流水线上出了一个小瑕疵，但看管机器的工人正好是值夜班，也一直没有发现。货物带着瑕疵被装进三个货柜，这三个货柜都随着其他货物一起发给了美国的客户。当然，美国客户在收货后就发现了问题，退货及违约损失了一百五十多万元。这个事件，也再次让贾正虎对产品质量的把关制定了严格的措施，此后便基本没发生过类似事件。

公司管理就像是一个家长管好一个家庭一样，要有长远与未来的眼光。贾正虎在逐步学习管理的过程中，也开始扩大公司的业务。与加拿大的一个外商有了业务上的来往后，便与他保持联系。后来就直接与这个外商洽谈业务，按他们的产品需求生产商品。双方在业务的诚信交往，也使得贾正虎的公司成为这个加拿大外商的重要业务对象，一直保持到现在，还在继续供货。当然也有的外资业务在准备阶段时也出现过问题。比如，公司曾经为了给美国的沃尔玛公司供应医用的防护产品，曾找业务员与他们商洽，但美国的产品标准与国内的不同，要想打入他们的市场就必须按他们的标准来生产。于是贾正虎为了能谈成这笔业务，先花了一百多万购置了一条与沃尔玛公司需求标准相一致的生产线，作为谈判的筹码。但公司最后花了很大的力气，也没有谈成这项业务，这条上百万的生产线就等于是废品放在厂房里，也用不上。这也是公司发展过程中所必须交付的学费，贾正虎对此也能看得开。

但事情的发展有时会在你想不到的时候出现转机。贾正虎事业发展之路上，经历过了一次又一次这样的意想不到，现在也基本上是处变不惊。老子曾讲，"祸兮，福之所倚，福兮，祸之所伏"。这个生产线没有用上，就先暂时放在厂房里吧。2020年春节前，贾正虎与孔玉东夫妇俩准备春节期间到云南丽江旅游，两人也好好放松一下。一年到头，总不能一直这样辛苦工作，春节放假也要好好地犒劳自己。当时正时阴历的腊月二十八，夫妇俩在大理已玩了两天，准备第二天，乘飞机去丽江。晚饭过后，在宾馆房间看到电视上在广播湖北武汉疫情的事情，武汉将在二十九日凌晨封城。从来没有经过这样的夫妇俩，一时也没了主意。疫情到底有多严重，那个时候，大多数人都还不能做出正常判断。而贾正虎敏锐感觉到这其中的问题，身体安全是一方面，而公司生产的复合面料与防疫有着重要联系，这才是问题的最重要一面。当然当时也还不能完全判断疫情的发展到底会怎么样。但他们俩必须要尽快赶回到公司再说。所以，贾正虎马上想到购票回上海，但一打电话问，已经购不到机票。这个时候，贾正虎也明白了事态的严重性。于是两人直接打了一辆出租车直奔昆明，昆明毕竟是云南的省会城市，出行各方面相对会便利一些。但到了昆明，那两天的飞机票也已抢售一空，只好再去购买高铁票，几经周折，夫妇两个终于在大年初二的早上，回到了昆山。而此时全国已经开始限制所有人出行，各地政府按照中央的指示，要求民众在家尽量不要出门，以防疫情扩散，并要求所有出入都要带口罩。而当时武汉的防疫情况出日益严重，各种防疫物资开始出现短缺。贾正虎公司本来的生产就与这个防疫物资有关，有的公司也看到商机开始联系他的商品。

这个时候，贾正虎夫妇俩突然想起了他们那条准备与沃尔玛公司签订协议时购置的生产线，正好可以发挥作用了。便连忙召集工人，而这个时候大多数工人都已回家过春节去了，公司里留下的员工也不多，但幸好还有一些家太远的年轻员工没有回家，于是就把所有人全部动员起来，开动这台机器为防疫生产贡献力量，当然也按当时的市场价格售出，这台机器的本钱自然也早赚回来了，而且在那样的时刻这条生产线为当时我国的防疫物资生产提供了有力的保障。而眼光敏锐的贾正虎，便接着与这条生产线的广州公司进行联系，又一下订购了三条生产线，以满足当时的防疫需要。

这对贾正虎而言，他一点也没有想到的商机就这样突然而至。其实事后，贾正虎也为自己当时的判断感到满意。如果当时两人在丽江过完春节，随着全国疫情的逐步加重，他们就有可能被困在丽江，家里的这些货物也销不掉，而且这条在当时来说价值千金的生产线也就完全浪费了。所以，贾正虎对此满意之后，也有些后怕。人生与事业都是紧密相联的，一个人的决策决定着他未来的成功。所以他对自己在人生事业的关键时刻的几次重要的决定，还是觉得做得非常正确，把握住了命运的航向。这次又增加了三条生产线，整个公司也高薪招募了一批在昆山的新员工，加班加点，连轴生产，那段时间，所有的防疫物资都是供不应求，就按当时的基本价格去销售，公司也是在几个月的时间里，打了一个大大的翻身仗。

后来随着国内疫情的回落，而国外疫情却又一波波地暴发，公司的生产也与国外防疫物资的需求接上了，公司也基本上是满负荷运转。但市场就是这样，随着防疫物资需求量的大增，很多公司转行生产这类物资，市场的波动也非常大，这对于贾正虎来说，也考验着他的管理运营智慧，不能过于盲目扩张，既要看到机遇，也要看到危机。所以后来在生产规模适当控制也使得公司躲过了几次重要的危机。这就是一个成熟企业家应该有的高瞻远瞩的眼光，和高屋建瓴的胸怀。

现在的昆山聚美新科技复合面料有限公司已经走上了一条良性发展的轨道。贾正虎也趁着疫情的空隙，又投资兴建了一幢新厂房，疫情期间，各种建筑生意都不好做，这个时候建造厂房，也节约了一笔很大的建筑成本。公司目前拥有四幢厂房，约合一万平方米的加工车间，六台复合机器，多台缝纫机器等设备，每月服装材料的生产加工量可达一百五十万米，年产值已超过亿元，生产的产品远销欧美等地，成为昆山服装材料加工的重要企业，尤其在医用防护等服装材料加工方面，有独立的生产车间与生产流水线。

结语

贾正虎与孔玉东夫妇作为中国改革开放过程中成长起来的企业家，经历过困难挫折，也享受着创业成功的喜悦。现在他们的公司运转良好，得益于国家发展的良好环境，也是个人智慧经营的结果。孔玉东在贾正虎的事业中，起到了坚定的支持作用。实际上，她在夫妇俩创业的起起伏伏的经历中，身心经受的巨大煎熬，一点也不比贾正虎少，甚至于有时比他还多。因为作为女人，她的默默承受就是对丈夫最大的支持，这也势必会对她的身心带来较大的伤害，有时身体也会出现亚健康状态的各种焦虑与郁闷。最近几年，她依托常州星空医疗美容公司做过各种放松身心的治疗，心情也感到健康愉悦，对于公司的各种困难都能坦然面对，觉得在打拼事业的过程中，要在保证身心健康的前提下，才能更好地迎接困难，享受成功。所以，现在连贾正虎也在她的劝说下，也经常接受这种对身心修养有着重要帮助的休闲疗养法，夫妇俩不时会一起到星空疗养，放松心情，享受人生的惬意与美好。

面对事业发展的历程，贾正虎深有感触，五十多年的人生路，一幕幕如在眼前，思考自己这一路走来的艰辛与成功，他总结自己的人生感悟，那就是：一生坚持只做一件事，每天都是从零开始，昨天的成绩只是代表过去！

以钢铁意志铸就钢铁事业

——记福建福华新材料集团有限公司董事长陈尧光

付用现

已近古稀之年的陈尧光，是福建福华新材料集团有限公司的董事长，也是这个公司的创始人之一。现在虽已退休赋闲在家，照看孙辈，外出旅游，但仍然还有一颗不服老的心，还时常到公司了解公司的运行，关心公司未来的发展。陈尧光出生于新中国建国初，童年时期因家贫而只读过半年书，青年时期在当地供销社食品厂做合同工，制作糖糕饼，运送到周边各乡镇销售。曾经在送货的途中，遭遇严重的车祸。他乘着手扶拖拉机跌入三十多米深的山沟，差点丢掉了性命。最后他凭借顽强的意志，从死

陈尧光

神中挣脱了回来。90年代随着中国改革开放的转型而走上创业之路，五人合伙建厂，靠回收废旧钢铁，烧炼最简单的地条钢，一步步有了今天的钢铁企业。陈尧光的钢铁企业从福建福安起步，在上海崇明岛生根开花，因顾全地方发展大局而转战江苏南通，再从南通回到老家福建福安，经历过无数的艰难困苦，如今在家乡落地生根，成为了当地知名的企业，也是当地有名的纳税大户，为服务家乡贡献他们的力量。因此，可以说，陈尧光作为从事钢铁企业的钢铁人，凭借他钢铁般的坚韧意志铸就了属于他们这一代人的钢铁事业。

一、车祸展现钢铁意志

福建省东北部的福安市有一个号称有千年古村的村庄——龟龄村。因在古代的时候，这个村地处交通要道，是福安通往寿宁及浙南的古官道驿站，所以这个村就有了久远的历史。古官道旁一条老街是经济中心，古时候商贾云集，茶行、客栈、布店、肉铺、酒肆、药房等店铺林立。但随着历史朝代的更替，龟龄村后来就衰落了。后来社会经济的发展，现代化的便利交通，直接就使得这条古驿道成为历史。龟龄村也渐渐失去了往日的繁华，恢复了山清水秀的原始风貌，但古旧遗迹大都还在，比如有史志上记载的龟龄寺、龟龄桥等。

小山村虽然没有往日的繁华，但毕竟也是过去的交通要道。村子人丁兴旺，有章、陈、林三大姓。三大姓代表着三个大家族，各族都有数十户人家。20世纪50年代初期，中国共产党领导人民当家作主人，农村实行土地改革，分田分产；城市进行企业收编，实行国家所有。全中国都在迈向新生活的时代，1953年11月24日，这个小村的陈家添了一个男丁，取名尧光，希望孩子将来能有一个光明的未来。陈家原本世代都以做糖糕饼的生意为生，做糖糕饼虽然是小本生意，但属于日常食用，又是老字号，陈家的小日子过得也还可以。但新中国成立之后，分田分地，所有的私有经济都被取缔了，陈家自然也只能按照国家的要求，弃商归农，回到龟龄村种田。而且陈家因为卖糖糕饼而相对富裕的家庭，也被划归为富农成分。自此陈家便成为被批斗教育的对象，在村里抬不起头，家庭自然也过起了穷日子。后来村里走农村合作社道路，大家又进入集体种田的生产队时代。出生在这样背景下的陈尧光，童年生活实际上过得并不快乐。一家人都去参加生产队的劳动，但年底却分得很少。贫穷且成分富农的家庭使得陈尧光一直没有机会读书。

1965年已经十二岁的陈尧光在湖后村的外婆家玩。外婆在当时是一位有眼光的乡村老太太，她知道这么大的陈尧光一定要读书，未来才能有机会。于是她就找了个机会让他在湖后村的小学读书。实际上湖后村也没有正规的小学校，只是村里借用了陈尧光外婆家的三间房子作为上课的教室，外婆才有机会让陈尧光到村里上学。而当时也只有十三个孩子在那里读书，老师也是一个只有一点文化基础的农民，仅仅教会他们认识一些字，基本上是相当于上了扫盲班。但即使是这样的学习也仅持续了半年，就因家里确实困难，外婆家也无力负担他在湖后村的学习，他不得不又回到了龟龄村的家。回家后的陈尧光因为太小，实在也没有什么事能做，只好被派到生产队里跟着成年人一起放牛，为家里挣点口粮，减轻父母的负担。放了半年的牛，陈尧光倒也自在快活。每天跟着别人，一起把队里的牛赶到山边放牧，年底生产队给家里多分了二百斤的稻谷。后来父母觉得他年龄实在太小，不让他去参加生产队的放牛，就买了一群鸭子，让他放鸭子。等到鸭子能下蛋了，再把鸭蛋拿到集市上去卖，换来钱供家庭零用，也算是帮助父母减轻家里负担。

童年少年的陈尧光就是在这种生活中度过的。虽然没有真正地上过多少天学，但聪慧机智的陈尧光在放牛、放鸭的生活中也学会了很多的生存技能，与小伙伴们一起下河游泳，上山砍柴，样样在行。鸭子也只放了两年，到十六岁时，就可以正式参加生产队的劳动了。当时一个成年劳动力可以记10分工，他作为刚刚够上工标准的未成年人上工，生产队只给他每天记三分半工。即使这样，他也还是可以为家里分担一点负担。农田地里劳动，都是肩挑人扛，小小的陈尧光也慢慢地能够挑起一担稻谷了。随着时光的流逝，陈尧光渐渐地成为了一个年富力强的小伙子了。对于农田的劳动他基本上都是样样精通，完全可以独当一面。他也早已成为挣10分工的整劳动力了。后来由于陈尧光在劳动上的愿意下力气，也愿意为别人着想，他还被选为生产队长，带领乡亲们种田，为集体做事。1976年经人介绍，陈尧光结识了临近寿宁县的姑娘，在两家父母确定了婚期后，两人便很快结了婚。妻子是一个农村姑娘，属于贤妻良母型的。在家操持家务，任劳任怨，在生产队也可以上工挣工分。1978年改革开放，农村实行联产承包责任制，田地被重新分到各个家庭，陈尧光家里也按人口分到了几亩农田，一家人守着这些田地生活，艰辛中倒也其乐融融。这一段农村的种田经历，虽然不长，但在陈尧光的人生历程中，却非常重要。因为它磨练了陈尧光的性格，使得他做事沉稳，敢于担当，为他后来从事钢铁行业，创造属于他的钢铁事业，积累了重要的实干与管理经验。

由于陈尧光的岳父在寿宁县坑底乡的供销社工作，1980年陈尧光作为这个供销社的合同工进入了供销社开办的食品厂，开始做糖糕饼卖。这当然得益于陈尧光的祖、父辈都是做糖糕饼的手艺人，陈尧光继承了他们的手艺，再有在这个供销社做主管的岳父帮忙推荐，陈尧光成为当时令人羡慕的制作糖糕饼的合同工。陈尧光凭着自己的祖传技艺，制作的糖糕饼也深受当地百姓的喜欢。从此幸福的生活好像在向陈尧光招手致意，陈尧光对这份职业也非常满意，工作勤奋，认认真真，也连年得到供销社的表扬。

然而命运却在这个看似幸福的时刻，给陈尧光开了一个玩笑。1982年5月31日，坑底乡供销社雇了一个手扶拖拉机到附近的乡镇去送货，并顺便采购了一批木炭，拉回来做烘烤糖糕饼的燃料。那个时候，一辆手扶拖拉机远比今天的一辆宝马汽车还稀罕，全乡也没有几辆。那天拖拉机上除了驾驶员小张，其他还有四个人，包括与陈尧光一起的两位员工，还有一位临时搭车的小学教师。当时在他们送货回来的路上，途经该乡的林山村。这条省道穿村而过，出了村子就是连绵不断的群山，公路在这些山间穿行，路两边有的地方是深几十米的山沟，甚至有的山沟边上就是自然形成的大水库，水深有的也有十多米。所以这条路对于那些经常走在这些路上的当地人来说，一般也是不敢大意，都是小心谨慎地穿行其中。

那天也合该出事，年轻的小张开着拖拉机，哼着小曲子，顺路返回坑底乡供销社。过了林山村没多远，就有一处急转弯，而转弯的路边是一处落差有近三十三米的陡峭坡崖，坡崖下面又是一个水深七八米的水库。由于小张对这段路况不是太熟悉，又加年青毛躁，转弯时，他没有减速，等转过弯发现路边是陡峭坡崖时，再拉车刹已经来不及了，拖拉机便直接冲向路的外边。等他反应过来时，拖拉机基本已失去了控制，直奔陡崖而去。这种手扶拖拉机都是没有驾驶棚的，所以司机小张眼看拖接机失控，一下子从驾驶座上跳了下来，直接让失控的拖拉机跌下坡崖。他只是跌在路边，手臂上擦破了一块肉皮。而后车厢里的四个人，还没有明白什么原因，就随车下了陡坡，冲向山沟，其中有两人反应及时，在拖拉机跌落的过程中，从车厢里跳到陡坡上，虽然胳膊、腿都有不同程度的擦伤，但生命基本保住了。毫无防备的陈尧光与那个小学老师坐后面的木炭旁，根本就没有反应过来，就一起随拖拉机跌落山沟，并掉到水库里。小学老师直接就随着拖拉机一起沉入了水底，再没有上来。而陈尧光在跌落水库的一瞬间，本能地一把抱住了车上的一捆木炭，漂浮在水面上，但由于从三十三米高的地方跌落下来。陈尧光也不知道自己哪里有伤，只是感觉有些眩晕，跌落水中时，一下子清醒过来。他从小就学会的游泳，这时发挥了作用。他抱着木炭游到岸边。其他三人虽然没有跌落山沟的，但也都不同程度地受了伤，只不过都是皮外伤罢了。他们便把陈尧光架到路上，顺着公路，又走了一里多路，正巧碰到一位拉着平板车的卖菜农民。陈尧光坐在他的平板车上被拉到林山村，乡村的人便赶忙帮着他们包扎抢救。但由于当地村里基本没有什么医疗条件，只是给陈尧光做了简单的处理，便把他送到了附近的城关医院进行抢救。

陈尧光这时由于失血过多，已经休克过去。实际上，陈尧光受的伤很重，头上有一条十多公分的长口子，流了很多血，其中一支胳膊骨折，左手的小指已经直接断掉了。但陈尧光凭着坚强的意志，忍受着巨大的痛苦，硬是挺到了医院。幸好医院血库有与他血型相符的储备血液，便给他输了进去。抢救及时，没有耽搁多少时间。即使这样，陈尧光也还是昏迷到第二天下午。当时他睁开眼睛看到病床前的妻子、父母和岳父母时，她们都正在他身旁落泪哭泣呢。因为他伤势过重，当天就通知了家里的人。妻子和他的父母、岳父母都先后赶来，看着血肉模糊的陈尧光，一直昏迷不醒，她们担心他可能会死去，才伤心痛哭起来。看着正在哭泣的母亲与妻子，眨了眨眼睛的陈尧光，想劝慰她们俩，但没能说出声。而正在痛哭的亲人们看到他终于睁开了眼睛时，也都多少有些宽心，知道他终于度过了鬼门关，又活着回来了。

这次车祸，陈尧光在病床上躺了三个多月，最后终于康复。这一方面，因为他当时正是年富力强时期，身体强壮，抵抗力强，又会游泳。另一方面，也由于他有着顽强的求生意志，这种钢铁般的坚强意志，使他从水库坚持到村里，又从村里坚持到医院，这几个小时的时间里，他没有让自己昏迷过去，而是始终让自己坚强支撑着，否则可能在送往医院的途中就会失去生命。因此，年轻时经历的这场灾难，真应了古人的俗语，大难不死，必有后福。而陈尧光从这场车祸中也知道了生命的可贵，自己一定要过上好日子，才能对得起自己所经历的苦难。从此，这种钢铁一般的意志为陈尧光以后的人生事业奠定了重要的精神基础。遇到任何困难，他都会想到自己曾经历过生死的考验，其他的困难又算得了什么，只要自己坚强不倒，就没有什么可以击倒他。

车祸负伤也属于工伤，是为食品厂送货加采购的。他只是受了皮肉之苦，经济上没有带来负担，所有医疗费用，都有单位报销。从此，在供销社的食品厂里，作为合同制工人，陈尧光每天都按照要求工作，按时上下班，倒也生活得相对稳定。他有祖传的制作糖糕饼的手艺，厂领导也不敢小瞧他。但中国从1978年经济改革开放开始，全国各地在经济领域都有了或快或慢的发展。整个80年代，有很多人开始了所谓的下海经商。陈尧光看在眼里，心里也开始活泛起来。这个糖糕饼的手艺是祖传的，为什么不能自己单独来做呢？毕竟现在大家只要有门路的都已开始"下海"了，何况他还有制作糖糕饼的手艺。于是在1985年他就从供销社的食品厂退出，在镇上开办了一个小的糖糕饼加工点，销售这种糖糕饼。利润虽然不高，但总比在食品厂的工资要高得多，而且还自由，挣多挣少，都随自己的心情。这也是那个时代无数中国手艺人的缩影，毕竟有手艺的人总比死种田的人要灵活自由得多。这个小本生意，虽然不能使陈尧光发大财，但那个时代毕竟也为陈尧光带来了较好的生活，也积累了一定的资金，为他下一步走向钢铁事业奠定了重要的经济基础。

这个生意一直做到了1990年，这期间，陈尧光已敏锐地察觉到当时中国经济结构正在慢慢地转型。国有制的商品经济正在逐步放开，私有性质的市场经济已经开始出现。这种制作糖糕饼的生意，利润实在太薄，一辈子做这个东西也看不到未来。所以根据实际情况，凭着自己还年轻，他想到了转行做其他赚钱的生意。

二、上海崇明岛——创办钢铁企业

1990 年舍弃了糖糕饼的生意，陈尧光回到福安老家龟龄村。因此地山岭相连，种稻谷也不高产，就有很多农户改种茶树，靠采摘茶叶，加工茶叶挣钱。老家的弟弟做茶叶生意也做得很好，陈尧光就参加了弟弟的茶叶生意中。但做了两年，却发现自己在这方面，也挣不到多少钱，便萌生了退意，想改行做其他的事业。

1992 年年初，陈尧光和几个朋友一起聊生意，一位姓郑的朋友谈到靠收购废旧钢铁材料炼铁是一个前景不错的生意。因为当时地方上盖房子都要用钢筋混凝土浇灌，尤其是当时农村有许多人家已经有盖二层楼房的需求。钢筋的需求量较大，而且也不要太高的质量，一般的地条钢烧制出来的就可以。于是，他们就又联系了一位姓林的，一位姓钟的朋友，姓郑的又把比他小一点的侄子也拉了进来，共五人，各拿出等额的资金，成立了一个地条钢炼铁厂。说是炼铁厂，实际上就是一个操作间，几个人把收来的废旧钢铁，放在炉里融化，然后靠人工抬着铁水灌注到钢模子里，进行加工生产，条件相当简陋。即使在这样很简陋的操作间里，当陈尧光和他的创业伙伴们一起，生产出第一炉钢筋时，大家也都欢呼起来。看着炉里红红的铁水，他们知道未来的美好前景已经开始向他们招手了。

就是在这样条件下生产出来的钢筋，也还是供不应求。所以原材料的收购需求量也非常大，他们便开始从福建到浙江，以至于到苏南等地派人收购废旧钢铁材料，以满足生产的需要。当时这个草台班子组成的炼铁工厂，在生产工艺上基本没有什么技术含量，靠回收加工废料进行生产，自然生产的产品质量也一般。幸好当时国家也还处在改革开放的转型期，基本也没有太多的标准，而使用这些钢材的也大都是当地盖民房的老百姓，基本不需要质量太好的钢材，这些钢筋灌制出来的水泥棒，盖普通民房也基本上能满足要求，又加这种钢筋的价格也比较便宜，所以市场需求也就非常高。但工厂以这种老式的冶炼技术生产钢筋，效率相对来说，是不高的。因此在提高生产效率、增加产品的产出量、提升钢材的质量以及寻找废旧钢铁的原材料等方面，始终是他们一直在思考的问题。就这样坚持了三年的时间，可以说他们获得了最基础的原始资本积累，每个股东都得到了在当时来讲是一笔巨额的红利。对陈尧光来说，这个转型取得了巨大的成功。陈尧光作为五位股东中年龄最大的一位，做事公正，又有经商经验，务实求稳，带领大家一起向前闯，大家自然也都一致敬重他，听他的主意和安排。所以陈尧光在看到这个炼钢事业有这样的发展前景时，便开始思考下一步的发展了。

1995年的年初，一个偶然的机会给他们的钢铁事业带来的重要转机，也改变他们相对落后的生产方式，促使他在钢铁炼造上向前迈进了一大步。原来春节过后，几位股东在一起谋划未来的发展时，一直负责在外收购废旧材料的小郑，告诉了大家一个好消息。小郑在北方收购废旧钢铁材料的时候，听到上海市崇明岛有一家政府投资的钢铁企业因生产管理不善，面临倒闭，希望有社会力量能够接盘收购下来。原来这家名叫利永线材厂的钢筋制造企业是当地的福利工厂。工厂靠一条高质量的钢铁生产线养活了一批当地的残疾人，使他们能够通过自己的劳动养活自己。但也正由于是这些残疾人参与工厂的钢筋线材生产，生产的质量与产量始终难有较好的突破，再加管理这个工厂的负责人，在管理过程中出于获取自我私利的目的，与外面销售商有一些利益上的输送关系，互相勾结，私下里进行利益上的交换，把整个工厂糟蹋得不成样子。工厂利润本来就很低，又受到很多坏账、死账的拖累，企业面临着半倒闭的状态，有时甚至连工人的基本工资都难以全额发放。地方政府看到这个样子，就想对这个钢铁企业进行改制，寻找有能力的人来接手这个工厂，但前提是必须连这些残疾工人也接收进去，因为这些人如果失去了这个工厂，就会马上面临生存的困难。

陈尧光听到这个消息后，便决定与几位股东去考察一下，看能否接手改制。于是他们几个人，通过小郑与主管的政府领导进行了联系，便来到上海崇明岛作了实地考察。这家国营的利永线材厂，虽然是一家地方性的福利性企业，但厂子在开始创建时就采购了一批当时比较先进的生产设备，这些设备的运行还很好，而且这块地皮也相对宽敞，在崇明岛的这种相对还没开发的地方，没有什么环保性制约要求。而且当时周边的废旧钢铁材料收购价格也比较便宜，生产的产品可以满足上海外围的工业及民用建设需求。当时上海对外招商的政策也很有吸引力，免除了大量的税款。考察之后，便与他们进行了商谈。来来回回，经过几次切实有效的交流后，陈尧光拍板决定收购了这家线材钢铁生产厂。以四百万的价格，对这个工厂全部接收，也包括这个工厂近三十名的残疾工人，因为他们如果离开了这家工厂，他们的生活就失去了依靠，这也是地方政府当时办厂的初衷。当然陈尧光答应接受这些残疾工人，也知道他们工作的效率会制约生产发展。所以他在给他们解决工资福利待遇上与以前没有区别，只是让他们做一些看管性的不需要技术的工种，甚至有些身体条件太差的，直接让他们在家休养，不用上班，但该有的工资福利一样不少。这些措施也让当地政府感到他们对这个企业是真正的接管，也就放心地给他们了。

　　陈尧光与几位股东一起每人拿出各自占比的份额，将利永线材厂收购了。这对他们的钢铁事业来讲，又是一个新的起点。从原来生产低端的地条钢，向质量较高的螺纹钢转型。有了资金，又重新招募了一批工人，工厂原来的工人中愿意留下来继续做的，自然还是按照原工种分配工作，但要执行新工厂的所有工作纪律，主要的管理者由他们自己的团队参与。当年秋天，他们的第一批钢材就生产出来了。陈尧光与他的团队信心满满地扯起远航的风帆，已经准备好开启新的钢铁征途。

　　陈尧光与他的团队，基本上都是福建人。他们到上海的崇明岛来收购地方钢铁厂，首先要克服的是与地方社会势力平衡的问题。虽然他们作为招商引资的外来企业家，带着四百万元资金盘活了一座濒临倒闭的工厂，还帮助了一批残疾人能够继续就业，给当地政府解决了非常棘手的问题。但他们毕竟是外来者，当地社会的一些不安定势力，就看不惯他们，隔三差五地去厂子里闹事，甚至于殴打招募来的一些外地员工。实际上，他们的目的也很清楚，就是要点钱，类似保护费之类的费用。刚开始，陈尧光觉得他们都是当地有点势力混社会的人，也不得不给他们点面子。就让厂办公室的秘书私下里给他们几千元钱，算是息事宁人了。但令他们没有想到的事是，这些人本来就是社会的混混，得寸进尺，贪得无厌是他们的本性。有了一次，就有第二次，他们这些人，一旦缺钱花了，就过来敲敲竹杠，讹点钱走了。陈尧光对他们也觉得是不胜其烦，便想找一个一劳永逸的解决方法。

这次终于有了一个机会。一个秋天的下午，天气有些阴沉，厂办公室的王秘书正在厂长办公室向陈尧光汇报这几个月的工作情况，商讨后半年工厂如何搞好与地方的关系。一个自称是秦大哥的人带着四五个戴着墨镜的人进了厂子，直接来到厂办公室，宣称陈尧光工厂的炼钢炉每天冒出的黑烟污染了他们的生活环境，要给他补偿费，而且要按月交。这个污染的问题是当时此类企业的通病，在生产上一般不大考虑这个问题。况且当时的中国在企业改制转型的过程中，都只想着如何发展赢利，哪里有时间去想如何保护环境的事。况且当时的中国企业基本上都还未有这个环保的意识。而这些人所谓污染他们的生活环境，也只是看到大烟囱冒出的黑烟，影响了他们的生活，为他们去敲竹杠找个借口罢了，根本上也不算是有环保的意识。所以这些人前几次的闹事，都是吵吵嚷嚷，随便讹点钱就算了。而这次他们显然是有备而来，而且也抓住了企业问题症结，不得不让陈尧光重视这件事。

　　所以，陈尧光便让王秘书把他们接到厂办公室先安抚他们一下。他心里明白，这不只是如上几次花个几千块钱就可摆平的事，这次他们找的理由是他们无法推卸的责任。那既然这样，就要由当地政府部门协调解决。毕竟他们作为招商引资进来的企业，是受当地政府支持与保护的。而环保问题也的确是当时人们不重视的问题。但要协调好这二者的关系，是企业本身所无法解决的事。因此，陈尧光对此首先想到由当地的镇政府出面解决这些问题，他们工厂在生产过程中也尽量想办法减轻对周围的污染，甚至于可以由地方政府拿出一部分税收对周边的居民给予一定的经济补偿，毕竟他们居住的地方受到了烟雾的污染。

　　陈尧光把事情考虑充分之后，便与当地镇政府的张书记联系，把这个情况反映上去。张书记当然也知道这个污染环境的问题，但当时经济发展，挣得税收就是最重要的事，污染问题还不是当时人们所考虑的事。于是便派人过来协调这其中的问题，提出了对居民的适当补偿问题。而这些人实际上根本就不是为周边居民的生活考虑的，只是以此为借口，想收取他们所谓的地方保护费而已。因此，他们对于这些补偿自然也不愿意答应。虽然由镇政府的人出面协调，他们暂时得到了一点补偿就走了。但后面还是三番五次来闹事，最后还是陈尧光与当地派出所的蔡所长私下聊到这个难题时，蔡所长知道这帮人的底细，一般都是小打小闹，真要是遇到大事，也都是没有担当的。所以最后借着派出所的名义，对他提出以法严惩的恫吓，他们才收敛起来。陈尧光的工厂也终于走上正规之路，当然从环保的角度，他们也还是尽量为保护环境而改进生产工序。

作为当时崇明岛当地重要的钢铁企业，陈尧光在处理地方关系时也是非常小心谨慎的。因为他们毕竟是外地人，既不想给政府添麻烦，也不想与地方居民有冲突。所以他时时处处地与各方面都争取尽量协调好关系，以保证企业利益的最大化。钢铁生产本身就是污染较重的工业，如何处理好这层关系，陈尧光和他的同事们也真是绞尽脑汁。想出了各种改进的方法，以提高产量与改进环保。但随着中国经济的快速发展，尤其是在中国加入世界贸易组织之后，沿海地区的各大城市在与国际接轨的过程中，对于环保质量的要求一再提升，对于一些污染相对较重的重工业企业也提出了撤出的要求。陈尧光的利永线材厂，在崇明岛上，虽然不在最先撤出的行列之中，但随着上海经济的高速发展与辐射，崇明岛开始推行全岛旅游生态开发，这个钢铁厂就成为必须搬迁的企业。他们毕竟作为民营企业，规模也相对小，搬迁也相对容易。所以在这种形势下，陈尧光他们一起做了十四年的利永线材厂，便宣告结束，实行关停并转。2009 年，他们接受了政府的安排，并在南通的张芝山镇找到了合适的厂地，把整个工厂搬迁到了南通张芝山，开启了又一段新的钢铁旅程，陈尧光和他的团队又经历了一次凤凰涅槃式的飞升，钢铁事业走向新方向。

三、南通张芝山——钢铁事业的过渡

在上海崇明岛上，陈尧光与他的团队一起干了十四年。在这里，他们挣得了钢铁人生事业发展的重要资金，这个钢铁企业成为他们几个人共同的成长的地方。2009 年因崇明岛全岛实行旅游生态开发而被迫撤出。当时对他们而言，确实也有难舍之痛，毕竟创业发展十四年，一个企业的发展正处在蒸蒸日上的阶段。说走就走，那也谈何容易。

当时为了崇明岛的全局开发，他们答应了政府的要求，将钢铁厂搬迁出去，但关键是搬到哪里去，他们几个股东之间也是有分歧的。因为不知道到哪里去

发展才是最好的选择，恋家的林总希望回老家福建福安发展。现在他们挣得了一定资金，回去投资自然可以为家乡多做点税收贡献。而在南通也有企业的一位老乡则推荐他们到南通发展。因为他知道当时南通招商引资的力度很大，而且在南通张芝山镇有一个地方正适合他们工厂建址。所以几位股东在面临重大抉择时，一定是大家坐在一起商讨，最后一般都会听老成持重的陈尧光的建议。这次自然也不例外，经过几番的商讨与实地的论证考察。最后，他们决定两边都可以发展，现在先在南通投资建厂，可以利用当优惠的招商政策，赚取更大利润，做好这个厂子将来可以作为企业向外拓展的基础。后在福建福安原有钢铁厂的基础上继续投资可以为未来的钢铁事业打下更坚实的基础，因为他们作为福建人，将来还是要回到家乡做属于他们自己的钢铁企业，以便作为他们叶落归根时的念想。

南通投资建厂，吸引力最大的地方，一方面是与崇明岛相距很近，各种机器的搬迁相对成本较低。另一方面就是当时南通地方政府的对于投资建厂给予了极大的优惠。因此，他们首先通过自己朋友与当地招商机关进行沟通，南通当地政府答应由他们提供土地，然后再给予税收上的大力优惠。陈尧光他们最后便决定，在南通张芝山镇建立一个新的钢铁厂，总投资包括崇明岛的搬迁设备等共计四千余万元。2009年洽谈成功，又用了一年多的时间才把工厂全部建起来，2011年正式投产，工厂也重新命名为丰盈金属制品有限公司，公司在当地招募了大量的工人，为地方经济发展起到了重要的推动作用。

同时他们还在福建福安的赛岐工业园区，在他们原来的钢铁厂基础上又进行了技术上的更新，重新投资建厂，命名为福华轧钢有限公司，这是他们在家乡的根基所在。所以他们基本上是两地开工，各自发展，互相促进。福建的福华轧钢有限公司最终成为他们钢铁事业的最后归宿，这也是他们苦心经营数十年的结果。

南通的丰盈金属制品有限公司在当地政府的大力支持下，按部就班地投资上马了，很快公司的产品成为当地企业发展的有力支撑，为很多企业的发展提供钢材。陈尧光带着自己的团队，依托张芝山的社会资源，使公司的运转重新走上了正规之路，一年下来，公司就实现了利润的快速增长。专业技术上的问题，对陈尧光他们这些经营了二十年的钢铁人来说，基本上都不是什么难题，但他们也时刻紧跟世界钢铁企业的步伐，积极进行技术革新，以提升产品的质量，加强技术的更新换代，为当地经济发展做出了积极贡献。

　　然而事业的发展过程中，总会有一些让人难以预料的事情发生。公司在正常运行了两年以后，陈尧光他们在南通又一次遇到了类似在崇明岛时的敲诈事件。只是这次他们是披着伪装的外衣罢了。也是在一个下午，两个穿着正装的年青人，来到公司的办公室，自称是南通地方电视台的记者，说他们要来落实丰盈金属制品有限公司违规污染的事情。并且还说周边的某个工厂因类似的污染环境问题，被他们电视台曝光后，就找人交给他们三万元的舆情整改费用，他们便通过电视台帮他们撤掉了新闻，他们还亮出了自己的记者证。办公室的主管小李一听吓坏了，赶快打电话给陈尧光进行请示。陈尧光一开始也信以为真，便想这些人有可能都是想捞好处的，给点钱就可以让他搪塞过去，不会真的报道的。但他又慎重考虑了一下，觉得这些记者如果都是私下来采访，对于他们这些由政府牵头招商引资来的企业，应该不会没有标准的。因为他们在南通地方投资建厂都是由政府出面设定厂址，对于钢铁企业的污染指标都是有一个统一的标准的。他们在生产过程中也基本上是以这些协议上规定的标准来排放的，是属于合法合规地排放，不存在违规操作行为。如果公司真有违规排放事件，他们也应该是先接到环保部门的整改通知书，而不是由电视台直接插手的。因此，考虑到这些问题之后，陈尧光慎重起见，便通知小李先稳住他们，由他亲自处理。陈尧光便先打电话与自己的老乡联系，询问他们的公司最近是否遇到过此类事情。结果他的老乡说，确实由南通电视台的记者到他们企业来调查企业的违规污染问题，他们为了息事宁人，就给了他点好处费，他们就保证不报道他们的企业了。陈尧光一听，觉得这件事情不会是这么简单，一个地方电视台怎么敢明目张胆地做这种事呢！他越想越觉得蹊跷，给了好处费就不报道了，这一定是不合法的新闻调查。况且对于外地人来投资的企业，政府在管理上都很慎重，一是要保护他们的积极性，二是他们也要树立招商投资的良好形象，怎么能不经过调查，下达整改任务书，就直接采取曝光的方式来为难他们这些外地人投资的企业呢。于是，他又与环保部门联系，查问是否有违规污染事件的发生，结果环保部门对此一无所知，而且认为他们的企业是地方政府担保的企业，环保方面都是达标的单位，不存在违规污染事件。陈尧光明白了，这又是一起带有伪装行为的敲诈事件。便直接打了当地派出所的电话，派出所立即派出警察，将这两个人带到了派出所。这二人一开始还假装很生气，说他们要为这种行为付出代价，他们是为电视台做事的，诬陷他们是要受法律制裁的。但被带到派出所之后，民警与他们几番较量后，他们就泄气了，最后完全承认了他们诈骗的事实行为，他们的记者证也是花钱买来的假证件。原来他们假冒记者的名义，已经敲诈成功了几家企业，便想继续再捞一点，便找上了陈尧光的公司。但没有想到，在陈尧光智慧而锐利的攻势面前却现了原形。这两个假冒记者被绳之以法，陈尧光也再次使自己的公司免遭损失。同时，他也深切地感受到，作为一家企业，只要做事光明磊落，就不怕社会的各种邪恶势力，与他们战斗，也需要有很高的智慧。

陈尧光所处置的类似这样的事件，实际上也仅仅是陈尧光在他的钢铁事业之路上遇到的无数困难之一。他们公司从一家简陋的地条钢生产开始，一步步地走到今天，其中所遇到的复杂事情也是举不胜举。他作为企业发展方向的带头人，必须时刻保持头脑清醒，更必须在清醒中智慧地处理各种复杂的问题。他通过自己的聪明智慧，克服了一个又一个困难，这当然也得益于他对待事业有一种韧劲，不怕困难，更不怕吃苦。同时他年青时就练出来的坚强毅力，也使得他做任何事情都有一种不达目的不罢休的狠劲。所以，他的团队在各个地方的经营基本上都能一帆风顺，良性运作。无论是在家乡福安，还是在上海崇明岛，陈尧光的钢铁公司都是有着丰厚的收益，几位股东也都能在他的引导下，团结一致，共同向前。

丰盈金属制品有限公司在发展势态运行良好的五年之后，又遭遇到了他们难以接受却无法克服的问题。这个问题与当时在崇明岛发展时的情况几乎是一模一样。2015年，南通市在公路道路交通规划中，有一条省级规划公路的通行线路需要占去陈尧光公司的一多半土地。他们的公司本来就是南通招商引资过来的企业，土地的使用本来也只能是租用，一旦涉及国家的道路交通建设，土地优先为国家征用。他们的公司自然也只能服从于整个南通发展的大局，没有任何可以商量的余地，只是涉及到补偿的多少问题。这对于陈尧光和他们的团队而言，确实有点难以接受，但又不得不接受。于是他们代表公司与地方政府之间，进行了很长时间的协商。最后的解决出路只有两条，一条是在周边再划一块差不多大的土地给他们，以作为补偿，但政府基本不会再补偿多少搬迁费，因为土地的征用也需要政府拿出一大笔费用；另一条就是一次性补偿他们能接受的费用，自谋出路。显然，两条路都无法达到他们的心理预期，因为这个公司，他们投资了四千万元，才刚刚运作了五年，基本上才刚处于赢利状态，就面临着重新搬迁，这几乎是无法想象的事。况且，他们也没有更多的资金来建设新公司。那只有后一条，拿钱走人，回到福安继续巩固扩大家乡的原有企业。所以最后经过数轮地协商，陈尧光又再次拍板决定，答应由当地政府补偿三千七百万元，他们全部搬迁回家，把土地腾让给政府。这当然是为了南通地方发展的大局，他们不得不又一次接受拆迁。其实他们心中的痛苦是别人无法想象的，苦心经营的钢铁事业又一次被迫撤离。人生又能经受得住几次这样的打击呢！

实际上，有时命运的安排就是最好的。陈尧光的公司在南通主要是生产一种工业用的钢坯，对于环境的污染确实也很大。但由于当时地方发展也存在着一些过渡性的招商问题，陈尧光他们作为招商引资进去开发的钢铁公司，在手续上都基本上给予了特别的照顾，这也给陈尧光的公司埋下了将来拆除的隐患。所以在社会发展到一定阶段时，政府首先会考虑在环境治理方面入手，关停一些以牺牲环境为发展代价的企业。即使不是修路，陈尧光的公司在当地可能也不会有长远的发展。因此当陈尧光的公司接受了搬迁的协议之后不久，国家就对全国各地污染治理方面制发了新政策，陈尧光公司主打的那个工业用钢坯就在禁止生产之列。陈尧光对此也感到很庆幸，如果不是搬迁，公司到那个时候也必须转行，代价成本也一定很高。而现在他们接受了投资的几乎全部补偿，全身而退，也是上天冥冥之中安排好了似的。

四、福建福安——铸就钢铁事业

人生有许多的偶然。陈尧光作为祖辈上传承下来的糖糕饼传人，却成为了铸造钢铁事业的钢铁人，这也许是陈尧光所没有想到的。回首当年在供销社食品厂做合同工烤制糖糕饼时，他哪里会想到自己将来会是一个从事钢铁炼制的企业家呢！

2015年从南通撤出之后，陈尧光与他的团队便全身心地回归家乡福安发展。当年在福安已经打下根基的钢铁企业现在也在正常的运作中。只不过陈尧光把它交给自己的下一代，他的儿子们作为这个钢铁企业的管理者，陈尧光心里是踏实的。经过二十多年在外的摸爬滚打，陈尧光在完成了自己的钢铁事业之时，顺利地把这份事业交接给了他的下一代人。原来几位和他一起打拼的老兄弟都已近花甲之年，下一代人成为他们钢铁事业的接班人。陈尧光便在完成了新公司的建立之后也光荣地退休了。

2016年，在陈尧光他们几位老股东的协调下，福建福华新材料有限公司便正式成立了。新公司是在原有公司福华轧钢有限公司的基础上，又结合了南通搬迁回来的部分公司设备，组建改制而成的新公司，陈尧光只做董事长，其他的事情都有这些股东的下一辈年青人来承担。福建福华新材料有限公司，现在位于福建省福安市经济开发区，公司主要是集废钢加工、钢铁冶炼、连铸连轧为一体，炼钢轧钢产能过百万吨，固定资产超二十亿的钢铁企业。公司现有职工八百多人，占地四百多亩。公司生产的鑫强牌热轧钢筋用钢坯、热轧带肋钢筋、热轧光圆钢筋等品牌产品，在当地乃至全国都有很高的知名度。作为最具竞争力的民营钢铁企业之一，公司始终不忘改进生产技术以提高产能，也时刻牢记加强工业生产的环保技术的提升，为保护家乡的青山绿水做出应有的贡献。2016年公司通过收购福州福泰钢铁有限公司热轧钢筋（含钢坯）生产线，成为福建省首家炼钢产能置换成功的示范企业。2017年又通过国际技术平台引进全新的设备进行技术改造，成功转型升级为现代化短流程钢铁企业。现在的福华新材料有限公司高度重视人才队伍建设，秉承"以人为本，用人唯才"的理念，向全社会招聘钢铁专业人才，广泛吸收钢铁行业精英，悉心培养专业精英。公司管理先后通过质量管理体系认证、环境管理体系认证，安全生产管理实现了安全生产标准化，经营业务实现了信息化管理，逐步建立起富有执行力、创造力、凝聚力的专业化管理人才队伍，为企业可持续发展助力。

由于身体健康和年龄的原因，陈尧光在完成了家乡钢铁事业的创建之后，便提出了功成身退的要求。现在虽然还兼任公司的董事长，但他基本上不再过问公司的具体运营情况，安心在家享受晚年生活。陈尧光深知身体是革命的本钱，所以他很注意自己的身体健康。他曾在 2011 年前后，做体检时发现心脏有房颤的问题，这引起了他对身体健康的重视。从此他就开始注意保护自己的身体，针对心脏房颤的问题他先后在上海的大医院进行了连续五次的心脏射频消融术的治疗。后来又与常州星空结缘，更加感到身体健康才是人生快乐幸福的源泉，尤其是现在自己已经辛苦劳作了大半生，剩下的时光更要好好地享受。他现在每年都定期到星空作几次疗养，感到身心非常愉悦，也更有信心去面对自己以后的生活。这些感受也是他在完成自己的钢铁事业之后的人生思考与总结。

陈尧光作为从小山村走出来的钢铁企业家，在他们的家乡一带尤其是在龟龄村，具有相当高的知名度与影响力。他走出了大山，也仍然时刻不忘家乡。比如村里要修路，缺少资金，陈尧光知道后，就个人出资近六十余万元，把路修好。村子有一座有两百多年历史的石拱桥，是村子通往外界的交通要道。但由于年久失修，已经破败不堪，而且也被当地政府作为历史文物保护起来，村里人到对面去要绕很远的路，大家感觉很有必要对老桥进行保护性加固，可以供行人通过。但也很有必要再重修一座新的以方便其他交通工具。陈尧光自然也是第一个带头响应，他自己捐款六十多万元，共募得资金一百多万元。用这些钱既修缮了老桥，又造了一座新桥。村子里陈姓家族也是三大姓之一，陈氏家族也比较重视家族宗祠修建，陈尧光又带头捐款集资，并亲自组织招标建筑队把陈氏家族祠堂修建起来，为陈氏家族家风家训的传承提供了良好场所。龟龄村还有一座约一千四百年的龟龄寺，经过历代的变迁，起起落落，到现在已经破败不堪。赋闲在家的陈尧光笃信佛教，看到家乡的这座千年古寺破败成这样，内心很不是滋味，就想办法给寺庙扩展土地，又前前后后分几期拿出近百万元的资金把龟龄寺修缮一新，成为当地有名的香火之地，也为这座古老的寺庙更换了新貌，更重要的是陈尧光也以此完成了自己的修佛问道的心愿，也了了自己做居士应该完成的功德。陈尧光捐款修缮的寺庙除了这座龟龄寺外，还有三座类似规模的寺庙，这也可以看出陈尧光修心向佛的诚心。

为家乡做事，陈尧光花多少钱都不觉得心痛。他感觉这些都是他在人生钢铁事业成功之后，所必须完成的功业，既为家乡，也为自己。他还热烈响应当地政府的号召，在 2013 年至今，由地方工商联牵头，以公司的名义，资助了两百多名困难大学生完成学业，相当于捐款两百多万元。这对于只念过半年书的陈尧光而言，他感慨于这些家庭穷困的孩子出生在这样一个好时代，他当年就没有这样的幸运，后来吃过很多没有文化知识的亏。当然，他自己也经常对当地福利院的孩子伸出援手，资助他们上学。每年都定期到这些福利院里捐款捐物，对于天资聪颖的孩子，他还会单独拿钱资助他们学习。2008 年汶川大地震，他以公司的名义向灾区捐款十万元，为当时的抗震防灾做出了自己的贡献。2019 年的武汉新冠疫情暴发之时，他们公司又捐款十万元，同时还捐出了大量的医疗防疫物资，在举国抗疫的大战中表现出了一份企业家应有的担当。

陈尧光凭借着自己的能力做公益，为社会捐款的事例还有许许多多，但为人低调的陈尧光从不对外多讲。他觉得财富来源社会，最后也要回馈于社会，这才是真正的企业家应该有的精神，这也是一个人在追求财富的过程中应该修行的功德。

结语

对于正在享受晚年生活的陈尧光来说，他的人生事业成功于钢铁行业，这个硬棒棒的钢铁让他有了感恩回馈生活的砝码，他要感谢这个钢铁行业。当他回首自己的过去时，他有时也会思索一个做糖糕饼的手艺人，怎么会走到钢铁铸造的道路上呢！所以，在感悟人生时，他觉得，一切命运的安排都是最好的，选择未来就要听从未来的召唤。不问收获，只求耕耘。出一分力，就有一分的回报。

从沙漠里开拓出一片绿洲

——记张家港市光华电力工程有限公司董事长茅文焕

李承辉

不经一番寒霜苦，哪得腊梅放馨香！张家港市光华电力工程有限公司董事长茅总茅文焕苦也源于政策，甜也源于政策，当他苦尽甘来，回到城里工作，他在农村所受的那些苦给他磨砺出来的韧性与办事能力就显现出优势来了。十年前，他那如沙漠一样荒凉的心里，在十年的磨砺与陶铸中，早已萌生出生命力极强的绿芽。回到城里，享受着政策春风春雨的不断吹拂与滋润，他终于汇入了当时中国百废待兴的沙漠里开拓出一片片绿洲的洪流，也开辟出了自己事业的一片绿洲。

茅文焕

茅文焕1953年出生于张家港大新公社，几乎与共和国同龄，其命运也与共和国的命运几乎同呼吸共进退。他有快乐的童年与少年时光，但共和国遭受艰难时局的文化大革命期间，少年茅文焕也被卷入了自己人生的艰难时世。

一、少年负气下山乡

十五岁的毛文焕说：我一天也待不下去了，我要下乡！虽然身子骨还没长成，虽然爸爸、妈妈心疼这个长子年纪小、身子弱，不适于远行，也舍不得让他去下乡受苦。但茅交焕意志坚决，立场坚定，一定要下乡去插队。他太窝火，他太憋屈，他太迷茫，他太想离开这里，去一个谁也不认识自己，自己也不认识谁的地方！

茅文焕是班里的尖子生。学习成绩向来名列前茅，是其他家长眼里别人家的孩子，是学校、老师眼中的尖子生，是同学心目中的NO.1，是小伙伴当中的佼佼者！茅文焕作为当时红卫兵小将中的一员，自然而然地获得了去伟大的首都北京天安门，接受伟大领袖毛主席接见的机会。茅文焕激情澎湃、意气风发、满怀向往地盼望着、等待着、憧憬着进京被毛主席接见的日子的到来。

然而，天有不测风云！茅文焕的名字被从名单上删掉了！去北京被毛主席接见了的红卫兵同学带回来毛主席像章，送了一个给茅文焕，茅文焕把毛主席像章别在胸前，却被要求取下来交上去。送他像章的那个同学也挨了批评，被说立场不坚定，敌我不分。因为茅文焕的伯父是反革命，茅文焕的爷爷被定为地主，茅文焕的父亲也被打成反革命，地主、反革命的孙子、侄子、儿子当然属于"敌人"阵营，怎么能当红卫兵，怎么有资格佩戴毛主席像章？茅文焕的感觉是自己从天之骄子跌成了人间弃儿！无颜面对父老乡亲，无脸再见同学小伙伴！"我一天也待不下去，我必须上山下乡去！"

就这样，心气高的茅文焕，带着满腹的不解，带着一腔的郁闷，带着少年意气，带着瘦小的身子，离开了父母，离开了三个弟弟妹妹，独自来到大新公社新开垦的农场——北场插队。开始了自己十年上山下乡的大熔炉冶炼生活。

心气高的不止茅文焕，比茅文焕小两岁的大妹妹也受不了当时的这种压力，在老家待不下去，也负气下乡插了队。因为政策和环境不许她在老家上中学，让她到离老家很远的农村中学去学习，她由此去了苏北的海安农场插队，同样开始了上山下乡的大熔炉冶炼生活。直到文革结束，拨乱反正之后，茅文焕的大妹妹考上了中专清江卫校的护士专业。毕业之后，享受当时的政策，调到了南京市第一人民医院当护士。

茅文焕的父辈和兄弟姐妹们都曾经因政策的影响而经历磨难，又因政策的调整而回到坦途，这便是他们传奇人生、传奇家世的根源。

二、意气从来有家源

解放战争前，茅文焕的伯父茅绍祖在蒋经国手下做电信主任。1946年，他看到国民党的腐败，辞职当了老师。在1951、1952年的三反、五反运动中，被揭发、下放到了青海劳改农场。在文革期间，他的妻子儿女、兄弟姐妹侄儿侄女们都受其牵连，被归入反动家庭亲族一类，或被打成反动派，或被取消应得的先进与优秀的资格与权利。

茅文焕的爷爷茅少茹（1894—1960）是江阴名绅，一生矢志教育，是开拓我国现代教育的先驱者之一。1921年独资亲自择地，筹建校舍十五间于村中，历时一年，创建成境内第一家实验小学——新民小学。茅少茹本名鸿康，字少茹。江阴县省墘村人，家有私塾，自己做过私塾先生。因三弟茅贵康在上海上过洋学堂，茅少茹去参观过该学堂，了解到洋学堂里除开设语文外，还教授数学、物理、化学、外语、政治、天文、航海、测算、世界历史、世界地理等涉猎广泛而内容丰富的课程，因此在三弟的提议下，将家里的私塾改建成现代新式学堂。

创建校舍时，茅少茹对房舍的坚固、安全、采光、防温等要素费煞苦心。为了墙体既防雨淋又隔热防寒，动用家里的陈年糯米熬浆筑墙，与父母产生激烈矛盾，母亲甚至坐在工地现场，不许工人们施工，校舍建设一度陷于停顿。后来，十里八乡的乡绅、大家们感喟茅少茹办学为乡、办学为邻、办学为民的义举，都纷纷自发送来陈年糯米、木料石材、人工劳力，才化解了矛盾，将校舍建设完美。

之后，茅少茹聘女婿曹明秀任校长，自任校董。让贫苦乡民的孩子免费入学，当时当地人都亲切称其为"茅先生"。1928年，新民小学收归县管，改名为省墘小学，直到建国后20世纪末一直存在。解放时，茅少茹被定性为地主成分而失去了以往家族的经济、社会地位。茅少茹的大儿子茅绍祖被定为反革命下放到青海劳改农场，家里其他人在文革时也遭到冲击。

但是，茅文焕的父辈们都受到了良好的教育。解放初期，茅文焕的父亲茅绍刚和母亲章品柔都已当上老师，承担起养育自己孩子、弟弟妹妹，奉养双亲，助养和接济茅绍祖的孩子和家人和茅文焕舅舅家孩子以及自己的许多学生的重任。茅文焕的叔叔和姑姑都在茅文焕父母的供养与支持下完成了大学学业，叔父做到了锦州纺织厂的党委书记和厂长，姑姑在沈阳农学院当教授。

茅文焕的外公章酌泉是教师，一生桃李遍天下。茅文焕的大舅章臣桓也是教师，解放前为了寻找出路，南下印尼办学。他坚持真理，热爱祖国，宣传祖国的成就与政策。印尼反华时，他回到了祖国，担任南京四女中校长，后任民进江苏省委主席、江苏省政协副主席。茅文焕的二舅章臣权是武进师范学校的数学教授，小舅章锦星从小参加革命，解放后任安徽省计委副主任、安徽省统计局局长。

茅文焕就是在这样诗礼传家、仁厚乡民、赤诚家国、文化为基的家学渊源与教育环境中耳濡目染、慢慢长成为优等生、佼佼者和NO.1的！从而也成就了他不服气不服输的少年意气与倔强重生的韧性！

茅文焕就读的小学叫福善小学，校名便给人一种仁善德化的美好感觉。福善小学是当地较大的一所完小，离茅文焕家约二里多。其间要过一条大河，茅家在河东，小学在河西。茅文焕每天回家吃中饭，每天来回要走八九里路，遇到下雨天就带中午饭。冬天会有刺骨的寒风，河面会被结冰封冻，茅文焕就在冰上走。小时候的上学路，练就了小文焕能吃苦能独立的能力与品性。

也许是受传统家风的影响，也许是受父母都是老师的职业与家庭氛围的熏陶，读小学的茅文焕就表现出了对阅读的浓厚兴趣。但是，当时的课外阅读资料非常少，茅文焕特别喜欢看连环画，但是家里没有。茅文焕有一个同学家里有很多连环画，比如《三国演义》《水浒传》《西游记》《红日》《铜柏英雄》等等古代、现代小说名著的连环画版本都有。但是同学不肯无偿借给人看，茅文焕就省下所有零食跟同学换书看，小小年纪的茅文焕表现出了对书籍与求知的强烈喜好。任何时代，任何地域，对书籍和求知有着强烈喜好的人，都注定将来会有所作为,因为读书把人从无知造就为有知,从无能提升到有能,而人从知之甚少到知之甚多,就意味着人能做的事情会越来越多,做事的能力也就会越来越强。在任何时代,任何地域,知识都是改变人的命运的第一生产力,而读书是获取知识的最重要的通道。

到了中学学校有了图书室,那真是个宝库,茅文焕每天都啃学校图书室里的长篇小说。茅文焕比小妹妹大十岁,当时小妹妹才三四岁,爸爸妈妈一个星期有四天要上夜自习或学习,茅文焕就担负起了陪伴和照看小妹妹的任务。茅文焕边照看妹妹,边看书,认为那真是看书的好机会。茅文焕父母都是老师,也提倡他们不要死读书,而是多阅读,利用一切可以阅读的时间与机会,用书本来点亮孩子们心里的灯。茅文焕少年时期广泛阅读的文学作品,在他少年的心里种下了理想、希望、人性、美好、向上、善良等等美好的种子。

文学作品就是在现实世界之上创造一个比现实世界更为理想的世界,引导读者去体验作品中人物的遭遇、追求、奋斗、痛苦与克服痛苦、挫折与踏平挫折等生命经历与生命意识的艺术类型。人在年幼、年少时期受到的文学熏陶越多,其自身受到的人性陶冶与感染也就越多越深入,对其人生的影响也就越深远。文学对人的熏陶会让人在现世经历实际磨难的同时,时时关注自身的内心、思考人生的未来、探索人的价值与意义及其出路,让人在执著或迷茫现世的时候,能够仰头看看星空,思索宇宙与人生的真谛,从而实现对现世的超越与对永恒的认知,进而达到对超我的自我实现。

茅文焕少年时期对文学作品的痴迷,为他后来下乡插队历经种种磨难却能在磨难中成长得越来越坚强奠定了强大的心理能力基础。他刚进中学时迷上了跑步,每天天不亮就到操场上跑,校长陈友才亲自写文章表扬他,让他终身难忘。他从小学到中学的学习成绩又一直名列前茅,学习习惯好,知识面丰富,课外阅读的书籍多,较早体现出了腹有诗书气自华的气质与秉性,在老师和同学的眼里一直是个德智体美劳全面发展的好学生。茅文焕有许多同学都来自农村,家里非常困难,学习却比茅文焕更认真,还要帮家里做许多家务和农活,小小茅文焕就利用自己的课余时间帮他们干活。比如:有个同学叫李虎明,家里养了猪,李虎明每天要打猪草。茅文焕就经常帮他打,有一种猪很爱吃的猪草，草上长有刺，茅文焕就把打来的带刺猪草在家里煤炉上煮好再给李虎明。茅文焕的父母也很支持，母亲甚至亲自帮他煮。

这样优秀的家族传统与家庭氛围，使茅文焕从小即具备了优秀的品质与素养，智商、情商、德商、逆商都奠定了非常好的基础。无论是为学还是为人，都具备了优秀的根底，年少时做人做事的底子打好了，在其后的成长过程中，可以说是无往而不利的，也就奠定了他将来创业与成事的根基。

也正因为从童年到少年的这份优秀与好评而积累起来的自信与骄傲，使得年少的茅文焕在遇到文革时被列为异类与被正道所唾弃的时候，优秀而来的自信与骄傲便转化为负气与逃离。或许在一个没有人认识的地方，自己优秀的基因与素养又会有一番优异的展示与发挥呢，不是说是金子到哪儿都会发光吗？当然，年少的茅文焕离家下乡的时候，并没有想到这些，但是他后来的成长与发展却的的确确证实了这样一条人世间普遍的真理！

三、广阔天地大熔炼

茅文焕的中学在张家港市（原沙洲县）大新公社，所以他下乡插队到了大新公社新开垦的长江滩涂地，是一个新成立的小农场，当时叫北场。那里开始并无原居民，是由各大队地少的人迁移去的，大家多住集体宿舍。

茅文焕初到北场，怀着一种沙漠一样的心情。广漠的天宇下，满地黄沙堆积，绵延无际。没有水没有树没有绿色没有生机，能不能好好活下去，要怎样才能好好活下去，要怎样才能在这无生机的世界里挖掘出生机，要怎样才能在这无生机的天宇下生长出绿色，拓长出绿洲？当时的茅文焕也许并没有想这么深入、这么深远的问题！

但是，若干年后，茅文焕就是在这种沙漠一样的心境里开拓出了自己人生绿洲里的倔强生命力，这种生命力让他在以后的生命历程里无往而不胜！这种生命力就是吃苦的力，也就是当下人爱用的现代词：逆商！用茅文焕自己的话来说就是：那十年苦都吃下来了，还有什么苦不能吃呢！

茅文焕在广阔天地里的熔炼生活底色是苦的。离开了父母，来到江边农场，生活全要自理。一年三百六十五天基本都要上工，每天夜里起来夜里收工，上工从鸟叫做到鬼叫！常常凌晨两三点就起床，晚上八点才休工。刚到农场的时候，被安排跟妇女一起干活，与妇女一样记工，心气高的茅文焕不服气，不开心。一个月之后，才摆脱了自己妇女儿童的地位，进入成年男人的行列。

农场一年三百六十五天都有活干，农忙的时候种植水稻，开始种一季，后来种两季，田里的农活会从早春三月播谷种秧忙到深秋十月打谷收场，中间要经历几度杀虫、几度除草，还要经历魔鬼式又热又累折磨人的双抢，可以说是在城镇教师家庭过惯了诗书清闲生活的茅文焕有了这段唯农最辛苦的切身经历。除了种植水稻之外，农场还种植棉花，种植棉花只有一季，但是也是一个繁重而忙碌的活计。

就算是在十月到第二年的三四月间这段说是农闲的时候，其实也有农活要干。《诗经》里的《七月》篇不是详细地记录了二三千年前中国古代先民一年的春耕秋收夏耘冬藏秋猎冬储的忙碌无尽期的生活吗？茅文焕们在 20 世纪六七年代的中国农场跟先民们的农忙生活竟是惊人的相似。除了农忙时节，忙个不停之外，看似农闲的时节，得为来年的农忙做准备，一方面要为来年的田地积肥，抽干河塘里的水，将河塘底的淤泥挑上来，挑到田地里当来年的肥料；另一方面要疏通河道，给河堤江堤培土砌石，修固堤坝，保证来年浇灌田地的用水与防止洪涝灾害的发生。

除了一年忙到头的农活，茅文焕所在的农场在长江边上，江边芦苇丛生，当时的芦苇还是一种非常有用的经济作物。农场要求社员在种田之外，还用芦苇编制草鞋和苇席，草鞋的用处自不用说，苇席则既可以用来铺炕，又可以用来盖房，还可以用来搭建临时建设用房。农场除了在农场江边采割芦苇进行编制之外，还跑到东沙及双山岛去买芦苇来加工。有一次到东沙去买芦苇，回来时遇到大风，船失控了，一直被风浪打到苏北，但是茅文焕们并没害怕，他说年轻时真的不知道什么是怕。茅文焕所在农场的员工们便在繁重的农忙之余，编制草鞋与苇席，农场自用之外，大部分用来出售。繁重的工作挤占了社员们的所有时间，甚至连春节都没得休息，当时美其名曰过革命化的春节。所以，茅文焕们在农场的生活繁忙，睡眠很少，休息很少，整天就是做工，的确很辛苦！

农场的生活环境也极为艰苦，住的是茅草房，四处漏风。夏天漏雨，冬天穿风；夏天蚊虫叮咬，冬天苦寒难耐。床是芦竹做的，睡起来硌得人疼，容易松动不稳，人一翻身就会吱呀呀叫，本来睡眠不够的小知青们被吵醒，睡眠就更难够了！农场土质粘性，下雨天路面又滑又黏，走不了几步，鞋上就沾满了泥，提不起来，迈不开步。生活环境让人苦不堪言。

农场地处长江边上，在沿江的二道圩，常常要抗洪抢险，几乎每年都有洪水发生，只是洪水大小不同而已。每当大雨季节，为了防止大水决堤，要身负草包跳入水中修筑防洪堤。草包是一种用干稻草织成的像麻袋一样的袋子，里面装上泥土，当大水来时，人们就用这些装了泥土的草袋放入堤坝以增强堤坝的阻水能力。每个草袋一百多斤，要抱起一百多斤的草袋往水里跳，得有多大的力气才能做到。瘦小的茅文焕在那样的境遇里经受着这种种锻炼，竟也锻炼出了钢筋铁骨般的体魄、力量与胆气。

1973年发大水，二十岁的茅文焕等七个年轻人战斗在最西边最险的地方，每人抱着草袋立在水中阻浪，组成一道人包一体防洪堤。突然发现水浅了，潮水在慢慢退去。大家正庆幸老天开眼、出手相助，不自觉地欢呼雀跃起来。却慢慢才发现，东面大堤被冲开了一个大缺口，洪水正像群群猛兽般挤出缺口，疯狂地向下游冲去。而他们自己，却已无法沿堤过江上岸，被困在了西边的半截断堤上，后来是张家港渔业社的船把他们救上来的。二十岁的茅文焕在农场这个大熔炉里已经被锻炼成了农场社员中的主力军之一。

农场生活苦是苦，但是茅文焕从辛苦与艰苦中锻炼出了结实的体魄、坚强的毅力、吃苦耐劳的本领以及精熟的手工操作技能，这些都是他在以后的人生经历和创业、经营事业途中最为重要的素质与能力。而且，农场的经济生活还是较为富裕的，他们没有饿过肚子，粮食和棉花布匹都可以自给自足，还有来自出售芦苇产品的一大笔经济收入。所以社员们的生活是辛苦、环境艰苦，但是不困难！

茅文焕说他上一个月工就把自己一年的日常用度所需经费都挣了回来。所以茅文焕说自己十年农村生活里受尽了各种苦，更多指的是自己从一个从来没干过农活的城镇诗书家庭的孩子到农村从事各种农活与工作，而且是没日没夜地干，没有休息日地干，主要是指这种辛苦而言。另外则是指他的心苦，这指的是他从一个优等生被放逐为社会弃儿与正道之外的异类而被迫下放所带来的心理之苦。当一个人从天堂跌入地狱，从峰顶跌入谷底，从火车头变成火车尾，其心理的落差所带来的伤痛、迷茫、失落、彷徨是在短时间里难以消除的。茅文焕初到农场时那种沙漠化无望的心境是持续了相当长时间的，即使他认真工作、用心务农、勤奋扎实地学习和干着农村的各项活计，务实真诚地接受着贫下中农的教育与改造，但是，他对前途毕竟是迷惘的，自己能不能回到以前优秀的轨道上去，能不能回到闪光的金子的位置，都是不明朗的，而这一些又都发生在一个十五岁的孩子身上，其迷惘和无奈无助的心苦便尤其浓重与强烈。

茅文焕下放农场的时候，父亲被打成反革命，停了工资，不许再在学校上课，但是留在学校接受劳动改造。茅文焕的母亲也受到牵连，但是没有停工资，茅文焕与大妹妹又都离家下放农村，不花家里的吃穿用度，所以父亲母亲弟弟和小妹妹在家生活也还能维持下去。父母挂念茅文焕下放的时候年纪小，当时农场虽然不饿肚子，但是饮食缺少油水，正在长身体的茅文焕本来就瘦小发育缓慢。茅文焕的父母便很心疼儿子，父亲向学校申请要去农场看望儿子，给儿子送些猪油去。学校倒也开明，答应了茅文焕父亲的申请，但是要求茅文焕父亲胸前挂着的反革命分子的白布条不能摘下，必须戴着。茅文焕的父亲就戴着白布条一路走去，直到了农场外围才将白布条取下收在口袋里，然后才进去见儿子。父亲身上的这块白布条就是茅文焕一家人心里苦的根子，这块白布条不摘下，父亲的反革命帽子不被摘下，父亲不得平反，茅文焕一家就一直感觉低人一等，感觉不是人民一类，心里就会苦。

十年农场的生活让茅文焕把一生的苦都吃尽了，所以他能勇往无前应对生活中的各种困难与处境。正是农村这十年的艰苦辛劳生活，培养了茅文焕吃得苦中苦，能为人上人的底气、骨气与韧性。而且，在农村的十年，茅文焕的这种心理之苦也有一个逐渐减轻的过程。

因为，十年农村生活还陶铸了茅文焕善良、朴实、真诚、利他的醇厚人性。他在农村虽然受尽了工作的艰辛与生活环境的艰苦，但是却受到了朴实乡民的真诚善良相待，让他感受和陶冶到了最本真醇厚的善良人性，致使他在后来的创业、从业途中一直以善良为本，以利他为先。

农活里，青苗尚矮没有长成的时候，喷洒农药的工作比较轻松，乡民和小伙伴们就把轻松的喷洒农药的活儿让给茅文焕做。当青苗长高，再往苗上喷洒农药，苗上的农药对身材矮小的茅文焕来说是极为影响健康的，乡民和小伙伴们就不让茅文焕去喷洒农药，而让他去干别的轻松一点的活了。同宿舍的小伙伴王九斤就是这样让轻活担重活照顾小文焕的代表，还有一个叫陶晚英的姐姐，是茅文焕所上的大新公社中学近旁的一个农村姑娘，也下放到了北场劳动，当时与陈金度谈恋爱，陈金度与陶晚英两个对茅文焕也非常照顾。就像对待自己家的亲弟弟一样，陶晚英帮他缝被子、补衣服，茅文焕多年穿的鞋子也一直是她帮他做的。还有许多其他乡民对茅文焕的照顾和帮助也非常贴心，他们的朴实、善良、真诚、体贴让茅文焕感念终生。

政治队长吴干宝跟他们一样，有好吃的东西都会叫茅文焕去吃、或给他留一份。农村的干部，做事、工作也往往以身作则、冲在前面，吃苦在前，享受在后。公社党委副书记袁勤芬，每次到农场来蹲点，每次都和老乡一起，风里来雨里去。抗洪抢险的时候，也是抱起草袋就往水里跳，跟老乡一起在水里筑起人包一体防洪堤。当时大队书记叫王倍植，是一个很正直的基层干部，茅文焕到农场没多久农场就发生盗窃事件，当时王倍植不顾自身安危紧紧抓住盗窃团伙中的一人不放手，王培植被打伤，而且伤得很重，但是他始终没放手。直到社员们赶到，大家一起抓住了窃贼。当时农场的行政管理部门还叫革委会，革委会副主任陈月初也是一个很好的人，出勤要到三百天，几乎除了开会都会参加劳动。

茅文焕在农村十年，无论是普通乡民还是村社干部，他们的朴实、真诚、与人为善、先人后己，都对他产生了非常大的影响。一方面，让他近朱者赤，耳濡目染潜移默化地也培养起这种纯朴、真诚、与人为善、先人后己的品性；另一方面，让他感受到了基层社会的温暖，体会到了党的基层干部吃苦在前享受在后的务实醇厚的品德与作风。农民不但在生活上帮助、照顾茅文焕，在政治上也帮助他进步，把他作为可以改造好的子女，让他到县里参加了贫下中农代表会议。茅文焕初来农场时的负气，初来农场时对党和国家的不理解，在农村十年中，在来自农民与农村干部的温暖中慢慢消融。用他自己的话来说，就是：他开始相信，党和国家只是暂时处于逆境，其本身是好的，是有希望和前途的。

而且，父亲虽然被打成了反革命，被停发了工资，但是也并没有受到多么野蛮的迫害与侮辱，也没有下放到多艰苦的地方去进行劳动改造，而是留在学校进行劳动改造。在学校的劳动仍然能发挥父亲的特长，比如：当时的红卫兵要建一面墙要画毛主席像，那一面墙就是茅文焕的父亲建好的，像也是茅文焕的父亲画好的，父亲虽然被划到了与人民相离的反革命队伍，但是父亲心灵手巧多才多艺能工巧匠的才能与技术还是被尊重的，这些被肯定被尊重却是抚慰茅文焕一家心理酸苦的一剂良药。父亲虽然被打成了反革命，但是当地的老百姓对父亲依然很尊敬，老百姓跟父亲的关系一直都很融洽，陶晚英的爷爷就跟茅文焕的父亲是关系非常好的忘年交。在北场劳动的陶晚英与对象陈金度特别照顾茅文焕，陶晚英爷爷和茅文焕父亲关系很好，也是一个很重要的原因。

再有，茅文焕下放的农场离家毕竟不是特别远，还是在张家港地区。所以茅文焕还能十天左右回一次家，能将农村生产的土特产带回家去给家人享用。虽然，茅文焕上工时间非常紧张，他每次回家都只能是晚上七八点下工后才能往家赶，在第二天早上上工前就得赶回农场，但是毕竟能常常与家人团聚，家人的生活也都没有多少困难，所以家庭亲情方面的需要还是没有受到太大的冲击。茅文焕却在那些年里学会了走夜路，练出了胆子。而且，因为农场有较好的经济效益，在20世纪60年代中后期70年代上中期，茅文焕除却吃穿和日常用度，每年还能存下三百块钱人民币，存下来的钱让他很早就在农村建了一栋新式小楼。所以在当时，茅文焕就拥有了一辆五一永久牌自行车，每次回家时都是骑着自行车来去的。经济上的优越感和家人在社会上的被尊重感都是人的高层次需求的满足，茅文焕在农场这个大熔炉的冶炼生活里自觉不自觉地感受到了这些高层次需求的满足，从而接地气地感受到了党和国家和社会的深层次的优越性，内心的苦也就慢慢地消融了。

四、宝剑锋从磨砺出

1977 年前后，乡镇企业兴起，茅文焕就被安排到乡镇企业北场的社队企业大新纺纱厂当了电工。问他的电工技术来自哪里，他说社企安排他到无锡国棉一厂学习了几个月；他还说厂里也给他安排了师父，他跟着师父学技术。当时那个师父原是无锡国棉一厂的六级工，技术很不错的。但他什么都不教给茅文焕，只叫他打扫卫生做清洁。师父的儿子跟茅文焕年纪差不多，也在厂里，师父只教儿子，不教徒弟。儿子跟徒弟却很合得来，成了好朋友，儿子学了，转身就教给了徒弟! 茅文焕的电工技术就是这么经过二道手传授学来的。

"文化大革命"一结束，农场就将学习与进入企业从事非农工作的机会给了茅文焕，注重对他的培养与发展，这让茅文焕又一次感到了国家政策对他们这些曾经被打为异类的圈外人员的看重，让他再一次感受到了基层政府与组织与干部与老百姓的务实、醇厚、质朴、善良以及由此带给人的温暖。

茅文焕是有电学基础的。诗礼传家、教育世家里的孩子不但学习成绩好，还有爱学习的习惯和会学习的秉性。茅文焕下乡之前，读到初一。下乡之后，他也没有抛下书本。在每天从鸟叫上到鬼叫的漫长出工时间之余，茅文焕自学完成了初二、初三的学业，具备了物理、化学的基础知识，为他精湛的电工技术打下了较为扎实的专业基础。茅文焕年少时候就养成了爱读书好读书的习惯，所以在下乡期间上工之余，他还能挤出时间来学习，读书学习成了他生活工作中不可缺少的一部分，就像吃饭喝水一样的必不可少。做教师的父母也要求他们在再艰苦的环境里也不要放下书本、不要放弃学习，茅文焕和下乡到苏北海安农场的大妹妹在插队期间都没有放下书本，而是保持了学习的习惯，并自学完成了系统的课程学习，茅文焕完成了初中的课程学习，大妹妹则考上了中专卫校。

茅文焕兄妹俩这种在艰苦环境、辛苦境遇里都不放弃学习不放下书本的经历不但成就了他们自己，同时也告诉世人书本与学习在人生历程中的重要性。尤其是在人生的低谷时期，在人生的迷茫无助时候，只有凝聚人类思想文化与知识精华的书本能让人于沉静中学到知识，于安静里受到启发，于慎独里获得内在的成长。当人无法改变外在环境的时候，那就沉静地学习那些人类文化传统与精神思想中具有永恒意义与价值的书本与知识，学习充实的是自己内在的精神世界，丰盈的是自己的内心，增强的是自己内在的心理能力，成长的是自己一旦拥有就终身有益永不失效的底气与实力。机会永远垂青有准备的人，在逆境里不放弃学习不丢下书本而持之以恒地读书学习，就是在为自己做准备，一旦外在环境发生改变，一旦机会降临，就会自动寻到早有准备的人身上。茅文焕就是这种早有准备、强大了自身，让机会来主动寻找的人。

茅文焕在乡镇企业做了三年电工。凭着自学与好学以及善学，具备了精湛的电工技术。党中央粉碎四人帮之后拨乱反正之时，1980年，茅文焕被调到张家港市食品厂。从此离开农村，回到了城里，十年的下乡插队接受贫下中农再教育与改造的生活结束，十年的农场大熔炉却已将茅文焕冶炼成了既手巧又心灵、既有吃苦耐劳韧性又有勤学钻研习惯的准备充分的人。他将自己以前学到的电工知识与所掌握的电工技术，用在正在兴起和发展中的食品工业。

茅文焕在市食品厂主持了电力设备的扩容，升降电梯的制作，雪片糕自动生产机、包装机等设备制作，技术上日益精进，业务上日益成熟。厂里生产米糕、制作一种叫做油筛子的副食，需要高压变压器，但是厂里没有。当时文革结束不久，国内各行各业百废待兴，各行各业需要的设备和机器都很缺乏，各行各业各厂的技术人员也奇缺，已有的技术人员就有着特别多的用武之地，许多行业许多工厂的设备都由技术人员自己研发、自己制作。茅文焕就属于这种大环境中的奇缺人才之一，当时厂里缺高压变压器，茅文焕硬是把一个四百千瓦的变压器从头到尾自己一个人研发制作出来了。

自此，茅文焕得到领导的信任与倚重，被任命为厂里设备科主任，全厂设备都归他管，他成了厂里的设备设计师、制造师、维修员。厂里电力设备的扩容、升降电梯、雪片糕自动生产机和包装机都是他主持甚至亲手制作出来的。后来，基本上是哪里生产需要他就被临时调到哪里，成了厂里的救火队长。哪个车间缺设备或设备有了问题，第一寻找的救援队长就是茅文焕。

比如糖果车间熬糖设备使用初期，工厂一般七点半上班，茅文焕五点半就到了熬糖车间，先把机器和锅炉开起来，调试好，其他工人后面到来的时候，就可以在旁边看着茅文焕操作，边看边学边实践，许多工人的技术都是茅文焕这么示范教带出来的。而设备的研发与制作，还是更前期的工作。就是说，茅文焕不但负责设备的研发制作，还负责设备使用的教学即传帮带。厂里的冷库也是茅文焕带着人自己设计、制造、建设出来的。当时，他带着卷尺、圆规、仪器到别的单位去参观、测量，从冷冻厂请了一个工程师来帮忙，就是这样边学习边琢磨边请人帮忙把张家港食品厂的冷库给建起来了。

茅文焕说，笨鸟先飞。自己没有，自己不会，就需要自己先去学习、去思考、去探索、去研究、去实验，解决工厂里的实际问题，从而提升工厂的技术力量、设备实力，提高工厂的生产能力与营业额以及整体经济效益。

当时，哪个车间生产繁忙，缺少人手，茅文焕就会出现在哪个车间帮忙。八月份月饼生产来不及的时候，月饼生产车间的人是三班倒的工作制，茅文焕主动要求把自己安排在夜班，让其他的同事能按照正常的生物钟上班与休息，自己则适应不太正常的工作与休息时间。茅文焕不但是食品厂的技术能手与骨干，在职业道德与业务精神上也是先人后己、约己利人的，这些先人后己、仁善为他的品质他从小就具有，一方面来自于他祖辈仁厚乡里、善行乡邻的优良家族基因，一方面来自于从小他父母的以身作则对他们兄妹等的言传身教、耳濡目染，更有一大部分则是他在下乡插队的十年中，从社员小伙伴、农场农民到基层干部对他的友善、照顾与培养，所有这些都成就了茅文焕立身行事、创业、事业中走向成功的重要的优秀品质。

茅文焕后来又先后担任了饮料、糖果等车间的主任，每年都被评为先进工作者，参加了市里的先进模范大会。基于自己过硬的技术和扎实、勤奋的工作态度与进取精神，茅文焕调到市食品厂后越来越受到重用，成了厂里的重点培养对象。茅文焕十五岁时产生的对自己身世和身份地位，对党的政策，对国家和国家加于自身与家庭的前途与命运的怀疑，彻底消解了。农村十年中乡民与基层干部对他的友善相待与真诚相助，让他的怀疑与担心消解了一部分；落实政策后调回市里厂里，技术和才干得到肯定与信任，自己被重点培养，被一次次委以重任。茅文焕感受到了党和国家政策以及实际工作环境中的温暖，他以前内心所余留的那点怀疑、担忧与不信任彻底消除了。

由于他的精强业务能力及在厂里的出色表现，茅文焕得到了厂领导的一再赏识、认可与表扬。当时的茅文焕自己并不知道曾经被打入异类的非人民分子凭着自己的真才实干与先人后己的利他情怀与行动，也是可以加入中国共产党这个光荣组织的。厂长亲自提醒他，凭他的才干与品德，他完全可以向党组织靠拢。于是，他向党组织递交了入党申请书，他坚定了对党的信念，于1984年光荣地加入了中国共产党。他决心从此永远跟党走，以自己的技术为基，以自己的扎实勤奋、善良厚道、先锋模范为核，像一把千磨万砺之后的宝剑，在什么领域都能劈出一片光明的天地来！

五、濒临破产挽狂澜

随着改革的深入，茅文焕所在的市食品厂受到很大冲击，并在1992年倒闭。在商业局领导的关心下，茅文焕先后到市食品公司、张家港宾馆、市饮服公司担任中层干部。茅文焕虽然在文革时期被当时的大政策打入了低谷，在后面的人生经历中，还是一直受到政策或说国家政府部门干部的关爱与照顾的。当然，这些关爱与照顾都与茅文焕本身的能力、素养与品德分不开，这恰恰再一次向人们说明了一条普遍的真理：人无论在怎样艰难的处境里，都要加强自身的修炼，都不能放弃学习，不能放弃对自己能力的锻炼与加强，而应该在逆境里不放弃不放松，坚持学习，坚持实践，坚持提高自己的能力增强自己的修养，把自己打造成一个机遇到来时的充分准备者。只有无论在什么环境里都不放弃学习与锻炼，才能在外界环境改变的情况下，成为一个生活的强者，从而成就事业，并成为一个事业与人生的成功者。

开始，市饮服公司地处市区很好地段，效益非常好，其店面占了半个步行街。但是民营企业兴起，饮服公司显得老化、落后，在市场竞争中举步维艰，职工没活干，发不出任何福利。茅文焕这把宝剑在这个时候便出鞘亮剑，崭露锋芒！

他主动向公司提出：利用自己的电工技术，向社会上承揽工程，能解决部分职工的工作，还能为公司创造部分效益。当时，茅文焕的一个表哥在供电所当所长，告诉他市供电局有一些小型安装没人肯做，他可以利用自己的特长组织几个人去承接这些小项目，为单位搞点创收，也为自己打开一条新的道路。但是，表哥是个很正统、老实、本分的人，只给他提供有这样一条途径可以给他开拓与发展，具体的事项都得茅文焕自己去供电局联系。茅文焕一去了解，就知道有一些小工厂、小商店、小工地上的小型安装项目，原有的合作单位嫌项目小不肯干，所以没有人做，刚好适合茅文焕这类想凭自己的技术特长改行拓展业务的人开始的事业。

所以，在1997年，茅文焕就与供电局签订了这些没人肯做的小型安装项目的协议，为他们施工，从此开启了他的电工创业之路。

茅文焕创业之初，接的工程是政府部门向社会招标的零星工程，工程小，利润少，是个公司都不愿意做，茅文焕等闲散技术人员才有了插进去做的机会儿。茅文焕带着饮服公司的十几个人，骑着人力三轮车，穿行在张家港市的大街小巷，完成着政府部门交给他们的民生电力小工程。十几个人，从一辆三轮车的规模发展到二辆再到三辆，大概花了两到三年的时间。这个挂靠在市饮服公司名下的电力工程队，就是茅文焕后来创办的张家港市光华电力工程有限公司的前身。工程队在第一年年底，就用当年创造的效益为饮服公司全体员工发放了年货和补贴，茅文焕说：当时的那种大家都开心的开心可比自己一个人挣了许多钱过热闹年的开心要更开心许多倍！

茅文焕的创业就是始于这种大家都好才是真的好，大家都幸福才是真的幸福的共同富裕的社会责任与担当情怀的。大家都满意然后自己满意成了茅文焕创业、从业过程中的基本思路与理念。

茅文焕的创业始于为濒临倒闭的饮服公司寻找新的出路，其所取得的效果也的确解决了饮服公司的燃眉之急，让饮服公司的全体员工在艰难的境况里过了一个热闹的满意的年，对饮服公司起到了一种起死回生的效用。当时，茅文焕的电力工程队挂靠在饮服公司名下，饮服公司拨了一间大约三十平方米的办公室给茅文焕等做仓库，茅文焕与供电局签订合同后，供电局业务科营业厅有了项目，就通知茅文焕带人去施工。因为其业务的特殊性，茅文焕创业之始所从事的业务就与政府的民生工程紧密相关，一方面关系着政府部门的形象，一方面因而承担着非常大的责任。一方面，有着项目来源的稳定性与可靠性；另一方面却又有着任务重难度大效益低等困难。

但是，事情总是有利也有弊，总会有两面性的，不管责任与困难有多大，任务有多艰巨，也不管项目小、是赚钱还是赔钱，茅文焕和他的小工程队，就在这条小而窄的羊肠小道上开始起步，并且慢慢地走出了自己的康庄大道！

六、创业路上仁厚为怀

1999 年，国家出台新的政策，国有企业转型后不许再挂靠别的小企业，当时的饮服公司一分为三，改制为三个私人企业，这三个私人企业占有商业步行街半条街，改制后，生意一直很兴隆，发展很好，直到今天都是很繁荣的企业。

茅文焕再也不能挂靠，只好从饮服公司脱离出来，扔掉铁饭碗，成立张家港市光华电力工程有限公司。拿出仅有的全部家当 5000 元钱，并借钱购置设备、汽车等必用物资。原来饮服公司派给他的 $30m^2$ 的作为仓库用的办公室，也被收回去了。茅文焕只好在城中村租了大约 $60m^2$ 左右的三间房，用作仓库，放置车辆、材料与施工器材。条件有点艰苦，家人特别支持。茅文焕自己跟工人一起施工作业，在百货公司上班的爱人黄建华在上班之余还来给他们做饭，给他们洗工作服。

供电系统改革允许私营企业参加施工后，刚好国家电力系统实行从一表多户到一户一表的改革，这项工程涉及到千家万户，工作量非常大。施工要求难度大，质量要求高，工期紧，与老百姓之间的矛盾多，利润还不高。所以，当时，张家港市的其他五家电力公司都没有参与，茅文焕又是接手了一个没人愿意干的被嫌弃工程。质量要求高，难度大，工作量大，工期紧，可都难不倒茅文焕。原来是一表多户，几户用一个电表，改为一户一表前，就得先把以前分摊的电费结清。那么以前用电多的用户就会不愿意改为一户一表，因为改为一户一表之后，他家所用电的电费就全部得自己出，当然要比原来几户分摊电费时要多。面对这样的用户，茅文焕与自己的员工就只能慢慢地与他们沟通、协商，慢慢地磨，不将问题与矛盾上交政府部门，都是自己的员工磨破嘴皮，把这些钉子户的问题解决好的。

施工的时候，会因为钻孔等造成的噪音影响到住户对环境的安静需求，只好尽可能早上晚开工，晚上早停工，中午十二点到下午两点也不做有噪声的施工，这样其实会影响施工工期，也会影响工人以及公司的效益。但是，工作与民生的紧密相关和与政府部门形象的直接代表等特殊性，要求茅文焕公司员工在施工过程中就必须注意这些细节，以尊重和解决老百姓的诉求为重点，公司工期延长、收益损失也要先满足老百姓的利益。施工时候，也会产生一些垃圾、影响环境卫生等问题，从而引发居民的抱怨与不满，茅文焕要求员工们在施工时尽可能减少垃圾的产生，降低对环境卫生的影响。在施工结束的时候，一定要把环境卫生打扫清洁好。茅文焕公司开始接做的工程就是千门万户老百姓的住家工程，其间的情况与矛盾千丝万缕、千奇百怪，虽然困难重重，麻烦不断，却让茅文焕从一开始就建立起了一套与居民小区民生工程施工的有效规则与制度，当工程越做越多，慢慢地就变得得心应手、游刃有余了。

在施工过程中，也会有失误，会接错线，将东家的线接到西家，将西家的线接到东家，结果造成东家本来用电很少却电表转得很快，电费很高；西家用电很多却电表转得很慢，电费很低。东家要多出电费当然不干，西家却也不愿补交本该出的电费，这种情况下，茅文焕公司只好重新将表安装到位，并赔偿因接错线而必须交给供电局却没有住户愿意补交的电费。损失由茅文焕公司承担，即使没有收益，明显地亏钱，茅文焕公司也只是自己承担，不会将矛盾转移。正是这种有错就纠，有损失敢于承担的做事风格与从业精神，为茅文焕公司赢得了非常好的社会声誉，茅文焕公司在居民和政府部门的口碑也越来越好！

爱人黄建华说：茅文焕最大的特点是吃苦耐劳，什么苦都能吃！茅文焕自己也说：农村十年熔炼，给他最大的财富就是什么苦都吃过了，还有什么困难不能克服？！黄建华又说：茅文焕不怕苦，白天做、晚上做；别人不做的，他做；挣钱做，赔钱也做！所以，茅文焕自己说：文革十年，他被下放农村，受苦十年。现在回首往事，也很难说那时到底是不是苦，那种磨练到底是坏事还是好事，回想起来，好像也没有那么苦了。如果没有那些磨练，或许他还真难以克服那些困难，把工程做得那么圆满，让老百姓、政府、和公司员工都满意！

茅文焕公司不仅保质保量如期完成了这个工程的施工任务，还处理了与老百姓之间的许多矛盾，给有损失的人家也主动做了赔偿、自己承担了责任，没有把矛盾上交，所有工作都得到了供电部门的认可，所以，茅文焕的公司被供电局列入了重点外包队伍。茅文焕以其扎实的技术功底、严格的质量把关、诚实仁厚敢担责任的敬业精神，在张家港市电力工程行业与系统站稳了脚跟，打开了局面。

于是，2009年，市政府实事工程决定对市区老旧小区安装楼道灯，供电局又把这个工程大、任务重、涉及千家万户、而且效益低的项目交给了茅文焕的公司。茅文焕公司依旧本着务实、扎实、诚实、负责任的原则，公司全体员工经过半年的努力圆满完成任务，又交了一份政府、百姓、公司三方都满意的答卷。茅文焕的光华电力工程有限公司在张家港市站得更稳，名声更响，口碑更好了。

有了以上这些工程业绩为基础，供电局将整个大杨舍镇的线路、设备维护、抢险任务交给了茅文焕的公司。这是一个艰巨的任务，当时电力设备很薄弱，线路大多是裸导线。夏天一打雷就会全片线路跳闸，这个时候公司全体人员只好二十四小时连轴转，有时几十个小时没得休息。工人们一边做好抢修和维护，一边进行绝缘化改造，慢慢地旧的裸导线全部改造成新的绝缘材料导线，防雷电的效果便比以前强得多，慢慢地就不怕雷电了。但是大杨舍镇的线路、设备维护却是一个永远在路上的工程，因为城里的线路基本都是地下埋藏式，但是村镇上的线路则仍以架空为主，裸线的危险还是存在的。

茅文焕的电力工程有限公司虽然是私营企业，但做的都是供电局涉及老百姓切身生活的民生工程，为供电局担负着社会效应，因此也就属于服务性企业。所以对职工的要求很严，一定要想人民所想，做人民所愿。如果有损害群众利益的行为，就会被一票否决。供电局有民生热线电话95598，只要有用户打电话反映问题或投诉，茅文焕公司就必须做出回应，并做出适当的处理，做出妥善解决。正是这种以人民利益为先的强社会责任感，为民生工程的务实、扎实付出，为茅文焕的公司赢得了越来越好的社会信誉与发展机会，张家港市很多重要工程都有他们公司参与的身影。公司在市建筑工务处、市城投公司、市土地储备中心等单位或部门建立起了良好的信誉与合作关系。

之后，茅文焕公司就负责了张家港市越来越多、越来越大的项目的电气工程的铺设与安装，涉及民用、厂房、公共设施等领域的大型项目。比如国网苏州供电公司张家港汇金花园居配工程、中联铂悦 10KV 居配工程、117 杨新线南新花苑施工影响迁移工程、华夏再制造产业 B06 工程、市区道路线路入地改造工程、网荷互动终端项目一期张家港地区等等。

茅文焕公司也能与时俱进进行革新与创造，进入智能电力电气行业。协助张家港市供电公司开展创新试点项目，参与创新成果研制和技术支持工作。先后完成了黄泗浦智慧电网示范区（上天、入地、下水配电台）工程，长黄港"电引擎"社区能源服务站升降变安装、张家港互联网示范区（可视一体化，柱上景观变）安装南横套创新示范区全地埋升降变的安装。

公司每年承揽的供电公司农配网改造项目在施工进度、施工质量、安全管控等方面，都得到主管部门好评，为地方电力基础设施建设和公共事业发展做出了积极贡献。

长期以来，公司以严谨的工作态度、优良的工程质量，获得主管部门及用电客户的广泛认可。他们将一如既往地坚持以"积极进取、诚信求实"的工作态度，坚持以市场为导向，以安全为基石，以质量为保证的经营理念，从事生产经营活动，为客户提供优质服务，创造良好的社会和经济效益。

七、家是成功的坚强堡垒

茅文焕在塑造自己能力和品格上属于主动型性格，喜欢学习、喜欢探索、力求在技术和业务上精益求精；以别人的利益为重，在保证甲方和用户利益的前提下实现双赢与多赢。这应该是他事业成功的根本原因。茅文焕在向外争取机会、创造机会方面却属于被动内敛型性格。不爱与人交往，不爱去寻求各种关系入场、谈判。

茅文焕的爱人黄建华与茅文焕性格却不一样，外向、大胆、主动。她说：没有办法！单位和个人都要找出路，求发展。他有技术，有想法，国家、社会又有政策给机会，为什么不去寻找、不去创造或打开入口呢？

黄建华在自己上班之余，不但是茅文焕创业初期工地上的厨师、洗衣工、勤杂工，还是茅文焕中军帐里出谋划策的军师，更是陪同茅文焕开辟天地的战友。

"您只是跟他讲道理，要他走出去，去跟人交往、跟人谈业务吗？"

"讲也讲，鼓励也鼓励，但更多的是我跟他一起去！"

　　"您跟他一起去，他怎么跟人说话的？怎么跟人打开局面的？"

　　"跟他一起去，有时候就不用他说话了！"黄姐不但是茅文焕的贤内助，还是茅文焕的贤外助。他们这对金牌组合靠一个的外向、主动、争取和另一半的过硬技术、诚信办事，在国家越来越好的政策环境里，慢慢打开了局面，站稳了脚跟，开辟出人生的一片绿洲！

　　茅文焕是靠着吃尽各种苦，不惧任何苦的韧劲、闯劲取得创业与事业成功的。他自己说："相处十年的农民，特别吃苦耐劳，什么苦都

茅文焕、黄建华夫妇

能吃！"十年农村生活给他最大的财富就是吃苦的能力与精神。黄姐说茅文焕最大的特点就是不怕苦、踏实做。白天做，晚上做，赚钱做，赔钱也做，靠做出来的实力、做出来的人品说话！

　　他们这种吃苦、肯干的精神被儿子很好地传承下去。儿子在大学也学的电力工程专业，大学毕业后，先在无锡电厂工作，跟着师傅学习专业高新技术，很快就掌握了本专业本行业的前沿高新技术，并能独立完成许多实际的项目与工作。后来，又进了一家台资企业学习和了解新的技术与管理模式与方法。再后来，则进入供电局学习，跟着供电局的总工程师、江苏省的劳动模范瞿晓东摸排整个张家港市的电路线路，并将线路用图纸画出来，存入数据库。张家港市的电力线路在茅文焕儿子加入摸排与绘图之前，是一片混乱、模糊与不清楚的。在瞿晓东工程师开始这项摸排工作的时候，刚好茅文焕的儿子加入进来，发挥了自己的绘图优势与自己对摸排线路并将其绘图整理建立数

据库这项事业的浓厚兴趣，才将张家港市的电路线路数据库给建设与完备起来，这可是为张家港市电力系统做了一件功劳卓著的大事，虽然是与供电局许多同事一起完成的大事，但是在这件大事里又的确凝聚了茅文焕儿子的独特能力与贡献。

做这项工作，当然也是千头万绪，繁琐而艰辛的，但是茅文焕儿子也是什么苦都能吃，大有其父亲的风格与特点，做出来的事情细致、具体、效果好，得到供电局同事们的一致好评。做这件事，一方面与供电局同事们一起为张家港市电力系统做了一件功在当世与后人的大事，另一方面也为茅文焕公司从事的电路建设与维护工作创建了极为便利的数据基础。茅文焕儿子接手茅文焕创办的公司以后，勤恳务实，诚信肯干，继承了父亲培养和依靠良好团队精神的传统，并在不断与时俱进地探索创新与发展！

其实，茅文焕的父母就是勤苦耐劳、约己利他、苦自己助他人的典范。茅文焕的爷爷就是散尽家财为乡里办新学的著名义士。祖、父辈的这种仁义为先的情怀与品性被茅文焕很好地继承、发扬并传承了下去。

茅文焕说他一生最崇拜的人是自己的父亲。问他对他一生影响最大的人是谁时，他毫不迟疑地说是他父亲，父亲的气量熏陶了他宽阔的胸怀、无私的气质和对他人负责的品性。

茅文焕的父亲茅绍刚和母亲章品柔在新中国成立之初就都当上了人民教师，出生于1953年的茅文焕现在还记得小时候父母的工资不低，一个六十六元每月，一个七十五元五角每月。内地华中地区有些乡镇国营单位职工的工资到20世纪80年代末90年代初也才八十元每月，可见50、60年代茅文焕父母的工资着实不低。但，在茅文焕的印象里，家里的用度却常常捉襟见肘，入不敷出。茅文焕父母曾经答应带他去无锡玩一次，条件是一个月不买荤菜吃，吃一个月素，省下买荤菜的钱当去无锡玩的路费和用费。茅文焕吃了一个月素，却也没有去成无锡！因为没钱！

那么，茅文焕父母那么高的工资，都去了哪儿呢？常常入不敷出？茅文焕有一个弟弟，两个妹妹，自己家里六个人开销。当时，茅文焕三舅家两个孩子，大伯的大女儿，还有叔叔与姑姑，都在茅文焕父亲那儿读书，父亲的开销就大了。

负责那么多弟弟妹妹、内侄外侄、自家四个孩子的学费和生活日用，自然容易捉襟见肘、入不敷出！

茅文焕父母资助的还不只是自家亲戚弟妹子侄，还帮助许多学生，替学生交学费、补贴学生生活费。有一个叫王仕清的学生，家里兄弟姐妹很多，生活很困难，但他特别要强，茅文焕妈妈觉得这个孩子不错，就承担了他的学费及部分生活费。后来他参军了，很快当上了干部。在部队被称为一枝笔，当时经常在济南日报上发表文章。后来在对越自卫反击战中立了三等功，当上了团政委，转业后回张家港当上了教育局副局长及电大校长。像这样小时受到茅文焕父母照顾和帮助而成人以后有出息的学生有许多。

茅文焕父母这种舍己为人的豁达大度的心胸与气量，让茅文焕从小就受到耳濡目染的熏陶，让他潜移默化地也具备了这样的心胸与气质。再加上他在农村十年中所受到的贫下中农们和基层干部们对他的真诚照顾与关心，让他舍己为人的善良品性更加成熟与坚定。茅文焕在后来的创业、从业过程中，总是以甲方和用户的利益和满意为先，从而做稳做大做强自己的公司和事业，的确有着他强大的家人帮助和深厚的家风传统作为坚实堡垒的原因。茅文焕从小就乐于帮助同学。他有许多同学都是农村的，家里很困难，学习却很刻苦认真，要边学习边帮家里做许多家务和农活，茅文焕就利用课余时间帮他们干些力所能及的农活，解决一些家务困难。比如他有个同学叫李虎明，家里养了猪，每天要打猪草。他就经常帮他打，有一种长有刺的猪很爱吃的草打来后，携带不方便，茅文焕就把它在自家煤炉上煮好再交给李虎明带回家去。茅文焕父母也很支持他对同学的这些帮助行为，他母亲甚至亲自帮他给同学煮猪食。茅文焕的父母便是这样以身作则、言传身教地引导并支持孩子们塑造起了他们为人处事的优良品质的。

茅文焕1997年12月10日开始与饮服公司的几个同事组建电力工程队出来创业，以饮服公司提供的三十平方米房间作为仓库和办公室。1999年饮服公司改制、解体，茅文焕不能再挂靠，完全脱离国有体制，放弃铁饭碗，开始在城中村租用六十平方米左右的房子作为仓库和办公用房。2001年开始，茅文焕开始在农村建设公司的用房，建成了一千五百平方米的仓库和一千平方米的办公室，公司建设之初在农村，后来其实就成了镇中心。由此看来，茅文焕公司的发展速度还是很快的，正是如上所述的各种因素促成了茅文焕的成功。

结语

一个人的成功，总会是外因与内因交互作用的结果。一般说来，内因是成事成业的决定性因素，拥有深厚的专业素养与高精尖的技术实力，拥有坚韧不拔的毅力、屡败屡战的韧性、拥有在困境中不放弃学习不放弃追求与探索的习惯与定力，拥有与人为善、乐于助人、约己利他、宽容忍让、不斤斤计较的心地与胸怀，拥有担当精神与社会责任感，这些都是一个人成就事业的核心竞争力。一个人拥有这些核心竞争力，就能在任何领域都无往而不利，所以说内因是成事成业的决定性因素。

外因则是成事成业的重要影响因素，多体现为命运和机会，命运与机会多是偶然而不定的。政策的倾向、扶持或限制甚至打击，贵人的帮助、小人的作梗，天时、地利与人和等因素都是命运与机会这些外在因素的体现。内因相当于一颗优良的种子，具有优质的蓬勃的生命力；外因相当于土壤、阳光与雨水，土壤合适，阳光和雨水恰当，优良的种子就能正常发芽并茁壮成长。一个人立身处世，最重要的是先把自己培育成一颗优良的种子，然后就能去寻觅合适的土壤、等待或创造适当的阳光与雨水，以促成自身生命力的极限生长。

即使在土壤不适、阳光不足、雨水不丰的环境里，优良的种子也是能积蓄更多的生命能量的，在逆境里成就更强的自身，在不利的外因条件下更要强化自身内因的磨砺与建设。茅文焕是颗优良的种子，有着优秀的家族家风传统与家庭教育环境，有着自己颖悟的智商与宽善仁和的本性，有着利他助人先人后己的情怀与心胸，有着不服输的要强上进的心性……即使在不公不平的政策待遇环境里，他也一直在吸取不利环境里的营养，提升和强化自身，当外在环境发生根本性好转的时候，有利的政策环境就成为改变命运的机遇降临到了茅文焕的身上。而对不利环境里的有利因素的吸收，完全因为茅文焕本身的优秀内因产生的作用！因为其内在的优秀因素而获得了人生中各个阶段中的同事、领导的肯定与支持和器重！所以，这些源自内因而加强和优化的外因，加上大环境政策等外因的改善，就综合促成了茅文焕创业与事业的传奇式成功。

茅文焕向来身心发展两不误，事业与健身双手抓。现在年近七十，虽然企业事务基本上都已交给儿子去打理，但是对事业的发展规划、对行业的发展思考，却是一直都不会放下的。同时，他也非常重视养身。他说：以前跟夫人同甘共苦创业打天下，现在两个人总在一起，同出同进，一起走天下。每个月来中国再生医学会星空康养中心做项目，就是他俩的日常题目。

打桩夯实出的云淡风轻

——记宜兴市太湖地基工程有限公司董事长陈锡平

李承辉

陈锡平

陈锡平，1955年1月27日生于打桩之乡江苏宜兴周铁。十七岁开始出外打工从事瓦工工作，三十八岁到昆山开始打桩。2006年接任太湖地基工程有限公司董事长一职，执任至今，公司发展到在全国拥有三十多家分公司，年业绩做到二十亿左右。

地基是建筑物的根基，地基做不好，建筑物就立不起来或立不安稳，容易垮塌。打桩则是地基的根基，桩打不好，地基就不坚实不牢靠，建筑物一样建不安稳，容易垮塌。陈锡平从事的是与人们生命财产安全直接相关、责任极为重大的工作与事业，经过几十年的磨砺与打拼，他将如此坚实厚重的事业做到了游刃有余、云淡风轻，这就是他的传奇。

一、率性与严谨兼备的风轻云淡

腾讯会议视频里出现的陈锡平陈总把话筒打开，把手机位置调好，让自己正好出现在视频的正中，不左不右，不高不矮，不前倾不后仰，不偏不倚，刚刚好。却突然想起今天还没刮胡子，又站起身来，找来剃须刀，坐下，对着镜头剃起胡须来。初次相识和见面的与会者们被他的率性随意所感染，瞬间没有了开始时的拘谨、严肃与紧张，气氛瞬间轻松、欢快起来。让大家放松、舒适的方式，就是自己先放松、随性起来，不需说教，不需用言语建议，用小的行动就能达到目的，这是初识陈锡平的人刚刚认识他时就学到的第一条为人处事，与人交往，让大家轻松、舒适的法则。

长辈、上司、地位高的人、成就大的人、有名气的人，在接见晚辈、下属、地位低的人、没什么成就没什么名气的人和陌生人时，常会给后者一种压力，让后者感到紧张和拘束。前者再怎么说随便坐、随便说、就当是在自己家里，却是说得越多，后者会越紧张越拘谨。像陈锡平这样自己把氛围生活化、日常化，倒自然打消了旁人的顾虑，不知不觉中让参与人神经放松，参与到日常化的谈话中来，谈话和交流便自然顺畅起来。

将工作和事业日常化，让参与其中的人轻松、自然、欢快、舒适地工作，或许就是陈锡平自己工作、事业的特点，也就是他传奇色彩的传奇之处，于平淡自然中自显传奇。

谈到专业业务问题，陈锡平却又是非常严谨的，在严谨里依然透着他随性自然的云淡风轻。他说到一个打桩项目，给管桩施压，压了三次桩都没成功，他压桩的时候把桩头都压碎了。他想，他打桩怎么可能把桩头压碎呢？后来，他把下面的管桩一个个抠出来看，本来管桩顶部应该是压一块平的铁板，打桩机再在铁板上施压，把管桩打进深层地基。但是，陈锡平抠出来的管桩是怎样的呢？他随手拿起桌上的圆柱形玻璃杯的杯盖，杯盖里边刚好有一道防漏垫片带的小槽，小槽把杯身卡着，又有防漏橡皮圈顶着，水就不会漏出来。

这个杯盖的圆柱形设计刚好跟管桩类似，陈锡平便就地取材，在镜头里用实物当教材演示起来。说做管桩的不是在桩的顶端铺上一块整体的铁板，而是在管桩桩头管壁顶端钉了几个螺丝钉。本来由一整块铁板支撑的力，却靠几个铁钉来支撑，所以打桩机打下去，几个钉子受力的地方，桩头就裂开、碎了。他左手拿着杯盖，右手在杯盖上指点、平压、上竖，边演示边解说，俨然一个课堂上给学生讲课的老师，隔着视频，都能又演又讲地让听的人既知道产品特点与问题，又学到工序要求与操作流程以及问题的症结所在。陈锡平随手取材，随物赋予其教材意义的风格及其严谨、务实的内容讲解，让人感觉和体会到他内在严谨、外在随性的游刃有余、云淡风清的境界。

在谈到灌注桩的工艺时，陈锡平打开电脑里他公司获得扬子杯优质工程奖的昆山工艺园大厦地基工程建设过程的视频给我们看。从上往下俯瞰，四周像网一样的钢结构支护围出中间一个非常大的空圆，透过空圆再往下看，映入眼帘的是一个非常大的地面；地面上却是一个个像墙上的窗户一样的黑框，整齐而密集。那是一个非常大的地下室地面，地面以上的空间叫基坑，在这地面上，我们看到一个个方的圆的，几个一组，几个一组的低于地面的浅凹坑，凹坑叫承台，这些凹坑就是已经灌注好的灌注桩。每个桩相隔不远，四周是正圆或正方形，平整的坑底上伸出一根根螺纹钢筋，越往上越往外伸开，像深冬水面上傲寒排队挺立的枯荷，又像伸上天空追求无穷的群手。

陈锡平左手拿过桌上的杯子、右手把手机立在桌面上，与杯子间留有一定的距离，说：土与土之间，土与桩之间不是得有一定的距离吗？要保持这种距离才能经受热胀冷缩给地基和桩造成的冲击，所以就需要用灌注来处理，灌注配料的比例很有讲究……在讲到专业技术问题时，他总是能这样既有视频、又有图片、又有道具地做到游刃有余地专业讲解。

一栋建筑物的建成，地基处理属于其前期准备工程环节。在地基处理之前，还有土地勘测、工程设计、环境评价等项目要完成。在甲方土地勘测、工程设计的基础之上，中标的地基公司才入场开始进行地基处理施工。有的工地是不需要进行地基处理的，如果该建筑物下面的土质、岩层与将建设的建筑物的地基要求刚好相吻合，能够安全承载该建筑物，这样的地基就不需要进行处理，可以直接在上面进行施工、建设。更多的建筑物在建设之前是要进行地基处理的。

地基处理的方式却有许多种。有填埋式，即将建设的建筑物下面的土层只有一部分不符合将建设的建筑物的要求，那么地基处理单位就将这部分土壤挖走，再重新填上符合要求的土质，叫填埋式。有夯实式，就是说即将建设的建筑物下面的土质比较松，但是打紧就可以承载将建的建筑物，地基公司就将下面的土层进行夯实处理，叫夯实式。再有就是使用最为普遍的打桩式，高层建筑基本上都要使用打桩式地基处理。在这种地基处理方式中，打桩就是地基处理的一个重要方面、一个重要内容，打桩本身就是在进行地基处理。

因为高层建筑对地基的承载力和抗震力、抗损力的要求高，提高这种承载力、搞震力和抗损力的普遍方式就是建地下室，高层建筑必须建有地下室已经成为一条重要的国际国内标准。因为地下室将地下纯土或岩层的地基通过各种框架和桩柱和墙体可以大大增强原来纯土或岩层的承载力、搞震力和抗损力，这就是人类智慧与科技改造自然与世界的超能之处。

随着高层建筑建设的越来越普遍，地基公司的地基处理业务也就越来越多、越来越重要。高层建筑地基处理中的核心项目就是打桩。桩打得不好，地基处理得就会不好，建筑物就会存在危险，所以，地基处理是建筑物的灵魂与核心，桩是地基处理的灵魂与核心。陈锡平的太湖地基有限公司从事的就是建筑物建设中的灵魂与核心的工作，它直接关涉到人们的生命与财产安全，所以，这项工作的每一个小环节、小细节都不可小觑、不可轻忽。

打桩则通常有两种，一种是液压式，用液压打桩机将预先制好的管桩压进（又叫打进）地基里去。打桩机在地基上的放置、安装都有特殊的要求，打进地基去的桩一般要求二十到三十米长。当然不可能打进去的桩就是一根整长二十米或三十米的桩，而是由若干根短桩焊接起来再一根根打进的。一种是灌注搅拌钻拔式。打桩机的机头是螺旋形钻头，钻头钻进土层边钻边将土和岩石打碎，形成一个松软的空间，同时注入已经配好的混凝土浆料，借助钻头的旋转下钻，将混凝土和被钻头打碎的土和岩石搅拌混合起来，形成一个混凝土桩。当钻搅到位之后，再将钻头拔出，一个混凝土桩就灌注成了。

打桩机放置的位置要高于将要打进地基的桩，打桩机放置的地面要求也有讲究，要保证打桩机的稳当与精准施力于桩。因为如果打桩机不稳，不但会危及操作打桩机的人和损坏打桩机，而且会使打下的桩发生偏斜，影响桩的承载力，从而影响到整个建筑物的质量。

陈锡平自己就曾经有一次，因为打桩机下面的水深泥滑枕木滚动，致使打桩机不稳而倒塌，情况非常危险。陈锡平从桩机上摔下来，摔在桩机的机头旁边，可幸没有摔在打桩机机头之下。如果摔在打桩机机头之下，那么机头压下来，机头上可是一根根钢筋巨型尖刺，陈锡平的肉身是怎么也挡不住、受不起的。陈锡平说：现在想来都是心有余悸，当时可是吓得够呛！他又说：大难不死，必有后福！因为由此之后，对打桩机、对打桩这回事是更加谨慎小心、一点不可大意，大大小小的环节细节，都得加倍当心、加倍用心、加倍留心！

所以，现在，虽然陈锡平已经很多年不管现场施工，不再过问打桩这些具体事项，但是，只要他一到现场，他一听那些打桩机的声音，各种型号各种用途各种特性的打桩机，他一听就能判断出哪个打桩机是正常的，哪个打桩机存在问题。这便是多年实干累积下来的游刃有余的专业素养，游刃有余的专业素养成就了他云淡风轻的处事风格。

二、扎实做事而来的底气与魄力

陈锡平出生、长大的宜兴周铁是江苏省无锡市一个千年古镇。这个千年古镇因其在太湖流域，西连安徽芜湖、东接上海的航运、商运、港运中处于枢纽位置，经济、文化和教育往往都能开风气之先，走在各个时代的前沿。陈锡平很小就从乡下的务农小子来到镇上进入乡镇企业学习和从事瓦工工作，就是得了这个地方较早受到改革开放政策之利影响的直接结果。

周铁属于太湖湖沼平原和太滆河网湖滨圩区，东有太湖二十三公里的烟波浩渺的湖岸线，内有横塘河、漕桥河及太湖百渎等纵横密布的河网水系。周铁位于太湖西岸，境内水系众多，向东经太湖和吴淞江可达东海，向西经荆溪、苕溪可达芜湖长江江口，向南经宜溧漕河可达京杭运河和长江，航运条件十分优越。

上古时期，周铁即是"三江五湖"之中江汇入太湖的主要港口之一。春秋时期中江的走向大致相当于今日的芜申运河，由芜湖经当涂、宣城、高淳、溧阳到宜兴入太湖，再经松江到上海入海。由于周铁位于滆湖和太湖之间，境内的竺山地势较高，在历次太湖地陷和海侵中均未受到影响，因此可能成为当时上游水系入湖的较稳定的港口之一。据传，上古时期太湖有多次地陷，但每次到周铁境内的一个村就不再下沉，该村得名"沉住"，即今陈墅村。这个古老传说从侧面证明了周铁作为中江入湖港口的可能性。

唐宋时期江南人口急速增长，开始沿太湖西岸塘堤（今横塘）大规模围湖造田。为满足湖田灌溉和航运需要，在湖滩地每隔数里开浚港一条，即为宜兴百渎。宜兴百渎"横塘纵渎"水利系统保证了芜申运河（芜湖至上海）上游荆溪、苕溪两大水系"急流缓受"的泄洪和通航作用，并作为太湖水利航运的"脉络众窍"成为历朝治理的重点。由于周铁居通湖百渎之中，且有竺山和小茅山之险，能够控扼太湖防洪、湖运和水上治安、军事防御，逐步成为商家必经、兵家必争的太湖西岸水防首镇。

据说，周铁得名源自周代（春秋）在此设立铁官。周铁当时属于不产铁的扬州，因而不是开采铁矿的大铁官，而是管理铁器铸造和贸易的小铁官。之所以铁官设于周铁，应该是由于其作为太湖西岸重要港口的交通地位。

此外，周铁境内的"蠡湖"传说为春秋时期范蠡西施出入太湖的港口，城隍庙古银杏传说为三国时期孙权母亲为封禅"国山"（宜兴离墨山）在此登陆时手植，说明周铁作为太湖西岸航运和贸易港口商埠已有两千多年历史。周铁有"无锡西门外第一镇"之称，未来，周铁作为规划中的宜兴至马山跨湖大桥的西桥头堡，将会再续其千年港口商埠的辉煌。

中国历史文化名城宜兴自古就有"阳羡山水甲天下"的美誉，北宋大文豪苏轼生前多次游历宜兴，并留下了"买田阳羡吾将老，从来只为溪山好"的千古名句。此后，"买田阳羡"就成为古代文人士大夫归隐山林的代名词。周铁作为古阳羡的重要组成部分，也成为地灵人杰的东南文教名区之一。

苏轼、岳霖及其三子岳珂等岳飞后裔名人，以及宋末四大词家之一、阳羡词派鼻祖蒋捷，都在周铁留下了许多古迹遗踪。蒋捷生于周铁，南宋咸淳十年（1274）进士，宋亡后因不愿变节事元又归隐太湖竹山（今竺山），自号"竹山先生"，写下了"流光容易把人抛，红了樱桃，绿了芭蕉"等著名词句，死后也葬于竺山，其墓至今犹在。周铁籍明代名臣、诗文名家杭淮、杭济兄弟官声清著，致仕后主导了分水墩水利工程，并长眠于分水墩对面的凤凰山麓守望故乡。

周铁近代教育的发展尤为令人瞩目。清光绪年间，周铁北街创办的"竺西书院"开宜兴近代教育先河，成为近现代太湖流域办学最盛的镇乡之一。1933年，周铁分水西桥村青年承国英，在陶行知先生的亲自指导下，创办了西桥工学团，仿照上海山海工学团的模式，普及乡村儿童教育。陶行知先生曾亲临指导，并在《生活教育》刊物上发表《跟西桥学》一文，"村里没有钱，办不起学校，怎么办？等等，等到胡子白还没有地方求学，怎么办？只有一个办法：跟西桥学！"，并写有《西桥好》等新诗赞扬、推广西桥工学团的教育办学模式，使其成为当时中国乡村教育的典范之一。直到今日，周铁仍有"阳羡状元地、周铁教授乡"的美誉。

小时候的陈锡平就生长在这样一个具有古老优秀文化传统、具有重要水运、商运发达位置，在经济、政治、教育等方面都能开风气之先，走在时代前沿的地方。小时候的陈锡平不是生长在镇上，而是跟务农的父母与哥哥姐姐们生活在附近的农村。家里人口多，经济条件不是很好，温饱难以解决。加上文化大革命特殊年代的特殊冲击，上学到四年级的陈锡平就辍学没有再读书，从此踏上了与家人一起下田务农挣工分的道路，艰难的生活锻炼出陈锡平小小年纪就开始踏踏实实地上工获得贴补家用的生活资料。也从而练就了他踏实工作、认真做事的习惯与素养，为他将来的工作与创业与事业风格打下了扎实的基础。

在农村务农到十七岁，镇上有了砖瓦厂，陈锡平的姑父在砖瓦厂当厂长。陈锡平便到姑父的砖瓦厂开始学习瓦工，从此由田里上岸，擦干腿上的泥水，开始了他的农民工打工生涯。陈锡平1955年出生，十七岁时大约1981年左右，正是国家文革结束、拨乱反正、一切建设和改革刚刚复苏与起步的时期。江南得风气之先，走上了改革开放的先行道。周铁地处太湖西由苏入沪由湖入海的水运、商运的交通要道，因而对改革开放的春风领略较早，反应也较快。陈锡平也就是在这一波改革开放的新风里较早踏上由农村走上城市发展道路的。

从十七岁到三十八岁，陈锡平打了二十一年的瓦工，主要在无锡和常州两地区的各种工地上搬砖砌墙，为各种建筑物垒砖加瓦，建设房子。不但练就了一手好技能，成为了瓦工里面的一把好手，而且养成了踏实肯干、扎实能干的习惯与专业技能水平。尤其是，虽然主做瓦工，但是对建筑工地各项工种的基本工艺流程与技术要领也都全盘通晓，成竹在胸，对打桩的业务也不例外。看到打桩比做瓦工更能赚钱，所以就动起了脑筋，穷则思变，必须改行，做打桩，以改变自己的经济条件，进而改善家庭与自身的生活状况。在长期的扎实打工生活里，还练就了陈锡平善于思考，善于创造和抓住机会的特性与本领，改做打桩即是一例。

1990年从瓦工改为打桩，开始购买打桩机。在常州东门的染纱厂建厂工地当瓦工，当时公司还不是太湖地基工程公司，还只是一个工程队，陈锡平跟着工程队老板做瓦工，做着做着瓦工，就决定要改做打桩。于是，就丢下砌刀，开始琢磨、张罗购买打桩机的事。

陈锡平做瓦工时，大约持续十年的工资在一元六角钱一天。自己买了打桩机后，跟着自己干的工人的工资是五到六块，后来慢慢慢慢涨到十块、十五块、二十五块、三十五块、六十块……到今天，工人的工资一般是二百五十块钱一天。

陈锡平购买打桩机的时候，一个打桩机要三十万元人民币，当时建筑工地上的工人工资一天五到六块，一个月一天不歇，能做到一百八十块钱一个月。一年到头不吃不喝，全存下来，一年能存两千一百六十块钱。那么，一台三十万元人民币的打桩机，按当时的工资水平算，要不吃不喝一百三十八年才能买得起。当然，三十年后的今天，2021年，建筑工地上工人的工资已远远不是当年的五至六块钱一天，许多工种都能做到好几百块钱一天，但是今天一个打桩机估计也不是当年的价钱了。

那么我们往回去算，在1990年以前，1990年每天五到六元钱的工资应该是陈锡平二十一年打工生涯中最高的工价了。那么，陈锡平打了二十一年工，不吃不喝，二十一年里，最多也就能存四万五千三百六十元，实际上这是不可能的。

陈锡平本来出生在农村，家里人多，家境并不宽裕，按他的话说，家里很穷。所以，他其实很小就开始挣钱补贴家用了，怎么可能不吃不喝专门存钱呢。所以，其实陈锡平决定自己买打桩机开始加入创业大军的时候，他手头只有一万元积蓄。可是，一个打桩机要三十万元人民币，三十万对他来说，也是个天文数字。可是，要改善生活，要挣钱，就必须改变挣钱方式。不过，虽然三十万是天文数字，但是手头毕竟也还有一万元的积蓄。说明，在许多地方还没开始感受到改革开放带来的好处的时候，许多人还没解决温饱问题的时候，陈锡平已经打了二十一年工，成为了万元户，成了通过打工而扎实能干、踏实肯干的先富起来一族中的一员。虽然，三十万对他来说是个天文数字，但是，二十一年打工成就的扎实能干、踏实肯干的品性和娴熟的技术水平，以及万元户的先富族的身份，到底给了他相当大的底气与魄力，所以他虽然只有一万块钱的积蓄，他也能做出购买三十万元打桩机的决定。

20世纪90年代初期，正是基建行业蓬勃兴起的时候，许多农村的青壮年劳动力纷纷奔往城市从事建筑工人的工作。中国城市的建设和发展，从20世纪八九十年代开始，一直到现在，直观地说，都是这些建筑工人们的双手踏踏实实、辛辛苦苦劳动、工作的结果。他们也清楚地知道，在建筑行业里，在建筑工人的队伍里，哪些工种，哪些职位，哪些工作方式更加赚钱，能更快更有效地改变自己的生存状况与经济水平。所以，当时到城里做建筑的农村劳力很多，这些来自农村的建筑工人们更多的想做包工头，因为包工头能赚到更多的钱。

所以，陈锡平要做打桩，就要拥有自己的打桩机，让自己的打桩机建起一支打桩队伍，做比一个人能做的更多的工作，创造比一个人能创造的更多的价值，赚比一个人做工能赚的更多的钱。没有钱，也要买打桩机。没有钱，借。借的钱，利息还挺高，有两分半的，有三分的，还有五分的。他说，没办法，要想改变现状，必须有魄力借钱。当然，有魄力借钱，取决于自己有能力还钱。自己有没有能力还钱，取决于自己有没有能力有没有毅力踏踏实实做事，把钱挣回来。

陈锡平二十一年的打工经历，对自己做事的习惯与能力还是有底气的，没有这份底气，他就没有这份魄力与时间背负那么高的利息去借那么多钱来买打桩机。因为有了这份底气，也就让他对自己未来的扎实肯干和扎实肯干能带来的效益有了信心，前有底气，后有信心，再加上踏实肯干的行动，这个决定就做出了。他说当年如果没有胆量、没有魄力借钱，哪有今天的成就！二十一年打工的确培养、练就了他的胆量、魄力、底气与实力！所以钱也借到了。能借到那么多钱，当然也是靠他的底气与实力，还有就是靠他的诚信而实现的。

当时可不像现在，现在的钱就是一个数字，银行卡里、微信里、支付宝里……都可以，拿着手机就可以走天下。陈锡平借来的三十万元人民币却全是现金纸币，装满了一箱子。陈锡平兴冲冲带着一箱钱到南京去购买预先已经联系好了的打桩机整机，第二天，却被对方告知，打桩机不卖了。被迎头浇了一盆冷水的陈锡平拎着一箱钱回到了周铁，怎么办呢？当时也不像现在，现在的中国，物产实在是丰饶。各种打桩机，你不卖了，有打桩机的其他商家、店家、厂家多着呢！你不卖了，自有别家可买。其实，今天也不会存在不卖的情况，只有求着你买的情况。但是当时的陈锡平，拎着借来的高息钱却没买到打桩机，还真有点不知所措。

但是，他们那一代人，或者说中国 20 世纪八九十年代甚至新世纪初的创业人都有一个共同的特点，他们的扎实肯干踏实能干就体现在没有设备的时候，自己做。笔者采访的另一个年轻企业家创业的时候，因自己有七年电力设备公司售后服务工作经历，就自己琢磨、制造出了自己用来创业的第一套电力设备；还有一个笔者采访的企业家，也是电工出身，在自己所在的国营单位饮服公司缺乏先进设备和技术能力的时候，是他主持、设计和制造出了单位的许多饮服电力设备。陈锡平虽然不是自己做打桩机，但是他也走的是自己做的路线。他请周铁镇上的冷作厂帮他设计、制作出了他的第一台打桩机。

打桩机制作出来后，他用他的打桩机组建了一支二十人左右的队伍。一台打桩机运作起来，要有十七个人为它服务。十七个人在打桩机上流水线作业，开机的开机、搅拌料的搅拌料，送料的送料，灌注的灌注……各司基职，一个不能少，一点不能马虎，每个环节都要标准、规范、到位。问他之前可向人学习过怎么做打桩机业务或者有没有人教过他，他说有师傅教的。这个师傅，其实就是开打桩机的师傅。

陈锡平买打桩机组建打桩队的时候，工人的工资是五到六元钱一天，但是请一个开打桩机的师傅，工资就高许多倍。打桩机开机师傅的工资是年薪制，当时一年一万到一万五不等，现在当然就得二、三十万了。打桩机师傅的工资是不管打桩队有没有业务，有没有项目，有没有事情做的，闲也得付，忙也得付，总该一年那么多，不能少。

　　陈锡平买了打桩机之后，就跟着请来的打桩机师傅学技术，自己也学会了开打桩机，慢慢地到了听到打桩机的声音就能分辨出机器质量与运转的正常、优良与否，成了打桩机专家。但是，他自己当然不会老是去开打桩机，要付给打桩机师傅的费用再高，他也得请打桩机师傅来操作打桩机。他是老板，有许多事情得统筹安排、管理与联系，不能被一个机子给缠住。所以，他是一个既精技术，又不为技术所束缚的专家型老板，精技术有实力有底气，碰到技术问题的时候能亲临现场轻松解决；不为技术所束缚，则能有更多的时间拓展业务，扩大规模。所以说他是在实干、肯干、能干的基础之上，不断做大做强，而实现游刃有余、风清云淡的境界的。

　　陈锡平买了打桩机，就挂靠在当时的公司也就是后来的现在的他自己的公司江苏宜兴太湖地基有限公司里面，公司有了项目就派下面的打桩队伍去施工。在这种挂靠的形式下干了两年，也就是1991年，陈锡平带着自己的打桩队伍来到了昆山，在昆山做的第一个工程还是公司派发的。从昆山第二个项目开始，陈锡平就都是自己接工程了，不再需要公司给自己派活。足可说明，陈锡平的工作已经打开了市场，取得了行业中的广泛信任，其创业已经站稳了脚跟，并且开始扎根昆山，扩大规模。

　　买了打桩机的当年，做的第一个项目，是在丹阳，大概赚了十万块钱。前面我们算账，如果继续当工人单打独斗，按当时的工价，每天五到六元，一年两千一百六十元，十万块钱，陈锡平不吃不喝，一年到头没年没节不休不息要四十六年多才能存够。但是，陈锡平买了打桩机集体作业之后，第一年第一个项目就赚了十万块。足可见，当时陈锡平做出高息借钱买打桩机改变生产和挣钱方式的决定是多么的英明，又是多么的务实。不务实做出大决定与大投资，肯定是要倒霉吃大亏的。

但是这十万块钱，并不是一算账说赚了十万就拿到了十万块钱纯收入，陈锡平一下就翻身成了富人，不是这样的。工程是有进度、有工期、有阶段的，所以工程甲方给施工方付款也是有阶段有期限还有比例的，并不会一下就把十万块钱全部预付给施工方。而是会在施工初预付多少，在施工的不同阶段通过验收合格了又支付多少，相当多的时候，在工程施工结束了，甲方还会留有一定比例的款项不予支付。

　　所以，陈锡平第一个项目赚的这十万块钱，其实是分许多许多次拿到的。而每次他拿到钱后，一部分要给工人发工资或生活费，一部分要拿来付材料费或其他配套供应商的费用，还有相当一部分是要拿来还那三十万的打桩机借款的。所以创业第一年虽然赚的钱从当时的行情及从绝对数目上看起来相当可观，但是陈锡平的生活其实还是过得很辛苦。毕竟三十万的债务得靠实打实一根一根桩打出来的利润来还，当然这个对陈锡平来说没问题，二十一年的打工经历，早就陶铸出了他勤奋踏实、吃苦耐劳的做事风格与习惯，不但造就了他肯干能干的踏实作风，还培养了他刚毅果敢、游刃有余的能力与素质。

　　他就这样既当老板又当工人地踏踏实实地打了几年桩，在 2000 年前把那三十万的债务还清了。之后，才真正开始赚钱、攒钱的生活。

三、诚信做人而来的云淡风清

　　踏踏实实、认认真真做事强大的是自己，练就的是自己的本事与能力；诚信做人首先惠及的是别人，其后成就的其实还是自己。因为诚信，是言必诺、行必果，说出去的话一定用行动做到，别人得到的就是你真实可靠的行动结果，所以说诚信首先惠及的是别人。而因为诚信，让别人得到你遵守诺言而付出的真实可靠的行动，别人便信任了你，也会对你真诚相待，会跟你保持好的合作，有什么好的机会会首先想到你，所以说诚信待人最后成就的还是自己。

　　陈锡平说，做企业、做事业，其实简单，就是诚信做人，认真做事。简洁利索，跟他的随性自如倒是一以贯之。他说，诚信做人，认真做事，就一定能打开局面，能拥有市场，能把事业做开做大。陈锡平的诚信，主要体现在三个方面，一是决不偷工减料；二是绝不拖欠工人工资；三是答应别人的事，一定尽心尽力、全力以赴地负责做好。

他说，地基是建筑物的生命，关系太过重大，出不得一点差错，绝不能偷工减料赚昧心钱。该赚的钱就赚，不该赚的钱不能赚。像前文所说的那个，把该用铁板覆盖的管桩，昧心商家却将一整块铁板换成几个螺丝钉，用几个螺丝钉来支撑上面的地板与地板上面的建筑物。表面看是影响一个桩的质量，实际则从一个桩的质量影响到整个地基的质量，从而为整栋建筑物埋下一个重大的安全隐患。这种事是绝对不能做的，直到真的出了大事，那点偷工减料换来的就是自己成为罪人，一辈子都会良心不安的。后来，那个甲方虽然没有更换管桩供应商，但是更换了直接做管桩的人，换后的六个管桩，就一个也没有问题，个个都是一压就好，没再出现前面桩头被压碎的情况。

　　陈锡平说，要打三十米的桩，你打二十米，也是偷工减料，同样表面上是桩的质量不过关，实则是整个地基的质量不过关，进而影响整个建筑物的质量，很可能就预埋下了一个豆腐渣工程，给人们的生命和财产安全埋下极大的隐患。这样做工程赚钱就是赚昧心钱，就是不诚信，就会在客户和合作伙伴那里失掉信任。这样做事，就只能做一次，只能做一次生意，因为失掉了信任，有工程的合作方有工程也不会第二次把项目给你做。只做一次生意，那么怎么可能把事情做大，怎么可能把事业做成呢？要常常有事情做，要长久地把事情做好，要长远地干事业，就必须以诚信为基，只有诚信，一是一，二是二，说到做到，按事情应该有的样子如质如量地做好，交给客户满意的产品和成果与服务，才能以诚信换诚信，让客户与合作伙伴以诚信相报。源源不断地把项目信息提供给你，持续不断地与你合作，长久经常地帮助你把你的事业持续做下去，从而做大做强，扩大自己的规模，提高自己的产能，从而将事业做成功。

　　陈锡平说，周铁是打桩之乡，每两三家就有一个打桩机，但是真正将打桩做成事业，将打桩事业做成功的只有百分之五，另外百分之九十五的打桩人都不能说是成功的打桩家，而只能说是打桩工人。陈锡平从瓦工转行到打桩，只有开始两年由公司接到工程，再由公司将工程派发自己工程队去施工。两年之后，陈锡平打桩队虽然一直属于这个公司，但是两年之后，陈锡平所做的项目、所承担的工程就都是自己接到的，从此没有再做过别人接到再分派给他的工程。这说明，仅仅两年时间，陈锡平已经打桩打出了名气，收获了很好的信誉，开发公司与单位已经非常信任他，都将工程直接交给他去做了。

陈锡平靠着做工程的技术过硬、质量过硬、工期过硬赢得了各建设单位的信任，所以他能不断地接到新工程，在昆山的时候，有时同时有二十几个工地施工。昆山建设质量站的人曾说陈锡平公司做了昆山建设市场百分之七十五的地基工程，陈锡平说百分之七十五没有，但是百分之二十五是有的。陈锡平说只有诚信，只有人家信得过你，人家才会把工程交给你去做。

陈锡平从不拖欠工人工资，即使甲方拖欠自己的费用，他也要先把工人的工资付清，宁可自己没钱过年，也要让工人有钱回家，要把工人的工资全部付掉。2014年的那个工程，甲方从开始到工程结束，都没付过钱给陈锡平。工程结束的时候，离过年还有两个月，但是直到年底要过年了，甲方还没付钱给他。陈锡平跟甲方说，得付钱了，工人们都等着钱回家过年。甲方说，要付钱，你开发票过来吧。在工地上，付工程款的惯例就是甲方付给施工方工程款时，施工方得同时把发票交给甲方，作为甲方已经付款的记账凭据。陈锡平说，今天已经腊月二十六，开发票来不及了，只能给收据，然后，就给了收据。当年甲方该付给他七千多万元的工程款，过年前才付了他三千万，而他把三千万全部付给了工人或合作方。而他自己却有好几次都没钱过年。

陈锡平说，跟工人和其他职工，也必须讲诚信。不诚信，跟工人和员工也是一次性交往。只要失信一次，工人下次就不会再跟你干；员工也会早早离职去另谋高就。不只是不会跟你干，你招不到具有真才实干本事的工人和职员，而且他们会把你不诚信的名声传扬开去，让你的不诚信臭名远扬，你就接不到工程，接到工程也招不到为你服务的人。怎么可能同时开出二十几个工地来呢?！每一个工地得要五六十个人展开工作，二十几个工地得有多少人为你服务呢? 在一个城市同时开出二十几个工地，同时施工，项目之多、服务项目的人员之多，其核心实力都是源于公司在不断发展中建立起来的诚信!

陈锡平的诚信，除了体现在与建设单位建立的良好信任关系和对待工人和员工以诚信为基之外，还体现在对待朋友与同行关系上。他对待朋友所托付的事情，也必然尽心尽责、以诚信为本。

有一年，陈锡平的一个朋友在外面出差，家里天气突变，狂风暴雨，他家里工地上的经理给他打电话，说：不得了了，基坑里全是水，雨太大了，又下个不停，没有停歇的时候，雨在不停地冲刷，水还在不断地上涨，没有打支护的基坑四边土墙再不采取措施就会坍塌……。因为工地周边是马路和房屋，基坑四周不好打支护桩，所以没做支护。突发狂风暴雨，大雨倾盆，洪水冲刷，基坑不能支护，预防、处理不当，就可能坍塌，非常危险。

朋友给陈锡平打电话，请他去帮忙处理。那些天里，陈锡平每天天不亮就去了朋友的工地，那个雨量大得不得了，倾盆大雨好像永远也不会停、永远也不会变小，基坑里面全是水。陈锡平每天天不亮就到了工地，靠自己多年来积累起来的经验和能力，在现场上该怎么处理就怎么处理。他主要用海胆放入基坑，靠边垒成海胆墙，以防止雨水对基坑四周土层的冲刷造成毁坏。海胆其实是用海里的一种海藻，晒干之后，做成像麻袋一样的东西。这种海藻袋遇水就会像海绵一样吸足了水，而且还能形成强大的阻力将外面的水的冲击和侵蚀力给挡住。所以用海胆垒成海胆墙，就把冲向基坑四周土墙的雨水给挡住了，同时也挡住了雨水对土墙的冲刷与侵蚀力，从而能够有效地保护没有做支护的基坑四周的土墙。

但是，大雨天天下，似乎永远没有停息的时候，陈锡平的临时处理技术再高超再精当，也不能让人完全放心。所以，陈锡平每天早上都天不亮就去了朋友的工地，有时想多睡会儿，却担心暴雨大水把基坑给浸泡冲刷得坍塌了。因为不能做支护，只能采取临时措施，采取临时措施，就让人不能放心，不放心，就只能早早地去工地上守护，恨不得晚上都不要睡觉，一直呆在那里。

陈锡平就是这样一个对朋友交付的事情操心劳力到胜过对自己的事情的一个特别可靠而真诚的人。他对于甲方、对于工人、对于朋友，都以诚信为本，建立起来的就是别人对他的信任，在别人对他充满信任的氛围里，他工作起来当然如鱼得水、游刃有余，进而云淡风清。

2006年，太湖地基工程有限公司第二任董事长不想干了，想去经营他自己的建筑公司。当时，陈锡平在昆山也有自己的分公司，总公司的十二位股东推荐他回总公司担任董事长和法人代表。因为在所有股东中，陈锡平业务做得不错，在江苏省的声誉和名气也不小。他自己想，总公司作为一个一级企业来之不易，就放弃昆山的分公司，来到总公司就任第三任董事长和法人。之所以十二位股东一致推荐他继任董事长之职，就是因为他扎实出色的业务能力和诚信可靠的品性德行。

陈锡平虽然放弃了昆山的分公司，而接手总公司的事务，但是实际上他人还是呆在昆山的，并没有来到宜兴的总公司，直到2015年，他才从昆山来到宜兴。因为，当时，他在昆山的项目太多，公司人事虽然变了，但是自己原来的项目当然得继续做。当时，昆山质检站说昆山建筑市场的打桩项目，陈锡平公司占了75%，陈锡平说，75%可能太夸张了点，但是25%应该是有的。这也足以证明陈锡平公司的实力与信誉有多强，这也足以说明陈锡平在接手宜兴太湖地基工程有限公司董事长一职时，他已经做到了游刃有余、风清云淡的境界。

直到目前，陈锡平的公司在全国各地已经拥有三十多家分公司，每家分公司都得有六七十人才能正常运转，所以他的公司遍布全国，他的员工则多至两千多人。之所以公司的规模能如此不断扩大，公司的业务能如此不断增多，为之服务的人员数量也能如此不断增加，公司的实力能如此不断加强，其实都是陈锡平本人及其经营的公司在做人做事方面的诚实可信、务实可靠撑起来的。他以他的实际行动，向世人证明，做公司，做事业，要不断发展，要做到成功，要不断做大做强，就必须以诚信为基础，就必须诚信做人，必须踏实做事！做到了这两点，加上自己的业务精良、技术过硬、质量保障，就可以无往而不利，就可以没有什么事情做不成，就可以没有什么事业做不成功！所以说，诚信是事业成功的关键，是企业发展的基石！陈锡平从小到大，从打工到创业到做事业，都始终坚守和不变的这一信条让他的公司一直在一条平坦的大道上愈来愈发展壮大！

四、沟沟坎坎无非过眼云烟

陈锡平做事业做到游刃有余、风清云淡，却也不是一帆风顺而来的。用他自己的话说就是：沟沟坎坎、磕磕绊绊总会是有的，不可避免。但只要诚信做人、认真做事，一切沟坎、磕绊都不是事。虽说人生不如意事十八九，但是人更能常享一二乐平生。人生更多的是苦中有乐，苦中作乐，能在艰苦中在辛苦中品味出乐来，能在艰苦中在辛苦中欣赏和心享到乐来，就能在艰苦中在辛苦中而不痛苦，人也就达到了超越苦的现实而臻于内心平和与自由的自我实现的境界，一切的艰苦、辛苦、人事的纷杂与苦缠，都如过眼烟云，不足挂怀。大抵成功、成事的企业家都是这样的，大抵成功、成事的人都是这样的。

身在眼前的苟且，心在苟且之上的诗和远方，是许多成事之人的超我境界。身在眼前的苟且，即对于宇宙人生而能入之，能入之，故有生气；心在苟且之上的诗和远方，即对于宇宙人生而能出之，能出之，故有高致。既有高致，又有生气，高致出于生气，是谓自由，是谓超我！成功、成事的人都是既有生气又有高致的自由超我的人。陈锡平的游刃有余、风清云淡，就是达到了成事之人这种自由而超我的境界。

陈锡平生在江苏宜兴周铁农村，父母以种田为业。陈锡平有两个姐姐、两个哥哥，自己是家里的老幺。家里人口多，粮食非常少。陈锡平的记忆里，家里七个人，一顿只有三两米粥，没有油水没有菜。就靠二姐去田间地头和菜场捡拾别人落下的萝卜苗叶拿回家来晒干，冲到粥里，聊以下粥。小时候的陈锡平及其家人，生活非常贫苦，用他自己的话说：那时，没被饿死能活下来就是最大的福分了。

年少时候的的陈锡平，一米七三高的个子，体重却只有一百零七斤，高高瘦瘦的，玉树临风般惹人注目。文化大革命毛主席的第一张大字报开始，读到四年级的陈锡平就没有学上了。穷人的孩子早当家，穷家的孩子早锻炼，锻炼做各种事，锻炼各种谋生的本领，锻炼动脑动手动眼动心，从而练就眼明心快的思维与做各种事的扎实精熟的技能本领，进而成就由内到外的立身处世的能力，识事断事的魄力与底气，以及无往而不利的实干操作技能，成就了后来成事、创业、事业的内在人性与外在技能兼具的基石。

陈锡平从四年级的年纪就加入了村民们下地挣工分的行列，小小年级，什么活都干。开始跟妇女们一起干活，妇女们的工分算七分，陈锡平的工分算四分。小小年纪即开始了靠自己的双手获得生活资料并开始帮衬家人的生活，说起来贫苦、辛苦、艰苦，实际上却是很小就开始了对自己早成大器的培养与历练。

陈锡平十七岁时开始在镇上学做瓦工。陈锡平的姑父在镇上开建了砖瓦厂，陈锡平就到砖瓦厂学习做砖瓦，学习做瓦工。在砖瓦厂学习和工作期间，姑父的女儿、陈锡平的表姐给他介绍了与自己同厂工作的小姑娘、后来的陈锡平夫人认识。现在，大家都称陈夫人杭姐。陈锡平与杭姐两人从那时开始谈恋爱，后来一起打工，一起创业，一起开拓与发展事业，历尽千辛万苦，慢慢地苦尽甘来，成就了今天的大公司、大事业。

当时，女朋友杭姐家境比陈锡平家好，杭姐家里人嫌陈锡平家里穷，不同意两人的婚事。但是，陈

杭玉仙

锡平人长得帅，做事踏实聪明，做人也不错，终究人品战胜了金钱，二十四岁的时候与女朋友修成正果，喜结连理。结婚之后，陈锡平在哪儿打工，杭姐就跟他在哪儿打工。陈锡平开始打桩创业，杭姐也跟他一起创业。打工的时候，收入不高，陈锡平每天的工资只有一元六角，杭姐的工资可能更少。打工是挣不到多少钱的，虽然比没有经济作物和其他经济来源、只能种田满足家人有的甚至不能满足一家人的口粮的农村人的收入会好点，但是当时建筑工地上的工人的收入是低的，生活是苦的，不但是辛苦，而且依然贫苦。一天只有一元六角工资的收入，在陈锡平的打工岁月里持续了近十年。一元六角一天，全年无休没有任何其他花销的话，一年能挣五百八十四元，十年不吃不喝不用，能存五千八百四十元。当然这是不可能的！

当时在外打工的农民工，工资不高，生活辛苦且艰苦，但是较之留在农村没有其他经济来源的农民来说，还是条件稍好一点的。因为呆在农村没有

任何其他经济来源的话，只靠有限的耕地和菜地，交完公粮之后，许多农民只能勉强维持一家人的温饱，田地不多的地方，往往还会遭遇春季青黄不接时候断炊的危机；每年交完公粮，还要交农业税，纯粹附着在土地上种田、没有其他经济来源、土地又不多、又要交公粮、还要交农业税的农民，当年的确是负担很重的。

所以，家里有人外出打工，把家里的口粮省下了，到年底的时候，还多多少少能带回来一些钱。虽然外出打工的人，在外面做着极为辛苦的工作，赚着微薄的工资，住着极差的住房，生活质量粗劣。但是，当他们年底回到农村的时候，却成了农村里面的有钱人家，自觉不自觉地就有了一种优越感的心理。所以改革开放所促成的农村劳动力的城市务工不只是激活了农村人口的生产力，激活了部分农民的经济收益，改善了部分农民的生活，在更深层次上其实改善了相当多农民的心理，慢慢地改造和提升了国民性。

陈锡平就属于这种得改革开放风气之先，早早走出农村到城镇打工，农村留有土地家人耕种，自己在外打工活跃家里经济收入从而拥有一定优越心理的早期打工者。他在工地上虽然做的工辛苦、又脏又累，住得不好，吃得也差，生活环境艰苦，工资低，一天才一元六角，但是毕竟拓展了家里的经济来源，增加了家里的收入，活跃了家里的用度，从而一定程度上培养起了优越的心理、自信的心理、善于思考的心理。在开阔眼界、不断接触新事物的过程中，改善着自己的思维与习惯。

所以，在经历了二十一年漫长的打工生涯之后，他能有魄力有胆量地借高利息贷款购买需花三十万元天文数字才能购买的打桩机，从瓦工改行从事打桩与地基处理工作。他说当工人很苦，又赚不到什么钱，一个打桩机拉起来的队伍里，开机师傅一年的收入起码一万元，但是工人的工资只有五到六元一天，一年只能挣到两千一百六十元。其间的差距之大，不言自明，那么一个打桩机队伍的包工头，也就是打桩机队伍的老板，能挣的钱就更多了。陈锡平说：没有办法，要改善生活，就必须改变生产方式，要改变挣钱方式，就必须买打桩机，由工人成为包工头、成为老板。没有钱，就得借，再高的利息也得借。这份胆识这份魄力这份果断就来自于长期打工造就的心理能力！

但是，陈锡平开始打桩的创业时候，条件是差的，与夫人带着小女儿在工地上住油布帐篷，住了五六年。大风大雨的时候，把油布帐篷掀掉、刮走，把屋里的被子衣物淋得透湿是常有的事。在这样艰苦的条件里住到1996年才有了改善，才开始租房子住，才结束了吃喝都在工地上的极不方便极不舒适的生活。但是当工地离租的房子远的时候，还是得住在工地生活极不方便的工棚。当工地开得多的时候，家人更得没日没夜地帮着他一起干。

住得差、生活环境不便只是创业初期之苦的一个方面，另一方面则是自然条件所造成的艰苦。比如雨季来临，狂风暴雨不停歇的日子里，基坑里面很容易蓄积起水来，而且水位不停上涨，水就会浸蚀基坑四周的边坡，容易引起塌方。如果能提前做好边坡的支护，相对来说边坡不容易被浸蚀，不容易塌方。但是，有时候工地周边地型特殊，基坑四周不适合做支护，碰到暴雨季节，防雨防涝防塌方的形势就会变得十分严峻。遇到这样的情况，陈锡平就得常常天不亮就赶往工地，甚至没日没夜地驻守在工地，随着时间的推移，关注水位的上涨，及时对蓄积起来的雨水进行排水处理。因为排一次水，间隔不了一整夜的时间雨水又会把基坑注满，所以必须在雨水注到一定深度的时候把雨水排干净才能保证基坑的安全。在这间隔的时间里，陈锡平不能安睡，因为担心会出意外，所以得很早赶到工地或连夜驻守在工地守护。而这样的情况是常有的事情，陈锡平说。

在地基处理中，会碰到塌方的情况，却不只是雨水所致。如果该做的支护没做，或没做好，也容易造成塌方。比如，为了赶工期，支护做得简单而不到位，就会容易塌方。在创业早期的地基公司或打桩工程队，也容易碰到这种情况，而这些情况也是在不断实践的经验中慢慢做到游刃有余的。

在地基处理中，如果地下水降水没降到位，也是会造成地基塌方和其他危害的。地基土层中地下水位高，没降到要求标高的话，基坑挖土是挖不下去的，因为挖着挖着水就渗出来了，就填满了基坑，就再也无法往下挖。所以要挖出基坑，就必须把地下水位降到要求的标高之处或其下。如果基坑较浅，地下水位下降要求不是很大，地基下挖不是很深。这时的地基处理，就只要在基坑外围挖出水沟，用水泵把土层的水排出水沟就行。

如果楼层高，地下室深，要求地下水位下降很深，就必须往地下深处插入PVC管，再在PVC管里放入水泵，用水泵将地下水抽出来。比如，江南地区的地下水位一般在地面以下一米左右，如果是高层建筑必须建设深层地下室，那么地下水位必须下降到地下室底层地板以下五十公分。PVC管就必须伸到底层地下室地板以下五十公分的地方，再在PVC管的最底端放置水泵用于抽取地下水。

然后就进入边建设边抽取地下水的节奏，也就是说放置在地下的水泵必须一直工作，同时进行地基处理及地基处理之后地基之上的建筑物的建设。直到地基之上的建筑物的压力足以与地下水的上冲力相抗衡，才可以停止抽取地下水。如果在此之前停止抽取，地下水的上冲力大于上面建筑物的压力，就会使地基上浮，影响地基的质量，从而影响地基之上整个建筑物的质量与安全。这也是地基处理中会碰到的难题，陈锡平及其公司也是在不断的实践不断地施工过程中慢慢克服各种技术与自然的困难，慢慢积累经验，进而达到游刃有余的。

在打桩业务中，如果桩打得不到位，比如，没有打到底，或者打到一半桩打断了，或者说桩打斜了，都会造成地基处理中的质量问题。还有，地基处理中，如果填充的砂石土质不合要求，夯实的地基土层夯不到位，都会影响到地基的质量。这些也是创业初期容易碰到的技术问题，陈锡平与他的团队们都是在不断实践不断学习不断总结经验不断探索中慢慢解决与克服这些问题，从而培养起团队的过硬技术能力，进而达到游刃有余的境地的。

直到公司越做越大，项目越做越多，开工的工地越来越多，陈锡平工地上的活就慢慢交给各工地上的项目经理去管，也就不用再事事都去亲力亲为，自己从一个实务操作者变成为一个公司的建设、规划与管理者，而真正成为一个企业家。自身业务的升级与转型，就意味着以往艰辛的过去，而迎接新的高层次的挑战与辛苦，但是在这个新的更高平台上，对以前的艰辛与坎坷，对新挑战可能会遇到的坎坷与磕绊，陈锡平也早已游刃有余、轻描淡写而云淡风轻了。

创业初期的苦，还有一个方面，就是资金方面的不足。陈锡平的打桩机是花了高利息借钱买的，打桩队有二十人要开工资，开机师傅的工资就是一笔不小的支出。关键是高息借的三十万得还。陈锡平说大概到2000年左右，将三十万欠款还清了，也就是花了十年时间还清三十万欠款，每年还三万。当然，在这个过程中，会还掉一些旧帐，但是也会产生一些新帐，但是到2000年的时候，陈锡平就基本上不再欠钱借钱了。在这十年当中，处理资金难题当中，陈锡平的夫人杭姐功不可没。陈锡平说，他跟杭姐说"我们家的军功章上，有我的一半，也有你的一半。"

陈锡平跟杭姐结婚以后，杭姐就一直跟他同进退，一直跟他一起在外面打工，后面又一起创业，一起经营和做大做强公司。从打工开始，杭姐就管理家里的银钱收入，到创业经营打桩队伍以及后来的公司时候，杭姐一直管理着工程队和公司的财务。创业初期，资金紧张的时候，杭姐自己也到处借钱，借来三千五千的、收来三千五千的就直接处理了公司该付的款项，公司急需用钱的时候，也由杭姐找来周转资金，以解陈锡平的燃眉之急。陈锡平和杭姐这对夫妻档就是这样志同道合夫唱妇随地克服了创业初期的种种困难，度过了创业初期的艰难时节，慢慢地站稳了脚跟、拓宽了市场、开辟了自己公司越来越大的天地。从而在各个方面打下了自己坚实的基础，做到了各方面的游刃有余与云淡风轻。

大抵成功的人在回首往事的时候，因为是在今天更高的平台上回望过去，因为今天的高，过去的那些沟沟坎坎都是来路过程中很低很低的位置，虽然明了那些都是必经之路，但是现在看来那些必经之路中经历的坎坷与磨砺其实彰显的是自己的能力与韧性，艰难与困苦不过是让自己千锤百炼以至脱颖而出的熔炉而已。回想起来，那些艰苦那些辛苦那些困苦，因为凝结着自己的奋斗自己的努力自己的坚持自己的探索而显得弥足珍贵。这时候的回首往事，其实就是成大事业大学问者对于宇宙人生之"入之，故有生气"之后的"出之，故有高致"的体会与感悟。在苦难里奋斗拼搏过，在洪涛巨浪里奋勇搏击过，就有了上岸之后回首看时身上所具备的奋斗拼搏的韧性与奋勇搏击的能力，这些韧性与能力，进而成就为自己超脱旷达的心理境界，苦难与艰辛不过是过眼云烟，关键而重要的是自己在苦难与艰辛中成就了一个更加强大的自我，实现了自己的理想，成就了自己的事业。

五、人才是做大做强的核心力量

公司发展到全国拥有三十多家分公司，在同一个城市有时开出的工地多达二十几个，同时启动六十八台打桩机，这么大的企业，这么多的项目，陈锡平怎么管理、怎么掌控、怎么指挥？他说，用对人是最重要的。一个分公司，光管理人员就有六七十个，这些人的业务能力、技术水平和人格品质都是极端重要的。用对了人，用好了人，那就一切都能良性运转，一旦某个环节用人有错，就要出问题。

越是级别高的管理人员，就越要是既有技术又有管理能力的人才。陈锡平自身就是既有精湛技术又有高强管理能力的人才，他能一到现场就听出打桩机运转的正常与否，听出打桩机的质量优劣，对各种地基处理的方式和方法和疑难问题处理都能心中有数，做到游刃有余，都是他高超技术水平的证明。所以他在招录人才时，技术考核便是一个重要的指标。除了看有无专业技术资格证之外，还会用一些施工现场的实际操作问题来考核应聘者，几个问题问过，应聘者的专业技术水平与能力就完全显现出来了，能不能录用也就能不言自明。对于应聘者的管理水平与能力，陈锡平也常常通过面试问答的方式来判断，比如问应聘者几个施工组织设计与人员分配、调用，资金安排等方面的问题，就可以看出应聘者在工程与项目组织管理与人员管理等方面的水平与能力，也能很快地判断应聘者的去留问题。

对于高层次的管理人员的聘用，陈锡平基本采用这些方式来保证管理人员的质量。有经验的成功的企业家，在识人、断人与用人方面，往往从几个问题就能判断出来人的技术、能力与人品来，因为应聘者对技术与管理问题的回答、解说，其实就透露出了他本人的性格、人格、品性和为人处事的习惯。当然，当公司规模不断扩大，分公司越来越多，承建的项目和工程既越来越大又越来越多，即便是高层次的管理人员，陈锡平也不可能都亲自参加招聘，这个时候，他就得将用人的重任交给他之前招进来的可靠的既有精湛技术又有高超管理水平的人才去负责。

他公司跟他时间最长的员工，有二十几年了。按他经营管理工程队和公司二十几年的经验看来，还是公司培养起来的高层次人才更为可靠。所以公司的高层次管理人才一般有两条途径，一条是从老员工中提拔上来的，长期跟他干的工人提升为项目经理或公司部门中的管理岗位。这些人跟他自己一样，从基层的技术工人干起，长时间的技术磨砺，在技术上都是一把好手，同时又在同一个业务单位长期工作，对单位的基本业务和管理流程也都基本了解甚至熟悉，所以一提拔到管理岗位，就能发挥很好的管理作用，既是技术骨干又是管理骨干。

另一条则是从新招进来的基层施工人员中培养。新招进来的基层施工人员大多是从专业技术院校毕业的大中专毕业生，受过专业的培训，缺少一些实际操作和管理的经验，但是其专业基础只要在工地上一实践，就能很快适应，管理能力也会得到很快提升。这样培养起来的人才，也能很快发挥出真才实干的作用。

从人才市场上却很难招聘到真正具有真才实干的高层次人才，因为凡是具有真才实干水平与能力的高层次人才，要么自己单独创业当老板做得不错，要么在他所呆的单位受到重用单位不会让他流失到人才市场上去。凡是流失到人才市场上去的漂泊不定的高龄择业者，往往具有被社会流失的这方面那方面的原因，其本人往往具有这样那样的缺陷而难以为用人单位看中。所以，创业成功的老板们在企业高层次人才的培养与储备上多采取上述两条途径，通过企业内部培养来解决。

在企业高层次人才的培养方面，还包括对自己子女的教育与培养。陈锡平有一儿一女两个孩子，儿子从南京大学毕业后就去了新加坡留学，留学五年后回国，直接进入了自家的公司入职，但是是从基层做起，慢慢地从一个基层管理人员成长为能够独挡一面，能够自己承接项目，并全盘管理项目的建设的高层管理者。陈锡平2014年承建的昆山工业园大厦工程，获得了江苏省"扬子杯"优质工程奖，陈锡平的儿子就承担了相当大一部分的管理工作。目前，工程上的具体事务，陈锡平基本上都可以不亲自去过问，可以完全交给他的儿子去打理了。

陈锡平的女儿，是90后人，于中国人民公安大学毕业后，也进入陈锡平的公司从基层管理工作做起。她在大学时候认识的后来成为了她先生的男友，毕业后进入国家系统当公务员，后来从系统里辞职出来，也进入了陈锡平的公司从事管理工作。夫妻两人在父亲的公司如鱼得水，都能独立承接并建设好项目与工程，并取得较好的社会影响与声誉。目前，两人在徐州购买了五十亩地开始建房子办厂，开始创办属于他们自己的事业。

陈锡平说，现在社会上什么样的人都有，识人、断人、用人也不是一件容易的事，作为企业老板，在这方面确是要多用些心思。对于企业人才，他强调如他自己的立身处世原则：诚信做人踏实做事。对于自己的子女，他强调一定要让他们受良好的教育，要让他们先学会做人，如果让他们远离父母外出求学甚至出国留学，也要教育他们不能去做赌博和吸毒这些对人生有百害而无一益的事儿，要善良，要宽容，要正派，要诚信！好好做人是根本，人做好了，事儿是能做成的。人没做好，事儿却一定做不成！

结语

每个企业家的成功都各有精彩，因为他们有着各自不同的传奇人生。陈锡平的传奇就在于他的普通，他的平凡。他在普普通通、平平凡凡的打工、创业、从业里成就了大的事业。但每个企业家的成功又有着许多共同的要素，比如：娴熟精湛的技术与业务能力，审时度势的判断能力，扎实勤奋的要强上进秉性，果断勇敢的魄力，诚实守信宽厚善良的品性等等，几乎在每一个成功的企业家身上都有这些正向的品性，陈锡平也都拥有。陈锡平的传奇则更在于他将这些秉性与特质，发挥到了游刃有余、云淡风轻的境界。

吹尽黄沙始到金　在思维和情怀里乘风破浪

——记江苏德尔瑞环保机械有限公司总经理徐晓伟

李承辉

江苏德尔瑞环保机械有限公司总经理徐晓伟是个年轻的企业家，言谈交流里流露着思维的睿智与灵性，谈到某些重点的时候会用到思维两个字："凭我的思维应该没问题"，"凭我的思维是可以……"带着思维办企业，带着思维做事业都不足为奇，每一个企业家都会这样。传奇的是徐总意识到了思维是自己办事成事的一个重要因素，也是自己为人处事的一个重要习惯；当他意识到思维是自己关键时候做决定的决定因素后，他就不仅仅是意识到了思维在自己创业、事业中的重要性，而是有意识地对思维加

徐晓伟

以利用了。思维是一个意识层面的务虚的概念，办企业、做事业却是一个绝对务实的领域和工作。徐晓伟把实体成败的关键归在个体的务虚层次与水平上，在虚实结合中以虚导实，把办企业、做事业这种实务做到了哲学的层次，这就是他的传奇所在。

徐晓伟1977年生于江苏无锡宜兴雪雁，2003年下半年开始创业，2013年买下德尔瑞公司，2014年开始启用江苏德尔瑞环保机械有限公司的名称，公司发展开始步入平稳壮大做强期。在德尔瑞之前的创业十年，历经波折、几番沉浮，但终究峰回路转、柳暗花明，吹尽黄沙到了金！

一、十九岁，凭思维走天下

在佳木斯零下二三十度的小旅馆里，十九岁的徐晓伟住了三四个星期，每天靠泡面度日。这是他第一次从江南北上，跨越长江，途径帝都，直抵东北最北端出差，穿着新世纪初流行江南的薄棉夹克衫和毛线衣。那时的保暖服装可真不如现在，江南小城的大街上看不到几件羽绒服，也没有羊绒衫，没有双面羊绒大衣。加绒呢大衣，蚕丝内胆皮毛一体大衣都没有。

当时的徐晓伟只穿了一件普通的夹克衫、普通的线衣、普通的秋衣，一身在厚度保暖度上都极普通的普通三件套，就来到了极寒之地。或许正应了一句老话：三岁的孩子掉雪上雪冒热气。是说孩子小、年轻人身体棒、热度大，掉到雪里，身上的热度不但可以瞬间把雪融化，还会让融化的雪水瞬间沸腾，蒸汽升起。徐晓伟就这样带着三岁孩子般棒极了的热度，没做什么攻略，当时也没有做攻略这么一说，就来到了极寒的佳木斯。

好在室外极寒，室内有暖气。徐晓伟每天待在室内，饭都不出去吃，一日三餐用泡面解决。

当时的徐晓伟在一家叫纽麦蒂克的中美合资设备有限公司做售后。就是纽麦蒂克的客户从纽麦蒂克买了设备之后，徐晓伟负责客户对该设备安装、使用、运行过程中碰到的问题进行解答和解决。因为纽麦蒂克的客户遍布全国各地，徐晓伟是纽麦蒂克为数不多的几个售后之一，所以，他经常要出差。十九岁的他，就能独挡一面，单独一个人被公司派往佳木斯解决售后问题。可见，徐晓伟不仅身体棒，业务也是超级棒的。

当时也没有电子商务，没有全国联保网络售后，没有驻扎在各个城市的售后网点，徐晓伟得凭自己的脚步和各种交通工具亲自驾临客户单位，解决售后问题。这次来佳木斯，就是为公司来地址在佳木斯的全亚洲最大的造纸厂解决设备售后问题的。

十九岁的徐晓伟就能替中美合资的大型企业独挡一面的业务，自然是年轻有为，非常不简单。徐晓伟在纽麦蒂克公司年轻有为的不简单的实力造源于他的思维。他初进纽麦蒂克的时候，公司是让他当工人的。但他自己觉得做工人一方面太累，另一方面，工人干的活技术含量并不是很高，而售后工作中对设备的维护、维修却需要相当高的技术知识与能力；他认为自己的思维能力完全能胜任这份工作，所以，他提出要到售后部工作。刚好公司极缺售后人才，徐晓伟便如其所愿地进了纽麦蒂克售后服务组。

徐晓伟喜欢动脑，感觉琢磨机器设备的构造、安装技术是自己思维的特点与强项，觉得做这个事情会比较顺手，所以他主动要求到了要技术要能力的售后服务部。一个十几岁的高中毕业生对自己的特质、对自己的思维特点、对自己喜欢和想做的事情了解如此清晰并能主动争取，不能不说这正是他以思维走天下的特长的极早显现。

徐晓伟喜欢动脑，对喜欢的事情又乐于学习，到售后服务部不足三个月就掌握了公司产品的基本技术，能够独立指导和维修公司生产和出售的设备的安装、使用和故障了。公司生产的数控机床设备当时国内才刚刚起步，生产厂家很少，但又几乎全制造行业都要用，大公司的技术人员非常紧缺，徐晓伟的思维敏锐地发现了这个对自己一生成事最为关键的核心要素：技术！技术是任何一个行业立足、发展的核心，要创业、要做实体企业的人首先就要抓住这个核心；作为一个不创业、不打算做企业的人，也是有技术的人、技术强的人走遍天下都不怕的。十几岁的徐晓伟就抓住了自己一生成事的核心要素，不能不说是他独特的以思维走天下特长的又一次极早显现。

所以进入纽麦蒂克售后服务部三个月不到，徐晓伟就单独一人被公司派往佳木斯独立承担面向当时亚洲最大造纸厂的设备技术售后事务，徐晓伟三个月里学到、掌握的技术的过硬程度和公司对他技术的肯定、对他办事能力的信任与器重都可见一斑！徐晓伟不但在公司爱动脑筋、喜欢琢磨、善于学习，在客户单位，他的这种思维特质也时时得以发挥。他对那些进入自己思维视野的产品、技术，都会找老师傅问问，问清它们的技术脉络和要点，跟自己负责的设备的技术可能并没有多少关系，也不一定有什么用，但徐晓伟就是爱问、爱探究，说不定在以后的某个技术难题和技术革新上就受到这些以前的琢磨和积累启发了呢！以前爱问爱学习的思维品质与结果就发挥作用了呢！

在出差佳木斯之后，徐晓伟就多被派往北方。他说二十岁出头的他在东北呆了三年，在北方，凡是有他们公司业务的各个大城小市，他都去过。一汽等大型民用企业、大型军工企业等，他都去进行过售后服务。三年天下走下来，徐晓伟对整个行业已经心中有数，由思维起步打下的技术底气进一步扎根为技术、行业、市场、人脉兼牢的综合底气。

纽麦蒂克开始是中美合资，一年左右就转资了，当时正是国有企业、乡镇企业改革、开始私有化的时期，转资后的纽麦蒂克就更名为盛达。徐晓伟在前名纽麦蒂克后名盛达的公司做了七年的售后，这七年售后对他后来的创业、做事业帮助非常大。他在盛达的时候，自己掌握的数控机床技术在全国范围内就是数一数二的了，公司重要的项目，大型的设备的售后服务都是派他去。他不但为公司负责设备技术上的售后服务，还承担着为公司收尾款的任务。公司想用最小的代价创造最大的价值，所以想派售后服务一个人一次性解决与客户间的所有事务。徐晓伟就是这样一个最合适的人选，他用自己的技术用自己的人格用自己的思维，一次次以最小的代价把公司交给他的任务一次性落实。

徐晓伟十几岁高中毕业就离开村子离开镇上来到公司工作，经常出差，行走天下。所以，同村许多后来的小青年、小媳妇以及他们的后代，他都不认识，人家也不认识他。每次回村，总有人问：从哪里新来了个帅小伙子？颇有点新人相见不相识，错把旧人当新人的味道。

可见，徐晓伟的确是外出走天下了，他不仅仅是凭着思维起步走天下，在走天下的过程中他一直有意无意地发挥、锻炼自己的思维特长，靠着这份特长，不仅走出了一片广阔天地，而且也为自己开创出了一片属于自己的天地。

二、父亲，是永远的掌舵人

执著于核心技术的思维重点，其实源自于徐晓伟父亲对技术的看重。

在徐晓伟的父亲七岁的时候，徐晓伟的爷爷在文革中被迫害致死。父亲兄弟姐妹七个，家里负担非常重。父亲很早就辍学，回家学手艺当裁缝，加入养家的行列。恢复高考的时候，父亲是有机会去考大学上学的，但他还是从减轻家里负担出发考虑，没有去考试，没有去读书。所以没有上大学成了父亲一生的遗憾，父亲一直想要徐晓伟圆他自己的大学梦。

童年、少年时期的徐晓伟，是个调皮的孩子。他说自己上学时候，成绩一般，脑瓜子灵。一直到初三，只有一届没有当班长。但调皮，经常跟人打架，村上同龄人的家长老到家里来告状，父亲有时会揍他，但每次都会给他来次深刻的思想教育，来次非常严厉的训话。父亲虽然个子不高，但文化还可以，喜欢教育人，晓之以理动之以情的那种教育。

徐晓伟小时候很怕父亲，就是怕他教育，怕他训。父亲在家的时候，他就喜欢跑出去，躲着父亲。父母价值观不一样，常会吵嘴。徐晓伟从小跟母亲也不太合拍，所以他也不愿待在家里，喜欢跑出去，躲着母亲，躲着父母的吵闹。跑出去却又免不了调皮捣蛋，免不了被人告状，免不了被父亲揍，被父亲训。徐晓伟的童年、少年真是进入了一个非常有趣的循环模式。

躲出去，回到家该被训还是得挨训；躲出去惹新事，回到家更是得训上加训。徐晓伟说父亲训他的时候，他听是听着的，过后却好像又回到了原点。其实，少年儿童的天性就是这样的，爱玩、调皮、捣蛋、控制不住自己就容易犯错误。父母教育孩子训斥孩子也是天性，父母生来就是教育甚至训斥孩子的，孩子生来就是给父母教育甚至训斥的。如果没有父母反反复复地教育甚至训斥，孩子怎么能长大，怎么能成人？！

虽然徐晓伟说当时只是听了，过后好像又回到了原点。实际上父辈反反复复、唠唠叨叨教育、训斥孩子的那些朴素的做人做事的道理，却是潜移默化地深入了孩子们的骨髓。年少气盛时的孩子们虽然因为判断力、自控力都不成熟而屡屡触犯父辈的训戒，父辈的训戒却润物细无声地塑造和成就着孩子们健康、正确、勤劳、向上、坚韧、担当、宽容、善良的美德与人格，而这些美德与人格，是一个人事业成功、人生有为的基石。如果说技术这种核心要素是一个人能在社会上立足、走到哪里都有饭吃的基石，那么，这些来自父辈反反复复日积月累言传身教塑造起来的美德与人格则是一个人成就大业的基石。

徐晓伟是幸运的，一个人立身在世的谋生之本与开创事业成就大业这两块基石都奠定了，在创业、立业、从业、扩业、提业的途中，再大的挫折也是无惧无恐的了。

所以，在孩子幼年、童年、少年时期，父母这一对掌舵人是能为孩子掌好一生成事之大舵的，那些看起来让人不太喜欢甚至让人反感的说教、唠叨甚至训斥，只要说教、唠叨、训斥的内容是健康的正向的积极的善良的，就一定会把孩子们塑造成健康正向积极善良的品性，而这些品性将让孩子们在未来的人生中无往而不利！

徐晓伟的父亲就在徐晓伟的幼年、童年、少年时期，以一种中华民族传统父亲的典型方式：说教和训斥给徐晓伟塑造出了让他在自己以后的人生中无往而不利的美德、人格与品性。当然、时世发展到了今天、作为孩子们一生幸福掌舵人的父亲，自是可以将中华民族传统父亲的典型方式改一改：让忠言可以不腻耳，让良药可以不苦口，让孩子既受到正向健康的教育和引导，又能让孩子不害怕父亲、不躲着父亲，而在一种和谐融洽其乐融融的氛围中实现家庭代际间的教育与传承，从而成就一种中华民族新时代父亲教育子女的新典型方式。徐晓伟作为女儿们的掌舵人的时候，在方式上与父亲自然就不一样了。当然，这是后话，暂且不表，且听后文分解。

徐晓伟的父亲不仅为徐晓伟奠定了一生成事的做人做事的美好品性基石，在徐晓伟重视技术的思维养成上也是功不可没的。徐晓伟高考失利，没能读成大学，令父亲想让他替自己圆大学梦的愿望落了空。在读书未成，前路何去的人生关口，父亲说：你既吃不了大学文凭这碗饭，那就老老实实找份工作吧，找份有技术的工作，别搞那些花里胡哨虚里吧唧的，那些花里胡哨虚里吧唧的我们也玩不起。

徐晓伟最初找的工作是在一家中日合资的公司做销售，卖微波炉。卖了两三个月，父亲说：你这样不行，没有技术，没有硬本事，自己撑不起来，立不起足。要不，你到你大伯那里去学技术吧。

大伯是天津大学的教授，在无锡很有名，很多学校邀请他去做讲座。父亲很想利用伯父的一些资源让徐晓伟上重点高中，考大学。但徐晓伟说自己那时年少不懂事，不用功，要是稍微努点力，凭他的思维，他应该还是考得上大学的。但结果终究是没能让父亲如愿，让父亲失望了。

大伯有研究所，有工作室，拥有当时国内最高端的数控机床技术。1997年的时候，中国基本上还没有数控机床技术，大伯的研究所是国内数一数二的数控技术研究单位。徐晓伟的大伯母是天津焊接研究所的主任，研究所的技术是中国焊接领域比较领先的技术。徐晓伟就在伯母的研究所里学了焊接，学到焊接技术后，去了一个公司上班。因为技术先进，拥有这项技术的单位少，会这项技术的人就更少。所以，徐晓伟刚参加工作的时候，工资就不低，一个月有一千多块钱。当时刚刚研究生毕业分配到苏南某些大学的大学老师工资也才七八百一个月。徐晓伟有时出去打零工，帮人做焊机，一天就能挣到两百元。一天两百元的收入，在当时对许多行业的从业者来说都是天文数字。足可见，徐晓伟学到的这门技术在当时含金量之高，足可见父亲对徐晓伟学门技术以立足的人生方向的掌舵是多么英明。

同时，徐晓伟还考了氩弧焊焊接工证，当时全世界都只有美国有氩弧焊设备，徐晓伟却已经拥有了使用这种设备的技术和资格证书。幸运总是降临在早已经准备好的人身上！徐晓伟把这种幸运对早做好准备的眷顾称之为因缘，称之为冥冥中注定。

徐晓伟学到技术回来后，父亲的一个朋友介绍徐晓伟去一个不锈钢公司从事手工焊工作。那个公司非常缺人，但徐晓伟年纪虽轻却强技在身，有点艺高气盛。跟带班的闹了矛盾，吵架了，要打架。另外一个同事想做车间主任，本想请徐晓伟去跟上面说说，帮他说和说和。但徐晓伟自己跟人起了矛盾，还要打架，想托他说和的同事觉得他脾气暴躁，就不请他帮忙了，反而给了徐晓伟一个更好的去处的信息，让他去中外合资的纽麦蒂克应聘，美资公司有氩弧焊设备，需要氩弧焊技术人才。

那时的招聘信息可不像现在，网上一输全来了，许多甚至不用到网上查，各种公众号、APP、短信、通知自动发送、弹出，时时刻刻告诉你，哪里哪里需要什么样的人才。徐晓伟当时生活在村里，看到招聘信息的途径应该主要是报纸。当时农村和镇上居民还都没有有线电视，所以徐晓伟是没法从电视上看到招聘信息的。但那个想请他帮忙的同事住在城里，城里有有线电视，同事在有线电视上看到了纽麦蒂克的招聘信息，徐晓伟又跟原单位带班闹矛盾闹得还挺凶。同事就建议他去纽麦蒂克应聘，说不定是个不错的出路。

徐晓伟就去纽麦蒂克应聘了。一到应聘现场，徐晓伟的优势就显露出来了。有高中学历，有高端的技术证书，所以一应聘就成，那则招聘启事好像就专为徐晓伟而发的，所以，徐晓伟说好像一切都有因缘，一切都在冥冥中有注定。其实，这种因缘，这种冥冥中的注定，都是因为他提前做好了准备，父亲为他掌好了舵，他则行好了船，船到桥头自然直，船到岸边自然靠！也因为他自己勤学勤问的思维，凡是相关的不相关的只要引起了他注意的事物，他都要问个究竟、学个明白，即使学的时候不一定有什么用，但一旦某一天桥头出现，岸边出现，以前学到的似乎无用的东西，就化身为幸运之神来眷顾了。也就成了因缘，成了冥冥中的注定。

徐晓伟谈话的时候，常会叙述着叙述着就会来一句反思、或总结、或评论，比如说到同事建议他去纽麦蒂克应聘的时候他来一句："所以，人生有些东西都是有因缘的！"谈到在前叫纽麦蒂克后叫盛达的公司呆的七年给他帮助很大时，他又中断叙述，来了一句评论："人生有些东西就是冥冥中注定的！"这其实是他重思维、重反思习惯和特质在日常生活中的体现。人应该"吾日三省吾身"，人对于"宇宙人生，要入乎其内，要出乎其外。入乎其内，始有生气；出乎其外，始有高致"，就是说人每天要反省自己的所作所为三次，达到正确认识自己和世界，正确把握世界和社会和个人运转、发展的规律。人每天要真真切切地投入自己的生活和工作之中，对自己的生活和工作才会有真实生动的体会；人又要能从纷繁复杂的真实生活和工作中跳出来，细细地观看、分析真实生活和工作中的自己和他人，才能发现自己和他人、世界和社会的真谛！

徐晓伟就在这种投入、反思、反思、投入，入乎其内、出乎其外的思维日常里不断认识着自己、认识着他人、认识着人生、认识着社会、认识着世界。

徐晓伟全家

在不断地认识和发现新知里调整着自己的事业与人生，一步步地走向成熟与强大。

徐晓伟的父亲为徐晓伟掌好了人生之舵，徐晓伟也要为自己的女儿们掌好人生之舵。父亲，终究是子女们的掌舵人，徐晓伟也不例外！

徐晓伟有两个小棉袄，大女儿出生于2002年，小女儿出生于2010年。大女儿小的时候，徐晓伟和夫人处在创业初期，事务繁忙，大女儿多是外公外婆带。徐晓伟夫妻周末才回家，陪大女儿的时间较少。小女儿出生后，徐晓伟夫妻俩的事业已经平稳，越来越好。夫妻俩回归家庭的时间就多了不少，陪伴小女儿的时间和机会也就多了。

比小女儿大八岁的大女儿觉察到了爸妈对待自己和妹妹之间的不同，不但有今昔的陪伴时间多寡的不一样，更有目前的大小严宽的不同。在大女儿心理可能觉得：妹妹的到来不但抢走了爸妈本来只投注在自己身上的爱，而且爸妈投注在妹妹身上的关注与爱有些是自己从来没有享受过的，而在妹妹享受比自己超多的来自爸妈的爱时，自己还要因为是姐姐不断被爸妈要求让着妹妹、护着妹妹、照顾妹妹！十岁多一点大的小棉袄心里不好受，对爸爸妈妈有怨愤，对妹妹也不满。

为了女儿小时候好养，徐晓伟夫妻给大女儿认了位干妈。大女儿很小就有了手机，跟干妈用手机交流得多，跟干妈说爸爸妈妈偏心。妹妹出生后，她对爸爸妈妈有很多不满。徐晓伟现在回想起来，都记忆犹新：大女儿当时看人的眼睛都是凶的，眼神里有股狠劲。尤其是爸爸妈妈当着大女儿夸赞小女儿的时候，大女儿的怨愤和不满表现得更加明显。虽然现在都好了，但徐晓伟还是会反思，他重思维的特性又体现出来了。

他说自己是独生子，从小家里只有自己一个，虽然跟老爸老妈不是那种特别融洽的相处，但总该不用去考虑跟兄弟姐妹怎么相处的问题。所以从小就不太会体察别人的心理，平时也不会体察爱人的心理。又受着传统观念的影响，觉得大的总该让着小的，大的就该懂事、体谅、宽容，却并没意识到大女儿也是一个孩子，她更需要的是爸爸妈妈对她像对妹妹一样的对一个孩子的陪伴与夸赞与爱，而不是在她是一个孩子的年龄却首先要求她像一个大人一样的懂事、体谅、和宽容。所以，徐晓伟说，他们夫妻俩在教育孩子方面还是有许多不足的。

但是，徐晓伟会反思，在反思里发现了问题，找到了问题的症结，也就找到了改进的途径和方法。当他把大女儿放回到跟小女儿一样是一个孩子的位置上，从先满足孩子的心理需求出发跟大女儿相处，大女儿倒真的懂事、宽容和体谅了。两个小棉袄真的成了小棉袄。

企业家的成功不只包含事业上的成功，家庭的成功、教育孩子的成功是其更大的成功，而家庭的成功、教育孩子的成功对事业的成功起着支柱和保障的作用！而企业家自身也是在不断成长的，徐晓伟就是在自己的思维里不断实现自我成长，从而实现家庭、孩子教育、事业的多元成功的。

大女儿年近二十，徐晓伟已经开始在为她布置产业，购置资产。但徐晓伟只是给她提供一定的资金，让她自己去设想、设计、调查、分析、选择，徐晓伟再对她的预设方案进行把关。他说：生活需要自己去体验，别人无法代替你！什么东西好，什么东西你喜欢，什么事情你喜欢做，你一定能做好，什么东西什么事情值得，什么事情不值得纯粹是浪费时间浪费感情甚至浪费生命……这些都需要自己亲身去经历、去做、去体验，才能得出自己的结论，才能找到适合自己的让自己活得幸福一点的方式！在经历中在体验中失败了不要紧，但一定要自己认认真真地去做、认认真真地去努力、去经历、去体验，这些别人无法替你做。即使失败了，但在失败中还是学到了不少的东西，失败是成功之母就是这个道理。只要是认认真真地做过、追求过，即使是失败的结局里也不可抹杀自己在认真追求过程中获得的成长与进步，即使在失败的结局里，奋斗过的自己也一定上了一个更高的新台阶。在这个更高的新台阶上，凭着奋斗过程中成长和进步的素质、能力和水平，完全可以重新开始，开启新的事业或挑战。

培养孩子们自己认认真真去体验、去追求，在体验、追求的摸爬滚打里实现自己本身的成长、成熟与进步，从而实现自己人生与事业的不断更上层楼，是徐晓伟为孩子们掌好的舵！回到一个人成才、成事的根本：美德、人格、毅力、担当、本事、能力等基本要素上来为孩子们掌好舵，与徐晓伟的父亲其实实现了殊途同归！真理朴素而简单，通往真理的道路千条万条而已！

三、创业，靠技术与情怀踏平坎坷

就像为孩子们掌舵一样，要认认真真去经历、去追求、去体验，失败了也没关系，拾起在失败中成长起来的经验和能力，在新的平台上再出发，奔向更高的高峰。徐晓伟的创业也是这样，几起几落，才做到今天平稳、健康发展的状态。

徐晓伟在盛达做得挺好，技术在国内数一数二，公司重要项目的售后都是他去服务，他不但做售后，还负责为公司收回尾款，凭着自己的思维与能力以最小的代价为公司创造最大的价值。但是公司的发展慢慢不适合徐晓伟自身的发展了，他就从盛达辞职出来，开始创业了。

从盛达辞职，有多方面的原因。徐晓伟年轻有为，能干可靠，在公司也有过几次升迁机会。年轻人在企业里任职，做得又不错，当然希求付出与回报相应，希求以更高的职位和报酬来证明和彰显自己的价值。但是，公司从中美合资转为国资，又从国资转为私有，本来大有希望提升给徐晓伟的职位，老板却任命了自己的一位亲戚，徐晓伟有了点点失望。

徐晓伟结婚的时候，举行婚礼之前许久，公司答应把公司的宝马车借给徐晓伟当婚车用。但是到了结婚的前一天，公司突然告诉徐晓伟说公司要用车，不能借给他用。徐晓伟只好临时去找别人借车，徐晓伟心里的失望又多了一点点。

徐晓伟在盛达提交过三次辞呈，前两次老总说给他增加待遇，时间也可以自由支配，不放他走，徐晓伟就留了下来。

徐晓伟常常在外出差，常常在周六的晚上回到无锡火车站，再由开出租车的表哥把他送回家。彼此之间的车旅费用都清清楚楚，但是有一次，徐晓伟在公司报销的时候，自己也没细看，就把一些出租车司机手写的单子放在了一起去报销。自己没注意到，但是财务注意到了，公司老总也知道。徐晓伟其实真的没有想浑水摸鱼多报销些钱，公司老总也知道是误会。老总对徐晓伟不太了解，但是副总和销售总监很了解和信任他。后来公司差旅报销制度改革，不再统领差旅费，老总就让徐晓伟的差旅报销从他自己个人的账户上走，出差之前先把钱给徐晓伟，出差回来后再拿了发票去销账。

其实，老总还是很信任徐晓伟的，也是很器重他的。公司也缺人，尤其是缺少徐晓伟这样得力的能干人才，老总不让他辞职。但是，报销这件事情，让徐晓伟觉得自己在公司多年以来建立的好形象垮塌了，别人都信任理解他，他自己觉得不好意思再呆下去，便再次提出辞职。当然也不是所有的人都是善意地理解和信任他，售后服务组有个老同事，就老想看徐晓伟的笑话，这次就真给他看到了。当时，有一个单位有一个设备要维修，却找不到维修的人，找到了徐晓伟，徐晓伟就给自己找了个理由，跟老总说自己生活压力大，辞职去干别的，便从盛达辞职出来，开始了自己的创业之旅。

徐晓伟拥有含金量高的技术，刚找工作的时候，打打零工就能打到200块钱人民币一天，怎么会生活压力大？但是，当时的徐晓伟还真是生活压力大，不是假的，跟老总说的还真不是借口。毕竟，含金量高的技术也不是天天都有零工打啊，而且，徐晓伟在公司上班，负责售后服务，长年累月地不是在赶往客户单位的路上，就是在从客户单位赶回公司的路上，要么就是在客户单位处理售后服务的现场，哪还有什么时间和机会去打零工呢！当时的徐晓伟，结婚不久，大女儿刚刚出生。结婚欠了四五万块钱债，小宝宝出生，用度增加。一方面要还债，一方面要应对日益增加的日常用度，所以他觉得压力不小。

徐晓伟原来任职的盛达公司，是做空压设备的，做各种精密仪表、精密机床、处理设备等，随着工业的发展，国外在这些方面的设备越来越精密，使用的频率也越来越高。盛达公司在电力行业有很多配套供应商，跟徐晓伟彼此都认识，有些成为了朋友。徐晓伟离职，还因为自己虽然是做服务的，但是他能根据机器的图纸样式，一个人把那机器造出来。所以，虽然，他刚创业的时候，做的卖的是三无产品，但是人家信任他，信任他的技术，信任他的产品的质量。所以，他们买他制造的设备，买他的不高的造价。

徐晓伟一开始将自己立身处世的核心定在学习技术、掌握技术的思维的优势在创业初期再一次得到了验证，也再一次验证了父亲为他掌舵的方向有多正确。

徐晓伟2003年下半年开始创业，创业初期业务做得相当好。因为他的设备服务的多是电厂，电厂需要成套的设备，而这些设备是由不同标段的分段设备组装而成。不同标段的分段设备由不同的承造厂家生产，徐晓伟就是其中一个标段的承造厂家。当时，他生产的设备大概有40%的利润，收入的确还是不错的。从盛达出来时，借了两三万块钱作为起动资金，自己琢磨，一个人就把自己将生产的产品制造出来了。到2007年的时候，不但还清了债务，还自己购买了小汽车。关键的时候再也不用去向别人借车又被别人放鸽子了。

2003年到2007年，徐晓伟的厂里就只有他一个人干活，因为做设备的小厂，业务没有持续性，要么很忙，要么很闲，所以不大好进人来闲时养着，所以就在忙时多辛苦自己，闲时也多休养自己。但是，到2007年的时候，徐晓伟开始雇人了，经过三年多的发展，他已经养得起闲时的工人，创业初期的徐晓伟还是挺春风得意的。

但是就在2007年买了车之后，徐晓伟的厂就遇到事了。用他自己的话来说，就是2007年，他栽了个跟头。三年多的业务做得很好，发展势头喜人，徐晓伟想扩大自己的规模，增强自己的影响。本来他的产品，一台设备售价贵的就一万多，有的才七千多。他想做系统，想赚些差价，想把自己的经营范围扩大。所以他跟神华集团签了一个五十万的供货单，中间有一个总包方。2007年的时候，总包方的技术不成熟，做出来的产品不好用，公司也倒闭了，公司老板就跑了路。徐晓伟的货款就没了着落，但是徐晓伟的下游供应商得找徐晓伟要货款。这一次，徐晓伟就负下了二三十万的债务，还遭到底下供应商的起诉。

徐晓伟不但欠下了二三十万的债务，遭到底下供应商的起诉，而且他原来呆的那个公司也不让他呆了。他只好把他雇来的那个工人推荐到了另一个公司，把他安顿好后，自己把一些产品搬回了家，放在自己家的车库里，把车库重新装修了一下，作为临时的生产车间。徐晓伟在自己遭遇困境的时候，没有忘记自己的工人，先将工人安顿好，再安顿自己，企业家与人为善，心里装着他人的情怀在这里开始显现了。徐晓伟说人生要去经历要去体验要去追求要去认认真真地做事做人，失败也没关系，失败了可以在逆境中拾起自己在失败中历练出来的智慧与能力，重新开始。他的这种独特而深邃的思维与准则，也在这里开始显现。

从2007年开始，徐晓伟就开始了他的车库创业史。没有厂房，只有车库，大的设备没法做，只能做些小设备，既没地方做，也没有资金请工人。只好自己做了些小设备，加上父亲帮些忙，能赚些钱。

永远不要忘了，徐晓伟是有技术优势的，真是有技术走到哪里都不怕，有技术落入什么样的困境都能东山再起。徐晓伟少时，父亲为他掌的这个舵是多么的英明。他自己也说：这个时候的心态倒也没有什么失落，反正赔就赔了，赔了还可以挣。在困境中崛起的思维再一次体现并发生着强有力的作用。

虽然他没有了公司，没有了招牌，但是他的产品技术和质量过硬，又没有附加成本，所以比别人的正规产品要便宜一些，他的产品还是挺受欢迎的。他又凭着自己的技术做了一些安装的活，安装不要垫钱，不要成本，他可以做焊工、铆工等活，以前他活动面广，认识的人多，在同行中声誉不错，所以有需求的人都信任他，有活就找他。

于是，徐晓伟又组建了一个安装工队伍。他接到一个安装单子，就去找那些业务和人品都还不错的人，跟他们谈，如果他有活，人家愿意跟他干的话，他给他们的报酬比外面高一点。然后那些人就跟着他干，慢慢地队伍就拉了起来。当时拉起来的那支队伍里的人，现在都成了徐晓伟德尔瑞公司的项目经理。

从2007年到2009年三年间，徐晓伟就是这样边在车库生产销售设备，边在外边组建安装队从事设备安装，双管齐下地进行了第二次创业。这第二次没有厂房，没有公司招牌的创业，却让他在三年时间里还清了前一次创业扩能中欠下的所有债务。果然失败并不可怕，怕的是不去追求不去做事而失去了失败的机会，失去了在失败中崛起的机会！

2009年，在失败中崛起，在困境中逆袭到了更高平台的徐晓伟又开始了第二次的正式创业。他跟一个做车床的初中同学，合力成立了常州泛华机械有限公司。同学做液压设备，徐晓伟做自己的设备。

可是，2010年，徐晓伟又上了一个大当，再一次栽了跟头。徐晓伟跟当时中国最大的环保公司——荣进环保签了一个八十万元人民币的大单。当时，徐晓伟跟同学的常州泛华有限公司的注册资金只有五十万，但是签八十万的大单，公司的注册资金必须比合同上的资金多，徐晓伟跟同学商量，提高公司的注册资金。但是同学说，他有一个朋友提了资之后，公司倒闭了，赔了很多钱，他有害怕有担心，他的会计是他的表姐，坚决不同意提资。

徐晓伟只好找了另外一个高中同学帮忙。这个高中同学也开了一家公司，叫常州奇腾机械有限公司。他有自己的产业，公司的地是自己买的。老丈人很有钱，给他做一部分的业务。徐晓伟借用他的公司签下这个大单合同。但是徐晓伟这次思维却不够细密，跟前一次一样，签大单之前对合作方的情况摸底不够细致，前一次被总包方坑了，这一次被老同学害了。重思维的，也会在思维的环节出差错，这也是一个颠扑不破的真理！

徐晓伟没有摸底，他这个高中同学夫妻两人沉迷赌博，在外面借高利贷，欠了一屁股债，那些高利贷债主们天天围着他要钱，徐晓伟却一无所知。所以，当徐晓伟的客户二十几万的资金打进同学公司账户的时候，立时就被同学截住了。同学说，他要转一下账，能不能先给他用一下。徐晓伟想：自己的业务还有一个多月才开始，先用就用吧！然后，徐晓伟就定定心心地去了云南等着项目开工。结果，他在云南要开工了，同学这边的八十万却迟迟不给他打过去。他回来才知道，他的钱早被他同学还债了，高利贷债主们还在天天缠着他同学要钱。

又是一个万事具备，只欠到款的节骨眼上，徐晓伟的大项目眼看又要落空，还要背负极大的损失。这可怎么办？这时，一个徐晓伟曾经帮助过的朋友向他伸出了援助之手。当徐晓伟第一次被坑，扛起设备回到家里车库的落难之时，他的一个朋友因为经营不善而入了狱。当时，这个朋友刚结婚不久，妻子怀着孕，徐晓伟当时帮助过他们几千块钱。徐晓伟说就是这几千块钱的帮助，给他后来的人生结下了许多的福报。徐晓伟就是这样一个思维型企业家，说着说着故事，就开始反思、总结自己的人生体验与思想哲理。徐晓伟自己当时也在落难之时，却还能帮助他人，其宽广助人的情怀可见一斑！

这位朋友在徐晓伟再次陷入困境的时候，帮他送来了八万块钱。徐晓伟这位朋友大概进去没多久就出来了，这几年里大概又赚了些钱，所以一下给他送来了这么多。徐晓伟自己又四处借了些钱开始做，这时已经亏了二三十万。但是，接下来就做不下去了，因为帐被封掉了。徐晓伟只好又回到了泛华公司，再签三方协议，总算把事情做完了。项目是完成了，也亏了些钱，但是没有像2007年那样亏得伤筋动骨。后来，徐晓伟觉得这样不行，就在2013年自己再创了一个公司，也就是现在的德尔瑞环保机械公司。

四、家人，永远是坚强的后盾

徐晓伟的父亲不仅为徐晓伟掌好了立身无惧的技术之舵，也为他掌好了处世无忧的美德与人格之舵，徐晓伟有了这两件宝贝，就奠定了他成事的坚实基础。

在徐晓伟创业、事业的过程中，徐晓伟的父亲也一直是他艰难时期的坚强后盾。徐晓伟从盛达出来刚开始创业时，自己缺少启动资金，靠自己的智慧与双手做一套设备出来，也得二三万块钱才能做成。但当时，徐晓伟刚结婚不久，大女儿刚出生，养家的压力不小、结婚欠下的五万债务要还。结婚时候欠下的五万债务，本来，跟父亲说好，父亲还一半，徐晓伟还一半。但是，徐晓伟创业，做的是大事，投入大，资金的需求大，起步时期资金紧张。那五万块钱债务，父亲就自己一个人还了。没给徐晓伟压力，没要儿子还一分钱。父亲不仅帮他承担了债务，在他那二三万的启动资金里，也给他注入了部分资金。父母永远都是子女坚强的靠山。

当徐晓伟2007年与神华集团的大单业务被坑而大受损失、伤筋动骨的时候，他也还有家里的车库作为他的大后方充当他的临时生产车间，让他的设备生产业务并没有完全停工，而是小打小闹地维持了三年，既保持、历练、提升了技术，维系甚至开辟了市场，也创造了艰难时世的半桶金。父母撑持的那个家，永远是子女避风躲雨的温暖港湾。而在这段避风躲雨暂时潜修以图东山再起的日月里，徐晓伟的父亲还是一个时常来帮他干活的工人。父亲对子女的爱，如山般厚重，大到大峰大谷向阳背阳的大势走向，小到涓涓细流一草一木的细心导流与培养，永远是子女们成才成事的源头活水，永远是子女们向前向上不断求索的不竭动力。

为徐晓伟充当坚强后盾，为徐晓伟注入不竭动力的不只有徐晓伟自己的父母，还有他夫人的父母，也就是他的丈人和丈母。徐晓伟结婚之后，就一直住在丈人家。夫人是独生女，丈人丈母舍不得女儿，就让女儿女婿住回来。徐晓伟和父母倒也不很传统，没有男儿住在丈人家就是倒插门之不体面的传统陈规陋见的顾虑，而是以体谅和尊重对方父母、尊重女孩的情感和心理为前提，以尊重徐晓伟与夫人的感情为前提，其他的都是次要的，让徐晓伟住到了丈人家。可见在20世纪90年代末和新世纪初，江南小城小镇小村老百姓的观念已经非常现代而且文明，已经以人为本以人的情感为本而不再以传统习俗陈旧观念为本了。徐晓伟重思维、重历练、重实干、重在失败中成长与壮大的现代企业家理念与从小生存环境里的现代文明应该也是有关系的，就是耳濡目染潜移默化的结果。

夫人是独生女，丈人丈母不但负责照顾小夫妻的日常生活，负责照顾和带养外孙女，而且还承担了外孙女的日常生活用度。说：他们只有一个女儿，孩子们的奶粉、尿不湿等普通费用都由他们来承担。不是徐晓伟自己不出女儿们的抚养费用，而是丈人丈母认为，徐晓伟创业之初，几千块钱对徐晓伟来说，可能就能做点有成果的事情，而不需要用在家用这种看不见成果的地方而显得被浪费了。父母对子女事业的理解和支持，就是这样细微而体贴、厚实而温暖，让人感动！

徐晓伟的父母和岳父母，都是那种持家过日子的普通父母，他们的性格、处事方式可能存在这样那样的弱点与不足，但他们内心的品格与定力，他们发自内心的对下一代的无私的爱、理解与支持，却是徐晓伟这一代出生在20世纪70年代中后期的企业家们相较于其前年代出生的企业家们要幸福一些的地方。因为比徐晓伟出生早的五六十年代出生的企业家，相对来说，家庭环境会要差一些，企业家们不但要自己打拼出自己的启动资金，也更早地要承担起家里的一切负担了。当然，这也不能一概而论，任何时代，都会有社会总体环境的基本面，也会有基本面之外的特例存在。只是从徐晓伟身上，可以看到他自己的幸运，而他的幸运或许也代表了他那个时代他这一类企业家的基本面吧。

2007年，徐晓伟被坑得伤筋动骨，扛起设备和车间回到自家车库而艰难的时刻，碰巧老丈人家拆迁后分到了房子。徐晓伟住在丈人家时，帮丈人家建了一间房，拆迁的时候，这间房的面积算上了，所以多分了一套房。丈人说那就卖掉一套吧，卖掉一套来还债。徐晓伟说丈人的这一决定与安排让他非常感动！这就是"一家人"的温暖，当家里谁有困难的时候，倾全家之力共同面对，共同解决，家，是永远坚强的后盾！丈人当时将卖掉一套房子的钱给徐晓伟，徐晓伟将其一部分用来还债，一部分用来重启炉灶，在车库小车间里继续生产设备谋发展。其实还债也是不够的，只好还了那些追得紧的债主，那些关系较好，不着急的客户的钱就是等着他边生产边做安装赚的钱慢慢还上的。而老丈人家新分的另一套房子，却也没钱装修了。

丈人丈母对徐晓伟的这种贴心理解与支持，就让徐晓伟在艰难困境里的重压卸去了一半。孩子，你只要是认真地在做事，认真地在追求，认真地在经历，暂时失败了没关系，有困难，我们一起扛；有坑，我们一起填；有沟沟坎坎，我们一起踏平。这就是年轻企业家们创业路上成长路上最好的摇篮，这是能护卫年轻企业家们成才成事成业应有的家庭环境、家庭氛围、家庭精神与家人关系！徐晓伟是幸运的，他拥有两个这样的家庭环境与氛围，他拥有双份这样的家庭精神与家人关系！更为重要的是，他在自己身受其益身受其幸的同时，又发挥了自己的思维特质与优势，形成了自己做好后代掌舵人的独特而深刻的理念：生活要自己去体验、去经历、去追求，失败了没关系，可以在失败里获得更大的成长，获得更好的发展！而且，他将这种理念运用到了女儿们的教育和培养上。

企业家的事业不只是做企业，更是教育和培养人！企业家自身的成长与提高，既得益于自身的思维颖悟、扎实求索，更得益于家人长辈的有意识的教育和培养！企业家自身成长与不断提高的修养与能力，不但成为教育自家后代的宝贵财富，而且成为自己企业精神与企业目标的宽广与开阔情怀！

五、事业，在情怀里做大做强

从 2003 年到 2013 年，前后十一年的时间，徐晓伟几番创业、几番浮沉。在扎扎实实靠技术和产品创业的时候，都是成功和上升的趋势。在想超出自己生产实力、扩大规模做大业务、赚大钱的时候，就往往因找到的能帮助自己提升规模与资质的合作方不靠谱而栽了大跟头。徐晓伟能接到大单、大业务、大项目，证明他技术和产品的过硬，是行业对他本身实力的充分肯定；他遇人不淑，却又说明他到底年轻，对创业过程中技术和产品质量以外的诸如识人认人等其他方面的问题还缺少足够的历练。所以，就有了那两个大跟头让他去历练、去经历、去体验、去学习、去成长、去提高、去发展。难怪他在说到培养女儿们独立意识与习惯的时候，说要让她们去经历、去体验，失败也没关系，失败可以让人成长，让人在失败里学到更多的东西，获得更大的发展空间与能力。原来他是从自己的切身经历经由自己的思维与智慧总结出来的人生至理。十一年里两沉三升的锤炼，徐晓伟也可以说是已经成钢，开始了他事业的稳步上升、慢慢做大做强的发展新阶段。

2013 年前，徐晓伟完成了云南那个大项目亏了些钱之后，又回到了常州泛华机械有限公司。徐晓伟人缘不错，跟他早年做设备时认识的一些其他公司的销售员处成了朋友，经常有些联系，会一起出去吃饭、出去玩，彼此之间就会交流些信息。其中有个销售员跟他说，他有个不做同类产品的同行，需要找一个会做设备的人。销售员自己公司的老板不同意做，但是销售员不想放弃，因为他们关系特别铁，就想找一个小一点的公司，不管什么公司，只要能把这设备做出来，他自己能拿到那部分业务费就行。晚上八九点钟给徐晓伟打的电话，徐晓伟没多想，就答应了。因为他看那图纸，觉得那东西不难，感觉自己能做。徐晓伟有一个特点，自己感觉能做的事情，就会敢去做，会想一些办法去把它做好。所以，就半个小时的功夫，他跟那个销售员一拍即合，答应了这件事。第二天，销售员就把合同模板拿来了，徐晓伟又做了一单设备制造。

后来，销售员公司的老板说太累，不想干公司了。销售员跟徐晓伟是通过朋友认识的，后来也就成了朋友，两人之间有了那一单业务的成功合作，销售员对徐晓伟更加信任了，就劝徐晓伟把自己老板的公司买下来。除了转让费，另外公司的老旧设备和图纸等都得买下来，一共需要好几十万块钱。这个公司就叫德尔瑞，之前大概经营了六年，名声还挺好。老板人也挺好，跟徐晓伟说你一下子拿不出那么多钱，可以先把这些设备买回去，比废铁贵一点，论斤买回去。如果他当废铁卖，就真成了废铁；如果徐晓伟买回去，就不是废铁而是设备，还可以用。徐晓伟就叫人把设备拉了回去，连四十五万的转让费和设备、图纸的费用，好几十万，又给徐晓伟一次不小的资金压力，他说借遍了所有的钱，最后还跟转让方的老板签了还清款项的合同。每年还十五万，如果公司赢利，每年以赢利的 1% 付给原老板作为报酬。

原老板比徐晓伟小一岁，与徐晓伟是同龄人，大家比较容易说到一起去。本来，原老板是想把公司转给副总的，但是因为销售员对徐晓伟的信任，在老板面前极力推荐他，老板就把公司转让给了徐晓伟。徐晓伟说这个销售员和老板对自己的帮助很大，如果没有他们，他可能就没有现在这个公司。公司不仅给他马上就可以用的设备和图纸，给了他公司的执照、资质，更重要的是给了他一个市场，老板和销售员把公司原有的市场都介绍给了他，所以徐晓伟用原公司的招牌，用原公司的名声，用原公司的市场，很快就步入了一个新行业的正轨。因为他原来是做电力机械设备的，这次购买了这个公司之后，实际上是改行了，改行进入一个新兴的更前沿的环保机械行业。

这一次，徐晓伟可以说是遇人很淑了！但是之所以遇人很淑，其根本与核心还是他自己的技术过硬和自己的做人做事可靠。按照他的思维习惯，他又要说人生中的许多东西有因缘，人生中的许多东西是冥冥中注定的。而其实，这种因缘，这种注定，总有它现实中的根基，那就是命运总是垂青那些准备好了的人。只有准备充分了，机会来了，就直接降临到了头上，想躲都躲不掉。而没有任何准备的人，或准备不够充分的人，就会怎么找也找不到机会，机会来也抓不住的，命运又怎么会加以眷顾、冥冥中又怎么会注定呢，要注定也只会注定没有机会没有好的因缘！

徐晓伟做好了充分的准备，便遇到了淑人，机会来了就砸到了他头上，他也因此有了更高更好的平台。起步就不用从零开始了，把公司原有的业务做精做强，把公司做大做强就有了很好的基础。在这个基础上，徐晓伟的发展就更讲究情怀了。

虽然有了很好的有基础的平台，但毕竟是转行了的新行业，也算是又一次创业。创业之初，非常辛苦，夫妻两个人，加另外三四个员工，一共就五六个人。常常凌晨一点才睡，早上六点就起来了。就是认认真真工作、认认真真体验、认认真真追求思维的亲身实践。到现在，平稳经营了八年，公司团队已经发展到员工一百多人。公司做的是环保设备，同类企业中一般规模是三四十个人，但是徐晓伟的德尔瑞经过八年的发展，规模已经是同类企业的三倍，足可见这些年，徐晓伟的企业和事业的确在不断地发展壮大，在日益做大做强中。

德尔瑞从事的环保设备制造，属于细分行业，不是大众化行业，门槛是很高的，不会做的进不了这个行业。行业有它的特殊性，有的单位是有图纸自己做，没有技术能力；有的单位是有技术，没制造。徐晓伟的德尔瑞是制造和技术二者兼备，所以公司的人员就多了。有技术人员有图纸，又能制造设备，有一整套的产业链，其强大和优势就很明显。

徐晓伟德尔瑞的优势不仅仅在于产业链的完整，更在于其技术与产品的先进，与国际接轨。每一个做实业的企业家大概都有一种情怀，就是将自己的产品做到国际上去与国外的先进、尖端产品平起平坐，既将国内市场守住，还能打入国际市场，在国际市场上拥有自己的主动权。徐晓伟就有着这种情怀。

徐晓伟承认环保行业在中国起步较晚，环保机器与设备起步也晚，自己制造的产品较之国外的先进产品要粗糙一些。所以，他比较关注国外同行同类的产品与设备信息，只要有机会，就会带着人亲自去考察，去看别人的东西是怎么做的。他说：技术这东西的进步、改良、创新，说到底是要去多看，在开阔眼界里，就能灵光一闪，技术创新的点子就来了。在国外考察当中，常常会发现那些自己怎么也想不到或想不通的点，别人却很别致地做出来了，你看了之后，就会恍然大悟，原来是这样的。在这种基础之上，自己还会产生更多的创意来。徐晓伟就是在这种让产品与国际接轨，让产品走向世界，让中国制造成为中国智造的情怀里紧跟国际潮流，走在先进技术与先进设备的前沿的。

当徐晓伟自己考察学习了新技术新创意回到公司以后，他得把这些创意推广下去，推广新技术与创意是会遇到阻力的。一些老技术员思想相对保守，会认为自己掌握的技术就是权威，你来个什么新东西，是不是不用他那些他使用了几十年的权威技术了呢？这个时候，徐晓伟就得去跟他们好好交流，得以自己的情怀去跟他们交流，当他们知道老板所说的是认真的，是代表了国际上先进的技术与水平，是为了让公司的产品能走出国门，走向世界，并且是想让他们这些老技术员先掌握了新技术新创意之后再去传承给年轻的技术员与工人们以后，他们一般都会接受，会理解老板这种情怀的可贵之处，从而，大家齐心协力地致力于公司的创新与发展。

注重老技术员们对新技术的掌握与创新，实现老技术员们本身的成长与发展，是徐晓伟企业精神中人才发展理念的一个方面，也是他作为企业家人才培养情怀的一个方面。他还注重老技术员们在实现自己技术与知识与能力更新发展的同时，通过传帮带的方式将新技术新知识与新能力传给年轻的技术员与工人，实现年轻一代的成长。在这个过程当中，作为公司老总的他，就起到一个承上启下的作用，虽然这个工作有点累，但是他愿意去做。他要让每一个进入他公司的人都能实实在在地学到东西，他要为他们创造起一个他们自身发展的平台，让他们能进行核心的创新，实现真正的人本身的发展。

他甚至主张他公司的员工，有能力的人都去创业，并不会因为他让公司把他们培养好了，培养得有出息了就怕他们出去创业而成为自己的对手，而是鼓励他们出去自己创造平台，去发展出一个更强大的自己。的确，也有几个员工出去自己做了，也的确发展得很好！他最初雇佣的那个员工，就是他第一次栽跟头后先安顿好的那个工人，现在还愿意回来跟他干。但是，徐晓伟说，你不要回来做我的工人了，这么多年，我们都相处成朋友了。你可以自己做老板，自己办公司，我可以让你做一些细分的有利润的工作与业务。

徐晓伟办企业，做事业，最后就做到了人才培养的道路上来了。企业发展的核心竞争力在于创新，创新的核心力量在人才。徐晓伟抓住了企业发展的核心竞争力发展企业，是在实现人才自身发展的基础之上实现企业的发展的，这种理念和情怀，又是多么现代、前沿和尖端的。他的企业就是在这种理念和情怀中，不断做大做强的。

徐晓伟的德尔瑞目前在国外已经有了业务，但是不多，是总包方每年给公司一两个项目，徐晓伟觉得还有很大的发展空间，他在朝着更大发展空间不断努力。国外，像德国的产品就是精良，但是价位非常高，徐晓伟想通过自己公司的努力，赶上国外的产品，从而把国外产品的高价位与市场消化掉。他说：其实国家也希望他们这批年轻的企业人把这些高精尖技术做成中国化，让中国的产品能以高精尖技术与质量在中国这个大市场中占据首要位置。然后再去为其他国家服务，尤其是那些贫穷落后的国家和地区，他们也需要保护和改变环境，只有全人类都在保护和改造环境，这个地球才是安全和健康的。

但是那些贫穷、落后的国家没有能力去做到这些，所以需要徐晓伟们去做，需要他们去为贫穷落后国家与地区服务，所以他们有很长的路要走，有很大的任务要去完成！他们在做这些的时候，又要尽可能做到以最小的代价，实现最大的价值，所以要打破那种国外高价位垄断的局面，需要他们去创新，去变中国制造为中国智造，用中国的高精尖与合理性去改变世界市场的格局，创建一个更美好的人类生存的环境。

徐晓伟办企业、做事业的情怀，不仅仅是关注企业自身的发展，也不只是关注企业员工的发展了，而是关注到了国内本行业的整体发展、关注到了本行业全球市场的发展、及其对整个人类生存环境的影响的发展！如此情怀，该是企业家最高远的境界了！

结语

经营企业就是经营人生，当把事业做到关注的是人的成长和发展，关注的是人类的进步与发展，就达到了企业经营的最高境界！而这种境界的达到，是经由企业家本身认认真真、扎扎实实的亲身经历、切实体验、不断求索，建构起自身立身成事的核心能力，搭上自己思维与智慧的翅膀慢慢实现的！这就是徐晓伟的年轻传奇！徐晓伟在长期认真扎实的求索，勤奋努力的追求中，事业愈做愈顺，愈做愈强，却在经常性的起早贪黑熬夜工作中透支了身体。就在这个时候，遇到了中国再生医学会星空医院的康养项目，他加入了进来，为自己事业的身体本钱保驾护航。

于危局创新局，于专注执著中共发展同幸福

——记江苏万盛大伟化学有限公司董事长龚卫良

李承辉

经营企业就像经营人生，人生会遇到许多困境或危机，企业也是。但许多看起来是困境与危机的时刻，往往潜藏着可以跨越式发展与提高的转机与能量。江苏万盛大伟化学有限公司董事长龚卫良就是这样一位善于在危机里发现契机，变危局为创新局的专家型企业家。他一次次地让自己的企业在看起来处于危机的局面中，开创出新的局面，一次次地实现了跨越式发展，到达了更高的平台。

龚卫良龚总进入腾讯会议，没有开摄像头，与会者对着屏幕笑说：龚总，您开开摄像头嘛！见见真人，认识认识……龚总一边说：我长得丑，不敢面人！一边却在屏幕上出现了他的音容笑貌！

镜头里的龚总，圆脸阔额，高鼻大眼，给人以北方人的魁梧高朗感觉。问他问题，定神两到三秒，然后定睛陈述，普通话抑扬顿挫、字正腔圆，内容极有针对性，语言颇有概括力，是个很好的交流对象。

龚卫良，1965年出生于江苏省张家港凤凰镇双连大队。现在是江苏万盛大伟化学有限公司的董事长。他2001年开始创业，创办江苏大伟助剂有限公司。2015年，由上市公司浙江万盛股份有限公司全资收购，成为浙江万盛

股份有限公司上市增持全资子公司，更名为江苏万盛大伟化学有限公司。从2001年到2015年十五年间，他两次于危局中创新局，两次实现企业的跨越式扩能与提高，创造了企业发展壮大的一个又一个的传奇故事。

一、于危局中创新局

龚卫良儿子成长到高中一直是跟在爸爸妈妈身边的温室乖宝宝，龚卫良说对他的确是比较宠爱、甚至溺爱的，但到高中，突然觉得他长大了，却好像他什么也不会，什么也没经历过，不行。就跟他妈妈把他往浦东机场一放，让他一个人去了德国。德语也没学过，也没一个人去过什么地方，就这样，他一个人背起行囊、走出了国门，去求学，去看世界，去经历，去成长。在德国求学三年后回来，就能一个人背包出门旅行，开始用脚步丈量中国、丈量世界；就开始有眼光看待和思考行业、专业的问题。后来没要爸爸妈妈帮忙、也没要爸爸妈妈资助就创办了自己的化工企业，且一直在良性经营中蓬勃发展。

龚卫良儿子成长道路上的教育和培养，多是由龚卫良夫人徐姐负责的。在慢慢长大逐渐成为一个半大小伙子的时候，龚卫良也渐渐介入儿子的成长，尤其重视在他对外的为人处世等方面的素养与能力的引导与培养。

在龚卫良这里，培养儿子是他人生事业中的头等事业。还是在龚卫良这里，培养儿子这等头等事业却也完成得那么云淡风轻、行云流水、水到渠成！这跟龚卫良对什么事都心里有谱，棋路清明的眼光、头脑和心境不无关系。在他眼里、心里和头脑里，每一步棋处于棋路中的什么位置、居于什么关口、该下什么子、什么时候下、怎么下，都清楚、笃定又果敢。一有什么意外或危机，他都能从意外、危机中发现新的机遇和方向。

龚卫良的企业从创办到目前，中间经历了两次大规模的成功扩建与提能，其成功创办、扩建与提能都与他本人这种过人的判断与胆识紧密相关。

龚卫良的大伟助剂有限公司创建于2001年，是苏州市最后一个申办获批的小型化工企业。当时国家政策开始限制小型化工厂发展，没有善后处理能力的小型化工厂面临关闭或停产、转型升级，要创办申报新的小型化工厂却几乎不可能获批。但是，龚卫良却在这个节骨眼上居然创办成功，就是因为他能够在众多小型化工企业面临被关停的发展危局时发现了新的契机，在危局中开创出了新局。

龚卫良创业之初的大伟助剂有限公司生产经营的产品助剂，是一种表面活性剂，一种工业杀菌剂的生产原材料，是日化、医药、石油、染料……等许多行业都要用到的工业味精，虽然各行各业所需的用量不多，却又是各行各业不可或缺的原材料。所以产品有着非常大的市场需求和供给缺口。龚卫良看到了小型化工企业面临要么转型升级要么关停闭厂的整体危局中不可或缺与不可替代产品的发展前景，在整体危局中迎难而上，在几乎不许再办新小化工企业的危局中创办成了注册资金六十万元人民币的小型化工企业江苏大伟助剂有限公司。

在申办大伟助剂化学有限公司之前，龚卫良没有做过化工生产，只是从事过化工销售。1995 年，三十岁的龚卫良在张家港市经营着一家五金商店，之前经营一家贸易公司，两家公司或商店都不太有起色，规模做不上去，龚卫良正在踌躇事业往何处去，业务怎么往前发展的时候，老家凤凰镇的凤凰助剂厂找到了他。这家工厂在镇上生产，想在张家港市里开一个贸易公司，他们了解到从镇上走出去的龚卫良在市里开过贸易公司，就来请他帮忙，跟他合作。凤凰助剂厂请龚卫良担任厂里设在张家港市的贸易公司的经理，当时的贸易公司叫丰利贸易有限公司。龚卫良就是从这个时候开始接触化工贸易的，在这个公司一直做到 2000 年。其间，因为张家港城市太小，生意不多，贸易量非常有限，厂里把丰利贸易有限公司关了，将公司搬到了上海，龚卫良便在上海又呆了几年。那几年，龚卫良不只做销售，还做其他生意，经常出差，全国各地跑，熟悉了市场，了解了行情，结识了许多人，建立了许多良好的关系。

有一次，他正在厂里的时候，接待了一个来厂里购买原材料的客户，请他们吃了一顿饭，聊了许多。这个客户跟他说，他需要两个产品，一直都是从台湾进货的，不但距离远，价格也不便宜，进货不是很方便，但是当时国内还没有人生产这两个产品。建议龚卫良尝试生产，说他要是生产出来了，他们一定从他这儿进货，保证他的销路。因为交流下来，客户对龚卫良的印象不错，觉得他这个人做人做事都值得依赖，能成事。又说，让他们自己去做这个产品，他们也不一定做得出来。如果龚卫良研发、做出来了，他一定会来购买。龚卫良经营了凤凰助剂厂的贸易公司许多年，在外面也认识了不少人。所以很快找了几个技术员，一起研发、尝试，还真把产品研发试制出来了。

龚卫良就跟厂长商量离职，自己出去办厂，试验和生产新产品。厂长不同意他离职，老板怎么会舍得放手得力的干将离开呢！但是，龚卫良跟老板说："你让我自己去试试，我自己去干，看到底能不能做成。"龚卫良想自己去尝试的话，成也罢、不成也罢，都是自己说了算，也都是自己来承担一切后果，不连累别人，也不依赖别人，不受别人牵制。自己决定，自负盈亏。

龚卫良独立创业的心意已决，厂里也就不得不让他离开了。龚卫良找好了技术员，但是小型化工厂申办批不下来，国家政策正开始限停小化工企业的开办与经营。龚卫良便找老家凤凰镇的党委书记反映情况，寻找办法。党委书记说你这产品是国内稀缺产品，国内都没人生产，市场又有必不可少的需要，你又是咱们自己镇上出去的人，我们镇里当然非常支持你。但是，国家政策也得坚决贯彻执行。我们再好好琢磨琢磨这个事。后来，他又说："我们镇里有个非常贫困的村子茅庵村，土地、房屋都有空余闲置的，在国家政策允许的范围内，是可以到那个偏僻的村子里去开这个工厂的。那么，你去村子里，租用他们的土地和房屋，交给村子里租金，增加他们的收入，让他们的教师、干部等都有工资发，老百姓的生产生活条件也得以改善。这样，应该可以。"

龚卫良就听从了党委书记的建议，决定把工厂建到凤凰镇茅庵村。他所创办的江苏大伟助剂有限公司刚好赶上了另外一个政策的春风，汇入了国家扶贫脱贫共同富裕的发展洪流。由于大伟助剂有限公司生产的产品产生的三废比较少，其三废处理工艺与设施又符合当时国家的标准，当时在农村是允许开办的。所以，大伟助剂在农村选址建厂，每年交给当地租金30万，直接改善了当地村民的收入和生活水平。工厂进驻之时，为当地建成、拓宽、优化了进村的道路，直接提高了当地村民的道路交通条件。大伟助剂有限公司的创办不只是开办了一家有发展潜力的公司，实现了龚卫良个人的创业理想，同时还带动了一个地方的发展，实现了企业家与当地居民共同富裕的社会理想与国家梦想。正是龚卫良本人对产品市场需求与发展前景的准确判断，对国家政策的准确解读，对社会责任的自觉担当，让龚卫良在看似发展危局里开创出了新的局面，并在此基础上不断更上层楼，不断做大做强！

龚卫良每年交给茅庵村的租金近三十万，办厂时，购买设备和原材料大约要六十万元。2001年创业时候的龚卫良，三十六岁，非常年轻。他1991年二十六岁时结婚进入张家港市居住，经营自己的小贸易公司和五金店，与夫人徐姐租房居住。从1995开始经营凤凰助剂厂的丰利贸易公司，到2001年，刚好十年，在这个过程中，他与夫人1998年在张家港市购买了第一套商品住房。到2001年开始办厂创业，自己也有了一定的积累，但是要付出六十万元设备及原材料费加三十万的租金，还是不够的。所以，龚卫良必须得向人借款筹集资金。借款筹集资金不成问题，值得一提的是，他自己借款的同时，还借款给他的技术人员用。这便是龚卫良龚总的特异之处。

龚卫良常年做贸易、做生意，自己对化工技术不是很懂。所以，他要开化工厂生产市场急需产品，必得依赖好的技术员。所以，他找到技术员后，跟他们商量公司的体制和组织架构时，他说让技术员们入股。但是当时的技术员，收入都不高，都没有什么积蓄，所以都说自己没钱入股。龚卫良说：我借钱给你们入股，虽然我自己也借钱，但是我还是可以为你们垫钱入股。如果我们的产品没做成，就算我这个事情失败了，这个替你们垫资入股的钱就算我的，不要你们还；如果我们的产品做成，赢利了，那么我把分红给你们，你们把这个垫资入股的钱还我。

由此可见，龚卫良创业时候有着超强的担当意识和自我精神。他不依赖于原来的凤凰助剂厂，也不谋求与其他同类公司合作而一心自我办厂来抓住这个创业的机会，就是一方面想自己做主不受人牵制，能想怎么做就怎么做，省去许多请示、商量、沟通的麻烦；另一方面则也是想，万一自己没做成，失败了，也不会给其他厂造成损失，损失都是自己来承担，心服口服，可以省却许多不必要的纠葛。当他借钱给技术员们入股，说清楚如果失败，则垫资入股的钱不用技术员们还，则也是让技术员们没有后顾之忧，不用承担如果创业失败他们可能要承担的损失；如果赢利，技术员们却能拿到应得的红利，等于是龚卫良给技术员们创造了一个让他们实验自己技术创新的机会，一个不要承担任何风险却有可能带来可观红利的机会。

龚卫良的这一举措一方面让技术员们免除了跟他创业的后顾之忧，而一心投入到开办新厂、研发产品的尝试创业工作中；另一方面更重要的，则是龚卫良从此赢得了技术员们对他的深深信任。从跟着他试制产品开始创业到现在十多年过去了，当年那些技术员们一直在他的厂里，跟他处成了兄弟一样的关系，他们一起把大伟助剂有限公司当成了自己的家，当成了自己的孩子，一心扑在上面，实现了一次又一次的扩能升级，越做越强。

　　三十六岁的龚卫良抓住了一个自己并不内行的化工生产领域的创业机会，面临的是自己并不懂技术、国家政策严限小型化工企业申办、自己缺少资金等重重困难。但是年轻的龚卫良认准了这是一个机会，虽然困难重重，虽然看似危局，但是他也认准了，什么机会不会有困难呢? 他也认准了，在看似不可能的境遇里往往隐藏着许多的可能，在看似沙漠的绝境里却往往深藏着生命的泉水，深藏着绿色的希望。看准了的事情，自己感兴趣的、喜欢做的事情就一定要把它做好，就要全身心投入地去把它做好，这是龚卫良一生行事的根本准则，也是他创业、立业、扩业成功的重要保障，也是他最想传递给年轻人的重要理念。

　　三十六岁的年轻的龚卫良就认准了许多事情，表现出超强的分析力、判断力、执行力与毅力。这种超强的做事成事的个人素质的具备，按龚卫良自己的话来说，就来自于自己长期打工、做生意中得到的历练、积累的经验、培养起来的思维与办事能力。而这种超强的思维与办事能力，不但在他创业初期已经充分显现出来，在后面的两次看似危机又被他转化为新的机遇的境遇里，得到了更强的体现。

　　2006 年，响应国家政策号召，小型化工企业不允许存在，要关闭，如果要继续做，必须进入化工园区。张家港市建立东沙化工园，所有散布在张家港辖区各处的化工企业都需搬迁到化工园统一规划和管理。对许多化工企业来说，搬迁意味着旧有设备设施、固定资产的放弃、报废和浪费，满足新标准的新建设则需要大量投入，所以又到了一个要么关停闭厂要么顶压前行的或存或亡生死攸关的关键时刻。

　　龚卫良的大伟助剂有限公司当时产品非常好，市场反映有非常好的口碑，公司跟客户的关系也非常好，最初建议龚卫良生产最初两个产品且承诺来向他购买的那两个企业这些年来一直跟他保持非常好的合作。

龚卫良一方面有自己公司发展的良好现状做支撑，五年多来的良性发展，积累了一定的资金，虽然搬迁要有相当大的新投入，也会有旧设备、旧资源的废弃与浪费，但是龚卫良倒也没感到有资金上的困难，政府也支持他的公司进入工业园区进一步发展。另一方面，龚卫良笃定自己产品的不可或缺与不可替代，以及在国际国内市场上占有的既有份额。再有一方面，他敏锐地抓住这个看似危局实则是转型升级扩大规模、提升产能、做大做强公司的绝好机会！破旧才能立新，只有忍痛放弃那些看起来还有用、实际上已经跟不上国际国内大环境、新标准、新要求的旧财富、旧资产、旧设备、旧设施，才能开创一个符合国际国内新标准新要求，适应国际国内新环境的新平台、新局面。只有扛起适应人类共同体可持续发展而制定的国家政策带给企业的暂时压力，克服困难，才能迎来企业自身的可持续长远强劲发展。龚卫良再一次化危机为契机，变危局为创新局，把大伟助剂有限公司搬到了张家港东沙化工园。

龚卫良在东沙化工园区买了三十亩地，投资八千万，建了一个全新工厂。2008 年，新工厂开始投产，投产时的公司，有员工一百二十人，投产的当年，公司的年销售额做到了三千两百万，而进入东沙化工园区之前，在茅庵村时，公司的年销售额在一千五百万左右。所以公司搬入化工园区统一规划和管理之后，虽然花了相当大的投入，但是其产能翻了一倍，足可见搬迁对龚卫良公司来说的确是一个向更高更强平台发展与提升的良好机遇。搬入化工园区以后，公司的产能从 2008 年的三千两百万做到了 2014 年的四个亿。果然开创了一个崭新的局面，在新的局面里有了更大的发展和更强的生命力！

创办企业的过程中的确蕴含着许多朴素的真理：只要生产或创造的产品是人们和社会必须的，是有益于人类和世界的，生产者和创造者对社会和人民是负责任的，那么企业所碰到的困难都会是暂时的，暂时的困难里一定蕴含着巨大的机会，蕴含着强大的生命力！就等着独具慧眼与胆识和韧性与魄力的企业人去抓取和挖掘！龚卫良就是这样一位独具慧眼与胆识、独具韧性与魄力的企业人!

2017年，响应国家政策号召，张家港市东沙化工园整体关闭。因为张家港市有两个化工园，只能留一个，决定整体关闭东沙化工园。园内所有化工企业再次面临着要么关停闭厂，要么迁址改建的命运，再次面临看起来是大损失大压力的危局。园内共有二十几家化工企业，大概有三分之一关厂倒闭，另外三分之二则各奔东西，自谋出路。龚卫良就是三分之二里面自谋出路者之一。龚卫良再一次化危机为契机，变危局为创新局。这一次，他把大伟助剂有限公司从张家港东沙化工园搬迁到了江苏泰兴经济开发区，在一百五十亩土地上，分两期完成建设，一期投入四个亿，二期投入一点五个亿。目前第一期建设投产早已完成，公司员工增加到了两百七十六人，年销售额达到六个亿。到二期建设完成，进入投产，整个公司的产能和销售将达到十二亿。这一次搬迁，龚卫良又在看似危局的基础上变危局创新局，实现了更大的跨越式发展。用他自己的话来说，就是：机会来了不要错过，而机会又往往隐藏在压力、困境和危机之中!

正是龚卫良这种看准机会抓住机会的慧眼、胆识、魄力、与韧性，把他的企业一次又一次地推上了更大更强的自身实力与发展空间，愈来愈强的实力也让他的企业迎来了更好的发展机遇。2015年，江苏大伟助剂有限公司被浙江万盛股份有限公司并入上市公司系统，成为该上市公司的全资子公司，更名为江苏万盛大伟化学有限公司，开启了更高更强的发展新局面。

二、于份内事中创造机会

龚卫良在总结自己的人生经验、给年轻人寄予希望的时候说了三点：机会来了不要错过；坚守诚信宗旨，"诚信两字走遍天下"；于平淡中做好份内之事。他自己能够在关键的时候，于压力中、于危局中发现潜藏的巨大发展契机，就与他所说的这三点密不可分。

龚卫良出生于1965年，童年、少年时期生长的凤凰镇双连村，是个贫穷的村庄。龚卫良家里经济条件也不好，小时候吃过苦，吃不饱、穿不暖的记忆深刻脑海，求顿饱饭很难，特别想吃肉，能吃到肉就会幸福得不得了。他说：正因为小时候吃过苦，长大以后才会努力工作，特别要强。

虽然家里比较贫苦，但是龚卫良的父母对孩子的上学却是非常支持的，只要他们能学，学到什么程度就供到什么程度，学到什么层次就送到什么层次。龚卫良上初中偏科严重，语文成绩在年级里总是数一数二，参加学校的作文竞争往往拿第一名，获得的书籍和练习本等奖品一书包都装不下。班级的语文自修课，老师不用到场，都是龚卫良代作老师，管理和引导同学们学习。一篇课文，龚卫良读三遍就能大致不差地背下来。

但是，与他的语文成绩在学校年级排名数一数二刚好相反，他的数学和英语很差，每每考试都是年级的倒数，分数只有一点点，低得可怜。以至于差到学校和老师都觉得他拖了学校和班级的后腿，让他不要读下去了。读完初二的龚卫良，在上初三之前，自己也感觉读书没太大用，不想再上；学校又因为他的数学、英语成绩太差，劝他不要学了。却急坏了语文老师，在龚卫良自己不想再上的情况下，语文老师只好去跟校长求情，校长竟然同意给只上完了初二、没有参加初中毕业考试的龚卫良，提前发放毕业证书。这一方面反映出当时中国教育制度、教学管理上的不完善，不严格，另一方面却也反映出了学校对龚卫良这种偏科严重的学生单方面超众素质的肯定。因为在后来义务教育日益完善的时代里，龚卫良是必然要义务上完初中的；也必然需要考完初中毕业考试，才可能领到毕业证书。因为学籍和一切成绩全都进了网络的数据库系统中，一切都被系统严格限定了，个人无法更改。

擅文拙理的龚卫良，在若干年后开始创业时，选择的竟是他不擅长的理工行业，而且选准了以后就创业成功，又不断地度过危机，一次又一次地在危机面前开创出新的局面，走上更高的平台与空间，不能不说具有相当的传奇色彩。按他自己的话说，就是他感兴趣的事情就一定能做好，一定要去做好。擅长语文，该是他有天分且感兴趣的学科吧，所以他不需要花多少精力就能学好。那么，选择做化工，试做化工行业国内尚没人生产的新产品，则该是他感兴趣的事，所以在他感兴趣的事情就一定要全部精力投入去做好的准则之下，就全心全意地扑在这个事业之上，从而将事业做成，越做越大越做越强了。

上学的时候，天分占优势，擅长语文，在语文学习上不用下多大工夫，天生就是优等生；创业之后，兴趣、投入、努力占优势，在事业上全身心地投入，将时间和精力都投入在这件事情上，一样地做到了行业中的佼佼者，成为了创业、事业路上的优等生。这向世人传递了一条真理：有文科特长的人一样能做好理工科的事业！只要有文科特长的人能运用和发展好自己的文科特长，在他遇到理工科的任务和机遇时，他就会文理兼擅起来。

龚卫良初中提前毕业后，进入社会，就很好地利用和发挥了自己的文科特长。对语文有天赋，喜欢读文学作品、善于读文学作品的人，通常善于感受生活，善于感受人，对于人文、人际的内容有着天然的领悟力与实践力，其实就是我们今天常说的"情商"问题。有文学天赋的人善感，重情，情商便高。而情商高，往往体现为善于沟通、交流与协调，善于将心比心，以己度人，替他人着想，善于与人相处，善于处理人际关系，人缘好。用龚卫良自己的话来说，就是自己在长期的工作和打工生涯中，也积累了许多经验和财富，对后来的创业有很大帮助。

龚卫良辍学后，就回到村子里干活，在帮家里一边种水稻务农的同时，龚卫良还负责为生产队养鱼，每天早上六点就出去割草，然后将鱼草撒到鱼塘里喂鱼。之后，就要帮着家里干其他农活，夏稻冬麦，各种农活，龚卫良都做过。冬天放干鱼塘，打鱼丰收，各家各户都可以分到不少的鱼过年，龚卫良说：那是最幸福的时候！每个鱼塘每年大概能收一千斤鱼，分给农户们后，还可以挑到市场上去卖，为生产队挣钱。在为生产队创造经济效益的同时，龚卫良自己的工分也不少，从学校辍学回家务农的第一年年底就分红到几百块钱。这说明龚卫良在学校偏科，有特长，干农活也不差，有养鱼的特长。凡是有一方面特长的人，就很容易在其他方面也能融会贯通地发挥出特长来，只要用心去做了。这也说明，在学校偏科严重而被劝退的龚卫良，在实际工作中其实是能做好许多事，是挺能干的。

龚卫良在学校里，不仅偏科严重拖了班级和学校的后腿，而且，他偏科，擅长的语文课上，他可以当老师；不擅长的数学和英语课，他就不去听，经常逃学。逃课到外边跟小伙伴们打扑克，常常赢一书包的大家都爱玩的纸包。在英语课堂上，还会跟老师打架。龚卫良自己说，读书的时候，自己不是个好学生。在外边淘气，回家后，被父亲知道了，是要挨揍的。面临挨揍，龚卫良却是机灵的那种孩子，嘴上马上认错，求饶，说我错了，不敢了，下次一定好好学，加上母亲在旁边护着，帮说两句好话，一场即将降临的暴风骤雨瞬间也就云开雾散了。所以，童年、少年时候的龚卫良也跟许多调皮男孩一样，淘气、任性、爱玩、爱捣蛋，从他后来的行事来看，孩子小时少时的这些特点倒不一定就是坏，而是孩子的天性而已。在他任性自在、淘气自得的天性里有着机灵、聪明、会做事的天分。

但是回家务农之后，经历了生活的艰辛，就知道父母的不容易，想要好好做事，减轻父母的负担，让父母过得轻松一点，过得好一些。龚卫良仿佛一夜之间从顽劣的孩童长成了懂事的能干少年，在干农活和养鱼时是干农活和养鱼的好手，聪明和机灵用在了正事上，很快就变成了一个能顶天立地的小小男子汉。这样的务农和养鱼生活，龚卫良在村子里干了两年。

随后，村里建起了乡镇企业，成立了单独的水产队。1983年，能干的十八岁的龚卫良被派到了乡镇企业养鱼队，让他做财务。龚卫良擅长养鱼，做养鱼队的财务却不太擅长，相反，觉得很累，干得没了兴致。求学时候偏科的影响体现出来了，他说：自己数学不好，不适合做财务，做起来很累，不愿意做了。于是，1984年年中，十九岁的龚卫良不做养鱼队的财务了，去大队的纸箱厂做了销售。

纸箱厂做的产品是月饼外面的包装盒，月饼是季节性食品，中秋节前月饼上市，畅销一时，对包装盒的需求也会紧俏，但是月饼旺季一过，包装盒的销量也就会剧减甚至停滞。所以当时，做销售的龚卫良忙的时候忙得不见天日，闲的时候却也无事可干。忙的季节，出去跑业务都是求着人家的，要把设计的盒子拿去给人家厂里看，看他们喜欢不喜欢，要不要改进……要把产品销售出去很难，但是在销售中，学到了经验，是一生用之不尽取之不竭的宝贵财富。龚卫良说：自从自己进入销售这一行之后，就从来没有放弃，就是后来打工，一直都在做。从那时开始，就开始打好了与人谈生意、接待、搞关系的基础。所以我们说，擅长语文等文科的人一般主情，情商较高，善于与人交流与人沟通与人协调和搞关系。龚卫良反复强调了青年时代务农、打工时期，让自己积累了许多社会经验，打下了好的基础，对自己后来的创业、成业影响很大。其实就是他的天分和实践相结合的最好体现与产物。

1987年，龚卫良就不在纸箱厂工作了，开始去无锡打工。他在纸箱厂做销售时，跟无锡月饼厂打的交道比较多，在往无锡销售的过程中，交了几个朋友。在与无锡这样相对较大的城市打交道的过程中，龚卫良感觉到，大城市到底能学到更多的东西，有更大的发展空间，能挣到更多的钱，有更好的前途。所以在纸箱厂干了两三年后，他决定从纸箱厂辞职，前往无锡打工。

他在无锡交的那几个朋友这时候就帮了他的忙，他们都是无锡五金厂的正式工。当时的无锡五金厂还是国营计划经济，正式工都是白天正常时间上下班的。但是，厂里的生产任务重，需要加班加点提高产量才能完成任务。所以，五金厂就招来进城务工人员作为临时工来上夜班。龚卫良所交的那几个朋友就将这个信息告诉了龚卫良，也就因为他们的介绍，龚卫良进入无锡五金厂当了临时工。临时工从晚六点开始上班，早六点结束。工作十二小时，计件工资制，多劳多得，少劳少得。正式工却计时工资制，所以有时，正式工能拿到的工资不一定比临时工多。

当时的龚卫良，吃住都在厂里，每天早上去菜场买些蔬菜和豆腐，回到厂里把菜往食堂蒸锅里一蒸，就能吃一天。生活简朴，但是收入可观，一年可以挣到三千多块钱。四年如一日，生活简朴而规律，一米七一的身高，体重没有超过一百斤。每天连上十二小时的班，却也很辛苦。当时，农村的收入，每年每人的收入大概就四五百块钱吧，龚卫良在无锡五金厂打工四年，虽然辛苦，生活清苦，但是却也算积累了他人生的第一桶金，而且养成了他非常好的工作习惯与毅力。1991年，二十六岁的龚卫良，应该回家完婚，成家立业了。龚卫良就用打工积累起来的第一桶金，回村建起了自己的小楼，与青梅竹马、两小无猜，一起长大，一起在外打工的两家相距只有五十米距离的邻家姑娘徐姐结束了爱情长跑，建立了自己的美好小家庭，开始了美满姻缘。

龚卫良说：其实他们所做的事没有什么伟大、传奇之处，非常平稳，只是在平淡中做好份内之事而已。人一旦做好了份内之事，做好了人生所处各阶段的份内之事，做好这件事的过程中，一定积累了不少好经验，一定蕴藏着未来无限的可能与机会。龚卫良就是这样在平淡生活里做好手边的每一件事而创造、积累和抓住一个又一个机会的。他从学校回到家务农，做好了养鱼这份工作，之后就被安排进集体企业做财务，而脱离了农活，上岸进入工薪阶层。之后因为自己不擅长财务做不好财务，便及时转行至纸箱厂做销售，在销售里积累了人脉和信息资源，抓住了进大城市无锡大厂工作的机会，学会并练就了五金行业的扎实技术与培养成严谨有序扎实投入的工作习惯，不但积累了资金，更丰富了企业任职做事的经验，而且在打工期间，他一直没放弃之前从事的销售类业务，按他的话说就是他一直没有放弃做生意。在做生意当中，认识更多的人，了解更多的市场，收获更多的信息，积累更多的资源，这些都是他在做好份内之事的同时，成长的自己，积累的无形财富与机会。

　　龚卫良从无锡五金厂回村成家后，就进入张家港市开始了自己的小创业。因为夫人徐姐的父母也就是龚卫良的岳父岳母是从市里下放的知青，徐姐出生在凤凰镇双连村，住龚卫良家隔壁。文革结束，知青落实政策，徐姐父母和徐姐的户口都将迁回市里，也都会在市里安排工作。徐姐就在市里就业，龚卫良便与徐姐一起搬到了张家港市居住。开始的时候租房住，一年的租金四百块。徐姐上徐姐的班，龚卫良再次利用了打工期间积累起来的资金和财富，在张家港市继续做自己的生意。开过贸易公司，开过五金商店，做生意是他从做销售后一直没有放弃的事业，开贸易公司源于销售，开五金商店则一方面源于销售经验，另一方面还与他在无锡五金厂打了四年工的经历不无关系。所以说，人生成长每一阶段所做的事，所认真做的事，所做好的份内之事，都是将来人生阶段中的宝贵财富与坚强后盾。今天的认真做好份内之事，就是在创造着未来的机会，当机会来临的时候，以前做好份内之事里蕴含的能量、底气、资本、资源，就会促使和帮助你不太费力地将机会收入囊中，进而创造出更大更高更强的平台与发展机会。

　　龚卫良说在张家港市做的小生意，也就是开的贸易公司和五金商店，做得不是很成功，规模做不上去。虽然他自己不是很满意，应该是跟他自己的期望和理想目标有差距才这么说的吧。因为如果不成功的话，他1998年就在张家港市跟徐姐一起购买了第一套商品房，从而结束了租房的生活。对于打工人来说，在七八年时间里，就在城市里购买了房产，也是相当不容易的事，说明龚卫良的生意做得虽然没有他预期的成长和规模，但也还是有赢利有积累且赢利和积累还是可观的。这也说明，龚卫良在做好份内之事的同时，对份内之事是有着大规模的目标定位的；"做好份内之事"在他这里就有了更深更有意义的发展性内涵，做好份内之事，不是简单地完成任务，而是"做好"。"做好"不是完成任务就可以，而是要从"做"里看到、摸索出能够"更好"的规律、方法和前景。"做好"的"好"便是带有可持续发展的探索性与潜力的发展性内涵。而对"份内之事"的这种发展性"更好"的追求，便是龚卫良一生行事的一条重要原则与目标。

在龚卫良自认为不是很成功的贸易公司与五金店的创业小生意里，不但同样给他积累了资金让他的生活和事业提高到了更高的水平，他的贸易公司与五金店这些份内之事，在四五年的经营之中，也还是在进行着可持续发展的。1995年，老家凤凰镇的凤凰助剂厂要到张家港市开贸易公司，就找上门来，请龚卫良去担任他们厂贸易公司的经理。龚卫良从到纸箱厂做销售开始一直没有放弃的做生意和到张家港市开的贸易公司，就都是在做他的份内之事，在可持续地发展他的贸易事业。这种可持续地发展事业，也是在可持续地成长成熟自己，在可持续地为自己创造机会。凤凰助剂厂要开贸易公司，要找懂贸易开过贸易公司的人作经理，龚卫良刚好是从凤凰镇走出来的，刚好又在张家港市做过贸易，大家对他"做好份内之事"的经历又颇为了解，所以到凤凰助剂厂丰利贸易公司当经理，就是一个机会，水到渠成地降临到了龚卫良身上。

所以，人生中许多平淡普通日子里的扎实、勤勉、钻研地做好份内之事，都是在为自己的将来创造和积累好的机会，当天时、地利与人和交相融会，就是自己质的发展与提升的机会到来了。凡是扎实、勤勉、钻研地做好份内之事的人，机会都不是自己去找来的，而是在他扎实、勤勉、钻研地做好份内之事的平淡人生里，他身上闪现着各种为新机会青睐的质素与光芒，从而被机会所相中的。在人们平淡的自我发展的人生时空里，往往会浮动着各种各样的机会，这些机会在上空俯视人间，寻找着合适的将机会变成事业变成实际的执行者，操作员。人只要在平淡的日常里，将份内之事做到极致，就自然会被机会所相中。这就是龚卫良在打工、创业、成业经历中最质朴最深刻最适用的体会，也是对他人最有指导意义的体会，是人能成事的一条普遍性的真理。

凤凰助剂厂请龚卫良去做丰利贸易公司的经理，当然是龚卫良人生经历中一个恰逢其时、恰如其分的机会。他正在感觉自己的事业规模上不去时，凤凰助剂厂给了他一个规模大点的平台去发挥他的才能。因为凤凰助剂厂有自己的产品、有自己的客户、有自己的市场，较之龚卫良没有自己的产品来说平台当然就大多了。他只要在这个平台上去发展新的客户、开拓新的市场，起点就高了许多。

张家港城市太小，贸易市场再开拓也大不到哪里去。所以公司在张家港市没有做多久，就搬去了上海。龚卫良也就从张家港来到上海继续管理和经营这家贸易公司。也就是在这家贸易公司工作的时候，有一天，他来到厂里，正好遇到了那两个建议他试验、投产自己产品的客户。本来他是在厂里设在上海的贸易公司上班，却碰巧在厂里遇到这两个客户，碰巧派他接待了他们，碰巧他们就跟他提出了他们需要但是国内却不能提供的产品要求，建议他试验和生产。接下来的事情，我们在前文已经陈述，也就是龚卫良就向厂里提出辞职，准备自己出来建厂试验、生产，开始实业创业。2001 年，他就从凤凰助剂厂辞职出来，申办投产了自己的大伟助剂有限责任公司，开始了自己的创业历程。

在凤凰助剂厂的贸易公司遇到两个客户建议他生产那两个国内尚没人生产的产品，是龚卫良在凤凰助剂厂收到的他人生履历中第二个重要的机会。机会的降临总是有很多偶然性，那天的他碰巧在厂、碰巧遇见、碰巧接待、碰巧谈到，都是偶然。在这些碰巧产生之前，龚卫良可能没有想过自己会去办一个国家正要限制的化工企业，他只是在做好他的贸易公司这份份内之事而已。但是，他在凤凰助剂厂这五年的贸易公司经理任上的做好份内之事，却在暗暗地帮他创造和积累起他后来创办自己企业的一个良机，这又一次证明了他在平淡日子里做好份内之事自然蕴藏着发展良机理念的真理性。

龚卫良十五岁从学校辍学回家务农，到进入村办企业当财务、做销售，到无锡五金厂打工，到张家港市自己开贸易公司和五金店，再到凤凰助剂厂的贸易公司当经理，二十年的时间，的确平淡无奇。而他就是在这平淡无奇的工作里将自己的份内之事做到了极致，从而创造和积累起了人生中被一个又一个重要机会相中的质素与光芒，从而在平淡的日常里抓住了这些重要的机会，并将这些看似危机的局面转化成了自己成长、壮大的新的契机。

辞职出来自己试验、生产产品，创办为国家政策所限制的化工企业，是一个看似危机的局面，龚卫良却找到了能够办成的可能性，从而将危局变成了新局；2006年，政府要求散居各地的小化企业搬迁到东沙化工园，对许多小化企业来说，搬迁意味着要大量新的投入，要浪费大量旧的资产，压力很大，甚至没法搬迁，只能破产，又是一个危局。但是龚卫良又化危局创新局，在东沙化工园里投入巨资，新建工厂，公司的产能与销售较之以前迅速成倍提升。正是因为在自己的发展过程中，龚卫良坚持全身心地投入做好自己份内之事，做好自己喜欢干的事，他创业之后，就是一门心思、全部精力都投入在企业的生产与经营管理、发展与提高上，企业的实力和影响和口碑和信誉在业界都是响当当的有名气。

2014年，当浙江万盛股份有限公司要上市需要同类产品企业加持的时候，就相中了龚卫良的大伟助剂有限公司。随后在2015年，就全资收购了龚卫良的大伟助剂公司，大伟助剂成了浙江万盛的全资子公司，借着浙江万盛这个平台，大伟助剂也就成了上市公司的一部分，有了一个更高更大更强的发展平台。这当然是龚卫良在做好自己份内之事的同时给自己创造和积累的又一个重要机会。而这一个机会，却也不过是龚卫良做好自己份内之事中的一部分内容而已，其实力如此强大，资本如此雄厚，当2017年东沙化工园要整体关闭的时候，对园内许多企业来说又是一个危机局面，龚卫良却再一次化危局创新局，再一次投巨资建新厂，产能和销售再一次成倍增加。龚卫良再一次在做好份内之事的同时，被更大的机会所相中，而实现了自己的跨越式提升与发展。

龚卫良创业、成业过程中所遇到的看似的危局，都与国家关注人类健康与可持续发展的整体国策的调整相关，市场经济不是完全自由的，它必须担负起国家、民族、人类共同健康可持续发展的责任与义务。龚卫良在早期务工与后来创业、成业的过程中，对国家的政策都是理解透彻和深为支持的。他正是在做好份内之事和紧跟国家政策的先进性与文明性的前提下，利用好了国家对化工企业的政策空间，而实现一次次的扩规提能与跨越式发展的。

三、共发展同幸福

龚卫良在国家政策调整似乎对他个人的企业造成很大压力、面临危局的情况下，却能吃透政策的先进性、文明性、发展性，从而找到自己企业的政策发展空间，发展得更快更高更强，是与他发展企业所抱的谋大利、顾大局的宗旨分不开的。他的谋大利、顾大局，就是从国家、从人民、从社会、从员工等大多数人的共同利益、整体发展的角度去思考问题、去创办事业。吃透国家政策的利国利民的性质与目标而克服个人事业中的困难，力图将自己生产的产品突破国外产品的垄断地位而开拓出自己的国际市场，将企业员工当成家人，都是他顾大局、谋大利宗旨的体现。他和夫人常常谈到幸福这个词，比如小时候能吃到肉就是最幸福的事了；在生产队养鱼的时候，年底自己养的鱼打上来分给村里各家各户，大家喜过春节的时候是最幸福的时候；当企业员工把公司当成家，无后顾之忧，有较高幸福感的时候，也是龚卫良自己幸福感高的重要来源。所以，与国家、与行业、与员工共发展，在共发展里同幸福，又是龚卫良办企业、做事业的又一条高标准、高准则。

龚卫良创办企业的时候面临小微化工企业难获批准的紧缩时节，他办企业过程中两次遇到国家政策调整，使得有些化工企业在调整搬迁中不得不关停倒闭的危机。但龚卫良三次都从危机中看到了发展的契机，在危机中开创出新的局面。这除了依赖他本人对产品、市场前景的准确预判的眼光与智慧之外，还依赖于他对国家政策的准确解读与他所持的企业对社会和国家和人类应承担责任的理念。

龚卫良是老党员，他说办企业要跟着党走，要跟着国家的政策走。党和国家的政策是好的，代表着世界先进的思想和理念。党和国家的政策让企业家办正规的企业，只有正规的企业才有生命力和竞争力，他对国家的政策很支持！

他说："化工企业最大的隐患就是破坏环境和生态以及安全事故，国家政策就要求环保不达标的企业要么关停、要么转型升级，国家政策对化工企业的安全保障设施和措施要求也越来越严格，这是好事，应该这样啊！绿水青山就是金山银山，谁不愿意生活在干净健康的空气里，谁不愿意生活在山清水秀的自然环境里呢？谁不愿意喝到的水是干净健康的，谁不愿意吃到的水里活着的食物、地里长出的粮食、庄稼、蔬菜都是健康绿色的呢？谁愿意因为环境被污染吸进去的空气、喝进去的水、吃进去的食物都有毒，然后都生病都去医院大把大把花钱还治不好呢？所以，国家对化工企业的环保和安全要求越来越严格，一次又一次地迫使化工企业整改、关停、搬迁，是从整个国家国民甚至全人类生命健康安全的切身利益、和全人类可持续长远发展的共同命运出发的正确的政策，办化工企业和事业的我们当然要认识到这一点，不但要全力支持，而且要帮助政策的更加先进和优化。"

所以，在屡次面临因政策调整带来损失、压力、困境甚至危机的时候，龚卫良都能从长远、全局、理性的眼光看待和处理局面，化危机为转机，变危局创新局，屡次实现企业的跨越式发展。

目前的江苏万盛大伟化学有限公司实现了全自动生产。国家对有危险工艺、从事危险化学品生产企业的生产环境有严格规定，要求智能化、自动化全流程控制，将生产环节的危险系数降到最低点，大伟化学有限公司早就做到了这点。公司当然也有工人，但工人不进生产空间从事生产，而是进行巡查和检修。这些工人有本科毕业的，有专科和职业院校毕业的，也有高中毕业生从事辅助岗位的工作。研发、管理与实验室等岗位的工作则主要由研究生担任，也有本科生从事，但实验室和研究院设在公司上海总部。

在安全保障方面，万盛大伟化学有限公司也是严格按照国家的政策规定来实施的，投入了四千万进行环保设施的建设与运转，将废气、废水、固体废弃物的处理都控制在合理范围之内。这些都是龚卫良企业为适应和满足国家政策与标准的严要求而做出的高投入与严建设，与国家政策的利国利民的长远可持续发展战略的大局意识相一致，骨子里就是一种共发展同幸福的理念与发展目标。

龚卫良办企业有着深厚的责任感与担当意识，这不仅体现在他对国家与人类生活与生存环境保护的体认上，以及对国家环保政策的贯彻执行与促进发展上，还体现在他对业务发展、产品质量高精尖的追求上。有相当长一段时间，龚卫良都在做一件事情，要让自己的产品先主导中国的市场，再主导国际市场，也就是要把被外国产品垄断的中国市场收回中国自己的企业，并让中国自己的产品走出国门，与外国产品竞争，要竞争过外国产品，打破国外产品的垄断地位。

龚卫良开始创业的时候，选择生产助剂为主营产品，是在朋友的介绍下选定的。因为这种产品虽然在许多行业许多领域都要用到，但每行每业每领域的用量并不大，所以，一般大的企业不愿生产，小的企业却又达不到标准与要求没有能力生产。龚卫良就走了中间路线，高起企业的生产、技术、质量、环保、安全等标准与要求，专做这类产品，所以公司申办的时候，获批也较为快捷。

正因为产品在许多行业许多领域不可或缺无可替代，生产的企业却不多，所以国内竞争并不大，竞争对手主要是国外的。德国的巴斯夫、美国的陶氏化学、日本的花王这些化工行业的巨头都是龚卫良大伟助剂有限公司的强劲对手。他们的产品又贵，又占据着中国和世界许多国家和地区的市场，处于绝对垄断地位，当时他们占了市场上80%的份额。

经过几年的努力探索与奋力拼搏，龚卫良的万盛大伟化学有限公司终于战胜了国外化工巨头，把他们从中国的市场赶了出去，将他们从竞争对手的地位变成了合作伙伴的关系。在技术上不亚于人的基础上，国外巨头的产品成本竞争不过万盛大伟。所以，万盛大伟不但把国内市场收了回来，而且将许多国外的市场竞争了过来。国外巨头们不得不与万盛大伟合作，请万盛大伟帮他们生产产品。到目前，万盛大伟的产品在国际市场上的份额占到了60%，龚卫良实现了中国产品走出国门占领国际市场的大发展谋大利的目标，在产品生产与行业发展上实现了共发展同幸福的目标。

龚卫良和夫人对创业和做事业过程中的幸福感都深有体会。夫人说龚卫良创业过程中吃过苦，最苦的时候自己既做老板又是装卸工又是操作工，哪里缺哪里上，累了就睡沙发上。但创业的幸福感又是最强的，做的是小众产品，大伟在国内很有名。龚卫良勤奋、努力加诚信，和客户处成兄弟，把公司一步一步做大做强，对公司有着像亲人似的感情。

龚卫良也说：自己初中没毕业就开始外出打工了，是社会大学毕业的。无论是打工还是自己创业做老板，都坚守诚信宗旨，认定"诚信两字走遍天下"，他从来没有跟人打过官司，从来没有欠过钱！

龚卫良和夫人是一个村的，两家住房相距大约五十米，从小一起玩，可以说是青梅竹马、两小无猜。感情基础很好，打工、创业、做事业的路上，两人一路风雨同舟、同甘共苦、互促互进、琴瑟和谐！俗话说：夫妻同心，其利断金！大伟公司不断更上层楼，越来越发展壮大，与龚卫良和夫人之间的琴瑟和谐自然不无关系。

龚卫良说他们并没有什么波澜壮阔的事业，一生都很平淡！只是在平淡中做好份内之事，公司、事业、家庭都在平淡中发展得很平稳！家庭和睦、公司和谐，事业就能发展。关心工人的生活，像对待家人一样对待员工！

他对待员工象对待家人一样，把自己和家人与员工的幸福感放在事业发展的第一位，代表了新世纪新时代企业家创业、从业以人为本的新理念和新风尚！而这种以人为本的初心与他创业之初始于扶贫、做事业之中忠于国家、人民的社会责任感与担当意识是一脉同出，殊途同归的！

被问到他怎么能够总是抓住机会，龚卫良说：因为自己专注执著做这一件事！自从创业开始做这个产品，就只想把它做到极致，尽可能做到尽善尽美。做自己懂的事情，不碰房地产、不碰其他看起来又热又火的产业。做这一件事，天天都在那里，所有精力都放在那里，机会来了，抓住机会也就成了顺理成章的事！

因为专注所以精尖，因为执著所以前沿；因为精尖和前沿，所以容易被机会和命运相中；因为精尖和前沿，所以具有更强的生命力和竞争力。成功就是将平凡的事做到极致，将平凡做到极致就能做到人无我有，人有我优，人优我强，人强我也强，人强我更强！这不仅是企业家龚卫良办企业、做事业遵循的真理，而且也是每个人做事、经营人生的真理。

龚卫良凭着这份专注与执著，把自己的企业和事业做到了国内的高精尖，所以当国家政策调整，需要企业做出或退出让步或转型升级的抉择时刻，他的企业遇到的不是退出让步的危机，而是扩能升级的机会！

龚卫良凭着这份专注与执著，把自己的产品和企业做到了国内的高精尖，所以当同类的大企业浙江万盛股份有限公司需要市值增持的时候，就相中了龚卫良的大伟助剂有限公司，并全额收购。龚卫良的大伟助剂有限公司成为了上市公司万盛股份有限公司的全资子公司万盛大伟化学有限公司，从而得以上市，再次实现跨越式发展，达到更高的平台，具备更强的实力。

龚卫良凭着这份专注与执著，将自己的产品和企业做到了国际的高精尖，所以在与国外化工巨头们的竞争中能打破他们的垄断地位，不但将国内市场收归己有，而且能在国际市场上占有重要份额，取得与巨头们平起平坐的合作地位！

龚卫良凭着这份专注与执著成为了化学化工行业的专家。他不仅仅是一个会经营、善经营的企业家，更是一个精专业深知识通业务的实践型学者。综合起来，说他是一个专家型企业家更合适。专家型企业家对企业和市场有着来自骨子里的底气和自信。他说：我们做实体的，多少年专注探究下来，可以毫不自夸地说自己本身就是专家，对市场的变动，实体真的不大当一回事，一般企业都能把握得住，能承受得起！

有了这份底气和自信，有了实际干出来的成绩，专家型企业家龚卫良不仅开拓了自己企业和事业的国际国内市场与广阔的高平台发展空间，而且更为拓展和深化的是他的胸怀与心理空间。他说："办企业、做事业的过程中，当然会遇到各种困难、挫折与委屈，比如碰到非专业的人对你的专业问题打官腔，对你颐指气使的时候，是真的委屈，但办法总比困难多！"

经历得多了，处事多了，一切的辛酸和委屈都成了过眼云烟，云淡风轻，不足挂怀了！做实体的只要扎扎实实把事情做大做强就很幸福了。

结语

企业家对家人、员工、国家、人民、人类的朴素责任感和爱与担当，是他们能化危机为契机，变危局创新局，实现企业不断扩产提能，一次次更上层楼，持续向前发展的动力之魂！龚卫良龚总的事业传奇，也是一种在平淡中酝酿出来的传奇。许多企业家的成功，都是在平平淡淡中做着做着就做成大事业了的。用龚总的话来说：就是在平淡淡中做好份内的事，将份内的事做到有潜力，做到可持续发展。在将份内之事做到可持续发展里，总会蕴藏着机会和强大的生命力，机会就往往会主动找上门来，进而迸发出强大力量。

在峥嵘岁月中保持初心如磐

——记上海合华金属制品有限公司董事长孙兴华夫妇

陈荣香

这世上有人信命，认为凡事天注定；有人不信命，"我命由我不由天"。孙兴华处于两者之间，一方面他不是传统意义上的逆来顺受、随波逐流的宿命论者，另一方面他又相信命运的安排，对于生命中出现的所有坎坷、遭遇的所有挫折，他坦然接纳，但同时他又有坚韧不拔的意志，有永不服输的精神，有"绝不放弃""勇争上游"的斗志。孙兴华以上海合华金属制品有限公司作为创业大本营，向昆山、兴化辐射，业务范围涉及汽车轮毂抛光、表面金属材料处理、环保贸易等，目前拥有四家企业，厂房面

孙兴华

积两万多平方米，员工三百多人，身家过亿。这是一位低调、务实、敢打敢拼的实业家。回首二十年来一步一个脚印走过的创业历程，孙兴华感触颇深："低调做人，取舍间不计较得失。你给了别人成长的空间，别人才会给你发展的空间。踏实做事，务实戒虚，忌浮戒躁，企业发展才能稳步向前。不忘创业初心，才能赓续奋斗精神。"时间是历史的雕塑家，它镌刻着奋斗的年轮，勾勒出变迁的轨迹。

一、莫欺少年穷

1. 贫寒出身

1964 年 5 月 31 日，在上海嘉定乡下的一个村子里，随着"哇"地一声，一个男婴呱呱坠地。孙长富喜忧参半，喜的是又添了一个大胖小子，家里人丁兴旺；愁的是自己虽然名叫长富，可却家徒四壁，又添了一张嗷嗷待哺的嘴，两个男孩意味着双倍的辛劳。孙长富给儿子取名"兴华"，有着儿子既能"振兴中华"的美好祝愿，又能光宗耀祖的朴素想法。

孙长富是生产队长，作为生产队的领头羊，负责全队一两百人的生产和生活，按照季节、庄稼、天气阴晴等提前计划一天的劳力分配。生产队长虽是个芝麻官，但官小事多，队里的脏活重活他带头干在前面，累垮了身体。媳妇惠芳打小营养不良，常年疾病缠身。社员们一年辛苦到头，翘首企望的是年底队里分红时能多记点工分，多拿点钱，好保障一家人来年的基本生活开支。多劳多得，谁家出的工多，年终分配就多。如果收成好，一个工分可以换到 1 元左右。遇到荒年粮食减产，每工只有五角左右，劳力多的人家年终分红能拿到令人艳羡的几百元。算工分的时候，孙长富家不仅拿不回钱，因为夫妻两人常年生病，借队上的医药费就是一笔不小的开支，年终一结算，累积下来还倒欠生产队一千元，这在 20 世纪七八十年代可是一笔巨额负债，压得人喘不过气来。在农村，没有强劳动力的家庭是会被人瞧不起甚至受欺凌的。马善被人骑，人善被人欺。一年到头，家里一共就用了十二块钱的电，当时，所有电费都是公家出，不用个人出钱。就这，被村里人背后说闲话："家里穷得揭不开锅，还用这么多电。"真是人穷是非多，这话传到惠芳耳里，不由暗暗垂泪。穷，仿佛就是原罪。作为村里有名的困难户，被人看扁耻笑的滋味可真不好受啊。

过年时，队上每家每户分鱼，老孙家分到一条二三十斤重的大青鱼，看着孩子们眼馋的模样，老孙对媳妇说："要不，今年这条青鱼留着过年剁鱼圆吃吧，年年有余，团团圆圆。看孩子们馋得，一年吃不了一顿好伙食。"惠芳想了想，家里如今负债累累，能省一块是一块，能赚一毛是一毛："这条青鱼要是拿出去卖，能换块把钱，可以换几袋盐。孩子们想吃鱼，去河里自己钓。"最终这条青鱼一家人还是没舍得吃，拿去卖了换钱，鱼圆也成了镜中月水中花，孙兴华哥俩大失所望。母亲安慰他俩："以后等咱家富裕了，想吃啥买啥。想吃鱼买鱼，想吃肉买肉。穷不可怕，只要你俩勇于拼搏。兄弟齐心，黄土变黄金。"幼时的孙兴华觉得能天天吃肉，那日子岂不快活得赛神仙，那得多美，可那神仙似的日子什么时候来呢？

当时家里能做到的只能填饱孩子们的肚子。米不够吃，掺着粗粮吃可以省点米。正是长身体的年纪，孙兴华每天都饿得饥肠辘辘。早上是千年不变的薄粥，稀得能照见人影子，就着咸菜萝卜干，萝卜是自己家地头种的，每人一根，多了没有。有时候打牙祭，饭桌上能出现一个咸鸭蛋，孙兴华和哥哥眼巴巴地看着，母亲将鸭蛋对半切开，再横切一刀，分成四小份，兄弟俩常常为争大小吵成一团。蛋黄油沿着壳往下溜，孙兴华赶紧舔得干干净净。"皇帝爱长子，母亲爱幺儿"，母亲看孩子这样馋，自己的那一份常常舍不得吃，最后都给了小兴华。

"半大小子吃穷老子"，平时家里改善伙食，要自力更生，哥俩因此也练就了一身下河摸鱼捞虾钓蟹的本领。有时候在田头地间河沿，兴华以为是黄鳝洞，用手去掏，结果却引蛇出洞，虚惊一场。关于钓蟹，孙兴华经验满满，"在一米左右的竹竿顶上绑上一米五左右长的绳子，绳子上绑上青蛙腿或者鸡鸭内脏。将绳子投入水中，绳子被拉直时，说明有螃蟹咬饵，慢慢提竿。人要在旁边守着，半小时内必须提竿，螃蟹吃得很快，不然诱饵就被螃蟹吃光了。那就竹篮打水一场空了。"小鱼小虾小蟹留着自己家改善伙食，凡是大点卖相好看的鱼虾蟹，还是舍不得吃，拿去卖了换钱，给家里置换点盐酱油等生活必需品。孙兴华在母亲的带领下，鼓捣各种东西卖了换生活资料。从小，他就是个不守常规不愿循规蹈矩的人，这正是他日后能成为一名成功的企业家所需要的性格因子。

2. 少年志气——为家人遮风挡雨

自孙兴华记事起，他就觉得自己家和别人不一样，别人住的是正儿八经砖砌的房子，而自己家贫无立锥之地。住的是一间土坯泥草房子——这房子以前是地主家养牛，堆放草饲料的地方，就一个开间，十几平方。村里但凡有点钱讲究的人家，地上铺着红砖，看着干净清爽。孙兴华家就是泥土地，扫地的时候必须先洒点水，否则灰尘纷纷扬扬。屋里朝南搭了个土灶。要说家具，就是北边靠墙摆的两张床，说是床其实就是两块木板，因陋就简，四个脚用红砖垫着，木板上铺着一层晒干的稻草作为床垫。一家四口人，吃饭睡觉待客都在这狭小的天地里。

一到下雨天，老孙和媳妇惠芳就开始犯愁，屋外下大雨，屋内滴滴嗒嗒漏小雨，家里能找到的桶、盘、碗等容器全都拿出来接雨。房顶是用稻草苫的，每年都得重新换一批草，在孙兴华童年的记忆里，给房顶换草苫是一件大工程，因为父母身体都不好，换一次草苫，爬上爬下累得脱一层皮。"穷人的孩子早当家"，十来岁的孙兴华年龄虽小，但是心气劲强，他想为父母分担生活的重担。看到别人家屋顶的瓦片，他无比羡慕，想着什么时候自己家屋顶也是瓦片铺的就好了，这样爸爸妈妈就不用一到下雨就犯愁。

可哪里有余钱买瓦呢？队里的公共厕所，需要人挑水冲洗，干一次有两毛钱的工钱，这个脏活没有几个孩子愿意去做，孙兴华接下了这个活，他不怕脏不怕累，他怕因为穷而被人看不起。这时候他才十二岁，还是个毛孩子，但是他有了一个奋斗目标：攒钱买瓦。除了冲洗厕所的活，在母亲的鼓励下，他还在学业之外搞起了新的副业——养兔子，母亲甚至给他立了规定：每天放学带一袋青草回来，完成不了没有饭吃。每天一放学，他就一路走，一路给他的兔子找肥美的青草。整整冲洗了两年的厕所，加上卖兔子的钱，他攒下了一百多块钱，不仅对一个孩子，就是对一家人来说，那可真是一笔"巨款"啊。他没舍得挪用一块钱去买零嘴儿，多少次，看着同学吮着香甜的糖果，他悄悄地吞咽下口水，他知道，他和别人不一样，他家是村里最穷的，出了名的困难户，能填饱肚子已是万幸，零食是不敢想的奢望。

而兴华攒的这一百多块钱，真的给屋顶破烂的草苫换成了崭新的青瓦。看着修缮一新的屋顶母亲忍不住落泪，对儿子兴华赞不绝口："华儿真是家里的大功臣！这下好了，下雨天再也不用担心漏雨了。"少年孙兴华胸膛里涌动出一股暖流，这是他第一次为家庭作出的贡献：他也能为家人遮风挡雨了！两年来七百多个日子不顾恶臭的辛劳，换来了成功的喜悦，这种成就感比吃糖果要甜一百倍一千倍！他为自己能给家里出力改善生活而感到无比骄傲与自豪。他深刻感受到了坚持的力量！多少年了，母亲激动落泪的那一幕一直刻在心上，这也更坚定了他的生活目标：把家里的经济搞上去！最起码让父母的生活过得好一点，再好一点！让母亲为自已而骄傲、光宗耀祖成了孙兴华日后走上创业之路的火种。

3. 小草包鼓起家用钱袋子

母亲体弱多病，论体力，比不过别人，干不了重体力活，但是母亲心地善良，勤劳能干，整天忙得像陀螺一样闲不下来；论脑力，母亲脑子异常活络，为了改变家庭的经济状况，带着孩子开动脑筋想方设法搞副业挣钱。母亲不服输的拼搏精神，耳濡目染，给孙兴华留下了深刻印象。在母亲的影响下，他跟着母亲做过草包、贩卖过毛豆，后面自己又尝试着批发香烟赚取差价。孙兴华自小以来的生活打磨，使得他抗挫折能力比较强。什么活计来钱他就去做什么，多方尝试，不怕困难。他记着母亲说过的话："失败了算什么？留得青山在，不怕没柴烧，大不了东山再起，从头再来。"

做草包是 20 世纪七八十年代农村中做副业赚钱的重要途径之一。草包虽小，用途极广，冰天雪地路面湿滑，铺上它可以防冻防滑，可以用来装粮食，可以防汛筑战壕……分田到户后，几乎每家都有一台草包机，用作副业生产，贴补家用，一个个草包就是一个个钱袋子。孩子的任务是搓草绳。做草包本是成年人干的活，因为打草包既需要一定的力气，又需要一定的技术。母亲坐在高脚板凳上，双脚一上一下踩着踏板，发出刺耳的"哐当哐当"声，她先纵向攀扯好一行行的草绳后，再将一根根草从两头送进去，这样一层层纵横交叉压紧压实，母亲手脚不停，做成一张草皮后，再用手工编成草包，最后将草包外层的线头线脑修剪干净。做草包讲究的是均匀平整光洁美观，否则打的草包不成样子。一般情况下，母亲一天可以打二十几个草包，20世纪七八十年代，一个草包大概卖到三毛钱，算下来一天可以赚到三五块。纺织草包的活计，并不是每个人都能做好。有的人打了多年的草包，那草包还是不清不爽，大小不均，真的像"草包"，卖相太差的话，卖不出好价。

哥哥在外做瓦匠，这时的孙兴华是个半大小子了，有股蛮劲，母亲将织草包的技巧教给儿子，孙兴华遗传了母亲的聪明才智，一学即会。他上脚轮番"咔哒咔哒"踩起来，左右手配合一送一窝。母亲在一边搓着草绳陪他，母子两人一边打着草包，一边聊着家常。"华儿，总听人说'楼上楼下，电灯电话'，啥时候咱家也住上宽敞的大楼房？"母亲说完，自己先笑起来，仿佛那是痴人说梦天方夜谭一般地不切实际。母亲哪里料到，日后，孙兴华不仅让母亲住上了楼房，还住上了更豪华的别墅。

编草包这活计，实际上很枯燥，干久了，就心烦意躁，孙兴华做了几个后，毕竟还是个孩子，很快就失去了兴趣，借口出去撒尿逮着空逃跑找小伙伴玩去了。等他踏着月色夜深回家，远远地听到屋里传来熟悉而单调的"哐当哐当""咔哒咔哒"声，在昏黄的灯光下，他看见母亲瘦小的身影，日复一日夜复一夜寂寞地落在一地的草皮上。不知怎地，他鼻子有些发酸，他暗暗发誓，不让母亲过上好日子，他孙兴华就不算个爷们。"妈，夜深了。你快去睡觉吧，明天我早点起来做。"此刻，仿佛他做的不再是草包，而是一块块钱，是家里的针头线脑油盐酱醋，是餐桌上改善伙食的香喷喷的红烧狮子头，是开学身上扯布做的新衣服，更是母亲无言的赞许。

又到新年，大儿子成家在即，要是还住土坯房，哪个姑娘愿意嫁过来？一块一毛攒的钱变成了两间平房，那是特意为大儿子准备的婚房。父母就像是犁地的老黄牛，挣的一分一厘都会派上用场，不敢乱花钱。村里头条件好的人家早早做好了几十斤咸肉腊肠，晒得满堂满院，真是个富贵人家。蒸的糯米糕清香味，直往孙兴华口里肚里钻。老孙摸摸口袋，只有薄薄的几张绿票票。但是过年总得有个过年的样子，不蒸馒头也要蒸口气。一年到头，怎么也要给一家人弄顿像样的年夜饭，桌上没有荤菜实在说不过去。孙兴华跟着父母吃席，吃过喷香的肋骨肉，一直忘不掉那美味。但是肋骨肉比一般部位的肉要贵上一倍，老孙家怎么能吃得起？母亲思来想去想出了个主意，花了三块钱，和舅舅家合买了一个猪头，一个猪头一家一半，就连猪舌头，两家也一起分了。过年桌上总算有荤有素，有鱼有肉。

母亲安慰儿子："咱家现在穷不可怕，只要一家子心往一处想，劲往一处使，好日子在后头。"是啊，暂时的贫穷并不可怕，可怕的是贫穷而不自知，贫穷而不思变，贫穷还安于现状。孙兴华早就不安现状，想干出个名堂改变自己的命运了。

二、穷则思变：经商才能崭露头角

时间的年轮来到1981年，这年，孙兴华虚岁18岁。家里发生了两件大事，一是孙兴华进了上海曹王色织厂吃上了公家饭，端起了铁饭碗；二是母亲在大队十里八村开风气之先，下海试水做了个体户，开起了"惠芳日用品商店"。

1. 东方不亮西方亮——"惠芳日用品商店"开张

父亲因身体原因受到组织上照顾，安排在嘉定县城水果批发部做事。母亲早几年也已经到了镇上的工厂做了女工。眼看小儿子中学毕业就要成年，不解决就业问题就要成了待业青年，实际上就是失业，要回家务农。母亲吃过务农的苦，一担担给农田挑水浇水的活，压弯了脊梁，她了解自己的儿子，插秧、割稻、旱天挑水雨天排涝，孙兴华对干农活不感兴趣，他不想一辈子过着"面朝黄土背朝天，浑身湿透不知是水还是汗"的日子。为小儿子的出路，一家人急得如同热锅上的蚂蚁。

这时位于上海嘉定县曹王镇的一家新开的纺织厂招工。真是天赐良机。要知道，工人是铁饭碗，在当时进厂做工人可是一件光荣的事，很不容易，多少人都在盯着这块肥肉。当时政策规定，一户人家只能一个人进企业做工人。母亲深思熟虑后，决定牺牲自己的工人身份，退出企业，把家里唯一的招工机会给了小儿子兴华。孙兴华深知这个宝贵的机会来之不易，他格外珍惜，认真准备复习迎考，皇天不负有心人，考进了上海曹王色织厂，成了一名正式工。他打心底里感谢母亲为自己做的一切。

母亲惠芳是个闲不下来的人，眼见小儿子也长大成人，成家的事迫在眉睫，家里的两间平房给了大儿子，小儿子的婚房也要早作准备。她敏锐地抓住了改革开放的春风，从镇上的工厂退出来后，她思前想后，大胆决定开个小店，卖些油盐酱醋毛巾肥皂暖水瓶等日用品贴补家用。当时整个大队有十个生产队，除了一家集体所有制性质的商店，"惠芳日用品商店"成了第一家个体户开的店。母亲成了第一个吃螃蟹的人，孙兴华由衷佩服母亲的胆识与眼光，开店对母亲来说，相对轻松一些。这个店成了母亲下半辈子的寄托，一直到她生命的终点，现在这个店传给了孙兴华的大哥，还在继续为老孙家发挥余热。

当时纺织厂工作很稳定，旱涝保收，但是一个月工资只有二十八块钱，俗话说"马无夜草不肥，人无外财不富"，孙兴华和母亲一条心，从小就看着母亲为这个家忙前忙后，拼命干活，打草包、养兔子、钓螃蟹、开店等尝试各种各样能赚钱的方法，他也想方设法多方开拓小店业务。

他一边上班，把纺织厂的本职工作做得有声有色，上班之余的闲暇时光全部花在家里的小店上。休息天出去批货，货物上架陈列没有完成，睡一觉夜里爬起来接着干。母亲守着店，大哥在外做瓦工，父亲在县城上班，去批发市场进货批货的体力活就落到了孙兴华身上。常常下了班来不及喝口热水吃个饱饭，就骑着家里的三轮拖车去市场进货了，当时没有电动车，一切都依靠人力，孙兴华清楚地记得，凹凸不平的石子路的颠簸，两头低中间高的拱桥是进货路上的拦路虎。有一次，他进了一车酒，酒水太重，凭他一个人，怎么也拉不上去，只好在一边等着有人经过，孙兴华敬人家一根烟，拜托对方出把力帮帮自己。好不容易上了坡，下坡的时候又得小心翼翼控制车速不要冲下去，免得车速太快，坑坑洼洼颠碎了酒瓶。

孙兴华使劲爬坡的时候，一直用一句话激励自己："当你感觉累的时候，也许你正处在人生的上坡路。"这句话给了他莫大的信心，困难是暂时的，走过陡坡，前方就是康庄大道，人生何尝不是如此，遇到困难了，咬紧牙关，一关一关过！

2. 抓住每一个机遇——贩卖毛豆赚差价

孙兴华在批发市场摸爬滚打，锻炼了出了敏锐的眼光，什么能挣钱，他就进什么货来卖。有一次他发现了一个商机：贩卖毛豆赚取差价。毛豆批发价格是一角三一斤，卖价是两角左右。纺织厂七点前要求到岗，他起了个大早，夜里三点鸡还没叫，他就起床了，用水洗一把脸让自己清醒清醒，带上母亲给他准备的两个馒头，紧蹬慢赶骑一个多小时车到市里。他批了两大麻袋的毛豆，一麻袋重一百斤左右，自行车前杠担一袋，后座横一袋，两百斤的重量一压，车立刻沉了起来，遇到上坡陡路，孙兴华实在是没有力气踩自行车了，他下车一手扶把，一手扶着座垫，两脚后蹬撅着屁股使劲往前推。当时民风淳朴，眼看他上坡吃劲，路过的人都会自觉地过来搭把手，帮他推上坡。孙兴华跟母亲感慨这世上还是好人多。

这一趟下来，能净赚十几块，这可比得上半个月的工资了。批完毛豆送回家里的小店后，孙兴华再接着赶去上班。晚上下班后和母亲一起分装挑拣毛豆，弄到夜里十点多。幸亏当时年轻，起早贪黑身体还吃得消。虽然做小本生意是辛苦，但是孙兴华吃得下这个苦，母亲跟他说："怕吃苦的人吃一辈子苦，不怕吃苦的人苦一阵子。"

赚钱的路上并不会一帆风顺。一次，孙兴华卖完了毛豆，高高兴兴地揣着赚来的十多元钱，敞着外套，自行车骑得飞块，开心得往家赶，谁知到家一看，上衣口袋里换来的一百斤粮票不见了！这几天的辛苦，算下来，等于只赚了一两块钱。如霜打的茄子一般，他懊恼后悔不迭。母亲安慰他，"华儿，别垂头丧气的，别人拣了去，就当是你做了慈善。"听了母亲的这番劝解，他心里才稍微好过些。

3. 半路杀出个程咬金——批发香烟遇了坎

1983年纺织厂工资涨到了四十五块一个月。工资加上年终的奖金，孙兴华一分钱都没乱花，全存了起来。工厂的事，家里、店里的事，他忙得像陀螺，就连街上的商店都没空去转一转白相白相，就像个貔貅一样，钱到了他手里只进不出。这样两三年下来，积攒起了两万块本钱。他又嗅到了利润更大的一个商机——香烟批发。当时批发香烟，一次要进二十箱，需要本钱就是三万，三万在当时可盖一栋楼上楼下的洋房了。他手上只有两万，剩下的一万，给朋友打了借条。批发香烟的时候，运输工具已经鸟枪换炮了，不再骑自行车，也不蹬三轮车，而是借了单位买菜货车的东风。一到休息天，他一早上四点就起来批货，跟随纺织厂买菜的货车凌晨出发去市里，到曹安路烟草批发市场批货。为了合法经营，他求爷爷告奶奶费了九牛二虎之力办下了烟草专卖许可证。

周围的小店相继开起来后，店主们为了省事，宁愿少赚点，都来惠芳日用品商店批发香烟。孙兴华从这当中赚取差价。生意火爆的时候，小店门口人来人往，脚步声呼呼作响。老孙胆小，觉得这样下去影响不好。母亲却不以为然，"我们一不偷，二不抢，有正规许可证，做正当生意，怕什么？"当时一个月，仅香烟批发的生意，就能带来三千块的收入。孙兴华算了一笔账，纺织厂领导像厂长书记，一年到头不过挣两万。孙兴华一家的日子眼看着蒸蒸日上越过越红火。

快到年底了，香烟销售进入了旺季，这回，孙兴华熟门熟路，他借了一辆上海牌骄车，又去进了三万的货。但是没想到，半路杀出个程咬金。他被上海特警半路拦住了，车子、连同车上三万的货都被扣押下来。扣押原因是运货的车辆没有取得香烟运输准运证，所以属于违规运营。当时孙兴华全身上下只有十块现金，他把钱全部押在了货上。这一下急火攻心，嘴里起泡，心里发慌，夜不能寐，人快急到发疯。母亲和父亲听闻消息后，觉得天崩地塌，心突突直跳。这一事故，给全家人的新年蒙上了一层阴影，在压抑的气氛中度过了一个难熬的春节。年后，一家人上下打点，送了一万块的礼，又被罚款了一万块，才总算拿回了车和货。算下来，只回了一万的本钱，亏了两万。

老孙坚决反对儿子再从事香烟批发的事，一是本钱太大，二是不可控因素太多。母亲经历了这一事件后，心疼儿子吃苦受累，一朝回到解放前，也缄口不语。吃一堑，长一智，孙兴华经此一役，慎重考虑后，决定听从父亲的话，稳扎稳打做好小本生意，放弃香烟批发。

三、流金岁月

1."你就是我的芳华"——爱情的春天来了

孙兴华清清楚楚地记得，1981 年 8 月 1 日，这天，怀着激动与自豪，十八岁的他第一次踏进上海曹王色织厂（1981—2004），成了一名光荣的集体所有制企业的工人，捧上了铁饭碗。那激动的心情，就是今天也还历历在目。从十八岁到四十岁，他把人生最美好的年华都奉献给了纺织厂，与厂共发展，同荣辱。

作为第一批进厂的职工，他算得上是厂里的元老。由于首批进厂的男女职工，都没有纺织相关的技能与知识，厂里的首要任务是送他们去上海棉纺织厂参加技能培训。纺织厂工种主要分为纺织工、挡车工、修机工和辅助工等。女工们比较辛苦，一般选择纺织工、挡车工，男工选择修机工多些。男女工都要学习各种纺织技能，如清花、梳棉、并条、细纱、络筒、浆纱、穿扣、织布、验布等常规操作。以细纱挡车工培训为例，师傅在机器前一遍遍操作，学员们睁大眼睛仔细观摩，记录要点，再上机操作。细纱工中最精细的活是接线头。师傅操作的时候如行云流水一气呵成：拔管，引纱，放管，掐头，接头。学员们眼都不敢眨一下，生怕错过技术要点。

上海曹王色织厂规模不小，是一千人的大厂，作为纺织厂，典型的女多男少。纺织女工端的是铁饭碗，吃的是国家粮，当时是优质抢手的结婚对象。肥水不流外人田，厂里未婚男青年都把目光瞄准了纺织女工，孙兴华也不例外，十八岁，正是情窦初开的年龄。在这里，他和同一批进厂的姑娘严芳芳相识了。孙兴华感激命运之神，将严芳芳带到他跟前，缘份就这样不期而遇。严芳芳年轻漂亮，大大的眼睛，一笑起来，像弯弯的月牙儿，一头时髦的短发，显得青春靓丽，精神十足。她个头适中，身材苗条。在去上海培训的八个月中，两人的感情渐渐升温。

孙兴华夫妇

严芳芳在培训中勤学苦练，很快掌握了培训技能，进步之快令孙兴华刮目相看。不知不觉，严芳芳吸引了他的全部目光，走进了他的心里。早上送早餐，晚上陪着散步，头疼脑热的时候，孙兴华鞍前马后寻医送药，孙兴华的能干靠谱，严芳芳也看在眼里，"芳芳，我一辈子只爱你一个人，你就是我的芳华，我要给你稳稳的幸福。"孙兴华渐渐地俘获了严芳芳的芳心。这次八个月的上海培训之旅，孙兴华收获满满，不仅学到了纺织相关的技术，而且收获了爱情。

2. 为爱筑"巢"引凤

全家省吃俭用，勒紧裤腰带，推掉了住了十几年的土坯房，盖了两间平房，才让大哥风风光光地迎娶了新娘。两间平房是当时娶老婆的最低标准。

1982 年，工作稳定了后，孙兴华与芳芳两情相悦，他很想和芳芳成家，携手走一辈子。严家一个远房亲戚离孙家不远，听说芳芳要嫁过来，赶紧上门劝说芳芳的父母："老孙家穷得叮当响，他家老两口都是病秧子，上面还有一个哥哥，那两间平房是给他大哥的。没房没钱，要什么没什么，你要眼睁睁地看着女儿往火坑里跳？把女儿嫁过去吃苦吗？芳芳不懂事，你们也跟着糊涂？！女孩家只能高攀哪有下嫁的！真糊涂！"一家有女百家求，凭严芳芳纺织女工的身份，多少人争着抢着来提亲，比孙兴华家庭条件好的提亲对象太多了，严家的门槛都快被踩平了。父母轮流给严芳芳施压，扬言"你要是选择了孙家那小子，我们就当没有你这个女儿！"严芳芳左右为难，一开始坚定的心也禁不住左右动摇起来，甚至起了放弃这段感情的念头。

孙兴华向严芳芳保证："芳芳，我努力赚钱盖房子娶你，今年赚不到，两年还赚不到吗？你给我两年时间，我盖大房子娶你。"他开始拼了命地挣钱，副业正业双管齐下，什么挣钱做什么。过了一年，工资涨到了四十五块，但是房子还是没有着落。孙兴华情绪低落了好长时间，老孙也一筹莫展，没法吱声安慰儿子。

母亲有个小姐妹，对孙兴华知根知底，看中了孙兴华的为人，不嫌弃孙兴华家境贫寒，也不要求他一定有家有业，但是前提条件是"入赘女方家，做上门女婿"。入赘就是俗称的"倒插门"，在 20 世纪 80 年代，做入赘女婿会被人耻笑瞧不起。做上门女婿，说明自家或者自身条件差，要靠女方吃软饭，这对一个正常男人来说是很没有面子的事。再说做了上门女婿，以后生的孩子就要随了女方的姓，"我有个封建脑筋"，这对有着传宗接代传统观念的孙兴华来说，一百个不乐意，怎么也接受不了。孙兴华觉得自己的面子和自尊都受到了很大的打击。他要靠自己的努力去改变生活，而不是靠一个女人。"我堂堂七尺男儿，怎么能做上门女婿？我谁也不要，就认准了芳芳，非她不娶！不成功便成仁。要是娶不到芳芳，我打一辈子光棍！"

母亲愁得几个月没睡一个囫囵觉，盘算来盘算去，终于拍板：造房子！而且不仅造房子，还要一步到位，造四上四下八间的大楼房！母亲的魄力再次震惊了孙兴华，他没想到母亲柔弱的身躯蕴含着这么巨大的能量。造四上四下八间楼房意味着什么？光造价就需要一万块左右。而孙兴华全部家当，拼拼凑凑只有一千，大嫂家当时相对来说比较有钱，大哥的老丈人帮忙借了两千五百块。母亲为人通情达理，她结交的小姐妹多，大家相信她的人品，这个借一两百，那个借三五百，凑了凑，虽然最后还凑不够一万，但是大哥本身是瓦工，他懂得建房的工序，自己浇筑水泥，这样在人工上省了不少钱，还有些工钱不够的，就先欠着账。盖房子的债务，聪明的母亲心中有数，早就巧妙地分给了两个儿子：大儿子负责两千五百，小儿子负责外债七千。

严家一看孙家准备大兴土木建楼房，小伙子言出必行，踏实肯干，终于松口答应了这门亲事，母亲赶紧请人算个好日子，递上生辰八字，挑了个良辰吉日，双方和和美美地订了亲。一大家子提着的心这才落到了肚子里。因为要盖房子，芳芳家也通情达理，下订时只收了三百块订亲费，订亲之后，孙兴华和严芳芳终于可以光明正大地来往了。盖房子还差钱，老严借了一千块给孙兴华，笑着说："别人家嫁女儿，彩礼一堆。到我这嫁女儿，还倒贴七百进去。"孙兴华向岳父保证："爸，您老人家放心，我不会让芳芳跟着我一直受苦，我一定让她过上好日子。有一口吃的，都先紧着芳芳。这辈子我认准了芳芳，我会和她白头偕老，共度一生。"

房子是搭起来了，但屋里还是毛坯状态。上海人精明能干，生活讲究，精益求精，老孙一家人发挥到了极致。新房子地坪再用泥土地面那就太不像样了，没有条件创造条件，老孙跟着儿子一起自己浇了水泥地坪，先把土弄平整，再在上面洒一层石灰粉，用铁柄敲严实，最后再打磨一下，水泥地面就成功了。

母亲是个爱干净的人，往顶上一看，觉得光秃秃的石灰不好看，于是用水泥浆将椽子刷干净，四面的墙壁用环保涂料涂刷了一遍。孙兴华看见有人家铺了木地板，冬暖夏凉。他开动脑筋，把钢筋厂弃用的木材边角料，租了个货车一古脑拉回来，挑选能用的木材就地取材制成了木地板，铺好后，请木工在上面刷上地板漆，又打了一层腊，和地板专卖店买的木地板一模一样，但是价钱可省了一大笔。地板一铺，房屋立刻显得高级了起来。孙兴华身上有着上海男人最优秀的一种特质：懂生活，会生活。上海话的喜欢，就是欢喜，他欢喜将家里装修得亮亮堂堂，他欢喜让自己的生活变得更讲究一点，他欢喜让自己的老婆生活品质更高一点。

空空荡荡的新房摆上了家具，电视机，缝纫机，这些都是老婆严芳芳的陪嫁。踩在地板上，望着焕然一新的家具，孙兴华感到了深深的幸福感，一切都透着喜滋滋的美妙的生活情调。孙兴华很感激老婆，他深情地对老婆说："芳芳，有了你，我才像是真正有了生活，而不是活着。以后你想要什么，我就给你创造什么。虽然我现在身无分文，还欠了一屁股的债，但是我有双手双脚，'富贵全由勤'。现在你不要太看重钱，我还会给你更好的生活。"严芳芳嗔怪道："谁说看中你钱了？要是看中钱，能嫁给你？我还不是看中了你这个人。我信你。"

1983 年，房子盖起来也装修好了，小儿子也娶了老婆成了家。双喜临门，楼上楼下张灯结彩，喜庆的鞭炮声传遍了乡里。母亲惠芳笑不合嘴，父亲孙长富喜不自禁，人逢喜事精神爽，两口子不由挺直了腰杆。孙兴华望着拔地而起的两层楼房，所有的辛劳都化成了喜悦。十年河东，十年河西，谁都没想到第一个盖起四上四下八间大楼房的竟然是村里有名的困难户老孙家，以前笑话孙家的人都闭上了嘴。

3. 当梦想照进现实

孙兴华没有止步不前，小富即安，他遵守了自己对老婆芳芳许下的诺言。1986 年儿子涛涛出生了，他要为妻儿再造一个单独的家。孙兴华从小爱看香港电影，香港电影里出现的大别墅，室内金碧辉煌，他尤其迷恋旋转式大楼梯，旋转楼梯的纵深感，仿佛带给他一种走向梦境深处的眩晕与神秘。1990 年的时候，经过多年积攒，手里有了十七万的一笔巨款，有了实现梦想的能力，他买了一亩地，要在这块地上造一栋别墅，实现他儿时的梦想。旋转楼梯的概念在当时太超前了，当地的商家没做过，不懂怎么做，孙兴华研究了许多资料后决定现浇楼梯，先用木工加工成半圆的模型，用钉子固定，防止浇筑时水泥泄漏，再画出楼梯水平投影的内弧线和外弧线，根据投影线浇筑，浇筑成型后再把木制模型拆掉。梦想照进了现实！带有旋转楼梯的大别墅盖成了。而1983年盖的四上四下的两层楼房，最终以一万五千块的亲情价格转让给了大哥。

这套别墅一共装修了三次，每隔十年装修一次，第二次装修花了五十万。孙兴华说起来有些后悔，当时孙兴华大哥因为儿子要结婚，花了二十八万买了一套商品房。"当时没想到拿这笔装修款购买商品房，那时上海嘉定房价一千八百元一平方。"五十万可以买两套一百五十平方米的商品房了。

到了儿子读中学的时候，思想松动，起了买商品房的念头。2004年，儿子孙佳涛通过自己的努力考上了大学，孙兴华起了给儿子准备一套婚房的心思。当时商品房可选择的余地很大，一手、二手的房子如雨后春笋。一般的小区四千五百元一个平方，高档小区六千三百元一个平方，孙兴华最终拍板决定，宁愿多花五万茶水费，以一百万的价格拿下了高档小区景观房。妻子埋怨他："为什么要当冲头？多花了五万块！"孙兴华觉得多花五万，挑选的房子位置好、全天采光、小区景观尽收眼底，他觉得这钱花得值。可当时手里只有二十万，这年他和老婆双双从上海曹王色织厂下岗，拿到了一笔遣送费，加上严芳芳在色织厂经营部盘了个小店，母亲的日用品杂货店也一直开着，所有这些挣的钱，一起拢拢紧紧张张地付了首付。这套房子现在市值翻了六倍。

房子并非仅仅只是一个居住的地方，它是领地，它是安全感的来源，它是舒适感的心理安慰，房子是人类三个原始需求的综合产物。中国人对房屋的追求，来自于人的基因深处，刻在了骨子里。所以手上一旦有了钱，孙兴华还是愿意将它投资到厂房、住宅等房产上。

4.世上没有白走的路——"织厂"成长

孙兴华工作三年多，二十一岁的时候，因为作风正派，表现突出，被组织吸收，成了一名光荣的共产党员。同时，他在纺织厂做事干练，精通业务，经过党政组织研究，厂里决定提拔他担任车间主任一职，管理一个两百人左右的车间。上海曹王色织厂是工农结合的单位，厂长和书记都是上海市委派下来的，一般员工最高就只能升到中层——车间主任。车间主任责任重大，要负责跟踪本车间的生产情况、生产调度，保证按时完成厂里下达的生产任务，维护机器的日常运营及异常处理、确保生产进度顺畅，对纺织车间工作现场进行监督、指导与质量控制。有人的地方就有江湖，尤其是女工多的纺织厂，女工们经常发生矛盾纠纷，作为车间主任，需要前去调解。在纺织厂，孙兴华得到了多方面的锻炼，"女人最难管，人与人之间钩心斗角。怎么识人管人，我在厂里的时候，学到了很多。"

谈起对孙兴华的印象，上海曹王色织厂老员工第一个反映就是管理严格。如果规定的生产任务要求 8 点完成，那就只能提前不能推后。"首先对自己严格要求，只有以身作则，你的话才有威信。"第二个印象是孙兴华管理员工秉承对事不对人的原则。孙兴华有自己的处事原则，绝不以权谋私给人穿小鞋，自认问心无愧。他在为人处世上不掺杂私心杂念，工作中和他父亲老孙一样，苦活脏活干在前面，不计个人得失。他言出必行，丁是丁卯是卯，对待员工公正公平，如果员工工作上出现差错，他严厉地批评对方，督促对方改正，事情没做好，不管是谁，工作必须保质保量按时完成。如果延误了时间，"就是晚上也要加班把它做掉"，必须完成自己的那一份工序。因为纺织厂是流水作业，从纺纱到织布的工序具有一定的连贯性，像清棉、梳棉、条卷、精梳、并条、粗纱、细纱、络筒、捻线、摇纱、成包、整经、浆纱、穿经、织造等，每道工序衔接紧密。如果不是特殊情况，一般情况下不允许员工请假。孙兴华的车间主任工作做得很出色，他管理的车间多次被评为先进，每年都被评为优秀党员，得到一张张大红奖状，母亲仔仔细细地抚平每一个细小的折痕，每张奖状都收藏保存起来。

孙兴华的时间观念很强，在纺织厂上班的二十三年间，他自豪地说"没有迟到过一次"。上海曹王色织厂同时做纺织品出口的任务，如果不能按约定时间供货，外方就会提出巨额索赔。纺织厂7点上班，孙兴华常常提前半个小时六点半就到了。他一直秉持着弄副业不能影响本职工作的信念。虽然纺织厂的工资不高，每年的奖金按节日发四次红包，不到两千块。钱赚得是不多，但是纺织厂的工作与管理经历，养成了孙兴华一板一眼认真负责、高标准严要求的职业素养。

社会的洪流滚滚向前，人被裹挟着身不由己一路狂奔。纺织厂的兴衰随着时代的发展而变化，到了 2004 年，曾经红红火火盛极一时、见证了孙兴华两口子二十三年青春年华的上海曹王色织厂倒闭了。孙兴华两口子的铁饭碗猛然间被打碎，从光荣的纺织厂车间主任，带着光环的纺织女工一下子成了下岗职工，成了无业游民。这一切让孙兴华两口子一时难以接受，巨大的心理落差导致两人一度处于崩溃的边缘，夜夜失眠，寝食难安，星星点点的白发悄悄爬上额头。

四十岁的孙兴华猛地陷入了深深的中年危机：人到中年，路在何方？

四、峥嵘时代

相信命运的人命运领着走，不相信命运的人，命运拖着走。孙兴华在命运的引领下一脚踏进创业的河流。

（一）创业维艰

1. 而今迈步从头越——轮毂抛光，擦"亮"人生

下岗后的孙兴华迷茫过，彷徨过，崩溃过。母亲看他意气消沉，劝他说："人这一生，哪可能事事顺意？'树挪死，人挪活'，活人还能被尿憋死？"妻子担心他一蹶不振，不停地给他打气："纺织厂工资不高，本来你就一直觉得那是鸡肋——食之无味，弃之可惜。现在正好借助这个买断机会，出去闯一闯，自己创业，说不定闯出另一片天。家里的一切都交给我，你不要操心。"

孙兴华转念一想，是呀，自己才四十岁，正当壮年，人生才走了一小半，正是年富力强的时候，上有二老下有妻小，不能坐以待毙。他决定打起十二万分的精神寻找人生的第二个出路。"雄关漫道真如铁，而今迈步从头越"，这是孙兴华最喜欢的毛主席的两句诗词。他领悟到，男人做事业也应该如此，色织厂的一切已然成为历史，人不应当为掉在地上的面包而哭泣，就让过去的一切都随风，他的人生再次按下重启键，奔向新的征程。

创业说起来好听，听起来风光，自己给自己打工，自己做老板，不再受上下两头的夹板气。俗话说：万事开头难。实际上，创业就意味着重新进入一个全新的陌生的行当，创业并没有想象中那么美好，反而会像唐僧师徒取经一样要经历九九八十一难。创业同时意味着自负盈亏，而收益从来都是与风险成正比的。孙兴华虽然有着开店的经历，但当时他捧着纺织厂的铁饭碗，危机感并不强，现在，没有了铁饭碗的兜底与加持，要独自承担风险了，他一时感到压力山大。初期的时候，他根本没有明确的方向，能赚钱的行业或者有着极高的门槛，或者早就人满为患已经饱和。他一没有资源二没有人脉，首次创业，没有人带，只能自己摸索。不知道自己创业的道路到底是在哪一个路口，不知道该向哪个方向努力。创业就像是棋局，他踌躇着，不知道怎么落下第一子。一切都像是摸着石头过河，只能边走边看。

世上无难事，只怕有心人，还真就被他找到了一个契机。在多方尝试和摸索中，他捕获了一个商机：汽车轮毂加工，给汽车轮毂进行人工抛光处理。进入 21 世纪后，中国轿车消费有着巨大的发展空间，随着中国汽车行业的高速发展，与之关联的产业链也随之迅猛发展，汽车轮毂的需求也越来越大，尤其是对于高端轮毂的需求越来越多，个性化要求也越来越多。"好的轮毂为什么卖得贵？说实在的普通的轮毂并不需要抛得这么光亮，价格上相对就便宜很多，好轮毂贵就贵在细节上。特别是对于高端车型来说，锃亮的轮毂，是一个重要的卖点。但是买车的人并不知道，这些明镜似的轮毂，是工人用手工打磨出来的。"孙兴华介绍。

汽车轮毂抛光分为人工手动抛光与机器自动抛光，虽然国外一些厂商已经有比较成熟的设备，国内市场却比较少见。再者因为自动化抛光生产线投资比较大，技术上也不是很完善，所以当时轮毂抛光仍以工人手工为主，这个行业进入的技术门槛和经济门槛相对较低。2001 年，孙兴华曾买了辆一万六千多块钱的二手奥拓小汽车。90 年代的下岗潮，他已经有了隐隐约约的危机感，未雨绸缪，他边工作边干副业，工作之余开黑车，一方面锻炼了交际能力，一方面开黑车也能赚些钱。孙兴华对汽车的钻研比较深，汽车各部件，包括修车技术他掌握得透透的。无意中，他认识了一位从事汽车行业的企业老板，对方有轮毂加工需求，双方一拍即合。孙兴华紧紧抓住这个来之不易的机会，就像是鱼儿咬住了钓钩绝不松口。对方送来了几个轮毂，试试看他的抛光技术如何，就这样误打误撞，他进入了一个当时蓬勃发展的新兴行业，算是迈出了正式创业的第一步。拿到了工商营业执照，上海合华金属制品有限公司成立了！"如果第一次创业没有成功，就没有我的今天。"孙兴华回顾自己的创业经历，"我这步棋还是走对了。"

2004年，他下海创业的时候，创业基金仅两万四千，三万元还不到，这已经是他能拿得出的全部家当了，当年的人工、原料等成本开支就要有个小十万。为了省下房屋租赁装修的一大笔开支，他将自己家一楼改造成了轮毂抛光的作坊，家里到处灰蒙蒙脏兮兮的。随着订单的增加，家里的作坊明显空间不够，孙兴华咬咬牙，东借西借，租了一个大厂房，租金八万块一年，手上资金只有七八万，几乎全部投了进去。厂房很大，当时他只需要一半场地就够了，另一半厂房他租了出去，分担了租金压力。一开始招了八名工人，他为工人提供食宿，让员工在自己家吃饭，与他们同甘共苦。第一年，扣除工人工资等成本支出后，孙兴华算了一笔账，不仅没赚钱还处于亏钱状态，不过，他想着刚刚起步，第一年不盈利也是正常的。

二手奥拓开了几年，完成了自己的历史使命，换了一辆车，为了节省成本，还是一辆二手车，一万元左右，"刚创业，哪里有老板的样子，就是自己给自己打工，比打工的还不如，打工的人只管自己不管别人，我还要管一堆人的生计。"听到哪里有商机，不管是在浙江还是江苏，他都要去试一试。本着务实的理念，孙兴华认为，对于一个初创企业来说，先生存再谋求发展。这辆旧车见证了他初入商海到处寻找商机、不懈努力、自我奋斗的历程，一年里程就达到十几万公里，抵得上出租车司机的里程。为了得到可能的合作业务，他的手机整天处于发热状态，话费一个月能花到两千块。父亲老孙觉得儿子下岗了赶紧找个正经工作才是，可他却一天到晚抱个手机不停地打电话，老孙颇有微词，向自己的媳妇惠芳抱怨："你看你儿子整天不找个正经事做，就知道一天到晚地打电话，浪费时间，浪费钱。"孙兴华在外碰到的钉子多如牛毛，他本身是个性格比较内向的人，有着上海人惯有的爱面子，本来情愿饿死也不会张口求人。为了企业的生存与发展，他放下了自己的心态与身量，学着与人打交道，陪笑脸，厚着脸皮求人。明知道酒量差，为了应酬为了订单，逼自己一口口吞下苦酒。

"不管是做企业也好，还是与人交往也罢，最重要的是要讲诚信，不弄虚作假，不要把别人当笨蛋，谁都不是傻子。诚信还意味着要遵守契约精神，要一言九鼎，说到做到。"孙兴华是这么说的也是这么做的。有一次，跟宁波一个客户谈好了一笔生意，上海到宁波往返近七百公里，按照约定，他包车送货，明知道这笔订单自己不仅赚不到钱，甚至还要倒贴几万块，但孙兴华仍然遵守约定，坚持履约。项目负责人心里有数，他说："这趟生意我知道你没赚钱。这样你打个报告，我向公司申请补偿你。以后有机会、有生意优先考虑和你合作。"凭借执著真诚讲信用，优良的服务态度，较高的工作效率，他的回头客能达到80%，轮毂生意渐渐有了起色。

但是，孙兴华没有预料到同行竞争异常激烈，而且这个行业一年十二个月，只有一半旺季，剩下的六个月是淡季，他必须出去主动寻找商机。第二年，他接的订单利润还是不能覆盖成本支出，身上又背负了十几万的外债，除了一大家子要养，招的工人工资照发，房租也是一把悬在头上的利剑。想当初在纺织厂集体企业时，做错了最多扣扣奖金，创业花的可都是从自己口袋里掏出的真金白银，必须十二万分小心。一创业就意味着被成本的枷锁套上了，也意味着身上背负了更大的社会责任，每天一睁开眼，房租、房贷、工资等一笔不小的的开支等着自己。他只能前进，哪怕前面是刀山火海也要硬着头皮上。

淡季的时候，孙兴华着急上火，决定去泰州一趟，恳求泰州龙沟电镀公司的老客户能分一些订单，继续发货给自己做。正是冬天，天寒地冻，老婆严芳芳放心不下，决心陪着他一起去泰州。但是对方也很为难，他们也正处在生意的淡季，如果给合华公司做，从成本上估算下来并不合算，做生意不是做慈善。老板避而不见，业务上一直有往来的负责人拍不了板，表示爱莫能助。孙兴华心中充满了焦虑，他甚至后悔了，后悔自己不知深浅冒冒失失地下了海。但是现在已然没有了退路，一大群人等着他养活。寒冬腊月，天冷，他的心更冷，夫妻俩苦苦在对方家门口守了一夜，老板第二天一早打开门，"你们竟然没有走？"老板被夫妻俩的诚意打动，孙兴华拿下了订单，度过了这个寒冬。

这个事件之后，孙兴华反思自己，市场必须再开拓，如果仅仅依靠一两个老客户，一荣俱荣，一损俱损，风险太大了。

2.搭上财富顺风车：与六丰合作掘得第一桶金

前面两年持续亏钱，孙兴华迫切需要开拓新业务，拿到新订单。1990年，江苏省昆山市引进了第一家台资企业，从此昆山成了台资企业的天地，在2000年的时候，昆山的台资企业已经超过了三千家。孙兴华四处托人寻找关系，希望能打入昆山，在轮毂抛光行业分一杯羹。台资企业没有人引路，关系很难打进去。当时台资企业昆山六丰给美国通用汽车轮毂进行加工抛光，六丰使用的是日本进口的价值三千万的自动抛光机，但是效果并不理想，他们采用外包的形式，发现合华公司手工抛光的轮毂效果竟然比机器打磨得还要好，就此，上海合华金属制品有限公司凭借优质的服务获得了稳定的订单，美国通用公司对汽车轮毂抛光的需求量很大，一年四季都有源源不断的订单，孙兴华担心的淡旺季的问题消失了。

孙兴华算了一笔账，一个轮毂抛光最高可以赚一百元，一般情况下最保守也能有二十元的利润，一个月当时的产量能做到两万件，除去加工费、人工费，利润相对来说是比较可观的。苦尽甘来，终于赚到钱了！他的合华金属制品有限公司从最初的光杆司令到招收八个工人，最繁盛的时候发展到两百人，做到了国内轮毂抛光行业的No.1！生意最好的时候，订单多到加足马力也来不及，孙兴华压根没料到自己有一天订单多到要外包出去。

赚到钱了，成了名副其实的老板，是不是到了该大吃大喝，穿戴名牌，享受享受人生的阶段了？孙兴华并没有随意挥霍过度消费，"穷人乍富，腆胸叠肚"，他看多了因为一夜暴富，自身没有驾驭资本的能力，只剩下吃喝玩乐和肆意挥霍炫耀的人，最后的下场不外乎失去人生意义，酒肉人生或者意志消沉，或者很快被市场淘汰出局。孙兴华是个低调的人，他对各种名牌并不感冒。就拿穿衣来说，他本身是纺织业出身，对各种服装面料了如指掌，他不愿为品牌的溢价买单，他坦言，当时身上穿的白衬衫，就是上海七浦路服装批发市场买来的，他只看质量，不看牌子。每天在外面跑业务跑市场，对鞋的舒适性要求比较高。鞋舒不舒服，只有脚知道。因为跑得多，皮鞋容易坏，他一年买四双，就是鞋匠私人做的鞋。开厂的时候，到昆山买上千万的土地，谁都不知道，他提的包才十几块钱。

作为一名创业者、生意人，压力如影随形。人们只看见他人前风光而不知他背后付出的艰辛，一个人能成功，靠的是坚强的意志，不懈的追求。支撑他走下去的信念，一是为了报答母亲，当初母亲为了自己从企业出来，"我一定要干个名堂出来。"二是为了遵守给妻子的诺言，"我要给你稳稳的幸福。"创业是孤独的，充满了挑战和挫折，孙兴华又是一个独行侠，整个公司他既是董事长又是总经理，会计是他，市场开发是他，后勤还是他。孙兴华喜欢这句话"脑袋决定口袋"。他头脑里放着今天要做的二十件事，写在他的记事日程表上，一笔笔完成再一个个勾掉。

随着企业员工越来越多，员工的人身安全、企业经营中遇到的各类意外，给他造成了严重的心理负担。孙兴华说自己最害怕的事情是半夜电话铃声突然响起，电话那头通知他可怕的事情发生了。他谈到，有次司机送货到上海，因为疲劳驾驶发生车祸，压了人；厂里来电话，工人操作的时候不小心切割了手指的，伤了眼睛的。处理这类事情，不仅仅是赔几十万、一百万的问题，还有与当事人相关的各方引起的漫长的纠纷。每当这个时候，他就心惊肉跳，胆颤心寒，恐惧、烦恼、不安、无助的情绪一起涌上来。公司所有的难事、烦心事都等着他一一解决。

他有了难题，没有人可以倾诉与分担，他不想也不愿让家人跟着精神高度紧张。他去外地出差，泰州、宁波、秦皇岛……为了业务，全国到处跑。有一次，在宾馆休息，等他醒来的时候，发现口袋里几百块钱在他睡着的时候被人偷走了。他庆幸自己睡着了，要是醒着，说不定与小偷正面接触产生争执。这些事他不愿妻子知道，不想让她跟着担惊受怕，儿子还年少，也不想让儿子过早接触社会的复杂。作为胞兄的大哥也不能理解他压力为什么那么大，只有母亲心里有数，知道幺儿创业辛苦，但是即使跟母亲，孙兴华也是秉持报喜不报忧的原则。所有的艰难困苦与坎坷，他选择一个人扛。他时刻有着危机感，居安思危，现在是赚到了钱，可哪里有永远一帆风顺的，如果亏损了怎么办？他扛着不被理解也无人理解的孤独。当时唯一一个花钱的爱好是去洗脚房做做足疗，休息二三十分钟，常常累得人一沾到枕头就睡着了，这是他感到最放松的时候。

（二）转型：识时务者为俊杰，通机变者为英豪

随着时代的发展，国家宏观政策调控，可持续发展战略深入人心。习近平总书记提出"要金山银山，更要绿水青山"，国家加大了对环境保护的力度。企业的发展不可能一帆风顺，能否预见未来是一名成功的企业家的看家本领。做过六年的轮毂抛光，孙兴华有着强烈的预见性，他敏锐地意识到，汽车轮毂抛光这个行业不可能再干个十年八年。

汽车轮毂抛光属于劳动密集型行业。工作程序是先喷砂，利用压缩空气将砂粉喷向轮毂，使工件表面光整，接着靠工人利用砂纸对轮毂手工进行抛光。抛光后再经过酸洗、浸锌、电镀等多道工艺，劳动强度很大。工作环境艰苦，车间里到处弥漫着粉尘，工人作业完浑身上下都被粉尘覆盖了，就像是从非洲走出来的，只剩下两个眼睛还能看出是个人。"这个行业，我能做下来，就是靠没多少人干这个活才起家的。"

从环保的角度看这个行业落后于时代发展，从工人作业的恶劣环境条件看，招工难，再者随着技术的进一步成熟，自动抛光机的抛光效果及性能大大提升，而手动抛光人工成本高，订单渐渐也不稳定。最重要的是，做这行风险大，一是工人工伤事故风险大，一旦发生事故，赔偿巨大；二是安全隐患多，2014年江苏省苏州市昆山市中荣金属制品有限公司抛光二车间发生特别重大铝粉尘爆炸事故，当天造成七十五人死亡、一百八十五人受伤，直接经济损失三亿五千一百万元。孙兴华想想都后怕，他说公司幸亏在2010年就转了型，不再从事汽车轮毂抛光业务。

2010年，他跟老婆商量，想要转型做对外贸易，但是不能保证一定会成功。严芳芳说："好，上！做企业哪有百分百稳赢的事，要是有，这个机会也轮不到咱们了。你看准的事先上了再说，后面遇到问题再解决问题。你放心，无论你想做哪个行业，我都举双手双脚赞成。"提到妻子，孙兴华非常感激，妻子是个贤内助，把儿子带得懂事善良，儿子的成长没要他操过心，家里收拾得

清爽利落，给了他一个稳定的大后方。家和万事兴，孙兴华自己对车没有要求，他却总想着给老婆买一辆好车，老婆说不要，孙兴华强硬了一回"不要也得要，就是买给你开的。你是咱家的头号大功臣。"

一切又从头做起，孙兴华再次扬帆启航。在商海里浮浮沉沉六年，积累了丰富的从商经验，无论是眼光还是洞察力都今非昔比，再加上口袋里有了前面积累下来的资本，孙兴华有能力也有底气主动选择转型。再次创业，他与时俱进，从事的是与环保相关的对外贸易行业。为一家瑞士外资企业负责铝废料处理，从2010到2021年，这一干就是十二年，虽然从单位价格看利润比较薄，但胜在量大，一年有两万吨左右废铝工作量。2021年，随着疫情影响持续蔓延，做实体经济的风险越来越大，尤其是涉外经济，大量的实体店倒闭，实体经济难以存续发展。早在四五年前，妻子严芳芳和儿子孙佳涛就开始劝孙兴华，不要再那么拼了，赚的钱一辈子也花不完，可以提前退休早点享受人生享受生活了。孙兴华当时不以为然，他琢磨得更多的还是财富增值、企业转型的事。

（三）要想富，先买"地"：眼光决定财富的边界

在商场上打拼多年，孙兴华结识了许多朋友，互通有无，常常讨论哪里有商机，怎么最大化利用已有资金。要想富，先买"地"。孙兴华保守估计了一下自己所有的房产投资，市值大概在两个亿左右。当年，孙兴华在嘉定村里建了厂房，有两三千平方，这个厂房跟着上海房价一路水涨船高。房产热的时候，这些老总们聚在一起比较分析研究了投资店面房、商品房和厂房的利润。经过估算，店面房的利润在8%左右，商品房可以达到12%，而厂房的收益率可达到18%。马克思说过，资本惧怕没有利润或利润过于微小的情况。一有适当的利润，资本就会非常胆壮起来。只要有10%的利润，它就会到处被人使用；有20%，就会活泼起来。现在厂房的利润据估算达到18%，这比开公司做实体要省时省心省力，差的只是资本了。孙兴华与朋友合资，出资比例为4比6，当时出了五百四十万，将六亩土地转过来，在上面建了厂房，厂房既可以出租收取租金，同时也可以用来抵押融资贷款。这是孙兴华第一次试水厂房投资，尝到了甜头，这块地连同厂房卖了之后，获取了一笔财富。

当然，投资并不会总是顺风顺水。他在昆山买的别墅，一买一卖就没有厂房的利润高。

孙兴华意识到合作投资互相牵制不如独立经营比较自由，他开始独立买地，这次他又在昆山买了十亩多土地，按正常渠道18万一亩，因为比较抢手，一亩地孙兴华出了四十五万买到手。当时很多人都不看好，觉得他花了两倍半的价格买这块地着实属于人傻钱多，很不划算。孙兴华在自己买的这片土地上建了两栋新厂房，当时花的成本大概有一千两百万，目前他保守估算翻了三倍多，达到四千万。

当时买这块地，他没有告诉别人，除了母亲，"哎呀，这下真成了地主了！"母亲乐呵了许久，以前贫无立锥之地，现在竟然有了大片土地。手里有地，心中不慌。土地一直以来都是中国人最为看重的，一家人拥有了一块地，就相当于坐拥一笔财富。土地可以用来生钱，好地段本身就价值不菲。即便是一块还没有开发的荒地，也可以在上面种庄稼，日后发展起来必定会跟着增值，甚至可以代代相传。在这块地上建厂房时，孙兴华付工资请大哥帮忙照看工地，看多了兄弟为钱反目的例子，为避免情感上的纠纷，他没有告诉大哥地是自己买下的，只说是朋友信任请他帮忙看守。他一直低调行事，连大哥也没有看出当时他已然是身价过千万的老板了。他不想操心，也怕麻烦，就将厂房租给德国人，直接拿房租简单省事。后来他又注册了两个公司，其中一个是昆山顺顺发贸易有限公司，让儿子做了法人代表。

（四）不忘初心再图强　砥砺奋进新征程

上海渐渐成为国际金融中心，在上海经营企业成本相较而言负担重压力大，土地租金成本、人工成本、物价成本等都翻倍增长；上海国际化大都市形象，也不允许有污染源的企业存在；地方上优惠政策的引导，便捷的交通运输基础建设等使得搬离上海的企业越来越多。毕竟，如果没有成本优势，任何企业都无法在残酷的市场竞争中生存。从经营环境、地方政策、经营成本等方面综合考虑，2016年，孙兴华决定去江苏泰州发展。十多年前从事汽车轮毂抛光业务时，他就和泰州的企业建立起了生意上的合作往来，对泰州比较熟悉。江苏聚源金属表面处理有限公司成立于2016年6月14日，选址于江苏泰州兴化陈堡镇工业集中区，占地四十多亩，两万六千多平方米。

兴化市，位于江苏省中部、长江三角洲北翼，地处江淮之间，里下河地区腹地，东邻大丰区、东台市，南接姜堰区、江都区，西与高邮市、宝应县接壤，北与盐都区隔河相望，兴化离上海只要两小时的车程。这次的实业之旅，助力孙兴华事业发展再上新台阶。公司的经营范围包括金属铸件含汽车轮毂表面处理、金属制品加工，环保设备制造、销售，废旧金属回收，汽车配件、金属材料销售等。在此之前，孙兴华对与之相关的行业进行了调研，甚至去了柬埔寨考察。孙兴华说："这次，我想将实业之路走得更稳。"孙兴华并不讳言，初期开公司做生意能成功，主要在于自己抓住了机会，现在回顾初期发展的确有不规范的地方，"企业要想长期稳定发展，一定要合理合规合法。"

孙兴华一直认为，开公司做企业做实业的，理财金融相关知识都要了解。金融以货币本身为经营标的、目的，通过货币融通使货币增值的经济活动。金融的本质在于价值流通，使经营活动资本化。从企业的角度看，生产经营离不开金融活动，企业的生产经营活动是从货币资金开始到货币资金结束，在这过程中实现价值增值。说白了，开厂离不开钱，开厂的目的也在于让钱生钱，实现财富增值积累。在兴化办厂还有一个目的，就是对接班人儿子孙佳涛的培养，孙兴华希望儿子在兴化的企业管理实践中得到锻炼，快速成长为独当一面的管理者、领导者。

孙佳涛出生于1986年，在上海工程技术大学读书，学的是工程专业。大学毕业之后并没有直接追随父亲创业，而是选择去银行接受历练，做行长助理，负责理财、企业融资业务。儿子学历比父亲高，观念正直，为人和他父亲一样低调不张扬，如他买车不看重传统豪车，父亲给他买的宝马，他硬是换成了特斯拉，他喜欢特斯拉的高科技感。相对于父亲年少时的贫寒家境，孙佳涛从小衣食无忧，没有吃过苦，可以说是一帆风顺。经人介绍，孙佳涛与上海姑娘戴思思相识，二人顺利步入了婚姻的殿堂。一年后，掌上明珠孙薇启的出生，给孙家带来了无尽的欢乐。在银行的锻炼让孙佳涛对融资理财很在行，在兴化企业的管理实践让孙佳涛迅速了解实业生产流程，女儿的出生，更让孙佳涛迅速成长。有一天，孙佳涛对父亲说："爸，我现在理解你创业的辛苦了，做实业太不容易了。我以前还劝你不要那么辛苦，早早退休享福。其实负责一个企业，就是肩上多了一副担子，多了很多责任，哪能轻易放手。"孙兴华非常欣慰，儿子的成熟稳重，让他深深地觉得是时候了，他可以放手了，儿子已经能够独当一面。

在银行多年的实务操作，孙佳涛对融资理财业务比较精通。在实践中，孙佳涛发现，懂金融的企业，更重视企业、老板在商业上的信誉，尤其讲求维护自身商业信用，这样利于企业在后续市场管理中建立有效的供应链系统。如果老板懂金融的话，更善于利用财务杠杆。无论企业是处于初创期还是成长期，对于老板来说，遇到的最大问题常常绕不开一个字——"钱"。一旦企业有了外部资金的注入，发展速度和规模随之增长，毫无疑问，大股东的身价同样水涨船高。因为儿子懂金融，帮助孙兴华规避了可能存在的金融风险。孙佳涛提醒父亲注意防范与识别可能发生的风险因素，如个别基金公司、资本公司等挖坑欺骗企业，从而规避相关的风险，避免企业陷入风险之中。孙兴华同意儿子的观点，认为懂不懂理财与金融对一个企业的发展影响很大。想当初企业扩大生产线，需要购置机器设备，资金不足时，他就将昆山的固定资产——厂房用来抵押融资租赁，解决了企业发展遇到的资金受限问题。金融与实业的双轮驱动，帮助孙兴华在企业运营过程中规避了可能存在的资金风险，也促使他的事业发展迈上了一个新台阶。

孙兴华坦言，以前开公司就是自己一个人操纵，一个人指挥千军万马，典型的光杆司令独行侠，自己曾经一个人做过五个亿的生意。就是财务方面，也只是请个会计，一个月用两三天时间帮自己理理账就行。自己劳心劳力，当时年富力强，记忆力好，一个礼拜的工作计划就在自己的脑子里，有多少客户，与谁联系，交易金额，送多少批货，送什么货，送到哪里，怎么安排等等千头万绪的事，他能随时从脑海中调取，记得清清楚楚，任务分配得明明白白。让普通人焦头烂额的事，他处理起来采用多线程处理方式，齐头并进。如果问他，秘诀是什么？"碰到的问题多了，问题一出现就知道用什么方法解决；遇到的人多了，与人一接触就能明白对方是什么样的人。"所以秘密武器，"无他，唯手熟耳。"

现在兴化工厂，在儿子的管理下，一切遵循现代化管理模式，公司架构一应俱全，账务公开透明，业务蒸蒸日上，发展前景良好。

五、以孝事亲行善举

（一）百善孝为先——"天底下再没有什么事比孝顺更重要的了，而且绝不能等"

孙兴华是一个知恩图报、重情重义之人。问他一生中最感恩的人是谁？"母亲！"孙兴华脱口而出，斩钉截铁。母亲不仅是给予了他生命的人，更是铸造他品格与灵魂的人。

为了更好地照顾生病的母亲，孙兴华与父母一直住在一起，住了三十多年。母亲身体一直不好，大病小病不断，受了一辈子苦。七十一岁的时候，生了一场大病，去医院经医生确诊为肠癌。大哥胆子小，认为人上了年纪，还是选择保守治疗比较好，万一上了手术台再下不来就得不偿失了。孙兴华请专家制订治疗方案，最终拍板决定赌一把，去上海总医院进行了手术切除治疗，结合放射治疗和化学治疗等辅助治疗。这次孙兴华赌对了，母亲多活了九年。在病情危急时刻，他陪了母亲四个月，也整整研究病情四个月，到处找国内外专家，听说日本在这方面治疗先进，他找到两位日本专家飞往中国，运用细胞疗法帮助母亲治疗，花费五十万，将指标控制在正常数据之下。平时药剂不能断，一千五百块一次，一天两次三千块，花了三十多万为母亲买进口药。为了减轻母亲病痛，请专门的技师上门为父亲母亲洗脚活动筋骨，按摩穴位，促进血液循环。在母亲身上无论花多少钱，孙兴华都觉得"值"，觉得还不够。

生命的最后两年，趁着母亲能动能走，生意繁忙的孙兴华放下手头的生意，带父母外出旅游。首先带父母把上海的市中心都走了一圈，去了上海的东方明珠，虽然在上海生活了七十多年，但是母亲没有舍得为自己照一张在东方明珠上的照片，一张照片三百块钱，节俭惯了的母亲觉得太贵了。孙兴华劝说："姆妈，你给儿子留点念想。"老太太去了东方明珠，精神愉快。孙兴华接着了却母亲的另一个愿望——去北京故宫参观。母亲很不舍得花钱："你为我治病花了百十万，不去了，看了能当饭吃？一把老骨头，不折腾了。"孙兴华这回没有顺从母亲的心意，"天底下再没有什么事比孝顺更重要的了，而且绝不能等！"

他一定要亲自陪母亲去一趟北京。母亲第一次坐飞机头等舱，对一切都感到新奇与惊奇，进贵宾休息室，免费吃各种小吃，喝牛奶饮品，不用排队直接进舱，小眯一会就一脚踏进北京城了。这次北京之行，了却了母亲的心愿，给了母亲良好的精神和心理体验，母亲常常对孙兴华说："华儿，你向老天爷给我借了九年寿，又带姆妈开了眼界，我这辈子死而无憾。"

孙兴华带着老太太到他杭州、上海、苏州等各个厂房、别墅等产业都转了一圈，老太太像国王巡视领土一样各处转转，忘记了自己的病痛。孙兴华在苏州太仓市有栋两千万的别墅，后来花了六百万装修了三年完工。院子里筑有池沼，假山堆叠，配合着花草树木。别墅的设计全在于主人胸有成竹，阅历丰富。鱼池引用活水，道路沿着高低屈曲任其自然。随意布置几块玲珑的秀石，或者种些花草：从各个角度看美得都如同一幅画。池里养着各色锦鲤，这里是孙女孙薇启最喜欢流连的场所。老太太也最喜欢儿子太仓的别墅，在那里住了三个晚上，最后一个晚上，老太太似乎忘记了身上的疼痛，非常满足，也很满意这个地方："太仓这个地方老好！"老太太看看广阔的院子，说："要是在这里种上菜，肯定味道好。"母亲通透诙谐一如往常，孙兴华彷佛先知谕示，直觉母亲已经预知死神接近去日不多。孙兴华劝母亲："是的，你今年敞开了吃，明年不知道还有没有机会了。"

母亲走之前，仿佛预测到即将离世，订次日牛奶的时候没有订自己的那一份。母亲走得很安详。母亲辞世后，孙兴华请人做法事念经超度母亲亡灵，后来又请大师为母亲做功德，念大悲咒四个月。

高尔基说"时间可以让人丢失一切，可是亲情是割舍不去的。即使有一天，亲人离去，但他们的爱却永远留在子女灵魂的最深处。"提起母亲，孙兴华便无语凝噎。他在世上取得的所有成果与荣耀，他愿意与母亲分享，母亲是唯一懂他辛劳，知他不易，与他共欢喜同悲乐的知音。现在母亲去了另一个世界，"就像是演戏，没有了观众，戏演给谁看？"孙兴华人生奋斗的目标与前进的动力，就是让母亲以他为荣。

母亲走了后，孙兴华一如既往地照顾好九十岁高龄的父亲。父亲年事已高，孙兴华特意找了一个保姆，并且给家里装上监控，这样父亲如果有什么紧急情况风吹草动的话，系统就会发消息提醒自己。行动是最响亮的语言，孙兴华和父亲一样讷于言，他默默地用行动表明自己对父亲的关爱。

母亲撒手人寰，让孙兴华幡然醒悟：时间最宝贵，身体最重要。对每一个生命个体来说，人真正能掌控支配的关键岁月不过就那么几十年。从人短暂的一生来看，人生没有重启键，机不可失，时不再来。而生命的瑰丽与珍贵之处正在于它的短暂性、一次性、不可逆性。如果虚度生命，辜负光阴，该是多么愚蠢不可原谅！他决定今后的重点慢慢从以工作为重向养生、修身养性积善成德方向转移。花时间做点自己喜欢的事，打打牌，养养生，闲时国内外旅游一番，考察一下文化名胜，为自己而活，活得更有价值，生活过得更加轻松一点。年轻时为了事业打拼，出身贫苦，不懂享受生活，与母亲的生离死别让自己顿悟健康的重要性。

人活半辈子，他想明白了，钱永远也挣不完。现在他有了新的寄托——培养孙女，陪着孩子一起成长。小孙女薇启活泼聪明，口齿伶俐，懂事乖巧，能歌善舞，从小就在爷爷奶奶身边长大，学会叫的第一声就是"爷爷"，这让孙兴华心花怒放。孙兴华觉得孙家后继有人，孙薇启虽然才八岁，但是看问题的视野格局却不像个孩子。本来孙兴华不喜欢上海市区，觉得一切都密密匝匝拥挤不堪。为了孙女将来的发展，他豪掷千金在上海陆家嘴买了一套两千万的房子。送孙女学马术、学英语，口才课、游泳课、舞蹈课……只要孙女愿意，他全力培养。

（二）捐资助学行善举——"爱出者爱返，福往者福来"

汉代贾谊在《新书》中说"爱出者爱返，福往者福来"。一个人如果用爱与善良对待他人，他人也会回之以爱；如果他把福报带给别人，相应地也会收获福报。回想幼年上学，因为家庭困难，兄弟俩上学的费用被减免。孙兴华深深理解家庭困难的孩子没有钱上学的滋味，当他有资源、有能力、有时间和精力时，他想着一定要回报社会。在泰州的新闻媒体上看到三个孩子，其中两个小学生一个初中生，学习成绩优异但家境贫困，急需社会有识之士伸出援助之手。三个孩子的家庭都因为父母重病在身，一贫如洗而生活困难。孙兴华看了很不忍心，他和儿子被孩子们出身贫寒却努力上进的劲头所感动，主动联系学校，要为孩子们做点事情，每年定向资助这三个孩子，他允诺一直资助到大学毕业。

捐资助学，对孙兴华来说只是漫长人生中的一次无意的付出，他不要求任何的回报，只希望受到资助的孩子们好好学习，能学有所成，长大后，做一个对社会有用的人才，也许那就是生活对自己最好的回报。

结语

"一个人的成就有大有小，我能做的就是务实奋发进取。在创业过程中，我享受到了拼搏本身带来的乐趣，在工作中得到一种充实感成就感。让我在意的家人过上更好的生活，为社会尽一点力，这就是我创业的动力所在。"既无背景又无资历的孙兴华，早已经从当初那个默默无闻、招人冷眼不受待见的穷小子变为受人尊敬、实力雄厚、有能力回报社会的成功的企业家。孙兴华将自己取得的成绩归因于祖先的积善行德，再加上天时地利人和。在峥嵘岁月中保持初心如磐，他深有感慨："种善因，得善果。社会在变，不变的是对生活美好的追求。时代在变，不变的是初心。"

持之以恒　久久为功

——记南通二建中润五公司创建者冯建华、叶冬梅夫妇

陈荣香

左手书法，右手建筑，冯建华自如地游走在两个世界。一个是无形的精神世界，一个是有形的物质空间，看起来这两个世界迥然有别，但在艺术上它们却殊途同归，异质同构。不管是汉字的组成，横平竖直，点、撇、捺、折、提……还是建筑的结构，栋梁支柱，地基、墙身、屋顶、门窗……骨架结构是

冯建华

空间存在的基础，建筑与书法概莫能外。二者都强调"意在笔先"有章法，追求对称、均衡、方正、肃穆，没有章法的书法与建筑，只能是材料的堆砌，毫无价值可言。回首三十年来的创业史，冯建华说道："书法中最重要的是架构和笔力，建筑上亦然。凡事有度，道法自然，要有依托，也要注入精神。"写字贵在持之以恒，因为技法需要苦练方有精进；投身建筑事业时，他也一如既往地专注执著，深耕建筑行业三十载，驰而不息，久久为功。从五十万级别的办公楼起步，过渡到百万级别的学校项目，再起跳到千万级别的路基项目，再到过亿级别的地铁、住宅项目，冯建华叶冬梅夫妇一步一个脚印往前走，一棒接着一棒往前干。清白做人，认真做事，每十年跃升一个台阶，持续布局，打响品牌。冯建华始终认为作为一个创业者与实干家，真正的勇敢不是商场上的冲锋陷阵，浴血杀敌，而是在胜利的时候不冲昏头脑保持冷静，凡事有"度"；在遇到艰难险阻的时候不退却坚守信仰，穷则思"变"；在遇到利益诱惑的时候保持初心秉持纯粹，居安思危。

一、博观而约取，厚积而薄发

1."所有不经意的努力都不会白费"

1965 年 4 月，冯建华出生在南通的一个普通家庭，家中共有兄妹四人。生活虽然清贫，但母亲总把屋子收拾得干干净净，孩子们穿戴得整整齐齐。母亲一辈子不认识多少字，她勤劳俭朴肯吃苦的优良品质却是留给冯建华最宝贵的财富。"播多少种，留多少汗，就能收多少谷子。"少说话多做事就是母亲的言传身教。父亲在学校教书，母亲在田里干活，虽然两个人勤劳肯干，但家里的生活还是不富裕，毕竟有四个孩子要养活。

尊师重教是冯家的传统。身为教师的父亲常常叮嘱自己的孩子："穷则思变。现在穷一点苦一点不可怕，怕的是不思进取。知识就是力量，学好知识掌握真本领，以后的日子会越过越好。"冯建华幼时调皮捣蛋，下河摸鱼上树掏鸟蛋，不知闯了多少祸，母亲操了多少心，好话赔了几箩筐。

不过冯建华脑袋瓜聪明，一点就通，有着父亲的不时敲打与耳提面命，加之从小对搭房子建筑类感兴趣，高中毕业后，不负众望考上了南通建筑学校。在校园里，他看到了更广阔的天地，一头栽进了知识的海洋，越学越有劲，如饥似渴地学着建筑相关的知识。教地基与基础课程的是一位年轻的女教师，冯建华被她渊博的学识、温文尔雅的素养所吸引，"万丈高楼平地起，最为关键、最为基础性工程施工就是地基施工，地基打稳了才好在上面盖房子。"他对课程研学得越深入就越对自己的建筑专业着迷。工程力学、岩土力学、地质勘查、地基加固处理、地基承载力测量、给水排水系统设置、建筑工程施工技术与管理……丰富的课程设置与实操训练，打开了冯建华的视野，为他日后从事建筑事业奠定了坚实的基础。

为了减轻家庭负担，也为了学以致用，一到寒暑假，冯建华就千方百计寻找实习的机会，作为一名在校生，他能找到的、建筑公司能给他的只能是最基本的资料员工作。资料员做的工作包括工程资料的收集、整理、立卷、归档、保管，施工过程中各种质量保证资料等，是建筑行业中最基础、最全面也是最琐碎的工作。一整个夏天，别人在暑假休息的时候，冯建华顶着炎炎烈日，每天在资料室、工地、学校之间来回奔波。天气本来就燥热，工地上更甚，那时的资料室只有一台老式的电风扇，吹出的都是热风。豆大的汗珠浸湿了衣服，冯建华也只是拿身上挂着的毛巾淘点清水往脸上擦擦。面对随时可能到来的上级领导以及相关部门的质量检查，还有任务繁重的资料查阅归档处理，他不叫一声苦不喊一句累。冯建华细致耐心、做事认真负责，他脚踏实地、吃苦耐劳、勤勤恳恳的工作态度得到了实习公司领导的一致好评，以后每年寒暑假，他都直接来公司的资料室干活。

冯建华十分珍惜资料员的工作。一来他知道父母赚钱不易，自己多挣点，来年的学费生活费可就都有着落了，家里就能多松动一点，父母负担也轻一点。二来资料员工作虽然繁琐劳累，看起来没有技术含量，很不高大上，似乎是重复性机械性很轻松的工作，不需要动脑筋就能做好。但实际上，当冯建华一个猛子扎进资料员的工作时，他发现，资料员工作接触了建筑行业里有关安全、质量、技术以及现场全面管理的资料，像法律法规、施工质量规范、技术标准、安全标准规定等都可以触手可及。那些在资料室埋头整理资料、在工地来回奔波交接任务的日子，锻炼了冯建华缜密谨严的工作素养。

"无论你做什么，所有不经意的努力都不会白费。"处处留心皆学问，他心思活络，善于学习，肯动脑筋，早期资料员的实习工作给了他一个全面了解建筑行业的绝佳机会，潜移默化地建立了他对建筑行业的兴趣和信心，这段实习经历当时没有觉得有多少价值，但是对冯建华日后的创业有着微妙的影响，不经意间为他后来自己创业作了准备。

2. 初出茅庐解决技术难题名声扬

大学生在80年代属于凤毛麟角，天之骄子，但在冯建华身上，看不到"骄娇"二字。因为在学校一贯的出色表现，刚毕业冯建华就被分配到吕四建筑站，端上了铁饭碗，吃上了公家饭。听到这个好消息，全家都激动万分，父亲老冯高兴得破例喝了二两二锅头。老冯在酒桌上叮嘱儿子："低调做人，认真做事，跟着师傅好好干，珍惜来之不易的工作机会。"母亲告诫儿子吃亏是福，少说话多做事。冯建华都一一记在了心里。他立志要在实践中学习，用真本领武装自己，在建筑行业做出一番事业。

每天他总早早地来到工地，看哪里需要帮忙就主动跑过去搭把手。他善于发现问题，遇到搞不明白的地方积极向有经验的工人师傅请教。因为遇到难题肯下功夫钻研，干活手脚麻利，做事踏实又不怕吃苦，冯建华很受建筑站几个老师傅的喜爱，常常小冯长小冯短地挂在嘴上，也愿意把自己的经验毫无保留地传授给他。启东建筑站队长方平，当时已年过半百，实战经验丰富。他对刚来的冯建华印象很好，看他聪明好学又踏实肯干，就有意栽培，大小工程都带着他。

妻子叶冬梅清晰地记得，当时还是男朋友的冯建华刚刚大学毕业来建筑站不到一年，站上接了一个任务，建造启东市南运河倒虹吸工程。这是市里的面子工程，时间紧任务重，方队长立下了军令状：如期保质保量完成任务。一接到任务，方队长带领着冯建华一干人等就忙开了，冯建华负责实地勘测、计算制图、现场施工。首先是勘查地形地貌，由于作业现场渠道与河沟高程接近，处于平面交叉，需要修一个立交水工建筑物，借助于上下游的水位差，这样水从河沟下穿过。工程队因地制宜，确定采用倒虹吸工程方案，倒虹吸开始工作时不需人为地制造管中的真空施工，形式简便，便于清除泥沙。

确定好施工程序与技术要求，倒虹吸工程就开始正式启动开工。市里不

叶冬梅

时派人来检查进度，不少村民闲下来也聚在河边看施工队施工。工程建设，最关键的要素就是精准，"失之毫厘，谬以千里"，有时候出现一丝一毫的误差都会使辛辛苦苦的努力付诸东流。水利工程更甚，水流大小，河岸高程都需要精确的数据。整个施工队干劲十足，拍板后大家伙就各司其职、不分白天黑夜如火如荼地干起来。但是施工队在工作期间，发现河底一直在喷水，存在冒水异常情况，现场大家各抒己见，倒虹吸出现漏水可能是因为基础及地基不牢靠，可能是洞口与函身接触不紧密，又或者是接缝处理不当，但是不论挖还是埋，是疏还是堵，却怎么也制止不了。冒水异常问题一天不解决，工程就一天不能往下接续。这次遇到的棘手难题，在建筑站的历史上既无先例可循，也没有现成的方案可以借鉴思路，做过大大小小百来个工程、经验丰富的方队长束手无策，急得团团转，眼看工期在即，再不解决这个难题就要拖延工程进度，完成不了立下的军令状，"面子"工程不能如期完成，整个建筑站必将面上无光。头发花白一把年纪的方队长竟然急得像个孩子一样无助地嚎啕大哭起来。

血气方刚的冯建华看在眼里，急在心上：建筑站里无人可解，书上难道没有？时值隆冬，冯建华连着几天白天踩着齐腿深的河水仔细考察地形、施工环境，晚上就一头埋进书堆查阅大量的建筑资料，像是灵光乍现，果然在一本专业书里找到了类似的案例。冯建华如获至宝，飞奔到工程现场，向领导汇报，与施工队长、技术员讨论，按照书上的做法和工友一起作业。现场围观的一群人屏气凝神，方队长紧张得手心冒汗，冯建华内心也忐忑不安，书本和现实的作业环境毕竟有差距不可能一模一样。没想到，成了！周围人爆发出一阵欢呼，方队长激动得给了冯建华一拳："太行了，你这小子！小冯，你在建筑这方面很有天赋，这是老天爷赏饭吃啊。"冯建华腼腆地笑笑，一如既往不骄不躁认真地干着自己的活儿。寒冷的冬天，连着数日的水中作业，给冯建华留下了关节炎的隐患，每逢阴雨天气，关节就隐隐作痛。但他从来没有后悔过。

第二天下午市里开表彰大会，建筑站名列其中，方队长决定让小冯去。冯建华上午还在工地干活，忙得连满是淤泥的套鞋都没换，出了工地直奔市里领奖。刚进建筑站就打了一个漂亮的胜仗，冯建华成了施工队的大功臣。既才华横溢又勤奋刻苦谦逊低调，提到冯建华，建筑队里没有不佩服的。

天赋是可遇而不可求的，有些人天生就该是干这一行的。这段初出茅庐解决难题的经历让冯建华更加坚定了未来前进的方向，能从事自己喜欢的行业，能做好自己喜欢的事业，是多么幸福的一件事情。乔布斯说："一个人开始热爱一件事情的时候，就会达到一种非理性的状态。"这个令人惊艳的亮相奠定了冯建华技术能手的地位，也坚定了冯建华献身建筑行业的决心。

3. 独当一面开展工程显露峥嵘

在建筑站的那些日子，冯建华始终遵循母亲"少说话多做事"的嘱咐，信奉父亲"做一件事情总要不计回报，一旦投入了全部感情，最后的回报总会出其不意地到来"的嘱托。别人不愿意干的脏活苦活累活，他二话不说接下就干，在工作中从不偷奸耍滑。在干好自身的工作外，他经常向有经验的师傅学习，遇到难题就下功夫钻研。

冯建华在实践中对建筑行业的关键岗位、关键工作重点都认真摸索了一遍。做过的大小工程形形色色，有的是建桥铺路，有的是盖房子打地基。每接到一个新的项目，冯建华总是一马当先，把握整体工序，把控建筑质量，协调团队之间的组织合作。1991年，长江堤岸的排污闸，1992年，启东第二人民医院门诊楼、吕四镇医院住院部、吕四中学综合楼……他在建筑站承接的大大小小的工程项目中，学习到了怎么周密地思考、怎么和人交流、怎么组织一个团队，甚至怎么对付各种突如其来的难题与危机。从测量、放线、技术管理、施工组织设计、施工、验收、安全生产责任制度制定与执行等，从资料员、安全员、质检员、施工员、预算员，质量员等，一步一个脚印，扎扎实实，慢慢地冯建华积累了丰富的工作经验和管理经验，从初出茅庐的小伙子快速成长为建筑站上既技术过硬又具备管理才能的综合性人才。

1992 年，启东建筑站承接了南通富大房地产公司辖下的南通富春园住宅楼、写字楼项目，由于建筑站业务繁忙，施工队长紧缺，方队长经过综合考虑，认为冯建华已经具备独当一面的能力。启东建筑站委派冯建华带队全权负责南通富春园写字楼的开发建设。这是冯建华第一次单挑大梁，他非常珍惜这来之不易的机会，接下了工程就是接下了千斤重担，不敢掉以轻心，没有豪言壮语，只有埋头苦干，用工程质量说话。工程质量是建造行业立身之本，花拳绣腿面子工程、豆腐渣工程是冯建华所深恶痛绝的。

冯建华带着站上的施工员、材料员十几个人组成了一支队伍，招收了水电工、瓦工、木工、漆工等各项目经理，制订了严格的施工流程。制定出周密的方案，包括各种意外与突发状况的处理预案，如对刚浇筑混凝土若遇雨需进行覆盖处理。在基础施工阶段，一丝不苟地执行地下室结构施工工艺流程，机械挖土、人工清槽、底板垫层施工、筏板钢筋绑扎、筏板砼浇筑、墙柱梁板钢筋、模板等，施工完验收合格后立即进行防水施工并及时回填。主体施工阶段按照工艺流程，严格把关：放线→墙、柱钢筋绑扎→墙、柱模板→梁、板模板→梁、板钢筋→管线预埋→浇筑墙柱梁板混凝土→养护等。主体施工完毕以后，及时进行屋面防水工作，内装修施工墙面、地面按不同楼层穿插进行。水电安装随土建施工同时进行。冯建华从严从紧狠抓工程质量，责任到人，关关落实，不留情面。安全是建筑行业的重中之重，没有安全，生产就无从谈起。冯建华在工人中树立"安全第一，预防为主"的理念，严格落实"有章必循，违章必究"。凡事亲力亲为，拍板钉钉又快又准，作为施工队长，冯建华的领导才能获得了队友们的一致认可。

从设计到施工，从筹建到实施再到室内室外装饰工艺，冯建华全程负责，全情投入。关关难过关关过，每一个关卡都严格把关，精益求精，直至项目圆满通过工程竣工验收。这次南通富春园住宅楼、写字楼项目，从图纸上的蓝图到实体建筑的成形落实，由冯建华从头至尾独立带队完成，这对他的领导才能、管理才能是一个综合锻炼与检验。由此，冯建华树立起"优化设计、规范管理、安全施工、保障品质"的建筑理念。

建筑站的工作虽然稳定，但一眼就能望得到头。冯建华羽翼渐丰，"草屋遮不住凤凰，潜水困不住蛟龙"，在周密思考，几番犹豫后，他打定主意决定自己出去单干，在建筑行业闯出一片天地。从国有企业辞职，做自负盈亏的个体户，这在当时是个不小的新闻。记得回家和父亲妻子商量的时候，父亲并没有埋怨他丢了旱涝保收的铁饭碗，而是对冯建华的勇气褒奖有加："既然选了一条难走的路，你就要脚踏实地坚持走下去。"妻子叶冬梅有着远见卓识，她没有像一般的妻子听到丈夫做个体户就惊慌失措，而是积极筹集资金，为丈夫的单飞作了行动上的准备。施工队有几个志同道合的伙伴，也愿意跟着冯建华一块儿干。在冯建华的中润五公司，就有着一批当年背着双肩包一毕业就来的毛头小伙子和青涩小姑娘，一路追随公司的发展，一步步成家立业、生儿育女，直至有了斑斑白发。

从1994年开始，冯建华带着自己的团队走上了自负盈亏自主发展的快车道，在建筑的世界里纵横驰骋，打响了品牌。他们以十年为一个台阶，接的项目从数十万到数百万再到上千万直至过亿，步步为营，拾级而上。

二、梅到冬天方吐艳，华讫建时才显能

在冯建华大学期间不断积累理论知识，为自己的"建筑梦"添砖加瓦的时候，爱情的春天也悄悄地到来了。那是一个万物复苏的春天，当时的冯建华身高1米8，长身玉立，相貌堂堂。他的书法在建筑学校小有名气，他的演讲口才在学生中风头无两，凭借着出众的样貌、优异的学习成绩，是女生们卧谈的主要对象，也是校园里的风云人物。

1.岭深常得蛟龙在，梧高自有凤凰栖

说起和冯建华的姻缘，叶冬梅说还得感谢当年的邻居林老师，林老师就在建筑学校做英语老师，对冯建华印象深刻。有一天听到叶冬梅的妈妈发愁自己的女儿大了，还不着急找对象，就热心地撮合起来："我们学校有个小伙子挺不错，人长得又高又帅。学习能力也强，样样都拿得出台面。冬梅去见一面，看看又不损失什么，不满意咱就撤。"

叶冬梅毫不讳言地笑着说："我当时是外貌协会的，听说他又高又帅，就有点好奇，也有点动心，想看看到底是什么样的人，让林老师赞不绝口。"现在想来，叶冬梅觉得，冯建华第一次约会的场景选择别有用心，那不是普通场合的见面，而是在他们学校的演讲比赛现场。面对台下乌压压一片的观众，一个个选手紧张地满脸通红，有的甚至结结巴巴说不出话，高大帅气的冯建华一出场就吸引了所有女生的眼球，他谈笑风生，儒雅有风度。在台上一开口，那特有的富有魅力的男中音就深深地吸引了叶冬梅。"我现在还记得，他演讲时从容不迫，条理清晰，引经据典，一双眼睛炯炯有神，又严谨又风趣。因为个子高，人长得也帅，现场坐着他不少的女粉丝，我在台下就听到女生们窃窃私语地谈论他。"这激起了叶冬梅的战胜欲：她要拿下他。

不得不说，冯建华很懂得借势，他借演讲比赛这个场合，强化了自己在叶冬梅心中的第一印象。人们常说"爱上一个人，始于颜值，陷于才华，忠于人品。"此时的叶冬梅显然已经被冯建华的颜值、才情所吸引。

"你好，我是冯建华。"

"你好，我是叶冬梅。"

与君初相识，犹似故人归。两人虽然是初次见面，却不约而同地认出了对方。冯建华看着面前高挑的美女，不由眼前一亮。冯建华的帅气和才气折服了叶冬梅，叶冬梅明亮的大眼睛、爽快的性情，也让冯建华难以忘怀。"她性格活泼开朗，脸上总是挂着笑，我喜欢这样大大方方的姑娘。跟她接触久了，就会发现，她不仅有才有貌还有头脑。"

冯建华虽然人长得高大帅气又有才气，却没有和女孩子实际交往的经验。叶冬梅开朗大方的性格让他欢喜，却不知道该怎么表达，在校园里转了好半圈，才老实诚恳地问道："你怎么想的？""我很满意。""我也是。"

那次演讲比赛，不出所料，冯建华又斩获了第一名，奖品是当时很流行的相册，他把它送给了叶冬梅，并且在扉页题下了两行字："梅到冬天方吐艳，华讫建时才显能。"他巧妙地将两个人的名字嵌入了诗中，既有对冬梅的赞许，又有对自己施展才能的渴望。初春，万物复苏，爱情的种子在两个人的心中悄然萌芽。

一开始，叶母还担心冯建华徒有其表，华而不实，生活不是演戏，担心自己女儿要是跟了一个中看不中用的人，那以后的日子就要吃苦头了。她叮嘱女儿，要细观其行。随着两个人的接触越来越多，了解得越来越深入，冯建华对待工作求真务实的态度深深地打动了叶冬梅。"我记得当时认识没多久，他去处理市里安排的倒虹吸工程。中间出现喷水异常情况，当时白发苍苍的施工队长坐在岸边哭着说没有办法，他连夜翻书查阅资料给解决了。当时我就觉得这个人有才华又肯吃苦，值得我托付终身。他在建筑方面的天赋给我的印象特别深。"谈到丈夫建筑方面的才华，叶冬梅赞不绝口。

岭深常得蛟龙在，梧高自有凤凰栖。因为优秀，冯建华受到了叶冬梅的青睐，也攫取了"贤内助"的芳心。此后，二人比翼齐飞，携手共创美好生活。

2."我必须是你近旁的一株木棉"

"梅到冬天方吐艳，华讫建时才显能。"这是冯建华写给妻子的誓言，更是一生的承诺。

"当时想着自己出来单干，也是因为有妻子的支持。"提到创业的动机，冯建华最感谢的人就是妻子。当时叶冬梅家庭条件好，父亲是启东汇丰医院的医生，母亲是小学教师，她人又长得漂亮，性格爽朗，追求者如过江之鲫。冯建华虽然优秀，也不过是个一穷二白的小伙子，这样好的一个姑娘选择了自己，心里除了喜悦还有很大的压力。记得第一次上门去叶家，叶冬梅的父母也没看好他。这男孩虽然长得一表人材，但作为父母最在乎的还是会不会过日子，女儿嫁过去能不能幸福。

回去的路上，叶冬梅还是和小鸟儿一般叽叽喳喳地说个不停，冯建华却罕有地沉默着。"建华，现在没钱咱不怕，你有才气，能吃苦，又有责任心，你以后会闯出一片天地的，我相信你。我叶冬梅的眼光很准的，我找的不是绩优股，但我找的肯定是潜力股。"冯建华永远也忘不了月光下女孩亮晶晶的眼睛，他们谈人生，谈理想，谈充满无限可能的未来。月光朦胧，树影婆娑，冯建华在心里暗暗发誓，这就是以后要陪伴一辈子的女孩，一定要让她过上好日子。

就像舒婷在《致橡树》里写的，"我如果爱你——绝不像攀援的凌霄花，借你的高枝炫耀自己……我必须是你近旁的一株木棉，作为树的形象和你站在一起……我们分担寒潮、风雷、霹雳；我们共享雾霭、流岚、虹霓。仿佛永远分离，却又终身相依。这才是伟大的爱情……不仅爱你伟岸的身躯，也爱你坚持的位置，足下的土地。"叶冬梅显然不是攀援的凌霄花，作为寒冬里的腊梅，她有着最坚韧的品质。"寒霜独放一枝梅，芬芳傲视万木春。"她不仅要和丈夫一起享受阳光和彩虹，她也要和丈夫一起分担风雨。

1994 年，冯建华从建筑站出来刚开始创业，跑市场接工程拿项目买材料，样样亲力亲为，整天忙得脚后跟不沾地。工程上的事情千头万绪，一桩接一桩，一件摞一件，白天黑夜不得空闲。看到丈夫创业日夜辛劳，叶冬梅毅然决定从棉纺厂辞职，她要和丈夫同心协力并肩奋斗。

"咱们现在过紧日子，为的是日后过上好日子。万事开头难，等公司走上正轨就好了。你尽管在前方闯，后方有我，我永远支持你。"叶冬梅抱着四岁的儿子一边哄觉一边对丈夫说。有了妻子的信任和支持，看着眼前的宝贝儿子，冯建华充满了干劲。他不仅为了实现自己的梦想，还为了队友们的信任，更为了自己温暖的小家，冯建华不知疲倦、充满热情地投入到工作中，写标书、拟方案、跑工地……冯建华在前方开拓市场，用品质说话，用质量取胜。物品审批、资金流转、突发情况的处理……一系列工作安排则由叶冬梅全权负责。

夫妻二人一个打江山，一个守江山，两个人齐心协力配合默契，一起奋斗，公司业务蒸蒸日上。

三、宝剑锋从磨砺出，梅花香自苦寒来

涓涓不塞是为江河，源源不断是为奋斗，生生不息是为业成。回首创业三十载，有幸福的喜悦也有无奈的泪水，好在两个人始终咬着牙坚持了下来。南通二建中润五公司稳步发展、成功运营的背后，有赖于冯建华的持续布局，在建筑行业中乘风破浪。而夫妻二人珠联璧合，携手并进也是公司发展壮大走向辉煌不可忽略的因素。

1. 创业初期：夫唱妇随，拖拉机上的"铿锵玫瑰"

"现在我们是起来了，公司也稳步向前。但刚开始创业那会儿，我的专属座驾就是一架拖拉机。"回想刚开始创业的那段日子，叶冬梅感慨"是真的不容易""运送黄沙石子什么，当时用拖拉机拉货。我就坐在车头旁边守着，拖拉机就是我的'专车'。"风里来雨里去，风尘仆仆，即便风沙满面，爱美的叶冬梅没叫一声苦。她深刻领悟了母亲教导自己的话："要想人前显贵，就要背后受罪""吃得苦中苦，方为人上人"，既然选择和丈夫一起创业，就注定这不是一条坦途，吃苦更是家常便饭。

20世纪90年代中国房地产行业刚刚起步，建筑行业的竞争非常激烈。虽然在建筑站的时候冯建华积累了一定的人脉与经验，但到自己单干的时候很多问题层出不穷。创业就是从0到1，从无到有，这可要比从1到10难多了。1994年，冯建华走上自主创业道路后中标的前期工程项目是位于南通段家坝的土地综合开发公司写字楼，以及1995—1996年南通段家坝小园3、4号两栋住宅楼。工程确定下来了，手里的启动资金需要符合国家规定标准，一年内的工程项目启动资金是合同价格的一半，一年以上的工程到位资金不得低于合同价的30%。叶冬梅清晰地记得，接下了这个工程后，因为启动资金不足，丈夫愁眉不展，中标后的欣喜若狂很快被筹集资金的压力冲淡了。

资源匮乏是所有创业者创业之初面临的最大窘境，想法有了，人员有了，工程项目有了，但是资金却捉襟见肘。叶冬梅充分展现了自己在财务上的管控能力。她和丈夫盘算了手上的资金，手上最大的一笔钱是当初在建筑站承建的南通富春园项目，这给两人创业积累了十多万的储备金，叶冬梅又把结婚时压箱底的三万元嫁妆毫无保留地贡献了出来，随后夫妻两人又东奔西跑从父母、兄弟姐妹、亲戚朋友处筹钱，经过多方努力，启动资金达到了标准要求。

开弓没有回头箭，工程如期开工，冯建华与叶冬梅全副身心扑在了工程上。这是夫妻二人在南通建筑行业打下的头炮，必须要一炮打响开门红。冯建华在工地现场严格把控技术方案、施工规范、验收程序。他要求工程部从原材料进场，到合格证验收，再到现场混凝土的取样、送样等各方面全程跟踪，确保万无一失。凡涉及到各工程项目验收的关键部位与关键节点，如房屋基础、钢筋、水电构配件、设备基础等隐蔽工程的验收，屋面防水工程等，他都要求工程师、监理、现场施工各负责人必须全员到场，对照标准一项一项测量验收。工程细节上，冯建华要求严苛，如在内粉刷工程环节，所有的放点、放线都借助专业的测量仪器。

丈夫在工地奔波，叶冬梅身处大后方，作为公司的"勤务兵"，叶冬梅也忙得团团转。钢筋、水泥、混凝土，这些原本从未接触过的材料成了她日常工作中的"必需品"。买卖原材料、计算利润、员工工资的发放……叶冬梅处理得有条不紊。丈夫冯建华夸赞自己的妻子是个优秀的"救火队员"，工程上需要的各种原材料，黄沙、水泥、钢筋、混凝土、电线、水管……缺什么叶冬梅就坐着自己的拖拉机"专车"风风火火地去市场上补什么。刚刚创业，每一分钱都必须花在刀刃上。为了严格控制预算，保质保量，买建筑材料时，叶冬梅都是亲力亲为，货比三家，建筑材料市场上的人都认识她了，称她是"铁娘子"。

为了节约时间，也为了监督工程，保证南通段家坝项目按期交付，夫妻两人一合计干脆直接住到工地上搭的临时工棚里。晴天还好，要是遇上阴雨天，外面下大雨，工棚里漏小雨。雨再下得大一点，棚里就成了水帘洞，放在地上接雨的几个盆都不够用。饭也是在工地上因陋就简，叶冬梅自己做，连个吃饭的桌子、凳子都没有，大家伙就直接捧着盆蹲在地上三下五除二吃完。"有时候工程预算紧张，连买菜的钱都没有。"看着原本十指不沾阳春水的妻子跟着自己在工地上风吹日晒，风里来雨里去，从大小姐变成了铁娘子，冯建华心里也酸溜溜的不是滋味，暗自下定决心，一定要给妻子一个幸福的未来，才能不辜负妻子的鼎力支持。

一天，叶冬梅在记账的时候发现水泥黄沙的成本超过预算五分之一。她左算右算，仍然有出入。和丈夫提出这个问题后，冯建华再次估算也发现了同样的问题：按照计划买的材料不够用。水泥黄沙等原材料一直是叶冬梅亲自押阵的，缺斤少两的事情应该不大可能发生。即便是运输过程中有损耗，也不会出现这么大的纰漏。想来想去觉得不对劲，叶冬梅决定再去供货的码头现场看看。来到码头，第一步就是检查装箱设备，牵引车、挂车、吊车一一检查过关。"我们家吊车绝对没有问题，你不要信口雌黄冤枉好人。你要是不信就换几台称一称，你这个女人真的是不讲理。"几个五大三粗的码头帮的人围成一圈，显然认为一个弱女子在大费周章地做一件没有意义的事情。叶冬梅不为所动，她指挥自己带来的工人将五十公斤一袋的标准装水泥，一共放了十袋放到了吊机上，结果吊机显示有一千二百斤！叶冬梅明白了，他们肯定是在秤上作了手脚，果然，每个吊机的秤上都绑了铅丝，有的还装了生锈的铁锭，每个足有二十五公斤重！围观的几个人脸色"唰"的一下就变了，码头帮的人恼羞成怒，叶冬梅据理力争，老板迫不得已将以前缺斤少两的材料都她补足了回来。

"雁过留声，人过留名"。冯建华叶冬梅夫妇自己做生意总是诚信为先，非常珍惜自己的声誉。对这种欺行霸市、靠缺斤短两暗地里弄手脚做生意的人嗤之以鼻，他们认为这样的人是鼠目寸光，成不了大器，生意不可能长久。人无信不立，果然，不仅是冯建华一家发现货不对量，多家上门索赔。码头帮的这群人成了"老鼠过街人人喊打"，名声臭了之后，自然被市场优胜劣汰。2000年以后，与靠谱的原材料供应商熟识后，叶冬梅才放手让冯建华的弟弟负责管理原材料的供应。再往后，只要打一个电话对方就保质保量地把货送到工程现场，夫妇俩这才真正放下心来。

生活的艰难是有形的，咬一咬牙熬过去就行了，但心理上的压力是无形的。创业初期的日子是一段举步维艰的时光，作为创业者，不断地试错、调整，有时候遇到一点困难就容易自我怀疑。一旦启动了创业的齿轮，焦虑感就一直如影随形。要不是有妻子在身后倾力襄助，冯建华觉得自己撑不过情绪崩溃的时刻。每个创业者在从无到有创立一家公司后，都会经受非同寻常的磨炼，每一天都有形式各异的突发情况发生。书法成了冯建华释放压力、缓和情绪、平和心境的一个利器。

皇天不负苦心人，1996年，冯建华承建的南通段家坝小园3号、4号住宅楼和写字楼如期竣工通过验收，建筑质量得到了甲方的一致认可，冯建华夫妇这才有了如释重负，尘埃落定的踏实感。喜气洋洋的鞭炮声，预示着夫妇俩第一次独立接下的工程项目取得了圆满成功，同时也打响了冯建华在南通建筑行业的名声。埋头苦干、踏实认真，凭借着这份闯劲干劲，接下的工程越来越多。借助段家坝小园出色的工程质量作为信任背书，加上冯建华在家乡吕四积累下的人脉，1998年，吕四长龙苑1栋、2栋的住宅项目顺利竞标成功，并于次年胜利竣工。巴菲特在他著名的《滚雪球》一书中说："人生就像滚雪球，最重要的是发现很湿的雪和很长的坡。"未来已来，冯建华在自己钟情的建筑行业，找到了人生的价值寄托，南通二建中润五公司逐渐走上发展的快车道。

2. 发展期：笃行方能致远，奋斗铸就辉煌

一家企业发展得有多大，走得有多远，关键取决于一家企业的根基打得多牢靠。建筑行业高标准严要求的工作规范养成了冯建华一丝不苟、求真务实的行事风格。冯建华严抓工程质量，要求精益求精，随着南通段家坝小园、吕四长龙苑的顺利竣工，他在家乡的建筑市场赢得了良好的口碑。工程一个接着一个上马。1999年，中标了启东市汇龙殡仪馆主楼与副楼项目，并于2000年竣工；同年又承接下启东市汇龙中学教学楼项目，并于2001年通过了汇龙中学食堂项目的验收。有着吕四中学教学楼建造经验打底，冯建华接下汇龙中学项目时，四出寻经问宝，决心要把汇龙中学打造成样板工程。百年大计，教育为本，能承接汇龙中学教学楼项目，冯建华感到十分荣幸。他用"高标准高质量高水平"三高要求为准则，在工程中发现有任何质量、安全问题，直接开罚单，工程技术部、监理部、施工部一个也跑不了。正是冯建华的铁腕手段才为莘莘学子打造了优质的学习环境。

"做一个工程，交一个朋友，树一个口碑"，这是冯建华对自己的要求。"认真负责，真诚敬业，诚实守信"，这是与冯建华进行项目合作的甲方给予的反馈。商道即人道，口碑就是影响力。冯建华一直认为对一名成功的商人来说，名誉比金钱更重要，"和气生财""互惠互利"，良好的声誉才会带来更多的财富。

2002年，冯建华走出启东，在朋友的推荐下，接下了南京交通厅内装局部工程，翠屏山宾馆内部局部装修的项目。内装就是室内装修，主要做的是水电工程，包含所有水路电路气路的安装铺设。其次是泥工部分，包含入口接待处、客房、餐饮、公共活动、后勤管理等墙地砖的铺设，地面的找平，卫生间回填及厨卫防水、包管。另外，墙面及顶面的油漆工程，还有最后灯具、开关插座、洁具、五金件安装。经冯建华接手的项目现场，材料码放得整整齐齐，场地清理得干干净净。

正是这一次合作，给交通厅负责工程项目的工作人员留下了深刻的印象，

此后冯建华相继竞标成功一系列与交通运输有关的项目。如2003年的徐宿高速公路宿迁耿东收费站及大棚项目，同年睢宁北收费站大棚及副楼项目也收入囊中。到了2004年，冯建华的生意跃上了一个新台阶，他签下了创业有史以来第一个突破千万元的合同——2004年合同造价高达五千二百五十万的南通先锋服务区项目。先锋服务区包括东区和西区的服务区主楼、加油站、服务区修理车间等。从1994年段家坝小园扬帆启航到2004年南通先锋服务区乘风破浪，冯建华和叶冬梅夫妇的创业之旅一路高歌猛进，势如破竹。2005年一年拿下了四个项目，昆山市千灯收费站收费站大棚及主体大楼的构，润扬大桥收费站大棚及附楼，苏州石浦——张浦收费站及大棚项目，苏州太仓现代货运码头大楼及内装。冯建华的建筑项目越做越大，事业蒸蒸日上，公司效益愈来愈好，口碑也越来越响，声誉日隆。

项目合同造价从数十万到数百万再到数千万，冯建华夫妇走了十年。2006年，在完成苏州太仓港办公楼场区建筑的同时，他们又拿下了沪宁高速公路股份有限公司5、6、8、9、11、12号楼的工程项目，这次的合同造价达到1014万元。2007年，常熟开发区收费站、苏通大桥项目又接连入局。2008年又接了一个超过一千四百万的项目，平顶山第二发电厂一期行政综合楼、宿舍楼工程。

接的工程越多越大，肩上的担子就越沉越重。冯建华要思考如何真正管理好自己的公司，怎么让员工更高效地工作？如何考核员工？如何让员工跟自己一样保持着积极的心态？公司的汇报体系应该怎么设计？应该怎么监控工程质量……无数的问题接踵而至。每一天，他都感受到了建筑行业分秒必争的氛围，晚一步，步步晚；错一步，步步错。在创业的路上，如履薄冰。只有冯建华自己清楚，在风光的背后，他多少次经历过那种面对突如其来的境况迅速做出决策的窘境，还有等这一切解决后那种劫后余生的庆幸。

冯建华叶冬梅夫妇没有躺在胜利的果实上沾沾自喜，裹足不前。他们知道现在的成功来之不易，也明白口碑才是他们屹立于商海的立命之本。"胜不骄，败不馁。"一如既往，从设计到施工到验收不放过任何一个细节，他们立志把工程质量当作生命一样珍视。公司做大做强的背后也离不开夫妻二人的同心协力，一个打江山，一个守江山，冯建华与叶冬梅两人的心始终紧紧地连在一起，公司在他们的带领下一路披荆斩棘，一路高歌猛进。

3. 在曲折中前进：世上没有过不去的坎儿

创业绝对不是坦途。在创业途中，冯建华夫妇也遇到了不少挫折，栽过很多跟头。但他们正视现实，在挫折中吸取教训，汲取养分，不断调整完善。俗话说，百炼成钢，钢是在烈火和急剧冷却里锻炼出来的。人也只有经过千锤百炼，才能坚韧起来。

（1）连云港景观桥工程回款难

2008年，公司承接了连云港平山北路和行政路景观桥的建设工程，两座景观桥的合同造价分别为六千一百九十八万和四千一百九十八万。在接工程之初，冯建华也是犹豫再三。景观桥的建造与以往的工程不太一样，这既是一桥，也是一景，需要将桥与景二者融为一体，不仅符合物理上的坚固耐用还需要视觉呈现效果上的美轮美奂。再次，尽管当时公司已经运营得很不错，但这个景观桥也是一桩大工程。两条景观桥，合同价已经过亿。干工程需要自身垫资，少说也需要垫上三千万，这对冯建华来说并不是一个小数目。毕竟接工程需要承担一定的风险，工程款能及时收回来还好，如果收不回来，对公司今后的运营发展都会有一定的影响。转念一想，景观桥由连云港市财政局拨款，有政府托底，虽然远在外地，这也让他吃下了一颗安心丸，放下了顾虑。既然不论接什么工程都需要承担风险，不如闯一把。思虑再三，冯建华最终拍板：这个项目我们接。冯建华坦言："作为一个决策者，最艰难的时刻就是拍板的时刻。"有时候并不知道这是一个机遇还是一个挑战，"成功了还好，皆大欢喜；失败了呢？自担责任。"

工程接下后，紧接着需要做的事就是资金准备。尽管手上握有多个项目，做过多个工程，但并不是所有的工程都是如期回款的。谁的钱都不是大风刮来的，钱并不好借。作为公司的财务管理，叶冬梅负责东奔西跑地融资工作。诚信是最宝贵的财富，人品是立身之本。因为叶冬梅待人真诚，业务干练，很讲义气，在朋友有困难的时候常常伸出援助之手，所以她一出手，亲戚也好朋友也罢，都愿意把钱借给她，帮她解决燃眉之急。叶冬梅带着点得意笑着说：

"几百万的借款，老冯出马不一定能借到。"垫资问题解决了，景观桥工程就选择良辰吉时风风火火地开工了。公司里的事务一概由叶冬梅负责，冯建华则带着队伍去了连云港出差。

连云港平山北路景观桥位于连云港市北崮山西片区，横跨胜利景观湖。设计方案采用独塔斜拉桥，上塔柱与下塔柱分别采用钢箱和钢筋混凝土结构，主梁采用预应力混凝土结构。为便于施工，主梁采用分段支架现浇，斜拉索采用250型拉索体系和环氧涂层填充型钢绞线。

冯建华带领团队夜以继日地干活，根据设计图纸严抓工程质量。第一步是钻孔灌注桩施工，先做护筒准备，从测量定位开始，埋设护筒、钻机就位、制备泥浆；再测量孔深，钻孔、成孔、验孔、清孔；接下来就是钢筋实验，制作钢筋骨架，设立导管，砼面高度测量，灌注水下砼、拔护筒，桩基检测合格后才进行第二步系梁即承台施工工艺，包括基坑周边设排水沟，系梁中线测放等。第三步是墩柱施工，接下来依次是墩身、桥台、盖梁、桥面、路基、路面等一系列工艺流程。

工期一天天过去，眼见图纸上的设计蓝图，由雏形一步步落实，变成眼前的实景。建成后的连云港平山北路景观桥成了北崮山西片区域独特的地标式景观。桥塔设计造型别具一格，呈眉月形，给人以无尽的遐想空间，如初升之月、扬海之帆、逐波之浪，与周围环境浑然天成，画龙点睛，提升了城市的品味。该项目荣获了江苏省城乡建设系统优秀勘察设计三等奖。

作为建筑人的冯建华，望着眼前融合了建筑艺术与桥梁技术，集古典与现代、艺术与经济、美感与功能于一身的景观桥，喜不自禁，建筑人的喜悦与自豪溢于言表。然而两座景观桥如期竣工交付，但工程款却迟迟批不下来。赊欠的材料费要还，借款要按时归还，工人工资等着发放……冯建华心急如焚，多次去市财政局要账都被推脱，几个部门来回跑，推来诿去工程款就是批不下来。这对公司的资金流动造成了一定的影响。公司内有员工要养，外有债务需要偿还。迫于无奈，冯建华决定打官司起诉追款，而这场官司一打就是十年。尽管十年后，连本带利拿到了工程款，夫妻俩却高兴不起来，毕竟打官司太耗费人的精力与体力，白白浪费了宝贵的时间。

（2）张家港船闸工程失利

冯建华一面和连云港市财政局打官司，一面继续承接工程。2008年胜利打入南京腹地，承接了南京地铁一号线停车场项目，合同造价为1.0257亿。2010年，在南京乘胜追击，接着承担了造价为一千零七十二万的南京马群地铁派出所主楼和警犬训练基地的工程任务。冯建华比之前更忙了，整天在外面接工程、跑工地，高负荷高压力马不停蹄的工作，让他忙得喘口气的工夫都没有，有时候压力大得睡不着觉。

2011年造价一千二百七十六万的张家港船闸项目，冯建华竞标成功。船闸是利用向两端有闸门控制的航道内灌、泄水以升降水位，使船舶能克服航道上的厢形通航建筑物，主要由上、下游引航道与上、下游闸首连闸室组成，是利于民生的水利工程。张家港船闸地处张家港市金港镇，坐落在申张线的入江口处，是苏南通往上海经长江的重要水上进出口通道之一，也是沟通苏南苏北的重要枢纽，对于张家港而言其重要性不言而喻。

张家港船闸项目包括船闸主体闸口、办公大楼、配电房、食堂值班大楼、门卫、闸室绿化带等分项目。中标后，因为手上的工程繁多，多地工程同时开工，又有上亿的大项目，一个人实在是分身乏术，冯建华就没有亲自跟进，而是分配给了自己所信任的项目经理李林森负责。虽然最终2012年12月通过了交工验收，然而正是因为自己没有跟进负责，张家港船闸这一项目遭受了一定的损失，最终导致亏了本。

等到竣工，才发现工程上出现了问题。原来在砼浇筑拆除模板后，船闸船首均陆续出现不同程度的裂缝。其实船闸闸首的裂缝问题是船闸施工过程中的一个普遍问题，像江苏近几年施工的皂河船闸、泗阳船闸等都多多少少出现了这样的问题。因此，在开始施工前，冯建华特意关照过一定要采取一系列的防裂措施，但从结果来看显然作用不大。

吃一堑，长一智。冯建华后悔莫及，也进行了深刻的反省，当手上有上亿的项目时，一千万的项目就认为是个小工程就掉以轻心了，就是因为自己在张家港船闸项目中当了次甩手掌柜，结果就出现了不该出现的质量问题。夫妇俩从这次张家港船闸失利事件，认识到自己经手的工程，不管工程大小，一视同仁，必须亲力亲为，如果没有时间，宁愿不接工程也不能砸了自己的金字招牌。

4."正步"人生，步履不停

吸取经验教训，重振旗鼓再出发。2012 年，冯建华北上接下了 3.4467 亿的宿迁隆城香堤项目，承担了隆城香堤 20 号到 24 号楼、青年公寓 1 号、2 号楼共计 7 栋的住宅建设任务。2013 年，伴随着工程项目的南征北战，南通二建中润五公司于 5 月 13 日正式挂牌，这标志着冯建华夫妇的事业再铸新辉煌。

隆城香堤项目于 2014 年相继获得宿迁市"建筑施工文明工地""江苏省建筑施工标准化文明示范工地"称号，以高质量通过验收。2014 年，工程造价为 2.0177 亿元的淮安康居花园 7 号楼以及 9 到 15 号楼共计 8 栋楼的标的花落中润五公司。2016 年，淮安康居花园同样获得"江苏省建筑施工标准化文明示范工地"荣誉称号。2017 年，因为良好的声誉以及丰富的建筑经验，中润五公司又夺魁中标 2.1127 亿的宿迁青海湖路小学整体项目，包括小学 1～4 号教学楼、综合办公楼、报告厅以及跑道、体育馆、食堂等。该项目再接再厉，获得了"江苏省建筑施工标准化星级工地"荣誉称号。

从 2018 到 2019 年，冯建华带领自己公司团队转战南京。2018 年，拿下南京青奥项目，合同价 1.4483 亿；2019 年，斩获南京 2019G54 项目土建二标段总承包，合同价 1.0103 亿。

阳光透过大大的落地窗照进中润五公司位于南通市崇川区工农路 111 号华辰大厦 B 楼 301 号室，照得陈列室里的荣誉奖章、奖杯、奖牌等熠熠闪光。徐宿高速公路宿迁耿东、睢宁收费站、南通先锋服务区、昆山市千灯收费站、润扬大桥收费站、苏州石浦——张浦收费站、苏州太仓现代货运码头大楼、沪宁高速公路、常熟开发区收费站、苏通大桥、平顶山发电厂、南京地铁一号线停车场、南京马群地铁派出所、连云港景观桥、青海湖路小学、宿迁龙城香堤、青奥体育馆、苏通大桥……一幢幢建筑模型，一幅幅实景图片无言地记录着、诉说着冯建华夫妇一路走来的不凡征程。建筑是凝固的艺术，这些建筑不仅见证着时代的变迁，也承载着建筑者的梦想，更是留给后人的无穷财富。冯建华叶冬梅夫妇"正步"人生，从未"稍息"，步履不停。2021 年，他们又总承包泗阳县城兴·桃源里一期建设项目，总建筑面积 84066.7m²，造价高达

3.3489 亿。

儿子冯楠认为父母从事建筑业太辛苦了。叶冬梅执著地认为，人生的价值与意义就在于工作，"工作着，美丽着""总得做点啥，总得有事干，没事干不行。"她自称是工作狂，如果不工作，就觉得整个人没有精神气，比较慵懒。

冯建华的办公室处处透着浓浓的文化气息，昭示着主人的志趣品味。宽敞明亮的办公室里，最夺人眼球的是一张硕大的木质长桌，上面井然有序地摆放着文房四宝。在繁忙的工作之余，主人从凝固的音乐中忙中偷闲书写春秋，超脱于黄土泥沙的日常。冯建华偶有空闲，喜欢研习碑林墨迹，观摩书画展览。四面的墙上挂着裱好的书画作品，大大小小不同尺寸参差错落着。"君子务本本立而道生；道者无为为善且德毅。"对联彰显着冯建华的务实向善。一个四四方方的"静"字匾，高高地挂在办公室墙上，透着主人淡泊宁静的气质，暗合着主人"静以修身，动以健体，俭以养德"的理念。

四、"穷则思变"，一代更比一代强

父母不论贫穷或者富有、闲适还是忙碌，学历或高或低，对孩子的心都是一样的。虽然工作繁忙，冯建华、叶冬梅夫妇并没有忽视对儿子的教育，相反两人对自己唯一的儿子倾注了毕生的心血。特别是叶冬梅，她事业与家庭兼顾，在儿子的家庭陪伴和连轴转的工作中极力做到平衡。孩子的成长离不开家庭的教育，父母是孩子的一面镜子，儿子冯琦勋大学选择的专业是建筑，这其中有冯建华、叶冬梅两个人的影响。南京大学毕业后，他孤身一身赴英国谢菲尔德大学建筑业继续留学深造，学成归国后没有选择舒适地回家继承已有的家业，而是独自前往上海打拼出自己的一份事业。"流自己的汗，吃自己的饭，自己的事情自己干，靠天靠地靠父母，不算是好汉。"父亲在儿子进入南京大学就读之际，借陶行知的自立歌，勉励儿子。儿子果然争气不负众望，他不靠父母靠自己，用自己的双手创造财富创造价值，良好家风润物无声地传承了下来。

1."虎妈"的雷霆手段

作为创业者，各项事务应接不暇，叶冬梅不得不把父母留在身边帮忙一起照顾孩子。"其实我们对孩子的陪伴时间是不够的，我和他父亲一直在外面

跑工程，像每天接送、陪着做作业这些很多别的父母能做的，我们反而没有做到。有时候，教育手段是简单粗暴了些。"谈到童年时期对儿子的陪伴，叶冬梅心中有许多的歉疚。

儿子冯琦勋，小名叫冯楠。"记得冯楠三四岁的时候吧，每次看我们走都要大哭一场，走得老远了回头看看，小孩还趴在我妈肩上哭叫着'妈妈'，那么小小的一团，不想我走。那时候心里也真是舍不得。但还是咬咬牙下狠心走了，工地上一堆事等着处理，这时候没办法做到儿女情长。"和儿子相伴的时间虽然有限，但叶冬梅努力做到了高质量的陪伴，她和儿子在一起，就逼自己全心全意陪孩子，把公司的事放一边。

儿子从小和他父亲一样，聪明伶俐，调皮捣蛋。学习上不用父母操心，一学就会，所以学习成绩优异。上了初中后，冯楠进入了青春期，痴迷上了电子游戏，到了初三，成绩有了很大的滑坡。这时候外公外婆镇不住他，需要叶冬梅出手。叶冬梅回忆，儿子上初中时，正是2003年到2005年，当时公司经过十年的铺垫，迈上了新的台阶，经手业务如日中天，欣欣向荣，手上连续接了七个工程，有省交通厅大楼局部内装、徐宿高速宿州和睢宁收费站及大棚工程，还有合同造价达五千万的南通先锋服务区工程，润扬大桥收费站大棚及附楼项目，苏州石浦——张浦收费站及大棚，苏州太仓现代货运码头大楼及内装等。冯建华叶冬梅两口子忙得不可开交，无暇他顾，丈夫经常出差，一个星期七天有六天是在外地。叶冬梅每天到家不是午夜就是已经到了凌晨，没办法时刻盯着儿子。那时候儿子就会趁着他们不在家，骑上自行车到网吧玩游戏。为了防止被母亲抓到现行，冯楠耍了个心眼，玩声东击西，专门把自行车停在离网吧几个路口的小区。他估摸着夜里十二点，母亲就要回家了，再赶紧骑个自行车抢在他们回来之前溜回家。姜还是老的辣，叶冬梅发现了儿子的秘密，找到了儿子成绩下降的原因，狠狠地揍了儿子一顿："你不好好学习，还想不想考高中上大学了？依你目前的成绩，你还能考上南通中学的高中部吗？要不你现在休学，跟我上工地打工体验去。你以为爸爸妈妈起早摸黑在外面玩呢？！"

冯楠梗着脖子气哼哼地不说话，中考迫在眉睫，叶冬梅决定无论如何，她要全程陪着儿子顺利考完中考，监督儿子断了游戏的瘾。儿子的事是天大的事，公司的事再忙不得已也要先放一放。兵荒马乱的中考过去了，成绩下来后，叶冬梅有点失望，她原希望儿子能顺利考入百年名校南通中学，但是分数差了点，不过儿子达到了南通启秀中学的分数线。考虑到冯楠对网络游戏的痴迷，叶冬梅决定依靠外力，送儿子去了全封闭以严格管理出名的如东栟茶中学就读并且选择了住校，这样强制断了儿子的网瘾。虽然冯楠的中考分数达到了如东栟茶中学的要求，但由于中考志愿书上没有提前填报，叶冬梅费了九牛二虎之力，如东栟茶中学才接收了儿子。因为冯楠的分数达到了创新班，他一进校就分在了快班。不过，在快班，他一开始和班上的学霸有着很大的差距，处于班级成绩的后半段。

当时如东栟茶中学的升学率很高，达到了80%以上，但地处偏僻。学校周围孤零零的，什么玩的地方都没有，校园更是封闭式管理，吃饭、休息时间都有严格的规定，不论是学习环境还是生活环境都很艰苦。冯楠知道了母亲的决定，在家又吵又闹不想去，自己认识的同学朋友都在市里，分数线也够了启秀中学的标准，为什么父母要把自己丢到县城去读书？他不理解。通知书都寄到家里了，冯楠还是气鼓鼓地满脸写着拒绝两个字。

其实叶冬梅在做这个决定前，做了很多功课，她一一咨询经验丰富的老师、朋友，来来回回去学校考察了好几趟，关于学校的教学理念、升学情况都摸了底。她思前想后考虑再三才决定把儿子送过去。她最看重的就是学校的全封闭管理，再加上比较高的升学率，虽然条件是艰苦了点。其实对儿子的陪伴本来就不多，现在又送到外地上学，叶冬梅的心里很不舍，但是为了儿子能够成才，她还是毅然决定把孩子送出去。"慈母多败儿。现在苦是苦三年，要是现在轻松，以后要苦一辈子。儿子从小没吃过苦，送过去锻炼锻炼，毕竟男孩子吃点苦不是一件坏事。"

叶冬梅还记得刚把儿子送到如东栟茶中学的时候，儿子在车里闹着脾气不肯下车："又远又偏什么鸟不拉屎的破地方，我不去上！要上你去上！"叶冬梅把他拉下来，严肃地告诫他说："你现在没有退路。就是坐牢，你这三年也要坐满了。"叶冬梅拿着大包小包的行李，儿子气呼呼地也不帮忙，他觉得自己的妈妈太冷酷无情了。叶冬梅心里酸溜溜的，但还是咬咬牙狠狠心离开了。

不管公司的事多忙，叶冬梅每个周末都坚持去学校看望儿子，给儿子送牛奶、坚果、水果、维生素等各种营养品。一开始，儿子很反感："老妈，你都成了明星了！别人的父母一学期或者一年才来一次，你倒好，每周都来，我同学都认识你了。"

"第一次国庆节学校放三天假，我和老冯去学校接他回家。在路上就一个劲地说不适应住校生活，同学说的方言听不懂，老师上课讲太快，饭菜吃不惯，早上起得太早中午老打瞌睡。我就关照他，这些困难学会克服，人家孩子能吃的苦你也能。"渐渐地，过了三个月后，冯楠就适应了高中快节奏的生活。在学校没有游戏分心，除了学习还是学习，学累了去操场跑跑步打打球，跟同学相处也越来越融洽，看到母亲拎着大包小包的营养品来看望自己时，赶紧接过去。看着儿子的精神面貌越来越好，学习的势头越来越足，人也越来越懂事，叶冬梅打心底里感到高兴。

"冯楠在高二的时候，有一天告诉我和他爸爸说以后也想学建筑，想考南京大学。我们当时是高兴，但也没往心里去。南京大学是百年名校，985大学中的顶尖学校，多么难考，人挤人地往里冲，哪里是你想去就能去的。"回忆儿子第一次和自己说想考南京大学建筑系，叶冬梅笑着说吓了一跳。叶冬梅高中三年，每个周末看望儿子雷打不动，每次去学校都主动找老师了解儿子的学习情况，给儿子请各科老师开小灶加课。渐渐地，儿子的成绩由高一刚进班时的吊车尾，到高二时突飞猛进名次首次突破了年级前一百。迈入高三后，名次一直稳步向前升。叶冬梅问儿子，怎么突然进步这么大。没想到儿子教育起自己来了："天下无难事，惟'坚忍'二字。妈妈，我要努力冲一把！人生是把握在自己手上，我要为我的梦想而奋斗！"

三年的努力奋斗，终于结出了丰硕的成果，冯楠如愿以偿考上了南京大学就读自己心仪的建筑专业，这一刻，他深深地理解了母亲的良苦用心。天赋的才华，加上后天的努力，还有母亲的监督加持，是冯楠拿到鲜红的录取通知书的基石。

2. "穷则思变"——家书抵万金

相较于母亲十多年的耐心陪伴与守护，父亲在儿子的成长路上表现的更多的是精神上的引领。冯建华与儿子相处的时间不多，他承认在儿子成长的路上，他多有缺席。每天他回家的时候儿子多半睡着了，等他一早去工地忙于业务的时候，儿子还没有睡醒。他对儿子的教育与影响更多是身体力行的示范与引领。

叶冬梅还记得在冯楠两三岁刚刚会跑还不记事的时候，冯建华带着儿子去附近的吕四镇上玩，碰到了好久没见的朋友，两个大人正聊得热火朝天，转眼一看放在地上的孩子不知道什么时候不见了踪影。他赶紧打电话问老婆儿子回家没有。叶冬梅一听，脑门"轰"的一声响，魂都丢了。她顾不上跟老公吵架，来不及换鞋，趿个拖鞋哆嗦着身子直往吕四镇上跑，一路跑一路大声喊儿子的名字。"当时是急疯了！"冯建华铁青着脸，急得直冒冷汗，知道自己做了错事，要是孩子丢了，叶冬梅非跟自己拼命不可。他心里全是懊悔，懊悔为什么没把孩子抱在怀里看住了。一大家人包括认识的邻居朋友、镇上的人都发动起来帮忙寻找冯楠。大家伙兵分两路进行地毯式搜索，一路人马从南边找到北边，一路人马从东找到西，万幸的是冯楠在东边镇上找到了，当时一个老奶奶看一个小孩子在街上瞎跑，周围没有大人就暂时帮忙看住了。"幸亏吕四是个小镇，周围人大多是熟人。"叶冬梅现在提起这事来都后怕不已。

自那以后，叶冬梅就没让冯建华单独带过儿子。儿子上小学二年级的一天，夫妻两人有空一起带儿子出去玩，冯建华摸着儿子圆滚滚的小脑袋，笑着说："一眨眼的功夫，不知道什么时候我儿子就长这么大了。"叶冬梅乜他一眼，说："你家孩子是见风长的。"冯建华嘿嘿笑着说："老婆辛苦了！儿子长这么好，都是老婆的功劳。"

虽然冯建华陪伴孩子的时间委实不多，但他非常重视孩子的教育。只要有空便会给儿子讲《道德经》，或者教儿子书法。冯建华写得一手好字，仿若名家，是启东书法协会的会员。宝贵的闲暇时间，他愿意寄情书法，徜徉于方寸之间，得忘万事之忧。"读书之法，在循序而渐进，熟读而精思。""立身以立学为先，立学以读书为本。""静以修身，动以健体""清白做人，认真做事""凡事有度，适者生存"家里处处是冯建华写的字贴，儿子在他的影响下，耳濡目染，也写得一手好字。父亲写在纸上的这些叮嘱潜移默化间都成了儿子最宝贵的精神财富。

在冯楠即将前往南京大学求学时，冯建华认认真真地给他手写了一封家书，父母对儿子的牵挂和期许力透纸背。在信中，冯建华郑重其事地写下了儿子的大名——冯琦勋，在学业、为人以及生活习性三个方面给儿子提出了严格的要求。

"在学业方面，要求你在两到三年时间修完学科专业。同时自修今后自己为自己规划的人生蓝图所必修的科目，最重要的要完成出国深造所必须的托福或雅思。"从入学伊始，就给儿子定下了出国深造的目标。

"在为人方面，善於团结周围的人；处理好同学，朋友，老师的关系，要主动，热情，不要自命清高；要自信，自信是战胜一切的法宝，但戒骄狂，骄狂乃万恶之源。同时也需谨慎，善于发现别人的长处而习之，别人的短处而避之，对不务正业纨绔子弟，不要同流合污，保持距离。"冯建华多年在商海沉浮，对人情世故认识较深，他希望儿子能正确处理好各种人际关系。

"在生活习性方面：我借用你爷爷临终前叮嘱我的话，'千万不要碰毒品，不要沾上赌博。'同时我们送你一句'凡事都要有个度'，不管你在工作学习上，业余爱好上，包括谈恋爱、吃喝玩乐等等任何事情上都必须有个'度'，此乃所谓物极必反，乐极生悲，就是这个道理，故我们希望你把握住这个'度'，慢慢理解这个'度'，进一步提高自我保护意识。"万事有度，过犹不及。说话有分寸，知节制，才能不嗔不怨。行为有尺度，不逾距，才能顺遂平安。冯建华认为对于"度"的掌握是很微妙的事，主要靠自己的悟性，放纵过度违反自然规律必然物极必反。

冯建华煞费苦心，关照儿子用功读书、团结同学、平时生活里注意凡事有度。他特别提醒儿子"穷则思变"。"家父冯公国民，集毕生之经验，传我'穷则思变'，我记住了，自十六岁踏上社会谋生之时，事事以之自励。经过三十余年的奋斗，深悟其含意。穷不仅指财富短缺，凡事凡物短缺不足时则思变！即觉知识不足则需学习，人际关系不润则需调和。财富不能满足需求，则需要努力挣钱。"冯建华把这句话传给儿子时，对"穷"作了新解，"我把你祖父生前时常教导我的话，也是记忆最深刻的话教导你：'穷则思变'，我们以前是真的穷，而我现在已经真的'变'了，也完成了我父亲生前的愿望。我们教导你的'穷则思变'的'穷'非仅指金钱物质上的'穷'，而是指你以后不管在精神上，物质上遇到困惑或不如意，你必须思变。此乃所谓适者生存。"优胜劣汰，适者生存是自然界的生存法则。"穷"是指困境，"变"是指变通。穷则思变，变则通，通则达。遇到困难，兵来将挡，水来土掩，越挫越勇，想出解决问题的对策。

父亲对儿子十八岁出门远行的拳拳之心、殷殷之情溢于言表。"最后，我们用陶行知的话与你共勉：吃自己的饭，流自己的汗，自己的事情自己干，靠天靠祖上不算好汉！"

的确，不靠天、不靠地、不靠祖上，冯建华硬是凭自己赤手空拳在建筑行业闯出了一片天地，做出了一番事业。坐享其成只会坐吃山空，冯琦勋也真把这份嘱托牢牢记在了心里。大学四年里，冯琦勋在学习上没有松懈，认真学习专业知识，考过了雅思，本科毕业后自主申请赴英国老牌名校谢菲尔德大学的建筑设计专业留学深造。

不仅如此，2014 年在英国读完一年半的研究生后，冯琦勋毅然拒绝了家里给自己安排的工作，只身前往上海，追逐自己的设计梦。每个人的一生都只有一次青春，而青春是用来奋斗的，冯琦勋认为躺在父辈积攒下来的财富上睡大觉，这样的人生是没有意义的。冯家自我奋斗的良好家风代代流传，冯建华对儿子冯琦勋前往上海单枪匹马闯天下的行为暗暗树起大拇指："不愧是我老冯家的儿子。"他得意地对妻子说。

3. 赠人玫瑰，手有余香

冯建华很小的时候就帮母亲干农活，因为他是家里的老大，下面还有三个弟弟妹妹。小小的个子提着大大的农具走在崎岖不平的泥泞乡间小路上经常摔倒，村里的路都是泥路，坑坑洼洼的很不好走，更不要说骑车了，颠得厉害。晴天一身灰，雨天一身泥。遇到下雨天路上就全是烂泥，穿的雨鞋很快就沾了一脚底板又厚又重的泥，走一步拔一下。背着书包到学校，泥巴甩到了腰上，成了名副其实的"泥腿子"。那时看着母亲深一脚浅一脚艰难行走在乡间泥泞的土路上，冯建华心里就升腾起一个愿望，长大后他要给家乡铺上水泥路，搭座石拱桥，方便乡里乡亲，改变农村人"泥腿子"的现实。

搭桥修路，是村里发展所需，更是村民们期盼已久的愿望。可是村上苦于资金缺乏等问题，一直未能如愿解决。2004年，手里有了余钱，有了帮助别人的资本，冯建华想到的第一件事情就是圆了小时候的梦想，"要想富，先修路。"修桥铺路，从古至今都是利国利民造福子孙后代的实事好事善事。冯建华慷慨解囊，将村里南北朝向的泥泞土路一"总"改头换面成混凝土铺就的水泥路。看着压路机进村，眼瞅着原本的泥泞小路变成混凝土大道，父老乡亲们的脸上写满了喜悦。2004年，冯建华夫妇出资接连在村里修了三条水泥路：建华一路、建华二路、建华三路；同时也建了三座水泥桥：建华一桥、建华二桥、建华三桥。"冯家大伢真有出息，有钱了还不忘本，惦记着家乡，现在还给村里修起致富路，真是好样的。"提到冯建华，村里无人不知无人不晓，大家纷纷竖起了大拇指，交口称赞，都说冯建华建桥修路是惠及子孙后代的美事，捐资献力更是积德行善之举。老村长拉着冯建华的手，连声感激他为家乡做出的杰出贡献。

冯建华热爱传统文化，热心公益事业，继承了母亲与人为善的优良品质，宅心仁厚。"但行好事，莫问前程"。逢年过节冯建华叶冬梅夫妇总会大包小包地买上米面粮油等生活物资送给村里的孤寡老人。"人为善，福虽未至，祸已远离；人为恶，祸虽未至，福已远离。"因为冯建华与人为善、待人真诚，员工敬佩他，合作伙伴信任他，他的生意才越做越大。乔布斯说："你可以在这儿激励世界，也可以在那儿影响社会。"这种效能感，就是许多企业家醉心工作的原因。做事之前先做人，冯建华始终相信帮人就是帮己，渡人就是渡己，与人为善，就是与己为善，成就他人，就是成就自己。

结语

一撇一捺书春秋，一砖一瓦筑家园。对于书法的热爱刻在了冯建华的血液里，他耐得住性子，在研习碑帖中感知笔力，笔耕砚田，苦练书法，磨炼心力与笔力，将自己对书法的一腔热爱化成了笔墨风流，在挥毫泼墨中笔走龙蛇，意在笔先，运筹帷幄间胸有成竹，意气豪情尽在方寸之间。这种专注的精神凝练在他的建筑成果中，"当你希望在一个事业上从一而终，那种热爱既是热望又是本能"。从吕四中学、汇龙中学到青海湖路小学，从南通富春园、淮安康居花园到泗阳县城兴·桃源里，从润扬大桥、苏通大桥到南京地铁一号线的建设……一栋栋教学楼拔地而起，一个个小区先后竣工交付，一座座桥梁横跨水域，一条条道路四通八达，南通二建中润五公司在冯建华叶冬梅夫妇的率领下，架桥铺路筑城，构房造屋建设家园。时间是真正的炼金石，在冯建华宽敞明亮的办公室里有一面陈列室，一座座微型建筑模型，一张张奖状，一枚枚奖章，一块块奖牌，一个个奖杯，无言地诉说着中润五公司的既往业绩。冯建华深受道家无为思想的影响，他将老子的道法自然，有容乃大，内化于心，外化于形，勤于思，敏于行，如此方能无不为。道阻且长，行则将至；行而不辍，未来可期。虽然未来的路充满了无限可能与未知，但有志者事竟成，在冯建华、叶冬梅夫妇的带领下，南通二建中润五公司将走得更远更稳更好。

早着先机占鳌头

——记南通嘉艺建材有限公司创建者赵华、王美丽夫妇

陈荣香

　　一个企业家事做得有多大，很大程度上取决于他的眼光和格局的大小。眼光是其善于挖掘隐藏商机，对自己从事的领域趋势有着敏锐的预测能力；格局是作为企业的灵魂人物思维广阔，心胸开阔，以发展的、战略的眼光看待问题。赵华敢为人先，处处快人一步，勇立潮头浪尖，成为时代的幸运儿。他敢想敢拼敢干敢为，他有志有谋有识有恒，在他身上体现出一种不达目的誓不罢休的执著，勇争第一、不甘人后的拼搏与进取精神。他的勇气与胆识来源于他对市场的正确研

赵华

判，来自于他决事果断干脆利落不拖泥带水的性格气质。这种敏锐的商业嗅觉与他在商海中一直摸爬滚打有关。习近平总书记曾指出："历史车轮滚滚向前，时代潮流浩浩荡荡。历史只会眷顾坚定者、奋进者、搏击者，而不会等待犹豫者、懈怠者、畏难者。"赵华、王美丽夫妇创建的南通嘉艺建材有限公司在南通苏通科技产业园名声在外。天道酬勤，他们在长江边创建的万吨码头吞吐货量达到了一万五千吨。时代际会，风云变幻，流动不居，创业过程中没有永远的王者，只有一群心怀梦想无问西东永不言败的孤胆英雄。

一、成长与事业发展的摇篮

（一）一方水土养一方人

赵华出生于 20 世纪 60 年代，他的妻子王美丽，1969 年出生于江苏省国营南通农场。作为 60 后，这一代含着金汤匙出生、身世显赫的人并不多，没有吃过苦的人也是少数。赵华、王美丽夫妇是幸运的，他们属于没有吃过多少苦的人。一是他们的家庭条件相对同龄人来说比较优越。当时有个说法"一工一农永不受穷"。赵华的父亲是一名教师，母亲是家庭妇女，有一个哥哥。王美丽的父亲从事水利工程工作，母亲承包鱼塘，她家里有五个兄弟姐妹，两个哥哥，一个姐姐，一个妹妹，一大家子和和睦睦，其乐融融。就是如今，王美丽也经常和自己的嫂子、姐姐、妹妹凑成一桌搓搓麻将作为日常消遣。二是他们的出生地南通有长寿之乡、鱼米之乡、纺织之乡、教育之乡的美名。南通地理位置四通八达，是中国长三角北翼经济中心，扬子江城市群的重要组成部分，属于上海大都市圈北翼的门户城市。这为赵华夫妇后来的三次创业转型提供了极大的地理便利。

国营南通农场既是赵华夫妇出生成长的沃土，又是成就事业的风水宝地。对于南通农场的历史沿革，王美丽如数家珍。南通县委和人民政府组织垦荒大军对沿江芦苇滩进行围垦，以部队化制度建设，1958 年 3 月国营南通农场正式建场，因为属于部队规划编制，农场各部分称为师部团部营部连部。南通农场东西长十三点五公里，南北宽九公里，面积五十平方公里，其中耕地面积四万九千七百亩，水面有一千八百亩。农场人口数量当时有一万多人。2001年，南通农场划入南通市崇川区行政区，2009 年，南通市人民政府与省农垦集团公司签订协议，农场三十五平方公里土地分两期移交给苏通科技产业园区。原有的南通农场一部分隶属于江苏省农垦局，一部分划归苏通产业园区。王美丽介绍说，农场最初是以农业为主，但不是小家小户计划经济下的"小农业"——即以种植业为主，而是"大农业"，一是规模大，二是包括农、林、牧、副、渔五业在内的、商品经济下的农业。

世界上最长的斜拉索桥苏通长江大桥在南通农场十七连入江与苏州的常熟市接通，离王美丽家不超过两公里，赵华与王美丽家都靠江靠海又靠河。俗话说，一方水土养一方人。富饶的土地，俊秀的自然环境，得天独厚的地理位置，使得南通这块热土钟灵毓秀，人才辈出。出生在这里的赵华天资聪颖，敢打敢拼，奋勇争先；他的贤内助王美丽温柔娴淑，秀外慧中，善解人意；夫妇二人珠联璧合，在这块土地上打拼出了属于自己的一片江山。

（二）一见钟情，再见倾心

1987 年，自小衣食无忧的王美丽高中毕业后，作为知识青年做了一年的教师，后来转业去了厂里。王美丽娴静淑雅，做姑娘时有一颗浪漫的心，对生活对爱情对未来充满了诗情画意的梦想。她喜欢读席慕蓉的诗，特别是《一棵开花的树》，少女时的王美丽有个摘抄本，用端端正正的小楷抄着："如何让你遇见我 / 在我最美丽的时刻为这 / 我已在佛前求了五百年 / 求它让我们结一段尘缘 / 佛于是把我化作一棵树 / 长在你必经的路旁 / 阳光下慎重地开满了花 / 朵朵都是我前世的盼望……"她喜欢看三毛的散文，三毛与荷西的爱情令人神往，三毛浪迹天涯的潇洒令人追慕。那时的王美丽心高气傲，相了几次亲，都一一被她否决，没有谁入得了她的法眼。在她那个年代，一般的姑娘二十岁出头就抱上孩子了，她一个二十四五岁的姑娘还没有对象，父母亲很是着急，一直劝她不要眼高于顶。直到浪漫感性的美丽遇到了务实理性的赵华，"金风玉露一相逢，便胜却人间无数"。

说起和赵华的夫妻缘，王美丽不由露出了甜蜜的笑容，"他是我的初恋。"虽然两人都在国营南通农场，但是农场一万多人，他们在谈恋爱前并不相识。王美丽的同学在农场的加工厂上班，与赵华是同事。一个周末的晚上，加工厂举行联谊舞会，王美丽和同学相约着一起去跳舞。在舞会上，赵华看到了翩

王美丽

翩起舞神采飞扬的王美丽。王美丽姣好的脸庞，大方的举止，优美的舞姿，苗条的身段，让赵华目不转睛一见钟情。转身他就好言好语恳求自己的同事、王美丽的同学传话，想和王美丽见上一面。王美丽自视甚高，断然拒绝："我和他既不认识又不熟悉，为什么要见一个陌生男子？不见！"

命中注定的姻缘躲也躲不掉。过了大半年，赵华再次拜托王美丽的同学前来说情，王美丽心想："这人是谁呀？奇了怪了，我都明确拒绝，回了'不见'，过了半年，怎么又锲而不舍地来了？"在赵华的心里，他以为大半年的时间足够王美丽对他有所了解应该能够接受他了，但实际上，王美丽甚至连赵华是谁都不知道，连了解的意向都没有过。王美丽觉得这个人这么执著有点意思，引起了她的好奇，跟同学说"那就见一面吧"。缘分就是这么妙不可言，两人再次见面，郎才女貌，续上了前缘。和赵华的相恋是王美丽人生中的第一次恋爱，赵华也是她唯一爱过的人。浪漫的美丽说："他的昨天与我无关，我只要他余生与我相守。"

1994 年，相知相恋的一对有情人终成眷属，两人顺理成章步入了婚姻的殿堂。结婚时赵华家钱不够借了三千块的外债，拿出了六千块的聘礼。王美丽家庭条件优于赵华家，嫁女儿时王家毫不含糊大手一挥陪了一套价值六千元的家具，另外还有在当时比较昂贵的电视机洗衣机等嫁妆陪嫁。王美丽的母亲开玩笑说："我这不是嫁女儿，我这是'赔'女儿。"赵华、王美丽家都在南通农场。赵华家在副业连属于企业，连里有自己的加工厂，80、90年代的时候，在厂里上班，有个稳定的工作单位，每个月拿固定工资的小伙子条件是比较好、比较优越的。王美丽家在连队，与农活打交道，基本上种田养鱼搞养殖的比较多。那时候谈恋爱，农场的姑娘们只有一个标准：只要不种田就行了。一个社会地位优越，一个经济地位优越，这样说起来两家也是门当户对。

赵华有木讷的一面，提起赵华恋爱时有没有做过难忘的浪漫事，王美丽连连摇头，笑着说："订婚的时候跟他上了一次街，吵了一架各自回家。结婚的时候两个人上了一次街，又吵了一架回家。就订婚、结婚上过两次街还吵了两架，以后再也不跟他一起上街了。"赵华也有童趣的一面，"到了机场，他一定像个孩子一样，会去机场书报亭买两本书。我以前还纳闷，机场的书店冷冷清清怎么存活下来的。"王美丽说起这事就忍不住哈哈大笑。两口子过日子，磕磕绊绊小吵小闹是常有的事，不过都是一些小事琐事，两个人都不是小肚鸡肠的人，争过吵过转身就忘记了，也不放在心上。结婚后第十二年，一个生肖轮回，两人共同创建的南通嘉艺建材有限公司于2016年6月13日正式成立，夫妻二人携手在事业上相辅相成，一个主内一个主外，一个管钱一个管人，配合默契相得益彰，二人的事业生活如芝麻开花节节高。

二、"挖"出一方天地，"掘"出一片生机

（一）人心齐，泰山移：稳固的"铁三角"黄金组合

时光回到二十七年前，王美丽夫妇婚后一年，1995年，随着女儿的出生，仅仅依靠农场的固定工资已经不能满足小家庭发展的需要，赵华决定要为自己的小家添砖加瓦。从1995到2004年，是赵华正式踏上创业之路的第一个十年，主营业务是从事挖掘机生意。靠山吃山，靠水吃水，南通农场挖掘机名声在外，素有"挖掘机之乡"的美誉。赵华常年在工地上管项目，精通技术。作为土生土长的农场人，上上下下的人都比较熟悉，在工作中认识了在建筑工地管事、包工的人，积累了一定的人脉。要想在商场站住脚，人际关系非常重要。一个商人，只有做到广结善缘，才能财源滚滚，生意也才能越做越大越做越长久。凭着良好的人际关系，赵华打起了另立门户单干的主意。1992年，

党的十四大报告提出，要在 20 世纪 90 年代把有中国特色社会主义的伟大事业推向前进，最根本的是坚持党的基本路线，加快改革开放，集中精力把经济建设搞上去。20 世纪 90 年代，南通市政如道路建设等大力发展。基础建设第一期就要进行沙土填土工程，起厂房前期也要填沙土。赵华敏锐地抓住了这个契机，国家大力提倡经济建设，各项工程开工就离不开基础建设，第一步就要挖沟挖渠打地基，这一切都需要大型机械如挖掘机的加持。

南通农场基础建设轰轰烈烈，多处厂房施工，农场的挖掘机日夜施工都来不及。挖掘机生意就在家门口，这是个千载难逢的机会。赵华思忖如果自己拥有挖掘机，就等于开启了挣钱的门路。这个生意说难不难，没有太多技术性，只要买几台挖掘机，再请几个经验丰富的师傅就行了。说简单也不简单，主要难在启动资金上，大型机械比较贵，当时进口的一台挖掘机价格在一百多万左右，国产的挖掘机也要四五十万一台。既然决定干了，赵华事先回家对妻子王美丽和盘托出自己的计划："这个生意稳赚不赔，就是启动资金麻烦。现在首要的问题是怎么筹到第一台机械款。"王美丽娘家经济条件优越，家底殷实，是改革开放后 80 年代农场里最早涌现出的万元户，十里八乡也没几个。王美丽回了娘家和父母兄妹商量，最后决定以小哥带钱参股的形式合作，其他资金缺口再跟双方父母、兄弟姐妹借，拼拼凑凑凑出了第一台国产挖掘机的钱。"我们不要一口吃成一个胖子，一次迈一步。"赵华说。

做挖掘机生意最难的是凭自己的关系能不能找到活，只要揽到活肯定就能挣钱，小哥负责交际应酬跑市场，赵华负责现场技术施工，王美丽负责财务管理。就此，赵华、王美丽、小哥形成了极其稳固的"铁三角"关系，这个黄金组合拉开了他们创业发展的序幕。不像其他合伙做生意的人经济纠纷比较多，因钱反目成仇亲情破裂的不在少数。他们夫妻、兄妹之间的"铁三角"联盟却非常稳固，不管是挖掘机也好、土方生意也罢还是后面筹建码头，三十年来，三人一直共同进退，没有因为经济问题红过脸。这与王美丽父母的教育有关，父亲、母亲在家排行老二，但是他们的行为举止像老大一样有担当、有责任感，但凡家里有了大事，大伙都不约而同找他们的父亲母亲拿主意。受家庭、父母潜移默化的影响，王美丽夫妇、兄妹都是把金钱看得比较轻而重情重义之人，三个人都为人大气，不斤斤计较，所以才有了稳定的"铁三角"关系，才有了公司的蒸蒸日上。

做事情最大的成本往往就是沟通成本，沟通不畅又会引起其他成本的增加。关系稳固，就会减少很多摩擦，减少内耗，大家心往一处想，劲往一处使，生意之舟自然平稳行驶了。正是因为三个人各自负责自己的那一块业务，互不干涉，在各自的业务上全权负责处理，他们的生意才能做得大，走得稳。三十年来，赵华始终遵循不断创新，自我迭代的创业理念，秉持诚实守信的商业原则，让创业之路走得踏实坚定，陆续在南通农场创造了数个第一：第一个做挖掘机生意的人，第一个做土方生意的人，第一个转型筹建码头的人。

（二）守住生命的根

挖掘机生意最好的时候是 1995 年，赵华夫妇刚下海的时候，即使他们将挖掘机包给别人，在 20 世纪 90 年代，四万一个月。这样一来，一台挖掘机基本一年多就能回本了，以后就都是净赚的钱，还多了固定资产——一台挖掘机。生意越来越好，挣的钱也越来越多，同一切有远见卓识的企业家一样，他们没有随意挥霍，而是选择投入再生产，陆陆续续又购买了四台挖掘机。最多的时候，他们同时拥有五台挖掘机。王美丽笑着说："现在租出去才两万一个月，当时钱是好赚。"

通向成功的路不可能是一条直线。有一次赵华带着师傅开着挖掘机在启东海边连夜作业赶工程进度。没料到，夜里两三点钟的时候，海水涨潮，慢慢渗到工地，挖掘机差一点全部陷在海水里，险象环生。接到师傅电话，他二话不说连夜赶赴现场。时间就是金钱，时间就是生命，稍微晚一点上百万的挖掘机就泡汤了！他惊出了一身冷汗。他以前没有遇到这样的事情，师傅也是头一回遇到这种险情，没有先例可以借鉴。赵华爬到挖掘机上面，强迫自己千万不要乱了阵脚，仔细察看四周地形，同时积极开动脑筋，第一时间打电话给有着丰富的海边作业经验的朋友求救。按照朋友们传授过来的经验加上现场的地形情况综合判断。他使出浑身解数，故作镇定地指挥师傅一点点将挖掘机开出了险境。当挖掘机终于脱离困境化险为夷开到安全地带时，他不禁和师傅拥抱在一起，兴奋得又叫又跳。言者无心，听者有意。这惊心动魄的一幕，赵华事后跟爱人王美丽说起的时候蜻蜓点水一样轻描淡写，王美丽却听得胆战心惊，忍不住暗暗捏了一把汗。深夜抢救挖掘机防止海水渗透的事件尽管激动人心，惊险刺激，但这不过是赵华在创业过程中遇到的无数困难中的一个小插曲。

那时候各地只要有生意做，赵华都紧抓不放，趁着年轻有股干劲与闯劲，同时也想着早点把机械的本金给赚回来，他不辞辛劳拖着挖机全国各处奔波。但是后来宁波追款遇到的事，让赵华坚定了守在南通的决心。宁波工程项目完成后，余款迟迟不到账上，赵华亲自去宁波要了几回，也没有要回来，这让赵华很是恼火："以后就守着南通这一亩三分地，外地的生意不去做了。拖着挖机到处跑，运费也不少，还劳心劳力费人费时，不够来回折腾的。"

赵华说到做到，不管是第一个十年的挖掘机生意还是土方生意，还有后面码头的建立，他就真守在了南通这块福地上，也守住了自己的财富。"在我家不存在出差的说法，我们就做家门口的生意。"王美丽盘算了一下，当年挖掘机大概每年盈利有百来万。后来转型做土方生意时，挖掘机生意作为副业经营。这个生意一直持续到筹建码头，才卖掉了挖掘机，嘉艺公司开挖工程需要挖土方的话，他们就采取租借的方式请别人来做。挖掘机生意给赵华夫妇二人挖出了一方天地，"掘"出了一片生机，为后面土方生意的转型奠定了经济基础。

三、"土"里刨金

（一）"让我们泰然自若，与自己的时代狭路相逢"

先行一步者往往占得先机，跟在后面者往往步人后尘。赵华在南通农场属于风向标式的人物，做什么事情都跑在前面。他的一举一动成为诸多有心人学习摹仿的对象，毕竟有现成的经验可以借鉴，拿去就可以直接用，少走了很多弯路，就生意人而言，少走弯路就是节约了大量的时间成本和试错成本。眼见赵华的挖掘机生意越做越红火，农场里许多人也跟风做起挖掘生意。对赵华来说，一方面，他是第一个吃螃蟹的人，在赢利上比后来者容易一点，但是另一方面也更困难了，因为他是创业者，是凭着自己对商业的敏感一路摸索过来的，没有前车之鉴。一开始从事挖掘机生意还好，当时改革初期，国家大力提倡建设，农场建设发展得如火如荼，到处都在大兴土木、挖沟挖渠。只要有资本，买了挖掘机就等于是买了一个聚宝盘，躺着都能赚钱。随着同行越来越多，狼多肉少，赵华意识到，整个市场份额有限，挖掘这个行业一再"挖"下去，将来利润也不会太多，不如将挖掘机保留，但不作为主业而是作为副业。在赵华看来，这世上只有盈利的生意，没有永远的生意。物极必反、盛极必衰，任何一件事情在达到顶峰之后必然就会走下坡路，这时候，应该调整心态，重新出发。他选择将挖掘机租出去，有生意的时候，就带着做做。

赵华将目光转向当时少有人关注的土石方生意上。挖掘机挖的是什么？是土方。但在赵华的眼里，这不是土方，这明明是金疙瘩呀！但当时赵华决定改行做土方生意的时候，也是有一定困难的。做还是不做？赵华这个一向快刀斩乱麻的人，竟然也生了一丝犹疑。让赵华吃了秤砣铁了心干一番事业的，是妻子王美丽的一番话："你放胆去闯去做吧，如果万一亏了本，我们还有两个人，有四只手。"有了妻子的支持，赵华有了底气，决定那就放手一搏。

2004年，赵华拓展业务，正式从事土石方生意。土石方，是土方与石方的总称。土石方工程包括一切土方、石方的挖掘、填筑、运输还有排水、降水等方面，例如场地平整、路基开挖、人防工程开挖、地坪填土、路基填筑以及基坑回填等。土石方工程是一个涉及面广、需求量大、劳动力繁重的工程项目。赵华前期从事挖掘机生意，少不了与土方打交道。顺藤摸瓜，他对土石方行业前景非常看好。进入21世纪后，中国的现代化进程加速，南通相继建设了一大批道路、公共交通建设等项目。以2003年南通市政建设数据来看，该年度累计施工道路长度五百十二公里，人行道面积七百五十万平方米，排水管道长度一百三十四公里。随着市政工程、道路建设、新建厂房等需求，土石方生意的份额不减反增。莎士比亚说过："让我们泰然自若，与自己的时代狭路相逢。"赵华冲进土方市场正是看准了时代发展的契机，抓住了社会高速发展带来的红利。

（二）"世界上怕就怕认真二字"

成功的企业家在某些素质上都是共通的，赵华与红顶商人胡雪岩很相像：对机遇来临的每一个细节他都捕捉到了，并随之作出正确的判断，从而让成功来敲门。对商人来说，抓住商机、把握机遇就已经迈入了成功的殿堂。在土石方施工过程中，施工的条件极为复杂，比较特殊，一般人难以在其中大展拳脚。正因于此，赵华一开始从事土方工程时缺少竞争，获利颇丰。要不怎么说南通农场是赵华夫妇的福地呢？自从决定做土方生意后，农场有一大半儿土方生意被赵华拿下了，土方生意合同纷至沓来，像南通的通达路、江山路、厂房等等填土工程都有赵华的参与。王美丽总结说："不管是有钱没钱，只要有了人脉，在市场上形成了一定的影响力，再加上胆大心细，什么生意都能做。"

实际上，赵华的成功不是等来的，也不是靠来的，他的成功是自己一步步踏踏实实奋斗出来、努力出来的。土方生意是个又脏又累又苦的行业。按常理来说，赵华不需要事必躬亲，事业走上正轨后，他完全可以请个现场监理，自己在办公室坐镇指挥即可。但是赵华不，他是一个责任心很强、实干敬业的人。工地土方挖掘，作业现场环境恶劣，尘土飞扬，机器的轰鸣声震耳欲聋，他亲自站在现场指挥。"离了我不行，有时候工人不好好做事。"他对自己的工地非常上心，这也是赵华作为创业者所拥有的优秀品质之一：认真负责。毛泽东说，世界上怕就怕在"认真"二字。认真是赵华干事业的重要原则，认真的背后体现的是他的高度负责的主人翁精神。老板镇守现场，其他工人哪敢偷懒呢？因为赵华现场坐镇，经他手的工程安全事故减少了，工作效率提高了。

这世上没有一步登天的辉煌，没有一劳永逸、简简单单的成功。做土方生意最难的一是回款问题，回笼资金难。2006、2007 年，拖欠的土方款还有几十万余款，十多年的陈年旧账，到现在也没有要回来，"资金很难要回来"。二就是做的人比较多，又有一群人跟在赵华后面杀入这片市场，"市场盘子就这么大"。历史总是惊人的相似，僧多粥少，赵华不想在此恋战，他拿得起也放得下。优秀的企业家之所以总能在市场上棋先一着，秘诀就在于，当别人没看见这个行业的时候，他看见了；当别人看见了的时候，他已经在做了；当别人都在做的时候，他并不恋战毫无眷恋转身就离开了。赵华王美丽夫妇的土方生意仍在继续，同样不再作为主营业务，原有的公司人员只保留了两个工程师。只有具备危机意识，居安思危，时刻做好准备，在意外到来时才能临危不惧，从容面对。这次，赵华准备转向哪片商海呢？

四、"码"住财富：串珠成链，风景正好

（一）"九层之台，起于累土"：万吨码头平地起

赵华王美丽夫妇华丽转身，这次转型到万吨码头的筹建。2009年，大手笔投资8000万真金白银的背后，并非是空穴来风，头脑一时发热。在赵华身上体现出的另一个创业者的特质是持续创新的能力。大多创业者找来找去只是在找最适合自己的一次机会，但长远发展靠的是另外一种素质：不断突破、不断创新的能力。赵华平均每十年一个转型，这种持续转型需要他具备新的组织能力：针对新行业、新挑战，能够随时改写自己及公司主营业务DNA的能力。

当赵华在2009年决定大手笔独资筹建一万五千吨码头时，得天时地利人和于一身。首先是地利。现代化港口城市南通据江海之会，扼南北之喉，被誉为"北上海"，是中国首批对外开放的十四个沿海城市之一，素有"黄金海岸"和"黄金水道"之美誉。这里拥有长江岸线二百二十六千米，具有得天独厚的水域条件。南通农场西、南面濒临长江，沿江岸线长10.8公里，江面辽阔，近岸水深，正好具备建造万吨级深水码头的作业环境。而江海河穿越农场内部，直通长江，交通方便，水路联运可达全国各地。这一切为赵华夫妇码头的筹建提供了优越的地理条件。其次是人和，与小舅子、老婆结成的牢固的"三架马车"行驶平稳。再次是天时，赵华的每一次成功转型都不是打无准备之仗，这次码头筹建也一样，经过了前期与朋友的合作铺垫，才稳健地迈出了自己单独筹建万吨码头的步伐。

在生意场上披荆斩棘多年，不管是做挖掘机生意也好，还是从事土方生意，只要开动脑筋，就会发现，做生意是贯通的。土方、黄沙、水泥、挖掘、运输、装卸等都是一个产业链上的衍生品。赵华夫妇基本上都在和基础建设行业打交道。黄沙石子南通本地并不生产，都需要从外地运输过来。黄沙采自洞庭湖，石子从重庆等其他地方的山区运过来，这些沉重的建筑材料走陆路是不可能的，最主要的原因是运输成本高。水路是最优解，因为水路单程运量大，运输成本低。既然选择水路，就需要码头停靠，内河小码头比较多，只能停几百吨的货物量。沿江的码头相对比较少，因为投入成本高。2006年，赵华和朋

友合作，租了长江边军区的一个码头，再租给别人装卸货物，按照停靠量收费。如吊机费、运输费等，生意比较好做。但是过了两年，军区码头面临拆迁，只好另谋出路。经过在生意场上十多年的打拼，赵华积累下了比较雄厚的资本，他看好码头生意前景，认为是长江稀缺资源，和老婆、小舅子商量后，决定索性自己在江边租一块地，放手一搏，将十几年打拼的全部身家投在码头上，独自筹建万吨码头。

"到自己真正做码头的时候，说实话不太好弄"。建码头对赵华夫妇来说是个大工程。当时码头选址于长江边上的一个蛮荒之地，长满了野草，到处是芦苇。一万五千吨码头的矗立，完全是"铁三角"们用一百块一百块人民币铺起来、垫下去的。回首创业二十多年，赵华夫妇手里并没有多少流动资产，原因就在于他们几乎将全部身家都垫在了码头上。首先是码头筹建的启动资金就要现金八千万。由于土地是归农场所有，租的是国家的土地，不是个人私有，银行贷不了款，没有办法办理抵押贷款，所以所有的资金都得赵华夫妇真金白银掏现金投进去。其次是租金，码头的土地是跟农场租来的，租金两千五一亩，一开始先是小规模经营，租了二十几亩地，租金是一年一付。随着资金的积累，"挣点钱就往里面投点，挣点投点。现在码头已经孵化得比较大了，慢慢扩展到近六七十亩地。"朋友们也由衷地钦佩他们："即使给我这个机会，我也没这个资本去运作。"

他们的资本积累与赵华极强的自制力有关。赵华认为酒能乱性，所以他与朋友在一起，不管别人怎么劝，他都遵守自己的原则，从不喝酒。挣了钱以后，并没有像一般人一样拿去消费、挥霍、享乐，吃吃喝喝，而是只要有点钱就会拿去再投资。买第一台挖掘机的时候是这样，挣了钱，攒起来再买第二台，再买第三台……筹建码头的时候，先租二十亩，再租三十亩……财富在不断的积累中，像滚雪球一样越滚越多，他们一直遵循投资再投资然后再投资的原则。这些为他们在2009年筹建万吨码头筑牢了坚实的经济基础，万吨码头的建立可不是个小工程，真金白银全是现钱。王美丽笑言："我们家码头就是用一百块一百块的现金铺就垒成的。"如果赵华夫妇挣点钱就挥霍掉，就没有下金蛋的鹅了。

码头业务有自身的特殊性，涉及到涨潮落潮。潮涨潮落水位变幅较大的码头，一般采用浮码头，也称"囤船码头"，用锚定在岸边、供船舶停靠。涨潮进，落潮出，主要是因为码头泊位的方向，涨潮进去后一方面可以提高进港速度，到了码头附近可以借靠涨潮流牵引，这样船舶更容易靠近泊位，尤其是大船，一旦落潮流很强，船头有的时候靠不进泊位，只有靠泊在泊位上后，带上尾缆船舶才可以借靠流压的力量安全靠上泊位。自从做了码头生意，赵华很少睡过囫囵觉。有时候夜里两三点钟，潮水涨起来，员工直接打电话给老板，咨询要不要牵引处理。多年来一直如此，作为老板，他没有睡整觉的权限。手机二十四小时处于待机状态。遇到涨潮或者其他大大小小的事，一个电话打过来，纵使是三更半夜，只要是工作上的电话赵华都照接不误，如果需要他亲自去现场指挥船只泊位的话，赵华就简单地披件衣服，从床上起来直奔码头而去。因为从事的是自己想干的事业，所以即便在码头上从早忙到晚，赵华也从无怨言，他乐在其中。

　　随着国家对良好生态环境的重视，再加上习近平总书记的指示："我们既要绿水青山，也要金山银山。宁要绿水青山，不要金山银山，而且绿水青山就是金山银山。"粗放型码头也要向集约化转型，如今赵华的码头基本上处在停业状态。这对赵华来说无疑于当头棒喝。喜爱历史的赵华明白，该发生的已然发生，能做的只有着眼未来。

　　赵华的前半生充满着很多"如果"，转折点比比皆是，宏观政策的调整并不由自己控制。但赵华认为失败是成功者的家常便饭，不停地跌倒，再不停地爬起。创业就是在挫折中成长，越挫越勇。人们常说创业是"剩"者为王，因为市场充满了不确定性，谁学得最快，谁最先抓住商机，剩下来的才是赢家。随着国家经济战略的转移，产业的发展也随之升级，适时而变才是真本领。一个人有多成功，他就能吃下多大的苦，就能扛下多大的委屈。赵华勤于思考，勇于尝试，敢于冒险。目前码头主要从事罐装业务，赵华夫妇正在办理有关仓储业务的证件，他们比较看好仓储物流业务，下一步准备向仓储物流业进军。

　　（二）资源是用时间累积出的信任

　　对于做生意的人来说，讲诚信是第一重要的。在苏通工业园区，南通嘉艺建材有限公司有着极高的信誉，赵华人缘很好。同样的一车货，即便出价低一些，人家都愿意少赚一点到嘉艺这边，就是因为嘉艺公司不拖欠工资。每到年底春节之前，一定要结清账款，让对方高高兴兴过个好年。这是嘉艺公司的传统，年年如此。王美丽说："别人欠我的钱，我到对方那里不一定拿得到。但是，到年底，像运费、材料钱、工人工资，我手上没有就是借钱都要结清。对中国人来说，一年忙到头，很多人家里就盼着这笔钱回家过年呢。"2020年，王美丽查了账单，应收帐款有两三千万；应还帐款：无。就是因为嘉艺公司结清了所有的应付款项，如材料钱、工钱等。

公司收到的上千万款项并不是现金，90%都是承兑汇票。照理说，收到的是承兑汇票，承兑期一般有半年期一年期，还没有到期，支付出去的应该不用现金也是承兑才是。以运费为例，吊装费五块，装运费要八块。王美丽认为那是装运师傅的辛苦钱，嘉艺公司不赚一分钱，运费全部贴息现金结算。看起来数字不大，王美丽算了一笔账，一百万的货款，光是运费公司就贴了一两万。王美丽介绍说，手上还有三张商业承兑，两三年了，还没有兑付成功。他们宁愿自己吃亏也不愿拖欠款项。创业者之间各种角色盘根错节，这里有一张包含信任、专业和名誉的互惠网络，嘉艺公司诚信仁义促成的结果是各个公司、承运商都愿意和赵华合作做生意，听到嘉艺有活干马上就有人接单，"生意好做"。诚信是促成嘉艺公司快速发展、赵华创业成功的重要因素。路遥知马力，日久见人心。嘉艺公司生意上的资源是用时间、用真诚一点点积累出的信任。讲究信用，不占别人的便宜，当别人有需要而自己有能力时鼎力相助，这些让嘉艺公司赢得了人缘和声誉，积累了一笔宝贵的财富。

创业不是云淡风轻的事，虽然赵华夫妇的企业不管是发展也好，转型也罢，和其他企业家相比较而言是顺风顺水的。但实际上，创业过程中，谁都不免经历各种艰难险阻，如果心中没有炽热的梦想与强烈的责任感作为支撑，企业家是无法克服创业过程中遇到的重重磨难的。赵华不喜欢过着朝九晚五规律的生活，他对这样一成不变的工作和生活有一种天然的抗拒心理，他是个不愿意受约束的人，所以他迈出了创业的步伐，做什么、什么时候做、怎么做都由自己自由安排。

赵华可以称得上"劳模"。当了老板之后，他以更加紧凑的节奏工作，非常敬业。每天早上六点多雷打不动，不用闹钟响，生物钟就提醒他该起床了，这些已经形成了条件反射。早上去工地、码头现场转一圈，中午回来吃饭，吃完小憩一下睡个午觉，下午晚上还要去，每天总要去个两三趟。如果白天忙，吃完晚饭都要去现场转转，多数时间都亲临施工现场。"他一天不去他的码头都不行，一天不去就好像失了魂似的。"王美丽开玩笑，说自己的丈夫赵华"如果不在施工现场，就在去施工现场的路上"。赵华打心眼里热爱他的码头事业，对自己的工作抱着万分的热情。自己做老板的确会更加劳累，做的事情也更加辛苦，但是他心甘情愿，乐在其中。心甘情愿的心理状态，让赵华做事有了内在的驱动力。

公司业务上如果有问题，他会想方设法及时解决。赵华的现场指挥能力是一流的，整个工作流程怎么操作、工作人员怎么管理、分配任务，有他在，大家伙儿就像是吃了一颗定心丸，因为赵华的现场指挥，既提高了工作效率，同时安全隐患也早早得到排查。

一年到头，他过着非常规律的生活。就是除夕大年初一，他也照常去工地上转转。许多人可能会有疑问，论经济实力，赵华夫妇获得的财富一辈子都用不完，而赵华本身又是个生活简朴简单没有多少消费欲望的人。吃不要吃山珍海味，穿不要穿奢侈品牌，玩也不去唱卡拉 OK，钱对他来说，就是个数字。那他为什么还要这么拼？他为什么能够数十年如一日保持这样旺盛的斗志和向前冲的激情呢？赵华认为，一个人一生能够消费的财富始终是有限的，只有理想、梦想才是保持干劲、冲劲和后劲的动力。一旦人的生活缺乏方向感、目的性，就会让人觉得沉闷，从而对一切都失去奋斗的激情。他说自己"最大的兴趣就是挣钱"，说到底，他就是事业型的人，他热爱自己的事业。在常人看来，经商是一件枯燥、毫无乐趣的事，但在赵华看来经商就是一场游戏，是他每天都想打赢的一场游戏，他在一场接一场打赢的商战中感受到了无穷的乐趣。

从挖掘机生意的破土而出，到土方生意的拔节生长，再到万吨码头的筹建与投产，这一路走来，赵华从事的生意基本都是和建筑相关，串珠成链，风景正好。

五、夫唱妇随："美丽"的大后方

（一）"只管往前闯，后方有我"

每个成功男人的背后，都有一个伟大的女人。王美丽认为只有把各自的角色扮演好，家庭事业才能够平衡好。王美丽家和别的家庭不一样，做事情夫妻两个人不用协商，但各自都做得很好。比如说女儿的婚事由王美丽全程负责，赵华没有参与任何环节的布置。王美丽是赵华事业背后的女人，赵华在外面做事情，放得比较开，他不用担心妻子，因为王美丽从来不阻挠他，而是全力支持。赵华还记得刚开始做挖掘机生意那时候，担心回不了本，妻子一番话打消了他的顾虑："我会作你坚强的后盾，你先做了再说。最坏的结果就是亏本，就是亏本也是有限的，大不了亏个几万。我们慢慢再挣。"后来的创业路上，王美丽兢兢业业地负责公司的财务，账算得清清爽爽，资金的来源、去向，每一笔都明明白白，成为赵华的好管家、好助手。

回首陪丈夫一同走来的创业之路，王美丽并没有觉得多么的曲折坎坷，波澜壮阔或者异乎寻常，她感谢老天爷的特别眷顾，让夫妻俩平平淡淡、一路顺风顺水地走到今天。如果要找成功背后的另一个原因，她归功于丈夫赵华敏锐的商业嗅觉，事事快人一步，走在前面，所以相对来说赚的钱就比后来者快了一点。当农场跟风的人多了之后，他们又转向了新的行业。创业之路真的如此轻松吗？实际上商场如战场，外面的风风雨雨都由赵华独自扛下了。王美丽主要负责公司的财务工作，是赵华的"财政大臣"。赵华很感谢妻子："她把公司的账目管理得井井有条，我才能在外面无后顾之忧。"

经营家庭各有各的门道，适合自己的就是最好的模式。赵华王美丽夫妇是典型的传统的"男主外，女主内"相处模式。二十多年，两个人合作得天衣无缝，配合得非常默契。他们各有自己的自留地，互不干涉。在外面赵华说一不二，一切都是赵华说了算，王美丽不置可否，她只要把公司财务应该收的账整理好就行。家是王美丽的自留地，她勤快贤惠，家里一应俱全的大小事务，大到像孩子上学、老人住院、女儿结婚，小到像家庭的采购计划、打扫卫生、家务整理、买菜做饭等等都是王美丽一个人拿主意，不用跟丈夫商量，也不要他帮忙，安排得井井有条。家里的所有支出，都由美丽负责，赵华不需要操一点心，在家里只要当个甩手掌柜就行了。"就是酱油瓶倒了都不扶。"王美丽开玩笑说,"比如吃饭,家里来了客人,我老公像个亲戚,甚至比客人还客人,我还要派人找他回来吃饭。"王美丽习惯了一个人大包大揽家里的活,自己拿主意。

这一切源于理解和信任。作为一个女人,她活得很通透。没有因为丈夫顾不上家而大发脾气有所抱怨。当丈夫选择创业的时候,她就做好了守住大后方的准备。因为作为一个创业者,他需要时刻在前方冲锋陷阵,只有没有后顾之忧,他才能放心大胆地往前闯。赵华还记得创业时,妻子对自己说:"你大刀阔斧地干,大步流星地走,放心大胆地闯,如果有什么困难,我们一起扛,我和你一起同舟共济,绝不拖后腿。家里你不要有一点顾虑,我会照顾得妥妥贴贴的。"王美丽是这么说的,也是这么做的。她心甘情愿,无怨无悔。赵华承认今天的成功"有妻子的一大半功劳。"王美丽理解老公在外面独当一面,工地的事、码头的事、公司的事等等千头万绪,承受着极大的压力。家是放松的地方,只有在家里,赵华才能放下所有负担,放下所有防备,获得短暂的轻松。下雨天,晒在外面的衣服,赵华在家,他也不知道要收回来,"收它干嘛?湿就湿了,明天再晒",这让王美丽哭笑不得。赵华是生意上的能人,却是生活上的"白痴",这一切只是因为妻子的有意纵容。

(二)财政大臣被"收"了权

王美丽对自己的生活感到非常满意,五十多年的人生一直顺风顺水,"该结婚的年龄结婚了,该生孩子的时节生孩子了,然后该有钱的时候就有钱了。"王美丽接着说,"要是我不投资,我真的是很幸福的,没什么糟心事儿。"让王美丽感到劳心、糟心导致她的财政大权被"收回"的主要是她的两次失败的投资。与赵华做生意基本没有亏过本不一样,王美丽自作主张、未经协商的两次投资大都打了水漂,加上股票、期货她算了算大概损失了两千万。王美丽自言,钱在她手里,她就耐不住诱惑想让钱生钱。赵华是个干脆利落的人,做生意喜欢直来直去,清清爽爽,他反感与人在生意上产生纠纷,磨磨唧唧,牵牵扯扯。除了小舅子,他并不喜欢也不愿意与人合作,因为人多口杂,各有各的主意,大家的前进方向不一致,做事就容易拖泥带水不利落。而王美丽的两次投资都犯了他的大忌。

2019 年，张萍通过朋友介绍，认识了王美丽，她名下有九百平方米的酒店，但是没有现金流，知道嘉艺公司的财务都掌握在王美丽手里后，就主动提出跟王美丽一起合作开个酒店，她们两个一个出钱，一个出地方。她给王美丽画了一张大饼，认为现在的酒店不成规模，如果两个人合作，强强联合，楼上楼下扩建，可以做成别具一格的高档连锁酒店，生意前景一片光明。王美丽没有多想，也没有同丈夫赵华商量就一口答应了下来，她不疑有诈，从公司账上挪出了八百万现金作为酒店投资。话说房子是张萍的不假，但当时她出租给别人，和别人签了长达十年的合同，合同才进行到第三年远远没有到期，张萍利用王美丽出面毁约出了一笔不菲的转让费把前租客赶走。从这一点就可以看出，张萍是个不守信用，没有契约精神的人，同这样的人合作做生意，必然凶多吉少。

果然不出所料，扩张酒店的贷款银行并没有拨付下来，此时她已然掏出了八百万，王美丽提出，她再拿两百万酒店自己一个人做，不和张萍合作，让张萍撤出来。但张萍坚持还是两个人合作。王美丽又提出自己退出来，但要张萍把自己投资出的钱还给自己。两人僵持起来里，张萍既没有钱，也不把酒店给王美丽。现在王美丽帮忙还了四百六十万的贷款，手上有酒店九百平方的房产证作为张萍的抵押。最好的结果是等张萍还王美丽出的钱，否则就要将酒店拍卖。事情过去了两年，王美丽没有办法只好去法院起诉。这件事牵扯了赵华的不少精力，赵华感到有些气恼，没想到妻子这么糊涂。

一波未平一波又起。接下来发生的事让赵华下了狠心收回了财政大臣王美丽的"权"。王美丽也自我总结："我不能有钱，我一有钱就要瞎投资了。"这回是家产有几个亿做纺织生意的李明托人找上了她。李明神色憔悴，苦苦哀求道："王总，实在是没有办法了。拜托你看到朋友的面子上帮帮忙，借我六百万，只要两三个月，周转一下就行，你钱放着也是放着。你放心，利息我不会亏待你，按市场行情走，三个月到期，我连本带利一起还给你。我家里资产有四个亿，我不会昧你的。"王美丽心软，耳根子也软，又见自家账上有余钱，她预测三个月内公司不需要动这笔钱，又见对方苦苦哀求，心想，钱闲着也是闲着，借给李明最起码还能拿个几十万的利息，再说了，李明家大业大，还能差我这几百万块钱？她没有想到，她打的如意算盘又落空了。李明说是借两三个月，现如今两三年过去了，钱还没有影子。

要说李明也不是故意有钱不还。李明是做纺织生意的，纺织厂是老厂，位于城区。但是行业整顿，环保不达标、有污染的企业像纺织类的不能再留在城区。政府规划了新区，李明找王美丽借六百万就是要在新区建污水处理系统。按理说，纺织厂搬迁，政府会补贴一笔搬迁费。但是由于环境影响报告书、建设项目环境影响报告表和环境影响登记表备案的大环评、小环评报告没有及时出来，拖了进度，正赶上李明建新厂区的时候需要钱，他四处找人借的钱也要还，再加上施工方的选择也存在一定问题。"破屋更遭连夜雨，漏船又遇打头风"，政府答应给的补偿款也一直没到位……这一系列的原因叠加在一起导致了亿万富豪李明资金链断裂。无奈王美丽又一纸诉状起诉了李明。

王美丽接二连三发生的投资败笔让赵华意识到，妻子是个耳根子比较软的人，一旦她手上有钱，就可能被人蛊惑盲目投资。"你给我老老实实呆在家里，我不要你去赚这个钱，你这不够人糟心的。钱不能放你这了，再放你这，全给你放没了。"钱不是大风刮来的，却是大风刮走的。这两记当头棒喝让王美丽意识到自己的弱点，如醍醐灌顶般，王美丽从李明的身上意识到，企业的发展不能采取冒进式的方式盲目扩大，应该严格把控现金流，有多大能耐铺多大摊子。她说："老公你有多少能力，你就给我做多大事。"作为民营企业家，李明资产达几个亿，但是他欠王美丽的六百万也还不上。为什么？因为他没有现金流，只要银行银根一收紧，这些企业家就举步维艰困难重重。赵华见多了这样的人，2.3亿建的酒店，近两年1.8亿贱卖，也没有人收购。做企业的，哪有那么多的现钱？像赵华夫妇拿出八千万建码头的确是罕见了。饭要一口一口吃，路要一步一步走，步子迈得太大，很容易像李明一样摔个大跟头。企业发展提速可以，但不能跨越。跨越式发展，有时候可能是忽略某些问题存在的冒进主义。

俗话说，男人是搂钱的耙子，女人是装钱的匣子。王美丽深以为然，钱让男人去挣就好了，作为女人守土有责，守住财富不折腾就是在帮忙。

（三）要做创二代，不做富二代

赵华夫妇有一个独生女儿，小名颖颖，1994年出生。颖颖一直是王美丽照料，爷爷奶奶，外公外婆在王美丽忙不过来的时候过来帮忙照看。孩提时的颖颖聪明可爱，乐于分享，是个很大气的孩子。一天，王美丽看见六七个孩子，聚在一起，一人一瓶娃哈哈，一人一根火腿肠，吃得不亦乐乎，就问："颖颖，你们小朋友今天怎么都吃一样的东西呀？"三四岁的颖颖奶声奶气地回答："不是的，妈妈，都是我请客的。"王美丽奇怪女儿哪来的钱，回家一看，存钱罐里零钱都不见了。

因为颖颖从小分享食品惯了，所以她想当然地以为别人的东西也应该与她一起分享，导致隔壁的小胖经常来告状："姨妈，你家颖颖要我的炒米吃，你管管她。"回忆起女儿小时候的趣事，王美丽乐开了花。王美丽认为情商比智商更重要。对于女儿的教育，她觉得重要的是培养孩子的兴趣，如果不感兴趣，不喜欢，就不要逼孩子。颖颖小时候学过小提琴、电子琴，女儿不喜欢，王美丽没有像今天的虎妈一样逼着孩子学，她最关心的是孩子的心理健康。

2006年，颖颖考上了南通平潮中学，离家比较远，开车也要一个半小时，所以选择了住校。住宿生的生活严格按照时间表进行，因为颖颖自小娇生惯养，生活自理这块做得不好，一开始上学她就很不习惯。一到要返校的日子，就抱着肚子直说"疼"。当时把王美丽愁坏了，带着颖颖把南通上海大大小小的医院都看了个遍，医生论断说身体没有问题。颖颖在家休息了十几天，没提肚子疼的事，后来知道是属于心理上的假性疼，不是生理上的真性疼，这是心理上对上学有了排斥。王美丽思来想去决定女儿不能再住校了，于是把女儿送去了老师家里寄宿，跟着老师早出晚归，不住校了以后颖颖的假性疼症状消失了。

初中毕业后，女儿的成绩处于中等水平，王美丽认为女儿没必要再闯高考这座独木桥，她心疼女儿万一上了高中，学业负担重，心理压力大，最后的结果最多就是考个不好不坏的大学。权衡利弊，思前想后，她下定决心：送女儿出国读书。远赴异国他乡的求学之旅，对颖颖来说既是一场考验，也是一次锻炼。一方面锻炼了英语口语能力，另一方面见识了世面，培养了自己独立自主的能力，解锁了烹饪、金钱管理等多项技能。颖颖在澳大利亚读高中时，寄宿在澳州本土家庭，就是常说的homestay。寄宿家庭对女儿的人生观带来了很大的影响。女儿回来对妈妈说："在国外，工作与生活是分开的，生活就是生活。房东六十多岁了，工作是开大巴。她一到家不像中国人赶紧做饭，而是先喝杯咖啡看看夕阳。"作为富二代，她知道自己爸爸多么忙碌。澳州蓝领工人随时享受生活的状态给了颖颖深深的震撼。在澳州人眼里，车也只是个代步工具，而不是用来炫耀的资本。对比中国人，把物质看得实在太重了。澳州人随时一种享受生活的状态，时不时地开个 party，调剂一下生活，周末的时候肯定是出去旅游。中国人很多时候是生存着，总是一副形色匆匆，苦大愁深的状态。

王美丽母女感情很好。她的多款奢侈品设计包都是女儿送给自己的礼物。有时候王美丽跟女儿开玩笑："你这不是用我的钱做好人嘛？"女儿说："妈妈，钱是你给我的，但是到了我的手上，我就拥有了处置的自由，怎么花是我的事。"王美丽扪心自问是这个理，钱给了女儿，女儿就有花的资本，如果女儿花在了别的地方一样是花掉了。现在女儿一片孝心，能想着自己，给自己买好看的包包，自己应该感到高兴。王美丽思量着，夫妻俩这么辛苦打拼，就是为了给女儿有自由选择的能力和勇气。让女儿做她喜欢的事，过她喜欢的生活。享受生活而不仅仅是生存着，这正是王美丽送女儿出国，女儿最大的收获，也给自己带来了不一样的看问题的角度。

高中毕业后，颖颖考上了澳州布里斯班科技大学，学了酒店管理专业。毕业后，2018 年回国，自己找了一份工作，在学校的培训机构，教中英双语，干了一年半没和家里商量就辞职了。后来跟母亲旅游了两年，女儿大了，做母亲的免不了开始了催婚，结果女儿自己找了个班上去。接着女儿找到了喜欢的对象，按步就班地结婚进入了婚姻生活。赵华王美丽夫妻俩的意见，是想让女儿回公司管理财务，这么大的公司，自己只有一个女儿，总归要女儿回来接班的。但是女儿说对建筑行业不感兴趣，自己先找个工作作为锻炼。赵华夫妻觉得，女儿大了，还是放任她吧，让女儿先大胆地尝试。王美丽说起女儿去面试，人家看她开的豪车，见她名下还有酒店，很奇怪："你家这么有钱。为什么要到我这来上班？"颖颖说因为对这份工作感兴趣。颖颖不愿意单纯做个富二代，躺在父母为她准备好的产业上呼风唤雨，她想在外面靠自己的力量多闯荡，多学习，积累经验做个创二代。

六、"向天再借五百年"

王美丽买了很多高端的养老保险，关于未来的规划，她的理念比较超前："我以后肯定是自己到养老院去。"在生意上，她没有多少要操心的。现在的生活正是她最喜欢的状态，闲下来的时候，每年开开心心地跟要好的小姐妹们一起，喝个小酒，隔三差五地旅旅游，打个小牌，跳跳舞，来星空医疗做个健康疗养。"我没有太大的志向，喜欢过小日子，去别的地方我也喜欢吃个小吃。我就喜欢这样悠闲地生活着，能玩能乐。"王美丽也能静得下来，她去山里一个人呆一个月也没事，"我宅的时候很宅，闹腾的时候很闹"。她想着现在把身体调理得健健康康的，到时候伺候好丈夫。唯一的女儿已经成家立业，有了第三代，有能力就帮女儿带带孙辈。

经过颈椎的折磨，历过半个世纪的风吹雨打，在星空保健的经历，王美丽深深地感受到：健康是最重要的，一个人要大度万事看得开才能保持一个好的心态，而良好的心态是健康身体的基础。心理学家阿尔弗雷德·阿德勒说："世界很单纯，人生也一样。不是世界复杂，而是你把世界变复杂了。"王美丽觉得人生苦短，应该抛却那些不重要的人与事，记得那些有恩于自己的，让生活简单再简单点。她相信人与人之间有各种各样的缘份，和赵华的相识是命中注定的婚姻之缘，和其他人的相遇不管是善缘还是孽缘，都是缘，本着这样的理念，王美丽处处与人为善，就是吃了亏上了当，亏损了两千万，她也倾向于认为，这是她人生必经的一段孽缘，因为人生就是有苦有甜，这样的心态让王美丽活得更洒脱更豁达。

王美丽唱得最好听的一首歌也正是赵华最喜欢的：豪情万丈的《向天再借五百年》，两个人百听不厌。"珍惜苍天赐给我的金色的华年 / 做人一地肝胆做人何惧艰险 / 豪情不变年复一年 / 做人有苦有甜善恶分开两边 / 都为梦中的明天 / 看铁蹄铮铮踏遍万里河山 / 我站在风口浪尖紧握住日月旋转 / 愿烟火人间安得太平美满 / 我真的还想再活五百年。"赵华喜欢历史，他一般不爱看电视，但是像雍正王朝类的电视剧，他能反复观看。中国上下五千年的历史，他了如指掌。做生意感到困惑的时候，他喜欢向历史深处寻找答案。学史可以明智、明理，学史也可以明责、明德。赵华在历史中学到了管理与做人的原则：宽以待人，严以律已。"大道至理，鉴往知今"，在浩瀚的历史长河中汲取中国式的管理智慧，为他的创业注入了精神内核。

结语

曾国藩说读书人应该做到"三有"："第一要有志，第二要有识，第三要有恒，有志则断不甘为下流，有识则知学问无尽，不敢以一得自足，有恒则断无不成之事。"对创业的人来说，何尝不应该做到这三有呢？一个人有志向有志气，一定会拼搏奋进力争上游，不会心甘情愿居于末流；有见识就会知道商海无限，创业时不会固步自封，不会自满于眼前取得的一点成果而不思进取、裹足不前；世上无难事，只怕有心人，有了恒心，有了坚韧不拔的强烈意志，这世上就没有他干不成的事了。赵华夫妇成功的关键，就在于夫妇二人凭着他们顽强的意志，坚韧不拔的毅力，坚定的信念，运用在商海中摸爬滚打得来的知识，识得商机。商场如战场，信息瞬息万变、商机稍纵即逝，正因为赵华能及时捕获昙花一现转瞬即逝的机遇，从而在市场上赢得先机抢占先位。不管是做挖掘机生意、土方生意还是后来的筹建码头，赵华处处快人一步，赢得了商机，而抓住商机就是抓住了财富。赵华作为一名实干家，不仅具备管理公司的能力，更重要的是他对于自己公司的未来发展有前瞻性的眼光，正因如此，南通嘉艺建材有限公司才能在当前改革开放的新形势下稳定发展，做好做优，做大做强。

要努力，更要足够坚持

——记江苏地基工程有限公司分公司创建者闵兆新、郑海仙夫妇

何 霞

　　江苏地基工程有限公司是华东地区从事地基基础施工较早、设备较齐全的专业性企业之一。历年来，以讲质量、重合同、守信誉而深受设计和建设单位的欢迎。公司是具备地基基础施工资质的省属企业，主营各种地基处理、各类桩基施工、特种基础处理，公司设备先进、工艺新颖，施工手段齐全，并与多所大专、院校、科研单位有技术协作关系，2001年5月被南京建筑工程学院（工业大学）指定为专业实习基地，理论与实践的结合得到了进一步升华。

　　创立公司以来，公司一贯坚持以"精心施工、科学管理、优质服务"为宗旨，出色地完成了许多项目，获得了社会与企业的一致认可。自2005年度起，已经连续十三年被江苏省人民政府和江苏省工商局评为"重合同、守信用"企业，2006年度被中国工程建设监督管理协会评为"全国工程建设行业先进单位"，2008年被江苏省建筑工程管理局评为"江苏省建筑业质量管理先进单位"。获得如此殊荣，是企业常年对此项工作坚持不懈努力的结果。机会是自己创造把握的，公司多年打下的良好口碑，仔细负责的工作态度，成就了公司蒸蒸日上的发展历程。2000年一次性通过ISO9002质量认证，2002年又进

行了 ISO9001：2000 的改版工作。通过几年来的运行操作，为了进一步满足施工管理的需要，公司于 2015 年 8 月份申请要求北京恩格威认证中心进行了换版并到施工项目部及公司总部进行了严格的审核。审核结果均为通过，一次性换版成功，认证中心为公司颁发了认证证书，使公司的管理跨上了一个新的台阶。

江苏地基工程有限公司已有近四十年的施工经历，发展至今，已经具有相当丰富的施工和管理经验。现有高、中级职称人员六十名，初级职称人员一百九十三名，一级建造师六十四名，二级建造师九十八名，

闵兆新、郑海仙夫妇

小型项目管理师十名，各类安全、机械等持证上岗人员五百五十名，技术工人六百余人，技术实力雄厚，施工质量可靠。

闵兆新和郑海仙夫妻是江苏地基工程有限公司工程处负责人之一，是伴随着公司成长起来的骨干力量。可以毫不夸张地说，没有闵兆新夫妻等一众人多年的努力，没有闵兆新等人作为周孝候周总的左膀右臂，始终不离不弃，陪伴着周总筚路蓝缕、辛苦创业，就没有江苏地基工程有限公司今日的辉煌。从过去的乡镇建筑民兵连到如今的太湖地基，从过去的宜兴地基公司到如今的江苏地基工程总公司，从小小的乡镇企业出发做到了全国行业领先地位，当时任谁也没有想到，自己当时攥紧在手中未曾放弃的苗儿，多年后，长成了参天大树。这跨越鸿沟的力量，来自于努力，更来自于坚持。江苏地基有限公司的崛起是一个传奇，这是周总的传奇，也是闵兆新等骨干们的传奇，是他们

脚踏实地，以汗泪浇灌，用坚持、勤劳、拼搏换来的奇迹。

　　闵兆新与郑海仙夫妇一路打拼到现在，他们的变化人们看在眼里，惊叹在心里。他们参与创造的公司成就了一个奇迹，反观他们自己，这对夫妇的人生也充满传奇性。闵兆新和郑海仙都出身贫苦，没有学什么文化，因此他们也知道，想要创造出好的生活，必定要依靠自己勤劳的双手。于是闵兆新学习瓦匠手艺，赚钱生活，因为闵兆新常年在外卖苦力赚钱的缘故，家庭的重担完全落到了郑海仙头上，郑海仙被迫学会坚强。每天的重活累活，家庭的开销负担等等让她没有一点空余的时间缓口气，因此她养成了省吃俭用，一有钱就存下来的好习惯。日子就像账本上的数字一样慢慢积攒，时间带来了闵兆新与郑海仙身体上深深的痕迹，也带来了熬出了头的日子。闵兆新慢慢地赚得足够补贴家用的钱，日子慢慢地回到了正轨。闵兆新与郑海仙夫妻本来与打桩行业完全没有交集，在周孝候的劝说下，本着多年的情分与信任，闵兆新夫妇毅然决然放弃了逐渐安定下来的生活，决定陪周孝候赌一把，把握时代的机遇，拼搏一次。于是闵兆新夫妇与其他好友一起组成了一个热血沸腾的团体，在此之前所有人都没有任何对打桩行业的了解，但这并没有打倒他们，凭着自己的努力，凑钱买了打桩机，学习画图知识，与设计人员对接，到处招揽订单……为了一个看不到任何曙光的未来，大家都没有放弃，发挥着自己的作用，从一个只有几个人的小团体发展成初具规模的公司。闵兆新记得在最初干打桩的时候，经常碰一鼻子灰。介绍业务，招揽客户……这些对于一个名不见经传的刚发展起来的小公司来说，最为困难：没有人脉，没有客源，也不会轻易被人相信、接受与采纳。在他的印象里，每天干的最多的事情就是折返于各种公交与火车，一路上奔波。每天都在吃闭门羹，受挫后依旧重振旗鼓，寻找新的希望。就是在这样恶劣的环境之下，闵兆新摸爬滚打，硬是开辟出了一片天，积累了不少优秀的人脉，引进了许多订单，奠定了公司的根基。在后来他决定自主创业的时候，多年积累下来的经验与资源起了作用。凭借着仔细严谨的工作态度，出色的工程完成度，闵兆新夫妇在打桩行业一路上过关斩将，所有难题都迎刃而解，事业扶摇直上，成就了行业内的一段佳话。多年后再回想，闵兆新与郑海仙夫妇依旧庆幸自己当时在困难与挫折面前选择了坚持。

近几年，苦了大半辈子、累了大半辈子、奋斗了大半辈子的闵兆新与郑海仙夫妇俩终于开始享受美好的退休生活。自从 2015 年退休以来，郑海仙学会了美容养颜，为时不晚地缅怀自己如花似玉的青春。年轻时过早地经历了生活的苦痛，使得郑海仙早早地衰老，生活的风霜在她的身上体现得淋漓尽致，等到老年，有了条件，接触得多了，郑海仙深刻认识到女人的美丽可以通过保养焕发出二次光彩。她经常去美容院给自己的皮肤排湿、祛疤、祛痘，于是，她黝黑苍老的皮肤开始慢慢脱落，露出里面更为年轻白皙的肤色；她一直坚持锻炼和身体保养，常常感觉到自己虽然年龄逐渐老去，但心情与身体却是越活越年轻。即使现在生活过得富裕了，郑海仙也从来不会摆富家太太的架子，相反，因为年轻时吃过苦，所以性格非常独立果断，家里什么大大小小的事情都力求亲力亲为，很少去麻烦别人。

如今，老夫妻俩最大的乐趣在于儿孙绕膝，欢聚一堂。郑海仙很疼爱她的孙辈，仿佛要把未能给予儿子与女儿的爱全部放到他们的子女身上，她对孙辈的爱明目张胆。她从八岁的孙子、十三岁的孙女、十一岁的外孙的名字中各取了一个字组成了自己的微信名：荣宸桢，逢人便夸孙辈的好：我家孙女成绩好的嘞，考初中一下子就考上了四个学校，都不知道该去哪个好了……周围一圈好友都打趣她是一个孙儿奴。闵兆新与郑海仙夫妻感觉他们自己是世界上幸福且幸运的人，大胆地选择打桩行业，抓住了机遇，发展成了如今的模样，生活安定，儿孙满堂，身体安康，一派岁月静好。

除了照顾和陪伴家人，闵兆新和郑海仙还不忘回报家乡，回馈社会。他们自己掏腰包给村里新修了马路，这大大方便了村里的人们的进出；还为庙里修筑菩萨像提供了赞助，让村里像他们一样礼佛的老人有了精神寄托和聚会的场所……郑海仙经常挂在嘴边的一句话是，人这一辈子啊，一定得心善！夫妻俩一心向善，积极为家乡、为社会谋取福利，或许冥冥之中自有善报，夫妻俩虽说已经七十岁上下了，但是依旧耳聪目明、身体硬朗。闵兆新妈妈九十四岁去世，郑海仙妈妈八十九岁去世，他们都是村里难得一见的高寿，村里人都说是善有善报……

一、不般配的婚姻：地主家庭的女儿和中农家庭的儿子

见过闵兆新和郑海仙夫妻俩的人都说他俩长得有点像。每到这时，郑海仙都会抿着嘴笑，笑完又有点不好意思地说，他是我表哥啊。大家都以为她这是在开玩笑呢，其实不然——郑海仙的爸爸是闵兆新的舅舅，闵兆新的妈妈是郑海仙的姑妈，也就是说，闵兆新娶了舅舅家的女儿，郑海仙嫁到了姑妈家。等听到郑海仙的解释后，大家都会惊讶于这层关系的复杂。

同时，大家讶异之余可能会有点羡慕这样青梅竹马、亲上加亲的感情。但其实现实颇为残酷，这之间夹杂着无尽的心酸与无奈。郑海仙是地主成分家庭出身，由于当时敏感的阶级观念，地主家庭是受人唾弃与鞭笞的。郑海仙从小就被人瞧不起，在学校亦会受到同学的白眼与嫌弃，她因此渐渐产生了厌学心理，到了五年级就因心理压力过大而彻底不想去学校了。郑海仙的弟弟也是如此，他口袋里装着新学期的学费却不肯去学校报到，在外面转了整整一天，晚上回到家里又把钱交还给了父母。郑海仙的父亲是一位人民教师，母亲也出身于高级知识分子家庭，他们深知读书的重要性，但身处那个特殊的时代，他们没有任何办法去说服子女，也没法脱去地主家庭的无形镣铐，只能叹着气、含着泪安排他们下地干活。

郑海仙的大舅舅是宜兴文化馆馆长，小舅舅是军工厂无锡压缩机厂厂长，还是一名高级工程师、高级经济师，发明过螺杆式压缩机，在1970年，他的光荣事迹还被刊登在《新华日报》上。舅舅们看到姐弟俩纷纷辍学十分心痛，他们一直都在鼓励郑家姐弟继续读书，但童年的阴影对于两个孩子心灵的摧残太过严重，学习无形之中已经成为了洪水猛兽，抵触情绪十分强烈。一切苦难的源头正在于地主成分家庭这一顶帽子，等到1976年条件允许后，小舅舅亲自去宜兴档案馆调取档案，调查郑家的成分问题。这时才发现，郑家的地主成分是地方私下认定的，没有官方认证，所以压根没有被写进档案。也就是说，郑家头顶着地主成分的达摩克利斯之剑担惊受怕了几十年，其实这把剑是并不存在的。郑家无缘无故被扣上了一顶荒唐至极的帽子，遭受了漫长时间的冷眼谩骂，甚至完全改变了郑海仙姐弟的人生轨迹。

闵家虽是中农，但因为是近亲的缘故，也深受郑家地主成分的影响。闵

兆新从小有个军旅梦，希望有朝一日能参军报效祖国，但是由于郑家的缘故，他是没有参军资格的。当时他连体检的机会都没有得到，只能眼睁睁地看着最后一批海军报名结束，他也从此彻底断了从军的念头。当时单纯的他并不理解为何要如此区别对待，有人明明有哮喘却可以轻松获得初选名额，自己的身体这么强壮却连初选的资格都没有。一直到现在，这都是他心头的一个遗憾，谈起参军入伍，闵兆新依然会十分激动，一腔热血至今没有熄灭。谈起自己的初心，闵兆新遁入久远的回忆，其实一开始只是觉得军人很酷，但是后来了解到军人每天要干的事情之后，更加渴望参军为祖国建设出一份力。

闵兆新和郑海仙同为命运的受害者，被迫改变了各自人生的轨迹，年轻的时候总会埋怨命运的不公，可等到成熟时，反思回望，反倒觉得这是上天给的考验，闵兆新与郑海仙夫妻用双手拼搏，以努力、更以坚持战胜了命运，向人生交上了一份满意的答卷，他们用亲身经历告诉人们或许人生道路上会有一时的绝境，但总会开辟出一条新的道路，只要有一颗奋斗的心，一双勤劳的手，即使命运待人不公，自己也可以扭转乾坤。

二、少年学艺，脱颖而出：事业有成，反哺师父

正所谓"家财万贯，不如一技在身""天荒饿不死手艺人"，军旅梦落空之后，少年闵兆新决定担起责任，去从师学艺，养家糊口维持生计。在当时，百工技艺统称为"九佬十八匠"，其中包括"金银铜铁锡，木瓦窑石漆，雕画焗盖箍丝染，矛弹镐箍皮"等二十二个行当。拜师学艺，先得清楚自身条件以及兴趣爱好，然后再决定去学哪门手艺。如瞎子学算命，跛子学鞋匠，身体瘦小的学剃头、学裁缝，强壮的学木匠、瓦匠、打铁等。闵兆新觉得自己的身体素质是可以去当兵的，力气很大，所以选择了学起来最辛苦、最需要体力、也是最赚钱的瓦匠。瓦匠虽赚的钱相较于其他手艺活更多，但并不是那么容易学成的，拜师成为了他学艺路上的第一个难题。那时，能带并且愿意带徒弟的大瓦匠师傅并不多，经历了漫长的求师被拒与来回奔波，几经周折闵兆新才得以拜宜兴闸口乡建筑站站长为师，系统学习瓦工，学徒期三年，学徒期间，只管吃用，不取工钱。对于这一切，闵兆新毫无怨言，相反，他已经十分满足了，他内心十分感激师父愿意收他为徒，教会了他足以养活自己的真本领。每天早上天刚蒙蒙亮闵兆新就要起来从村里出发，步行十四里路去师父家，他忙碌的身影穿梭于四季，一晃就是三年。

春天，江南草长，杂花生树，群莺乱飞。江南的春风抚摸着大地，像柳丝的飘拂；体贴着万物，像细雨的滋润。于是，一朵枝头初绽的花，芬香四溢；一片刚蒙上新绿的草，碧如软翠，一条春潮涌动的河流，烟波浩渺；一群雏鸟试飞的天空，一碧如洗。春苗在霜冻中返青了，山桃在积雪里鼓苞了。闵兆新也在这蕴含着无限生命力量的春天里肆意生长，苦学手艺、报答家人的念头像千千万万颗种子埋在他的心底，在坚硬的壳里，弓起了蓄满力量的腰。

夏天，一切事物在太阳底下蒸腾，天地间便弥漫着无形的热气，天地万物仿佛变得火光闪闪的，河边的芦苇叶也晒成了卷，一切植物都无法抵制这种热浪的袭击，都昏昏欲睡地低下了头。大路上，偶尔有人走过，都是匆匆的样子，仿佛在这样的日头下一旦呆久了，就会化了似的。学习了手艺之后，闵兆新开始跟着师父做瓦匠工作。他作为一名新晋瓦匠第一次体会到人们常念叨的"看天吃饭"，越是天气炎热暑气蒸腾，越不能停息，越要抓紧时间干户外的活计。因为瓦工的工作分为很多种，但大多数是室外劳作，如果没有户内的活计，例如贴瓷砖、刮腻子、砌灶台等，一旦下雨就得停工等天晴，一旦下雨就意味着这一天没有工钱。

秋天是闵兆新最喜欢的季节，枫树一树一树地红起来，红得很耐看。这时，翠绿与金黄相混，辛苦与喜悦相杂，希望与回忆相间。秋天的早晨，霜浓露重，当闵兆新赶到师父家时，头发梢已经完全湿了，霜把眉毛都染白了，他却浑然不知。师父看见边笑得前俯后仰边给他递上毛巾，师兄弟们也调侃他是白眉小老头了。闵兆新不好意思地挠着头，用师父给他的毛巾擦干了眉毛上、发窝里融化的霜水。

冬天，乡间小路被冻得硬梆梆的、白挺挺的，穿着鞋子轻轻一踩居然还能踩出一个个脚印，就像下雪了一样。闵兆新喜欢穿着老棉鞋，把小路当溜冰场，双脚一前一后地用着力，飞快地滑行，哧溜一下就到了师父家。有时寒风凛冽，风啸声在冬日的清晨显得格外凄凉，每当转过一片树林，冷风像水一样地往脖颈里灌，风尖儿像刀刃似的划着裸露在外的皮肤，割得耳朵尖生疼，仿佛马上就要给切断了。闵兆新却丝毫不敢马虎，他必须提前在师父家门口，等着师父睡醒了开门，程门立雪，风雨无阻。

寒来暑往，闵兆新就这样在年复一年的奔走中积累沉淀，在师父的耳提面命下快速成长，成为了一名优秀的瓦匠。那千千万万颗种子在四季更迭中破土发芽，往下生根，向着太阳竭力生长，长成了参天大树。

当时有三个人跟在师父后面学徒，其中，闵兆新是师父最信任最喜欢的徒弟。因为闵兆新肯吃苦，有耐心，人又聪明。师父的妻子很早就去世了，他就把闵兆新当自己的孩子一样对待。师徒如父子，这是拜师学艺的行话，意思是师徒关系，有如父子关系。师父要像父亲一样关心徒弟，传授技艺；徒弟要像子女那样对待师父，规规矩矩，恭恭敬敬。正所谓"一日为师，终身为父"，这句话既代表了徒弟对师父的一种尊重，同时也体现师父对徒弟的深远影响。闵兆新与他的师父正是做到了这点，在闵兆新决定学瓦匠但因找不到老师而无所适从的时候，是师父出现拉了他一把，愿意将自己的技艺倾囊相授，给闵兆新提供了谋生的机会，待闵兆新如自己的亲生孩子，他是一技在身，令人钦佩的师父，亦是闵兆新另一种意义上的父亲。闵兆新在跟随师父练瓦匠技术前已经做好了充分的吃苦的准备，为了不让师父失望与责备，他每天坚持早早等在师父家门口，在学习瓦匠手艺时也认真对待，一点即通，对待师父也是十分尊敬孝顺。在他看来，支撑着他三年学成瓦匠技术的不仅仅是他肯吃苦不怕累的态度，师父的关怀在很大程度上慰藉了他身体上的苦痛。闵兆新与师父双向奔赴的师徒情与父子情是师徒的完美典范，三年的学徒时光造就了闵兆新技艺与心灵的双重升华，为以后打桩事业的巨大成功做了铺垫。

瓦工学成以后，闵兆新依依不舍地离开了师父，开始独当一面。三年的朝夕相处早已让两人的心紧密相连了，无论身处何地，过了多久，都割舍不下对方。闵兆新深知，做人不能忘本，滴水之恩，当涌泉相报。师父在他年轻时给予他的帮助让他度过了许多难关，用精湛的手艺撑起了一个家，因此不管出于何种原因，师父都应该是他一辈子应该并且值得孝敬与尊重的人。不论是生活一贫如洗，或者是生活有所起色，还是后来创业成功，他的心里始终挂念着师父，以实际行动报答师父，始终如一。过了多年，闵兆新与师父还像亲人一般往来，逢年过节，都会给师父送去礼品。虽然日后闵兆新大多数的时间都在从事打桩，并没有继续干瓦匠，但这段学徒生涯给他留下了深刻的印象和深远的影响。80 年代，那时大多数人已经不拿拜师学艺的老规矩当回事了，师父与徒弟的关系也不像从前那么紧密了。但闵兆新依然牵挂着亲如父亲的师父，坚持每年都去看望师父，并且竭自己所能为师父创造好的条件。有一年他得知师父赋闲在家，就爽快地让师父跟着自己"干"。说是"干"，其实就是让师父在自己的工地上帮忙照应，因为老人家已经干不动重活了。但是，只要有师父在，闵兆新就觉得心里格外踏实，仿佛回到了那三年难忘的学徒时光。

三、新婚夫妻，聚少离多：郑海仙一个人扛起家庭的重担

少女时候的郑海仙一直梦想着去大城市，她想去宜兴找大舅舅，想去无锡找小姑妈和小舅舅，她想摆脱面朝黄土背朝天、成天向土地要生计的农村生活，但现实却一次次打击了她。她终于明白，没有知识在胸，她根本没有在大城市生存的能力；地主家庭的出身注定了她无法追寻自己想要的理想生活。这时，同是地主家庭出身、后来嫁入中农家庭的姑妈看中了郑海仙踏实肯干不怕吃苦的品质，主动抛出橄榄枝想让她嫁给自己的二儿子闵兆新。郑海仙的父母不是不知道闵家的经济情况，眼下这种情况，只有这一条出路。而且来说亲的是郑海仙的姑妈，他们想着女儿嫁到一般人家可能会受气，嫁到自己的姑姑家好歹有个靠山，应该不至于受委屈。凭他们多年的了解，他们觉得闵家二儿子虽然穷了点，但也踏实稳重，是个可以托付终身的好青年。于是两家一拍即合，当即决定亲上加亲。

1976 年的一天，闵兆新雇了一辆机发船，"啪啪啪"沿着河道开到表妹郑海仙家，拉上她的简单的嫁妆，拜堂成了亲。这一年是个多事之秋，周恩来总理和毛泽东主席先后离世，全国上下沉浸在一片悲痛之中，闵郑的婚礼也只能简简单单地办了。结婚才短短一年时间，为了多赚一点钱，闵兆新决定跟着建筑民兵连去无锡做瓦工，因为在家种田一天才一个工，折算成人民币才一毛多钱，而闵兆新有瓦匠技艺傍身，去无锡可以定四级工工资，折算成人民币一天可以拿一块六（注：八级已经是工程师，一天可以拿一块九）。郑海仙虽然舍不得新婚丈夫，但为了家庭能多一些收入也只能含泪答应了。

家里没有了年轻劳动力，所有的活不管是家务活还是农活，无论轻重，都落在了郑海仙一个人身上。她每天凌晨三点钟就要起床，先在家里干家务。等到喂猪、喂羊、洗衣服、晾衣服、做早饭一套固定的家务流程下来，天已经蒙蒙亮了。这个时候，她就得赶紧收拾收拾准备去集体下田干活了。自从嫁到闵家以来，郑海仙吃尽了苦头，以前在家里还有人帮衬，如今只有自己一个人承受着压力，每天麻木地重复着忙碌的家务与农忙，早起晚睡，早出晚归。好不容易熬到分田到户，她又是一个人种了五亩田。这样辛苦操劳的生活，她一个人默默坚持了十几年。

　　闵家和郑家是亲上加亲，当初郑海仙父母同意这门婚事的原因很大一部分在于他们思量郑海仙嫁到亲姑姑家，跟婆婆关系应该会非常和睦。没想到郑海仙的婆婆重男轻女，看到郑海仙第一胎生了个女儿，脸色有点难看，过来照顾了一个礼拜就回去了。郑海仙无奈之下，只好另寻他法，自己实在忙不过来的时候，便会请闵兆新徒弟的妹妹、邻居、亲戚来帮忙照看孩子，给她们买吃的、买穿的，好生招待着。后来，郑海仙虽然生了个儿子，但婆媳关系一旦产生嫌隙就很难弥补了。但她始终相信时间的力量，她相信只要自己做好本分工作，照顾好丈夫和孩子们，总有一天婆婆会看清她郑海仙是一个什么样的人，总有一天姑妈会自己想通，明白血浓于水的道理，总有一天，她们会像正常的婆媳俩和和睦睦地干着家务，唠着家长里短。

　　看着女儿整天像陀螺一样忙得脚不离地，郑海仙的妈妈看在眼里疼在心里。从小就受苦的女儿嫁到闵家后经历了更多的生活的摧残，于是郑母就主动揽下了照顾外孙们的责任，希望能帮女儿分担一点生活的重担。直到女儿上小学三年级、儿子上小学一年级，郑海仙才把他们从外婆家接了回来。回来以后郑海仙依然要忙于生计，为了生活奔走，好在孩子们都已经长大，异常懂事，每天自己上下学，回家后自己写作业，不需要郑海仙花费太多心思，有时还会帮着郑海仙做做家务。

　　郑海仙一个人在家种地，没有其他什么额外收入，但祖父勤劳致富的经验告诉她，"小富靠省，中富靠勤，大富靠命"。想要让全家的生活过得好一点，让自己不至于遭受更多的苦楚，只有从牙缝里省出钱来。因此她的生活过得十分节俭，丈夫拿回来的钱她从来不舍得用，都直接一分不动地存进了银行里。

80年代，闵兆新一直在外面走南闯北地跑业务，先是无锡，后是苏州、上海，有时还得去徐州和常州，各地奔走的闵兆新像一只陀螺，从这里又风尘仆仆地转向那里，唯独很少回到自己的家。闵兆新几个月才回来一次，大多数时候也只是去单位领下工资，把工资送回家就立马出门，有时甚至过家门而不入。郑海仙往往只来得及看到丈夫苍老的疲惫的容貌，说了不到几句话，闵兆新便匆匆离去了，郑海仙追出门外，注视着那个高大伟岸却难掩疲累的背影渐行渐远。闵兆新常年在外打拼，缺少对孩子们的陪伴，导致孩子们看到他都怯生生的，闵兆新看在眼里，心中不免难受。其实闵兆新内心何尝不牵挂老婆孩子？但他深知作为一个从农村走出来的青年，又因为成分问题几次三番错过读书、参军等机会，好不容易上天给了他这份可以称之为事业的工作，可以让他发挥自己的才能，即使辛苦了点，但却可以收到长久的回报，他必须好好珍惜，拼尽全力，更加努力工作来给老婆孩子创造更加美好的生活。

闵兆新和郑海仙结婚时没有新房，对此闵兆新一直耿耿于怀，觉得对不起郑海仙，他希望能靠着自己的双手，早日为郑海仙盖起敞亮的楼房。经过十年的筹备，从1988年起，他们就商量着将盖房子提上日程。但由于没有祖上的积淀、父母的帮衬，小夫妻俩的盖楼计划显得十分吃力，只能存一点钱盖一点，再存一点钱再盖一点。就这样，忙忙碌碌，一直到1992年楼房才彻底上梁封顶。这栋楼承载着小夫妻十几年来的希望，所以盖得十分用心、十分气派。

其实，郑海仙刚结婚的时候还是柔柔弱弱的样子，连架都不会吵，一碰到委屈就会哭。然而也许是艰难而粗粝的生活激发出了她性格里刚毅的一面，她迅速地从一个遇事不决，哭哭啼啼的女孩转变为独当一面，行事果断的当家女人，义无反顾地挑起了全家的重担。生活的磨砺迫使她快速成长，一路成为成如今所有人眼中的坚强果敢的女强人形象。生活造就了她的果断、洞见、坚毅，为她后来走出村庄，帮助丈夫闵兆新创业奠定了扎实的精神基础。

四、青年离家，得遇贵人：一辈子亦师亦友

1960至1970年期间，工匠们作为手工业者都响应国家号召加入了生产合作社。生产合作社是手工业劳动者按照自主自愿的原则组织起来的社会主义性质的集体经济组织，它是手工业合作社的一种高级形式。建筑民兵连是建筑工人们的生产合作社，需要的是能独当一面、特别能干、能吃苦的建筑工匠，是附近乡镇最优秀的建筑工匠们的集合。闵兆新作为一名年轻的瓦工，他迫不及待地想要加入建筑民兵连，虽然建筑民兵连的工作在丁山镇，无法每天回家，但这一点儿都没有影响他的热情和期望，这点困难在他眼里根本不值一提，他没有一丝犹豫，只要能够加入进去，已经是极大的幸运了。机会来临的时候往往出乎意料，就在1976年，闵兆新刚刚结完婚，完成了一桩人生大事后就得到了加入建筑民兵连的宝贵机会。

周孝候是闵兆新这辈子亦师亦友的贵人，正是他向领导鼎力推荐了闵兆新加入建筑民兵连。周孝候比闵兆新年长几岁，是周铁镇人，属于城镇居民户口，常州卫校毕业后就赶上了"文化大革命"知青下乡，在闵兆新所在大队插队，户口也变成了农村户口。与大多数知青一下乡就想着回家或者进城不同，周孝候下乡后一头扎进农村，迅速与当地的农民打成一片，尤其是与闵兆新这样的农村青年特别亲近。周孝候善于观察与总结，他发现70年代末的农村触目可及一片凋敝，最需要的并不是医生而是建筑工人。于是他从头学起，不断向闵兆新等一些瓦工请教，练习，终于成为可以独当一面的大瓦工，并被选为建筑民兵连的连长。很快周孝候就因出色的工作能力被调回无锡，在临走之前，他向上级推荐了闵兆新接替他在丁山镇的工作。

按照当时的政策，闵兆新在丁山镇的工作必须经由户籍所在的周铁镇生产队转换成工分。在丁山镇做一天瓦匠获得的工分相当于在周铁镇种田的十几倍，所以生产队里的青壮年劳动力大多出去干活了。平时还好，村里的妇女老人还忙得过来，一到插秧等农忙的时候，生产队里的青壮年劳动力不足，严重影响了农忙进度，生产队长十分生气，几次三番托人带信，让在外地干活的青壮年劳动力全部回来插秧。但建筑民兵连的工作一年到头没有片刻空闲，回去插秧根本不现实。闵兆新实在没有办法，只能写信给周孝候让他帮忙想想办法。周孝候很快找到朋友暂时顶替闵兆新在建筑民兵连的工作，让闵兆新可以安心回家插秧。

1977年，闵兆新也调去了无锡，这次他还是跟着周孝候。昔日的伙伴又能在一起工作了，两人都十分开心。这么多年一起打拼下来，闵兆新深知周孝候的为人，他知道周孝候是一个可以干成大事的人，有着超乎常人的极为敏锐的眼光与聪慧的头脑，他能一眼看出建筑行业的空缺，并且刻苦学习，学成瓦匠技术，即便自己出身卫校，也从不会有那种拘泥于医疗行业的想法，他极为灵活变通，同时也是一个极为讲义气的好兄弟、好朋友，帮衬了闵兆新许多，也为他指明了许多道路。不知不觉间，闵兆新打心眼里认定了周孝候是他这辈子的指路人，是他的良师益友，从此亦步亦趋，紧紧相随，给予他所有的真心与信任。

1979年，干了几年建筑行当的周孝候又发现传统的建筑行业从业人员过多，逐渐饱和，已经没有太大的发展空间。同时，他敏锐地察觉到时代正在发生变化，城市化正在起步，高楼建筑的需求越来越大。与传统的平房或者三两层的低层建筑相比，高层建筑最大的技术难点在于地基，正所谓"基础不牢，地动山摇""万丈高楼平地起"，但当时全国能给高楼打地基桩的单位和公司非常少，所以市场缺口很大。大到什么程度呢？建筑公司可以垫资请地基公司过来打桩，也就说只要接到打桩订单，活还没干钱就到手了一部分，等到桩打好了，尾款可以立马结清到账。这在资金回笼周期较长的建筑行业简直不可思议。

于是，周孝候决定把握这个新的时代风口赌一把，进军地基行业。但他急需人手，几乎是第一时间，他便想起了他的兄弟闵兆新，问闵兆新是否愿意和他一起开启全新的挑战。闵兆新听说后有点犹豫，这不是儿戏，而是一次极具挑战性的冒险，意味着要放弃安定的生活，面对一个虚无缥缈的未来，稍有不慎便可能满盘皆输。瓦工是他辛苦拜师学艺才学会的一门手艺，现在他已经完全掌握了瓦工的精髓，是一位小有名气的瓦工大师傅，收入也还算满意。而打桩则是他们完全陌生的行当，是重资产行业，前期投资大，需要购置昂贵的打桩机，而且行业门槛偏高，风险极大，更不用说他们团队根本没有人有这方面的经验，他觉得完全没必要也没资格冒险。但出于对周孝候本能的信任，相信周孝候发现机遇的眼光，他还是答应了。周孝候好不容易才说服包括闵兆新在内的关系最好的三四个兄弟跟他一起开创地基事业，但他们都清楚目前需要面对的最严峻的问题，那就是他们对于打桩的技术一无所知。周孝候通过朋友辗转去无锡请来了一位陈姓地基工程师，这位陈工加入他们的团队后，也成了他们一辈子的好朋友、好哥们。地基打桩需要有资质的、专业的设计院设计图纸，但当时的大多数设计院根本没有画过地基图纸。于是陈工只能自己设计和计算，然后拿着数据再去设计院现场指导他们加工图纸。

技术难题解决之后，新的问题出现了。他们该去哪里谈订单呢？周孝候的布局是上海、常州、徐州三个城市各有一个业务负责人，他自己则坐镇无锡总部办事处。闵兆新负责的是上海，本以为上海城市大，高楼密集，一定是业务开展最顺利的城市，万万没想到刚去上海他就碰了个意想不到的大钉子。这还得从一场地震开始说起。

1979年7月9日溧阳发生6级地震。这次地震虽属中等强度，但造成了比较重的灾害和较大的社会影响。震中地区由于建筑材料缺乏，普遍采用泥土墙，夹心墙和空斗墙承重，强度不够，房屋质量差，导致地震中许多房屋倒塌。这次地震造成死亡四十一人，重伤五百人，轻伤两千九百人，牲畜损失一万两千多头，农村民房倒塌和破坏达三十四万间，容量百万立方米以上的九座水库也受到不同程度的破坏，数百处涵洞、闸门受到破坏，几十座桥受损。

上海市为了照顾地震受灾的溧阳人，就出台政策对溧阳地基行业大开绿灯，溧阳的地基公司想要在上海办营业执照和银行开户易如反掌，但别的城市的地基公司想要在上海开户却难如登天。闵兆新不得不立刻将情况如实汇报给周孝候，周孝候想了很多办法，最后通过宜兴建工局（现在的宜兴住建委）好说歹说才在上海的银行开了户，闵兆新在上海的业务这才正式展开了。

1982、1983年间，每天清晨闵兆新都要从无锡出发，乘火车到上海，晚上再披着星月坐火车赶回无锡，向驻扎在无锡办事处总部的周总汇报一天的工作。当年既没有电话来即时汇报和请示工作，也没有足够的资金常驻上海的宾馆，只能辛苦闵兆新每天赶火车往返于上海、无锡之间。碰到周末火车票紧张，买不到硬座票就只能买站票，有时连站票都卖光了，那就只能花五毛钱买一张送客的站台票，想办法混上火车之后再补票。那段时间闵兆新常常调侃自己把火车当公交车了，还开玩笑说如果火车能像公交车一样出一个月票业务就好了。

火车月票肯定是买不到了，但为了能拉到业务，闵兆新买了上海公交的月票，他跑遍了上海十个区十个县的大街小巷，哪里有工地哪里就有他的身影。虽说打桩行业有很大缺口，但无论是谁，都不太能够相信一个只有几人的名不见经传的小单位做项目，因此闵兆新吃了许多闭门羹，但他并没有因此丧气，在一次次的上门推销当中，也并不是全无收获，有些小型的工地请不起有名气的打桩公司，闵兆新的突然出现倒解决了他们的燃眉之急。随着订单和口碑的慢慢积累，闵兆新所在的打桩公司在上海工地圈子里开始有了名气，合作过的工地都对他们的打桩技术大加称赞，一个接一个地口耳相传。后来闵兆新的业务开展得越来越顺，订单开始相继找上门来，上海的业务至此红火地铺展了开来，闵兆新成功实现了从无到有、从有到多的改变。其中经历了诸多磨难，一开始闵兆新对大上海并不熟悉，出门口袋里必须揣着上海的地图和公交换乘路线图，业务遭受的挫折与身处异乡的孤独无助混杂在一起，他也曾经萌生出不想干了的念头，但他想到殷殷嘱托的周总和翘首以盼的妻子，很快又干劲十足了。在纵横交错的公交车上，在无数个奔波的白天夜里，他坚持了下来，后来终于看到了胜利的曙光。上海跑得多了，他自己就成了活地图，横纵交错的马路，四通八达的公交路线，星星点点般的工地都印在了他的脑海里，在上海坐公交车他再也不用看地图了，哪路公交车在哪个站点换乘他都门儿清。此后十年时间，闵兆新又先后辗转无锡、苏州、上海多地跑业务。

五、中年创业，风雨同舟：从南京再出发

1990 年，闵兆新清楚地记得那年他 38 岁，回丁沙镇探亲时碰到一个算命的先生，先生一路痴缠着他要给他算命。还说，如果准的话就给一块钱，不准就分文不取。闵兆新并不是一个迷信的人，但这句话倒是让他心中一动，他有点好奇算命的能把他的命算成什么样。算命先生看着他，一字一顿地说道："你在外面办事会有小人跟着。"这句话如同一个晴天霹雳在闵兆新心中炸开，他扔下了一块钱落荒而逃。

事实确实如此。当年闵兆新一个人在上海忙不过来时，曾经让周总派个手下给他，这人与闵兆新同吃同住，形影不离，渐渐地闵兆新就把他当作了兄弟，让他全程参与自己的业务。当时有一单业务，图纸已经确认，业务眼看着就能成交，出于信任，闵兆新就把剩下的工作交给了那个手下。谁知这单业务并没有成，手下也没有向他汇报，而是越过他直接向周总汇了报。周总只好让手下带一封信给工程设计师，这个设计师出于对闵兆新的信任，偷偷把信给他看了，问他具体怎么处理，闵兆新这才知道这单业务黄了而且周总也知晓这事。还有一次，闵兆新去上海一个厂里找厂长办业务，前脚刚走，后面就跟着一个同村人，跟厂长说了一箩筐闵兆新的坏话，还让厂长把业务交给自己。幸好厂长是闵兆新多年的朋友，忍不住提醒他当心小人拆台。

刚开始创业遇到诸多难题，最棘手的事是如何和亦师亦友的贵人周总解释和交割。在向周总袒露自己创业的打算时，周总果不其然大发雷霆，不理解闵兆新的举动，觉得这是对他的背叛，甚至放出狠话让闵兆新有种就别打地基行业的主意。闵兆新脾气也硬，说到做到，果然另寻出路，做起了道路建设点工（即现在的清包工），带领着周铁建筑公司的一百多号人承包了市政公司的道路建设。与此同时，闵兆新清楚上海的业务是周总公司的核心，必须要好好地交接，虽然周总赌气不给他报销车马费，但他依然把合同、钱款码得齐齐整整送给了周总。周总生气之余，也明白闵兆新有自己的人生道路要走，自己不能强硬地将闵兆新绑在自己身边。

创业的过程异常艰难，公司刚起步时条件也非常拮据，但闵兆新夫妻每次都能逢凶化吉，现在想来，他们也觉得有点不可思议。首先迫在眉睫需要解决的是添置新的打桩机。其实他们手头有一个小的打桩机，是1987年左右几个兄弟几百块几千块地东拼西凑买的，当时还通过郑海仙的姑父向动力头公司欠了十几万的赊账。但是要想接到单子，做好项目，追求效率，仅凭一个打桩机是万万不够的。然而公司还没起步，钱只出不进，资金急剧短缺，好不容易才将上一台打桩机的赊账还清，哪里还有资金再买新的打桩机呢？天无绝人之路，正在他们发愁之际，一个朋友联系他们，想把自己买来一直没赚钱的打桩机抵押给他们，知道他们公司如今的状况，他提出可以以后赚到钱了再慢慢还。

如此，打桩机的事暂时解决，闵兆新与郑海仙都很高兴，但同时心里也在发怵，朋友买来打桩机一直没赚到钱，自己凭什么就能赚到钱呢？已经走到这一步，无论如何是没有退路了。夫妻俩一边祈祷好运降临，一边紧锣密鼓地安排几十个工人干活。打桩行业异常辛苦，工程一旦启动就没有白天晚上，他们作为老板，却从来没有老板的派头，每天戴着安全帽上下监工，为工人示范正确的动作要领，与工人们一起工作，和工人一样吃住都在工地。一家人在围墙边随意竖个竹竿，用油布搭成简易窝棚，一家人就住在里面。在空地上随意砌个灶就地拣些干柴火烧饭。

这些在工地上的日子在吃苦耐劳的闵兆新与郑海仙看来早就习以为常、成了家常便饭了，所以也不觉得生活格外的辛苦，只要有个盼头，无论过成什么样他们都愿意接受。其实最让他们受不了的是，有时打桩操作稍有不慎，本来可以重复利用的无缝钢管就陷在地基里面拔不出来了。这个时候叫天天不应，叫地地不灵，夫妻俩人只能抱头痛哭。无缝钢管壁厚 12 毫米，相比有接头的钢管，价格更贵，大概七八千块钱一吨，一米长的无缝钢管重达一两百公斤，一旦拔不出来就要损失好几千，这单生意就是白干甚至倒贴钱。所以，打桩这行看似来钱快，但其实压力很大。作为典型的重资产行业，工程垫资非常常见，所以资金回笼一旦出现问题，就会全盘皆输，闵兆新认识的人中就有些人在资金链断裂时选择了跳楼。因此闵兆新与郑海仙格外小心谨慎，无论是对自己还是对员工要求都非常严格，拒绝出现任何因为粗心而酿成的损失，一来二去，凭借着严格的管理制度，精细化的打桩操作，微乎其微的打桩事故，闵兆新夫妇的地基公司也在当地打响了名气，正式走上了轨道。

1993 年，闵兆新与郑海仙决定再购置一台全新的打桩机，需要三十万。闵兆新问朋友们借了一些，但远远不够。当时他们谈妥了一桩大订单，工程一结束就能立马结钱回款，看准了的活，回款顺利得如同探囊取物，他们很有底气去借钱。但谁手里有这么多现钱呢？郑海仙想到了自己一直往里面存钱的信用社，想向信用社贷款，但一直接待她的王业务员告诉她，她的公司不符合贷款条件。王业务员与郑海仙认识多年，早在郑海仙在家卖菜时就经常找王业务员存钱，因此她清楚郑海仙的人品，知道她创业艰辛。王业务员透露说，由于工作原因，她接触了一些民间放贷的人，可以牵个线让他们认识一下，但借贷有风险，她可能没法负责。郑海仙如获至宝，3 分钱的高利贷一下子解决了她的资金难题。从此以后，她发誓尽量不赊账，更不会再借高利贷，宁愿少赚一些也不会火中取栗。事实上，这真的是闵兆新夫妻最后一次赊账。

很多年后郑海仙在南京还时常想起王业务员，依然十分感动，她想再当面谢谢王业务员当年伸出援手。但算了一下，王业务员已经八十多岁了，应该早就退休了。回周铁镇时她特意打听了一下，据说王业务员退休后就从周铁镇搬到了宜兴。郑海仙不死心，又托人去宜兴打听，通过多方努力，终于找到了王业务员，表达了感激之情。二十多年未见，两人还是一见如故，热泪盈眶，回忆起90年代的生活，无限唏嘘。

除了技术、资金问题，如何签到更多的订单也困扰着闵兆新夫妻。好在闵兆新在地基行业摸打滚爬了十几年，广结善缘，积累了丰富的人脉基础。所以他再也不用像当年在上海那样"扫街"，有时业务会主动找到门来。为了维持订单，闵兆新有时会陪客户打麻将，逐渐染上了玩麻将、打牌的恶习。一旦沾染了赌瘾便很难戒掉，闵兆新在南京打麻将、胡牌时，经常几天几夜都不睡觉，但他是"老书记"，输多赢少。眼看着闵兆新陷进赌海，往外撒钱，郑海仙看在眼里急在心里，劝诫他许多次都没有用。有一次她终于忍不住爆发了，直接把闵兆新的麻将全扔了。说来也是奇怪，从那以后闵兆新再也没有碰过麻将。直到现在退休了，也只偶尔在电脑上打打欢乐斗地主作为消遣。

结语

打桩着实是个苦行当，干起来不分昼夜，闵兆新与郑海仙实在不舍得儿女从事这一行业。儿子南京理工大学毕业后，选择了自己从小喜欢的计算机专业，现在是一名网络管理工程师，在一家公司做网络维护，负责一家知名企业的网站业务。女儿则是一位幸福的全职妈妈。虽然小时候闵兆新夫妻没有怎么管过子女的学习和生活，但他们都顺利长大成人，成为对社会和家庭有用的人。他们的自学成才与闵兆新与郑海仙的言传身教息息相关。那么，闵兆新与郑海仙作为优秀的企业家，有哪些精神是值得后代和后人学习？

第一，吃苦耐劳，诚恳报答。

闵兆新无论做什么，总是最有耐心，最耐烦的那个。在闸口乡跟师父学习瓦工，一学就是三年；在无锡向陈工学习，最先掌握打桩技术；更别提向亦师亦友的贵人周总和坚强的后盾、完美的创业搭档妻子郑海仙学习了。郑海仙早年因成分问题错失了上学的机会，但她从来没有放弃在生活中学习的机会。无论是创业时学习如何做账，如何管理工人，如何考驾照，还是在家里干农活、干家务、照顾孩子，她都不甘人后，努力做到最好。

闵兆新和郑海仙从事建筑行业，经常需要垫资，但他们从不赊账和拖欠工人工资。

第二，夫妻同心，其利断金。

郑海仙自从嫁给闵兆新以后，就全心全意支持着丈夫。丈夫要出门挣工分，她就守在家里种地；丈夫要自己出来创业，她就锁上大门走出村庄出来帮衬他；丈夫沉迷赌博无法自拔，她用实际行动敦促他改邪归正。亲戚们常说，没有郑海仙，闵兆新哪有现在的好日子？

闵兆新和郑海仙深知打桩是个苦活儿，如果只是干瞪着眼，不肯帮工人一起干压根不行。就像领兵打仗的将军，如果不能和士兵们同吃同住，处处搞特殊，一定带不出一支优秀的队伍。工地如战场，"皇亲国戚"不能太多，所谓的"自己人"一多，就容易出问题。

第三，相信时间的力量。

闵兆新曾经与周总产生过嫌隙，处于事件的中心漩涡时，双方可能根本无法冷静下来思考问题。所以闵兆新选择冷处理，默默地帮周总处理好上海业务的交接工作。等到周总冷静下来，自然会想明白，也会做出理性的处理。

回顾自己的一生，闵兆新和郑海仙觉得好像很"平淡"，没有撕心裂肺的抉择，没有千钧一发的惊险，也没有幡然醒悟的乍现，有的就是几十年如一日的坚持不懈。人生就像滚雪球，重要的是发现很湿的雪和很长的坡，剩下的就是顺着坡慢慢滚，相信总有一天雪球会越滚越大。

是啊，人生的意义就在于找到发展的方向，用勤奋和拼搏去把握人生。人生，从来不是一帆风顺的，每个人在生命的历程中都会遭遇各种坎坷挫折，最重要的是，一定要非常努力，也要足够坚持，才能在人生的道路上不断地成长，持续地进步，也才能始终都在提升和完善自己，让自己变得更加强大。

霸气老总与最美贤内助

——记南京铁合金厂钒铁分厂创建者金传福、孙秀华夫妇

何 霞

金传福和孙秀华夫妇在南京
市溧水区晶桥镇经营着一家冶炼
稀有金属钒的工厂南京铁合金厂
钒铁分厂，长达二十多年，每年年
产值上亿，给晶桥镇贡献了几千万
的税收。说起这家工厂，镇上无人
不知，无人不晓，因为这是镇上
规模最大、纳税最多的工厂，口碑
极佳，从无外债。十年前，因为响
应环保政策和用电量过大，工厂
转型为轻资产企业，先后投资了稀
有金属贸易、金融投资、生鲜超市、
制品印业、旅游服务、企业咨询、
工艺品、大健康等行业。

金传福经常被人称作"大金

金永福

总"，其实他在家排行老五，前面还有四个哥哥，熟悉金传福的人都知道这个"大"其实指的是他的处事作风：强硬霸气，从不认输。自1972年金传福十六岁初中毕业参加工作以来，从普通工人，到班长，再到工段长、调度长，一点一点往上跃迁，最后当上厂长。在他的职业生涯里，他宁愿职位低一点，也从来不愿意做副手，因为他天生火爆脾气，说一不二，拒绝看人脸色行事，不愿意被人管教受人约束。用他自己的话说，"可以吃苦，但不能受气"。

金传福记得90年代初，有一次他去连云港出公差购买食盐，中途给自己买了两包普通香烟，回南京第一时间找车间主任报销。车间主任是个刚毕业的大学生，只见他皱着眉头一言不发，把发票翻过来倒过去地看，似乎在查验真伪又好像在质疑香烟能不能报销，看了半天也不表态究竟是给报还是不给报，金传福的无名火一下子就上来了，劈手就从车间主任手里把发票抢夺过来撕个粉碎。他想着自己舟车劳顿连火车票都还没报，按规定先报两包烟还要看人脸色吃领导的气，这窝囊差事自己怎么也干不了了，便头也不回地走了。车间主任刚上任不久，架子还没摆出来，哪里见过这个阵势，想要找人暂时顶住金传福的职位，让他好好冷静下来，但遍寻整个车间也找不到能顶替金传福的人，无奈之下只好亲自上门道歉，请他继续来上班。是的，金传福的脾气建立在能力之上，他知道只有业务能力过人才有可能获得真正的尊重。

金传福性格强硬霸气，但不执拗，他说自己没有太多文化，很多事情只能靠悟性。在他看来，人之所以能被称之为人，在于有力的道德，在于能够通过奋斗取得物质上的成功；这种道德既适用于国家，也适用于个人。伟大的事业根源于坚韧不拔的工作，要以全副的精神去从事，不避艰苦。他认为人要有善心、爱心，要自觉自律，管理好个人，给家庭和社会减轻负担。如果每一个人都能光明灿烂，多一些正能量，那么社会的黑暗面，类似电信诈骗、贪污害人、拐卖妇幼就会越来越少，国家才能更加强盛。金传福是一个有着思想力的人，凡事爱琢磨爱钻研，别人能看到三五步，他能靠着自己的悟性看到十步开外。但越是聪明的人其实越是有自知之明，金传福觉得自己的成功并不是单靠自己的努力，更多的还要归功于国家和社会，所以他一直秉持着"位卑未敢忘忧国"的心态回馈社会、帮助他人。

金传福坦言年轻的时候其实心态并没有像现在这么成熟，那时家里兄弟众多，从小食不果腹衣不蔽体。但艰难的生活没有将他打倒，反而磨砺了他的意志，年轻的时候他便萌发了"发展、改制、奋斗"三步走的志向，立志要从贫困中突围，改变家庭贫穷的现状。等到后来经济宽裕一些，他才渐渐意识到"一个时代创造一代英雄"，自己的成功与时代赋予的机遇密不可分，所以他又萌生了用自己的实际行动报答国家的想法。金传福曾经被评为2006—2008年度"南京劳模"，他觉得这份荣誉是对他这一生最大的认可。他这一生不参与政治，只踏

孙秀华

实做实业做实事。但党和政府还是在政治上对他进行了褒奖，他觉得他的初心被看到并且被认可了。

妻子孙秀华是别人眼中的享福的富太太，有美满的家庭，富足的生活与爱她的老公，活成了人们梦寐以求的样子。然而只有孙秀华自己知道，这一切的美好来之不易。从金传福还是个穷小子的时候，孙秀华便认定了他。爱情蜜里调油，可生活却是入不敷出，两人拼命工作，得到的钱也只是勉强够补贴家用。从小衣食无忧的她却毫无怨言，全盘接受着生活的苦辣酸甜，全力支持着丈夫的事业。

一、同样的家属大院，不同的童年记忆

南京晨光集团有限公司隶属于世界500强，世界军工10强企业，中国航天科工集团，是国有大型军工央企，位于江苏南京风景秀丽的秦淮河畔、雨花台旁。作为一个军事单位，晨光集团主要从事国家重点航天产品和民用高端智

能装备的研制生产，前身是中国近代洋务运动时期两江总督李鸿章于 1865 年创办的金陵机器制造局，至今已有一百五十多年的历史，是我国最早的四大兵工厂之一，被誉为近代民族工业的摇篮。

公司职工人数近三千人，其中专业技术人员一千五百余人，高级职称与硕、博士学历等高层次人才八百余人。公司设有博士后科研工作站，拥有享受国家政府津贴专家十一人，国防科技工业"511"人才三十一人，江苏省"333"高层次人才十五人，科工集团学术技术带头人二十人，航天基金奖获得者二十四人，中华技能大奖获得者一人，全国技术能手五人，江苏大工匠一人，省部级首席技师三人。

公司是高新技术企业，为军工能力建设先进单位、军工系统安全生产标准化一级单位，曾多次获得国家科技进步特等奖和一等奖，技术成果先后获得授权专利两百多件。公司拥有一个研究院，三个研究所，两个产业园，一个国防工业技术中心，三类 CNAS/DILAC 实验室，两个军用校准和测试实验室，一个国防科技工业二级计量站，是一家集航天产品研发制造、高新技术产品研发制造、生产服务、园区经营为一体的大型集团，重点发展高端装备、智能制造、节能环保、生产服务和现代服务五大产业。公司先后获得"中国载人航天工程突出贡献集体""全国五一劳动奖状""全国文明单位""全国先进基层党组织""全国模范职工之家""全国守合同重信用企业"等一百余项国家级、省部级奖项及荣誉称号。

金传福和孙秀华出生于 1950 年代中期，两人的父亲都在晨光集团上班。那时南京晨光集团还是南京人口中的"晨光厂"。在南京，要是说自己在晨光厂上班，那周围的人立马会投来艳羡的目光。金传福和孙秀华作为晨光厂子弟，从小在晨光厂的职工宿舍长大。晨光厂的员工福利特别好，孙秀华记得小时候家里用的煤球、吃的大米都是父亲厂里发的。等到 1978 年孙秀华进晨光厂后，虽然福利没有从前那么好了，但也时常发酱油、毯子、老北京铜火锅、搪瓷锅、不锈钢盆、全毛毛毯，要是能被评为先进，还能领一套全新的被套。

孙秀华常常怀念起自己的童年生活，小时候秀华长得很可爱，人见人爱，又是家里最小的女儿，父母把她惯成了一个"娇宝宝"，十岁以前父亲都不舍得让她下地走路，整天把她扛在肩头带东带西，乐此不疲。母亲则每天变着法地把她打扮得漂漂亮亮，像个小洋娃娃，给她梳了几十个小辫子，满头都是，孙秀华一甩头，辫子便翻飞起舞。谁见了都忍不住驻足多看两眼，多夸两句。

母亲从来不舍得让小秀华洗衣服，连裤头都是妈妈帮她洗好。但是有一天，母亲突然告诉她，内裤必须要自己洗，不能再麻烦别人了。小秀华很不理解，觉得母亲不爱她了，她问母亲："为什么不能帮我洗一辈子呢？"母亲叹了口气，说："万一有一天妈妈不在了，谁给你洗呢？"小秀华不服气，"还有哥哥呢！哥哥会帮我洗的。"母亲非常严肃地告诉她：自己的裤头必须自己洗，不能给男孩子洗，会作孽的。而且必须换下来立马洗掉晾干，不能混在其他衣服里面一起洗。母亲郑重其事地反复确认，直到小秀华牢记为止。

孙秀华怎么也没想到，母亲当时已经预料到会早早离开她，所以才不放心地一点一滴地教会她生活的技巧。就在孙秀华十六岁那年，母亲撒手人寰，她这才恍然大悟，明白母亲的一片苦心。仿佛一夜之间，她就长大了，以前母亲怎么教也学不会的东西她突然全部回忆了起来。直到现在，她有了洗衣机、烘干机，但她依然坚持每天洗完澡都要手洗短裤，这是她对早逝的母亲深刻而绵长的思念。母亲去世后，父亲对孙秀华更好了，他希望孙秀华能从他这里弥补缺失的母爱。

1975 年，孙秀华初中毕业后，积极响应毛主席的号召"知识青年到农村去，接受贫下中农的再教育"，上山下乡插队落户。孙秀华的父亲不舍得她吃太多苦，几次插队安排都借故拖延，终于等来了为晨光厂设在南京江宁小丹阳镇知青点食堂烧饭的好位置。当时的政策是要在农村待满十五年，孙秀华在知青点一待就是三年，本以为还要再待十几年，谁知 1978 年 10 月政策有所松动，大家开始一批一批往城里调。孙秀华的父亲自然十分高兴，但"父母之爱子，则为之计深远"，父亲希望她调回来也能有一份好工作。第一批调回来的知青被安排在南京炼油厂，父亲觉得位置太偏，担心她每天上班不方便，让她再等一等。等到父亲退休，孙秀华才按照政策顶替了父亲的班，先在机建车间，后来做管理工作。一个小姑娘能进晨光厂，在当时是人人羡慕的。进了晨光厂别的先不说，光找对象就吃香得多，当时有人调侃晨光厂的小姑娘哪怕长得像"狗屎粑粑"都有人要。

金传福与孙秀华家门对着家门，两人相差一岁，从小认识，算是青梅竹马。但金传福的童年与孙秀华相比则是一个天上一个地下。金传福家兄弟姐妹众多，小时候常常吃不饱饭。而且父母都是双职工，根本没有时间买菜做饭，就只能给孩子们买来最廉价又能果腹的豆渣当饭吃。在农村，豆渣一般是用来喂猪和施肥的，嚼起来毫无口感可言，而且有一股很浓的豆腥味，但孩子们饿狠了，抓起豆渣直接塞到嘴里，竟然吃得津津有味。等到金传福长大了一些，就开始跟着哥哥们去农村捡农民不要的黄菜叶烂菜叶，回来加点米就能熬一锅菜粥吃。

金传福的父母辛苦拉扯着六个孩子，本以为等孩子们结婚独立了情况就能越来越好，谁知老大和老三相继离婚去了外地，留下了两个年幼的孙子。老四、老五、老幺还没工作，这时金传福的父亲又因积劳成疾染病去世，年仅五十出头，一大家子的经济重担一下子全部压在了金传福母亲一人肩上。

1972年，金传福十六岁初中毕业，按照计划本该继续读高中，考虑到家里糟糕的经济情况以及母亲的劳累，他毅然放弃了升学，决定参加工作减轻家庭负担。当时四哥在江宁谷里插队，六妹在江宁小丹阳插队，家里已经有两个知识青年下乡，因此排行老五的金传福得到了宝贵的分配工作的机会。与孙秀华相反，金传福预分配到一个人人羡慕的"好单位"，但他自己主动放弃了，选择去了大家都不愿去的南京铁合金厂。南京铁合金厂地理位置偏僻，属于特殊行业，补贴较高。普通单位每人每月三十六斤粮票，而金厂则高达四十斤。而且一般单位都是三年学徒期，金厂只需两年。在别人眼中唯恐避之不及的特殊行业，却是金传福眼中补贴高学徒短的"好单位"，是快速上手赚钱的最佳途径。

刚刚参加工作时，金传福的工资仅十四块钱一个月，好在第二年便涨到了三十五元一角。母亲的工资是二十六元，两人加起来一共六十一元一角。靠着这六十多元工资，两人要养活全家六口人。哥哥和妹妹在农村插队，条件艰苦，没有收入，每次回城探亲，母亲和金传福都要把省吃俭用存下来的钱塞给他们，还要买上大包小包各种吃的用的给他们带上。工资少而固定，家里的开支却越来越大，金传福作为家里唯——一个参加工作的男人，他自觉担负起顶梁柱的责任。想尽办法增加收入，提升家庭生活质量。

由于南京铁合金厂过于偏远，位于郊区燕子矶附近，所以单位每个月补贴五块钱交通费。如果每天坐公交车上下班，购买南京公交月票需要八块钱，多出的三块钱由政府补足。一般同事都会选择便利划算遮风挡雨的公交车，但金传福心想公交车看似划算，但补贴从单位直接划到了公交公司，三块钱的政府补贴更是落不到自己的口袋里，自己最需要的恰恰就是那真金白银的五块钱啊。于是他每天起大早，从家里骑自行车到单位，从晨光厂到铁合金厂单程快骑需要四十多分钟，他一骑就是好多年。

经济最拮据的那段时间，金传福经常一个人走出家门，一边走一边观察一边思考怎么能多赚一些钱补贴家用。功夫不负有心人，有一次他走到中华门火车站，发现老有人扛着大蛇皮袋扒火车去安徽方向，又看到有人拎着空的蛇皮袋从火车上偷偷下来。凭着直觉，他感觉这些人并不是普通的买不起车票的乘客，更像是小商小贩。金传福假装乘客和这些人搭讪，但他们都很警觉，不肯告诉他实情。后来，有个好心人终于忍不住告诉了他，原来他们蛇皮袋里装的全是干辣椒。那时很多家庭买不起菜，就会用猪油和切细的干辣椒搅拌一下搭配米饭吃，特别香还下饭。安徽芜湖人喜欢吃辣椒，因此芜湖的辣椒比一般地方要贵不少，如果从南京贩辣椒到芜湖卖，一蛇皮袋就能赚五块钱差价，但算上运费就不划算了，他们选择偷偷扒火车，就为了省运费。那人千叮咛万嘱咐，让他不要再告诉别人，一旦知道的人多了他们就赚不到钱了。

扒火车把南京的辣椒贩卖到芜湖，这算是金传福工作之余赚到的第一桶金。知晓了这种赚钱的原理之后，他开始更加积极地开拓思维，寻找更多赚钱的方法。在一次次的尝试中，他渐渐领悟到，看到别人吃糖不能淌口水，临渊羡鱼不如退而结网。只要自己胆大心细，凭借自己的超高的悟性和勤劳的双手一定可以扭转几辈人贫穷的命运。想明白这点后，他开始在工作中投入更大的热情，他相信更多更好的机会一定会到来。

南京铁合金厂的主要铁矿原材料来自攀枝花。攀枝花铁矿位于四川省西南边陲，探明储量的钒钛磁铁矿达近百亿吨，其中钒、钛储量分别占全国已探明储量的 87% 和 94.3%，分别居世界第三位和第一位，有"世界钒钛之都"之称。矿石中还伴生有铬、钪、钴、镍、镓等多种有用矿物。攀枝花是我国西南地区最大的铁矿石原料基地和全国最大的钛原料基地，是全国四大铁矿区之一。攀枝花属于亚热带季风性湿润气候，作为我国少见的阳光地带，阳光资源很丰富，有着"太阳城"之称，每年日照时数近两千七百小时，全年冬暖夏凉，平均气温在 20° 左右。南京人去攀枝花很难适应当地气候，觉得异常干燥，鼻子长期出血。铁合金厂的员工大多不愿意去攀枝花出差，因此去攀枝花负责采购销售的职位重要但经常空缺，但金传福是苦日子出身，这点苦在他看来根本算不了什么，去攀枝花能够得到更多的补贴和更高的工资，于是他主动申请去攀枝花开展业务。

那时从南京去一趟攀枝花可不简单，第一天晚上从南京出发，坐两夜一天的火车到成都。等到了成都已经是第三天的下午，然后在成都火车站买当天下午去攀枝花的火车票，再坐一夜火车，直到第四天早上，才终于抵达攀枝花。超长的车程再加上那时火车票很紧张，金传福经常买不到坐票，基本每次都是站票，所以每次上火车时金传福都习惯带着一份报纸，看完后就垫着报纸坐在地上，晚上再垫着报纸睡在火车硬座底下。这样的日子虽然辛苦，但心中有着念想，再苦再累金传福也甘之如饴。

二、同心相牵挂，一缕情依依

金传福是个做事有条理凡事爱琢磨的人，他深知幸福的生活不会主动来敲门，爱情也是。到了二十岁，他开始考虑自己的终身大事了。那个年代的青年大多羞涩，等着单位的热心阿姨或是家里的七大姑八大姨介绍对象。金传福知道家里这么贫寒，如果靠等着别人介绍那可能要一辈子打光棍了。其实，他早就相中了家对门的孙秀华。孙秀华长得漂亮，工作又好，家境优渥，为人热情大方，是晨光厂亮眼的一枝花。金传福每次看到孙秀华都会热情地主动打招呼，对她嘘寒问暖。近水楼台先得月，每次孙秀华碰到什么难事，金传福总是第一个知道，并且想尽办法帮她解决。

也不知从什么时候起，他们就认定彼此是这辈子的唯一了。回忆起恋爱经历，孙秀华显得特别兴奋，她打趣地说，那时金传福对她"穷追不舍"，金传福听后不好意思地咧嘴笑了笑，转过头来宠溺地看了她一眼，她就立马承认其实金传福只花了五分钱请她去夫子庙旁的南京解放电影院看了场《地道战》，便确定了恋爱关系。年轻时候的金传福经济相当困难，五分钱如果再加两分就可以买到一斤猪肉了，现在却花在了不能吃不能穿的电影上面，这便是金传福能想到的最时尚最浪漫的事了，是他向从小爱慕的邻家姑娘表达爱意的最高规格。

由于两家离得很近，从小知根知底，孙秀华的父亲并不怎么同意他们的婚事。因为金传福家境清寒，还有一大家子的人需要照顾。父亲担心从小没怎么受过苦的她嫁过去会受委屈。她的同事知道以后也劝她再考虑考虑，毕竟婚姻是人生大事，"男怕入错行，女怕嫁错郎"。在他们眼中，结婚最讲究门当户对，孙秀华算不上是大家闺秀，也是一个小康家庭的掌上明珠，而金传福则是大家心中都知晓的穷得叮当响的臭小子，云泥之别，下嫁注定要受很多委屈，大家惋惜一颗"好白菜"被"猪"拱了，更别提是否过得幸福，很多人都猜测孙秀华过不了这种苦日子。孙秀华当时年龄虽不大，但她非常有主见，别人的话她听在耳里，但从未放在心上，从小要强的她早已在内心作好了准备：今后的生活，苦也好，甜也好，酸也好，辣也好，浓也好，淡也好，她都不后悔，哪怕天天吃小菜喝稀饭，她都认定了金传福。在她心里，好生活就是两个人一起拼搏奋斗而来的，毕竟不能一辈子躲在安全的羽翼之下，她从来不是一个贪图享乐的人，她一直很清醒。她清楚地知道自己想要的是什么，追求的是什么，自从跟了金传福开始，两个人便为了同一个目标努力着，相濡以沫。

金传福性格坚毅霸气，孙秀华被父母从小惯到大，有点娇气任性。时间一长，两人难免产生摩擦。孙秀华在蜜罐里长大，父母从来不吝于向她表达爱意，但她发现金传福不太擅长表达，认为那都是虚情假意。每次孙秀华问金传福自己漂亮不漂亮，金传福都要认真打量仔细比对，仿佛是在演算化学公式一般，最后得出结论：今天不怎么漂亮。气得孙秀华几天都不想搭理他，金传福还感觉很委屈，自己这么认真地回答了她的问题不但没被表扬还惹她生了气，在他看来，漂亮就是漂亮，不漂亮就是不漂亮，都是客观事实，怎么还有人能生事实的气？

小情侣吵吵闹闹终于决定要结婚了，两人商定坐14路公交车去领结婚证，到了双桥门立交桥路时，两人又在车上发生言语冲突，孙秀华气得"咚"一下就下了车。她确实感觉委屈，自己从小被当作"惯宝宝"，父母连一根手指头都不忍心动她，到了金传福这里，不但不哄着她，惯着她，还动不动就对她动手动脚，推推搡搡，这么坏的男人，还不如不要呢！金传福一下慌了神，这才幡然醒悟，开始反省自己，他意识到孙秀华是"下嫁"给他，他一定不能辜负秀华，要用实际行动证明自己担得起这份沉甸甸的信任和日积月累的浓情蜜意。金传福追上孙秀华，软言软语好言相劝终于让她破涕为笑，两人欢欢喜喜领了证。

金传福与孙秀华结婚时，生活仍然没有大的起色。两人在单位都还没有分到房子，只能住在孙秀华父亲十二平方米的家中，唯一的房间让给金传福夫妻当婚房，孙秀华父亲只能买个小床睡在走道上。金传福拿出辛苦攒了几年的一千元，请人打了全新的家具。那个年代结婚除了攒钱，还得攒糖票、油票、粮票。每人每月只有半斤糖票、半斤油票，三十六斤粮票（其中十斤大米），两人为了结婚攒了大半年，才从牙缝里省出办婚宴所需的油粮糖票，结婚前金传福又问同事借了一些。

经过紧锣密鼓的筹备，1980年初，两人举办了简单却隆重的婚礼。金传福没有钱买金戒指，也租不起接亲用的高档轿车。还是孙秀华找了在鼓楼区当出租车总调度的同学，花了两块钱租了一辆大众桑塔纳出租车绕着南京城周游了一圈算是接了亲。婚宴就在家里办的，由于地方太小，还分成了两天，加起来一共办了十几桌，也算风风光光。

孙秀华清楚地记得，刚结婚时金传福的工资只有三十五元一角，自己的工资39.46元。大部分工资还要补贴婆婆的大家庭，资助侄儿们上学，小家庭一个月只能存五块钱。孙秀华生了儿子以后，由于营养跟不上一直没有奶水。金传福急中生智，想起前些年扒火车的经历，下了夜班以后，他也顾不上休息就拖着疲倦的身体坐火车去蚌埠，然后再从蚌埠坐汽车去定远，这样每趟能赚三块五块的补贴，正好在定远乡下买一些鸡蛋和鱼回来给孙秀华补身体。日子过得苦，可金传福打心底疼惜孙秀华，尽自己所能为孙秀华提供一切好东西。

婚后的日子虽然清贫，但孙秀华始终铭记自己当初发下的誓言，从未抱怨过清贫的生活，相反，她总是以最大的热情投入工作和生活中去，因为她始终相信凭借两个年轻的生命，再加上改革开放的大好机会和共产党无比正确的领导，日子一定会越过越红火。

后来日子果然红火起来了，房子从十二平换到五十平，再到七十平、一百四十平，现在则达到了三百平。别人总是调侃孙秀华，问她当初究竟是看中金传福哪一点了呀？是看到他身上优秀的品质，未来有成为企业家的潜质？还是看中了金传福英俊潇洒的外表？孙秀华听后笑得浑身颤抖，坦言当年真是没有想到他日后能成为老总，当时确实是"肤浅"地觉得他长得真是俊俏。笑完以后，她还不忘补充一句：就是有点矮。金传福对别人总是不苟言笑，但唯独面对秀华总是显得格外风趣幽默，对于自己的身高他常常调侃道：浓缩就是精华。

三、力挽狂澜，艰苦创业

南京铁合金厂钒铁分厂成立于 1962 年，是一家小型冶铁国企。金传福初中毕业后就被分配到这个厂里上班，先是在车间干活，后来负责采购和销售。工作方面，金传福从不马虎懈怠。无论是做最底层的打工仔，还是做管理方面的工作，他都一丝不苟地出色完成。金厂原料需要非常严格的把控，身为采购员的金传福却让人心安，在他手底下进的货从来没有失误过，并且他非常会做生意，人缘非常好，采购的同时也在当地积累了不少人脉，无论在哪都是一副好口碑。成为了南京铁合金厂不可或缺的一位重磅人物。

金传福的努力工作迎来了回报，他从普通工人，一点一点往上升迁发展，最后终于当上了厂长，他的上任是众望所归。但是好景不长，1980 年代由于不能适应改革开放以后全新的商业环境和灵活的市场氛围，南京铁合金厂制度僵化，信息闭塞，尾大不掉，慢慢出现萧条的景象。一方面，工人队伍庞大，管理层却分工不明确，混乱不堪，光副厂长就有三四个，但大多数尸位素餐，不干实事，对工人的心声充耳不闻，久而久之，工人们也开始消极怠工，工厂生产效率极其低下。另一方面，国家钢铁产能过剩，销量不佳，生产越多亏损越多，金厂只能通过缩减产量及时止损，以至于到后来一年只开工几个月，其余时间工人只能赋闲在家。企业就这样陷入了不可逆转的恶性循环，偌大一个工厂连四十万管理费也交不上。有能力的工人和管理者纷纷辞职，另寻出路，对这个厂已经不抱任何希望。在他们眼中，这个厂已经濒临倒闭，无可救药了。金传福作为厂长看在眼里，急在心里，金厂奉行的是国企制度，规章制度一板一眼，已经成了死规矩，无论如何，他也不能擅自改变，说是厂长，其实只是为了更好地统筹管理金厂，并没有改变规章制度的权力，即使心中有一万个宏图大略，也不能实行，他能力再强又如何能扭转乾坤，救工厂于水火之中？更何况，这时他被委派到溧水某乡镇参加扶贫工作，更加心有余而力不足。

历经近三十年风风雨雨，在 1990 年代，南京铁合金厂终于宣告破产，当时资产清算下来已经不足百万，为了保住工人的饭碗，不至于全部下岗，金厂只能走国企转制的道路。作为厂长，金传福看着金厂一路走来，他不愿意看到金厂倒闭，昔日的同事沦为下岗工人，他理应义不容辞地接手金厂，而且他也清楚地知道金厂的症结所在，有信心让金厂起死回生，他几乎是唯一的合适的人选，但即使是这样，三百万的转让费着实让他感到十分为难，即使可以分四年付清，这对一个刚步入正轨的家庭来说，还是难以承受的。

这天，金传福一筹莫展地回到家，满腹心思地坐在凳子上，心里一直在反复盘算着转让费的事。他一会儿想到奋斗了大半辈子的工厂就要倒闭，不禁悲从中来；一会儿又想到只要转制成功，金厂重新焕发生机，久违的笑容又回到了昔日同事的脸庞，不禁喜不自禁；一会儿又想到上百万的资金如何筹集，是卖房还是贷款，不禁愁上眉梢。看着丈夫阴晴不定的脸，嘴里还嘟囔着什么，孙秀华心里一下子就明白了，是金厂转让费的事让他如此苦恼。她深知金厂此次所要历经的考验，也知晓丈夫苦恼的症结所在。这么多年同床共枕，她深谙丈夫的雄心，也清楚目前的困难。机遇总是与挑战并存，要是错过了这次千载难逢的机会，恐怕丈夫这一生的抱负都难以舒展了。她也明白日子刚好了一点，一家人可以不再那么辛苦，此时如果支持丈夫的事业，便意味着所有的苦日子都有可能重演一遍。但她还是决定支持丈夫的事业，愿意陪他再冒险一次，她知道，最坏的结果无非是从头来过，但是只要两个人还在一起，没有什么困难是不能克服的，爱是苦日子里的一剂良药，有爱在，自会拥有踩碎一切的勇气，以往那么多苦日子不也熬出了头么?

孙秀华转身回房,默默拿出房产证放在金传福面前,就像当初决定嫁给他一样坚决。金传福抬起头,他从妻子的眼中看到了信任,看到了爱意,看到了希望。他突然想起,当初孙秀华嫁给一穷二白的自己,跟着自己吃了这么多的苦,煎熬了这么多年,寄居在娘家多年,人到中年手头才宽裕了些买了房子,日子逐渐步入正轨,现在却又要和自己一起创业,承担风险,俗话说"一动不如一静",他无论如何也不能让妻子儿子跟着自己冒险了,他心里的声音叫嚣着拒绝。孙秀华仿佛看穿了一切,还没等金传福开口,她就抢先说道:"只要有你在,家就在,房子都是身外之物。"有了孙秀华的鼎力支持,金传福顺利完成了金厂的转制工作。

冶炼钒铁属于重资产行业,存在相当大的风险,钒铁价格低的时候十万一吨,价格高的时候四十多万一吨,所以买进卖出的时机非常重要,万一判断失误就可能血本无归。刚开始金厂发展资金严重不足,需要大量贷款,过去在金厂摸爬滚打几十年积累下来的人脉这时起了大作用。凭着多年来出色的人品和良好的口碑,金传福一路逢凶化吉,披荆斩棘,解决了资金困难的瓶颈。在上游原材料方面,在攀枝花深耕多年的金传福更是如鱼得水,攀枝花铁矿的领导非常关照帮忙,成功解决了金厂原料资源的需求。金传福深知做人要知恩图报,需要有一颗感恩的心,回报他人,因此他自工作以来便以一颗真诚的心对待所有工作伙伴,在面对别人的帮忙时,也默默地将恩情记在心里。

为了支持金传福创业,孙秀华办理了提前退休,全心全意地帮助和照顾丈夫,不让他有任何后顾之忧。在妻子的大力支持下,金传福浑身充满干劲。之前当厂长的那些年,金厂的各种弊病他都看在眼里,清楚该如何厉行精准改革,适应经济发展潮流。很多过去没有条件实施的人事制度和管理方案都雷厉风行地开展实施了起来。没有了国企的条条框框,金传福真正有了实权,终于可以施展拳脚,大展身手,进行多项改革。首先,他遣散了四五个不干实事的副手,精简了工人队伍,明确分配了各自的任务,做到了分工明确,责任到人。其次,他提高了工人待遇,增加了工人福利,充分调动了工人的工作积极性,曾经的老员工老骨干自愿留了下来,继续为金厂发光发热。整个工厂的面貌焕然一新,从嗡鸣的车间可以嗅到一股新生的力量。

冶金行业的门槛说高不高，但说低也不低。每种型号的钒铁都有着不同的价钱和用途。45的钒铁和50的钒铁外观看来毫无二致，但绝对不能弄混搞错，金传福对这些非常敏感，厂内从来没有发生过弄混的低级错误。金传福接手金厂以来，一心扑在工作上，几年时间内，他以厂为家，吃住都在厂里。当了厂长，尤其是自己办的厂，并不意味着能够轻松一点，而是更加不能懈怠，他对员工、产品的要求非常严格。秉持着一贯的负责的态度，每天晚上凌晨一两点，车间灯火通明火光冲天，夜班工人正在忙碌着，金传福开始了例行的巡察，三四个车间，每个拐角都要细致地检查，及时发现每一个漏洞，防微杜渐。当厂长这么多年，金传福深知每一个生产事故都是由于平时的疏忽大意造成的。偶尔也会碰到工人怠工偷懒的情况，金传福看到后也不过分责备，甚至不怎么讲话，他知道工人们下次自然就会注意。在厂长与员工的配合下，金厂事业蒸蒸日上。

上天总是眷顾那些努力的、并且时刻做好准备的人们。金传福对金厂的改革立竿见影，没过几年，金厂的年税收突破了一千万，巨大的经济效益出乎人们的意料，谁也没有想到同一个工厂，同一批工人，从一个奄奄一息即将倒闭的模样，经过金传福之手，摇身一变，竟变成了如此繁荣景象，产生如此天差地别的经济效益。而盘厂需要缴纳的三百万，原本商定四年还完，结果两年不到就早早还清，远远超乎了金传福与孙秀华的想象，他们知道，这次创业，他们赌对了。

产能上去后，接下来就要扩大生产，需要不断投入大量资金。由于金传福前期积累的良好信誉和优秀的企业运营能力，这时他再也不用像当初买断金厂那样为资金愁断肠了，银行开始主动为他提供大额贷款，有一次金传福一次性就从银行贷了一千五百万。金厂渡过了刚开始的筚路蓝缕创业期，开始高速平稳发展。在销售和贸易方面，金传福和孙秀华夫妻口碑极佳，客户非常信任他们，很多重要的订单也不需要专人出差确认就可以直接签订合同。金传福凭借着自己的艰苦卓绝的奋斗与妻子孙秀华的支持，将一个奄奄一息的即将濒临破产的金厂挽救了回来，真正做到了置之死地而后生。

四、母亲与儿子，一生最柔软的牵绊

很多年后，当有人问起金传福，究竟是什么力量激励着他力挽狂澜、艰苦创业？金传福吸了一口烟，眯着眼睛沉思了片刻，他想起了去世的母亲。母亲身体瘦弱矮小，却是一名拖板车工人，家里孩子众多，父亲早逝，她爆发出一个女人所能爆发的全部力量，用自己小小的板车托起了一家人的生计。

金传福清楚地记得，在他小学六年级时，有一次母亲犯了头疼病，这次发病异常惊险，她头疼欲裂，一站起来就天晕地旋呕吐不止。由于眩晕感过于强烈再加上剧烈呕吐，根本无法进食，甚至连一滴水都喝不进去，家里人跟着干着急，但也没有任何办法，无法送医，也没有钱请医生上门看病，只能任由她躺在床上，等待命运的裁决。就这样，母亲在床上躺了整整三天三夜，滴水未进。第四天一大早，母亲突然感觉身体轻快了些，头疼似乎没有那么强烈了，这时她才意识到自己的嘴唇已经干裂得渗出了血丝，她问家人要了一杯水，喝完顿时感觉冰凉的身体开始一点一点回暖。"我有救了，我活过来了！既然活着，那就得出去挣命！为了我那可怜的六个孩子，我得出去挣钱呐！"母亲挣扎着颤颤巍巍地站了起来，虽然双腿还在颤抖，但她头也不回地拖着板车消失在尘土之中。

很难想象那个身影给年幼的金传福多大的震撼。在以后的无数个日子里，在今后漫长的岁月里，金传福时常回想起母亲的那个背影，羸弱却坚定、瘦小却坚实，这个背影像一座丰碑耸立在金传福的心中，又像一盏明灯点亮了金传福的心路，他始终相信，自己也会像母亲一样幸运，像母亲一样坚强。或许小时候金传福恨过母亲，不理解她终日的不着家，让他从小就缺失关爱，从来都吃不上一口热乎饭，沦落到去农村捡菜叶熬粥喝，或许他也曾怀疑过母亲是否爱他，但一切的答案都藏在那个背影里，一切的不理解全都迎刃而解，母亲当然是爱他的，母亲又何尝不想抱起小小的他，让他依偎在自己的怀里，为每个孩子洗手做羹汤。然而为了孩子的成长，母亲只能默不做声地奉献出自己的一切，以至于她的背影模糊在尘土里，她的爱意掩埋在生计的催促下。

母亲老了以后信奉"逢九吃鸡，来年好身体"，这个"九"是指冬天每个月的初九、十九、二十九。鸡是一种非常好的滋补品，可以预防感冒。所以逢九吃鸡不仅对当年过冬有好处，还可以为来年的身体打下一个不错的基础。日子好点之后，金传福每个月给母亲两百元，让她买鸡吃。逢年过节还要加倍，母亲虽然嘴上说着要吃鸡，但从来舍不得买，而是偷偷攒起来，哪个子女有困难就偷偷塞给谁。金传福开始创业后，经济逐渐宽裕，母亲所有的医疗费、赡养费、去世的殡葬费全部由他一个人包揽了。在金传福的精心照顾下，母亲享年九十二岁。

即使后来开了多家公司，身价越来越高，金传福依然非常节俭，出去吃饭从不过度消费，以身作则践行"光盘"行动，实在吃不完一定会打包带走。他说，如果母亲还在，她也一定会坚持这么做的。也许，这也是大金总纪念母亲的独特的方式吧。

五、父与子，藏在无言下的爱意

金传福这辈子对母亲尽善尽孝，但对儿子却始终心怀愧疚。儿子金勇出生时，金传福和孙秀华都是工厂职工，三班倒，整天不是在车间上班就是在家里睡觉休息，没有时间和精力照顾儿子。夫妻俩勉强把儿子拉扯到一岁多会走路时就把他送到了晨光厂附属幼儿园，是班上最小的小朋友。

每天一大清早，孙秀华就把金勇送到幼儿园上学，然后再赶去上班，晚上六点多下班后才有空去接他回家。金勇常年都是班上第一个到，最后一个走的小朋友。孙秀华记得，有一年冬天下着大雨，她一进幼儿园就远远地看见一个矮小的小朋友穿着黄色塑料雨衣站在滂沱的大雨中，走近一看才发现是她家小金勇。原来金勇因为年龄实在太小，大小便还不能完全自理，那天就尿了裤子，老师把裤子脱下来放在暖气片上烘，放学时裤子也还没完全烘干，老师着急下班只好草草帮金勇把裤子套上，本以为一会儿家长就来接回家换裤子了，谁知金勇一个人眼泪汪汪地又等了两个多小时，浑身冻得瑟瑟发抖。当时，孙秀华眼泪一下子就涌了出来，母子俩抱头痛哭。

孩子的成长需要父母的陪伴，但金传福一年十二个月里有十个月待在原材料地四川攀枝花。偶尔回一趟家，也要先到厂里汇报，有时还要去溧水县的分厂办事。由于爸爸整天不着家，金勇觉得爸爸非常陌生，从来不主动叫爸爸，他觉得实在喊不出口。有时被逼得没办法，只好僵僵地毫无感情地小声叫一声，然后立马跑开了。

在金勇小时候的记忆里，父亲的角色永远是缺失的，他的每一次成长父亲总是缺席，受了委屈，或者是遇到喜悦的事情，永远只能对母亲诉说，他变得调皮捣蛋，因为没有人管得住他，那个名为父亲的陌生人似乎从来不屑于管他，他的全部生活全都给了他的工作，懂事以后，他甚至想到自己是否是他父亲的骨肉，不然，为什么能够对自己的孩子那么狠心，能够做到这么多年不管不顾。

孙秀华常常觉得自己像个老母鸡一样护着金勇长大，但却总是照护不周让金勇受到伤害。金勇很小的时候，差不多刚会讲话，就因为童言无忌出言不逊被伯伯打了一个嘴巴，血红的巴掌印子肿得老高，父母都不在身边，只能坐在门槛上哭着等妈妈回家。那时的孙秀华常常为了金勇到处找人评理，冲锋陷阵，也因此得罪了很多人。她看到金勇非常调皮，也不忍心苛责他，只能自我安慰，调皮一点的孩子性格开朗大方。谁知等到青春期，父爱的缺失让他变得阴翳沉默，金勇一下子又变得自闭起来，成日里沉默寡言，话特别少，显得比同龄人成熟很多。

金勇十几岁时，孙秀华因心脏不好住院了，金传福的领导知道后特批他可以不上班在医院陪护，谁知金传福不放心工作，又跑去了攀枝花。孙秀华的领导考虑到孙秀华家里的特殊情况，派了两个车间女同事照顾她的起居，一个负责在她家烧饭，一个负责在医院照顾她，工会出钱买菜。但是谁负责送饭呢？做饭的同事做好饭要立马赶回家照顾自己的家庭，没有时间送饭，这时金勇自告奋勇。他一个人骑着自行车把饭送到医院，天气很热金勇很快被晒黑了，看着有超乎年龄的成熟，医院的人一直以为是孙秀华的弟弟每天在给她送饭，后来才知道居然是她十几岁的儿子，连医院的医生护士都唏嘘不已。

孙秀华一个人拉扯儿子，非常辛苦，尤其是金勇生病了、遇到委屈了，每当这个时候孙秀华就想要离婚，还多次找金传福的领导哭诉，甚至她在内心深处给自己下了一个决心：等儿子结婚了之后，她就立马和金传福离婚。但直到现在金勇都有两个女儿了，两人也没离成婚，反而感情越来越好。其实，孙秀华与金传福感情本身就非常好，每次吵架几乎都是因为孙秀华看不得金勇受委屈。孙秀华回忆起当年的生活，说企业搞好了，但家差点毁掉。金勇的事，她从来不愿意迁就，金传福要吵就吵，要打就打，她奉陪到底，绝不妥协。最近十年，孙女们相继出生，孙秀华退居二线，在朋友的推荐下接触了星空医疗，整个人慢慢变得柔软细腻起来，她开始觉得生命其实非常宝贵非常美妙。正所谓少年夫妻老来伴，两人相识相知，一路走来太不容易了，要珍惜这段感情，互相体谅。现在的孙秀华与金传福仿佛又回到了刚谈恋爱那会，孙秀华偶尔发发小脾气，金传福好言好语地哄着。

金传福深知自己不是一个好爸爸，他也知道自己亏欠了老婆儿子太多，但他深知企业搞不好，老婆儿子只会遭受更多的苦，他从小就穷怕了，害怕儿子老婆跟着他再受一次罪。为了能够让全家都过上好日子，他整日不着家，为了工作奔波忙碌，而忽略了儿子金勇的感情需求与成长中的管教，在反思的过程中，他恍惚从金勇的身上看到当年幼小的自己，自己当年也是看着父母远去的背影长大，他明白父爱的重要性，他缺席了金勇成长过程中的所有重要的事情，对儿子有着深深的愧疚，同时也希望儿子能够理解自己。

金勇没有一个美好的童年，这是毋庸置疑的，母亲的爱莽莽撞撞，一不小心就戳到他脆弱的心灵，父亲角色的缺失也让他不能享受到别的孩子拥有的美满家庭。但随着慢慢长大，金勇也像他的父亲一样，开始理解了父亲忙碌工作的意义所在。爱的缺失，金传福会用富足的生活来弥补，不至于让金勇过上他小时候那样穷苦的生活。几年前，企业由金勇接手，忙碌了大半辈子的夫妻俩终于可以在家歇一歇，开始享受美好的生活。金传福喜静，从一线退休后，他就重拾儿时的活计，种花、喂鸡、养狗、修花园、修鱼池，闲来无事逗逗两个可爱的小孙女，真是一派无忧无虑颐养天年的退休生活。孙秀华喜闹，她是闲不下来的，退休以后在照顾家庭之余不是忙于女企业家的活动，就是参加工会的各种活动，继续为社会服务，发挥着余热。金勇接手公司后，终于开始理解父亲创业的艰辛，经常向父亲请教经验。深藏在无言下的爱意开始在家庭中脉脉流淌起来。

金传福和孙秀华达成共识，要好好陪伴和培养孙辈，把他们对金勇的缺憾和愧疚在两个小孙女身上补足。孙女朵朵从小热爱钢琴演奏，早早就过了钢琴十级，还上过电视和各种大小演出。去年南艺附中在全国招考双排键，仅有一个名额，朵朵不负众望拿到了。

六、捐助贫困学生，善待企业工人

孙秀华坦言自己是个要强的人，1990年代当她看到电视上的万元户胸前绑着大红花时她就暗暗下决心自己也一定要存满一万块钱。有了一万块钱就什么事也不用干了，和儿子金勇开开心心过日子。后来，她果然完成了这个目标，但她很快发现区区一万块钱并不能让她和金勇过上"无所事事"的开心的日子，于是她又给自己设立了存两万、五万、十万的目标，逐渐地钱对于她来说只是一个数字，已经不可能给她带来最初的一万块钱的快乐了，甚至她发现拥有再多的钱也不可能过上"无所事事"的"开心"生活。因为"无所事事"大概率不会带来"开心"只会带来"无聊"。她开始反思，如果人活着的目标就是为了存钱，那她是不可能满足的，因为钱是挣不完的。最初的那一万块钱之所以能让人感受到快乐，是因为那一万块钱承载了她对美好生活的憧憬，是辛勤劳动的回报，凝聚着全家人的激情、奋斗、理想与信念。如果挣钱不能持续给人带来积极的正能量，那么挣再多钱又有什么意义呢？

从1995年起，金传福和孙秀华开始资助贫困学生，初中、高中、大学每个阶段都有，有的持续资助了十几年，直到他们大学毕业。他们尤其关心镇上的初中生，会重点帮扶云南外来务工人员带过来的孩子。这些年孙秀华参加了大大小小的工会活动、社区活动等集体送温暖活动。每年过年他们都会自发去当地养老院看望孤寡老人，带点老人需要的东西，吃的穿的。

2018年，一个长期受资助的女孩大学毕业参加工作后找到了孙秀华。女孩是隔壁村上的，父母在无锡还是上海包地时因煤气中毒双双去世，女孩一下成了孤儿。金传福夫妇知道这个女孩的悲惨遭遇后决定资助她上学，她一直刻苦学习，成绩优秀，考上了南京的大学。女孩在南京上学时，时常来孙秀华家里探望，每次临走时孙秀华都要烧几大饭盒的菜让她带着，鼓励她好好学习。女孩果然没有辜负金传福孙秀华夫妻的殷切希望，她一直盼着终有一天能学成归来回报孙秀华，这次她拎着大包小包，有高档白酒和精美礼品，还带着自己的新婚爱人。夫妻俩千恩万谢，孙秀华打心底里为他们感到高兴，想到自己的资助能改变一个女孩的命运，她觉得一切都太值得了。女孩款款诉说着感激之情，在离别之际突然叫了孙秀华一声"妈妈"。她说虽然每次电话和写信时只能称呼孙秀华为干妈，但在她心中一直把孙秀华当亲妈一样看待，这一声"妈妈"她珍藏在心中多年，今天终于当着她的面喊出了声。听到这一声"妈妈"，孙秀华一瞬间潮红了双眼。她万万没有想到，她的资助不光彻底改变了贫困学生的命运，还收获了如此人间至情和大爱。作为一名企业家，孙秀华常常教育儿子和孙女，学生是祖国未来的栋梁，也希望等到他们有能力之时，也要尽自己所能帮助那些有困难的学生们，将资助学生这个传统代代传下去，或许会改变更多人的命运，为国家培养更多更有用的人才。

谈到自己的成功，金传福总是十分谦虚，总是把别人给予的帮助放在第一位。作为党员家庭，每当国家一方有难，需要八方支援时，金传福、孙秀华夫妻总是冲在前线，踊跃捐助。汶川地震、武汉疫情、郑州暴雨他们都通过组织进行了捐款。尤其是2020年新冠疫情爆发以来，整个国家的执行力、公信力、凝聚力，常常让他们作为中国人而感到由衷的自豪。金传福、孙秀华时常把"没有共产党，就没有新中国"，"只有共产党才能救中国"挂在嘴边，刻在心上。现在国内很多企业家会把子女送去国外念书，金传福和孙秀华偏不，他们觉得国内的教育不比国外差，两个小孙女以后也不打算去国外念书。

作为党员，金传福、孙秀华夫妻真心诚意地信仰共产主义，在自己有限的范围内时刻不忘为民众谋福利。2006年企业里有工人想买房，但资金有缺口，金传福、孙秀华二话不说就借钱给工人买，一分钱利息也没要。在金传福、孙秀华夫妻的资助和帮衬下，百分之六十的工人都在溧水区买了房。作为溧水区晶桥镇最大最强的企业，金传福、孙秀华经常被其他企业家调侃：工人工资高，吃饭不要钱，买房还借钱，这不人为提高民营企业"行业标准"嘛。但金传福、孙秀华夫妻总是笑笑，他们这样做的初心并不是做一个模范的样子，让别人夸赞，而是让工人切实感受到幸福，相比之下，这才是他们真正在意的。

其实他们也不是经济富裕了才开始做慈善，当金传福的事业起于青萍之末，他就想着拉扯一把陷于泥潭的人。金传福回忆起二十多年前的一个冬天，他至今记得那年冬天特别冷，饶是攀枝花这样宜人的气候，也难逃寒潮，那时他做好了一切工作，正准备回家过年。他从攀枝花火车站上火车，发现车厢里有一个人显得格格不入，看打扮应该是个西昌山顶上的老彝胞。他被铁路警察用铐子反铐在座位上，周围形形色色的人来来往往，所有人都对他侧目而视。那个小伙子衣服单薄，只穿了薄薄的外套和马甲，鞋子都磨得穿了洞，脚趾勉强蜷缩在鞋里，天气如此寒冷，又被扣留在这里，他的脸上已经毫无血色，基本已经冻僵了。看着这幕场景，金传福几乎没有任何思考，走向前去打破了死寂，他蹲下身，问他干了什么事，被警察扣在这里。令他猝不及防的是，一个那么强壮的大小伙儿竟忍不住哭了鼻子，或许是因为金传福是他被扣留以来第一个不带任何目的地关心他的陌生人，委屈、无助、绝望等情绪再也把不住关，向金传福将自己的情绪一股脑儿倾泻出来。他的家里很穷，为了一家人的生计，他来到攀枝花务工，可麻绳专挑细处断，厄运专找苦命人，母亲下田种地时摔了一跤，摔断了腰，需要住院治疗，接着他的小孩生了一场大病，不得不留院观察。他不得已结束了这里的工作，回到家中照看他们，坐上这趟火车的时候，他在担心家人身体之余，还在为钱的事情而烦恼发愁，光是住院费用就已经是一笔很大的负担，更遑论全部治疗下来了，仅凭他打工的存款，是根本无法负担得起的。忽然他瞥见地上有三百块钱，一时竟鬼迷心窍，捡了起来，他在狂喜之余，也经受着内心道德的撕扯，三百块，正好可以解决他的燃眉之急，然而对别人来说也是一笔巨大的损失……经过内心的挣扎，怀揣着良心的自我谴责，他还是决定不上缴，然而失主寻找未果后报了警，铁路警察查到是他拿了之后，所有人都一口认定是他偷的，将他反铐在座位上。讲述完毕，男人已经泪流满面，听了他的故事，金传福悲从中来，更加坚定了帮助他的想法。他找到铁路警察为他做担保，将丢失的三百块还给失主，并重述当时的过程，最终协商调解成功，将男人放了出来，之后金传福还偷偷塞了点钱给男人。金传福的一个善意的举动，在这个寒冷的冬天，给了男人巨大的温暖的力量，足以让他重新燃起对生活的希望。

还有一年南京下了很大的雪，对交通产生了巨大的威胁。金传福转机从上海下飞机，在上海买了去南京的火车票，由于大雪封路，火车晚点了八小时，本来只有几个小时的车程，却硬生生走了一天一夜。由于耽搁时间太久，金传福只能在火车上解决温饱问题，他点了一份盒饭吃了起来，香味引来了许多目光，金传福吃得可谓是如坐针毡，他抬起头，正好与他们目光对视，金传福这才注意到在他的座位对面是一群农民工，他们皮肤黝黑，神色疲惫，双手环抱，萎靡地坐在座位上。金传福索性也不继续吃了，与他们搭起了话，了解到他们老家都在安徽，打完了工，准备回家过年，因为火车晚点他们已经一天多没吃饭了。其中一个说到，他们问过乘务员，一份盒饭要二十几元。完全超过了他们平时吃饭的消费水平，他们舍不得吃，想把钱攒着回家过年。金传福于心不忍，给他们一人买了一个盒饭，几人连连道谢，看着他们大快朵颐，他觉得一路旅途的疲倦仿佛烟消云散了。无论是那位在火车上被扣留的大小伙，还是这群舍不得花钱的农民工，金传福都从他们身上看到了当年的自己。他的人生从来不是一帆风顺，他也会像现在的他们那样为了全家的生计早早出来打工，为了能够多赚点钱而绞尽脑汁思考赚钱的途径，也会为了能够尽可能多省下一点钱而避免不必要的消费，因为经历过，所以更加能够感同身受，更加想为他们做点力所能及的事情，不仅仅为了他们，也为当年的自己撑起一把伞。

金传福从来不会因为地位提升而滥用权利，而是将自己置于身外无物的状态，一心为有需要的人谋求福利。在南京铁合金厂近二十年，他从普通员工做到了厂长，厂里对员工有分房补贴，但他一次房子也没有分到，每到分房时他都主动把房子让给年纪更大更需要的人，或者厂里的科技人员。他认为自己足够有能力承担一套房，靠自己的双手来创造幸福，不能为了自己的利益而占用那些更加需要的人的资源。除此之外，金传福从来不会摆出一副官架子，他将自己与所有人摆在平等的位置。由于工作需要，金传福一年到头在攀枝花，虽然相较别人，他更加辛苦奔波，风尘仆仆，但他坚持过年时奖金和其他中层干部一样都是六百元，逢年过节时，金传福还会邀请其他中层干部到家里吃饭，奖金全部用在了吃饭上面，甚至有时还要倒贴。

结语

如今的金传福与孙秀华夫妇是人们眼中的神仙眷属，金传福慢慢退居幕后，享受半生打拼换来的美好生活，而孙秀华在休息之余时时参加各种活动，散发余热。生活平淡而富足，感情亦是如此，在接受采访时他们不经意间流露出的动作神态，展现出他们对彼此的依赖与眷恋，他们的金厂在南京乃至全国各地打下了名气，办得红红火火，如今也成功完成了转型，顺利交接到金勇和儿媳妇手中。金传福和孙秀华办厂的事迹充满传奇性，值得后人了解并学习。总结他们的人生感悟，有以下几点特别突出：

第一，高度自律，自我管理。

金传福无论是做最底层的工人，还是负责采购的采购员，或者是当上了厂里的厂长，几十年如一日一直不变的便是他的高度自律。从当学徒开始起，金传福便时时刻刻叮嘱自己一定要努力做好自己的工作，为自己也为他人负责，参加工作以来他认真地学习各种知识，辨认各种金属，短短时间，从一个什么也不会的毛头小子，迅速成长为一个熟练工。后来负责采购金矿，他深知金矿的货源将直接影响到产品的出货率，因此在购买金矿时也是严加管制，亲自检验是否合乎标准，做事虽雷厉风行，但一点也不马虎，凭借他高度的责任感、严谨的工作态度和特殊的人格魅力，得到了很多人的赏识，因此积累了不少关键人脉。当上厂长后，他并不因此沾沾自喜，摆出一副高高在上的姿态，而是亲力亲为，与工人同吃同住，金厂做的是精细活，因此不能出一点差错，他便每天按时巡查监视，仔细检查工厂的每一处角落细节，保证工厂流程没有差错。

第二，夫妻同心，其利断金。

"霸气老总"金传福的成功，最离不开妻子孙秀华的支持。他坦言道，如果不是妻子的全力支持，他也许根本走不到今天，孙秀华为了他可谓是放弃了一切，不顾家人朋友的反对，下嫁给他，从最初吃不饱饭跟着他一路打拼到有点成果，生活逐渐步入正轨之时，又遇上了金厂濒临倒闭的局面，他犹豫之时，是妻子孙秀华毅然决然帮他做了决定，支持他义无反顾地创业，无论什么后果都由两个人共同承担，妻子的全力支持给了金传福无尽的力量，让他能够大刀阔斧地进行改革，最终取得巨大的成功。无论什么时候，回头望一眼，身后总有一股柔软的力量推着他前进，给了他最安心的依靠。金传福与孙秀华互相搀扶，彼此成就，内外兼顾，成为了人们交相夸赞的"霸气老总"与"最美贤内助"。

小时候在家人的悉心呵护下，孙秀华俨然被宠成了一个小公主，家人都围着她转，恨不得把她捧在手心里，这养成了她纯真娇憨的性格，加上她美丽的外表，很难让人不喜欢，从小便是那一带的小明星。对外她知礼节，有教养，对待家人她有些娇蛮任性，却让人更加心生喜爱，而嫁给金传福后，两人原本应该是针尖对麦芒，但并没有引发火山大爆发，虽然也有摩擦但经过长期的磨合，她的性格被很好地包容了。金传福是个出了名的火爆脾气，说一不二，当机立断，唯独在面对孙秀华时，他仿佛被浇熄了火，孙秀华的娇气也好，任性也罢，在他的眼里一举一动都是加分项。从一个不解风情的"大直男"转变成温言软语安抚妻子的温情男人，金传福用实力演绎了什么叫做"爱情的力量"。

在支持金传福这件事情上，孙秀华从来没有想过放弃。一开始嫁给金传福时，她便做好了吃苦的心理准备，从云上跌入泥中的巨大生活反差没有击溃她，而是全心全意投入家庭，为家庭谋求一份生计，无论是她与金传福的大家庭，还是只属于他们的小家庭。她深知金传福的雄心壮志，也了解他的工作能力，为了让金传福能够施展自己的才能，她甘愿放弃自己现在拥有的一切，陪金传福赌一把。金传福没有让希望落空，工厂开始步入正轨，生活也驶向美好的未来。为了照顾金传福与他的事业，孙秀华提前退休，辅佐丈夫的事业。她的全部努力没有错付，金传福最终让她过上了所有人歆羡的生活。

第三，把握机遇，时不我待。

至今回忆起来，金传福还觉得惊险，如果不是当时改革开放的潮流席卷而来，金厂是不可能走国企转制，没有机会改掉这根深蒂固的僵硬制度的，如果不是妻子的支持，他也不会把握机会盘厂，实行改革，取得意想不到的成果。金传福觉得自己是被幸运之神眷顾的人，能够遇到如此天赐良机，施展自己的才能，将金厂的价值完全体现出来，其实，人生的过程中会遇到很多抉择的分岔路，也会遇到很多机遇，把握机遇吧！并尽全力将优势放大，也许人生的转折点正在这里。

　　人生，充满了许多不确定因素，或许机会会来敲门，但更多的是需要艰苦卓绝的奋斗，通过努力创造美好生活，金传福孙秀华夫妇用自己创业的一路经历为人们演绎了什么叫做拼搏的人生。回望过去，一路上的坎坷与辛酸，挥洒过的汗水与泪水，都熔铸成了闪亮的勋章。无畏困难，有置之死地而后生的勇气，总会开辟出属于自己的一条道路，无论被生活如何打压，一定要保持最坚定的信念，用努力拼搏换来人生的主导权，这是他们给后人上的最重要的一课。

英雄不问出处，有志必有出路

——记江阴永丰环保设备有限公司创建者周伯荣、徐华珍夫妇

何 霞

周伯荣

有人说，周伯荣的一生是个传奇。

出生在贫寒的茅草屋中，初中没念完就辍了学，得到苦等多年的征兵名额却被截胡，当村书记又因计划生育政策被罢免，学习养鸡却几次煤气中毒被抢救，白手起家办厂又屡次被骗。然而，无论周伯荣身处何种恶劣的境地，他始终保持着对生活最大的热情，凭借自己的志气、胆识、信心，抓住一切机遇，不断寻找生活的最优解，勇攀事业的更高峰。他自学建筑设计，建造小湖市场，得到市委书记的赞叹；他兴办工厂，初涉化工，后转机械，

招商合资，企业越做越大；他寻根问祖，修撰宗谱，独自一人完成十万余字的自传，给后代留下一笔丰厚的精神财富；他培养了一双优秀的儿女，并成功将企业接力棒交至他们手中。

认识他的人都会尊敬地称他一声"老大"，这不仅仅是对他的尊重，更因为只要是他认准的事，永远都力争第一，耻为第二。他坚信：英雄不问出处，有志必有出路！

一、少年勃发，不甘人后

周伯荣的少年时代是在贫穷和困苦中度过的。家里孩子多，劳动力少，每年按工分分到的粮食不够吃，柴草也不够烧，所以每年春天都会断粮断草，只能四处借储备粮。有粮的日子也要精打细算，吃饭改喝粥，或者南瓜野菜煮面条。由于常吃稀粥不耐饥，肚皮越灌越大，当时村里人很少叫周伯荣的大名，都喊他"大肚子"。

周家孩子多，衣服不够穿。手工织的土布不耐穿，加上孩子们年少好动，衣服磨损快，又没有衣服替换着穿，一件衣服穿几个月就破了。所以到了热天，周伯荣不论是在家里，还是下田干农活，都是赤着膊。整个夏天，浑身皮肤晒得黑亮冒油，背上起码会晒脱两层皮。裤子一年到头只有一条，夏天把长裤的两个裤管剪短缝一缝当短裤。要换洗就趁着太阳落山前，跑到河里一边洗澡一边洗裤子。洗好后晾在河边的茅草上，人泡在水里，等裤子半干时再穿回家。到了冬天，再把夏天的短裤接上裤腿当长裤穿。

虽然日子清贫，但周伯荣深知知识的重要性。上小学时，他的成绩非常好，语文作文常常是班里的前三名。算术方面，有时老师没教过，周伯荣都会做，除了个别字写得模糊偶尔会扣分，基本上都是 100 分。有一次算术考试由于粗心只考了 96 分，还被教算术的杜老师用直尺敲打了一下，骂他粗心大意，实际上周伯荣是他最喜欢的学生。成绩差一点的是音乐和体育，音乐是天生歌喉不好，体育是营养不良加上家务活多，放学后就往家里跑，没有空余时间锻炼。但老师很照顾周伯荣，体育成绩总会给 70 分以上，每学期他都能领到三好学生的奖状。

由于家里弟弟妹妹多，家务活也多，一放学回到家，他就得带弟妹、烧饭、割草、喂猪、喂羊，忙也忙不完。小学六年里，就是第二天要大考了，放学回家后他都没有空闲时间做作业，只能等到晚饭后，帮父母洗好碗后才能在煤油灯下做作业。他晚上在煤油灯下做作业，有时候油灯芯卷得长了点或者煤油不够用，母亲就会熄掉灯，周伯荣只好哭着去睡觉了。第二天早上起来先抢着做好家务，再赶做作业。家里来不及做完的，就在上学路边的渠道水泥墩上草草做完。

老师在批改家庭作业本时，看到字迹潦草、作业本脏，在作业本里会写上批语。有一次怕迟到，在路上作业没做完，被班主任孙洪根老师发现后，把他叫到办公室，问他为什么课堂上的作业写得整整齐齐，家庭作业做成这样。周伯荣只好把家里的情况和做作业的经过如实告诉了孙老师，孙老师听后愣了一会儿，站起来摸摸他的头，送给他一本新的作业本，并鼓励他将来考上大学，改变贫苦的命运。

可惜命运第一次和周伯荣开了个玩笑。周伯荣好不容易考上了报录比只有30%的龙虎塘中学，却因文化大革命而停学回了家，后来再也没去过学校，学校也没有通知周伯荣复学，他只能回家种田了。停学回家的那一年，周伯荣刚满十五岁，已经是个半大的小伙子，可以到生产队里劳动挣工分了。那个年代吃的粮食和烧的柴火都是按工分分配。工分不分年纪大小，只要出勤就能拿，但同样的出勤，有高低之分，男的高女的低，大人高少年低。周伯荣刚开始下田干活就跟着男劳力，因为跟着妇女工分低，加上妇女干的大都是割稻割麦、拔草莳秧的弯腰活，周伯荣从小就怕做弯腰活，弯腰时间一长就腰痛。而跟着男劳力做的都是挑担、锄田等重体力活，但周伯荣不怕。别人一担二百斤，他就挑一百斤，别人一天能锄半亩地，他就锄三分，工分也能拿到正劳力的一半。刚开始肩上的皮都磨破了，手上全是大血泡，晚上睡觉浑身骨头像散了架，根根都在痛。由于长年挑担的压迫，周伯荣正在发育的体型永久性变形了，胸肋骨明显向外突出，仰躺睡觉时胸腔口可以盛放一碗水。

周伯荣家有七分多的自留地，在他很小的时候，父母主要种点蔬菜自己吃，其余就种麦子棉花，这些作物种植方便、用工少，但经济价值低。周伯荣退学回家后更改了自留地用途，靠河较低洼的二分多地改种春芹菜、秋茭白，一年能增收几百块钱。村后一块二分多的地种瓜类，隔年种甘蔗，一年又能增收两百多块。这些经济作物种植用工多，周伯荣白天要参加队里的劳动，只好利用每天队里开工前和收工后的时间去忙活，施肥浇水那些活只能留到晚上做。当时他的人还没有粪桶夹高，只好想办法放弃粪桶夹改用短绳，满桶挑不动，就挑大半桶。

往往别人都睡觉了，周伯荣还在田里忙，一个人，夜深人静时很害怕。秋天的一个深夜，周伯荣还在村后菜地里浇水，风很大月光朦胧，一抬头看到隔壁田里好像有一个人在动，喊又没人应。周伯荣很紧张，以为碰到鬼了，一害怕就丢掉粪桶拼命往家里跑，到家说话时舌头都大了。父亲和隔壁的桂福叔刚好在家门口，听他说见鬼了，两人都不信，但桂福叔对父亲说，一起去看看吧，不要把小孩吓出病来。周伯荣壮着胆带他们到地里，指给他们看，远看真像一个人在动，走近一看原来是棵向日葵，上面的籽盘重，风一吹一摇一摆就像有人在动。三个人一下笑得直不起腰。

周伯荣十七八岁时，就已经是生产队里的强劳动力了，男劳力能干的活他都能干得了，特别是锄田、挑担等力气活，他绝对不会输给任何人。那个年代运输没有车，全靠肩膀挑，有一次全队男劳力去小湖商店挑化肥，其中有一种化肥叫硫酸铵，包装用的是大麻袋，一袋二百斤，一人挑不动，只好两人抬。当时一些人起哄说，谁能一担挑二袋站起来走十步，今后队长就选他。大家听后都很兴奋，当场有三四个人抢着尝试，其中两个挑着都没能站起来，一个人勉强站直了身但没敢起步走就放弃了。后来大家起哄叫周伯荣也试一试，他心里也没底，推说挑不动，他们硬是把扁担搁在周伯荣肩上。周伯荣一咬牙挑着就站了起来，还向前走了几十步，从此再也没人敢跟周伯荣比挑担，两年后笑话变真话，大家真的选周伯荣当了生产队长，这是后话。

那时周伯荣力气大，饭量也大，聚餐起哄打赌时，常常一人能吃几个人的量。农村生活既单调又枯燥，除了下田劳动就是回家睡觉，要想找点乐趣和刺激，一般就是劳动时比力气，难得聚餐时就打赌比饭量。有一次村东有户人家办丧事，请周伯荣去帮忙，傍晚全村人都聚一起吃卷床面，那天人多桌数多，厨房人手不够，端上桌的碗里每人只有小半碗面。周伯荣坐的那桌全是帮忙的青年人，年轻气盛，看到厨房手忙脚乱就故意作弄厨师，大家串通一气，拼命吃，上来一碗吃光一碗，吃得快还吃得多，大部分人吃了四五碗，也有的吃了六、七碗，而周伯荣吃了八碗。

吃饱放筷后，众人作弄打赌的兴致还未消退，有人提出谁能再吃八碗面，晚上磨几十斤黄豆做豆腐百叶的活他就全包了。几个伙伴叫周伯荣跟他对赌，周伯荣想了想，八浅碗实际上只有四满碗，应该还吃得下，就答应和他赌。哪知厨师也爱开玩笑，听说有人在打赌，就把未煮熟的面捞了八满碗，端来后大家都盯着周伯荣，为了面子，周伯荣还是硬着头皮全吃光了。吃完后肚子里又胀又难受，坐下躺着都不舒服，最后为了早点消化，反倒是周伯荣替打赌的人磨了一夜豆腐。

1973年，周伯荣二十一岁，大队派干部到生产队来开会，换选队长，内定的人选是周伯荣，当时他已经当了两年副队长。那天会上，大队干部提出让周伯荣当队长的建议后，获得了到会人员的一致同意。当队长比任何人都辛苦，做得比别人多，睡得比别人少，农活要精通，早中晚要吹开工、收工哨。农忙时节，每天天不亮，就要拿出哨子从村东吹到村西，有时还要挨户敲门催出工。晚上社员收工了，队长还要到田里转一圈，心里盘算好明天的农活安排。

村里共有两百多亩地，大部分都在公路的两侧，东西长约一公里。土地的土质很差，大部分是粘土，平整土地时挑高填低，挖掉了熟土，土质遭到了进一步破坏，变成死黄泥土，种稻种麦都长不好。但由于田块整齐又位于公路旁，加上公社大队看重周伯荣，所以年年季季的各种样板现场会基本都选择周伯荣所在生产队，农活的工作量明显比别的队多，周伯荣一年四季跟着忙，社员也跟着吃苦头。

夏收夏种农忙时，上级要求百分百种双季稻，实际上江阴的气候不适宜种双季稻，双季收成还不如一季高，米的口感还差。别的队为了应付检查，大路边种点双季稻，偏僻田块都种单季稻。周伯荣队一直常驻着公社工作组，只好全种双季稻，还要做样板，做秧田要拉线，用菜刀切整齐，莳的秧横竖间距要一样齐，每亩用的工要比别的生产队加一倍。

秋收秋种过忙也要做样板。麦子喜旱，要求一丈一条排水沟。样板田为了美观，明沟须改暗沟，要求麦田表面上看不到沟，像广场一样平。具体做法是，先在田里划好线，把表土切成块，用铁锹挖出一块一块摆放好。挖好大沟后用专用的小铁锹在大沟下面挖小深沟，挖好再把表土一块一块盖上去，表土种植麦子。挖沟工作量加倍后，生产队常常开夜工。虽然沟表面种了麦，看似节省了土地，但实际粘土难渗水，雨水排不掉反而减产，真正是劳民伤财。

春秋农闲时，一年两季积肥现场会。春季积肥，要求"一亩地一只草塘肥"，草塘肥的来源主要是河泥，大河用小木船挖，小河抽干水人工挑，加上种的红花草混合腐烂成肥料。秋季积肥，要求"万担潭千担堆"。"万担潭"就是利用低洼田加高田埂，配上草皮、稻草、猪粪等肥料，要求的标准是潭里的水要"红、黑、臭"。有一次，上面临时有人要来参观公社现场会，万担潭的标准达不到，隔夜周伯荣只好安排几个人到家家去捅烟囱灰，混合猪粪倒在上面混拌一下，第二天水就变得"红、黑、臭"了，参观检查时受到了表扬。"千担堆"就是条条田埂、河边路边都削光，连草带土积成堆，加上河里养的水葫芦，一层草皮一层草，堆成一个又高又大的肥料堆，用作冬天麦田的盖肥。

队长当了两年，虽然吃尽苦头，但也出足了风头，年年都被公社、大队评选为样板生产队和先进个人，多次参加县和公社的表彰会，还多次上台发言介绍经验，也由于是这两年的辛苦和努力，才被提拔到大队去工作。

70 年代秋收秋种结束后，每年大队都会接到兴修水利开河的任务，有时是新开河道，有时是老河加宽疏通，任务多时大队就按生产队大小分配到队，任务少时就以大队为单位，抽调人员集中施工。1976 年冬，公社给周伯荣的大队分配了两处开河任务，一处是开挖璜土境内用于灌溉排水的新河道，另一处是加宽疏浚桃花港利港段河道。工程由县统一指挥，以大队为单位组织施工。桃花港河面宽，施工作业面积窄，时间要求紧，于是公社要求以大队为单位组织突击队，规定了施工人数和竣工日期，大队接领任务后，经商量，桃花港工程由周伯荣带队，抽一位副主任协助后勤工作。劳动力是从各生产队抽调的，共有六十多名年轻力壮的男劳力。

接到任务后，周伯荣马不停蹄前往指挥部开会领任务，指挥部要求工程不得超过十五天，到时上游长江口岸为保通航会开闸放水，工程进度天天评比，前三名挂流动红旗。周伯荣开会时尚且没有完全领会任务的严峻性，等会后到工地现场受领任务时，吓了一跳。工程地段中间横跨一座石桥，左右两边施工面很狭小，运土堆土的地方远，桥下土方量虽然少，但建桥时遗落下了大量石块、水泥板块，开挖很困难，当时工程断面分配是以大队顺序排列划分的，周伯荣是十一大队，刚好划分在石桥下。

面对这一困境，周伯荣回到驻地后立即召集大家开会，说明施工的难度，提出的目标是不争前三名，但也不愿做后三名，力争保中游。要求后勤人员做好服务，保证大家吃好睡好，同时他向大家承诺，从明天起不参加每天的指挥部会议，由副主任代他去参加，他会日夜陪大家一同劳动，以身作则。由于施工难度大，采取的唯一办法就是延长每天的施工时间，早上早出工，晚上开夜工，全河段指挥部都安装了大瓦数的照明灯，夜里也是灯火通明，高音喇叭从早上五点一直广播到深夜十二点。

刚开工的头几天，大家干劲很足，一边挑担一边喊号子，空闲休息时还嬉笑吵闹找乐趣，但过了大概一星期，周伯荣发现大家的精神状态不太对劲，休息时东倒西歪各处躺，食堂的饭菜也越剩越多。原来施工时间长，睡眠不足，大家很疲惫，周伯荣自己也觉得很累。在这种情况下，周伯荣清醒地意识到，只要一泄气，干劲再也鼓不起来了，必须狠心加鞭熬几天。于是他定了两条硬规定：第一，不准请假，生病请假由工地医生开证明，体温38度以下不批准，上工点名、收工查人；第二，上工后强制规定每人最多穿两件单衣，一律把羊毛衫和棉衣脱下来，收起来统一由后勤送回宿舍，收工的时候再送过来。因为那年冬天天很冷，不出力就会冻得受不了，要躲也没地方躲，只能使劲做，那时的群众很淳朴也很听话，这样的做法大家心里虽有怨言，私底下叫周伯荣周扒皮，但还是会服从要求。

在工程后期，周伯荣每夜平均睡眠不足三小时。深夜收工后，先去查房探病号，然后与后勤商量明天的伙食与服务。那段时间里，周伯荣起码有七八天没空刷牙、洗脚。到宿舍倒头就睡，上工收工途中，一边走路一边还打瞌睡，有时走着走着就被枯棉花杆绊倒了，有时吃饭吃着吃着一倒头就睡着了，那种劳苦是现在的人难以想象的。由于采取了各项措施，加上大家的齐心努力，工程终于如期完成了，众人得到了指挥部的赞赏和奖励。但周伯荣也累垮了身体，不得不住院治疗。

二、周老大造屋记，"总不比愚公难"

周伯荣一生都与建造房屋有缘。少年时没房住，青年时建草房，成年后建瓦房，结婚后建楼房，创业后建厂房。前后五十多年，经周伯荣亲手规划设计，亲自建造的住房、厂房、商业房不少于二十五万平方米。

周伯荣家兄弟姐妹多，上有一个姐姐，下有一个妹妹，中间有三个弟弟。从周伯荣记事起，父亲名下就没有住房，童年时全家人寄住在外婆家，后因两个舅舅要结婚，全家人只得离开外婆家，搬进父亲临时建造的两小间茅草棚，面积不足三十五平方米，墙是泥土砌的，梁是毛竹架的，屋顶是稻草盖的，门是开在屋尖下的。家里仅有一张旧床和一张破餐桌，三张长凳一张还断了一只脚，住房和经济条件在全村是最差的。

家里人多，住房紧，没有床，连打地铺也没地方，所以周伯荣从十多岁起就一直借宿在外面。今天住东家，明天睡西家，三天两头换人家。大年夜和年初一不能住在别人家，周伯荣只能回家睡在草堆上。到了夏天，麦收季节就跟看场的搭个铺，住在露天的场地上，或者在家门口露天睡在门板上，晚上蚊子多，咬得实在难受就起来走一走，或到河里浸一下，下半夜睡得死，蚊子叮咬也不知道。深夜露水重，到天亮浑身都是湿淋淋的。周伯荣一年两季在露天窝棚中起码会睡三四个月。有时晚上一个人睡在窝棚里有点怕，就叫个小伙伴陪着一起睡，这样的日子一直持续了好多年。

自周伯荣懂事起，曾多次听到好心的族内长辈对父亲说，你家没房子，生活又苦，四个儿子长大后全要娶到老婆会很困难，趁早送掉两个，或者等他们大了就派两个出去给人家当上门女婿。周伯荣听了心里很难过，这些话一直刻在他的脑海里，每当他累倒或遇到困难垂头丧气时，它们就会提醒和鞭策周伯荣，要想改变家庭的面貌，就要比别人多动脑多吃苦，俗话说"十败命只怕死做"。

拥有自己的住房，而且是砖瓦房，一直是周伯荣少年时代最大的梦想。村里有人嘲笑他多少有点好高骛远，竟想造几间砖房，谈何容易啊！在众多的议论面前，周伯荣总是笑笑说："总不比愚公难！"

为了实现建房的梦想，周伯荣从十三四岁起就开始筹划做准备。没钱买砖头就出外拾乱砖，只要一有空就挑付担子四处找。村上积肥抽水干河时，别人家小孩忙着看捉鱼，周伯荣却不分日夜地把碎瓦挖乱砖，归堆在一起，安排弟妹去看守，自己一担一担往家运。河滩边的碎乱砖，是太平天国战乱时，村庄房屋被毁后，倾倒在河里的。周伯荣挑回来的碎瓦留着填墙基，乱砖留着砌墙头。

　　建房没钱买木头，就四处挖棺材。文革期间破除迷信不信鬼神，加上土地平整方格化，造成了户户迁坟、村村挖棺材。挖出来的棺材木头，有的人家会卖掉，有的人家留着盖房打家具用，当年常常有沙洲张家港人到村里来收购棺材木头。有主的，指叫得出辈份的祖坟，棺材由后辈处理，好多人家挖出来卖钱，也有的人家迁坟再安葬。无主的坟指年代久远无坟墩的，掘挖时一般没人管，但都是夜里几个人合伙去偷偷挖，一口较好的棺材木头可以卖到几十元钱，甚至一二百元钱。

　　周伯荣十五六岁时，年龄虽小，力气却比较大，要好的伙伴明大、八斤年龄虽然比他大，但外出偷挖时常常会叫上他。有一年冬天夜里，天气清冷，但月光明亮，俩人来约周伯荣，说在村前进坟上的田地串探到一口棺材，叫周伯荣跟他们一起去挖。三人忙了小半夜才把棺材四周的土挖空，掀开盖板后一看里面都是烂泥和骨头。周伯荣没有雨鞋，只好赤着脚下到坑里挖烂泥，烂泥很冷，脚都冻麻木了。泥土和遗骨清理干净后，在撬侧面木头时因用力太大，脚下一滑，周伯荣的脚踩在了一颗又长又粗的棺材钉上，钉子从脚底一下刺穿脚背，在脚背露出尖头。周伯荣虽然吓坏了，但由于脚已经完全冻麻木了，所以也没感觉到有多疼，倒是小伙伴们用手电筒一照，吓得不轻。周伯荣让他们帮忙先把脚拔出来。他们扶紧周伯荣后，周伯荣咬着牙咔嚓一下就把脚拔了起来，他俩一人赶快用手指按住脚底脚背两个洞，一人把周伯荣拖到了田埂上。扶周伯荣坐下后，他们就用勺子到河里盛了水，帮他把脚洗干净，趁着月光到田埂边找已枯死的马兰头。马兰头是农村常用来止血的野菜，两人找到马兰头后用嘴咬烂敷贴在周伯荣的伤口上，再从破衣服上撕下布条简单包扎了一下。休息了片刻，周伯荣还是忍着痛把活干完了。第二天早上起来，伤口发炎了，伤脚又红又肿，走路一拐一拐的。周伯荣不敢告诉其他人真相，只说走路踩到一根大铁钉。年轻人抵抗力强，伤得这么重，既没有打破伤风针，也没吃消炎药，更没有消毒包扎，几天后伤口居然慢慢消肿，可以走路干活了。但是脚底脚背上的疤痕至今还清晰可见。

周伯荣十七岁那年，经过他几年的辛勤努力，终于在父亲盖的茅草棚后又新盖了两间草屋，外墙半边砌的是乱砖，内里全是泥土高头墙，房梁柱子门都是棺材木，屋顶盖的是稻草。虽然这两间还是草屋，但全家人总算都有了可安生的地方，这才是一个真正的家。草屋建好后，周伯荣造房的下一个目标，就是草屋顶换成瓦屋顶。草屋顶盖的草杆容易烂，需要三年修两次，换成瓦屋顶几十年不用返修。他同时还有一个理想，在结婚前另外再造几间气派的砖瓦房，给弟弟们娶媳妇用。

1975 年周伯荣到大队工作后，报酬待遇提高了，同时也结识了不少有社会能力的人，要想再建房也比较方便了。当时砖瓦紧张很难买得到，第一个帮助周伯荣的人是大队前任书记黄金根，他与武进遥观大队有联系，他与对方商谈好用一台脱粒机和马达换一万片瓦，他同时又帮周伯荣到公社农具厂买到了脱粒机和马达。运送机器的那天，周伯荣和村上的朝华、忠兴三人拖了一辆板车，骑了一辆自行车，下午到璜土农具厂提了货，返回家吃过晚饭立马出发，一人拖板车一人帮着拉，另一人骑自行车跟着走，三人轮换着，从家里到遥观几十公里路，从黄昏一直走到天大亮，走了十多个小时。

与砖窑厂熟悉后，周伯荣还多次到粮管所购买稻壳去换瓦。稻壳轻，在水泥船上用芦席挡围装得很高，看起来量很多实际重量很轻，船开起来摇摇晃晃很危险。运瓦共两次，每次都陷入了意想不到的困境中，运瓦的水泥船是大队的运输船，柴油机动力，开船的师傅有两个，听到周伯荣要用船都抢着来帮忙。

第一次去运瓦在深秋，周伯荣带一个开船的师傅和两个帮忙的伙伴，去的时候没装东西一帆风顺，早上开船下午四点多就到了，窑厂帮忙连夜装好船，第二天吃过早饭开船往回返，船刚航进大河道时船舱里还突然跳进了一条大鲢鱼。深秋时节河道正值枯水期，航道又窄水位又浅，傍晚船行至常州白家桥河段时,河道里堵满了船,进退不得。船停航后大家开始生火烧晚饭,夜里天很冷,船上只有一条被子,大家只能轮流着睡觉。当时估计堵塞到下半夜可能就通了,结果早上起来发现堵塞更严重了。

原计划当天夜里能到家,船上仅带了一只小炉子和一顿饭的米,堵到第二天中午,大家饿了一天一夜,都没有力气了。没有办法,周伯荣只好上岸去想办法,跑了几家饭店,都要粮票才能出售,再怎么求也没用,其中有一家面店,再三地求店主,他才说外面有一车面粉,帮他扛到仓库里,可以给几碗面条吃,周伯荣说我们饿得实在没力气,你先给吃我们再帮你做,店里又不肯。实在没有办法,周伯荣走了七八里路找到在锻造厂做瓦工的弟弟,向他借了几斤米,晚饭大家喝了点稀饭,还留了点米,以防晚上不通航,明天可以吃一顿。

第三天早上,船可以慢慢动了,留下的米不敢烧早饭,准备一天吃一顿,拖到中午再煮。中午船开到常州肉联厂河段时,船上煮的饭快要熟了,当时河边停靠着几条船,在装从肉联厂用泵打出来的猪粪,输送猪粪的管子很长,一直通到河中央。周伯荣的船刚走到粪船边上时,对面开过来一只机帆船,航速很快引起了河水波动,周伯荣的船和装粪船跟着水波晃动起来,满管子的猪粪刚好喷在他们船头上的饭锅上。已经饿了一天,周伯荣和伙伴怎么也舍不得这锅饭,就把沾上猪粪的饭粒刮掉点,其余的饭还是吃掉了。

第二次去运瓦是冬天,天很冷,去的时候很顺利,早上开船下午三点多就到了,遥观大队的干部也很帮忙,见船一到就召集社员挑瓦装船。晚上周伯荣把船停靠在窑旁的内河里,人住在窑洞里,准备第二天早上开船往回赶。天刚亮,周伯荣出窑洞一看,内河结了很厚的冰,外河航道也结了一层薄冰,船上柴油机水箱里的水也结成了冰,周伯荣招呼大家吃了早饭,烧了一大锅开水给水箱换了水,用竹竿把船四周的冰凿开,让开船的师傅发动柴油机准备启航。

柴油机运转几圈后突然卡住停下了,再发动就再也发动不起来了,开船的师傅说油泵咬死了,要拆下来修,当时船上都结了冰,又滑又冷,没法修,众人商量后决定把柴油机抬到岸上的窑洞里去修。

柴油机不太重,只有三百斤左右,但船上和跳板都结了冰,走路打滑,在做好防滑准备工作后,周伯荣和朝华两人用粗麻绳把柴油机绑好,朝华在前周伯荣在后,准备把柴油机抬上岸。起肩抬起柴油机的时候,突然听到绳子"咔嚓"一声响,当时以为是绳子上的冰拉伸断裂了,就没有理会。结果两人刚踏上跳板,绳子"咔嚓"一声就断了,柴油机掉下来把跳板砸断后滚到了河里,朝华被突然断掉的跳板撬下了河,周伯荣脚一缩退到了船头上。大家七手八脚地把朝华拉上船,还好没受伤,仅是下半身浸透了水,冷风吹来裤管立马结了冰。大家把朝华扶进窑洞里生火取暖,又派人把他送到邻村姐姐家换衣服。

柴油机掉在河里离水面只有几十公分深,站在船上能看得见,机壳上用于抬运穿绳子的一个铁环刚好看得见。周伯荣吩咐人烧了一桶开水放在船头上,周伯荣脱掉棉衣光着右臂,趴在船沿上试图把手伸到水下穿绳子。摸到孔环刚要穿绳时,手就冻得不听使唤了,周伯荣只好把手缩回来浸在热水里,待手有知觉能活动后,再伸下河,冻麻木了再拿上来浸热水,往往返返尝试了十多次才穿好了绳,当时整条右臂除麻木没知觉外,皮肤上毛细孔都渗出了血,整个手臂肿得像一根大红萝卜。

众人把柴油机拉上岸抬到窑洞里,请来当地一个修理工,拆开来一看其实机器没有坏,仅是油嘴冻住不喷油。但整个机器已经浸了水,里面的油只能全部换掉。忙了一上午柴油机终于修好了,发动起来听声音很正常,周伯荣很欣慰终于可以回家了。谁知开了才一个多小时,柴油机还在响,船却慢慢地停了下来,开船的师傅一检查,说螺旋桨掉河里了,但不知道具体掉到了哪里,所以也没法捞,大家只能干瞪着眼。没办法周伯荣只好叫他们把船停靠在岸边,等他回大队拿人工摇的橹。

周伯荣上岸后边走边问路,一直走到戚墅堰,乘汽车到常州,再转乘汽车到小湖,到大队时已经是下班时间了。那年大队刚好新购了一台手扶拖拉机,开车的建刚是村里人,晚饭后周伯荣又叫上村里的明大,三个人装上橹就出发了。建刚是个新司机,从未出过远门,加上又是夜里开车,路上也没路灯,一路上车开得左晃右摆很不平稳。当车开到常州关河路右转弯上新丰街桥时,转弯幅度拉得太大,拖拉机一个急转弯直冲桥栏杆,幸好被桥边的阶梯石挡住了,车子才没有掉下河,但他们三魂被吓掉了两魂半。平息心情后他们继续往前走,车子开了大约三个小时,前面已经没有大路可走了,周伯荣叫司机开车先回家,他和明大两人扛着橹，深一脚浅一脚摸黑沿着河边找，找了半个多小时才找到了船。

装好橹后他们摇船，叫周伯荣去睡觉。平时开船的师傅睡在船尾舱，这次他们怕船尾摇船吵声大，就让周伯荣睡到船头舱。周伯荣钻进舱洞后，黑暗里用手一摸，觉得船底板是干的，就铺好稻草和衣躺下了，睡梦中被冻醒，手一摸觉得身下有水，背部衣服也湿了，进来的时候摸上去像干的实际是水结成了冰，手冻麻木了没摸出来，睡下后身子把冰暖化成了水。周伯荣冷得受不了，只好起来烧稻草烘衣服。

第二天下午，船从永里桥开到小湖河道时，河面结了厚厚的一层冰，船又无法航行了。周伯荣回村叫了两个人带着长杆木榔头，人站在船头一边敲冰，船一边慢慢地向前移，直到傍晚，船才停靠到小湖桥底下。那天晚上村里正在放映露天电影《苦菜花》，周伯荣也没力气去看，吃过晚饭倒下就睡着了，由于受寒劳累，没过几天周伯荣就住院了。

70年代初，父亲站在家门口看到邻村张金焕家造了一排六间大瓦房，心里很羡慕，他喃喃自语道，咱家如果也能造六间这样的大瓦房，我就算死也能瞑目了。父亲这番话他一直记心里，当周伯荣到大队工作后，就安排队里调整了场地，对外也筹借了点钱，在原来草屋门前的场地上建了一排六间大瓦房，还了父亲的心愿，同时也为三个弟弟的结婚用房作好了准备。

三、有妻如此，夫复何求

周伯荣到大队工作后，由于工作的关系，结识了徐华珍。她是本大队第十生产队的副队长兼妇女队长，大队成立工作组时被抽调了上来，安排到第十一生产队邱家头驻队。周伯荣当时任大队党支部副书记兼副主任，分管农业生产，平时常去各生产队检查，大队会计邱浩中是邱家头人，周伯荣每次巡查到邱家头一般都会去邱会计家坐一坐，同时也会找队长和驻队干部徐华珍了解情况。加上大队开会常见面，时间一长，周徐两人相互就比较熟悉了，慢慢地产生了一种特别的好感。周伯荣为了能见到徐华珍，常常借着检查工作的名义，有事无事去邱家头，再加上邱会计夫妇热情好客，也为二人的接触增加了机会。

真正挑明关系的是1987年的一个冬天。那天周伯荣约大队杨副书记和邱会计晚上陪他去徐华珍家上个门，当晚徐华珍村里还在忙着轧稻开夜工。到了晚上八点多钟，三个人悄悄地从她家后门去了她家，因为她家大门是和她大伯家合用的，后门进去方便点。第一次去见准岳母有点难为情，周伯荣显得有点拘束，好在准岳母热心又好客，笑脸相迎，一边招呼一边泡茶水。那晚吃的是馄饨，馅料有好几种，有糯米馅、猪肉馅和菜肉馅。看到他们很热心，周伯荣才放了心，知道徐华珍的父母不会反对这门亲事。

徐华珍

周伯荣第二次去徐华珍家是1988年的年初一。上午他先到黄金根老书记家拜了年，到中午的时候，老书记陪着周伯荣到徐家拜年，徐家父母招待得很周到，吃过中饭后还专门安排人陪周伯荣打牌聊天。那天从下午开始一直到傍晚，雨下个不停，由于天黑路滑，徐华珍的父母就留周伯荣住了下来。那天还闹了个大笑话，平时周伯荣抽烟不太多，陪周伯荣的几个人联合起来作弄周伯荣，他们认为他第一次上门拜年，肯定不好意思抽烟，于是就一直给他发烟点火。而周伯荣要面子，怕事后他们笑话自己，所以他们发多少他就抽多少。由于香烟抽得太多，晚上睡着后喉咙里发出很响的嘶鸣声，徐华珍母亲听到后认为周伯荣有哮喘病，私下里还交代华珍抽空去买治咳喘的梨膏糖。

年初一上门，对外算是正式表明了两人的恋爱关系，在后来交往的一年日子里，由于双方工作忙，白天碰头的机会少，晚上有空在家时，周伯荣常让小妹去叫徐华珍来玩，隔段时间两人也会去常州城里转一转。特别是结婚前，为了采购结婚物品去得较频繁。周伯荣家里开支大，没钱给徐华珍买衣服和礼物，

但她每次都会给周伯荣家人买这买那。每次吃饭前徐华珍都要先问周伯荣想吃什么，周伯荣每次都说吃碗面，钱也是她付的。有时两人高高兴兴去，周伯荣因为一点小事不顺心就会发脾气，但她从不当面和周伯荣争吵。

结婚日期选定在1979年正月初三，按照江阴的风俗习惯，男方要给女方家送彩金，还要给新娘买首饰和做几套新衣裳。当时周伯荣家为结婚刚建了二间砖瓦房，经济上比较困难，幸好岳父母通情达理，未收一分礼金钱，仅收了两条棉被絮。周伯荣也没有为徐华珍买过一样首饰和衣服，反倒是她用私房钱买了一斤半咖啡色的毛线，为周伯荣织了一件毛线衫，这是周伯荣平生第一次穿毛线衫。她还为周伯荣添置了结婚穿的新衣服和新皮鞋，而且还为周伯荣父母买了全身上下的新衣服、新鞋子。

结婚的房子是新造的，房梁是水泥梁，但橼子、柱子、大门是棺材木头。新房装潢仅用石灰水刷了一遍，用东拼西凑的木料请木匠打了衣柜、写字台和五斗柜，一张床的四只床脚有二只是缺边的，床板用的是一张旧棕棚，又短又窄二头不着边，短的一头搁在长凳上，窄的一边铺上两块棺材木头板。婚礼还算气派，迎亲时村上去了十多个小伙伴，徐华珍家陪送的嫁妆在那年代算是高档齐全的，十多个人扛挑足足排了几十米，村上人都说周伯荣父母福气好。婚宴家里举办，亲朋好友请了近二十桌，冷菜是花生米、猪肝、猪肚、萝卜丝等八冷盘，热菜是老八样、鱼块、扣肉、扣鸡，大烧百叶、甜饭，糖蹄、三鲜砂锅、大白菜。那时菜价便宜，一桌酒席只要一百多元钱，喜宴全部费用不到三千元。

1979年夏，周伯荣和徐华珍的女儿明霞出生了，全家上下都十分欢喜，本地习俗认为头胎生女儿后面生儿子是先开花后结果，表示家族会兴旺。70年代末，国家开始执行计划生育政策，提倡晚婚晚育，一对夫妇只允许生两胎，但两胎之间要求间隔48个月。周伯荣和徐华珍都在大队工作，为了响应国家号召，中间徐华珍怀孕过，但计算日期间隔不满48个月，就自觉地去流掉了。当时的政策不是很严，如果二胎与头胎之间没隔48个月，处罚也很轻，仅罚二三百元，如果找个正当理由也可以不罚。

三年后，计划生育的政策改变了，规定一对夫妇只能生一个孩子。在政策的压力下，周伯荣想生二胎的想法动摇了。但徐华珍想生二胎的想法一直没改变，她表面上很顺从周伯荣，但只要有机会她就会旁敲侧击地劝说周伯荣。八三年春徐华珍又怀孕了，在周伯荣的劝说下还是去了西石桥医院，流下的是个男孩，她无声地流着泪，周伯荣既心痛也后悔。八四年初她又怀孕了，为了能把孩子生下来，徐华珍在怀孕六个多月的时间里，从未告诉周伯荣，等到周伯荣发现时，她已怀孕七八个月了，当时周伯荣内心很矛盾，又想生又想劝她去流产，她就抓住这个机会，一面对周伯荣好言相劝，一面寻找理由拖时间，为了不被人发现，她用布条把肚子紧紧捆扎平，外衣穿件宽松衫。那年春天气温比较低，穿了衣服就看不出身孕。那段时间她除了上班外，平时尽量不出门，期间也有人怀疑问过她，但都被她搪塞过去了。

后来肚子越来越显怀，大家发现后开始做徐华珍的工作，她表面上答应到常州胜利医院流产，实际上她是想出去躲一躲来拖时间。到常州后，她在寄舅公黄济民医生的帮助下，推托因心动过速，暂不宜做手术。为了拖时间，黄医生让她住到了他大女儿家。为了让小孩早点生下来，徐华珍在暂住的十多天时间里挺着大肚子帮人家挑水浇菜、做重活，没重活时她就在楼梯跳上跳下，想尽一切办法想让小孩早点生下来。

她坚持要生的决心影响了周伯荣，加上领导做工作过于粗暴过激，迫使周伯荣下定决心和徐华珍站在同一战线。周伯荣决心带徐华珍回家安心待产，但徐华珍担心事情发生变化，考虑再三后，她又让周伯荣陪她去了趟黄医生家，想请医生帮忙，让小孩早点生下来。黄医生问清情况后，拿出了珍藏多年的麝香，做成了膏药贴在她的脚底和肚皮上，并让她口服了麝香。

晚上八点多钟周伯荣和徐华珍到家后，听邻居说傍晚刘建国夫妇上门来看过他们。刘建国夫妻是他们的好朋友，周伯荣让徐华珍一个人留在家，自己去刘家回访。徐华珍在家见周伯荣迟迟不回来，担心周伯荣被朋友做通工作又要逼她去流产，她就到二楼的阳台上把肚子伏在水泥的栏杆上，硬是忍着痛不停地挤压，想把小孩早点生下来。当周伯荣深夜三点钟左右到家时，她肚子疼得厉害，说可能要生了。周伯荣想送她去医院，但她怕被拉去打胎坚决不肯出门。周伯荣只好去请大队的女赤脚医生来家里为徐华珍接生。七月二十号早上五点多，孩子终于出生了，是个男孩，取名周明烽。

明烽出生后，徐华珍因精神压力过大和长期的劳累，再加上原来身体底子就差，一下就病倒了，生了日光皮炎病，同时还患上了严重的肠炎，但她为了不影响孩子吃奶，又不敢随便打针和吃药，一直拖了几个月。等明烽断了奶，徐华珍再去医院医治时，本来病是急性的，拖着拖着就拖成了慢性病，体重从原来的一百多斤瘦到了不足八十斤。由于违反计划生育政策，周伯荣和徐华珍的工作都丢了。为了生计，周伯荣开始卖菜和养鸡，每天忙得脚不着地，徐华珍只好忍着病痛包揽了全部家务活，忙完后还要帮周伯荣捡菜、喂鸡食，还要带明霞和明烽，那几年她硬是咬着牙挺过来了，辛苦至极。

由于早产明烽身体瘦弱，三根筋顶个头，鼓着小肚皮，夜夜常哭闹。徐华珍也只好每天晚上不睡觉，抱着明烽来来回回走。长辈们说孩子是百日哭夜啼郎，叫周伯荣去公共厕所贴张红纸，上面写着"我家有个夜啼郎，来往行人读一遍，一夜困到大天亮"。明烽长到几个月大时，每天晚上要喝一热水瓶的水，白开水冲桔子露，只吃不长肉，一哭脖子上的青筋就突出来，中医说小孩是食积。那两年周伯荣和妻子为了给明烽看病，三天两头上医院，或者找民间中医吃偏方，食积就是中医偏方看好的。有一次明烽生病一直哭闹，周伯荣担心一直哭下去会出事，只好叫大队的赤脚医生来给明烽打针。医生用的是冬眠灵，起镇定作用，但她忘记给小孩打要减少剂量。明烽打针后一直在昏睡，天亮后徐华珍发现明烽的眼珠都翻白了，叫也叫不醒，周伯荣去买鸡饲料又不在家。徐华珍急忙到村里叫了辆拖拉机，紧急送往龙虎塘医院。到了医院，两个医生一点没意识到情况的严峻性，一边给小孩测体温，一边还在说闲话，问她们情况也不回答。徐华珍很着急，当机立断拔了温度计，抱着小孩向十三路车站跑，上车后她恳求司机开快点，司机和乘客都很理解也很帮忙。赶到常州一院时，医生一看情况紧急立马决定实施抢救，终于把孩子从鬼门关拉了回来。

那几年徐华珍为了养育明烽，丢掉了工作，弄垮了身体，吃尽了苦头，经受了种种的磨难，可谓母爱深如海，母恩大如天。家是雨中伞，风雨能遮挡，家是雪中碳，暖人抵严寒，家是避风港，灾难能避让，有了妻子的无私奉献，家变得更温暖，更幸福。家和说来容易做到难，周伯荣的性格和脾气有点像他的母亲，急躁易怒，口不择言，伤人伤情，事后虽悔却屡悔难改，但周伯荣和徐华珍婚后几十年从未大吵大闹，周伯荣不顺心发脾气时，徐华珍就笑脸对着他，不行就找个理由避让他，从不火上浇油当面刺激他。徐华珍深知和睦才是真正的家庭幸福，夫妻之间没有理只有礼。婚后几十年来，不论在家还是在外，徐华珍从未喊过周伯荣大名，只用"先生"或"周师傅"来称呼。生活上，徐华珍把周伯荣宠成了孩子，早上为他挤牙膏打洗脸水。冬天的早餐提前放在暖箱里，夏天的早餐提前放在桌子上慢慢凉，鸡蛋剥好壳，水果削好皮，由于她的贤惠与谦让，时间一长周伯荣的脾气也慢慢改变了。

周伯荣办企业虽然十分勤奋和节俭，但因心肠软、讲交情，在帮助朋友时常常会受骗。2000年初，一个很要好的朋友来找周伯荣，说他朋友有一个好项目，想向周伯荣借三百万元给朋友，利息很高。周伯荣担心朋友受骗，他却说那朋友很可靠。为了帮他挣点钱，周伯荣就从银行借钱给了他，并对他说自己只收银行标准利息，多余的利息全归他。三年后，他那朋友经营不当破产了，后来通过司法途径追债，本钱也仅收到几十万元，损失全部由周伯荣承担了下来。

还有一次损失更惨重。2013年，周伯荣为建设新厂从银行贷款了一千多万元，钱刚到帐，一家房地产商通过周伯荣朋友找到他，想借钱转还一下银行贷款，朋友再三向周伯荣保证零风险。周伯荣钱借出后，银行最后没有批复贷款给那家房地产商，后来那家房地产公司因经营不善，加上融资失败造成资金链断裂，公司倒闭重组了。几年后虽然周伯荣通过各种途径追讨回大部分本金，但还是损失了几百万元。在周伯荣造成如此大的失误面前，作为妻子的徐华珍从未当面责怪过丈夫。她见周伯荣心里难受，夜里睡不着觉，就安慰周伯荣说，别人赌钱你不赌，就当输掉了吧，钱生不带来死不带去，能过得去就行。实际上徐华珍也心疼损失，那段时期她常常整晚整夜睡不着觉，人也瘦了好几斤，她的宽容反使周伯荣心里更难受。

在抚养和教育子女方面，徐华珍虽然爱子女帮子女，但从不溺爱他们，从小要求就很严，在她的言传身教下，孩子们也争气，成家后个个都很优秀，都开公司创业。女儿明霞小时候聪明可爱，但脾气有点像老爸，性子急，好胜心也有点强，从小母亲就开导和教育她，对人有礼貌，不说谎话和脏话，生活要自理，养成好习惯，在母亲的培育下她从小很懂事，做事也勤快。明霞从小学到大学，从来不要父母操半点心，每学期都被评选为"三好生"。她从一年级起上下学就不要大人接送了，三年级起自己烧早饭，打扫好卫生再上学。放学到家除了带弟弟还会帮着父母做家务。有时父母不在家，家里来了亲戚或客人，她会烧水倒茶留亲戚。由于人小够不到锅，她就搬张小板凳，站到上面烧饭炒菜。

十二岁那年，有一次明霞骑大人的自行车带着弟弟去外婆家，车子大路又不平，一摇一摆，弟弟从车后座上掉了下来她也不知道，到了外婆家一看弟弟不见了，急忙返回找，寻找到半路看见弟弟坐在路上哭，事后她母亲不仅没责罚她，反而启导她路上要小心，做事要细心，犯错可原谅但事后要记住。明霞从小生活就很节俭，从不乱花一分钱。高中三年在学校住宿，每月一百多元生活费还有结余。大学四年别的同学每月七八百元生活费都不够用，明霞却只问父母要五百元，私下还一直接济一个贫困的女同学。在食堂就餐常常不是馒头加稀饭就是白饭加一碗汤，基本不买其他菜，时间一长老师发现后打电话找家长，说如果家庭困难可以申请助学金，周伯荣和徐华珍听了心里既高兴也心疼。那时家里的企业越办越好，经济条件已经非常宽裕了。

明烽比明霞小五岁，由于早产，他小时候就体弱多病，徐华珍在他身上花费的心血比明霞多得多。明烽两三岁前，身体的抵抗力差，三天两头生病，徐华珍抱着他不是去医院，就是寻秘方，小孩吃食少，喝水多，一个晚上要喂七八次水，一水瓶的水都不够，每晚只睡三四个小时的觉。经过多年调理，明烽慢慢康复了，而且后来身体还很健壮，一直没有生过什么病。虽然这个儿子得来不容易，但徐华珍对他依然从小管教很严，他小时候很聪明，也贪玩。六七岁那年有一次他看到村里大人捉蛇卖，他就有样学样，穿着高到大腿根的长雨鞋，带一双徐华珍原来在电镀厂用的橡胶长手套，一手拖一只蛇皮袋，一手拿竹杆，学着大人到水渠里捉蛇。周伯荣和徐华珍下班回来看到他浑身泥巴，拖着蛇皮袋，问他"干什么去了"，他说去捉蛇了，打开袋口一看，里面还有两条小水蛇，周伯荣夫妻俩脸都吓白了，徐华珍一边把蛇放生一边给他讲蛇的危险性，从此他再也没有碰过蛇。

明烽上小学时，父母在镇上办工厂，早出晚归没时间接送，就把他托付给了隔壁的一个大小孩，请他带着明烽一起上学和放学。那个小孩的父母在常州香港摊做生意，平时给些零花钱让小孩自己买中饭吃，那小孩不吃中饭，拿省下来的钱打游戏。明烽跟着他也学会了打游戏，时间一长那小孩钱不够花了，就对明烽说："你不能一直用我的钱，你回去向父母要一点。"明烽说不敢要，那小孩就教唆他到父母的口袋里自己拿钱。有一次周伯荣发现少了钱，这才发现明烽学会了偷钱和打游戏。那天晚上周伯荣要打他，徐华珍说孩子身体弱让他先吃饱晚饭再说，晚饭后徐华珍把他叫到厨房间，点燃了一根香，让他手拿着香跪在灶王爷面前，让他想一想自己为什么要受罚，错在哪里，今后怎么改，等这根香点完才能站起来，再向父母道歉认错。

当时他人小，胆子也小，厨房间是单独盖在天井里的，墙是空的，老鼠在里面跑来跑去还吱吱叫。他一个人跪在灶前，怕老鼠，天又黑。周伯荣和徐华珍担心吓着他，一直站在前屋的楼梯上一直默默地陪着他。明烽看不见他们，但他们隔着窗户能看见明烽。他跪了一会儿转过头一看四周没有人，就用手把香掐掉了一小段，过了一会儿他又掐掉了一小段，总共掐了三次，香被他掐掉了一大半。周伯荣又要下去打他，被妻子拦住了，说他人小，胆也小，惩罚一下就算了，十多分钟后明烽说香点完了，他今后一定改。

玩游戏容易上瘾，明烽也想改，但人小毅力弱，只要有伙伴相邀他就忍不住要去。周伯荣打他骂他，他说其实自己也不想去，但耳边好像总有人在喊他。徐华珍为了帮他改，在家苦口婆心给他讲道理，在外想尽办法看紧他，几年下来小孩长大了些也懂事了，终于不再沉迷游戏。儿女的成长和成才，是他们的母亲用性命和心血换来的，母爱是世间最伟大也是最无私的。徐华珍对儿女爱真是高如山、大如天、深如海。

1987年，周伯荣开始创业，以镇供销公司下属厂的名义，租用了近二百平方的厂房，办了一个小化工厂，招收了四五个员工，同时也把徐华珍叫到了厂里。办厂时一无厂房设备，二无资金，向银行借了五万元款。当时周伯荣为购原料跑销路，常年不在厂，厂里买菜烧饭、生产安排、来人接待都是徐华珍一个人负责，常常要忙到深夜才回家。1988年秋为了上对苯二胺产品，周伯荣租用了供销社的棉花仓库，那时生产车间要新建，生活、办公用房要翻建，用水要挖蓄水池，为了抢工期，徐华珍没日没夜地陪着员工一起干。冬天挖蓄水池时，土松又下雨，周伯荣担心塌土方，只好安排员工日夜加班，外面结着冰，徐华珍陪着员工赤着脚挑土。

在企业发展中，特别是转制后，徐华珍特别注重善待员工，每年带员工外出旅游一次，全国很多旅游景点，大部分员工都留下了足迹，还带管理人员出国旅游。每年组织员工体检一次，一年三个主要节日发实物福利。养老保险刚推广时，有些员工不愿参加，徐华珍三番五次做工作，有些年纪偏大的她就想方设法帮助办理，现在好多退休员工都开始感激她当年的先见之明。

徐华珍虽是一厂之主，但从不搞特殊。每天打卡上下班，从不迟到。伙食上从不开小灶，每天与员工一样，带米蒸饭，排队领菜，大餐厅就餐。周伯荣的家庭和创业能有今天的成绩，除了有党和国家的好政策，也离不开妻子徐华珍的默默付出，她确实是一个贤惠的妻子、慈爱的母亲、孝顺的儿媳，她是子女和后辈学习的楷模。

四、乘着改革春风，初尝办厂甜头

随着农村改革的深入，社队企业如雨后春笋般地蓬勃发展起来。在改革的大潮中，周伯荣从一名种田的农民转行成为了一名企业管理者，由于改革开放的好机遇，加上自身的努力和众人的帮助，才使他在这创业的道路上，成就了今天的事业。

1986年7月19日，供销公司副总杨尚礼来找周伯荣，说经公司几个领导商量，想请周伯荣到公司下属的璜土泡沫厂去帮助工作。原因是泡沫厂经营效益不好，已经连续三年亏损了。再加上公司总经理黄金根和他都是小湖人，平时大家私人关系很好。他们看到周伯荣停职在家也想帮帮他，同时也相信周伯荣能改善泡沫厂经营状况。周伯荣虽然知道这不是政府名正言顺的工作安排，但不能拂了他们的好意，就答应了。

在泡沫厂工作了一年多，周伯荣觉得产品档次低，生产工艺太简单，产品前景也不理想，所以周伯荣向公司领导提出，泡沫厂的前景不会好，哪怕再努力也不会有好效益。周伯荣想申请独立办一个化工厂，公司领导当即就答应让周伯荣从泡沫厂撤出来，独立去办厂，但公司没资金，得自己想办法，厂房公司来解决，就这样周伯荣就离开了泡沫厂。后来事实证明，周伯荣的判断是正确的，泡沫厂很快倒闭了。

1987年秋，周伯荣从泡沫厂出来后，当时一无资金，二无人脉关系，要想办厂只能四处托人找关系寻项目，寻到大一点的项目不是缺资金，就是缺厂房。选来选去认识了一个常州向阳化工厂的工程师，他介绍的项目是电镀厂镀铬用的光亮剂。生产设备很简单，一只反应锅加一套蒸馏装置，原料只要丁炔二醇，生产工艺只要蒸馏提纯。常州树脂厂生产原料丁炔二醇，工程师说树脂厂的厂长跟他是大学同学，可以介绍周伯荣认识。

项目选定后，首先要购设备，一套生产设备要八万多，还要流动资金好几万，公司又无资金扶持，向银行再三做工作只答应贷款五万元。原料在市场上很紧张很难采购到，销售渠道也还没落实好。在这些困难面前，周伯荣为了降低投资风险，解决资金困难，就与工程师商量，先上小型设备，待挣钱后再换正规的大设备。

周伯荣养鸡曾用大煤球炉子加温，同样也可做大煤炉，炉膛内同时放六个多孔的煤球来加温。加热锅用大号的家庭用的铝精锅，安装一套玻璃蒸馏管，测油温用长杆玻璃温度计，再配几只玻璃烧瓶，方便受料又方便计量。工程师说工艺理论上说是可以的，但问题是安全性差，原料熔点低，又是用明火加温，很容易燃烧起火，而且产量低。周伯荣听后与他商量，产量低可以多做几只炉子看销售情况逐步增加；容易起火可以增加灭火器等防范措施，车间内少放或不放原料和成品，蒸馏容器小，一旦起火不会太大，容易被扑灭，而且敞开的蒸馏容器可以避免爆炸，这样做的话，既解决投资的资金问题，又对厂房没有要求，投资的风险也降低了，最后就确定了这一工艺方案。

项目选定后，周伯荣向工商局注册了璜土电镀材料厂的营业执照，企业性质为集体，属璜土供销公司下属厂。周伯荣自制了三只大煤炉，买了几百斤多孔煤球饼、几套玻璃蒸馏管、玻璃容器具、三台稳压器和电线开关等用品，设备投资总共不足五千元。生产车间是借用的公司下属璜土广播器材厂空余的几间矮房子，不用花钱。

设备安装好后，厂里招了五个员工，三个正规工，三只煤炉一人负责一只，两个辅助工。由于加温煤炉烧的是明火，蒸馏铝锅又是敞开的，生产工艺流程很简单，只要目测油温的高低，就能掌握蒸水出料的时间和数量。有时候，蒸馏结束时为了能多出点料少留点渣，油温不自觉就高了，料渣瞬间起火，火苗很旺，烟特别大，气味很重，甚至把电线和电器都烧坏了。生产时大家提心吊胆，但由于设备过于简陋，这样的事故经常发生。好在生产一年多小事故不断，但从未发生过大事故。当时璜土有一家大厂生产这种光亮剂，蒸馏设备用的是 500 立升的反应锅，由于加温时间过长温度过高，锅内严重超压，发生了爆炸。一个几百斤的反应锅盖瞬间飞了出去，穿透了房顶，飞出去几十米远，落在了另外一家化工厂内，幸好没有发生人员伤亡。

材料厂的原料仅有常州树脂厂一家生产，供不应求，没有关系根本买不到。第一次购到的三百公斤原料是工程师陪周伯荣到他同学沈振清厂长那里批到的，后来再去找他批，他就回绝了，让周伯荣到供销科排计划。供销科没有关系就排不到计划，购不到原料，周伯荣想叫工程师陪他到沈厂长家里碰碰运气。工程师说跟沈厂长虽然是同学，但来往不多，只知道他家住常州工人新村。

为了找到沈厂长家，周伯荣实地探访了一番。工人新村有两个进出的大门，沈厂长骑自行车上下班，估计走南边的门上下班会近一点。周伯荣准备在他下班时守在新村门口，跟着到他家里去。第二天下午，周伯荣很早就守在南大门转弯处等他。过了五点钟，果然看到他骑着车子进了小区，周伯荣连忙骑车跟着，可又不能离得太近，谁承想跟着转了两个弯他人就不见了，周伯荣只好作罢。

第三天下午，周伯荣直接找到居委会，对居委会的人说自己是沈振清乡下的老亲戚，多年不见，只知道他住在工人新村，具体门牌号记不清了。居委会的人起初不肯透露，周伯荣再三说好话，他才说了详细的门牌号。周伯荣谢过他后提前找到那栋楼，在楼下等沈厂长下班。五点半左右，周伯荣看见他回了家，这才提着礼品敲门。是沈厂长老婆开的门，进门后沈厂长问他有什么事，周伯荣说上次批原料麻烦了来道个谢。夫妻俩很客气，倒茶让坐，问他厂里效益还好么。周伯荣这才提到，说就是缺原料。沈厂长叫周伯荣今后要原料直接去找供销科蒋科长，明天他会交代蒋科长照顾周伯荣。后来，周伯荣常常有事没事就到沈厂长家去，送点土特产，虚心请教相关化工知识，谈谈项目，拉拉家常。一段时间后，他们夫妻二人把周伯荣当成了家人，有什么请求都肯帮忙。

树脂厂生产的另一种原料市场上很紧缺，批到条子每吨可赚几千元，沈厂长给周伯荣批了好几次。后来厂里对苯二胺项目好多设备也是他厂提供的，他在周伯荣办厂初期帮了许多忙，周伯荣一直没有忘记他。几年后树脂厂被常州化工厂兼并，沈厂长调到了另一个单位，周伯荣和他家一直保持着来往，逢年过节都会去拜访。沈厂长深情地对周伯荣说，以前求他的人很多，至今只有周伯荣还没忘记他。

由于光亮剂生产厂家多，当时市场已经饱和，供大于求，为了打开销路，周伯荣带着产品四处上门推销，十个客户中难有一个成功，最远的跑到了东北沈阳铁岭，推销比较成功的是沭阳县的果园电镀厂。果园是一个乡名，确实也有一个苹果园，位于淮阴市到沭阳县城的公路边上。那里有一个汽车站，上下车很方便，两间又矮又破的小房子，一间售票候车，另一间前面半间是小商店，后面半间是旅馆，两张床位，白杨树板钉成的床板，架在木架子上，床下睡的是猪，因为那地方养猪喜欢白天放在外面，晚上赶回家睡在床底。

出差送货去沭阳要先从璜土乘车到江阴西门汽车站，再乘九点多的长途汽车到淮阴长途汽车站，汽车要开五个多小时，有时候到淮阴已经是下午三点左右了。再买从淮阴到果园的车票，四十几公里路，汽车要开一个半小时，好多次到果园站时天都黑了。晚上厂里不上班，周伯荣只能在汽车站里的旅馆住一晚，住宿费很低，每晚每人三元钱，一条旧垫被一条旧盖被，一热水瓶，有时猪还会来咬被子。从汽车站到对方厂，不到一里路。送货收款业务办好后，对方厂会招待周伯荣到公路边的小饭店吃饭。招待得很客气，点三四个菜都吃不完，菜盆大得像铁锅，一只大公鸡盛一盆。一顿饭很便宜，二十多元钱。吃好饭再送周伯荣乘过路长途车返回淮阴汽车站。

到淮阴站等汽车时，周伯荣每次都会到旁边的菜市场买点东西带回家。淮阴的猪肉价格比璜土低很多，而且当地人喜欢买肥肉、大排，猪腿买的少，价格只要一块多元。甲鱼价格只有璜土的一半。当地是花生产地，几元钱可以买一大袋。周伯荣每次去多少会带一些特产回家，一般乘车到家已经很晚了。

生产销售光亮剂一年多，虽然挣了点钱，但规模小，销售难，利润薄，所以在生产销售光亮剂的同时，周伯荣开始调研其他化工产品。

1988 年秋，为了新上对苯二胺产品，周伯荣又重新申请注册了江阴市璜土第五合成化工厂，厂房是租用璜土供销社在镇北路 4 号空置的棉花仓库改造的。厂区土地面积约四亩，厂门前有一条小河，仅有一条能走小型拖拉机的泥土路。厂区有两排低矮的平房，面积近千平方米。两年后周伯荣厂出资办理了土地和房屋的产权转让手续。

周伯荣经过调研发现，江苏市场上仅有两家企业在生产对苯二胺产品，一家在常熟，一家在宜兴，也都是社办厂，年产量不到一百五十吨，市场上供不应求。对苯二胺的产品用途很广，与马来松香单酰氯反应，能制得性能良好的聚酰胺－亚胺树脂，可成膜，也可拉丝，是一种很有实用价值的树脂，可以生产染发剂、染料、橡胶添加剂等。出口量很大，国外主要用于拉丝、生产飞行服、防火服、劳保衣服、手套等。对苯二胺产品性能稳定，阻燃耐高温，坚韧牢度强，不易破损。日本客户以它为原材料加工的手套，用刀都很难割破。

对苯二胺生产工艺是江阴青阳农药厂一个叫徐耀良的工程师转让给周伯荣的。工艺路线是，硫化碱加温溶成液体，与对硝基苯胺高温反应成粗产品，再经高温蒸馏结晶成产品，颜色越白含量越高，质量越好。对苯二胺生产对厂房要求较高，面积不能小于五百平方米，高度不能低于八米，结构要求分成上下两层安装设备。租来的房屋是平房，没法做车间，只能在厂区的空地上新建生产车间。产品生产要求高温反应和锅炉蒸馏，成品要求低温冷却，因此用水量特别大。厂里当时还没有自来水，要节省成本少用水，只能把用过的水收集起来冷却后再重复使用，为此厂里挖了一个大水池。开挖的时候刚好是冬天又下雨，水池位置是原来的老河塘，土松又积水，挖下去就塌方，周伯荣只好把员工分两班，日夜赤着脚浸在冰水里轮流挖，连续挖了好几天才完成。

按工艺和产量要求，主要设备需要两只三千立升的搪瓷反应锅、一只两千立升的不锈钢蒸馏锅、一台燃煤导热油炉、三只受料锅、一套十吨以上的硫化碱溶解和澄清槽装置。整套设备的造价在百万元以上，当时手头仅有光亮剂项目赚的二十多万元，银行又贷不到款，为节省投资，周伯荣只好四处找旧设备。那年冬天下大雪，天特别冷，气温常在零下七八度，沈厂长树脂厂里好多管道都冻裂了，全厂停产抢修。周伯荣知道后就赶过去与他商量，把冻裂的管道按废铁卖给周伯荣，同时与他商量借这次大修把一些快要满使用期的反应锅也换下来卖给周伯荣。沈厂长很帮忙，根据周伯荣的需要，为周伯荣拆下了几只反应锅和储槽，以及大批的管道，足足装了好几卡车，同时他还派了设备科长任华兴带了几个师父来厂里，帮忙改制和安装设备。车间要用蒸汽，周伯荣自己没有锅炉设备，只能借接隔壁灯芯绒厂的蒸汽。前后忙了几个月，车间才安装好。

试生产的员工都没做过化工，生产又是高温高压工艺，为了确保试生产安全，周伯荣腾出一间房子，回家用拖拉机装了一车稻草打了一个很大的地铺，周伯荣和操作员工日夜看守在设备旁，瞌睡就换人，换下来的操作工人和衣躺在草铺上睡一觉。周伯荣连续一星期没洗脚、没刷牙，一直跟班在车间。

试生产中发现，除了员工操作没经验，设备安装不合理外，工艺也不成熟，工程师也未做过大生产，仅是用玻璃烧瓶做小试。工程师根据小试工艺放大设计了工艺路线，试生产时出现了一大堆问题。还原反应时设定的温度压力过高，中间发生了几次喷料和压力过高放空的情况，放空冲出的气体响声附近都能听到。蒸馏时油温加热不上，常常发生料结晶堵在管道里，管道是双层夹套管，外套管用氧气烧加热，外套管都烧红了，内管道里的结晶料还未溶，只能用铁榔头敲管道，把结晶料震碎放下来，敲击响声大，传得很远，由于常常敲，管道都变形了。

试生产了一个月，虽然出了点产品，但颜色深含量低，收率也不高。经过分析，周伯荣认定工艺不成熟，设备设计也不合理，工程师也无能为力。在这种情况下，周伯荣多次去昆山、宜兴、吴江等地，托人找关系，偷偷溜进同行的厂看设备和产品，对比工艺，经过近一年的摸索，改设备改工艺，调整原料配方，才使产品基本上达到了预定的目标。

产品后来在企业发展中起到了关键的作用，一直是当家产品，前后生产了十多年。产量从开始的每月几百公斤逐步扩大到每月十多吨，产品销售分布青岛即墨、东北大连和丹东、上海、辽宁、浙江等全国各地。外贸出口数量占到了总产量的 50%，出口最多的是日本，旺销时每月一个集装箱，日本公司用产品拉丝做飞行服、防火服等。这款产品一直延续到化工厂搬到澄常工业园时因环境污染问题才停产。

由于企业的不断扩大，当时的产销利税在镇办企业中位列前茅。镇政府在九三年将周伯荣的厂从供销公司下属厂中划出，升列为镇办企业，并成立了党支部，由周伯荣任书记兼厂长。九四年供销公司调换总经理时，镇党委又让周伯荣兼任总经理。化工厂从 1988 年正式开办到 1998 年转制，整整十年时间，企业从无到有，从小到大，多年多次受到上级政府的表彰和奖励。1994 年被中华人民共和国农业部评定为"全国最佳经济效益乡镇企业"。1994 年被江苏省乡镇企业管理局评定为"1993—1994 年度千家最佳经济效益企业"。多年多次被江阴市人民政府评为"先进企业"和"文明单位"。历年都被璜土镇人民政府评为"先进企业"，个人历年都被市政府或镇政府评为"优秀企业家"和"先进个人"。

五、招商办合资，建农贸市场

改革开放后国家为了吸引外资，出台了外资企业的税收优惠政策，各级政府都下达了吸引外资的指标和奖励办法。在 90 年代初，璜土镇仅有两家厂与香港合资的一家合资企业。

1991 年春，周伯荣的堂弟建刚在常州香港摊上做生意。邻摊有个朋友在闲聊时说，他有关系可以介绍外商合资，他回来对周伯荣说有人可以介绍合资，问周伯荣可有兴趣。周伯荣当时半信半疑，第二天去跟那介绍人见了面。他说自己有个亲戚在省经委当主任，手上有合资项目，可以带周伯荣去谈。

隔天介绍人和周伯荣去了省政府，门卫武警查看了介绍信后，打了个电话就放他们进去了。进了办公大楼找到经委主任的办公室，敲门让进后，周伯荣看到办公室很大，一张较旧的大办公桌，后面坐着一位身材中等，头发花白，年纪约六十岁的领导。他看到他们后就站了起来，很客气地问他们，找他有什么事。周伯荣叫了声江主任，然后大方地向他作了自我介绍。他很客气地接待了周伯荣，并给了周伯荣一张名片，他叫江乃照，确实是省经委主任。江主任说外商合资的信息比较多，筛选一下联系好外商再通知周伯荣。聊了约半小时，他们打了声招呼退了出来。

事后周伯荣抓住机遇，隔几天带点土特产到江主任家拜访。几次拜访后江主任和夫人把周伯荣当家人对待了。他们对周伯荣说，小孩结婚后在北京工作，家里就他们老两口，让周伯荣常去坐坐，周伯荣要办的事他们答应会尽力帮忙。

时隔不久，江主任就通知周伯荣，由中国对外投资协会秘书长李群带队的香港投资基金会的人要来璜土考察投资项目。考察组在镇领导的陪同下，看了周伯荣的化工厂，后又看了镇上其他的一些企业。然后，考察组在常州大酒店分别约见了几个企业家，周伯荣自然也在其中。会谈一开始对方就说江主任重点推荐周伯荣的企业，说企业虽小，但人诚实可靠，没有风险。对方的合资是不带项目的，看中企业特别是看中企业家人品后就直接投钱合资。周伯荣很激动，但也实事求是得介绍了企业的状况，特别讲了企业发展的长期规划。对方一边听一边记，事后才知道还录了音，会谈结束时对方没有明确表态，仅说回去商量后再答复周伯荣。

后来香港又两次派人来厂考察，周伯荣每次介绍的情况都与第一次一样。香港方面商量后认为，周伯荣做人实在，对企业发展的思路清晰，决定在璜土投第一家合资公司，一次性投入二十万美元，成立江阴东方化工有限公司。通过这次合资周伯荣结识了李群秘书长，并建立了良好的关系。

1992年春，江主任和李秘书长两人又带香港投资基金会来璜土考察，准备投资胶囊项目。香港方认为项目好，意向投资上百万美元，但没有技术来源，仅能介绍购买美国胶囊生产线。周伯荣当时认为投资太大谢绝了。镇政府见周伯荣不想上这个项目，就介绍给了第三合成化工厂。双方也谈了一段时期，但没有成功。后来江、李和镇领导又找周伯荣，想要周伯荣把项目接下来。周伯荣提出，香港方面仅有资金没有技术风险太大，要能找到国外的胶囊公司来合资把握会更大一些。江和李觉得周伯荣说得有道理，事后他们找到了一个叫王华盖的人，通过他介绍了台湾新元丰胶囊有限公司。

当年七月份，有一天江主任通知周伯荣和镇刘书记到上海希尔顿酒店与台湾投资方见面谈胶囊项目合资。通知周伯荣的那天下午，周伯荣和刘书记刚好在南京跟香港投资基金会的人开股东会，会开得很晚。刘书记跟周伯荣说晚上不要回璜土就住在南京吧，明天早上直接去上海。周伯荣说明天在上海请客可能钱不够，身上现金只有近两千元，刘说他身上有一点，凑在一起够了。

晚饭后周伯荣想去找宾馆，刘书记说找朋友安排住在玄武湖大酒店。到了一看，是靠玄武湖边上的一家街道办的小旅馆。房间里没有卫生间，周伯荣实在不好意思，对刘书记说换一家吧，刘书记说没关系省点钱吧，反正凑合住一晚。宾馆下面有个商店，两个人去买了毛巾牙刷牙膏。那几年刘书记陪周伯荣公费出差谈项目、谈合资从不讲究吃住的条件，能省即省。周伯荣与他虽是小学同学，但他毕竟是镇党委书记，比起别的干部花钱大手大脚，摆派头讲排场，真是有着天壤之别，刘书记朴素的作风让周伯荣很感动，从他身上学到了不少好习惯。

第二天上午周伯荣和刘书记赶到上海希尔顿酒店时，江主任和介绍人王华盖，台湾新元丰胶囊公司董事长陈炯炳、陈奕基隔夜已入住在酒店了。双方相互介绍认识后，就直接商谈起胶囊项目的合资，一个上午基本谈妥，注册资本三百万美元，中方占股 51%，出任董事长，台方占股 49%，出任总经理，合资公司是总经理负责制，台方以六条旧胶囊线、一套溶胶设备作价三百四十七万美元作为出资，双方当场签订了合资意向书。

会谈结束后安排在酒店就餐，双方共七人，落坐后服务员拿来菜单，周伯荣为了显示客气，拿过菜单点菜，一看菜单吓坏了，一盆青菜要六七十元，好一点的菜都在两百元以上，而且还要加收 15% 的服务费。周伯荣一边点菜一边盘算口袋里的钱，点了几个菜算下来钱差不多了，不敢再点就放下了菜单，哪知道台湾陈奕基又点了两个菜，周伯荣坐在那里背上的汗都冒出来了，心里盘算钱肯定不够了，一顿饭吃得心惊胆战。饭后周伯荣要去结账时，台湾人抢着买单，当时周伯荣又要装着抢买单，又怕台湾人放手，客气一番后最终还是由台湾人买的单。

合资企业注册名称为无锡长江胶囊有限公司，周伯荣任董事长，台湾陈奕基任总经理，征地三十六亩，厂址选在周伯荣村最东边，其中五亩多土地是周伯荣家的责任田，对于厂的选址，周伯荣是有私心的，建在自己村上，可以不用种田了。土建开工是七月份，刚好夏天。先是打围墙，厂区内平整填土，选择的那块地是低洼田，河埂多，填土工作量实在太大。

后来联系了常州铸造厂，每天运来几十卡车铸钢砂，足足填了一个多月，估计填了有上千车。八月中旬，围墙刚砌好，还未粉刷完，一天下午三点多种，天空突然乌云密布，雷雨交加，狂风突然变成了龙卷风。狂风的中心刚好经过周伯荣厂区，围墙一下被刮倒了，邻近别的厂刚建好的厂房，屋顶也被掀掉了。狂风过后，工地上一片狼藉，周伯荣连忙冲上公路搭乘招手车去镇里汇报。由于跑得慌忙，到镇里才发现一只鞋匆忙跑丢了。镇领导听了汇报安慰周伯荣，说受灾的有好几家厂，有的损失还要严重。

围墙重建延误了工期，原计划年前建好厂房，年后安装设备。为了赶工期，混凝土浇制常常连续几天日夜不停工。那年代还没有商品混凝土，全是人工现场搅拌。室内砌墙粉刷装潢时，已到了冬季，那年冬天气温比往年低，常常在零下好几度。室内的自来水都能冻成冰，而且冷的天数还特别长。为了使工程不停工，周伯荣受养鸡室内加温办法的启发，加工了三只大煤炉，用燃煤加温来保证施工条件，由于甲乙双方的共同努力，整厂土建工程终于在年前全部如期完成了。

春节期间周伯荣本想好好休息几天，年初一上午刘书记通知周伯荣，一起到利港建行向傅家祥行长拜年。傅行长和夫人过年没回家，就住在银行宿舍里，他说春节放假没事干，刚好他夫人学的是园林专业，这几天就到胶囊厂帮周伯荣做绿化设计。傅行长帮周伯荣全无半点私心，完全是出于对周伯荣的信任和喜欢。他认为周伯荣做人厚道，办厂肯吃苦，借贷有信誉，不逾期不欠息不乱花，不买小车，来去骑自行车。所以他说周伯荣要贷多少款只要政策允许他就批多少。周伯荣敬重傅行长，清正廉洁不收礼，为人耿直心地善良，是一个好人。初一下午，傅行长和夫人还带了一个园艺师，骑着自行车带着工具来到工地现场，帮着量尺寸，画图配树种，放样挖树坑，大家足足忙了两天半。虽然三十年过去了，现在周伯荣看到那些高大的树木还会想起傅行长。

胶囊项目是个好项目，生产厂家少，入行门槛高，生产许可证也很难办理。如果没有省经委江主任的帮助，周伯荣绝对领不到相关资质。当时华东地区除了周伯荣的无锡长江胶囊有限公司外，仅有苏州一家胶囊厂。

胶囊生产成本每万粒不足七八十元，销售价格每万粒高达两百元以上。但周伯荣的无锡胶囊厂由于各种原因，从未能赚到钱。投资最大的失误是合资谈判太迁就，周伯荣方对台方的情况不清楚。双方的投资比例和投资方法不恰当，周伯荣方投资的厂房、场地约一千五百万人民币，竟然不计入投资款，无偿让合资企业使用，占股的51%也要全部现汇出资，台方占股的49%却是用旧设备抵押。周伯荣方一没看过设备，二没经过相关部门评估设备价值，完全由台方自报价格。等到设备运进厂里，周伯荣一看全是破旧设备，大部分是报废没用的。进口美国的三条全自动线由台方操办，报价高得离谱，台方因此赚了一大笔钱。

台方的合资方名义是台湾新元丰公司，周伯荣事后才发现，实际出资人是新元丰的一个股东，他为了推销旧设备，与几个朋友挂新元丰的名义出来投资。合股的几个人中有杀猪的、开饭店的、做建筑的，凑了点钱就来大陆开公司。另一个合资失误是，合资企业是台方担任总经理负责制，第一任总经理陈奕基是一个花花公子，在台湾原来是个小建筑商，花钱如流水，既不懂生产技术又不懂管理，制造的产品收率低，质量差。公司后来虽然换了好几任总经理，但大都是台方股东的孩子，只会外出唱歌喝酒，根本不懂企业经营管理。国内后来开办的胶囊厂大多变成了上市公司，连从企业跳槽出去的供销员开办的胶囊厂也成了大企业，但无锡胶囊厂开办近三十年，累计亏损超几千万元人民币。

企业投产后，周伯荣就发现这个项目虽好但亏损不可避免。在这种情况下，周伯荣征得镇领导同意后，重新与台方股东进行了谈判，提出两个解决方案。第一种方案是周伯荣方撤股让台方独资，周伯荣方已投入的资产请中介评估价格由台方收购。第二种方案，台方以设备作价入股，但必须请有资质的第三方重新评估设备，不能使用的设备不评估不入股，以评定的价格重新确定占股比例。总经理由原来的台方担任改为对外公开招聘。经过多次谈判，台方股东在无理由的情况下，同意了第一种方案，但要求周伯荣方留点小股份仍作为合资企业，并要求周伯荣方做银行工作，台方借贷还周伯荣方的投资款。由于采取了这些措施，周伯荣方总算全身而退，除付出建厂的辛劳，经济上基本未受到多大的损失。

2000 年 3 月份，镇政府组织企业和村书记到常熟批发市场参观考察，周伯荣和镇长陈福良、小湖村书记同坐一辆大客车，路上他们与周伯荣商量，想建一个综合大市场，主要从事蔬菜、水产、粮油的批发销售。陈镇长认为周伯荣懂建筑，又有经商头脑，提出要周伯荣入股负责造市场。当时周伯荣同意参股的考虑是，市场建在周伯荣村口，村民可以不种田，想经商的可以学做生意，没能力做生意的可以打工和搞运输，这样可以带领村民一起致富，毕竟周伯荣在小湖做了十多年的干部，有一份为老百姓做点事的情结和责任感。念佛的人做善事，周伯荣做实事帮老百姓，也算一件大善事了。

参观回镇后，陈镇长召集了几个愿意投资的人开了一次碰头会，确定了股东和股份配额。当时有五个股东参股，镇政府、小湖村委、周伯荣、油厂薛建生，还有一个是东北做大豆生意的张全文。建设中途添加了一个做土方工程的汤金根，也是小湖人，股份平均分摊，出资额按投资需求平均筹集。股东分工，周伯荣负责规划设计，招投标现场施工，汤负责机械挖运土，配合周伯荣施工，村委负责协调群众关系，张和薛负责招商，政府负责总协调，并抽两名施工员协助现场施工。工期规划半年，年底前完工，市场选址在周伯荣村公路南的一片农田里。

班子搭建完成后，周伯荣带两位施工员进入现场考察。这片农田高高低低，多条河流嵌落在中间，大部分农田还种着麦子。土地牵涉三个村，多数是周伯荣村的。第一步绘制平面草图，规划用地面积，确定东南西北边界的位置。第一期工程规划确定了近一百八十亩地，经股东商量认可后，向镇、村交征地示意图，让村委逐家谈征地事项。

在村委办理征地期间，周伯荣领着两个施工员到常州凌家塘蔬菜批发市场、宣塘桥水产市场实地考察，主要考察人家的市场规划、店面摊位的分布，目测道路、场地、车流量及周围拥挤程度。因为是私下偷偷考察，只能看和用脚步丈量，不能用皮尺量，看完一处赶紧找没有人的地方记下来，特别是规划设计得比较好的方面，或者存在明显缺陷的地方都要详细记录下来。两天的考察结束后，周伯荣基本掌握了两个市场的大体布局。

回来后周伯荣日夜加班，绘制了一张市场平面图，详细划分了蔬菜、粮油、水产三个区域，以及摊位数量、区域道路，场内外停车场地，露天交易场地的布局和面积。全市场设置东、西、北四个大门，其中北面靠澄常公路留两个主大门，东、西各留一个进出货车的辅助大门，场外规划东、西两条大道与澄常公路连通。摊位规划设计的方案是东、西、北三面建造店面房，北面三层，东、西两层，户户有楼梯有卫生间，市场内摊位除粮油仓库外，全部建成前店后宅的格局。店面高七米多，后面住宅是两层结构。一排摊位二十间左右，前后间距不少于十五米，全部浇制水泥场地和道路。房屋除北面沿公路的店面房请建筑师设计外，所有房屋、摊位、场地、道路、地下管道、水电都是周伯荣一人规划设计。

　　4月中旬规划布局确定后，周伯荣安排挖土机、运土车辆进场平整土地。为了赶工程进度，周伯荣采取规划布局一张图，施工实行分段分项招投标。每平整好一块，周伯荣就用绘制的草图，附上工程说明清单进行招投标。遇到河道填塞平整时，周伯荣组织几十辆自卸大卡车日夜到山上运石料，这样成本造价比打桩或做灰土还低很多。整个市场填河铺路光石料就用了几十万立方，工地上常常几百人日夜施工，灯火通明。周伯荣每天在工地上平均不少于十五个小时，有时还通宵看守。

　　那年的夏天特别热，气温常常在三十八度以上，中午的工地像火炉一样炙热，虽然头上戴着草帽，脸上还是晒脱了两层皮，手背晒出的黑斑至今未能消退，身上虽然穿着长袖和长裤，但脱掉衬衣，除胸口是白的，其他部位都晒黑了，看着像个黑白相间的熊猫，家人看着觉得好笑。工地范围大，施工队伍多，又没有准备步话机，互相联系都是用翻盖手机，特别是施工队之间通话时间较长，周伯荣平均每月话费在两千五百元以上，手机打到发烫。接电话时，周伯荣习惯用左手，一段时间后，周伯荣觉得左耳疼还耳鸣，就改用右耳听，一段时间后又发现右耳疼还耳鸣，这才意识到用手机长时间通话对耳朵损坏极大，耳鸣的疾病后来一直未好转。市场日夜施工，7月份基本成型，四个月建成了市场，周伯荣真的是拼了命。

　　市场建好后，无锡市委王副书记，江阴市委袁书记一行到市场调研，袁书记问陈镇长这个市场是哪个单位规划设计的。陈书记汇报说没有请设计单位，是周伯荣一人设计规划，负责施工的。两位书记转头问周伯荣毕业于哪个学校，学的什么专业。周伯荣回答：小学毕业，"文革"后再没读过书，但我喜欢建筑，都是平时自己钻研出来的！他们连连称赞，说绝对想不到一个小学生能设计建造出这么好的一个大市场。

建造市场虽然劳苦，但也有乐趣，建造市场的初心是为当地村民开辟一条致富路，但有些村民为了推销建筑材料，寻衅滋事，甚至个别村民敲竹杠，横行霸道阻拦施工。有些村民嫌土地和青苗补贴款少而指桑骂槐。百姓百条心，身陷其中方知难，真正是好人难当，好事难做。幸好周伯荣在当地工作了十多年，有比较好的人脉关系和群众基础，加上政府的大力支持，才使工程顺利完成。

最使周伯荣难受和心有不甘的是，由于股东对市场的定位和经营决策的失误，把一个好端端的、前途大好的市场搞垮了。工程启动前，股东们的思路还算清醒的，目标是分区域招商、摊位租赁、物业化管理，工程进展到一半时，大家看到市场规模较大，布局也合理，甚至比邻市、县的市场还要好，加上上门寻租的人实在多，甚至有市领导打招呼要摊位。

在这样的形势下，股东们的头脑开始发热了，梦想在很短的时间内超过常州凌家塘和常州宣塘桥，想用重金去挖两个市场的大客户，想让市场在很短的时间内形成规模兴旺起来。在这种情况下，周伯荣感觉路走偏了，就立即向政府建议召开股东会。周伯荣当时提出的理由和建议是：第一，尽量不要与常州两个市场造成正面冲突，那两个市场办了十多年，客货渠道稳定，重金买客户对方肯定要反击，到时候肯定会两败俱伤。再说常州的两个市场是集体的，常州市政府肯定会出手干预，到时封路设卡，生意都做不成。花钱挖来的客户很现实，到时候挣不到钱留不住他们。第二，现在上门要租摊位的客户这么多，赶快制订招商细则，可以招商选客户，但不要忘记建市场的初心是造福地方。首先把璜土范围内在外做蔬菜、水产生意，而且能提供营业证明的客户招揽进来，再预留些摊位培养一批地方上能做生意的人，大部分摊位对外招商，大客户优先和原来从事蔬菜、水产、粮油的优先。租期订五到八年，租金一次性先交三年，对每个摊位根据类别、大小来规定每年营业额，连续两年达不到要求的清退摊位。这样如果他本人达不到营业额，他就会想办法招其他的客商。市场只要规定区域经营的品种不混杂，再给予一定的优惠，三年免收物业管理费，周伯荣算了一下，收取的三年租金完全可以收回全部投资款。这样市场才能逐步兴旺发展，可惜这些建议都没有被股东和政府采纳。

当时招商的情况是，小商小贩要租摊位租不到，常州两个市场的商贩，只要他肯来，摊位任他挑，长期免租金，还给补贴款，大的客户重金挖，还送店面房，本地人要一个摊位比登天还难。这些客户入驻市场开业后，常州两个市场随即就进行了反击，要求出走的客户要么取消原来的摊位，要么承诺不在小湖市场经营，同时也给予数额较高的补贴，全市场降低摊位费和物业管理费，这样之前挖过来的客商拿了两边的钱，大多数又跑回了常州市场。常州市场除了采取以上措施外，常州政府在公路和渡口的卡口上，增派了警察查拦进出小湖市场的货源，使货不能从常州方向来，也不能到常州方向去。

小湖市场为了提高人、货流量，对进入市场的运菜车进行一到三万元的补贴，黑心的客贩把运菜车从北大门进来登记领补贴，再从西大门出去，转一圈再开回北大门。有人看到有的车来来往往开了五六趟。这样的经营策略和管理方法，市场不关门才不正常，所以周伯荣见大势已定，就向政府提出工程已基本结束，周伯荣企业要上项目，扫尾工作另派别人。政府同意后，周伯荣就向派来的副镇长移交了市场的扫尾工作。

六、私营创业路，化工转机械

90 年代随着改革开放的不断深入，政府鼓励发展私营经济的同时，对集体企业实行了改制。周伯荣企业也从原来的集体企业改制成了民营企业，从此个人的命运就与企业联系在了一起。回顾三十多年的创业历程，周伯荣感到既有辛劳和愁苦，更有喜乐和收获。

1998 年初，镇政府决定对全镇集体企业实施转制，周伯荣的厂被列入第一批转制名单，转制的具体做法是，由镇资产管理委员会对被转制企业进行全面的评估审计，对固定资产逐项评估。库存成品和原辅材料计量作价，应收应付逐笔核对；固定资产加流动资产减应付债务即为净资产，也就是转制应交的股本金。转制的模式是，镇资产管理委员会留股 60%，企业管理人员现汇购股 40%，镇上的股份不参与企业管理，仅把投入的股资作借款给企业，每年按 10% 收取利息，企业的盈亏由企业股东全责承担。一年后又进行第二次转制，镇资产管理委员会把所持的 60% 股份全部转让给了企业股东，企业才真正变成了民营企业。

企业分股定价时，周伯荣考虑到大部分管理人员经济能力有限，所以就把股份本金出资分成现汇和企业负债两个部分，现汇出资每股仅交一万二仟元，股权分作 100 股，剩余应交的股本金由企业向银行借贷，作为企业股东的负债，个人不必现汇出资。企业股份的分配上，周伯荣为了使大家能以厂为家，进一步提高工作积极性，所以把吸收企业股东的范围放宽到车间主任和全体办公室人员，人员接近二十人，股份按工作年限、职务级别分配。方案公布后发现部分人员对出资入股积极性不高，为此周伯荣夫妻俩采用集中开会和个别做工作的方式，使股份分配工作顺利完成。

企业转制的当年，企业开发植物提取物产品，因工艺不过关，加上对外租厂房设备投入又大，当年造成了较大的亏损。在这样的形势下，大部分股东私下都在议论要求退股，面对这种局面，周伯荣召开了股东大会，听取了部分股东要求退股的意见后，在征得全体股东的同意后，周伯荣夫妻俩承担了当年的亏损，并按原股价回购了全部股份，同时还补贴支付股东从出资日到退股日，按年息 15% 计算的利息。通过这次股份重组，企业的性质真正变成了私营企业，周伯荣夫妻俩也开始走上了私营企业的创业之路。

周伯荣总结经营亏损的主要原因是开发的产品工艺不成熟，聘请的工程师技术水平差，在小试工艺未完全成熟时，就盲目投设备大生产，造成原料浪费，产品收率低，质量不达标，市场无销路。在困局面前，周伯荣经过冷静的思考和分析，决定还是先抓好对苯二胺等老产品的生产经营，扩大产能，提高产品质量，下功夫做外贸出口。经过一年的努力，发展了多家外贸出口业务，产品远销日本、欧美，其中日本稻烟株式会社，每月订单量基本稳定在一到两个集装箱，日本稻烟公司还邀请周伯荣到日本参观考察。这些老的产品，在后来的几年中维持了公司的正常生产经营。

在稳定老产品生产经营的同时，周伯荣也清醒地意识到，老的产品附加值低，污染严重，市场竞争激烈，再要扩大发展前景并不理想，所以周伯荣在做好老产品的同时，积极拓展新产品开发。开发产品的信息主要是依靠外贸公司，让他们提供市场热销，附加值高的产品。产品确定后，积极寻找有工艺技术的科研院校签订技术转让协议，并与具体负责研发的人员建立好私方合作关系。

经过一年多的努力，公司与中国科学院上海药物研究所签订了多项附加值高的精细化工项目的合作转让协议，并与项目负责人沈博士建立了长期的合作关系。后来又陆续开发了植物提取类的产品，特别是植物提取的三乙烯类产品，该产品长期出口印度和美国，其中有一张订单，一次性要货两吨，每公斤价格四千元，八百万元的订单一个车间八个员工，半个多月就生产结束了。有了这些产品的支持，企业逐步进入到一个良性发展的轨道。那年代璜土有大小十多家化工厂，大多是生产的染料中间体、农药中间体和树脂类产品。大部分产品销售价格每吨都不到一万元，周伯荣公司是第一个开发转型精细化工产品的，每公斤的销售价大多数都是几千元，当时影响很大，后来多家化工厂也仿效开发了精细化工产品。

2005年初，由于东顺公司转让，镇政府又另拨澄常工业园南淑路18号土地三十二亩作为化工厂的搬迁用地，供地时政府与周伯荣商量，因供地招标紧，让周伯荣公司先把国有土地指标给政府对外招商，该地暂作为集体工业用地性质，两年内政府负责帮周伯荣公司办好国有土地使用证，周伯荣心一软就答应了，哪知两年后镇党委书记换人，供地开始招拍挂了，而且政府也缺钱去交土地款。面临这一状况，为避免权证出现风险，周伯荣直接代政府交钱通过招拍挂的形式取得了土地证，但建造厂房时由于没有土地证，规划建设手续未办妥，后来大部分厂房都未申领到房产证。

厂区规划和厂房是常州化工设计院根据化工厂的标准要求对生产车间、危险品仓库、办公生活大楼、水电汽设施等进行设计的。新厂生产的产品仍是原来老厂生产的产品，仅是设备换新，产能扩大，主要产品仍是医药原料，规划设想开发高精细化工项目。因为当时政府规划把镇区的化工企业全部搬迁进园区，办成一个化工区。周伯荣厂和前进化工厂第一批搬迁进园，后来化工园区没有被批准，周伯荣厂的发展就受到了限制，环保部门不再批新项目和老项目扩能，并要求在若干年内要么停产，要么搬迁进化工园区。几经折腾周伯荣无意再搬迁，所以就在 2016 年 6 月 30 日关停了化工生产，并拆除了全部生产设备，彻底结束了近三十年的化工产业。

化工厂搬迁进园区后，由于园区规划调整，新化工项目不能报批，老产品又不能更新换代造成逐渐萎缩，在这种情况下，周伯荣只能寻求转型才能生存，于是在生产原有化工的同时，只能积极地寻找新产业。

2008 年冬，湖南中联重科建华公司的财务总监蒋原、综管部经理唐少方、后升任建华总经理，集团公司高级总裁，上海办事处主任刘伟，一行三人在上海、苏州、昆山、无锡等地寻找厂房未果的情况下，经人介绍来到了周伯荣厂，周伯荣带他们看了厂区全貌，重点看了车间厂房。他们查看得很仔细，着重询问了出租的价格和条件，会谈后他们说回公司商量后给答复。

间隔不到半个月，总经理黄群和副总周国清又来到了厂里，认真查看了厂房，场地和生活办公大楼，并进行了详细的会谈。周伯荣提出的要求是，能成为中联的供应商，优先选择加工产品并现汇结付货款，租金价格每平方每年不低于一百一十元，加开票税费。黄总当时给周伯荣的答复是，环境和厂房很满意，做供应商和付款条件能满足，但厂房租赁要分两期，第一期租一半，一年后全厂租。但要求周伯荣扩建十亩塔机坪，租金价格可以再商量，租赁期不少于五年，当场双方口头上达成了合作意向。

在租赁协议商谈的一个多月过程中，周伯荣连续五六次去长沙与中联商谈具体租赁协议细节，由于租赁协议是中联集团公司法务部出的固定版本，加上中联唐总又是谈判高手，协议的很多条款周伯荣都无法接受。有两次周伯荣都不想再谈下去了，但后来经黄总和唐总的再三劝说，于 2009 年 2 月 19 日，双方签订了正式的租赁协议。根据协议约定，周伯荣花了三个月的时间，向政府购地十亩，为中联建了近七千平方的硬化发货场地，搬迁设备腾空约八千平方的厂房，新建了油漆房六间，新上抛丸油漆线一条，增添新行车十多台，改造完善了车间的配电设施。一切都按协议约定的日期如期交付，中联在当年的七月举行了隆重的开业仪式。

中联在第一期租赁近八千平方厂房后，不到半年时间又提出要扩租申亚剩下的近五千平方厂房，当时厂房内堆满了生产液压油缸的各种车床、镗床等设备。周伯荣为了腾出厂房，忍痛将原价近六百万元的新设备，通过中联人介绍，以二百多万元的低价一次性卖给了中联下属的油缸厂。这批设备一次性就亏损了三百多万元。

2010年下半年，中联因市场销售激增，加上本地配套加工的优势，中联向镇政府提出要扩大生产厂房和场地，政府也为了招商引资，专门为中联划拨出南湫路东近二百亩的土地，来为中联建造厂房和场地。选址确定后，需要人去投资建设，镇政府和中联首先找到周伯荣，动员他去投资，周伯荣考虑投资规模太大，所以一口回绝不愿再投资。政府在多次做工作周伯荣依然不肯投资的情况下，在2010年9月5日就直接以政府的名义与中联签订了厂房场地租赁合同，想再慢慢回过头寻找别的投资人。

租赁协议签订后，镇政府四处寻找投资人，但都因投资风险太大无人愿意投。在这种情况下，镇领导和中联再回过来找周伯荣，让周伯荣与璜土的另一家企业一起来投资，并承诺土地价格给予优惠，再给予税收留成奖励和补贴。中联也承诺给予加工业务和货款支付上的优惠。迫于人情压力，周伯荣才接受了委托投资的方案，合作公司注册的名称为江阴永丰投资发展有限公司，后更改为江阴永丰环保设备有限公司。

2011年4月底，工程进展到一半时，另一家合作投资的企业因听到市政府与中联集团商定要在石庄开发区新建三千亩的中联华东工业园，而且双方在省政府大礼堂由常务副省长出席举行签约仪式的消息后，觉得再投资有风险，就提出了撤资退股。镇政府在做工作无效后，同意撤资退股，周伯荣在政府和中联领导再三做工作后，考虑到工程进展已过半，自己又是中联的供应商，无奈只好答应独自投资，为完成全部工程周伯荣四处借贷集资才咬牙撑了下来，中途因资金原因还退还了近百亩的土地，由镇政府为中联浇制场地，土地的差价损失了二千万元以上。工程自2010年10月动工，至2011年10月结束，历时整整一年，完成投资塔机坪及场地两万五千平方米，厂房三万五千平方米左右，自动涂装线一套，以及龙门吊、行车、水电等各项配套工程，投资金额近七千万元人民币。

永丰厂房场地交付使用后，中联就以厂房分散管理不便为借口，要求退租申亚的场地，油漆房和抛丸油漆线，以及部分的厂房。场地和抛丸油漆设施租用时间都不满三年，退租后全部都拆除了，这些设施的投资扣除已收到的租金，损失了二百多万元。2016年底，因塔机市场销售大幅滑坡，中联以租赁合同五年已到期为理由全部退租了，永丰和申亚的厂房和场地，退租时中联虽然给予了一些修缮的补贴，但周伯荣厂因加工停产，租赁中断，经济上遭受了极大的损失。2018年，塔机市场销售直线回升，中联又要求再租赁永丰的厂房与场地。当时周伯荣正在与苏州建委下属的一家上市公司谈整厂租赁的方案，这家公司能接受的租金价格高出中联近一倍，每年还有几千万的钢模板加工业务，后来因镇领导和中联唐总再三做工作，同时中联也承诺，让周伯荣优先选择加工产品，货款支付上给予优惠，最后周伯荣回绝了苏州，将永丰整厂租赁给了中联。当时厂房有四五家公司在租用，租赁还未到期，周伯荣为了腾空厂房让中联进来，就挨个上门做工作，以少收租金和补贴的形式让这些公司退租搬迁，这一笔费用就超过了一百五十万元。

回顾与中联十多年的合作经历，这是周伯荣一生创业中很重要的阶段，对周伯荣厂的扩大和发展起到了很大的推动作用，对产业转型也起到了关键作用。在刚加入中联供应商队伍时，周伯荣很感谢中联的领导陪周伯荣去常德金华天等公司参观学习，周伯荣也特别感激刘松平和蒋帆老板的热情接待，真诚无保留地传授生产连接套、平台、爬梯的技术，还无偿提供了工艺图纸，操作规程，生产定额等书面资料，使周伯荣厂试生产时少走了很多弯路。

跟随中联十多年，作为供应商，周伯荣厂虽然口头上得到中联承诺，享有在产品挑选、生产数量、货款支付上的优惠，但实际并未能得到应享有的优惠。因厂房出租，无车间做大件，只能利用辅房加工一些连接套、平台和配梯，一年产值不到一千万元。后来新盖了厂房，中联又推托说大件加工已有固定供应商，仅安排了一些新品和小件，这些小件和新品又常常因改型造成产品积压和浪费，造成这些的主要原因是周伯荣不会唱歌、喝酒搞交际。虽然中联上层领导想关照，但给供应商做什么，做多少的权力在中层，没有好关系，肯定拿不到好产品、好价格，所以中联产品的加工利润在周伯荣厂比较微薄。

与中联十多年的合作，不能称作成功，但也不能算失败。投资永丰厂购买的土地增值了，投资的厂房也算保值，但投资的设备肯定亏损，出租虽然有租金但价格较低，扣除借款利息，各项税费，再加上退租后设备报废等损失，租金利润就所剩无几，相比投入的资金和精力，以及耗费的时间，肯定不划算。当初如果把相同的资金和精力投入到其他行业，经过同样长的年月，得到的经济回报肯定会多得多。回顾十多年的租赁历程，周伯荣坦言，并不后悔走过的路，再说世上也没有后悔药。

结语

2019年，经过深思熟虑后，周伯荣决定进行企业交接，名校毕业且在公司工作多年的儿子和儿媳是最好的人选，儿子周明烽待人宽厚，做事稳重，用钱节俭，儿媳徐莺为人通情达理，做事精明能干，将公司交给他们，周伯荣很放心。回首多年创业路，可谓功成身退的优秀企业家周伯荣和徐华珍，有哪些精神品质值得后代和后人学习呢？

1. 自力更生，不甘人后。

周伯荣出身贫苦，童年时期常常过着衣不蔽体、食不果腹的生活，甚至有着近十年的流浪借宿经历。但命运并没有压倒周伯荣，一开始，他希望依靠读书找出路。上小学时，他的成绩非常好，每学期都能拿到"三好学生"，常常被老师夸奖，而这些光鲜的背后，是他付出的常人难以想象的艰辛，因为他需要兼顾着繁重的家务与学习。可惜命运与他开了一个巨大的玩笑，因为客观原因，他辍学了。

但正如周伯荣的人生信条所言：有志必有路。进入生产队后，他以饱满的干劲、积极的心态以及认真负责的态度赢得了人们的认可，二十一岁那年他当上了生产队的队长，他所在的生产队也成为了样板队，吃足了苦头，也出足了风头。两年后，他便被提拔到大队工作。

改革开放后，周伯荣从一名种田的农民转行成为了一位企业管理者，这对于白手起家的他来说，无疑是一项巨大而又艰难的挑战。接手改善泡沫厂，独立兴办材料厂，扩大发展化工厂，再到后来招商办合资，改制办民企，从无到有，从小到大，这一系列成功的背后，有着他自力更生、不甘人后的精神的支撑。

2. 夫妻同心，其利断金。

徐华珍自从嫁给周伯荣以后，就全心全意帮助丈夫。因为她的支持，周伯荣的事业没有了后顾之忧，而夫妻二人的齐心协力，使得公司越办越好。

生活中，她是一位贤妻良母。从来不与丈夫争执，总是顺从谦让，努力维持家庭和睦。教育子女时，她从不溺爱，以自己的优良行为言传身教。持家时，她勤俭节约，默默付出。

工作中，她是周伯荣的贤内助。她能力出众却甘心当配角，有时候周伯荣脾气急躁，工作要求高，常常得罪人，事后她都会找人谈，做工作。在投资上周伯荣有几次偏听偏信，上当受骗，经济损失也很大，她从未有过埋怨和责怪，反而是安慰和劝导周伯荣。

3. 百折不挠，砥砺前行。

周伯荣的经历相当坎坷。童年时家境贫寒，少年时被迫辍学，青年时从军失败，壮年创业时期又屡屡遭受挫折：被朋友欺骗，家中遭窃贼，合资人突然撤资……但是，"穷且益坚，不坠青云之志"，无论周伯荣身处何种恶劣的境地，他始终保持着对生活最大的热情，凭借自己的志气、胆识、信心，锐意进取，抓住一切机遇，突破所有阻力，不断寻找生活的最优解，勇攀事业的更高峰。

家境贫寒，那就努力学习，知识改变命运；被迫辍学，那就踏实干活，好好积淀，金子在哪里都会发光；没法参军，那就另寻出路，打工挣钱，磨炼意志；创业时经历的种种阻碍，周伯荣都会将其当作宝贵的经验财富，在不断的跌倒、再站起来的过程中，周伯荣的事业越走越高。

英雄不问出处，有志必有出路，用汗水与血水浇灌的花朵，定会结出芳香饱满的硕果。人生，从来不会一帆风顺，总会遭遇很多坎坷挫折，请一定要心怀志气，勇往直前，在跌倒后爬起，在风雨中屹立，不断完善自己、提高自己，让自己的人生更加丰富多彩、更加充实强大。

尝尽人生百态，坐拥幸福人生

——记江阴市申牌万向轮有限公司创建者杨建平、徐华娣夫妇

何　霞

杨建平

江苏申牌万向轮有限公司成立于 1993 年，是国内最专业的工业脚轮制造企业之一。公司位于江苏省江阴市澄常工业园，地处长三角中心地区，交通便利，产业链成熟。公司现有两大厂区，占地面积 32000m^2，现有员工两百多名。现有车间执行着冲压、焊接、注胶以及装配等绝大部分的脚轮生产工艺，全面的生产能力即是成本的有效控制也是品质的可靠保障。同时，公司在自动化以及智能化生产中不断投入与研发，业内领先的生产线也预示着传统制造业的转型之路。

江苏申牌万向轮有限公司重视企业与人才培养，现有数位硕士以上顾问以及多位本科以上管理人才。近年来，公司不断组织与德国、日本、韩国等脚轮同行的技术学习与经验交流，国际化的思路带给了申牌新的活力。"造国货精品，创世界品牌"是公司的口号，公司2003年通过ISO9001：2008质量体系认证；2004年获得无锡市知名商标，2007年获得江苏省著名商标。公司持有多项技术专利及认证。在国内市场，公司拥有成熟的销售网络；在国际市场，公司的产品已销售至二十多个国家和地区。

遥想1990年代初，长三角地带经济萌发，江阴以其丰富的纺织资源和轻工产业闻名，于是，专用于纺织行业的脚轮便应运而生。但工业发展初期，脚轮品质良莠不齐，购买者也无法辨识。这时，江阴璜土万向轮厂悄然诞生。时隔三年，第一只以申牌命名的脚轮问世。谁也没想到，"申"牌给中国脚轮行业带来重大的影响，与此也伴随着一代品质的积淀和工艺匠心的传承。几十载过去了，申牌脚轮见证了中国脚轮、中国制造业的发展和崛起。现今，申牌向最高的内部标准、质量控制，发起了新的挑战，将不断地为现代脚轮行业书写新的篇章。今天，我们一起走进这家行业龙头企业的幕后，品味"申"牌创始人杨建平和徐华娣夫妻的传奇人生。

提起自己的出身和过去，徐华娣不愿用"酸甜苦辣"来形容，而是会用"辛酸苦辣"。因为在她的记忆中，有太多的泪水夹杂着痛苦、汗水、泪水、惊险。甚至，她轻易不愿意提起过去的事情，因为提起就要忍不住掉眼泪，常常哽咽得难以陈述。自从1980年代初，杨建平和徐华娣夫妇开始探索副业以来，

徐华娣

到 1990 年代初正式开始创业，两人先后从事过碾滑石粉、碾米、烧窑、车床、万向轮等行业，经历过下岗、被骗、多次搬迁、孩子生病，尝尽了人生百态。作为自主创业的企业家，他们没有优渥的家境，没有雄厚的启动资金，没有丰富的经验，有的只有自己的一腔孤胆和吃苦耐劳，他们深知幸福的生活都是努力打拼出来的。为了让家庭摆脱贫穷，增加收入，为了让老人们安享晚年，儿子们衣食无忧，他们拼尽了全力。可以说，小小的万向轮，承载着他们无尽的希望，带着他们驶向幸福的港湾。

一、草根出身摸爬滚打，穷则思变探索副业

杨建平与徐华娣出生于 1960 年代初，均是江阴市璜土镇人。在认识徐华娣之前，年轻而头脑灵活的杨建平已经感受到改革开放的气息，开始在八小时工作之余探索副业，已经前后尝试了三四个行业。徐华娣十七岁高中毕业以后，在家种了两年地，种地之余在种子厂干干杂活。十九岁开始在社办五金厂上班，是一名车工。

1983 年，徐华娣刚和杨建平确立了男女关系。当时村里一个小厂急需滑石粉，杨建平脑子活，他想滑石粉无非就是把石头碾碎，技术含量相当有限，立马允诺可以提供，他从山上开采来质地松软的"嫩石头"，然后用机器碾成粉末，再提供给村里那个小厂。当时杨建平的两个姐姐都出嫁了，父亲还没退休，妈妈六十几岁身体一直不太好，操劳不得。每天一下班，杨建平就一个人在家加工滑石粉，经常加班到深夜。徐华娣见他话虽不多但丝毫不怕吃苦，心底里既欣慰又心疼，下班以后就开始主动帮助未婚夫杨建平一起碾滑石粉。

碾滑石粉这一行当几乎没有一个女人，因为实在太辛苦了，更何况徐华娣还是个未出阁的少女。而且他们初入这行，安全生产知识匮乏，长期处于粉尘环境也不知道戴口罩，不知不觉吸入了大量粉尘，给徐华娣的身体造成了不可逆的影响，每次擤鼻涕和吐痰都能带出一大片白石粉。现在回想那段时间，徐华娣感觉自己年轻时实在太"莽"了。这些年她感觉肺越来越不舒服，到星空医疗一查，"肺霾"指数已经达到了"6"（正常人只有"2"），她开始在星空医疗做"肺宝宝"，定期对肺部进行清洗。好在碾滑石粉大概只做了半年时间就停止了。

1984 年，杨建平与徐华娣结婚。夫妻双方都在厂里定定心心上班，下班了再一起琢磨琢磨副业，钱越攒越多，日子越过越好，但徐华娣的姐姐徐华珍和姐夫周伯荣违反计划生育政策生了二胎，两人因此丢了在村委的工作，而且两人所有的姊姊妹妹都受到了牵连，被迫歇在家里不让去上班，徐华娣也被所在的社办五金厂劝回。好在杨建平因为是按政策顶替父亲的工作，有国企编制，所以没有被波及。

回家后，徐华娣没有任何怨言，她知道姐姐为了生这个孩子吃了太多的苦，现在终于如愿生下了，自己也替她高兴，没了工作还可以再想其他办法。当时杨建平在武进变压器厂上班，可以通过途径买到碾米机，徐华娣用碾滑石粉攒下的钱买了一个，花了两千多块钱。徐华娣推着碾米机走街串巷，挨家挨户给村民碾米。碾米看似比碾滑石粉轻松，却是个相当磨人的活。那时碾一担米才收五毛钱，徐华娣从早到晚不闲着也赚不了几个钱。为了多赚一些，不让机器闲着，杨建华下班后就接替妻子继续开夜工。年轻的夫妻，一个白天，一个黑夜，夜以继日地伴着隆隆的碾米机器。

1985 年，也就是新婚第二年，徐华娣怀孕了，但她依然坚持每天早出晚归给乡亲们碾米，天刚蒙蒙亮，她就踏着星辉出门，一直到晚上丈夫来接班，她才回家睡几个小时的觉。八个月时，随着孕肚越来越明显，她明显感觉身子越来越沉，越来越不方便，但她觉得机器闲在家里一天就少一天收入，就算为了还没出生的孩子，只要自己还能爬得起来就必须得出门挣钱。杨建平看在眼里，疼在心里，几次三番劝她不听也没办法，只能尽可能地多陪着她，多帮她干一些活。

有一天傍晚，因为碾米的顾客太多，两人比平常收工晚了一个小时，回家路上心里有点着急。他们把碾米机架在三轮车上，一人在前骑着自行车牵引，一人在后骑着三轮车发力，两人蚂蚁搬家般小心翼翼地往前挪行。到了一个大下坡时，意外发生了。三轮车突然加速失去了平衡，徐华娣一个没留意从车上翻了下来，连人带车滚下坡去。当时，徐华娣内心一定以为这下孩子保不住了，她不顾自己摔得鼻青眼肿，拼命用手护着自己的肚子。也许正是因为孕期繁重的体力劳动无形中锻炼了身体，强壮了体格；也许上天有好生之德，怜惜小夫妻俩，不忍心再伤害他们了；也许肚子里的孩子与妈妈朝夕相伴了八个多月实在舍不得离开，当徐华娣连翻几个跟头，连滚带爬地坐起来时，她发现孩子还在！

那一瞬间，她实在憋不住了，坐在原地放声大哭。委屈、害怕、感激，千头万绪一下子涌上心头，唯有大哭才能释放一二。杨建平冲上前去，紧紧地抱着妻子，泪水打湿了他的眼眶。一方面，他心疼妻子，恨不得以身替之，帮她分担痛苦和压力。作为男人，没有保护好妻儿，他很自责。另一方面，他感谢上天眷顾，没有夺去他的妻儿，只要一家人整整齐齐，就是最大的幸福。回到家里，徐华娣浑身依然像筛糠一样发抖，心整整狂跳了一晚，心情久久不能平静，她思前想后，一晚上都没睡着。她在心里暗暗发誓一定会好好珍惜这个孩子，再也不能干这样的傻事了，接下来她一定安心养胎，静候孩子出生。

1980 年代末，沐浴着改革开放的春风，江阴这片长江之滨的热土发生了翻天覆地的变化。一栋栋高楼拔地而起，成为整个城市现代化发展和进程的缩影。磺土镇的改革开放也初见成效，人们的钱包越来越鼓，都开始翻修自己家的房子，从前大多数人家都是平房，有的甚至是土屋，现在家家都想建楼房。当时流行一句话"楼上楼下，电灯电话"。农村和乡镇兴起了建筑热，各类建筑材料价格水涨船高。

早在 1972 年，杨建平的父母就造了三间砖瓦平房，当时在村里还算气派，但十多年过去了，家家户户都开始盖楼房，杨建平和徐华娣也开始眼热，想把三间平房推倒，在此基础上重新建造三间楼房。夫妻俩的行动力很强，说干就干，马上开始买材料。他们很快发现木材倒还好说，砖头和瓦片等材料异常紧张，没有关系很难买得到而且价格非常贵。但同时他们也嗅到了商机，为何不自己烧砖呢？这样既能解决自家造房缺砖的难题，又不用像碾米那样每天拖着大机器在外奔波劳碌还挣不到大钱。儿子出生后，徐华娣为了多照顾儿子，确实不想再整天走街串巷了，就这样他们瞄准了土窑烧砖行业。

烧窑首先需要场地，好在小湖村委帮忙，很快批了三亩地。选择好场地后，接下来开始备土料。徐华娣用自家的木板车套上家里的老黄牛，从高高的河涯上拉来了最适合烧砖的红粘土，堆到自家场里，堆得像小山丘似的。原料备齐，接下来就是制造砖模，砖模是用约长五十厘米，宽约十五厘米长方形木板做底，在底上延底板纵向钉上两块略短于底板、宽约六厘米的木板，延横向钉上四五块小档板，这样做成的木制砖模一次能倒出三到四块砖坯。杨建平家主要烧85、95型号的砖，需要制作两种不同型号的砖模。

砖模造好后，就可以摔砖坯了。摔砖坯是个技术活，先要和泥，然后把砖模放在平坦的地面上，用铁锹把泥倒入砖模里，再用泥板把模里泥摊平，多余的泥铲掉，用抹子把砖模里向上的一面抹平，然后端着带有湿砖坯的模到事先平整好的场地里，把模翻扣过来，倒在地上，排成一排，等湿砖坯晾干。等湿砖坯晾干后，再把它码成砖坯垛，进一步晾干。这时最怕下雨，下雨时就得盖上塑料布，以免把砖坯淋坏了。

在砖坯晾干的过程中，徐华娣趁机准备烧制土窑的煤和点火用的木柴，用以制作土窑用的大坯。等砖坯干到可以达到上窑的程度，就开始装窑。装窑首先要打窑底。打窑底也是个技术活，窑底要留有空隙和通道，以便装好窑后放上柴火把窑里的煤引燃。打好窑底后，装上一层砖坯就放一些煤，而且放煤的位置是固定的。砖坯放到一定高度，就要在外面包上立着的土坯，用泥封住，在土坯外皮上涂抹上泥，外面再用铁丝把它捆起来。就这样，放一层土坯，就要再放上一层砖坯和煤，直到把砖坯全部装完。最后就是封窑，把顶上洒上煤，然后用厚厚的泥封起来。

等窑封好后，就是趁有风的时候，备好烧柴，准备点火。一个土窑直径约在八到十米左右，底部周围留有八到十个点火通道。有时还需要手摇鼓风机助阵，多叫一些人，每两三个人一个点火道，每个道口备满了浇上柴油的干柴，每个道口备一个手摇鼓风机，把道口里塞满浇上柴油的干柴。点火前，徐华娣先点上鞭炮，祈求上天保佑烧窑成功。仪式结束后，徐华娣说了一声：点火。各道口的人就齐刷刷地划着了火柴放到了浇上柴油的干柴上，柴遇火着了腾腾地着起来。各道口是一人添柴，一人手摇鼓风机，忙得不亦乐乎。大约一个小时左右的时间，看到道口上面的煤着起来，砖面发红，大家才停下来，撤掉道口的柴火和鼓风机，任凭窑自己燃烧。这时点窑就算成功了。

点火成功后，窑体开始从下到上、从里到外都冒着不断升腾的热气，特别是土窑顶上，热气多得向周围飘散开去，简直像到了九霄仙宫似的。随着时间的推移，待到窑体内水分散失怠尽后，窑体内煤燃烧产生的巨大热量，在十米之外就感觉到炽热，令人不敢靠近。特别是在晚上，远远就能看到土窑就像太上老君的八卦炉似的，遍体通红，十分显眼。点火成功后，徐华娣还是不放心，每天都在窑旁蹲守，唯恐有所闪失。大约经过一个月左右的时间，窑内装的煤烧完了，窑体渐渐冷却下来。等窑体完全冷却下来就可以扒窑出砖了。出砖后要进行质量检查，除了烧成陀的，好砖占到九成以上，这说明窑烧成功了。

刚开始烧砖老是失败，杨建平和徐华娣四处请教老师傅，好不容易才总结出一套经验。土窑烧砖烧了2年多，徐华娣就累到不行了。土窑一旦点火成功就没有日夜，白天晚上都要看着。摔砖坯和晾砖坯时可以轻松一点？其实完全没有，由于担心下雨，徐华娣只能趁着天好时拼命赶，每天都在和老天抢时间。扒窑时漫天黑粉，每次擤的鼻涕和吐的痰都是黑色的。好在通过烧砖，夫妻两人终于攒够了盖房的钱，1988年他们终于顺利盖好了三间楼房。村里人看着他们的日子越过越红火，开始眼红，不让他们在村里烧窑，徐华娣自己也感觉太累了，就干脆收工不干了。

二、上穷碧落下黄泉，筚路蓝缕苦创业

短短五年时间，徐华娣辗转了碾滑石粉、碾米、烧窑，现在还能干什么呢？她陷入了沉思。这时她突然想起搞副业之前自己是个车工，杨建平顶替父亲工作后也学了车工，而且杨建平还会用柴油机发电！也许可以自己在家买车床建车间，从人家那里接一些加工产品的小活。于是，他们决定在三间楼房后面再建一间平房放机器。在接下来的一年半时间里，徐华娣先是买了一台小车床，然后买了一台大车床，最后买了一台冲床，先后加工过水表的铜接头等一些零散的小活计。直到1990年，他们正式进军万向轮行业，并在这个行业摸爬滚打长达三十年时间，做到了全国老二老三的行业领军地位。

现在想来，这个影响深远的决策也不过是他们当时上穷碧落下黄泉，筚路蓝缕苦创业不断试错的一个偶然的决定。1990年代，江阴的纺织业大放异彩，很多村办企业都和纺织行业有着千丝万缕的关系。杨建平所在的小湖村委就有一个生产纺织棉条筒的厂。棉条筒在纺织车间生产线上应用广泛，用于盛载纺织布料和纤维料。棉条筒上部边口用不锈钢进行封包，底部安装万向轮。

万向轮可以让棉条筒在车间里轻松拖动，灵活方便。正是因为有了万向轮的使用，纱布、棉条等纺织原料的存放、运输以及周转操作变得更加便捷。

小湖村办棉条筒厂生产筒身，却生产不了底部的万向轮，每次都需要去外面进货。根据不同棉条筒筒身的规则尺寸，需要 16、18、22 寸的万向轮。村办厂的负责人知道杨建平和徐华娣有车床有技术，具备制造万向轮的基础，就托人问他们能不能生产？和之前生产滑石粉一样，杨建平和徐华娣本能地觉得这是一个大好的机会，立马答应试试。他们本以为小小的轮子技术含量有限得很，结果稍稍一打听，他们才知道万向轮的行业门槛极高，首先需要购买一台十八万的压铸机。十八万对于杨建平夫妻是个天文数字，比上天摘星星还要困难。当时不要说十八万，就连八百块他们都拿不出来啊。两人身边都是平头百姓，没有人可以借他们这笔巨款，也没有渠道可以向银行贷款。更何况，他们完全没有接触过这个行业，一直以来的副业在他们看来就是小打小闹，勉强糊口罢了，所以现在就算借他们十个胆他们也不敢负巨债开启这轮新的创业。

杨建平这人不善言辞，但脑子极其聪明，擅长钻研机械技术。他向徐华娣分析道："压铸机是万向轮的关键设备，但我觉得原理其实也不复杂，我们应该可以自己研制压铸机！"徐华娣听后惊呆了，她虽然知道杨建平在机械制造方面有点天赋，但也绝不敢相信丈夫具备研制价值十几万精密仪器的能力。她顿时陷入了沉默，眉头紧蹙，但她又想到这些年跟着丈夫搞副业，哪一次不是白手起家，一无资金二无技术三无经验，反正自己什么都没有，也就没什么可纠结的，只管放手去干，结果每次都能逢凶化吉，沟沟坎坎就这么一一迈过来了。"我相信你一定能成功！"说完徐华娣也觉得有点心虚，又补充道："无论如何，我们都应该试一试。"得到妻子的肯定，杨建平感觉浑身充满了干劲，每天下班后就一头扎进研制压铸机的实验，有时连饭都顾不上吃。

杨建平假装客户，频繁出入各种压铸机厂"挑选"压铸机，实际是为了去压铸机厂反复观摩。在辗转了好几个压铸机厂，都快被厂家识破时，他终于渐渐在脑海中构建起自己的压铸机模型。压铸机看似复杂，实际功能就是开模合模，他完全可以用最简单的工艺和材料复刻出一个简易版本：用两块铁板充当压射冲头，四根柱子充当压室，切割焊接后固定在板凳上，再加上发动机提供动力就做成了最简易的压铸机。有了构想还需要反复试验，经过长达一年时间的摸索，一台成熟的压铸机终于被杨建华研制出来了。

有了机器还需要原材料——铝，把铝融化成铝水放在压铸机里压铸成万向轮的轴承。起初他们买不起高纯铝锭，只能从小贩那里购买回收铝。杨建平熟悉柴油机上的每一个零部件，他知道柴油机发动机里的活塞是铝制的，是理想而便宜的制造万向轮轴承的原材料。他开始托朋友和熟人四处打听回收发动机活塞的小贩的联系方式。功夫不负有心人，终于有一天，一个小贩一下子送来了几蛇皮袋的活塞。徐华娣一看喜出望外，照单全收下了。小贩开口就要两百块，徐华娣这才意识到家里压根拿不出这么多钱。她稳住情绪，假装淡定地说道："你晚来了一步，我刚把钱都存在了银行，这会家里没有钱了，你先坐着休息一下，我去外面找人哆（借）点钱。"说着徐华娣就出了门，谁承想她转了一大圈竟然没有凑够两百块，只好硬着头皮回去找小贩赊账。时隔多年，徐华娣已经成为江阴市著名女企业家，但她依然清晰地记得那两百块钱的窘迫。"苦哇！苦啊！"徐华娣红着眼圈感慨道，"白手起家，起步太艰难了，真就连两百块钱也拿不出来。想想就要落泪。"

为了尽快回笼资金，杨建平和徐华娣凑齐材料后立马投入生产，第一批合格的万向轮生产完成后被第一时间送到闸桥棉条厂、常州亚太棉条厂，回款一到账就又要去买原材料，当时工人的工资支出每个月只要两三百，剩下的资金可以全部用于购买材料再生产和扩大规模，夫妻俩几乎没有一丁点存款。就这样苦干了三年，小作坊终于慢慢步入正轨，他们决定开始正式注册公司和商标。

徐华娣是个难得一见的女强人，这么多年杨建平一直在单位上班，家里的副业都是徐华娣在负主要责任，杨建平只有下班后才能回家帮助。但在注册公司时，徐华娣坚持让杨建平当企业法人。她觉得杨建平虽然一直退居幕后，但对公司的发展起着至关重要的作用。如果没有杨建平提供的技术攻关，家里的副业无论如何是无法壮大到开公司的。杨建平也明白妻子的苦衷，他一直对妻子怀着深深的歉意，妻子的坚持更让他十分感动。1992年，杨建平顶着父母的压力放弃了单位的铁饭碗辞职回家，正式加入徐华娣"下海经商"的行列。年轻的夫妻相信，他们拥有聪明的大脑、勤劳的双手，这才是他们这一生最铁的"饭碗"。

他们给自己生产的脚轮注册了商标"申",并印在了每一个脚轮的轴承上。"申"有两重意义,首先杨建平属猴,"申"在十二生肖里代指"猴",其次"申"也有着"伸展""伸张"的意思,象征着企业常青。就这样,第一只以"申"牌命名的脚轮问世。从1993年到1995年,杨建平和徐华娣在自家楼房后面的平房车间里又生产了两年多时间,业务从纺织棉条筒的脚轮到板车上的脚轮,逐渐开疆拓土、开枝散叶,能够生产各行各业的脚轮。期间他们作为村企也承担了相应的责任,帮村里竖了电线杆牵了电话线,方便村里更多人家安装电话。但村里人又开始眼热他们发财,说每当他们的机器启动时,电灯总会突然一暗,这会影响他们看电视。

1995年,杨建平决定将工厂搬离祖宅,他们租下了小湖村委的七间平房三间楼房,租金八万一年,企业步入了飞速发展阶段。1998年大队又为他们造了十七间平房,分为前后两排,租金也涨至十八万一年,这样他们除了车间,终于开始拥有自己的办公楼和仓库。为了压缩成本和更方便地管理工厂,杨建平和徐华娣夫妻把家搬到了厂里,孩子们也跟着他们住在厂里。期间杨建平主外,负责业务的推广和销售,徐华娣主内,负责脚轮的生产加工和财务工作。一直以来,他们都把重心放在"内"上,雇佣的工人主要负责生产加工。1998年,他们开始意识到拓展业务的必要性,开始聘请全职的销售。当时的主要策略是电话推销,买一本企业电话黄页,只要看到纺织厂、医疗设备厂、大型设备厂等有可能需要脚轮的工厂,就一个一个打电话过去询问。除了本市本省,他们开始把业务扩展到临近的几个省份,例如山东也是他们的业务重省。在山东省采取的推销策略依然是一到当地就买当地的电话黄页。

但杨建平深知这样"点对点"+"广撒网"+"盲目探问"的推销方式过于原始,效率过于低下,他开始考虑参加行业会展。相比于电话推销,在行业会展上设席展出的方式更加"点对面"+"集中型"+"精准定位"。通过多方比对和打听,他决定远赴广州参加"广交会"。"广交会"是中国进出口商品交易(The China Import and ExportFair)的简称,创办于1957年4月25日,每年春秋两季在广州举办,由商务部和广东省人民政府联合主办,中国对外贸易中心承办。"广交会"是中国历史最长、层次最高、规模最大、商品种类最全、到会采购商最多且分布国别地区最广、成交效果最好的综合性国际贸易盛会，被誉为"中国第一展"。

2000年春，杨建平提前买好了去广州的火车票，打算去"广交会"探探深浅。他独自从厂里出发，用扁担挑着一箩筐产品到常州火车站，踏上了前往广州的火车，顺利到达广州，下了火车后，他靠着一付扁担一张嘴，把箩筐挑到了"广交会"。到了展销会场，他才打听到一个席位费竟然高达九万，他咋舌不已，但来都来了，他只好提着箩筐找了个免费的角落，卖力推销起自己的产品。没想到当场就有老板向他表达了合作意愿，杨建平尝到了甜头，第二年果断和别人合租了一个摊位。以后每年，杨建平几乎都会准时参加"广交会"。

回想起第一次参加"广交会"的"担货郎"经历，杨建平自己也乐坏了，明明是推销自家的工业产品，他却摆出了农民进城卖农产品的架势。后来，他又陆续参加了很多行业展销会，甚至多次走出国门，例如："2016国际物流技术与运输系统展览会""2017中国聚氨酯工业协会""美国五金会NationalHardwareShow""2018年亚洲汉诺威物流展""2018年美国五金展""2018年日本东京物流展""2019年亚洲国际物流技术与运输系统展览会（CeMATASIA）""1029巴西国际仓储物流运输展览会""2020CeMATAsia物流展""2021年亚洲国际物流技术与运输系统展览会"……无论参加了多少次展销会，第一次参加"广交会"都是他无数参会生涯中印象最深刻的一次，他永远无法忘记自己当初那份"刘姥姥进大观园"般的忐忑和打开新世界的惊叹和兴奋。

受到参加行业展销会"点对面"的启发，杨建平开始致力于在全国各地设立代理点。让代理点替自己开疆扩土，江阴总部只需成立接单室，及时处理来自全国各地的订单。现在申牌万向轮的营销网络已经遍及全国二十七个省、直辖市、自治区，在一百多个地级市都设有代理点和代理经理。同在千禧年，也就是在杨建平探索全新的营销模式的同时，他们花四十三万买下了小湖村委出租给他们的九亩地以及地面上的厂房和办公楼，仅仅花了五年时间，他们就结束了租地办厂的历史。杨建平和徐华娣深知，工厂已经步入了正轨，两人接近二十年的努力探索，无数的辛酸苦辣，终于得到了应有的回报。

接下来的几年，公司进入了飞速发展阶段。2000年开始招聘管理人员，2003年入驻澄常工业园，占地三十亩，新建了两跨车间和办公楼，2005年聘请了全职会计，2012年又拓建了车间和办公楼。从前靠徐华娣一个人生产、检验、开票，一个人顶五六个人的历史终于彻底过去了。回想那段历史，儿子心疼地对徐华娣说："在这个世界上，到哪里去找这样三头六臂的妈妈啊！"

"申"牌万向轮作为典型的民营企业，几乎没有向银行和政府贷过款，没有给社会增加过负担，三十年来靠着艰苦奋斗，一点一点扩大生产规模。第一只"申"牌脚轮诞生时，谁也没有想到这个品牌能给中国脚轮行业带来重大的影响。刚开始"申"牌万向轮只生产纺织棉条筒底部的铝制、尼龙制的脚轮，到后来涉猎物流、医疗、建筑、顶高器（地刹器）、推车等多个行业，涉及轻型、中型、中重型、低重心型、重型、减震型、超重型、特殊性能型等一千多种品类。

事业如此成功，但杨建平和徐华娣却丝毫没有骄傲。他们深知，如果没有改革开放的伟大契机，没有小湖村委的大力支持，没有澄常工业园的优惠政策，就没有"申"牌万向轮如今欣欣向荣的局势。2004年"申"牌万向轮获得"无锡市知名商标"称号，2007年获得"江苏省著名商标"称号。这既是地方政府对品牌质量的认可，也是对民营企业为社会创造价值的嘉许。

公司现有两百多位工人，其中三分之二是外地职工，为了照顾到外地职工的住宿问题，公司每月补贴两百元房租。另外，公司每天包一顿丰富的午饭，晚班职工则包晚饭。徐华娣说自己也是从苦海里上岸的，这个行业太苦了，所以她想对工人们尽可能地好一些。

三、夫妻同心，黄土成金

结婚之前，杨建平和徐华娣两人是邻村，是双方母亲介绍认识的。徐华娣的父母种了一辈子的地，虽然女儿不怕苦不怕累是种田的一把好手，但"父母之爱子，则为之计深远"，父母希望女儿能拥有城镇户口，不用再"面朝黄土背朝天"地在地里挣命。杨建平家是城镇户口，家里仅有母亲一亩薄田。父亲曾任当地水利站站长，特殊时期因性格过于耿直得罪了人被划为右派，一直到1976年才统一平反。但杨家因此遭受的疮痍好几年也没有恢复，母亲身体欠安，父亲精神一直很难振作，两个姐姐出嫁后，三代单传的杨建平很早就承担起家庭的重担。他希望通过自己的勤劳和智慧早日带领家庭走出阴霾，走向幸福，但他时常感觉自己一个人有点力不从心，希望能有一个得力的助手帮助自己，他渴望一个贤惠能干的妻子，这时徐华娣出现了。

1980 年代初的年轻人还没怎么有自由恋爱的概念，都是听凭父母做主。杨建平和徐华娣的母亲一拍即合，觉得他俩特别合适。两个年轻人见了面也觉得对方挺好的，没啥意见，婚事就这么定了下来。谁也没想到，看似传统的婚姻却无比甜蜜，两个人琴瑟调和、相敬如宾，像战友一样相互扶持了三十多年，如今感情越发蜜里调油。

结婚前，杨建平下班之余一个人在家搞搞小副业，徐华娣下班后去他家打打辅助。结婚后，徐华娣因姐姐违反计划生育政策被连累丢了工作，干脆一个人在家继续小打小闹地做些小生意和小产品，杨建平一下班就赶回家帮她。后来徐华娣的业务做得越来越大，一个人已经忙不过来，杨建平不惜瞒着父母放弃"铁饭碗"的工作，回来全职帮助妻子创业。夫妻店越来越壮大，从小作坊到大车间，再到集开发设计、生产制造、营销网络一体的现代化企业。徐华娣在百折不挠的创业过程中，早已被锻炼成不折不扣的"女强人"，但她从不贪慕虚名，她一直在心中提醒自己，杨建平才是企业的灵魂，如果没有丈夫的勤苦研发和钻研精神，以及当初破釜沉舟主动辞职回家帮助她的勇气，光靠她一个人是不可能迈过堪称长征般艰辛的创业历程。杨建平忠厚老实，徐华娣热情活泼；杨建平头脑聪明，徐华娣胆大心细；杨建平踏实肯干，徐华娣任劳任怨。正有夫妻双方珠联璧合，配合得天衣无缝，"五岭逶迤"才能"腾细浪"，"乌蒙磅礴"才会"走泥丸"，正所谓"夫妻互谅互助互勉，家庭兴仁兴礼兴义"。

如果非要说起杨建平的毛病，徐华娣嗔怪地说："如果世界上人人都是杨建平，那么派出所、公安局都不要了。"杨建平耳根子软心地善良，见不得别人受苦，所以几乎谁找他借钱他都毫不犹豫地出借，有时甚至分辨不出奸诈或者说不愿分辨好人和坏人。1995 年，因村里乡亲眼红他们发财，以电压不够为由，驱赶他们搬出村子。但其实，当时他们生产规模日益扩大，场地着实腾挪不开，也正筹划着将车间搬出祖宅，奈何手头资金紧缺所以搬厂才迟迟没有提上日程。这时，那个与杨建平吵过架的乡亲居然又恬不知耻地找他借两千块钱，徐华娣知道那是个刁民，根本不可能还钱，提醒杨建平不要上当受骗。但杨建平心想："那人故意挑衅与我吵过架，本应老死不相往来，但他居然又跑过来问我借钱，说明要么他已经到了走投无路的地步，要么他发自内心地觉得对不起我，想通过这样的方式表达歉意。"即使当时处于搬厂的关键环节，资金异常紧张，杨建平还是勒紧裤腰带，借给了他两千元。后来，这笔钱果然如徐华娣预料的那样有去无回，直到那人几年前去世也没有还。

1998年，公司业务扩展，光靠杨建平一个人跑业务已经忙不过来，他开始物色供销业务员。这时，从外面嫁到村里的一个年轻妇女推荐了自己的哥哥，说他哥哥能言善辩巧舌如簧特别适合做业务员。杨建平立马采纳了，开出了两千元一个月的工资。那人上了半年班后，有一次预支了五千元出差费，又请假说要回老家插秧。徐华娣有点儿不放心，建议他插完秧回公司一趟，专门来取出差费。那人坚持说不顺路，他插完秧要立马准备出差，不想来回折腾。杨建平作为常年在外跑的业务好手感同身受，怪妻子太多心，立马放行了。谁知那人回老家后再也没有回公司交差，五千块出差费也打了水漂，再一打听原来他在老家也开始做起了万向轮。这人居心叵测，不但坑了杨建平五千元出差费，还偷师学艺，从杨建平这里学到了关键技术，回家秧也不插，立马开始办厂造万向轮。徐华娣也不气恼，她说这种心术不正的人一时能占得了便宜，以后注定要吃大亏。后来那人果然工厂倒闭，欠了一屁股债，还不知怎么的把自己弄进了监狱。

2008年，公司完善了遍布全国的销售网络，江阴总部成立接单部，负责接待全国各地的订单。徐华娣心疼杨建平，让他在外面聘请一位销售总监，帮助他打理接单部。按照当时的市场价，销售总监的薪资水平在一个月五千元左右。杨建平托人找到了一名女销售总监，她长得有点像演员潘虹，看着十分精明业务水平十分在行的样子。杨建平与销售总监相谈甚欢，竟然答应销售总监把月薪涨到了一个月一万五，其中多出的一万钱作为奖金年底发放。

结果那个女销售总监只会空谈，业务水平一塌糊涂，干了一年就干不下去主动辞职了。临走找徐华娣结账时，开始讨要剩下的十几万奖金。徐华娣这才发现杨建平居然没和她商量就开出了如此离谱的薪资，但她知道企业家最重要的是讲诚信，说出的话哪怕是口头承诺都要负责任。于是她二话不说，把奖金补给了销售总监。销售总监离职时都忍不住提醒徐华娣，杨总实在对钱没啥概念！

徐华娣又何尝不知道，她开始渐渐地把财政大权往回收，避免出现更大的损失。正是无数次像这样的试错，两人慢慢找到了自己位置，扬长避短，相辅相成，相得益彰，一起打造了今日的辉煌。正所谓"夫妻同心，黄土成金"，他们在故乡璜土镇这片热土上，白手起家，通力配合，终于点石成金。

四、父母是孩子的镜子，孩子是父母的影子

徐华娣的父亲叫徐杏生，1930年出生于江阴市璜土镇小湖村一个贫苦的农民家庭，出生不久后徐杏生的母亲就因日军侵华过度惊吓而去世，没过几年父亲也撒手人寰。童年的徐杏生的生活极其艰难，由姐姐拉扯大。

徐华娣的母亲叫任秀玲，1935年出生于兴化市区一个大户人家，从小锦衣玉食。任秀玲的父亲是个读书人，在当地享有声望，家里还有几个商铺，经济十分宽裕。国共内战期间，父亲被迫参加"还乡团"，母亲怕孩子们受牵连，1944年带着四个孩子从兴化逃难至江阴地界，孤儿寡母，无房无地，只能靠母亲租房打工为生，当时任秀玲才九岁。为了帮助母亲减轻家庭重担，任秀玲很小的时候就去黄济民医生家做帮工，黄家是书香门第大户人家，一家人心地善良十分和气，任秀玲乖巧懂事，做事心灵手巧，任劳任怨。黄家夫妇视她为亲生女儿，认领为义女。任秀玲出嫁时黄家以女儿礼送嫁，至今任秀玲还和黄家子女保持着像家人一样的往来。

1950年代，徐杏生与任秀玲结婚后，一无父母照顾帮衬，二无祖上积蓄，全靠勤劳苦干，节俭持家养育和培养了徐华娣等四个子女。徐杏生忠厚老实、勤奋顾家，平时说话不多，样样农活都能干，不论拉牛、耕地、耙田，还是挑担、手工，在村上都是数一数二的能人。任秀玲勤劳贤惠，通情达理，心地善良。刚开始的生活条件在村上算一般，前有二间老瓦房，后有一间猪舍，经济来源主要靠挣工分和养猪。两人下田干活时，把大的孩子带到田边，牵牛耕地时把大孩子绑在背上，小的孩子只能被关在屋里。徐杏生很喜爱孩子，但当孩子犯错时，他管教得极其严厉，常常会棒打鞭抽，事实也证明"棒头上出孝子"，四个子女后来都成材了。更重要的是，父母是子女的镜子，孩子是父母的影子，徐杏生的榜样力量一直激励着子女们。姐姐徐华珍记得出嫁前在娘家的生产队挣工分时，她总是第一个去最后一个回，夏收夏种，秋收秋种，每个季节的生产冠军总是她，等到她出嫁时攒下的毛巾草帽等奖品装了整整一大箱子，她也因此被提拔为生产队的妇女干部。改革开放后，姐姐徐华珍和妹妹徐华娣先后下海经商，双双成为当地优秀的女企业家。

1983年，由于长年劳累加上体质原因，五十三岁的徐杏生就因胆囊结石开刀摘除了胆囊，后来的十多年中又因胆总管泥沙型结石堵塞，开了两次刀，最终把胆全部拿掉了。"屋漏偏逢连雨天"，1993年，六十三岁的徐杏生又因脑溢血进而导致中风偏瘫，躺在床上半年不能动弹，一只手和一只脚因血液不流通发紫发黑，全身长满了疱疹。经过半年的医治，他终于能在家人的帮助下下床活动。为了减少家庭的负担，他坚持锻炼身体，每天端出板凳，在门口练习走路。徐杏生常年卧床，常因结石、疱疹复发痛得满床翻滚，但他毅力坚强，很少大声哼叫，也从来不麻烦子女，很少要子女陪床看护，总是一个人咬牙忍受着。徐杏生享年八十八岁，去世前徐华娣找人给父亲算命，算命先生都觉得他"命大"，早已不在生簿上，命里早该"走"了。

由于丈夫卧病在床长达三十几年，任秀玲一个人撑起了整个大家庭的天。当年大女儿徐华珍和大女婿周伯荣恋爱时，好多人都提醒任秀玲，说女婿家穷，兄弟多，没房子，亲家母脾气差，华珍去了会吃苦受气，但是任秀玲从未阻拦和反对过，她认为只要人品好、能吃苦，总有翻身之日。徐华娣至今还记得曾经受邀去过周家，一进大门她就注意到地上沿墙角一字摆开的芦花鞋。她当时震惊了，自己家虽不算富裕，但她从来没有见过如此原始简陋的芦花鞋。记忆中，母亲任秀玲能算会做，特别有计划，无论日子多苦每年冬天每个孩子总会拥有一双新棉鞋。

徐华珍结婚时，徐杏生和任秀玲未要周家一分钱礼金和彩礼，反而为他们倾尽所能，置办所有结婚用品，他们尽最大的努力置办了大量陪嫁品，使婚礼显得既风光又热闹。结婚当年徐华珍生了女儿明霞，因夫家的兄弟多，公婆无力帮他们带小孩，照料看护孩子的责任基本都是任秀玲承担。后来周伯荣和徐华珍违反计划生育政策生了二胎儿子明烽，周伯荣从大队离职回家种菜养鸡，任秀玲也没有半声责怪，反而一直尽心尽力地帮他们照料两个孩子，为孙辈的健康成长倾注了大量的心血。

徐华娣创业之初，资金有限，人手不够，任秀玲又被叫去帮徐华娣厂里看门打杂。任秀玲等到子女们事业有成，第三代子孙全部长大成人后，她的重心开始转向了信奉菩萨，吃素念经礼佛，目的是为子女及后代祈祷平安。她一生都在为子女想，为子女忙，自己省吃俭用，从不找子女麻烦。当子女经济条件好转后给她钱养老零花，她却把钱攒着然后以子女和孙辈的名字捐助修建寺庙，为子孙修渡功德。每当逢年过节或子女家任何人过生日时，她都会几天几夜不休息，一边念经一边折元宝，连同供品准备好。

可能是好人有好报，也可能是菩萨保佑，任秀玲在七十多岁出门办事过公路时被汽车二次碰撞，汽车挡风玻璃都撞碎了，人也撞飞了好几米远，但她竟然只受了点轻伤。现在接近九十岁高龄，她还是耳聪目明，手脚轻便，真是子女的福气。徐华娣和姐姐弟弟们也十分孝顺，大家一起把母亲宠成了老祖宗。徐华娣打心底里佩服母亲，她是大户人家的小姐出身，但从来没有小姐的娇气，倒是拥有小姐的大气、大度。她是整个家族的精神图腾，是徐华娣和徐华珍创业路上取之不尽用之不竭的精神源泉。

1985年，徐华娣与杨建平婚后第二年大儿子杨鑫波出生了。按照当时的计划生育政策，杨建平属于三代单传，可以生两个孩子，但徐华娣觉得生活太苦了，暂时不想让更多的孩子降临后跟着自己受罪。谁知意外发生了！杨鑫波三岁时，有一天和小伙伴在村里一户人家的土谷场上玩耍。说起这个土谷场，农村人都不会陌生。

那时收稻子和麦子没有现在的联合收割机，只能把稻子麦子割下来，运到打谷场晾晒打轧，所以家家户户都有晒谷院。如果是水泥谷场，基本不怎么需要维护，如果是土谷场就麻烦了，需要每年在晒谷前平整一下。平整晒谷场一般要经过四道程序。第一步泼水湿透晒谷场。先挑着水桶从附近的水塘里挑二十多担水，泼湿地面。第二步把晒谷场挖散成泥。用锄头一下一下地挖散泥土，由于已经被水浸透，因此挖起来并不费劲。必须打着赤脚，前面挖，后面要跟着用脚将泥块踩碎。全部挖完后还要用锄头在场上搅动，直到所有的泥块都变成了泥浆。第三步整平。需要扛来一架梯子，平放在晒谷场一边，再在梯子的两端分别系上一根绳子，将两根并拢一起，拉着绳子将梯子拉到晒谷场的另一边，然后又拉回来，如此反复几次，晒谷场就平整得像一面乌亮的镜子。晾晒半天后，第二天就进行第四步程序碾压。碾压是最费时费力的。碾压前，需要在晒谷场上洒一层草木灰，然后两人拉着一个大石磙，一圈一圈地在场上旋转，先从东边碾到西边，再从西边碾到东边，然后又从南边碾到北边，再从北边碾到南边。一般一个谷场需要碾一上午时间。这时谷场看起来已经非常平了，但是这种平，还不是真正的平，是平而不实。这样的地面容易破皮，破皮了就有沙子灰土，打晒谷物时，沙子灰土就回掺进粮食中。所以需要如此反复碾压最少三次，每次间隔半天时间。经过四道程序后，这时土谷场已经非常瓷实，再不会破皮起灰，即使下雨也不用担心，至少经得起几场雨水的冲刷。

杨鑫波玩耍的那个土谷场已经平整结束，但大石磙还留在土场上，杨鑫波和小伙伴平时没怎么见过大石磙，都很好奇，围着它转来转去，爬上爬下。玩了一会儿，两人发现一个具有挑战性的玩法，两人合力将大石磙立起来，然后分别站在大石磙左右两侧，用手扶着不让大石磙倒下，像两个门神一样守护着大石磙。玩了一会儿，杨鑫波对面的小伙伴可能有点累了，手一软巨大的石磙猝不及防倒向了年幼的杨鑫波。杨鑫波只觉得一阵头晕眼花，倒在地上失去了知觉。小伙伴急忙哭着去找杨鑫波的奶奶，奶奶把杨鑫波带回家用毛巾沾着香油敷在伤口上，然后让他躺在床上好好休息。

中午徐华娣从地里回来，婆婆告诉她今天发生的事，她急忙掀开毛巾查看儿子的伤口，不看不知道一看吓一跳，伤口很大很深，一片血肉模糊但能清晰地看到雪白的头盖骨。徐华娣急得叫出了声，她知道责怪婆婆也无济于事，杨建平在单位上班赶不及回来，当务之急是立马送医，一秒钟都不能再耽搁了。徐华娣跑出家门，喊上村上一个会骑自行车的人，在前面推着车，徐华娣抱着儿子坐在后座上，婆婆在后面扶着，维持平衡。到了龙虎塘医院，医生一看伤口说必须马上缝合。医生让徐华娣抱着小鑫波，婆婆负责箍着他的头，防止他晃头。缝针的过程中徐华娣紧张得手心冒汗，眼睛都不敢睁开，结束后徐华娣一数，医生整整缝了九针！这么小的脑袋上居然缝了九针，徐华娣心疼得抱紧了小鑫波。回来的路上，徐华娣紧张的情绪一下子松弛了下来，她这才感觉到后怕和委屈，一个人坐在田野的水渠上哭了半天才回家。

本以为小鑫波的这一劫已经顺利渡过去了，谁承想后遗症潜伏了三年才爆发。杨鑫波六岁在幼儿园上课时突然晕了过去，不省人事。当天学校卫生大检查，教育局来的检察长也在，检察长一看情况紧急，就让人开着公车直接送去了江阴人民医院。江阴人民医院一看人虽醒了，但一直不开口讲话，知道情况可能比看起来严重得多，又建议转送常州 102 医院。常州 102 医院经过反复排查，确诊为外伤引起的癫痫。至于能不能除根，医生也不能确定，有的人一生只犯病一次，有的人每年都会反复犯病。但医生建议徐华娣可以趁年轻再生一个孩子。

就这样，1990 年徐华娣又生了小儿子杨佳波。所幸的是，杨鑫波后来再也没有犯过癫痫。杨鑫波高中在江阴最好的南菁高中读理科，高考以优异的成绩考取了东南大学。毕业后在德企工作了两年，2010 年辞职，正式开始接班。2013 年敏锐的杨鑫波已经感受到电子商务的方便快捷，说服父母投入三十万建设软件平台，从材料到接单再到销售，不用人工登记，不用清点仓库，生产、入账、成型全部通过电脑完成，不但节省了大量人工成本，还减少了出错机率。2020 年，杨鑫波再一次投入一百三十万建设网络一体化、电商一体化，并拿到了高达六十万的政府奖励资助，江苏仅三家获此资助。

对于杨鑫波的巨额投入，徐华娣虽然有点不太看得明白，但她一点也不心疼，她知道儿子有文化有能力，一定能带领企业走得更好。她现在就负责在企业搞后勤，分发整理原材料，能分担一点是一点。她常常调侃自己："以前配合老公，现在配合儿子。我永远是个配角！"但杨鑫波从来没把母亲当作配角，他打内心感激父母，如果没有父母的艰苦创业，哪来自己发挥能力的舞台。

小儿子杨佳波也是从小成绩优异，本科江苏警官学院毕业后成了一名优秀的人民警察。每天工作到很晚，经常出警彻夜不归。平日里都住在警局，每周只有三天能下班回家，但也得到晚上九十点钟，还得保证晚上随叫随到。杨建平和徐华娣看到眼里，疼在心里，最后实在不忍心杨佳波如此辛苦，提出让他辞职到企业帮忙。由于杨佳波英语水平极佳，回来后主要负责国外业务，杨鑫波主要负责国内业务。杨鑫波的为人处事像爸爸杨建平，踏实稳重，精通技术；杨佳波则更像妈妈一些，活泼开朗，精通财务。"上阵父子兵，打虎亲兄弟"，两人亲密配合了半年多，凡事有商有量，企业蒸蒸日上。

2017年一个偶尔的机会，杨建平和徐华娣打听到一个朋友想整体打包出让一个包装品加工厂，主营业务是加工贵金属（金银）包装、医药包装等，他们觉得这是一个难得的好机会，就和杨佳波商量是否愿意单干。杨佳波想了想，"申"牌万向轮公司在父母和哥哥的精心打理下已经步入正轨，自己相当于"坐享其成"。他一直很向往像父辈那样富有挑战性的热血创业生活，宁愿做21世纪机械工业时代的骑士、英雄、王子，也不愿做永远在父兄庇佑下的温室里的人间富贵花。在经过深思熟虑后，杨佳波决定接下那个包装品厂。

正式接手后杨佳波才发现，创业比当警察辛苦百倍，但他始终感觉累并快乐着。功夫不负有心人，如此这般辛苦了三年，公司终于步入了正轨。徐华娣有时故意逗杨佳波玩，"你可想好了，没有娘舅来分家，谁有困难我们就帮谁，以后八仙过海，各显神通了。"没想到杨佳波毫不在乎，他说，对于父母的安排，他满意透了，当同龄人还在租房子、贷款买车时，他就已经拥有了自己的房子和车，还有值得奋斗的事业，对于这一切他充满了感恩，因为这一切的基础都是拜父母所赐。目前杨佳波最大的理想是给爸爸妈妈写一本关于创业史的书，记录父母这曲折而伟大的一生。徐华娣时常发自内心地跟别人说，她觉得自己一生最大的成就不是成立了一家公司，而是养育了两个优秀而懂事的儿子。

但当别人向徐华娣讨教教育孩子的经验时，徐华娣想了很久也总结不出来。因为这些年她一直忙于生意，很少会关心孩子们的学习和生活。两个儿子幼儿时期主要是爷爷奶奶在带，等到大儿子九岁、小儿子五岁生活基本能自理后，她就一直把孩子们带在身边。孩子们从小看着父母辛苦工作，自然也不可能懒惰。每天放学后，兄弟两人先自己吃饭，填饱肚子后立马做作业，学习非常自觉，做完作业再互相陪伴着玩耍。

孩子们很小的时候，家里创业未半资金紧张，自然没有太多的闲钱给孩子们吃喝玩乐，等到公司大幅盈利时，徐华娣依然没有放开口子无限量供应零花钱。她深知，正确的金钱观能让他们受益终生，而扭曲的金钱观最终会把人整个吞噬。孩子们年龄尚幼，还不具备分辨是非的能力，过度的金钱供给会让他们养成好逸恶劳、不稼不穑的坏习惯。

杨佳波回忆自己小学时，班主任让订牛奶，他觉得妈妈一向重视健康饮食应该会给他订，就提前报了名。第二天上学前，他问徐华娣要钱，徐华娣觉得他每天早上都吃鸡蛋，营养已经非常充分，没必要再花钱订牛奶了，就嘱咐他不用订了。杨佳波有点小失望，赌气般地从放钱的抽屉里拿了一百元，交了三十元牛奶费还剩七十元，他也不知道怎么处理，就放在了枕头下。几天后，徐华娣在收拾被子时无意中发现了，一番询问下杨佳波老实交待，本以为会受到母亲责备，没想到母亲语重心长地对他说：下次直接告诉妈妈你已经在老师那里报了名，妈妈肯定会给你钱的。从这件小事里，杨佳波知道只要钱不是用来瞎花瞎买，父母一定会支持他的。从此以后，他再也没有私自从钱柜里拿过一分钱。

结语

正所谓"桃李不言下自成蹊"，回顾杨建平和徐华娣长达三十多年的创业史会发现，创业有时就是和时间做朋友，坚持在一个领域深耕，别太在乎短期内创造多少社会名誉，或者多少财富价值，多少人知道这家公司。关键是放长线，持之以恒脚踏实地，默默地创造价值，解决问题。桃树李树都长出果子了，成功也一定能抵达。那么，杨建平与徐华娣作为优秀的企业家，有哪些经验值得后代和后人学习？

第一，父慈子孝妻贤兄睦，胸宽体健心活手勤。

杨建平与徐华娣自从订婚以来，就开始为对方着想。两人相互扶持，风风雨雨过了三十多年，你为我着想，我为你着想。正所谓"夫妻交市，莫问谁益"，白手起家，夫妻同心，其利断金。在创业的过程中也曾遇到过大风大浪，甚至付出过以牺牲身体为代价的血的教训，但是风再冷，不会永远不息；雾再浓，不会经久不散。在命运的黑潭中，夫妻如同天上的星星，照亮了彼此。

从徐杏生和任秀玲到徐华娣，从杨建平和徐华娣到杨鑫波、杨佳波，能清晰地看到良好家风的传承。家庭是思想性格的塑造场，家教是人生价值的奠基石，是人生的"第一粒扣子"。"修身、齐家、治国、平天下"，从个人到国家、到天下，"家"是最重要的纽带，父母长辈融化在爱之中的家教，是最能融入我们血脉的东西。好的家风才能创造出好的家庭，俗话说家和万事兴，相互体谅、相互宽容、相互信任、相互理解是家和的前提，在此基础上的家庭，才是幸福美满的家庭。家庭是社会的基本细胞，是人生第一所学校。家风作为一种无形的力量一直在潜移默化地影响着人们。每一个人都生活在一个原生家庭中。原生家庭家风好，这个人就会茁壮成长；原生家庭不重视家风建设，这个人在成长中就会走弯路。杨家与徐家正是在这种氛围之中造就了一个个身心健康、有作为、乃至对社会有突出贡献的人。

第二，强化事故隐患整改，提高安全管理水平。

车床、冲床这一行业需要人与锋利的机器刀口或者冲头直接接触，是安全生产问题高发行业，不能一边干活一边想心事，思想必须高度集中。安全生产，重如泰山。这关乎社会大众权利福祉，关乎经济社会发展大局，更关乎人民生命财产安全。安全生产必须警钟长鸣、常抓不懈。

早些年，杨建平和徐华娣创业期间也曾发生过几次小的安全生产事故。1990年左右，一个泰州籍的女工不小心流产，在家休息了二十天不到就急着来上班。她一来，徐华娣就注意到她心不在焉，闷闷不乐。徐华娣有点担心她的状态，劝她回去休息，但她坚持要继续上班，而且还打包票说自己现在的状态特别好。徐华娣只好让她试一试，结果她刚上车床不到五分钟就把大拇指压扁了。由于指头粉碎性骨折，送到医院医生也无回天之力，徐华娣只能对她进行了经济补偿并把她安排到其他岗位。还有一次，一个工人在锯场锯料，由于麻痹大意不小心把手指头锯掉了，得亏及时就医，医生帮他重新接好了。炼胶机车间也曾发生过一起事故，一个工人放好材料，通知负责拉电闸的工人送电，两人一边工作一边聊天，聊得忘乎所以，放料工人一时竟然忘记把手从炼胶机上拿开，送电工人送电的一瞬间悲剧就发生了，两只靠里的指头被机器铡掉。

提起这些血淋淋的令人闻之色变的事故，徐华娣十分悲痛，她正是从车工发家，十九岁就开始接触车床，她能够感同身受事故带给工人及其家庭的痛苦，所以她在创业过程中一直非常重视安全生产。她反复对工人强调："安全生产必须作为一条不可逾越的红线"，"不能要带血的产品"。这些年，杨建平主外，负责扩展业务，维系客户，徐华娣主内，负责生产和后勤。她一直在思考如何在保证安全的前提下提高产值。也得出了一些值得同行参考借鉴的经验。

首先，坚持最严格的安全生产制度。什么是最严格？就是要落实责任。要把安全责任落实到岗位、落实到人头，坚持管生产必须管安全。安全问题徐华娣一直亲力亲为、亲自动手抓。她规定工人上料必须用钳子，不允许手直接接触冲床和模具，一旦发现工人为了轻便直接上手操作必须立马制止，进行安全教育，如果再犯必须重罚。

其次，重视安全生产教育，牢固树立安全发展理念。为了履行安全生产主体责任，确保安全生产，徐华娣花费了大量人力物力，做到安全投入到位、安全培训到位、基础管理到位、应急救援到位。坚持标本兼治，坚持关口前移，加强日常防范，加强源头治理、前端处理。把重大风险隐患当成事故来对待。"宁防十次空，不放一次松。"安全生产必须警钟长鸣、常抓不懈。对安全生产工作，有的企业东一榔头西一棒子，想抓就抓，高兴了就抓一下，紧锣密鼓。过些日子，又三天打鱼两天晒网，一曝十寒。徐华娣深知这样是不行的，要建立长效机制，坚持常、长二字，经常、长期抓下去。

最后，依靠科技创新提升安全生产水平。现在科技越来越发达，机器越来越先进，徐华娣第一时间淘汰了陈旧的容易引发事故的机器，换上了全自动的新机器，大大降低了事故发生率。是啊，解决深层次矛盾和问题，根本出路就在于创新，关键要靠科技力量。

第三，奋斗改变命运，拼搏成就辉煌。尼采说，"那些杀不死你的，终将使你更强大。"徐华娣觉得放在经营企业上也一样，那些杀不死你的困难，终将使你更卓越。天道酬勤，历经天华成此景，人间万事出艰辛。仅有坦荡真诚才能靠近梦想，唯有拼搏不已才能获得幸福。幸福中掺杂着汗水，汗水中也掺杂着幸福，不再吝啬汗水时，便会拥有幸福。

徐华娣刚结婚就因姐姐生二胎受牵连而下岗，当时她还怀着孩子；杨建平打算进军万向轮行业时不要说买不起昂贵的压铸机，连两百元二手铝锭的费用都付不起。在人生的大风大浪面前，两人也曾经迷惘彷徨、不知所措，但他们依然坚信冬天来了春天还会远吗？他们相信伟大的国家，相信奋斗会决定是命运掌控你还是你扼住命运的喉咙。经历风雨洗礼过的花是最娇艳的，经历命运试探的人也是最接近幸福的。失败和成功就是一条线和一个点，仅有走过了那条线才会到达那个点。

失败是什么？就是离成功只需更进一步。成功是什么？就是行遍了所有失败的路，用汗水铺垫一条通向幸福的路。坎坷曲折是成长的经历，痛苦是成熟的催化剂，幸福是成长的奖励。幸福是什么？幸福是我们历尽苦难，忠于苦难所得到的回报，幸福是我们历经风雨后所得到的彩虹。没尝过苦瓜的苦味，哪能明白糖果的甘甜。幸福可不就是一步一个脚印奋斗出来的。正如冰心所言，成功的花，人们只惊羡她现时的明艳！然而当初她的芽儿，浸透了奋斗的泪泉，洒遍了牺牲的血雨。

奋斗是葆有坚定的信念，冲破重重束缚；奋斗是坚持清晰的头脑，大步稳重地向前；奋斗是克服一切困难，收获幸福。杨建华和徐华娣一路跌跌撞撞，尝遍人生百态，却还要勇往直前，努力探索，他们吃过的苦，终于化作甘甜的果实回报他们。事实上，一句老话"要想人前显贵，必得人后受罪"就能告诉我们奋斗是在幸福之前的。

生命不止，奋斗不息！

敢于开拓　坚韧不拔

——记义乌珠宝电商企业第一家游田根家族

贺与诤

近些年大火的《鸡毛飞上天》无人不知，殷桃和张译饰演的主人公从义乌这座小城走出，通过零售商走上致富之路的故事。在这部电视剧中，也折射出义乌这座小城中的许多"小人物"从零售商开始到电商，凭借着不服输和敢于挑战的精神从"鸡毛换糖"逐渐走向其他城市、走向全国、走向世界的故事。现在从事跨境电商行业的游田根一家也是从义乌走出的著名企业家。在游氏一

游田根

家的血液里就流淌着这样一股不服输的精神，他们坚执且敢于突破，在艰苦的创业初期开疆拓土，闯出了跨境电商行业的一片新天地。

一、守望相助、齐头并进的家风传承

游田根一家是江西省南昌市进贤县温圳人，老家在泉岭湾里游家，目前在浙江义乌从事跨境电商行业。游田根家里一共六位姐弟，他排行老三，但是在男孩子排行里是老大，身为长子的游田根自然多了一份比其他兄弟姐妹更多的担当。

在游田根组建的小家庭中，他与妻子共孕育有三个小孩。在出去创业之前，游田根在温圳酒厂工作，他的夫人是在农村务农，那个时候，他们的薪水并不足以让整个家庭无忧地生活。他们不仅要用这份微薄的薪水负担三个小朋友的生活开销，同时还要照顾双方的老人和兄弟姐妹。家中的小弟弟出生之后，由于计划生育政策的实施，游田根被停薪留职，他只能走出去。离职之后的游田根顶替了父亲曾经的供销社工作，在乡镇的建筑公司工作。彼时的他，收入十分微薄，同时又承担着巨大的罚款、扣工资的压力，家中一度难以维持生计。据游田根回忆，那个时候他们两夫妻的工资降到了四级，工资直接下调了两级，生活十分困难。几个孩子分别是 1981 年、1983 年和 1984 年出生。因而在抚育孩子方面，他们面临着巨大的生活压力也不得不出去为生计奔走。作为父母亲的他们，无法接受不能给予孩子最好的生活条件，他们一直在外面尽自己所能努力地打拼。几个孩子也都非常懂事，他们的成长过程也从不让父母担心。温情在游氏一家的心里缓缓地流淌着。在孩子们的印象当中，小时候的父亲的身影几乎是空白的，因为他常年不在家里，需要在外面工作赚钱。两个大家庭的责任重担不言自明，都落在了父亲母亲的肩头。游田根夫妇一直选择承担起这份责任，虽然别无选择，但是我们仍然能够从他们身上看到不服输、不言败的精神。这对于一个家族而言，是多么重要。他们吃苦耐劳，一刻不停地奔走在各行各业之中，努力地做着各种尝试与打拼。那个时候，游田根的妻子开了一家毛衣店，日夜不停地给客户织毛衣。我们仿佛在脑海中营构出游夫人在昏黄的灯光下一针一线赚钱，养育子女的样子。这是一份手艺活，也是一份劳心劳力的差事。一定是对孩子莫大的期许与爱、对家庭的责任感，支撑着游夫人

游田根夫妇

将一件件毛衣织就而成，换成微薄的经济来源。在孩子们的记忆里，经常是孩子们还没起床，母亲就已经匆匆起身去店里工作。她的一日三餐几乎都是在毛衣店里草草糊弄的，有时候还要孩子们将饭菜送到店里，没有人知道游夫人何时在夜灯下下班回到家中，第二天又何时顶着熹微的晨光踏上新一日的征途。

在孩子们的回忆当中，游氏夫妇在创业前，还做过狗皮贩卖、鸡鸭贩卖，开过猪毛厂给人家做刷子的厂家供货，也在公园里开过类似现在的卡丁车的电瓶小车的游乐场。到了 1996 年，由于建筑行业总是很难结清款项，游田根就决定回到老家贩卖甲鱼蛋和甲鱼苗，再到后来又开办了一家甲鱼养殖场，带动了一大批的亲朋好友创业养殖。我们知道，做养殖业工作是非常辛苦的，特别是甲鱼养殖。这一行业需要对气温、饲料等作多方面的考察。同时，成本也相对较高，出售的渠道也相对较窄。平日里淡季的时候，要到处去找销售的端口，等到了逢年过节的时候，一般需求量大很多，又要开始忙忙碌碌，把握好宝贵的时机。特别是过年，大冬天的时候要下水抓甲鱼，这可不是件容易的事情，那种刺骨的寒冷，只有做过的人才能真正体会到。厂子里的人冻得直哆嗦，嘴巴说话都不利索，抓住甲鱼之后，一般都是凌晨两点多就要去到水产批发市场送货。

那个时候，游田根夫妇的内心一定怀揣着不服输的精神，也深怀着对于家人的爱。因而，纵使有许多无奈，也仍然要咬紧牙关挺过去。事实上，这种精神也感动了游田根夫妇的子女们，孩子们时常念及父母的恩情，那种坚守信念的精神也化作了整个游氏家族的家风，同时也成为游氏家族创业的企业品质："踏实肯干，百炼成钢。"人生漫漫，其实每个人都有着需要自己的拼搏和精气神才能够走完的孤独之旅。在这一层面上，没有人可以自全。人生的这条道路上，我们总有需要自己去化解和扛下的艰辛，是他人无法陪伴也不能帮助的。对于游田根夫妻来说，带领、照顾家族走向更好的生活，就是他们需要靠自身的毅力和坚持实现的孤独之旅。他们有自己想要坚持的信仰，也有自己想要通过努力打拼实现的生活状态。我们不由得去想，怎样的人生才能够称之为是成功的，是以结果为导向的物质丰沛、怡然自得吗? 人的欲望和愿景都是无穷无尽的，生命又是有限的。因而，唯有注重成长过程中的精神收获，和每一次艰辛之中和之后所收获的一点点欢愉，便是人生中难得的"庆功酒"了。

不论做什么，游氏夫妇都是夫唱妇随，几乎没有过争吵。人生海海，于千万人之中有幸擦肩而过、萍水相逢相遇便已然莫大的缘分。能够相逢相知并结为连理，相濡以沫，一起去对抗生活中的风风雨雨，便是更加宝贵的人生财富。在平淡甚至是充满挑战的生活中平和地去抵挡苦厄，这又是怎样一门难得的处世生活哲学，这种对抗苦难和磨难的姿态在现在社会看来更加是弥足珍贵的。同时，在当下这个快餐文化盛行的年代，游氏夫妇于风雨中坚持打磨生命的光亮，这也意味着他们早已掌握了生命的真谛。或许他们做的事情不一定都是顺利的，也不一定生意都是赚钱的，但是不论遇见何种情况，游氏夫妇都是有商有量，相互支持的。这或许就是我们时常期许和赞颂的执子之手，与子偕老。在脱离了风花雪月，在日常琐屑与一地鸡毛面前，需要多么大的内心精神内核，才能够使得自己永葆令人动容的生命温度，带给爱人、家人希望和热量——游氏夫妇做到了。

如果总结游氏家族的创业成功经历，那么在创业初期，他们凭借家族成员之间特有的血缘关系、类似血缘关系、亲缘关系和相关的社会网络资源，以较低的成本迅速集聚人才，全情投入，团结奋斗，甚至可以不计报酬，能够在很短的一个时期内获得竞争优势，较快地完成原始资本的积累与转化。同时，他们也具备较为迅速的反应和处理危机的能力。家族集体创业的优势就在于方便将合作的关系建立在最基本的血缘信任关系基础之上，同时，在家风的渲染和传承中，可以最快地整合每一个人的优势。大家知根知底，省去了许多磨合与竞争、计较的无用功。正如游氏家族在面对破产风险时，能够及时地调动一切资源迅速"补仓"。同时，他们在白手起家的时候，能够做到各司其职。同时，对于家族而言，外部尤其是市场变化的信息能很快传递至企业的每位成员。同时，以游田根为主导的家长制的权威领导，也能够使得整个企业得到精准长远的战略性眼光与航行方向。当然，这也离不开游田根本人开阔的视野和前瞻性。在执行力方面，由于无需多言的信任感可以使得企业员工内部信息交流迅速顺畅，成员之间也很容易达成共识。大家在贯彻政策时，能够较快地达成共识，促成较高水平的执行力。家族整体利益使得家族成员更有动力去努力工作，自然而然地使得公司的价值趋向最大化。对于游氏一家来说，多年来的齐头并进，使得他们心理契约成本低，契约精神又极强。这可以帮助企业降低监督方面的成本。

游田根组建自己的小家庭之后，也传承了这份责任感，带动着整个家族共同富裕，一起迈向产业的辉煌征途。根据游的家人回忆，游田根自小就知道赚钱养家，他的几个弟弟读书、喝奶粉等很多地方的费用支出都有游田根的参与。同时，在家里出嫁的姐妹中，她们在生活上遇到任何困难和需要，游田根也都第一时间伸出援手，无怨无悔、任劳任怨。游田根出生于一个大的家庭，他的父母亲养育他们六个儿女，也经历了许多辛苦，几个孩子也都被培养得很优秀。游田根的弟弟是一位空军飞行员，读了许多书，后来在江西省抚州市国际局工作。家中有六位兄弟姐妹，几个孩子的年龄有一定的差距，这就需要他们彼此帮扶，相互照应。游田根在这一点上始终尽职尽责，关照着家中的每一位亲人。包括到了后面创业打开局面之后，栉风沐雨的大家庭形成了更为宏大的气韵，整体实力也大幅度提升。成员之间彼此承继，代代传承，在相互帮扶之下，打好基础，让整个企业得以进一步"野蛮生长"。

现在再让我们将视线拉回到游田根的小家庭当中，游田根的几个孩子也都被他和夫人培养得十分优秀。在他们选择来义乌创业之初，小女儿和弟弟都已经二十多岁，他们决定跟着父亲一起来到义乌创业。我们能够感觉到游田根是一位对自己要求十分严格的人，他始终坚持严于律己，宽以待人，这种处事风格在很大程度上也影响了几个子女的成长。这种以身作则的品质也影响到了游田根的孩子们，他们也是对自己的要求也非常严格。他们不仅全力以赴去向父亲请教学习经商之道，同时，在日常的家庭和生活当中也义不容辞地勇于承担自己的责任。他的三个子女，一位在跟着自己经商，另外两个孩子，一位获得了相对极其完整的教育背景，成为一名老师，另一位也在工体系当中求得一份非常好的工作，在他们收获了自己的成长之后，又不约而同地选择回到父亲的身边，和父亲一起去经营家族企业。真正优秀的家族就应该如此，谁也不试图去强制谁，改造谁，融化谁。一切都是自然而然的，彼此付出，相互扶持而形成的风貌。在游氏企业当中，每一个人都各司其职，有的负责操作，有的负责业务。每一个端口都有各自的使命，在后面几个孩子也都有了自己的子公司。无论是工作经验方面，还是资金周转方面，他们通过长期的打磨学习，都具备了相当丰富的经历和条件。也形成了各自更为成熟，经得起时间的考验与推敲的经营体系。这种独具一格的经营体系，不仅暗合着社会时代的发展，同时也独树一帜，融合了个人的见解和个性化应用。也正是这样的优质整合，才能够使得他们的企业在竞争当中屹立不倒。

二、大器晚成、点石成"金"的韧劲

2003 年的时候，游氏一家来到了义乌这座小城。那个时候是父亲母亲和弟弟先来到这边的。他们选择来到义乌创业一方面是由于新世纪之交义乌正值电商热的潮流，同时，游氏夫妇的外甥女 1999 年出国留学，在美国发现了电商这一商机。在审慎的思考之后，游氏夫妇决定放手去试一试。而且那个时候，他们的几个子女都已经相继长大，也不太会涉及到平衡家庭和事业之间的后顾之忧。也就是说，游氏一家是一个相对十分年轻的创业团队，核心能量也更加强劲。

然而，即便如此，创业初期的难度也可想而知。他们需要面对的是变幻莫测的行业动态和更加琐碎的多维度挑战，每一个难题都需要经过冷静的分析思考、学习去来解决。比如说那个时候，国内还不能注册 PayPal 账号，于是远在国外的外甥女便帮助游氏家族注册了账号。他们边做边学，但是这个过程中，随时都面临着处罚甚至关店的可能情况。因为在那个时期，他们几乎是第一批做这一方面事业的创业者，许多管理规定体系还并不完善，无论是接受还是学习，他们都需要给自己时间去沉淀、了解、打磨。同时，国内的环境在接受这一新行业的时候也需要经历一个过程。这一行业本身的运行体系也并不十分成熟，自身也在日趋完善着自身各项弱处。比方说，那个时候收款用的是Paypal，实际上也就相当于现在中国国内的支付宝。可是这种支付方式在不同的国度之间，还没有彻底打开国际壁垒。这势必就会造成价格、融资等各方面问题亟待解决。所以，游氏夫妇那时候还不能直接提现美金到中国，都是通过外甥女的中间渠道把钱汇进来。而在那个时期中国的卖家信誉问题也还在寻求着自身的突破，所以Paypal也经常被冻结，一冻结就要等到180天之后才能提款，所以那个时候投资的钱大部分都被这样扣留了，压力和风险都特别大。游田根在创业初期不得不硬着头皮来应付一场场遥遥无期的内耗。彼时，虽然美国方面是支持他们在美联银行开户的，然而收到的钱却是以美元结算的。因而，在资金回笼的过程当中也要经历一番辛苦，游田根谈到这个过程非常煎熬。虽然中间可以通过外甥女进行中转。但是在过程当中带来了很大的不方便和不安。其实，这只是其中的一则小小的例子，游氏家族那时候所面临的问题远比这些多得多。可是，在游氏夫妇坚定初心、有条不紊地积淀与坚守之中，他们还是一步步走了过来。根据小女儿游琪的回忆，那个时候，从2003到2004年短短一年的时间里，游田根瘦了三十多斤。是怎样的一股毅力，游田根作为一位父亲、一位丈夫，一位创业者，承载多少不为人知的苦楚与责任。游田根的女儿是2004年来到义乌的，在游田根打开门迎接女儿的那一刻，女儿的泪水止不住地流淌奔涌，她看着父亲沧桑消瘦的脸庞，一如看到那些过往的难忘的打拼时光。

2004年的时候，游田根担任总指挥，三个子女和小女儿的爱人负责实际操作，游夫人负责生活的后勤保障和市场采购。大家分工明确，任劳任怨。在销售渠道方面，他们主要是通过视频珠宝的方式来进行销售。商品主要定位在高、中、低三个档次包括翡翠，锆石，金银等品类在内的珠宝销售方面。其实游田根的判断是十分准确的，珠宝是一种永不过时的销售对象，因为它能够针对不同年龄段和不同经济层面的受众群体，同时，除了原材料的品控之外，它的设计风格、价位都可以随着受众的品位、购买力不断地调整。在多个档位当中自在调整整合，也更方便产业的灵活度和资金的调配度。比如说在金饰珠宝方面，他们可以有24K金，也可以做4K金或贴金。我们所说的宝石方面，既可以是锆石，也可以是翡翠，这就要看受众具体想要什么，购买的诉求是什么。同时，他们还全面地考虑到可以将锆石和金银相结合，形成一个相对中端的产品。这样的话，它的市场定位和接受度就呈现得更加广泛。从环境和形势上面来看，义乌这一地域也具备了这样的一种经营条件，它是全国最大的一个小商品零售增值产业基地。因而从选择经商门类到经营的主体再到企业落地的选址，他们相当于为自己选择了一个天时、地利、人和之所来进行拼搏，精准定位，稳扎稳打。从现在看来，游田根一家也实现了最初对珠宝销售方面的定位和目标，尤其是在当下，不仅是年轻的群体，包括六十岁以内的女性群体，不管是戒指、项链、耳环，只要涉及到了珠宝装饰品，就始终是一个有活力的受众市场。相较于服装，综合看来珠宝行业会更有希望在行业发展当中处于稳定状态。同时，立足于不同层次的珠宝制作，在资金的周转方面也能够实现有机迅速的整合。

从建筑行业到珠宝电商的转型跨度非常大，游氏一家在创业初期虽然也吃了许多苦头，经常一天要工作十几个小时，但是没有人觉得累，大家都各司其职，做着相应的努力，怀揣着一切终将向好的目标朝前走着。游田根一家在决定做珠宝行业之前也已经有了一定的存款和本金，所以他们在运营的时候没有向银行贷款。其实那个时候，他们需要面对的最大的问题仍旧是供应商的问题。正如我们在前面所谈到的，那个时候，游氏家族是义乌做跨境电商的第一家企业。在这一行业当中，许多供应商对其缺乏了解，甚至怀有偏见。他们到义乌的国际商贸城进货的时候，许多人并不了解他们的来路，也不知道他们要做什么，甚至还有许多人把他们当作骗子团伙。这几乎是在展开事业的第一步就被绊住了手脚，不得不面对的行业刻板印象也让游氏一家哭笑不得。就他们个人而言，他们的进货量并不大，和外贸单的进货量根本比不了。从利润的角度来考虑，许多的供应商也不屑于和游田根他们合作。甚至许多人把他们当作是同行竞争者过来刺探情报的线人。即面对这样的问题，游田根没有气馁，他凭借自己的说服力和耐心最终"打通"了两家供应商。

　　游田根很早就知悉电商行业的成功密码——勤进快销。尤其是在相对中低档次定位的商品方面，它的销售量越大，利润就会越高。在游氏家族创业起步阶段，做一个模具，大约要花费五百多元钱的成本。由于没有那么大的进货量，许多供应商不太能够主动去为他们提供开模服务，这也是人之常情。用游田根的话来说，这就是相互理解的磨合过程，即便开模工作对于游氏家族的品控和后续发展来讲非常重要，但是这种开模对于这些供应商来讲的利润微乎其微，因而在供应商面前不受欢迎也是十分正常的现象。于是，游田根就带着手机、电脑到市场各处转，看准时机随时将电脑中的图纸拿给供应商看，并将电商的发展趋势和常态化样式和供应商深入沟通。功夫不负有心人，游田根的人格终于打动了供应商，获得了他们的信任。也是一次次不厌其烦的耐心交流使得供应商们也逐渐了解了跨境电商的经营模式，逐渐开始愿意接受游氏家族的订货方式，开始给他们供货。在取得了供应商的信任之后，他们十分配合游田根的样品提供，并形成了默契的长期合作方式。虽然在这个过程当中游田根付出了许多时间成本，而且在每一次沟通之后可能得到的结果也具有很强的不确定性。但是无论做什么事情，其实都应该抱着"因上努力，果上随缘"的精神，将自己认为正确的事情做到极致，坦然地承担它可能会面对的一切结果。预先接受了一件事情可能存在的最坏结果，最后反而可能会翻转迎来更多的收获与惊喜。

　　游田根回忆起，那时候为了实现理想化的模型，经常是要经历无数次的设计和打磨，反复地与对方沟通想要实现的效果。这就是一次次锤炼的过程。这也是无法避免和逃避的过程，因为想要实现更好的效果，这些磨练是无法绕开的，也是不可能投机取巧的。就这样，经过了两年的积累，游氏家族的订货数量逐渐稳定，他们在市场也取得了比较好的信誉，打开了新的局面，获得了更多商家的认可。在创业初期，创业者们需要的正是这股不服输的精神和千锤百炼做好打磨准备的决心。这些能力都是缺一不可的，也正是全家人的团结、相互鼓励，支撑着游氏家族的创业能够筚路蓝缕，逐渐走向正轨。随着后来企业的规模越做越大，供应商也得到了相应的回报，有时候一年供应商的利润就能够达到一千多万，其实这就是互相选择的良性循环过程。在一同经历打拼之后，最终实现共赢、双赢。同时在这个过程当中，游田根也积攒了更多的人脉，获得了更多人的信任。随着事业不断地向前发展和迈进，更多的供应商也都参与进来，合作的难度也相对降低了很多。经商就是这个样子，只要有利润，大家就会去做。在最开始的时候，由于供应商只有一家，所以批发租借的价格会高一些。需求量增大，利润也恢复到了一个基本的市场规律范围之中。因而一切都会朝着更加有条不紊的方向迈进。到了2005年的时候，老家开始陆续有人听说了游氏家族的事情，于是有很多从老家过来的好友亲朋来到义乌，追随游田根尝试创业。吃水不忘挖井人，游田根一家乐于助人，甚至采用了包吃、包住、包教的方式全方位地扶持乡亲们的想法，还拿出许多物资来支持他们的创业启动资金。我们在看到游田根夫妇的时候，会发现他们的眼中依旧闪烁着善良的光芒，大浪淘沙，风云更迭，许多人的良知都在时间的流逝当中被消磨殆尽，但是游氏一家传承的美好品质却从未消逝，反而随着时间而更显璀璨。

除了我们在前面讲到的关于供货方面的问题，他们在创业初期物流方面也遇到了更大的困境——跨境运输。我们知道，在货物收发方面，物流的时效性是至关重要，但同时，这对于他们来说也是一个不可控的因素。跨境货物运输意味着货物要从国外到国内，经历层层筛选把控，才能够到达客户手中。在游田根等人的认真研究考察之后，他们发现好在 EMS 是全球通用的一种空运方式，是国际接受度最高的运输方式，但是它的时效也仍旧难以控制和保证。因而，他们时常会面临很大的纠纷问题，许多时候他们也夹在中间，十分头痛。在客户和物流公司中间，是一个两头不靠、双方都不讨好的位置。由于时效性差，客户因为等候的时间过长而生气，游田根的公司在物流面前又确实无能为力，并且这中间造成的损失也只能由他们自己来承担。在叙述这件事情的时候，我们能够感受到他们的无可奈何。每一个行业都有即便全力以赴也依然无法化解的短板。作为跨境电商的一份子，游田根所面对的和淘宝等电商平台的诸多问题是一样的，甚至更加严重。如果总是得到差评，那么差评累积多了之后，这一个账号也可能会面临被封号的风险。于是，他们所能够想到的就是唯有找到一个更加靠谱的、无关价格昂贵与否的渠道。同时他们在选择了邮政之后，也设立了跟踪物流的系统，自筹经费。通过监督体系，跟踪发货信号去考察物流的时间。使得每一个包裹都能够有所着落，无论是丢件还是运输延迟，都能够及时地给予客户和自己反馈。这样不仅能有效地避免纠纷，同时也能够给自己吃一颗定心丸，我们从游田根的应对策略当中能够感受到他们的真诚，同时这种不计成本的负责任，也能够让我们感受到他们遇到问题，解决问题的能力。相信他们的客户也能够在时间中体会到他们的诚意。

　　这种负责任的态度才是真正能够将一个事业坚持长久的关键所在。得过且过，最终只能是让自己和他人都于心不安。虽然跟踪物流这一方面加大了成本，但是他们在最大的程度上给了切身利益相关者一个保证。就像游田根自己所说的，这一行业有其自身的优势，但同时也有它自己无法控制的短板。那么在这种情况下，只能通过自己的主观能动性去扬长避短。在物流时速的问题得到解决方案之后，他们又相继解决了货物在运输途中清关和滞留的问题。游田根家族所经营的企业是义乌邮局跨国挂号包裹的第一个 VIP 客户，因此，作为开创者，在重量操作方面和价格方面邮局也给了游田根一家很大的支持。彼时，负责与游田根对接的是义乌邮局吴青兰局长。他根据实际情况做调研方案，向国家局申请开通了国际小包业务，将义乌作为试点市场，在后来的坚持不断尝试中，也取得了很大的成功。这份成功也为游氏企业带来了更多的物流渠道和更加优惠的价格。使得企业可以选择的物流渠道增多，能够实现针对不同的客户需求、不同的订单来选择最合适的物流渠道。随着业务的不断扩大，游田根从 2005年开始就招兵买马，进行团队化运作，成效也确实一路上涨，发展迅速。也正是游田根锲而不舍地做接洽和沟通工作，才使他们有了物流方面的优势。后来游田根得知香港邮政小包，可以降低更多成本，于是他们开始尝试把包裹发到深圳的第三方公司再转发香港。虽然这一过程十分奔波周折，但是也是因为他们的包裹，使得深圳的很多物流企业知道了原来义乌也有这样的跨境卖家，从而来到义乌开办办事处和公司，开辟了义乌跨境物流行业的新篇章。

　　除了义乌之外，游田根在产业取得一定发展之后，还曾去广州、香港等多个城市地区与之建立联系。并在深圳等地建立分公司，负责专门的采购。对于电商来说，广东这个地域也有着自身的优势，他们的电子产品和电商发展得更为迅速。游田根还设置了专职人员来开展网上采购工作。这一举措是非常有必要的，因为随着时代的发展，客户的需求也变得更加多元化，仅仅依靠单一的供应渠道、单一的货品类时，是不足以在市场竞争当中取得优势的。于是，游田根未雨绸缪，开始在河南、北京等地采购除了珠宝以外的其他货源。他们还聘请了专业人士，在不同的城市、不同的国家去开发新产品，研究客户或者说顾客的诉求是什么。他们还为此设立了专门的采购部门，建立分流之后，使其发展得更为专业。这样便能够形成更为完整的体系或模式来促进企业更加健康、积极地向前推进发展。

实际上，如果从细微处上看，游氏家族还经历过一次小小的转型，那就是从珠宝到饰品的转型。我们在前面就曾谈到过，游田根一家选择做珠宝行业的时候，对这一产品做了不同程度的档次定位。从珠宝到饰品的转型其实也是必然的趋势，因为无论是电商还是零售商，它与当今的行业发展趋势更加契合。因为即便游氏家族从事的是高中低档的珠宝行业，但是从成本、进货、加工等方面来看，珠宝仍然是存在一些针对性的消费群体的。它并不能够真正实现面向更广泛的受众来消费。同珠宝相比，饰品这一品类在容错成本、加工成本等方面都具备包容性更强的发展空间。因而，在很早的时候游氏家族在珠宝这一方面就潜移默化地朝着饰品的定位来发展了，它的风格、卖点等也就更加多元。任何行业、产品的制作都有它不得不面对的风险，从饰品的角度上看也有着自身的问题。原因饰品加工本身的特质使其在原料、加工、定价等方面在选择的过程中更加复杂。由于利润的空间较大，由于经商者为了获取更多的利润，极有可能为了压缩其成本，而选择质量较差的原材料，从而构成对消费者的欺骗。但是从一方面来看，消费者的眼光是雪亮的，偶尔一次、一批或许能够蒙混过关，在短期之内带来高额的收入。但是长此以往是不可能一劳永逸的。总有一天真相会浮出水面，到了那个时候，商家将要面对的不仅是信誉危机，更有法律的制裁。在诱惑面前，游氏家族仍然坚守信誉原则，从甄别材质到加工工艺，他们始终力求在每一处细节上给消费者、也给自己一份交待。尤其在面对价格竞争的时候，这种高利润的驱动力无孔不入，这对于游氏家族和所有的从业者而言是始终在面对的常态化挑战。

他们良好的品质传承使得他们不再畏惧任何诱惑，始终坚守着自己的职业操守和道德底线。正如游田根真切体会到的那样，在当下时代，市场变化非常快，如果不去适应它的话，很快就可能被淘汰。每一个人都在艰难前行，每一个人都顶着巨大的压力负重向前。这就更加需要企业的负责人们能够将工作当作事业来做，毫不犹豫地走在正确的道路上。除了技术、融资、渠道等经营理念之外，游田根家族也非常注重打造良好的企业文化。

游田根与企业员工之间的关系非常融洽，虽然是雇佣关系，但实际上看起来更像是合作的伙伴，具备极强的凝聚力。无论是企业员工生病还是过生日，游氏家族总是第一时间将工作和福利做在员工的前面，为他们遮风挡雨，尽可能地消除他们的生活的顾虑，使得大家更加没有后顾之忧地专心投入到各自的事业之中。这自然离不开游氏一家本身始终在坚持的团结、奋进的家风传统。游田根回顾起多年前他们有一位山东的员工，家里离工作的城市很远，在企业工作期间身患重病，游总没有任何犹豫，负担了这位员工全部的医药费和营养费，并派许多人去安慰鼓励他。手术之后，在无微不至的照顾、关怀下，这位员工逐渐恢复了健康。他们始终像对待家人一样对待每一位员工，尊重每一位人才的价值。员工们也非常信任自己的老板，以更大的热情、专注度和创造力投入到工作当中，与企业平台之间形成了良性互动。在他们对企业生产和建设的全情投入下，形成了极为和谐奋进的状态。一旦业务能力、水平与奖励机制挂钩，再引入一定的良性竞争，那么员工和他们的工作、企业就会形成一个相对良性的互动。员工们凭借自身的奋斗获得成就感之后，就会从主体性出发更加全力地向前走去，不断地迎接挑战，不断地取得进步。游田根正是敏锐地察觉到了这一点，并灵活地将其应用到了管理和经营当中，也在企业精神和员工聘任方面取得了良好的成效。

我们知道，企业常态化、科学化的管理制度也至关重要。现在的人才走动和流失量很大，无论是体制内还是在企业当中。只要有本事，人们的去留很早就不再是一劳永逸或是固定的问题。因而，明智的企业都在拼命地通过各种各样的方式留住人才。游总在经营公司的过程中，从不吝惜给有才华的人以高价福利。他们的年终奖最高能够达到二十万的数目。公司明确表示,只要对公司做出了相应的业绩贡献,就能够获得相应客观的收入和奖励作为回报。除了奖金之外,弹性奖励机制也树立得卓有成效,有的员工业绩好,或许会实现放半个月的假期,或者在旅游补贴上给予五万块钱的灵活奖励等等。在游田根企业运营当中,他们和员工的合同也是一年一签的,也会送员工们去学习深造,提升自我。大家在游田根家族的领航下,都在奋力地向前奔跑。他们在为企业创造价值的同时,也在努力实现着自身的价值,这或许就是成功的共赢。除了奖励机制之外,企业还为员工贴心地提供独立住宿等人性化服务。在游田根的努力之下,可以说,他的企业里人才是不容易流失的。游田根就是这样一位事无巨细、踏实做事的人。他用他的人格魅力,使得整个企业欣欣向荣,屹立不倒。

游田根不仅是一位从容儒雅的创业匠人,同时也是一位孝顺体贴的家人。他关心兄弟姐妹,在企业具备规模、获得了一定的经济基础之后,将很多愿意过来的家人接到了身边,在义乌安家落户。游田根的小女儿也动情地说,他的父亲是一位脾气好、修养高的好父亲。在自己的印象当中,他几乎没有大声讲过话。在长辈面前也总是面带微笑。游田根夫妇坚韧不拔、吃苦耐劳、孝顺有爱、相濡以沫、互帮互助的品质让我们感受到了家庭的温暖,也感受到了真爱的力量。这也影响了他们的后辈们充满力量地跟着父母的脚步继续前行。和以前相比,游田根夫妇在现在如此优越的经济状况下,还能够坚持本色,从来都不铺张浪费、脚踏实地地过日子,积极上进地经营着公司,这对于当下喧嚣、物质利益之上的快餐时代,也是弥足珍贵的励志品质。

游田根总是说:"我们不仅仅是一家人,更负载着百十家人的生活。所以不论什么情况,我们都要一如既往地努力好好经营,也让跟随着我们的亲朋员工都能过上更好的生活。"正是由于家族团结奋进、分工明确、无私付出,所以游氏家族的产业才得以飞速且稳步地上升。后来他们的儿媳、女婿也都加盟进来,陆续做成规模之后,孩子们也逐渐有了各自的子公司和独立的客户、货源渠道。

三、初心如磐石:信守承诺的人生底色

人生海海,对于每一个人来说,能够讲出来的艰辛就算不得艰辛了。只有

那些无言的叹息与汗水，才是最终自己觉得不足为外人道却实实在在挺过来的最为珍贵和不易的部分。对于游田根一家来说也是这样，他们始终信守着坚定的信念，说到做到。从最开始面对陌生的行业辛苦爬坡，到遇到问题解决问题，他们从未退缩过。他们的初心就是要把生活过得踏实、富足，对得起自己的良心。游田根家族选择创业的时候，虽然子女的年龄正值好时候，但是掌舵的父亲已并不再年轻，在世纪之交，尤其是网络化、信息化更迭不断的时代，竞争的激烈性不言而喻。同时，从江西老家来到义乌，从美国到中国的贸易中转，这些现实境况放在许多人面前是不会选择去轻易尝试的。游田根曾经谈到过，他选择走出来创业，是为了他的一家老小。也的确如此，对于一个成员众多的大家族，游田根既是子一辈，同时也是父一辈。他不仅要负担起子一代对家长的殷切期待，不辜负乡亲们对他的祝福，同时也要承担起身为养育者对于子女的责任。

游田根和夫人大半生来同舟共济、相濡以沫，所生发和升华出的生命力量是用文字难以形容的。改革开放开始之后，物质的极大丰富其实对于人性而言也是巨大的挑战。即便抛去计划生育不谈，市场经济体制改革、下岗潮和下海潮来袭，人们所面临的生活问题、感情抉择、人生走向，"小人物"往往会在大浪潮之中起起伏伏。有太多的选择和诱惑摆在人们面前，许多人选择随波逐流，半途而废、得过且过，甚至为了既得利益不惜去触碰法律的红线。这不仅是对人性良善与罪恶的考察较量，也是对人们情感的考验与打磨。游氏一家面对种种人生磨难始终选择坚守底线。从带领家庭风雨同舟，到经历创业"滑铁卢"，再到面对行业竞争、价格竞争、物流挑战等等，他们始终没有走过任何岔路。在短短的二十年间，时代下的一切事物都处于剧烈的变化之中，他们的勇气、抵挡、拼搏让我们看到了一代有责任和担当的创业者的优秀品质。

从义乌跨境电商的发展趋势和走向上看，我们能够看捕捉到游氏家族一路走来，每一步都在紧跟时代、紧跟潮流，也几乎都能够和当地与整体行业的发展彼此呼应。游田根谈到，这对于企业的发展来讲，是一件非常好的事情。因为只有步步紧跟，甚至是努力做到引领、影响潮流，才能够使得整个企业和行业取得相对稳定的发展和上升空间。我们知道，义乌毗邻上海，地理位置优越，物流条件良好。义乌工业发展程度高，生产能力高，产品质量好，这些优势为义乌开展跨境贸易奠定了基础。随着义乌业务的不断增长，从"鸡毛换糖"到零售再到批发，最后到国际贸易，仍然存在着一些制约义乌跨境贸易发展的因素，如电子商务模式不成熟造成的信任危机、国际物流成本过高、创新能力不足等。义乌市场上第一批从事跨境电子商务的商业集团，不是义乌传统实体市场的商人，但这批早期从事跨境电子商务的人，在传统市场中起到了激励作用，逐渐导致了传统市场的转型，而且，义乌跨境电子商务的发展几乎与跨境电子商务平台的发展同步。义乌市跨境电子商务交易量持续稳步增长，特别是跨境电子商务物流规模居全国前列，与实际市场平行，网上商户数量大，增长率较高，跨境电子商务在义乌市场形成了一个完整多样的生态环境，义乌政府也在不断研究义乌市场发展的新特点和新做法，推动义乌跨境电子商务进入一个新的发展阶段。跨境电子商务的发展加强了贸易的分散化，与传统的实体市场高度一致，也使义乌小商品市场的跨境电子商务更加同步发展。同时，随着电子商务的不断发展和成熟，制造业的分工更加细致，服务程度也更加专业化。也正是在这一时期，游田根的家族产业开始尝试分流，从珠宝到饰品，再到包包等小商品市场的多元开拓。

在谈及生意经时，游田根和小女儿谈及最多的还是信誉的问题。游田根认为做电商需要具备几个条件，其中最重要的就是信誉。其实不是仅仅做电商，自古以来信誉的问题就是经商最核心的品质之一。在古代的时候还没有通信设备，一切都只能靠车、马，只能靠通信等方式维持微弱的连接。有的时候在货物运输的过程当中，可能几个月都联系不到对方。那么如何在一次一次的交涉当中能够保持相互的流动，能够保持循环的交易关系呢？那个时候最为重要的便已经是信誉这一个品质了。其实对于他们来说也是如此。虽然他们所从事的电商行业涉及到跨境，也触摸到了新新行业的脉搏。但是就像游田根所说的那样，跨境输入是一个国度与国度之间，商家与顾客之间的信任问题。如何做资金的调配和周转？如何协调物流的滞留和丢失？客户是否能够与商家达成共识？供应商如何信任商家的资金链。这些问题本质上都是信誉的问题。在企业精神中，信誉是比商人的生命还要宝贵的财富。拥有卓著的信誉，能够使商人的财富与日俱增。换句话说，在一定程度上，信誉就是财富。尤其是在现代社会，人们越来越重视信誉，不仅个人重视信誉，就连选择商品也重视信誉。我们在前面也曾谈到，游田根在面对价格竞争、和物流监督时，是完全不计较投入成本的。也正是这种"一掷千金"换信誉的精神投资，使得他赢得了供应商和顾客的信任。这种长期的信誉投资是让企业立于不败之地的关键所在。我们都知道，信誉"弃之易、树之难"，它又是很脆弱的，很容易被腐蚀、侵害。一旦企业失去信誉，纵然一时得利，日后也必吞苦果。游田根深谙这一点，于是就努力通将它做到了极致的水准。

游田根还谈到，坚持也是和信誉并驾齐驱的另一个经商制胜的关键品质。因为无论做什么事情，都有可能会碰到困难。每一家公司，每一个生命个体都在一刻不停地做着权衡和选择。面对种种诱惑、困境和选择的时候，如果不去坚持，那么所做的事情就无法走得长远，只有坚持前进，坚守才能看到曙光的微茫。才能够相信自己想要达到的事情，总有一天会通过努力到来。正如游田根所动情表述的那样，坚持去做一件事情，就珠宝电商而言，无论是采购也好，还是去工厂走访也罢，最重要的品质就是坚持。其实始终做到维护好信誉问题也是一种坚持。实际上，这种坚持也是对个人能力和判断的一种考察。因为如果坚持的事物和方向是一种偏见或者是岔路，那么这种坚持也会变为一种偏执，最终也会使得所经营的事业付诸东流。也就是说，对于一件正确的事能否去坚持并不是仅仅凭借着一点毅力，就可以轻松做到的。它不但需要极大的自我定力，更需要通过对基本知识理念的掌握与了解，在充分自信后才能完全做到。也就是说，能否做到稳中有升，不仅仅需要认真理解整体运营的大环境，更需要对企业自身的难点与痛苦进行全新的梳理与调整。企业经营的好与坏，老板的大智慧决定了企业发展最后的格局。商业的坚持一个来源于对人的全面理解与任用，一个是对于商品品质的不懈追求。没有这种坚持的理念，企业的进步几乎是无从谈起。

游田根回忆起，在2007年初的时候，由于他们经营的一家店铺出现了问题，导致所有店铺都被关联关闭，公司只能临时宣布解散。那个时候的游田根才仅仅创业不到四年的时间，四年的时间支撑着他们从一无所有到小有成色。然而，2007 年的这次灾难性打击几乎折损了他们的全部盈利。也许很多人在面对这样的巨大风浪时，或许从此就会一蹶不振，或转头从事其他的行业，放弃眼前的残局。然而，就像最开始的时候游田根不得不从酒厂去往建筑公司，游夫人辗转于各处，夫妻两人一同打拼的时光一样，他们并没有被当下的困境真正锁住。而是鼓起勇气、孤注一掷，团结起来去想办法，一起商量对策。就这样，他们继续一步一步试着重新爬起来，勇敢地向前走去。在那个时候，不仅仅是游氏夫妇陷入危机，整个家族和所有企业的员工也都被笼罩在恐慌当中。游田根再一次担当起"大家长"和企业负责人的责任，努力地劝解家中的亲人，安抚员工，告诉他们不要担心，一切都会解决。他开始着手从细微处努力，带领大家去二次创业。就这样，他们从零开始，又申请下来了一批账户，再次慢慢做了起来。

根据游田根的小女儿游琪女士回忆，那次的企业危机真的要比童年时期的恐惧体验更加真切。因为彼时的他们已经具备了一定的社会阅历和能力，因而，在获悉了企业发展密码的他们才会显得更加惶恐无措。在他们二次创业逐渐有所成绩之后，事业也渐渐地重新打开了局面，一切向好。再度回想起那时候的风风雨雨，游琪深深地感受到，如果没有父亲这位主心骨，他们或许真的没有那么快能够重新开始，也或许，根本就谈不上开始了。因为濒临破产、各家公司相继吊销关闭，这是一场毁灭性的灾难。但是如果想再度有所建树起色，是没有时间气馁和不安的。他们只能打掉了牙咽进肚子里。尽快地将自身的精神状态和工作情势调整到最佳状态。那几乎是在背水一战，打一场似乎是不可能胜利的战争。然而，他们最终还是取得了胜利。因而，我们能够深切地从游氏家族的身上感受到坚持对于经商者而言是多么重要。它不是在风平浪静中的滑行惯性，而是逆风翻盘的强劲动力。

又经过两年的沉淀，游氏家族的店铺经营得很不错，他们多次拿到平台给予的表彰奖励，也被评为了义乌市跨境电商带头企业，并多次接待政府组织的学习参观团队。当然，这跟游田根的儿子在外围的不懈协助也是分不开。他接触到其他城市的大卖家比较多，和平台的客户经理的接洽也很多，这就给公司带来更大的便利。同时他们也学习到更多更先进的经验，经过孩子们在外面的业务拓展，一起把公司带上了新高度。在整个处理危机的过程中，他们不仅反应迅速，更可贵的是初心不改和始终坚持的可贵品质。我们知道，坚持对商品与渠道的严格认真，没有一颗为顾客负责任的、广博无私的心是绝对做不到极致的。比如，在拥有几十万单品的商品库里怎么选择？具体应该采取什么举措？这不仅仅需要足够的专业知识和智慧，更需要自身对技术手法的认同与信心，这就需要他们在用人体制上的坚持一些原则性事物。其实，我们还应该想到的就是，在用人方面，除去选贤任能、留住人才等常规的问题考量，游氏家族作为家族企业也需要面临很多独属于家族创业的诱惑。在前面，我们已经从多个角度分析了家族企业在创业过程中的种种优势，但是凡事各有利弊。游氏家族也在冷静审慎地分析如何规避家族企业的劣势。由于大家都是具有血缘关系的亲属，因而很容易滑向任人唯亲的弯道中去，导致难以得到最优秀的人才。企业想要做大做强，发展需突破的一个重要的瓶颈就是实现专业化和规范化，家族企业也不例外。吸收大量的专业人才进入公司的核心层是专业化和规范化的必由之路。单纯在家族成员中选择人才的结果，就是选择面会变得越来越窄，可用的人会越来越少。因此，家族企业的劣势首先表现在深知自己的企业因缺乏人才而长不大，却又很难创建获得和留住人才的环境。只有不断磨练自己的意志，锻炼家族的核心竞争力，加之前面我们谈到的任人唯贤，才能够很好地化解这些顾虑。

　　游田根家的几个子女本身就实力很强，同时他们也不断提醒自己要更新的思想，朝外看，而不是将竞争放置在家族内部当中。在具备了"向外走"的眼光和格局之后，自然而然也就化解掉了我们在前面所担忧的种种危机。此外，游田根一家也有着非常强的时间管理意识。他们知道，只有自律，在该做事情的时候全力以赴去做事，将时间和精力合理分配，学习、生活、锻炼身体都合理分配，才能够创造更大、更多的价值，才能够发掘自己身上更多的可能性。通常来说，大凡能够在事业上做出卓越成绩的人都是时间管理的专家，由于时间所具有的独特性，时间在各种资源中又往往容易被我们忽略。而在一个企业的实践构成中，管理者和员工的时间都在影响着整个企业业务的运转状态。因此，作为企业的管理者，要考虑的常常不是自己一个人或某个人的时间，更加是整体企业的运营和提升所需要储备、预留的时间。

世界无时无刻都处于进步之中，在变动不居的时代面前，最公平的就是时间。对于每一个生命个体而言，每一个人都只有二十四个小时。最成功的人和最不成功的人一样，一天都只有二十四个小时。人们成功与否在很大程度上就是从他们是否能够利用、规划好自己的每一天、每一分钟开始的。一个成功发展的企业，一定是一个高效运转的企业，也必定是由具备较强时间管理能力的管理者主控的。时间之于企业，从某种程度上来说其实就是价值和利润的代名词。"子在川上曰：逝者如斯夫！"时间的流逝，对个人而言意味着生命的消耗，对企业而言，则赋予了更多种复杂的意义。游田根知道，时间既是一项限制因素，也饱含着丰富的、无限的可能性。因而，从一定意义上来说，最稀有的资源也可以说是时间，因为人们往往最不善于管理自己的时间。在日常和应对危机的时候，一定要懂得如何去抓住最要紧、最有效的黄金时间采取行动。这一切都来自于游田根在内心对自己强有力的约束和管理。也正是在这种极具自律性的时间管理能力使得游氏家族的企业欣欣向荣，一路向好。

结语

游田根家族创业成功的故事为我们带来了很大的激励作用。在他们之后，越来越多的人来到义乌从事电商行业，随着电商行业逐渐火热，游田根所在的乡和隔壁镇中的大部分的青年人也都来到了义乌。这在一定意义上也是游田根给了乡亲们获得成功、敢于走出来的勇气，可以当之无愧地说是造福了地方。在谈及对年轻创业者的鼓励时，游田根田根谈到，不管从事什么行业，一定要坚持下去。同时也要不断地学习，因为每一个人都有一个能量瓶，当你的能量用完之后就要通过不断学习、不懈努力去将其填满。时时记得给自己的能量瓶充电。也要用过提升个人的能力，来面对竞争，只有这样才能够适应变化，有勇气去面对庞大的国内国际市场。只有不断更新自己的思想，认识到自己的不足，才能锐意进取，力争上游。也要关注时事政治，不断地以先进的理念武装自己的头脑，打造属于自己的企业理念。总有许多风雨，也总会风雨兼程。我们有理由相信，游氏家族的故事将不断激励一代又一代创业者，携手并进，谱写成闪耀着更多荣光的华彩！

化茧成蝶：从工厂师傅到女企业家

——记立马品牌创始人应小方总裁

贺与诤

应小方

"心有猛虎，细嗅蔷薇。"这或许就是立马品牌创始人应小方总裁人生的真实写照。对于她而言，内心应当怀揣着深切的抱负与理想，并将其一步一个脚印地去实现。同时，作为一位女性，担当起对于家庭的责任，和老公，丈夫一起奔向幸福与欢心的未来也十分重要。，在她看来，与整个家族的亲人们互相砥砺前行、彼此信任，一起去面对生活当中的风风雨雨，一起去享受人间的美好和快乐，也是完整人生的重要组成部分。从工厂女师傅到立马品牌创始人这条化茧成蝶之路上，我们能够看出应小方总裁对于人生有着清晰的定位和认知，她也绝不缺乏面对人间风雨的勇气和魄力，这或许就是应小方总裁能够获得人生赢家这一称号的关键所在。

一、不畏人言：走出女性创业第一步

1969 年，应小方总裁出生在一个贫寒的家庭当中。她的家中有姐妹五个，应小方总裁排行老四。小方总裁也是家中唯一一位没有读书的孩子，在她十五岁的那一年，妈妈通过关系给她在砖窑厂找到了一个"铁饭碗"的工作，从那个时候起，她就开始在砖窑厂上班。对于一个女孩子来说，在砖窑厂的工作，自然有许多辛苦和不方便，无论是技术学习方面，还是体力耐力方面，总有女孩子吃不消的地方。但是应小方却很快地适应了工厂的工作状态，并全情地投入到技术学习当中。应小方总裁的父母都是普普通通的种田农民，但是她的父母的教育头脑却始终具有很强的前瞻性，他们始终鼓励孩子们要努力地学习知识和文化，或者是有一技之长。虽然应小方总裁从十几岁就没有再继续读书，但是她的父母因材施教，很早就看出了这个孩子好学多动，适合从事技术。所以从十二岁的时候开始，应小方总裁的母亲就带着应小方总裁去工厂。这一决定在很大程度上也就开发了应小方在技术方面操作的优势。

也正是得益于父母的眼光，在十五六岁的时候，应小方成为砖窑工厂当中的一位小小员工，在不懈学习当中，她在很短的时间内就掌握了砖窑厂的核心技术。家长是孩子们的第一任老师。我们时常说人生是需要规划的，那么，在孩子处于懵懂少年的时候，能够对孩子的教育和孩子的个性形成迅速的匹配方式，并为孩子制定出适合她发展、能够促使她愿意接受、遵循的规划，也是至关重要的。回首来时的路，应小方十分感谢她的母亲为自己所筹划的这一切。事实证明，她的母亲所做的这一系列的决定也都是正确的。应小方总裁深情地回顾，她的父母亲来到自己的工厂考察，彼时他们已经八十多岁的高龄，但是头脑仍然十分清晰。虽然父母对于汽车配件，整车行业完全不了解，但是仍然可以凭借敏锐的直觉来对这一行业给出中肯的意见和建议。举一个简单的例子，应小方总裁的公司有很多废料、废纸板之类的，在看到了这些废料的时候，父亲对应小方说：你看这样的一些废料与其堆放在这里，为什么不它利用起来，然后去找到几家回收的公司议论商讨价格，将它转卖出去，这样不仅能够使得废物得到再利用，实现环保的意义，同时也能够为公司带来新的收入。虽然应小方总裁的父母已经年迈，但是仍然时常能够带给儿女此类惊喜。就像应小方总裁自己所回忆的那样，她的父母亲都是地地道道的农民，并没有受到过专业的知识和经商经验的训练。但是他们却在看待问题时，能够具备非常长远和全面的眼光与格局。这种言传身教也自然地转接到了应小方总裁身上。应小方也耳濡目染十分注重子女的教育，这一点在后面我们也会陆续谈到。

应小方的童年和成长时期正处于 20 世纪六七十年代，当时整个社会经济水平和工业化发展还处于相对尴尬的境地。应小方总裁家里面有五个孩子，可想而知父母将这五个孩子培养成人成才，付出了多少艰辛。父母每天都忙于种田，在丰收的时候拿出一点粮食去卖，换得一定的经济收入，培养孩子长大成人。一家老小的吃穿用度、教育经费都来源于这一点微薄的收入。那个时候他们主要卖稻子，同时也经营果树。根据应小方的回忆，那时家里很穷，兄弟姐妹们无论做什么事，都需要问亲戚家借钱。那个时候家里甚至会连续九天都要去外面借粮食吃，条件异常艰苦。拿读书来说，孩子们上学的时候也要以五分利的利息去问亲人借钱，所以在这样的一种情况下，几个孩子们的成长和父母的打拼过程都历尽艰辛，因而他们也无比珍惜成才的机会，抓住一切的机会去学习，提升自我。那个时候应小方总裁的父母秉持着一个坚定的理念：只有读书才能够出人头地，只有学习技术才能够真正地从村庄，从贫苦当中走出去。只有将教育的理念放在家庭的观念当中，放到家族精神里面去，才能够教育出优秀的孩子。功夫不负有心人，应小方总裁家的几个孩子最后也都成长的十分出色，每一分努力都没有白费掉，家中的子女都纷纷考取了大学，成为了老师，后面也都一直和应小方团结并进，一起参与到了创业之中。

正是这种不畏人言，不服输，努力上进，注重教育的家风传承，使得应小方总裁家的五个子女最终都出落得十分优秀。如果从职位配置上面看，几个子女连同女婿和儿媳，分别有师范毕业的高材生，也有在上海工作的公务员，还有参军的营长、副旅长等等。在创业初期，几个兄弟姐妹一起筹了一些钱，大家一共占据整体企业股份的 33% 左右。一直到现在，应小方总裁和姐姐们也仍然还一起合资办企业。同时应小方总裁的大姐家又置办了新的产业。从整体上看，一家人和谐上进、鼓舞人心。其实在选择创业的时候，家里面对应小方总裁也有许多怀疑，然而，最终支持的声音、鼓励的声音、温暖的声音战胜了那些焦虑怀疑。就像应小方总裁自己始终强调的那样，教育对于一个家庭，对于孩子们来讲至关重要，看得远，站得高，这样才能够将子女的前途和人生之路铺陈得更加出众和优秀。

　　对于应小方总裁来说，这些磨难也都是对她的考验和打磨，为她日后成功转型创业创造了许多的机会和挑战。虽然她是孩子们当中唯一一个没有上学念书的，但是家庭当中那种醇厚的家风家训精神底蕴，对于每一个孩子培养的重视，都使得她从小就具备了认真学习、乐于接受新生事物，刻苦钻研的能力和决心。在应小方总裁很小的时候，她也曾经跟母亲表示过自己并不喜欢读书的事情，应小方总裁的母亲就着手从技术层面来培养她，应小方总裁从小就跟着母亲干活赚钱，虽然没有书读，但是应小方总裁仍然具备着极强的学习意识和学习能力。同时也比家中的其他几个孩子多了一分勇气和敢于尝试的劲头。在砖窑厂上班的过程当中，对她来说也无疑是一个关键的锤炼自我的机会。由于应小方在日常工作中非常刻苦，所以也打磨了她日益精湛的技艺。在短短一年的时间里，她就做到了大师傅的级别。"三百六十行，行行出状元"，应小方总裁也用自己的实际行动和能力证明了这一句老话。在自我提升的过程当中，她逐渐能够熟练的掌握对产品温度，风控，材料的把握，同时，她的工资也不断地在上涨，从一百六十元钱到三百元钱，到了大师傅级别，她的工资已经涨到了一千三百元每月。功夫不负有心人，能力的提升、收入的增长都让应小方开始有野心去致力于更加宽广的天地。

　　在80年代前后能够在厂房当中赚取如此高额的工资，这对于一个小姑娘来说，是需要在背后经历多少磨难，多少千锤百炼才能够实现的呢？在这份飞速上涨的薪水背后，不仅证明了应小方总裁的决心和刻苦，同时也承载着应小方总裁作为一个女生不服输，踏实肯干，敢于接受挑战，不断进步的进取之心。随着工作逐渐稳定，收入逐渐增长，应小方技术也愈发纯熟，应小方总裁本来是可以选择继续在厂子当中工作，获得一个相对稳定平和的生活。随着时间的推移，由于她正直的个性，在那个时候也带了很多学徒，徒弟当中也有很多做得出色的，因而许多厂子都过来挖她的墙角，但是应小方总裁仍然选择坚持留在厂里，那个时候她的工资已经达到了每年五万元以上。应小方始终认为，这十年的工厂生活对她个人来讲至关重要。在成为大师傅之后，应小方总裁对自己的徒弟也始终坚持知无不言，将自己学得的本领和技术经验都毫无保留地传授给她的徒弟们，因而她也和自己的徒弟们结下了深厚的友谊那个时候应小方总裁和她的徒弟们经常在工厂一工作就工作二十四个小时，不眠不休。应小方总裁回顾那时候的经历，虽然每天都在高强度地工作，但是她感到一点都不觉得疲倦，仿佛自己就是一个充满干劲，加足了动力的马达。正如她自己所说的，内心深怀信念的时候，无论做什么事情都不会觉得累，会主动默认为这些辛苦都必将成为沉甸甸的果实。所有的努力都将会被认可，不会被白费。实际上，这不仅仅是对她精神层面的磨砺，也是对身体素质的考察。对于一位青年女性来讲，这种精神压力和身体挑战都十分艰巨。我们从中也就更能够看出应小方总裁坚韧、强大的精神内核。因为应小方总裁是一位十分自强的人，遇到任何问题都会想着主动去解决，而不是将问题摆在那里，她也习惯了独立，不喜欢到处求人去问。因而，她经常自己去沉思，一次次打磨，如何才能将工作做得更好？也正因为如此，她获得了比其他人更加深刻、扎实的实践体会。即便到了后来应小方总裁出去创业之后，她也仍然和徒弟们保持着密切的联系，大家经常相互走动，聚会。这当然也是应小方总裁一生宝贵的财富。

作为一位女性的砖窑厂师傅，应小方在厂子当中也经常会面对许多的非议。当时如果能够在砖窑厂谋求一份职业，并站稳脚跟，几乎就是保了一辈子稳定收入的铁饭碗。可想而知，在那样一种环境当中，自然有许多托关系来到这里工作、工作不求上进、不思进取的"关系户"妇女。许多妇女在平常闲来无事的时候，都会在背后议论应小方，带着酸葡萄的心理给她编造着各种各样的传言。她们认为同样作为女性，应小方和自己的生活方式，价值观选择格格不入。这或许就是我们时常说的，当你在凝望深渊的时候，深渊也在凝望你。在改革开放前后，客观地来看存在诸多不确定因素，许多妇女都面临着价值观的挑战。在以经济利益，物质为导向的诱惑面前，这些妇女所议论的情况，也的的确确是许多人的选择。但即便这是一种成为既定事实的选择生活方式可她却并不是应小方总裁的选择。因而，在流言蜚语中，应小方总裁的坚持才更加难能可贵。应小方总裁当时选择了以不变应万变。即便她知道，许多人都在背地里讽刺、挖苦自己，她仍然能够做到在现场如沐春风地面对她们。于是就去攻击她、诋毁她。应小方总裁从来不将这些非议放在心上，她扛下了这种压力。不管这些妇女的思想多么迂腐，不管讲出来的话有多么难听，应小方总裁始终选择隐忍坚持。在决定去选择创业之前，应小方和她的徒弟们说，自己准备出去闯世界了，以后的师傅就靠大家自己来做了。应小方并不是随便地说了一句大话，而是在心中早有筹谋，她对自己的企业规划雄心勃勃。因为在那个时候，她的内心和技术都已经修炼得足够强大，她也足够年轻，具备了一切"走出去"的资本。更为可贵的，是她一颗不服输的心。回望自己走过来的前半生，应小方总裁觉得自己活出了人生本该拥有的精彩。这一时刻，她更加能够笑对昔日的争议。

　　流金岁月不紧不慢地度过，我国迎来了改革开放阶段，在这样一种大环境之下，砖窑厂的环境并不好，生活也不十分便利，事业上的发展可以说前景相对渺茫，于是，应小方总裁在1993年的时候开始决定去下海创业。应总说，那个时候的她，对未来还没有什么想象力，但是她模模糊糊地感受到了每个月拿着固定的工资，做着相似的工作所带来的压迫、压抑的感觉。她知道这样的一份工作是不可能做一辈子的，但是她那个时候还没有想明白如何去向父母表达这件事情，但是她依旧在朝着自己试图冲出去的目标努力着。纵使没有华丽的语言，没有清晰的计划，她仍然一步一个脚印地践行着某种准则。20世纪80年代的台州和黄岩地区工业技术层面发展是较其他地区过硬和领先的。生长于这一片地域的应小方有这样一份自信，能够将加工行业做好，做大做强。她也坚信当她走向成功之后再回望一路的付出将会收获巨大的成就感和满足。

　　决定去创业的时候，应小方已经嫁人，有了自己的孩子和丈夫，在这样一种相对稳定、相对舒适的圈子当中，她创业所迎来的第一个反对的声音就是来自家人的意见。那个时候应小方总裁的婆家并不建议儿媳出去工作，希望她能够在家里安心工作，专心相夫教子。因为家中有钱有房，生活也相对稳定，所以婆家十分惧怕将来可能会面对的失败和损失，会对家庭的稳定性不利。但是应小方总裁仍然坚持要出去，她希望从摩托车的配件开始做起，逐渐建立起事业的规模。其实，家中亲人们的建议的确不无道理，在家里人看来，应小方就是有好日子不过，非要去风口浪尖上试一试的人。那个时候，他们的小家里面也有了几十万的存款。用家里面人的话来说，就是房子，儿子银子样样都有。然而，应小方总裁仍然觉得这不是她应该始终归属的命运。她还是想要出去看一看。从教育的角度上来看，应小方总裁对自己孩子未来可能会接受到的教育也有着一定的规划。她希望自己的孩子能够得到最好的教育。这就势必要在教育上面投资更多的金钱。无论是学区房还是学费，都不是当下的生活水准能够满足的。这种坚持也源自于应小方总裁家中始终传承着的教育精神。因而当时她同丈夫讲，哪怕将来离婚，我也想要办厂子。让应小方总裁感到欣喜的是，丈夫最终选择了站在她这一边。

她初期的厂房，甚至是在娘家的院子里搭建起来的，那个时候也面临着许多的争吵，但是她坚持创业的初心也正是为了孩子，因为她坚信，从小就有梦想的职业女性不失败，敢于面对风险，努力奋斗的人生，是能够给自己的孩子带来正面能量的。虽然那个时候家中的争吵很多，但是应小方总裁仍然选择勇敢面对，主动去解决问题，而不是一直沉浸在争吵当中。应小方总裁也曾经给自己设定过人生的目标，她想做一个合格的女人，不去和家人吵架，不去和婆婆争高下。踏踏实实地把事情做好，然后再去用实力和成绩去证明自己的决定是正确的。

应小方总裁决定去外地打拼的时候，父亲扛着行李送她去外地。应小方总裁落地之后来到的住所是一个十分破旧的地方，刚刚放下行李，应小方总裁就哭了起来。那个时候父亲心疼地对她说，如果撑不下去，就跟爸爸回去。可是应小方总裁吞下了眼眶中的泪水，暗暗下定决心，她说："如果混不出一个名堂，没有出息的话，我是不会回家的。"巾帼不让须眉，这样有志气的一句话，从应小方总裁的口中说出，绝不是轻描淡写，她果真用实际行动践行了自己曾经的诺言。创业初期，应小方总裁面临着长达七八年时间的负债，她的收益也并不十分乐观。同时，由于刚刚接手摩托车配件生产，应小方总裁也面临着许多专业、经营上面的困难。许多问题急需解决，诸多方面都要从零开始学习。从零配件生产到整车行业的技术革新，资金筹备等等，都需要她来整合、学习、沉淀。这对于一位不到三十的创业女性而言无疑是极具挑战的。创业初期的营销方薪资每一个月只有两百元钱，在转型做整车配件的三到五年期间，一直都十分困难，直到 2008 和 2009 年市场复温，应小方总裁的企业才逐渐好转，并创立了立马品牌。也正是在那个时候，立马品牌的销量每年达到了一百到两百辆整车在市场份额的占有率达到了 5%—6% 的高度，同时，整个企业在全国排名进入了前七名，成为了国家领先品牌。

回望应小方总裁一路走来的创业艰辛历程，我们能够看到一位优越的女企业家，从懵懂到成熟，其中的辛酸与艰难，或许不足为外人道，也只有她自己清楚究竟经历了什么。应小方总裁一直标榜自己能够成为梅耶·马斯克那样的女性。如果我们全方位地去了解这位同样成功的女性，便能够知道应小方总裁内心对自己的要求和对人生的规划与梦想。在应小方看来，马斯克夫人成功的缘由之一不仅仅是她的小儿子是百年难得一见的人才——PayPal 创始人，也是豪车特斯拉电动跑车创始人，还造出世界造价最低的运载火箭。身家百亿，在科技界的地位无人能撼动。或许，在很多人看来她的儿女已经足够让梅耶·马斯克骄傲，殊不知，真正值得骄傲的是马斯克夫人自己的人生，在白发苍苍的年纪活成了张扬肆意的少女。曾经，金色的头发，精致的五官和亭亭玉立的身材，十几岁的梅耶已经出落成芙蓉。她当过模特，大使馆礼仪小姐，还成功拿下南非小姐选美比赛冠军。既是一位成功的母亲，也是一位有理想的职业女性。这或许就是应小方总裁选择不负此生的理想标杆吧，想来，人生也应当如是。

每一个人在家庭、社会中都在扮演、承担着不同的身份和责任，我们不应当拿某一个标签去定义自己，而是要去将每一个面向的角色都承担起其应当有的责任。在同时实现了自律和自由的时候，方能享受得起不同的角色所绽放出来的光辉。当我们将每一个方面的角色都扮演得十分出众，化作"本我"的时候，我们自己的生命也将变得愈发丰盈，我们也会更加认可自己存在的价值，人生是不应当被定义的，不仅不应该被外界规训，更不应该被自己限制住。应小方总裁正是这样一位不去限制自己的可能性，也不惧怕承担应当承担的责任，努力靠自己的奋斗，去创造未来的女性。

我们在前面也曾说到，像应小方总裁这样的人生履历，时常被视作另类，或者甚至是异类。但实际上在当下这个喧嚣的、浮躁的社会，我们多么希望能够迸发出有着无限可能的、越来越多这样的另类，活出自我，将个性、果敢等优秀的品质展示给全世界所有人看。其实不仅仅是应小方总裁的拼搏和她在事业和家庭教育方面的成功为她迎来了精彩喝彩，更为重要的是她内心永不改变的善良和初心。许多人在获得了巨大成功之后，就会出现在自我和社会认知等层面的迷失，最终难保使得自己的命运连同整个企业甚至行业生态圈都走向衰败和没落。然而，女董事长应小方总裁始终以个人的卓越魅力影响着整个集团的前进动力，她也凭借着自身的魅力和企业文化带动着整个行业的健康生态发展。不畏人言，似乎说出来似乎只是轻飘飘一句话，但是真正能够将这一句话去奉行半生的人，便愈发显得弥足珍贵。女性，尤其是对于已经有家庭、收入稳定的女性而言，创业无疑要面对来自方方面面的压力和争议。除了观念上的对抗外，资金、技术、经验等等也都是实实在在摆在应小方总裁面前的难题。这份坚定与坚守，成就了应小方不平凡的一生。

二、不辞艰辛：以分享、成长为关键词的企业精神

回首应小方总裁多年的创业经历，在她看来创业最重要的关键词就是分享和成长。对于她来说，无论是亲人之间共同抵御风险，还是员工之间的彼此给予、真诚互助，分享得越多，获得的也就越多。她们最开始选择创业，是和应小方总裁老公的妹妹一起合作做汽车配件。这一行业坚持了不到三年的时间，她们决定要把企业做大做强。应小方总裁丈夫的妹妹讲道："我的资金十分充裕，你们可以入股到我这边，把资金放在我这里，我给你们分红。"其实如果应小方当时同意了这样的建议，每年也能够赚上二十多万的利润。但是应小方总裁拒绝了妹妹的想法，她还是想要自己去做老板。也就是从这一刻开始，应小方总裁拉上了自己的弟弟从之前的企业当中脱离了出来。应小方总裁的弟弟之前也从事的是技术性的业务，但是他缺少资金，而应小方总裁的大姐和二姐恰恰有具备办企业的资金，应小方总裁又有着极强的胆量。这就使得本来不具备创业的三个兄弟姐妹在合作和信任当中，反而结成了最为牢靠和强大的创业团队。在家中始终坚持的分享精神之下，每一位兄弟姐妹都有自己的付出，因而大家也实现了共赢。从品牌到产品，从渠道到终端，立马品牌似乎是在一夜之间就发生了翻天覆地的变化。但实际上，不积跬步便无以至千里。在这些成就的背后，只有应小方总裁清楚其中的艰辛与不易。"品牌的塑造是一个系统而又繁杂的工程，立马之所以能够实现快速转型，给人一种全新的活力，其实都得益于整个集团提前规划与战略布局"。应小方总裁这样解释道。

回望最初创业的艰辛，应小方总裁深有感触，她懂得，一定要先分享，先去给予，这样才能够有所收获，如果不先去付出的话，对方也不会给我们的回报。无论做什么事情，给予和大胆地分享都是一种大智慧。所以无论在什么事情面前，都要记得提醒自己：多分享一点。这么多年过去了，应小方总裁的企业得以做大，也正是源自于这样一份弥足珍贵的分享精神。从 90 年代到新世纪以来，摩托车行业的发展前景日渐不景气，于是应小方总裁决定为企业转型——做整车行业。

在应小方总裁选择转型的时候，其实周边已经有许多企业在这一方面做得很好了，在这样相对激烈的竞争环境当中，应小方总裁也面临着很大的压力。在那个时候，她们开始做整车的前三年左右，几乎把所有的钱都亏光了。因为整车和配件的操作方式和经营模式都是不同的，她还需要拿出相应的方案去做品牌研发。但是让人深感温暖感动的是，这个时候兄弟姐妹也都大力扶持，团结起来共同经营，结成了更为紧密的联动合作。在他们不怕苦不怕难的坚持下，终于在大约到了 2006 年和 2007 年的时候，企业开始逐渐好转。在这个过程当中，虽然经历了亏大钱、被质疑等各种各样的磨难，但是应小方总裁始终没有犹豫和动摇过。回望当时的创业经历，应小方总裁自己有时候都觉得那时候的坚持是不可想象的。因为在面对未来的时候，每一个人都身怀着巨大的不确定性和不安感。究竟能够做成什么样子？支撑自己的成本到底有多少，能赚多少钱，能坚持到什么时候？应小方总裁并不知道。然而，在她的心底，却始终有一个声音在鼓舞着她：就是每一个当下的阶段，都比上一个阶段一路走来要更加美好。这份美好也是她踏实肯干，勇往直前，一点点拼搏出来的。

"先做再说"，一直是立马做品牌、做产品的风格，时间也证明了立马不仅实现了产品销量的历史新高，更是全面实现了品牌发展的转型升级，现如今"高端运动第一品牌"的烙印已经深入人心，沉淀进市场。"变革的灵魂是突破，光喊变革不去突破，最后必将竹篮打水。所以，我们在进行立马品牌和产品变革之时，早就明白自己突破的方向。"应小方如是说道。

应小方总裁时常沉浸在立马品牌十余年的发展历程当中，回顾一路走来的艰辛与收获。或许，我们也有必要一同来整体地回溯立马品牌的成长历程。2003 年，上海立马台州分公司成立，次年，立马引进了 ISO9000 质量管理体系，首推四合一防盗系统并应用于电动车。2005 年，在防盗技术四合一的基础上，立马品牌研发并推出了五合一防盗系统，同时推出立马 GBS 大鼓刹并应用于电动车。在竞争激烈的电动车市场中，我们能够充分感知到立马品牌的更新换代的速度和劲头。真可谓是"立马"。如何在竞争中屹立于不败之地，不仅要有永不服输的精神，更加要有不断进取、突破的勇气，沉潜钻研的决心。到了2006 年的时候，立马电动车拿下了天津的地块，成立分公司，同时也被评为台州市高新技术产业。其实，我们能够感受到，这些技术上面所取得的成就都得益于应小方总裁全员学习的鼓励机制。她们所研发出的核磁电动力电机、防水、防泥沙大鼓刹广泛应用于市场，效果良好。同时还首创了国内的"双弹簧可调式减震器"。被评为浙江市场消费者满意电动车品牌，同时也被国家认定为"电动车市级技术中心"、浙江省首批公众满意行业优势企业。大约到了2007 年和 2008 年时，中国的经济结构呈现上涨趋势，随之也带动了以企业为主导的市场复温。尤其是在奥运会在中国举办之后，中国的国民经济水平大幅度提升。虽然中国的经济结构和市场仍然面临着这样那样的问题，然而，这对于应小方总裁等一批创业者而言，仍然是一个非常重要的契机或者说是转折点。也正是在这样一个契机下，应小方总裁开始着手去学着去管理和经营企业提升个人其他方面的素养。不管是欧洲还是上海、北京，哪里有机构可以学习，她就奔赴过去认真参考，结合自身的企业去规整思路。这也正是一位有着市场敏锐度和反应迅速的企业家做出的战略性行动。面对产业当下，行业诸多品牌都在进行着变革与升级，有的是针对渠道，有的是针对品牌，有的是针对产品，然而，纵观现实成功者寥寥无几，而这根本的原因在于有变而没破。"我们知晓立马品牌的亟待提升之处，这几年一系列针对产品和品牌的动作都是在自上而下的进行变革，以期求得突破，不过从今年全年，整个行业以及整个市场对于立马的反应来看，整体品牌战略的调整是正确的，而且更是成功的"。

如今，立马品牌已经是国内乃至世界大型电动车生产制造商之一。在短短不到二十年时间里，立马品牌也经历着翻天覆地，日新月异的变化。这与应小方总裁所秉持的企业理念，企业文化，企业精神密不可分。公司不断进行品牌创新、经营创新、技术创新、管理创新，坚持走差异化经营发展之路。立马人始终秉持"品质、创新、服务"的经营理念，以专家的视角，研发了具有独创优势的 68V 超强 V8 和 A8 核磁动力机、五合一防盗锁、双簧减震、GBS 超级制动器等多项先进技术获得国家 100 多项专利认可。立马人秉承"追求卓越、共创辉煌"的企业精神。坚持以市场为导向、以服务求发展，始终把客户的利益摆在首位。新时代下，市场波云诡秘，消费需求各有千秋，如何准确掌握动态和消费心理，并且通过有效渠道进行营销，已经成为产品能否成功的关键。"十四年的风雨兼程，造就了立马当下的产业地位，而也正是在这十四年的创新发展，立马一直在引领时代潮流"。应小方总裁总裁感叹道。"而今时代在变，产业在变，企业也必须要变，只有如此我们才能不负众望不负卿。"立马品牌也始终标榜着生活更加美好，作为企业远景，始终为消费者提供实惠、实效、实用的产品；公司以人才为依托，以诚信、敏锐、责任、协作、创新、和谐、共赢的经营理念为打造百年立马世界品牌而不懈努力。

通过企业的文化、企业的创新、不断的生命力与向上生长，使我们能够感受到应小方总裁作为立马创始人的锐意进取之魂。产品的制造并不是组装生产，品牌的打造更不是一蹴而就，电动车产业在历经二十几年大浪淘沙，多少品牌折戟沉沙，又有多少品牌前赴后继。除了科技方面的革新之外，立马品牌也在努力打造自己的人文特色，并主动投身于慈善事业。分享不仅仅是将自己拥有的部分与她人共同拥有，更是在自己变得足够优秀时，能够有自觉意识地去担当起帮助她人的使命。因而，在应小方总裁的带动下，立马品牌于 2009 年开始启动了大量的公益活动。包括了"立马杯·新能源——飞跃黄河大型系列旅游文化活动启动仪式"（在北京人民大会堂隆重举行），立马电动车飞跃黄河"女飞人"海选活动（延安），2013年联合河南团省委、河南都市频道启动爱心接力公益助学行动，助百余名大学新生实现大学梦等等。在内、外驱动之下，也为立马品牌迎来了业界和公众更多的支持和认可。总体上，多年来，立马在企业发展的同时也不忘回报社会，肩负起诚信、责任，感恩。积极参与大型公益慈善系列活动，被授予 "2007年大型公益慈善活动善行"贡献奖。并于全国同期开展了两百多场终端爱心义卖活动，引导社会传递正能量，赢得了社会各界的广泛认可与赞誉。

对于应小方总裁来说，每一个阶段都比前一个阶段进步了一些，成长了一些，这种获得感让她从内而外地感到充实。在她的坚持下，立马始终坚守初心，以市场为导向、以服务求发展。为了生活更美好，打造生活和出行方式源自环保、成于科技、服务生活、行至全球的立马电动车。他们也一直在打造行业更优质的产品，锻造更优秀的人才，建造更优秀的企业，为实现"让新能源交通工具进入每个人的生活"的愿景而不懈努力。

同时，应小方总裁也十分注重去关照当下国家大力提倡的绿色，环保，节能，实惠产品观念，尤其像对于电动车或者是整车，配件，服务行业，在这一方面上更加要注重其体量，原材料还有排量等各方面的环保措施，本着实惠，实效，实用的功能性原则去树立品牌的产品观念，这样也能够使得品牌在当下激烈的竞争和政策之下，能够立足于行业之林不倒的关键所在，这或许就是一位卓越，有前瞻性和战略性眼光的企业家的魅力所在。逐渐地，立马品牌在这样一份信念的坚持之中，走向了世界。与世界500强企业德国博世正式达成战略合作。并与博世成功研发新型电机，U磁动力技术全球首发。同时荣获"中国企业营销创新——年度最佳促销创新奖"，整车销量成功突破百万大关。

真正优秀的企业家的格局会突破满足个人物质需求，或者是获得巨大的经济回报这样浅层的愿望，而是希望能够通过自身的价值观、生活理念、经济理念去改变、或者是影响一代人和群体的生活。对于应小方总裁来说，她也是这样的企业家。在当下，新能源显然已经成为人们的新生活方式，并且逐渐的在实现普遍化。对于汽车部件方面，这不仅面临着挑战，也有许多需要完善和更新的部分。应小方总裁始终敢于迎接挑战，虚心学习，不断提升自我，去应对新的环境。正如立马品牌的客户观念一样——"想您所想，急您所急"，这种服务型的理念，不仅形成了立马品牌的核心服务观念，同时也促进着这一行业形成良性的互动，而避免恶性竞争或者价格竞争恶性循环。到了2015年，立马用户突破一千万，并接受了《第一财经》采访。荣获中国自行车协会培训中心技师工作站称号。问及逆势增长的关键，应小方总裁坦言，"立马经过十余年的努力，已经走进千家万户，这不仅仅是产品的推广或者一串数字，立马坚持输出的还有企业的文化价值、公益理念、绿色的生活方式。近年来，立马品牌也进入到应对行业变革的时期。企业内部率先进行了调整，比如团队的打造、产品的研发、终端的培训等等，也正是如此的未雨绸缪，企业面对行业下行才能应对自如。作为中国动力领航者，立马凭借多年的市场沉淀和核心技术，拥有非常庞大的客户群体，产品质量和用户是企业生存的根本。在企业结构上，应小方总裁表示，立马的动力、质量、售后、服务均为立马的核心优势，立马拥有三大生产制造基地，同时下设电机事业部、五金事业部、涂装事业部、塑件事业部等多个核心零配件供应子公司。此外，二十多条国际最先进的一站式操作生产流水线，超过三千五百个品牌专卖店和遍布国内外的售后服务站网络更是为立马的发展提供了强有力的支柱。

立马品牌有着自身卓越的使命感，应小方总裁认为应该通过不断提升个人的能力和水准从而实现以卓越的品质和不断的创新，为大众提供更高价值的新能源交通工具。我们知道，时代不断地在发展和变化，企业之间的竞争和角逐从不消失，如果应对得当，那么就会形成相互促进，彼此交融的成长的良训循环。但是如果不能够利用好这样的一种环境或者语境，不仅仅心态会出现变化，更加有可能会使得一个企业面临破产或淘汰。对于应小方总裁及其立马品牌来说，他们在这一方面具备着极其宽和自由的态度和积极的应对方式。

接受一种情况或局面，然后勇于面对它，时刻准备着去同它作战，或握手言和，这也是一代60后女企业家带给我们的启示。也正是在这样的一种企业文化和使命感之下，使得立马品牌有着优越的人才观念，其实面对激烈的竞争，得人才者方能得天下，各行各业都在积极地争取优秀的人才为自己实现技术提升、更新，对于立马品牌来说，也不例外。应小方十分抗拒并反对用人唯亲，她将公开、公正、公平、有德有才作为自己坚定不移的人才观念。力求有德有才破格使用，有德无才培养使用，有才无德限制使用，无德无才坚决不用的用人理念。同时，应小方也要求企业的工作人员都能够保持全力以赴，敢担责任，尽心尽力，坚守承诺的工作作风。在一个企业之中，团队就好比是一个巨大的机器，每一个人都有自己不可替代的价值和作用，只有每一个人都全力以赴的去实现自己的价值，在出问题的时候敢于站出来，承担个人的责任，将每一分力气都全力做好，并具备极强的契约精神，那么，这样的企业才能够永葆欣欣向荣的生命力，这一个巨大的"机器"才能够得以舒展自如地运行。

应小方总裁女士也曾经谈到过，她对企业的员工都非常尽心尽责，不会亏待每一位为企业做出贡献的人才。单位当中如果有谁生病或者是买不起房子，她都第一时间伸以援手，在应小方看来，这样力所能及地为员工提供支持和保障，才能够更加积极主动地引导员工们为公司做出全力以赴的贡献。其实我们应该知道，企业最核心的一个理念就是合作、团结，只有渡人渡己，互惠互利，才能够实现共赢。应小方总裁也深知这一点，因而她始终坚持企业所应该遵循的宗旨就是诚信，责任和感恩。因为只有诚信，彼此信任才能够无所保留的去为对方考虑，才能够毫无顾忌的去放开手脚一搏做事。只有赋予责任感，才能够敢于承担错误，这样才能够使得企业始终处于一个敢于担当，敢于认错，不断更新自己，不断改正偏差的能力。同时每一个人都应当具备感恩之心，只有心怀感恩，心存善念，心怀正义，才能够使得这样一个庞大的企业为社会，为人民做出更多的贡献。同时具备创新的理念和完善的服务，也是应小方总裁始终希望每一个人和自己都能够做到的。也正得益于此，才使得整个企业能够始终葆有欣欣向荣的姿态，并荣获了"全国产品和服务质量诚信标杆企业""全国质量信得过产品"的荣誉称号。在人才配培养和提升方面，应小方总裁也十分注重因材施教，多年来，她坚持送有潜力的员工出去培训学习，员工的年薪和他们的学习年限也是直接挂钩的。能力不同，提拔的速度和薪级工资都是有区别的。这样一来，真正地实现了文化相对平等，也就是我们现在所说的平等文化。关心尊重每一位员工，老板和员工之间的距离非常密切，具备极强的亲和力和凝聚力。整个企业十分团结向上，一起进步。

如今应小方所在的公司，在全国已经有许多家工厂。无论是天津、河北、上海，还是江苏、江西，都有相应的研发中心，工厂和基地。在问及今后立马电动车的发展方向，应小方总裁表示，立马将坚持把"创造有价值的服务"融入到产品中，拉近企业与市场、消费者之间的距离。接下来立马将逐步塑造品牌的年轻化和时尚化。我们在各种媒体平台所看到的应小方总裁，她的气运在不同场合之下所呈现出的精神状态都是骨子里的不服输精神和她锐意进取，不畏人言，敢于突破的闯劲。这对于一位女性而言，是弥足珍贵的。我们会发现她永远梳着齐耳的中长短发，永远化着精致的妆容，穿着干练的西装，笔挺地出现在公众的面前，面带微笑。那种经历了风雨之后所自然生发出来的温和从容，自信的光芒，总是能够照亮身边的许多人。我们在了解了应小方总裁背后的艰辛之后，亦不免生发出对于这位女企业家巾帼不让须眉精神的佩服。其实俗套的话，并不足以概括应小方总裁光辉灿烂，人生和成绩。我们在不断反复的诉说，可却总归是在以偏盖全。行笔至此，我们也期待应小方总裁今后能够打造出更为灿烂的成绩。她对于每一个生命时刻的真切体悟，都能够带给我们、带给她自己更加独具匠心的体验。

三、重视教育：在亲子关系中重拾温情

其实我们知道，作为女性创业者来说，她们所面临的最主要的问题就是

应小方全家

要去平衡家庭和事业之间的关系。而且从整体上看，几乎每一位女性都面临着这样的困扰，似乎从在事业上有所投入之时，这个问题便是她们一生都无法摆脱和需要解决的困惑。对于应小方总裁来说也是如此，我们在前面已经提到，在最初创业的时候，她就已经面临了家庭当中各位亲戚朋友之间的非议和争论。在日常生活当中，无论是对待丈夫还是孩子，也同样存在着许多琐碎而令人头疼的问题，需要她亲自思考和解决。应小方总裁在谈到这个问题的时候，也表示自己有着许多的苦衷，经历了许多的打磨。在应小方总裁创业的过程当中，虽然她的丈夫给予了她非常多的陪伴和鼓励，但是这种陪伴和鼓励落实到日常生活当中，也仍然有着许多的细微矛盾出现。比如说当应小方总裁早出晚归，一天几乎不会在家中出现的时候，她的丈夫虽然承担起了两个人的家庭义务和责任，但是也难免会对应小方总裁有所抱怨。这种情况也是再正常不过，它不仅源自于一个男人对于女人的疼惜，同时也来自于对于女性家庭位置的缺失的无奈或不理解。丈夫经常表示，他知道这件事情是应小方总裁的坚持和她的爱好，但是为了这份事业，牺牲了小家的幸福，这样做真的值得吗，应小方应当以怎样的理由来解答丈夫心中的困惑，同时也能够真正的说服自己呢？

其实这样的问题不仅仅出现在女性身上，它也同时是每一个人都需要考量的问题。并不是为一个家庭带来了丰富的物质条件，这个人就对家里尽到了一份义务。爱与表达表达才是家庭的核心能量。从这一点上看，应小方总裁不可否认之处在于她是有所缺失和有所缺席的。但对于一位女性创业者而言，其实企业又何尝不像是一个大的家庭呢？应小方总裁有时候也经常会将家庭的理念反思到企业文化当中，在立马品牌旗下大约已经实现了四百到五百人的规模。那么她应当如何去和员工建立起一个稳健的平台？人与人之间的相处就是如此微妙。一通则百通，将这样一个问题思考明白，或许不仅仅能够实现家庭的团结稳定，同时也能够使得社会关系得到更高程度的默契和安全度。当然，这种思考需要一个过程。在应小方总裁事业上升期努力打拼的过程当中，她明显感觉到老公和孩子对自己皆出现了不同程度的逆反心理。一方面由于她平日里回来得很晚，另一方面也源自于她实在没有足够的精力去和家人进行有效的沟通与体贴的关怀。这也是她价值观需要转变的关键节点所在。正处于创业初期的应小方认为，只要有钱，一切的问题都可以解决。她那时候的梦想就是通过个人的能力来获得更高的物质基础，从而使得一家人都能够获得更好的生活质量和生活条件。那个时候她并没有想过家庭和事业只有同等重视，从内心去付出一份真正的关怀与呵护，才能够实现真正的幸福。当然，应小方总裁在谈及自己老公的时候满是欣赏，她在外努力打拼的那些年中，她的老公真的为她承担了许多。从做家务到给小孩子开家长会、再到双方的老人，关照亲戚朋友事无巨细，也正是有了她老公这样稳定的"大后方支援，才能够让应小方得以放开手脚，用心做事。任何的事情都是相互的，应小方总裁在事业上努力奔跑的过程当中，也的确对她的家庭带来了许多隐患。

丈夫和孩子的不理解其实给应小方总裁的内心带来很大的困扰和担心，然而，应小方总裁却无法停下向前走去的脚步。孩子上了初中之后，开始不和妈妈讲话了，同时根据孩子在学校不安定的表现，老师也始终在和父母沟通，表达了孩子存在的一些问题。尤其是在孩子上初中之后，开始早恋，不认真学习，沉迷于游戏，甚至是和老师吵架等等，这个时候应小方才真正的认识到问题的严重性。面对孩子的责备和沉默，身为母亲的应小方掉了许多眼泪。她想起自己甚至连一顿饭都没有为儿子烧过，每天的起居习惯也和孩子截然相反。于是，在这样痛苦的折磨当中，应小方总裁开始转变自己的思路。一边工作，一边去花精力调整和孩子之间的关系，有时候会在孩子在家的时候，给他的门缝中塞小纸条，有时候在车上给孩子发短信，通过旁敲侧击的小细节来努力的取得让孩子信任自己，争取孩子愿意和自己沟通的机会。实际上，弥补和挽回是一个极其艰难的过程，同时它也是一条无法绕开的必经之路。孩子愿意沟通之后，对应小方的一席话，也给她带来了很大的震撼。孩子说："妈妈，你总是对我凶巴巴的，和我的交流也不多。你每天和你单位的同事们交流的那么密切。可是在面对我的时候，却是冷冰冰的。这是为什么呢？"面对孩子的问题，应小方无言以对，她自己也在思考，这究竟是为什么呢？其实陪伴是一场长久的行为，不是花出一段时间和精力去补救一些问题，而是时时刻刻陪在孩子的身花出一段时间和精力去无孔不入地呵护好亲子关系，在这一方面应小方走了许多适得其反的弯路。比如老师不让孩子打游戏，她就和老公讲，让老公把电脑的电源拔掉。但是经历了一段时间的对抗之后，应小方楷书逐渐醒悟，这样对抗只会获得孩子更深层的误解和抗拒。于是她决定用大段的时间去陪伴孩子，理解孩子，采取柔和的政策，以柔克刚。比如孩子在打游戏的时候，她就会在孩子的身边翻开一本书陪伴孩子。慢慢地应小方母亲的行为开始吸引的孩子，他们开始一起学习。在应小方以身作则的影响之下，母子二人开始一起去了解经商的理念和学校的知识。就这样，他们开始建立起朋友之间的信任与亲昵。从那以后，应小方总裁每周都会抽出两到三天陪伴孩子，即便是见客户的时候她会把孩子带在身边。和客户聊完事情之后，就紧接着陪着孩子吃饭。面对孩子早恋的问题，应小方总裁也想出了相应的解决措施。她和孩子促膝长谈，语重心长地说道："只要你自己本身变得优秀，才会吸引到更多优秀的女孩子。你喜欢的女孩子也才有可能选择你，并和你长久的走在一起。你不仅仅要穿的干干净净，同时也要有好的人品。达成好的成绩和学业。"也就是在这样的言传身教之下，应小方总裁的孩子渐渐地开始愿意和妈妈沟通，相互陪伴，也努力地在各个方面让自己变得更加优秀。

在一次孩子的同学聚会当中，应小方总裁彻底地让孩子扭转了对母亲的负面感受。她陪着孩子和同学们一起烧烤，采摘草莓，给孩子们讲授自己创业的经历，还一起唱了《爱拼才会赢》。同学们都说应小方的孩子有一位好妈妈。应小方当时的考虑是："想要征服或者说赢得孩子的心，首先就要征服他的同学们。这当然是一句玩笑话。"可是我们却从这句玩笑当中感受到了作为母亲良苦用心，她用了多么大的心思去弥补曾经的缺失。她有多么后悔和懊恼，没有花更多的时间在往日的时光里陪伴、见证孩子的成长。虽然她努力地补救但或许这也很难弥补她自己内心存处着的遗憾，不过好在一切都在朝着好的方向发展，一切的努力都没有白费。如今，应小方总裁的孩子已经年近三十，当前在做投资金融行业中二级市场的工作。虽然现在还在打基础阶段，但是已经小有成色。应小方总裁对孩子的成绩也十分满意和认可。

应小方总裁关注到中再生的健康理念也是在几年之前。那个时候由于她和丈夫之间的关系也相对尴尬——丈夫由于妻子长时间的对家庭责任的缺失，经常喝酒，身体状态和健康问题便逐渐积累了起来。身为妻子看在眼里，也急在心头。所以应小方总裁其实最开始参与到中再生的医疗方案当中，也是帮丈夫在寻找合适的健康方式。通过全方位的保养和陪伴，他们的身体素质逐渐好转，一家人越来越和谐，幸福快乐。现在很多人都在说的一个道理，就是无论在各行各业，无论在哪一个门类当中，许多人在年轻的时候都用身体去换物质。到了一定年龄之后，再用物质去换健康。因而，当应小方了解到星空医疗这样一种全方位的护理和保养手段之后，也深深地感到这种健康的理念打动，并与自己的健康观相契合。

回首自己的创业历程，应小方总裁想讲更多的仍然还是家庭。她觉得女性创业的过程太过于艰辛。即便得到家人和丈夫、孩子的认可与支持，也仍然会面对实实在在的现实问题。虽然价值观相同，但这并不足以去抵挡日常生活中的鸡毛蒜皮的堆积。虽然应小方总裁并不后悔自己所选择的这条创业之路，但是她仍然还是希望女性在创业的开端能够坚守住，同时孤注一掷，确定自己真的在方方面面都做好了万全的准备。否则她真的并不是那么建议女性一定要走出去创业。因为这对于一个家庭来讲，真的会构成实实在在的伤害，也真的需要花太多的时间和精力去下赌注究竟能否弥补成功，是否能够真正经营得当。如果在一个家庭当中，两个人都是事业型的人才，那么这个家庭的结合与整体性也会更加岌岌可危。家庭的稳定其实远比物质的丰盈要重要的多，尤其是对于女性而言。女性也面临着种种的社会角色的固有印象。除此之外，即便抛开了刻板印象，她们也仍然要面对生育的压力和问题。对于孩子而言，母亲的作用是无可取代的。这一点并不是社会强加给女性的定义，而是来自于本能和伦理的选择。在当下这样一个宽松自由的社会环境当中，年轻女性的选择也变得越来越多。应小方总裁在吃过了苦头、历经了艰辛之后，她希望年轻的女性可以审慎地去思考自己的处境，厘清理想和现实之间的关系，清醒地对自己的人生做出理智的判断和规划。尤其是在家庭和事业之间的权衡当中，无论是精神伤害也好，还是是否离婚、吵架也好，这都是双方的选择，也一定都存在双方的原因。所以说应小方总裁的观点是提倡大家不要和现实过分地对抗，而是要在一定程度上接纳现实。为什么以前的离婚率相对较低？是因为那个时候大家的心中都没有离婚的概念，即便两个人凑合着过，也不会选择分开，但是在当下的时候会和以前完全不同。无论是谈恋爱也好，还是结婚也好，哪怕是二婚、三婚，每一个人仍然有选择下车的权利，对方甚至无权干涉。因而你是否能够获得丈夫和家庭的支持，是否能够平衡好家庭和事业，掌控全局、张弛有度，这些都是作为女性创业者所需要考量的事情。

现在的应小方总裁已经年过半百，但她在面对工作的时候，仍然是怀着那股停不下来的劲头，一进入到工作状态中，就什么都忘却了，只顾一路向前、全身心地投入进去。越是历经风雨，就越要风雨兼程。应小方总裁始终认为，只要她足够努力，那么就没有什么可后悔的。纵使面对着众多的非议和不理解，对于她个人来讲，梦想是支撑她整个生命的源泉。因而她仍然选择一路披荆斩棘，过五关斩六将。遇到问题，解决问题，去面对人生和事业上的风风雨雨、拳打脚踢。同时，随着岁月的锤炼，应小方总裁也沉淀得愈发沉稳、安宁。多年之后，她十分享受自己成长的过程，思路清晰。她会花更多的时间在工作之余和家里人沟通聊天。也会花时间去照顾父母，探望生病的母亲。无论何种选择，应小方总裁始终在向前走着，也在一点一滴成长着。昔日没有做到尽善尽美的婆媳关系，也在应小方总裁的成长当中逐渐好转。一切都是那样宁静而又令人感到欣喜。似乎万事万物都在朝着正面的，好的方向发展着，这就是应小方总裁在走出家乡之前，对未来最好的愿景。虽然也会有遗憾，应小方总裁时常会陷入到一个逻辑的怪圈当中，她想的是等到有一天她有钱了，就可以拥有更好的生活给孩子，可是当她有钱的时候，她的孩子却不理解她，或者长大了孩子小的时候，她没有时间陪伴孩子，却一直去幻想着自己能够拥有一个甜蜜而幸福的家。在努力赚钱的过程当中，她始终希望自己能够有更多的时间和家人一起去旅游。然而现在等到她有了这个时间的时候，孩子却已经长大，他也要去努力丰满自己的羽翼，努力冲破自己的束缚，奔向更为广阔的天地。人生最大的智慧，并不是你站在生活的制高点或道德的制高点上，去说教他人，而是无论你站在人生的高处还是低处，人生中那些普遍的、共有的智慧，不断地在每一个人的人生中回响飘荡，去鼓舞着更多的人从低处爬起来，从深渊当中走出去。应小方总裁的人生，带给我们的正是这样一种对于人性的考验，对于内心考验的真理，她带给我们的是一种普遍性的奋斗、拼搏、自信。

结语

　　许多人的人脚力跟不上脑力，心力跟不上体力。说起来似乎与健康有关，但实际上仍然是拖沓和内心的恐惧所造成的内耗。应小方总裁所带给我们的精神能量，就是消除对于未知的恐惧，勇敢地朝前走，勇敢地做出来，并安然地享受自己的付出。无论是在事业上，生活上，还是在亲情，爱情当中，一切都需要用自己的双手亲力亲为地去创造。单纯地享受，站在功劳簿上吃本钱，这些都不是最好的状态。许多人在面对自己当下困境的时候，选择固步自封。在面对已然取得的成绩的时候，选择不再努力。人生漫漫，我们有多少时间可以荒废在自己内心，给自己圈化的牢笼之中？面对那种被束缚的恐惧，我们难道不应该勇敢地像应小方总裁一样冲破它、打败它、战胜它吗？人生最难得的便是清醒，更为可贵的便是那清醒之后的行动了。让我们心怀期待，去憧憬应小方总裁及其立马品牌带给我们的一次又一次惊喜与感动。

内观心自在：将通达与专注融入企业发展

——记浙江黄岩冲模有限公司董事长黄良国

贺与诤

  我们时常说，人生是一幅长长的图卷，也是一条漫长的道路。那么，当我们行走在人生之路上的时候，许多人都有"下车"的权利，也有选择不同道路的机会。无论作何种选择，坚持与坚守的品质不论是对于个人的发展走向，还是家庭的选择，专业的坚持等等，都需要心怀莫大的勇气。因为我们总要面对着各种各样的困扰、磨难、艰辛。在每一个人生的岔道上下车，放弃，中止，我们不能说这样的选择是错误的。但正是因为这样的一些选择，才使得坚韧不拔，坚守初心的品质显得更为珍贵。对于浙江黄岩冲模股份有限公司的董事长黄良国田根而言，他就是这样一位坚守初心、矢志不渝的企业家。

一、高材生进国企回报小家庭

  1964 年，黄良国先生出生于浙江台州一个普普通通的农村家庭。到了1989 年，他作为改革后几乎第一批大学生来到了杭州电子工业大学——也就是现在的浙江电子科技大学学习。那个时候他就定下了自己毕生的学术方向：精密机械制造专业。那个时候包括 DVD、电视机等在内的电子工业都属于当时的新新产业。几乎从事这一行业的每个人都在摸着石头过河，懵懂地进入生活与学习当中。在大学学习的时光里，黄良国先生先后到萧山、杭州等地去实习。

当时的高校生活也充分给予大学
生将理论与实践相结合的机会，
锻炼他们的能力。在校园中，黄
良国先生潜心学习了结构力学、
液压原理等课程，为后续的工作
积极地储备着自己的力量。那个
年代正值国家鼓励尽快地培养
他们成才的关键期，这也成就了
他们步入社会之后就能够迅速成
为国家栋梁的能力。扎实的专业
基础累积起了黄良国先生步入社
会之后所具备的从业素养。毕业
之后，他被分配到了浙江当地的
一家国企工作。用他自己的话来
说，当时每个月的收入能够达到
一百四十元钱左右，这个数目对
于当时他们那一代人来说，负担

黄良国夫妇

日常生活还是非常充足的，也能够让家庭处于一个相对舒适的生活状态之中。
在国企工作的几年时间里，黄良国先生也有幸和他高中班主任家的女儿结缘，
两个人组建了幸福的家庭。

　　我们时常会说，家长是孩子的第一任老师，大学是学生们的象牙塔和乌
托邦。那么来到工作岗位之后，大学生或者说青年人所遇到的贵人，实际上对
于一个人的发展也是万分重要的。刚刚从学生的身份步入社会，每一个人都面
临着不同层面的挑战。不仅仅有工作方面的不熟练，同时也有对于人事方面的
困扰与懵懂。因而在这样的一个时刻，遇到了慧眼识珠的长辈，或者是遇到
宽容、包容、愿意带领你向前一起走去的领路人是至关重要的。从这一点上看，
黄良国先生十分幸运。在国企工作的时期，黄良国先生也遇到了他的贵人，就
是所在单位的站长老师傅。这位老师傅不仅教授他技术方面的经验，同时也

将许多为人处事的道理讲给他听。这使得黄良国先生在工作的初期获得了飞速的提升与成长，也避免了许多弯路。根据黄良国先生的回忆，这位老师傅是从当年的资本家工厂来到现在的国企工作的。在技术方面他经过了非常专业的训练，有着十分纯熟的从业技能和丰富的工作经验。在这样一位老师傅的引路之下，黄良国先生的技术水平和为人处事的方法都得到了很快的提升。黄良国先生也非常感恩自己在成长初期就有幸遇到这样一位德高望重、珍惜人才的好前辈。但实际上，这样一份珍贵的相遇与黄良国先生自己本身低调谦逊的为人也是密不可分的，并不是每一个人都能够得到这一个人的珍贵指引。这或许也就是所说的因人而异吧，每一个人的身上都有着各自的场域，或者说气场。如何使得彼此的气韵和气质相互吸引，这也是一门学问。

总的来说，黄良国先生从高校毕业之后，来到国企的几年时间里，他并没有懈怠，而是时刻积累技术、增长知识本领，期待着有一天能够闯出一片开阔的天地。对于刚刚走出校门的黄良国先生而言，他太需要尽快地从理论的象牙塔朝向实践应用转变。尤其是对于技术的基层处理。当黄良国先生来到国企之后，带领他做事的各位前辈一起同他交流。在那之前，他始终没有获得一个从理论到实践的具体启蒙与"落地"的过程。真正下到基层和工厂当中的时候，他才获得了捅破这层从理论到实践的窗户纸的可能性，黄良国先生也深知这个过程的重要意义。在他看来，有许多人在理论吃透之后，喜欢一直坐在办公室当中。一辈子设计下来之后，将"套路"玩得无比娴熟，可一旦这些理论家下到工厂当中，就会发现自己什么问题都解决不了，终究是一场纸上谈兵。对于各个学科来说，尤其是精密机械制造行业，从理论到实践的转换是一个绕不开的话题，我们不可能一直站在书本上和理论上去高屋建瓴地去探讨问题。不管是制造行业还是建筑行业这样的一些基础应用门类，实用型学科是必须要深入到工厂当中，真正的下到基地当中去触摸模型、接触机器、了解构造，才能够真正的从实际性出发实现高超的技术水平来实现合理运用的。在纯熟掌握技术应用的同时，也应该进一步考量如何节约成本、如何本着发展性的眼光去储备更深一层的技术知识。黄良国先生还谈到，在打磨和锤炼技术的过程当中，关键的考察标准就在于是否能够节约成本。比方说，同样的使用价值，但是你做出来的东西从理论到实际应用，如果没有实现成本的最优化，那么最出色的实现效果就不会是你的工艺品。如果同向比较，其他人能够做出来比你成本更低的，那么他就是成功的，这也是一个训练的过程，也正是将理论与实践紧密结合的奥秘。它不仅仅是一个熟悉、熟练的过程，更需要综合性地运用多种理念渗透进考量的过程当中。

因而，黄良国先生在国企做事的三年时间里，他的工作强度是很大的，几乎是两点一线，从家到单位之间反复奔走。同样的一件事情，有的时候每一天要反复的做十几次，为的就是能够将一个技术、一套手法彻底弄明白。这样一种坚韧钻研的精神，也正是黄良国先生这样成功的一批企业家所具有的共性品质。我们不得不说黄良国先生具有极强的责任感和担当，来到国企工作之后，许多的人或许都会选择在安逸的铁饭碗工作当中"躺平"，或者沉浸到个人小家庭生活的狭小舒适圈中去。然而，黄良国先生面对种种的生活考验他并没有随波逐流、随遇而安，而是积极地去思考、总结、争取。反思如何去把一份工作做好，如何把个人的价值实现最大化。在相对平稳的生活当中，能够始终保持着一份勇气和冲决的毅力。这对于每一个人来说，都是一种考验。因为这种人生选择，就好比是温水煮青蛙。我们无法说哪一种选择是错误的，但更加让我们佩服的是黄良国先生这样的人，也正因为这样的人是那样的少，所以才显得珍贵。

在1989年前后，我国的改革开放力度已经初具规模，正在奔向飞速发展的路口。面对着同行中许许多多技术人员选择纷纷"下海"开始创业，黄良国先生很早也萌动了这样的想法。所以他来到国企所具备的雄心壮志也是在为他之后走出去的做能力储备。黄良国先生提到了那个时候温州和台州在经济发展上的相近与差异性，指出了当时的现实环境状态。在从计划经济向社会主义市场经济转型的过程中，我国不同地区，探索出了诸多各具特点的发展模式，其中，尤以苏南模式和温州模式最受瞩目。前者被称作是政府主导的强制性变迁，后者则是以市场为主导的诱致性变迁。这两种模式可以说是我国地区转型和发展的基本模式，在很长的时间内是各地借鉴、学习的对象。改革开放三十年来，浙江省台州市的经济和社会发生了巨大的变化。昔日荒僻的海防前线，如今已成为制造业基地，在八百公里海岸线上，分布着拥有巨大生产能力的制造业集群。从这里下线的产品，走向了全国、也走向了一百四十多个国家。据统计，台州已有二十八个工业产品的市场占有率居全国第一。不少产品及规模甚至做到了世界第一。1978年以来，台州的地区生产总值年均增长19.5%，高于全国和浙江的年均增长速度。温州和台州的发展路径，是同源的。这一判断在当时看来是正确的，但现在看来，这个概括已经不够全面了。在此次采访中，我们注意到，伴随着台州成为长三角区域合作体系中的一员，台州向苏南模式接近的步子加快了，意识上更自觉了。而这样的转变过程进行得十分平滑、顺利。台州现象化解了苏南模式和温州模式的差异，是一种兼具两者之长的区域发展路径。在工作的过程当中，黄良国先生始终密切关注着行业发展的这些语境和变化。他时时刻刻都没有忘记，有一天他想要"飞出去"，成就一片更为广阔的事业天地。

终于到了1989年，他决定走出去，从家电冲模开始做起，成立了黄岩冲压家电股份有限公司。在最初做冲压模具的时候，利润十分微薄，却面临着巨大的风险。首先就是资本的问题，黄良国先生没有筹集到充足的创业资金，于是，他向家中的亲戚们借了高利贷，大概筹到了三十万元的样子。然而，不顺利的是，那个时候正巧赶上了六四学潮。黄良国先生等一批创业者的投资都受到了冲击。但幸运的是，由于黄良国先生所从事的行业与他的学习、工作都是一脉相承也未曾中断的，因而他有充分抵御风险的能力。在做家电的时候，他已经能够全面考量评估模具的材质和应用，从平面为主入手，去对家电工业的模具做整体的设计和造型。这或许就是我们经常说的，机会总是会留给有准备的人。我们不由得想到黄良国先生在工作当中就时刻注意储备未来创业的努力。当真正面对创业环境之时，相信他也早就有了预估风险的能力。在那个时候制作模具的难度还非常大。由于技术并不发达，所以许多东西要从平面画图开始，一步一步通过手工来实现成型。在一次次的不断打磨当中，黄良国先生也从这个过程当中受到了整体规划的启发，并迅速使得家电模具的制作形成规模和体系。他们有着过硬的技术和反复打磨的决心，也正是在一次次的锤炼当中，锻炼了他们高超的技法，实现了不断地去寻求技术的革新。

我们与黄良国先生一同回首他的创业历程时，黄良国先生谈到他的事业大体经历了三次转型。第一次便是前面谈到的从国企当中走出，决定创业。在那之后，黄良国先生在家电行业也渐渐做到了一定规模，彼时，时间已悄然推演至新世纪之交。黄良国先生再一次以自己高超的前瞻性眼光关注到，家电行业的利润似乎已不再走高。如果想要得到更高的回报，就应该勇敢地再次做出行业调整，更上一层楼。黄良国先生没有犹豫，他决定开始转型，尝试做汽车的冲压模具。对于学习机械制造业的黄良国先生来说，他所从事的行业始终都是非常接地、贴合个人的兴趣点和专长所在的。在2000年的时候，网络科技电子行业发展的如火如荼。许多人都在转型，去做电商。或者是零部件的制造加工。但是黄良国先生却选择从小到大专注发展自身的企业规模，从家电转型到汽车行业的冲压模具制作。其实无论是对于黄良国先生来说，还是对中国的汽车行业整体发展进程而言，这一坚持都不是易事。当我们把目光放到世界视野上，我们能够发现，相比较于美国，德国，日本来讲，我国在那个时候的汽车行业发展并不乐观。相较于同等水平的国家来说，中国在汽车冲压模具方面，从成本、原料、技术等方面比韩国也存在着较大的差距。因而，在这样激烈的市场环境之下，在如此优胜劣汰的语境之下，如果想要突出重围，无疑意味着要付出比其他人更多的努力和投入。然而，黄良国先生没有丝毫的犹豫，他毅然决然地将宏观的战略性眼光转向了汽车行业。

　　黄良国先生在回顾到这些往事的时候始终面带微笑，实际上仔细想来，转行何谈容易。尤其是从小规模向大规模的大踏步迈进，从资金筹备到技术转换，再到人员更替，无一不需要大量地投入精力、人力和物力。在那个时候，技术还没有相对完善，许多绘制模型的前期设计制作仍然要靠手工绘图。如果说对于小规模的家电而言，这些还有可能实现的话，在冲压模具向汽车行业的转换过程当中，这些显然需要更多的学习和储备。虽然从专业操作层面上来看是一通百通的，但实际上只要是转型就必然面临着各种细节上的差异性，也面临着许多问题和风险。除此之外，除了硬性的技术和资金等条件，人力也是一个重要的转变。黄良国先生也有足够的风险预判和选拔人才的实力与能力。事实证明，他的选择是正确的，也是成功的，这当然与他多年的从业经验和行业掌握的水准密不可分。做任何事情都会面临一定的风险，最重要的就在于你是否有抵御这种风险的能力，同时也意味着是否具备了足够的资本，能够让你冷静地去面对风险。支撑起如此大的一个产业，其实并不容易，也绝不是一蹴而就的。黄良国先生始终是一个冷静、谦逊、低调又无处不充满着温和乐观情绪的人。这份涵养，有时候甚至让我们忽略了他曾经居然是一个学习机械制造业的理科生。在当今时代，技术是一方面，另一方面也要具备强大的运筹帷幄的能力、解决问题的能力、统筹兼顾的能力，以及谦卑的姿态。创业从来都是存在风险的，正如黄良国先生自己所说的，问题就在于你是否能够"吞下"这些风险，能够承担起它背后所深藏的危机，如果你能够负载，那么，之后所获得的成绩你才有资格去享受。这或许也是我们时常所说的"欲戴皇冠，必承其重"。

再回首来时的路，黄良国先生始终说，他是没有退路和选择的。实际上他早已整装待发，他早已无需准备，因为机会总是留给有准备的人，黄良国先生所说的没有退路，背水一战，实际上也是因为他具备了足够的能力和信心去做他想要做的事情。就像他回忆以往从国企来到创业之路上的时候一样，他的专业从未改变，他的专注方向也从未使自己走过岔路。和他同批的人，当然也有比他起步更早的，但是随着坚持不懈的努力，黄良国先生却做到了最好。黄良国先生自己也回忆说道，许多人在人生的路口做了几次转向之后，也就湮没、迷失了人海当中。从他的人生箴言中，我们能够感受到坚持和拼搏的重要性，这两种理念只有紧密地结合在一起才能够散发出应有的光辉。

二、勇往直前：实现企业"大踏步"转型

谈及黄良国先生的创业过程，我们首先要先了解黄良国先生所创建的浙江黄岩冲模有限公司。这家公司在之前的名字叫浙江黄岩冲模厂。实际上除了工厂改制为有限公司之外，它的名字始终是以浙江当地的地名所命名的。浙江黄岩冲模有限公司——前身：浙江黄岩冲模厂坐落于著名的"模具之乡"——浙江黄岩，创建于1995年1月，是中国模具工业协会常务理事单位。专业从事汽车冲压模具、检具的设计和制造，也是中国冲压模行业的龙头企业之一。公司占地面积一万六千平方米，厂房建筑面积一万两千平方米，拥有CNC数控

加工机床三十台，CMM测量机三台，五轴镭射激光切割机一台，其他加工及试模设备六十余台。在职员工三百余人。公司始终坚持"质量第一，用户至上"的宗旨，以客户的要求为关注焦点，以客户利益最大化为解决方案，并致力于为客户提供满意的产品和服务，赢得了国内外客户的广泛好评。黄氏企业的客户遍及全国、欧美、南美、东南亚等地区。目前公司已经通过了德国VDA6.4认证。是福特、大众、通用等客户的指定模、检具供应商。在技术的更新方面，黄良国先生也始终注重提升个人的业务能力和技术水平。

在谈及黄良国先生的公司，一部分在浙江，一部分在江西和上海。对于这三个部分的铺排，黄先生也有自己的考虑。他希望在这样的一个行业当中，将分工更加明确和具体，厂子实际上都是为制造汽车服务的，不同的车间从属于不同的分公司，目的就是为了让其更加精细，专业。在黄良国先生看来，大家都处在同一个行业当中，在相对激烈的竞争环境之下，一定要注重"向下"将产业链延伸，将自身的业务水平向新处挖掘，这样是最容易获得稳定发展和成功的。而不是打一枪换一个地方，每一个行业都有各自的短板和发展空间，在从难到易融会贯通的过程当中，也是最容易发生动摇的。许多人没有坚持将这一条路走到底，他们也就没有看到属于这一行业最灿烂的光辉。每一个行业都有很多人在从事，那么为什么成功的人属于少数？为什么会是黄良国先生？原因就在于其坚韧不拔的勇气与周密的铺排和规划。

我们在前面也曾提到，黄良国先生决定从家电转型到汽车冲压模具的时间节点是在新世纪之交。在那个时候，汽车行业正处于起步阶段，当下在汽车行业又向前发展了二十余年时间之后，也陆续迎来了高速且稳定的状态。黄良国先生在回顾刚刚开始做汽车行业的时候，汽车产量非常小，可价格却十分高昂，一辆普通的桑塔纳能够卖到二十万左右。许多人即便有钱，也没有办法买到。似乎谁开了汽车就是非常了不起的人一样。和家电的冲压模具相比，汽车模具难度会更加大一些。不仅仅因为汽车是以立体模型制作为主更加有弧度，同时，就整体竞争环境而言，在中国汽车行业刚刚起步的过程当中，欧洲，美国的汽车行业都已经发展的非常成熟了。比方说美国的福特已经具有了两百多年的历史，然而，相较之下那个时候中国的汽车行业刚刚发展不到四年的时间。回顾现在汽车行业的发展变化，中国的产量和销量稳居世界前列，每一年会有大约 3000 辆。且这份 3000 万辆的汽车生产和销售量已经能够实现产销平衡的水准。但是，从国家具体状况上来看，虽然美国汽车的产销也处于一个相对均衡的状况，但是由于他们的人口量较少，所以生产的总量并没有我国多。也就是说生产出来却不一定会有市场。这种情况对于供应商或者是销售方十分棘手，对于加工商和中间商来讲，从原料、货源、还有模具、加工等方面，处境则更加尴尬。其次还有价格竞争的问题，在产销的过程中究竟能够收获多大的利润也面临不同程度的风险和不确定性。再者就是在技术的革新方面，汽车冲压模具行业也不得不面对各行各业的竞争和汽车加工制造本身的技术革新问题。黄良国先生始终不怕苦、不怕难、也不怕担风险。在资金方面，黄良国先生认为所有的创业者都是一样的，他们永远都会面临着入不敷出、生产得不到回报的可能。在技术方面，黄良国先生也始终保持着高度的敏锐性，随着数字化时代的到来，黄良国先生的汽车冲压模具制作技术方面很早的就达到了应有的水准。二十年间的发展历程当中，数字模型与 3D 技术的发展与应用也非常完善，成为工厂当中的基本操作。3D 技术在设计方式和加工方式在很大程度上节省了人力和物力，也提高了生产效率。品牌需要以质量为基础，但仅有质量却不能构成品牌，它是强势企业文化在社会公众心目中的集中体现。因而，它也直接构成企业整合内、外部资源的一种能力。没有品牌竞争力，企业组织内部和外部都不认同企业的做事方式和行事结果，企业也就谈不上有什么竞争力，更谈不上有核心竞争力。品牌效应一旦形成，又是一种间接的影响力资源。因而，它也是构成企业支持力的一个重要内容。

新世纪之后，黄良国先生开始转型从事汽车冲压模具的制作，他将所有的心力都投注在这一事业之中。我们知道，对于创业初期除了坚持之外，信心也至关重要，这两者也集中体现在做事的投入力度上。黄良国先生在创业初期，也正是秉持着这样一种力争上游、踏实肯干、开拓进取的精神。黄总回忆起他在刚刚开始创业的时候，经常从早上八点一直忙到凌晨两点，每天只睡五六个小时。然而，那个时候，由于内心充满着斗志，用他自己的话来讲就是："当你有精神支撑的时候，整个人都是向上的、不知疲倦的。"黄良国先生也深情地说道:"现在的青年创业者生活条件要比他们那时候好太多,具备了更多的选择,更多的可能性,也面临着更多的诱惑。"因而,他们或许少了些许一腔孤勇的决心,在规划方面也允许自己的莽撞与马虎——因为他们是有退路的。但是对于黄总来说,他是没有退路的,每一次选择亦都是"主动之下的被动",个中无奈和辛苦尽在不言中。

如果从汽车冲压模具创业历程上来看,该公司经历了两次重要的变化。黄良国先生首先是从小型汽车的冲压模具开始做起的。就像前面提到的,最开始的模型仍然还是要靠手工。一次次地打磨完善,调整,甚至是彻底更改。但是随着3D打印技术的发明,数字化技术的不断发展,黄良国先生等人所从事的冲压模具行业很快就进入到了这一门技术的核心状态之中。如果从汽车冲压模具的规模和必要条件上来看,我们可以从这几个方面来看待黄良国先生在公司创建方面的各种努力与投入。首先是工艺方面,那个时候国家的汽车业还在起步阶段,从2010年的时候才开始逐渐的高速发展。在那个时候,五金的模具由于应用方向不同,其材质也有着不同的要求,同时,从家电的平面设计为主到汽车冲压模具的立体造型,这也是一个不小的转变。在原料方面,黄良国先生大部分的材料都是以进口的特殊精炼钢为主。随着时代的发展,国家的钢铁制造业也逐步的进步,在这种条件下,黄良国先生也逐渐开始尝试国产钢原料,因为它的纯度和精密度已经完全达到了汽车冲压模具的原料加工标准。从研发技艺上看,黄良国先生的企业共拥有设计人员三十余人,模具和检具设计全部采用CATIA和UG进行3D设计,模拟分析软件采用法国PAM-STAMP2G。CAE分析采用PAM-STAMP软件。模拟仿真采用Solidaidmeiste实现了在数模间段对模具自身零件之间及模具和自动化生产线之间的干涉的排查,实行全3D模型设计、模具及检具的设计。

黄良国先生谈到,在不断转型或者是战略性调整的过程当中,需要具备不进则退、不断拼搏及反思的精神,要不断地更新、创造、生长,这样才能够具备光明的未来发展前景,也就是说要解放思想。当然,这种解放思想也要落地。要真正地进入到它的实际环境和储备当中,注重横向参照其他的坐标系来不断完善、更新自己。在加工方法方面,黄良国先生不惜斥巨资去国外引进加工设备。同时他也多番去韩国，台湾，日本，意大利等加工中心考察。了解最核心的技术和最先进的加工手段，提升核心成本的简化，使得公司的运营更加优化。就这样，黄良国先生逐渐从小型汽车冲压模具向大型汽车冲压模具转变。在规模的扩展当中，我们前面所谈到的工艺，原料，加工方法。投资体例和力度也在随之做出相应的调整。在黄良国先生自己看来，他之所以能够具备如此敏锐的投资目光和技术眼光，正是得益于他的高校生活，以及他在国企跟着师傅做事所积攒的经验。我们有的时候时常会说一个人具备了如何宏大广博的眼光和格局，但往往忽略了这种格局的背后，实际上也是一步一个脚印，在深厚的积淀锤炼当中才能够实现和迸发的。这是一个从量变到质变的过程，他有的时候需要经历失败，需要经历挫折，甚至需要经历彻底的观念重建。或许在外人看来，他一路上走得似乎十分的平坦宽阔，但实际上能够做到始终保持着相对稳定的水准输出，这背后的艰辛一定是难以言表的。黄良国先生非常注重以客户的需求为关注焦点，以客户利益最大化为解决方案，产品和服务赢得了国内外客户的广泛好评，客户遍及全国和世界。二十五年汽车冲压模具、检具的设计和制造经验，在全球拥有包括了福特、宝马、奔驰、尼桑等在内的三十多家合作伙伴，公司拥有五十五台 CNC 数控加工机床。企业要赚钱、赢利、发展，就必须有充分多的客户接受他的产品和服务。如果没有宽阔有效的渠道，沟通企业与客户之间的关系，企业与客户隔离，也就必然会惨败无疑。因而，渠道本身就是一种资源，渠道竞争力也就直接构成企业支持力的一个内容。

面对新的时期、新的挑战，汽车行业迎来了翻天覆地的变化和挑战。黄先生在不断的信息战中获取了四面八方的商业"机密"。他了解到，随着国家出台的一系列政策，预计新能源汽车将来会在三到五年当中，在国家汽车的占比将实现至百分之六十以上。也就是说每三千万辆汽车当中要至少有一千八百多万辆的增长空间，所以说，很多的资本都要朝着这一方向转型。对于黄良国先生的战略性眼光上来看，电动车需要轻量化设计，比如说用氯气代替汞，也就是我们常说的碳纤维。在冲压模具方面，也要通过铝这样一种材质去代替钢。为了配合这样一种材质和技术需求，也要引进新的机器，在更新设备的过程当中，也会面临包括技术、资金、人才管理更新等各种问题，来实现真正与新能源政策的呼应。在这样一种情况之下，黄良国先生敏锐地观察到了这种变化，他已经在考量如何去向新能源汽车冲压模具方面转型。事实上，我们也并不能完全将其称作转型，而是应该将其称作战略性调整。新能源汽车对车型和工艺的要求更加精细，同时，也需要提供更为轻便的原材料制作。这就需要从最初的钢质原料逐渐向铝、碳纤维方面靠拢。同时，在汽车冲压模具的形状方面，由于动力、内部构造不同，也要考虑其形状的变化，这也要引进新的设备，做新的投资。或许在未来也面临着更大的风险。黄良国先生在这一方面的考虑是，优选一些高材生以及已经在这一方面做出一定成绩的人才来到公司开展管理和技术的研发。

除了新能源汽车之外，黄良国先生还敏锐地注意到了未来工厂和智慧工厂的规划发展方向，也就是以 5G 联通为主的人工智能应用市场。目前，我们了解到，为了迎接人工智能时代的来临，黄良国先生正在筹建一个新的项目，就是用机器人去进行汽车模具的冲压制作。在 21 世纪第二个十年的开端，随着人工智能时代的到来，黄良国先生又在筹划着创建一个新的项目。希望实现智能化的产业转型。运用机器人去替代人工，用 AGV 小车去代替物流。通过数据通过机器人制造加工去形成全面的智慧工厂操作线。在这里，值得一提的就是 AGV 无人搬运车，它是指装备有电磁或光学等自动导引装置，能够沿规定的导引路径行驶，具有安全保护以及各种移载功能的运输车，工业应用中不需驾驶员的搬运车，以可充电之蓄电池为其动力来源。一般可透过电脑来控制其行进路线以及行为，或利用电磁轨道来设立其行进路线，电磁轨道黏贴在地板上，无人搬运车则依循电磁轨道所带来的信息进行移动与动作。AGV 以轮式移动为特征，较之步行、爬行或其他非轮式的移动机器人具有行动快捷、工作效率高、结构简单、可控性强、安全性好等优势。与物料输送中常用的其他设备相比，AGV 的活动区域无需铺设轨道、支座架等固定装置，不受场地、道路和空间的限制。因此，在自动化物流系统中，最能充分地体现其自动性和柔性，实现高效、经济、灵活的无人化生产。据黄良国先生的观察，当下在这一行业已经有部分厂家实现了这一项的具体操作运行。黄良国先生也及时地联系到了在这一方面取得成功进展的同行，请到了专家来给他们做专业指导，通过合作指导培训。可以说，黄良国先生所在的企业在智慧工厂方面也取得了较为完善的突破和准备。在质量认证方面，黄良国先生努力通过各方面的通力合作来保障实现国家层面不同的标准和考核体系的对标。

一位有大成就的企业家或创业者，绝不只是赚钱，而是希望能够赢得社会和大多数公众的尊重。始终坚持"质量第一，用户至上"的宗旨，以顾客的需求为关注焦点，持续改进技术和管理水平，致力于为客户提供满意的产品和服务，赢得了国内外客户的广泛好评，客户遍及全国、欧美、南美、东南亚等地区。目前，企业已经通过了 ISO9001 质量体系认证，德国 VDA6.4 认证，是福特，大众，通用等客户的指定模检具供应商。正是由于汽车冲压模具的国际化视野及发展需求，促使本就具备着高瞻远瞩战略性眼光的黄良国先生更加注重学习，归纳总结自己的学习所得。在他选择创业的若干年当中，他多次去美国，德国，日本等地考察，国内的清华北大等知名高校的管理方面的学习班黄先生也都参与其中，让自己的头脑始终保持在活跃、积极、进步的状态。同时，他也十分注重向华为、海信、海尔等具备高端管理素养的公司去学习经商和管理方面的方法，并将这些方法应用于自己公司，逐步完善自己企业的管理和经营。黄良国先生的这种做法对于一个公司的发展和进步来讲是至关重要的，因为如果一个公司或者说一个行业只具备硬件设备或者是技术条件，但是不懂得经营，不懂得如何使自己的公司推广出去，不懂得如何将自己的技术运用出去，那么也就只能是闭门造车、日渐衰落。同时也容易使得其走更多的弯路，投入更多的成本形成内耗。正如黄良国先生所表达的，对于一个优秀的企业，一家优秀的公司而言，"便宜"是客户寻求的八大价值之一，没有不关注价格的客户。在质量和品牌影响力同等的情况下，价格优势就是竞争力。没有价格优势，最终都会被消费者所淘汰。因而，这一竞争力也就直接构成企业支持力的一个内容。企业看重的是敢于大方交流，敢于暴露自己的问题，然后去迎难而上、努力解决、最终实现融会贯通的。而绝不仅仅是停留在问题的层面，止步不前。那么在管理技术的层面，黄良国先生是如何去实现一步一步将理论与实践相结合的呢？用黄良国先生自己的话说，就是一条一条的去对照，结合自己的企业模式、架构、目标、生态结构去将这些对照物，从"跟着跑"到融会贯通，最终实现突破。其实这些观点说起来容易，做起来的难度可想而知。人类社会发展到今天，万事不求人地包打天下的日子已成为过去，要为客户提供全面超值的服务和价值满足，也就必须建立广泛的战略联盟。如果一个企业失去了合作伙伴的支持，也就无法适应客户价值满足集中化的要求，也就必然会在残酷的市场竞争中处于不利地位。因而，增强合作也就直接是企业支持力和和执行力的提升。

黄良国先生在管理方面始终秉持的理念就是要实用，而不是为了达到所谓的高大上、花架子，去耗损自身的成本。在黄良国先生看来，一定要找到实用的东西，找到自身认为是能够节省成本，提高效率，而不是不惜成本去做不必要的浪费和付出。也就是说要促进实用化，将一切管理策略落到实处，实现绿色管理，使得自己的成本能够维持在同等水平以下的位置，才能够促使其逐步实现根本性的转变与进步。在谈到与其他企业交流的问题时，黄良国先生讲道，深度交流也是至关重要的过程。在科技飞速发展的当下，国家政策大力鼓励将先进的技术落地到工厂当中。在具体落实方面，相较于其他国家而言，我国的基础还是相对薄弱的。从应用方面上看，日本或许要稍稍更好一些。在这样的一个环境和语境之下，各大企业都拿出了相应的投资成本去开拓技术的研发。在广泛地了解各行业技术研发进程的过程当中，黄良国先生敏锐的感受到华为在这一方面的卓越成绩。但同时黄良国先生也深深的感受到了这样的一种发展模式，实际上是天时地利人和多方结果的呈现。因为并不是所有的企业都能够拥有高额的产值，并迅速的拿出相当比例的产值去投入到技术研发方向上面去。从这一角度上面看，黄良国先生也始终没有放松在研发方面和紧跟国际形势上面的投入与深度学习。

"一招鲜，吃遍天"，这是在市场竞争中立于不败之地的不二法门。要"一招鲜"就必须有不断的创新。谁能不断地创造出这一招来，谁就能在这市场竞争中立于不败之地。所以，它既是企业支持力的一个重要内容，又是企业执行力的一个重要内容。回望曾经的创业历程，各种辛酸历历在目。对于黄良国先生而言，无论是做事还是为人，他始终坚持脚踏实地，全力以赴地投注自身的心血。

三、"利他"的企业精神：先渡己再渡人

如果回望黄良国先生一路走来的艰辛历程，再去关注黄良国先生讲述这些时候的略带平静、羞赧、谦逊甚至是有一些愉悦的口吻的时候，我们就能够看到这样一位在事业和人生上获取了多种成功的集大成者身上所散发的人格魅力。对于黄良国先生而言，有一件让他无比难忘且终身受用的经历，那就是他对于南怀瑾先生以及禅宗精神的痴迷。说来也十分凑巧，2017年，黄良国先生全家一起去武当山问道。在寺庙中，他们遇到了一位贾姓道长。在道长的论道之中，黄良国先生似乎感到一股智慧的源泉注入到了自己的血液当中，他感到由内而外的舒畅与通达。也正是从那个时候开始，黄良国先生开始专注地去研究佛道禅宗。并积极的将这样的观念去融会到自己的事业发展当中。或许，许多人在看至此处的时候，会觉得这是一种迷信，也或许会有人误解，这是成功的企业家在追寻内心的安宁与慰藉。但实际上，这并非是一种精神上的胜利办法，而是智慧大门的另一种开启，也是冥冥之中与中国传统文化的因缘际会。

如果我们将黄良国先生冥冥之中的这段缘分与他的企业理念相结合，就更加能够体会到他的这份邂逅的欣喜。黄先生的浙江黄岩冲模有限公司始终秉持着"质量第一，用户至上，顾客满意，持续改进"的质量方针；"专业化、特色化、力创汽车模具品牌"的经营理念；"让世界的冲压变得更轻易"的企业使命；以及"做世界一流的模具"的企业愿景。黄总也始终在努力地朝着这些经营理念和自我设定的标杆去一步一个脚印去做。实现这些不仅需要过硬的技术，更需要强韧的毅力去品悟、实践。在这样的一个过程中，会面临许许多多的困难与诱惑，尤其是在利益等现实考验面前。当你入世的时候，就要造业，当四下清净的时候，就会默念心经，然后告诉自己，一切是空，空中无色，无受想行识。这时候，白天那些尔虞我诈，勾心斗角的状态就会给清净心排挤吗？有一个平常心，是一件很难得的事情。造业，恶业，可能会让自己的心绪被打乱。所以，佛法的现实意义可能在于，一方面它鼓励我们入世，大乘佛法讲究救人渡己，入世，才有救人渡己的道场去实现这个终极理想。另一方面，

它在我们面对困难的时候，面对自己造下的"恶业"的时候，能够作为一种世界观去化解内心的不安定。放下屠刀立地成佛。佛陀说任何人都可以成佛，只不过障业把自己的真心给遮盖了而已。佛教，给了我们一个在无所依从时候，寻求一个庇护所的机会。

先渡己再渡人，注重生命科学与禅修实践研究，黄良国先生为南怀瑾以现代科学精神结合传统佛教禅七形式来进行修持实践所深深触动。南怀瑾诞生于浙江温州乐清的一个世代书香之家，从孩提时起即接受严格的传统蒙馆教育。到十七岁时，南怀瑾除精研儒家四书五经外，涉猎已遍及诸子百家，兼及拳术剑道等多种，同时苦心研习文学历史、书法、诗词曲赋、医药卜算、天文历法诸学，每得其精髓而以为乐，从小就是位孜孜以求的好学青年。正应了《论语》里所说的"古之学者为己、今之学者为人"这句话，南怀瑾虽说有着深厚的家学渊源，但是自小其祖母、父辈们并没有要求这位"南门独子"，将来能够显达一方或者富贵荣耀，相反其祖母还对其说："读书可以，但不要做官"，其父更是要求很低，只要能够养活自己平安度过一生，即使不读书也可以。这些看似很平常的家教，对南怀瑾生平，一贯看淡名利与浮华，应该是起着积极的影响，使得后来南怀瑾在正处于"风华正茂书生意气、跃马边陲一呼百应"之时，却能幡然醒悟，此种能力非一般人所能及也。因此后来曾经有人，向南怀瑾提出应如何教育孩子的问题时,南怀瑾回答的只有四个字"卓尔不群"，其含义就是要根据每个人不同的秉性和天赋进行"因材施教、因势利导"。我们从黄良国先生的神情中，从他用双手谦卑虔诚地触摸《心经》时的样子里，便能够感受到他内心的淡泊与安宁。

在当下这样一个喧嚣的时代下，我们太需要一份内心的安宁，处事波澜不惊，静看风云。对于黄良国先生来说，他早已经实现了在许多人眼中是奢求的财富自由。然而，我们不禁思考，为什么是他这个人能够使得这样一种奢望成为现实。黄良国先生讲到，想要实现财富的自由，首先你要努力去追求精神的自由。同时，在志存高远的基础之上，一步步脚踏实地去实现共同富裕。在这里黄良国先生提出了一个饶有趣味的说法，就是将共同富裕与佛教思想做横向的类推。在他看来，分享与共同服务是相通的境界。如果能够将这种分享、共同富裕的精神作为企业文化渗透在方方面面的实际行动当中，那么整个企业也将会散发出圆融、包容、超拔的精神，无以匹敌。对于黄良国先生来说，他正是将企业作为了他参悟佛道思想的修炼场，在这样的场域之下真刀实枪地践行着自己的行业水准和人生感悟。

在中国高速成长的市场环境之中，"游戏规则"尚未完全确定，有时候甚至是即便确定，也鲜有人遵守。创业者面对如此市场环境，是否应该采取特殊的竞争策略？是否为了企业成长，尤其是早期的成长，可以采取特殊或不道德的竞争手段？——企业必须有严格的戒律。举个简单的例子，像从别的企业挖人是正常的，但是要想以此获得竞争对手的一些机密就不是恰当的做法。如果你挖来一个可以带来机密信息的人，他将来还可能出同样的问题，再把你的机密带到其他企业那里。这样做可以带来短期效益,但如果你不重视的话，最终会损失公司的长期利益。如果公司所处行业出现恶性竞争只有两个结果，要么该公司被动或主动参与导致利润率长期大幅滑坡最终难以为继，要么公司依靠充足财务保障支撑，在恶性竞争中成功实现行业整合，有效取得市场份额，淘汰弱者，最终提升了行业进入门槛。无论哪种结局投资者介入恶性竞争初期行业都不明智，但若出现行业集中度逐步提升的有效讯号，往往是逢低买入的好时机。如国产手机行业即在经历一个由恶性竞争向行业整合转变的周期，这毕竟是一个需求巨大且增长的行业。这种恶性竞争或者说过度竞争，在国外经济学文献中常被称"自杀式竞争""毁灭性竞争"或"破坏性竞争"，在日本被称为"过当竞争"，在中国则有人称为"恶性竞争"，表现为企业之间频繁发生的价格战、资源战、广告战等现象。

我们不禁会想，恶性竞争之所以被冠名为"恶"，为什么还会存在？正如当下的内卷已经被称之为"卷"。"卷"已入心，在黄总的理解中，这与无法化解的业障和执念无法分开。提高核心竞争力，可以从本质上战胜对手。企业核心竞争力，本来就是体现在特定的能力上。而这种能力本身又可以视为多种能力的聚合，因而是完全可以分解的。企业核心竞争力，从其具体体现形式分析，可大体分解为十个内容，称之为十大竞争力。决策竞争力是企业辨别发展陷阱和市场机会，对环境变化做出及时有效反应的能力。不具有这一竞争力，核心竞争力也就成了行尸走肉。决策竞争力与企业决策力是一种同一关系，决策频频失误的企业，肯定没有决策竞争力。没有决策竞争力的企业，也就是企业决策力薄弱。企业市场竞争，最终得通过企业组织来实施。也只有当保证企业组织目标的实现必须完成的事务工作，事事有人做，并且知道做好的标准时，才能保证由决策竞争力所形成的优势不落空。并且，企业决策力和执行力也必须以它为基础的。这就需要有慧眼识珠的眼光，黄总以佛道的眼光渡己渡人，自然能够广纳贤才。企业组织的大小事务，必须有人来承担。也只有当员工的能力足够强大，做好工作的意愿度充分高涨，并且具有耐心和奉献精神时，才能保证事事都做到位。否则，企业的决策力和执行力也就成了无源之水的空话。

于是，黄总开始将这种理念融入到企业经营当中反思和锤炼，试着将信心转化为力量。那么，如何将这样一种禅宗理念在企业创业当中逐步实现呢？用黄良国先生自己的话说就是在精神上是大家保持参差不大，逐步实现共同富裕。这也就是黄良国先生秉持的利他精神。从利他精神出发，将其作为经营公司的一种方法，使得大家共同进步，一起跟着方向朝前跑去，这样公司整体的能力就会保持在充满活力，充满向上的姿态和状态之中。一个团结向上的队伍，一个有着敏锐判断力的领头人，这不仅仅是缘分，更需要每一个人的努力配合去达成。黄良国先生始终坚持：应当把企业的经营和管理作为修炼内心的道场。他并不是硬性地去将许多内观和修炼的思考，硬性植入到自己的行为当中，而是将这些思想内化到心里，自然而然地生成一种为人处世的哲学和经营公司的对策。

在谈及共同富裕的理念时，黄良国先生也特别表明，他非常感谢党的领导，也非常感谢在改革开放之后，邓小平的号召也正是这样一种坚定的信念，促使他始终坚持响应国家的政策，紧跟时代的步伐，这样才能够实现个人的目标和理想。其实回望80、90年代，选择创业的人们无一不在感念着时代带给他们的丰厚财富。这份财富其实不仅仅是物质上面的，更是精神上面的解放和思想上的更新。正是时代的引领，使得他们能够放手去做，让他们能从狭小的格局和眼界走出去，实现与世界的接轨。

四、内心观自在：将禅宗精神与人生融通

"观自在菩萨，行深般若波罗蜜多时，照见五蕴皆空，度一切苦厄。舍利子，色不异空，空不异色，色即是空，空即是色，受想行识，亦复如是。舍利子，是诸法空相，不生不灭，不垢不净，不增不减。是故空中无色，无受想行识，无眼耳鼻舌身意，无色声香味触法，无眼界，乃至无意识界。无无明，亦无无明尽，乃至无老死，亦无老死尽。无苦集灭道，无智亦无得，以无所得故。菩提萨埵，依般若波罗蜜多故，心无挂碍，无挂碍故，无有恐怖，远离颠倒梦想，究竟涅槃。三世诸佛，依般若波罗蜜多故，得阿耨多罗三藐三菩提。故知般若波罗蜜多，是大神咒，是大明咒，是无上咒，是无等等咒，能除一切苦，真实不虚。故说般若波罗蜜多咒，即说咒曰：揭谛揭谛，波罗揭谛，波罗僧揭谛，菩提萨婆诃。"

时间是一条漫长的河流，也是一道悠远、广袤的光带。在这条熠熠生辉的人生之路上，黄良国先生的视野和心境也愈发宽和。年近六旬的黄总愈发喜欢与《心经》对坐，久久凝望。他不仅在检视着自己的过往，也在省察着自己的每一个脚印，同时更加辉煌的未来图卷也在他的脑海中缓缓拉开。黄良国先生谈到，《心经》就是从人心开始，让自己对终究是"空"的世界有一场"智慧"的关照。阅读《心经》，是从自己的"执念"开始的。因为发现了这份执念，有改变的愿望，所以产生了菩提心。菩提，也就是智慧的意思。《心经》中的般若，也是智慧的意思。而释迦牟尼，就是大彻大悟的终极象征。起心动念，都是由于"我执"。而这份"执"如果是善念，从一而终，坚守初心，就会生发出巨大的能量。反过来，如果使用或理解不当，就会成为对欲望和不切实际的贪心争夺。人生是消除"业"的旅途，如何去掉没有必要的"执念"，将灵与肉合二为一。

《心经》的智慧告诉我们，执念，来自于"我之为我"的现实。凡人总是将我认定是存在的，有本体意义的，然后基于"我"的存在，我们用六根去观察、感知和理解这个世界。我们的存在和对入世的各种欲望、欲求，让我们时时刻刻都在用力生活，满足自己的那些欲望、欲求。人的苦难，恰恰来源于我们与世界与实践产生关联时，不自觉出现的这些妄想、执念和颠倒，即苦、

集。作为佛教世界观的基础，苦和集构成了我们在世困苦的因果循环。如何破除这种循环呢？那就是灭和道。只有用佛学世界观，一种介乎客观和主观的方法论来感悟世界的空性，方可以用智慧的方式来生活，人才能够获得终究的涅槃，跳出六道轮回。当然，遵从本心，顿悟佛理，并不意味着懈怠与"躺平"。黄总在谈及佛道与事业之间的关联时，提出应当正向地去引领自己内心的感受，去兼容并包地来看待每一次成败、每一次付出。同时也要将自己的"功"做到极致。同时，在"事上磨练"的同时，也应当接受一切结果的事与愿违。这或许就是佛道的思想对于现实人生"非功利性"且行之有效、高超的指导意义吧。

黄良国先生在谈到他的人生经历和创业过程的时候，神情变得愈发庄重严肃，同时，我们在他谈论自己的事业的时候，神经上多了许多的锐气和英勇，但是谈及到日常的生活，谈及到健康的理念，谈到他对于人生现实的看法的时候，他的脸上出现了平和喜悦的深情。人生海海，漫漫无涯，在这冗长无聊且多磨难的人生当中，黄良国先生将大半个世纪精力都投入到他的事业之上，并取得了较大成功，个中辛酸与苦难，或许只有他一个人明白。但是在历经波折与磨难之后，他仍然能够保持着一份平和是多么的难得。人的一生如果都是嘻嘻哈哈，那么这一份嘻嘻哈哈也会变得没有意义，人生最难得的其实是平静。

在聊天的过程当中，黄良国先生身穿黄色袈裟，颈间缠绕着一条黄白色的毛巾，他凝神静气，用手反复摩挲着心经上面的波若二字缓缓道来，向我们展开了人生的画卷。如果说黄良国先生在 2017 年前后，全家人一起去五台山，问道途中遇到了贾道长，对他的人生产生了转折性影响。那么，时隔几年，黄良国先生已然具备了为他人的人生答疑解惑的格局与能力。当我们问他生死之事的时候，以将近年过六旬的他并没有表现出慌张与恐惧。对于他来说，同时能够从这份有限性当中爆发出强大的生命力、创造力，这才是生命真正的意义所在，这或许也是佛道当中传统文化资源当中对于生死内在超越的巨大能量。我们在前面也谈到了的恶意竞争和价格竞争的问题。如果将这些专有名词拆解开来，我们是否可以把它称为是欲望的变体？多方面的欲望纠缠在一起，是否也意味着人们在面对日渐喧嚣的环境现实时，内心所产生的一种异化。黄良国先生提出了人的本源，或者说世界的本源，其实都是源自于粒子。那么人们在这样的理念支撑之下，狼奔豕突的又究竟是什么呢？也正是因深怀着这样的坚守原则，黄良国先生的解答自然的消解掉了人们心中的业障。时光匆匆，人生匆匆，在往复的循环当中，我们应该增长的是内心和智慧的丰盈，而不是陷落在喧嚣之中，浑浑噩噩，潦草此生。我们应当敬畏生命，但敬畏生命绝不仅仅是简单地聊一聊，也不是挥霍。所谓的快意人生，实际上更应当活出自己的滋味，活出生命的本色。不负此生，也不仅仅是沉浸在主观的世界当中，而是要将个体放置在宇宙之中，感受到个体的渺小，也同时认识到个人的独一无二。只有这样，才能够更加平和包容地面对周遭的一切，也能够超越对于欲望和生死的偏见。在具备了宏阔的、广袤的内心感受之下，才能够日益积淀起厚实的内心，去抵挡世间的一切苦厄与烦忧。也正是在这样一种理念的驱动之下，我们本身就化解掉了生命中的大多数不开心与外部世界之间的矛盾和不理解，这样我们的生命才能够更加的圆融开放。才能够真正宽和地感受世间的一切，让自己的内心和身体都同时变得柔软。当我们不以结果为导向的时候，当我们相信事上磨练的时候，结果反而会更加如愿以偿，值得期待。黄良国先生正是这样一位活得通达、晓畅的人。内心观自在，正是关注了自己的内心，才会让整个生命变得更加自在，承担应当承担的责任。吞下一切欢愉与苦难，然后去享受人生，享受世界，享受一切。

结语

2018 年的年底，黄良国先生与中再生结缘了。在整个创业的经历中，黄良国先生十分注重要具备好的身体素质，因为健康才是一切革命的本钱。所以从工作开始之初一直到现在，黄良国先生始终保持着良好的作息和锻炼。在日常生活当中，同时合理膳食，及时去做各项身体检查，丝毫不会松懈对自身的管理。在黄良国先生看来，只有保持健康轻盈的体态，维持好的健康状态和精神状态。才能够具有更加积极的生活态度。也就能够为自圆满、为社会做出更多的贡献，创造更大的价值。我们也相信，秉持着这样一份坚韧不拔、勇于突破、踏实肯干、渡人渡己、宽和自圆满的黄良国先生，他的生命必将更加丰盈，在未来，他也必将抵达更寥廓的远方。

我有使命不敢怠原来如此等老生

——记建筑工程师徐力杭、吴曼芝夫妇

贺与诤

我们常常说，"许多年过去以后"，回首曾经的时光，究竟蹉跎了岁月，还是不负韶华，快意人生。每个人都有各自的选择。奋斗、坚持不懈，厚积薄发，报效祖国是杭州建筑工程师徐力杭夫妇人生的关键词。如果我们将徐力杭的名字拆解开来，是否可以用这样的方式去理解他的名字？为了杭州、为了他的故乡，为了他们深爱的祖国，身体力行贡献自己的一份力量。就这样，他们二

徐力杭

人在各自的领域潜心修炼成长，等候熠熠生辉的时刻到来。

一、学有所成　沉潜国企

作为 50 年代第一批国家培育的土木工程系大学生，来到浙江大学之后，开始了为期五年的学习生活。徐先生和吴女士都是上海人，两户人家安居在上海的一东一西两个方向上，在上大学之前二人并不认识。甚至到了班级中，虽然同在土木工程系，但由于专业人数众多，彼此并未熟识。

浙江大学的土木工程系治学严谨，也非常注重培养学生们学以致用的能力。从大一的测量学开始，就不断地锻炼学生们到工地上去绘图、砌墙、研究涂料。这也使得徐先生等一批大学生们做足了成为国家栋梁的前期储备。谈及大学生活，吴女士对徐先生充满赞许，她谈到徐先生是一位非常有才华的青年人，不仅专业做得好，也担任着学院的学生会主席，同时他还是一位非常有才情的诗人。大一的时候，他们去浙江丽水实习，给瓯江水库做小比例测量，来到瓯江江渚之上，徐先生感慨万千，实习结束之后回到杭州随即写下了一首长诗，后来这首诗还被改编为朗诵剧在学校公演。如今回忆起来，徐先生十分动情地大声朗诵起他在半个世纪前写下的句子：

瓯江，这是个美丽而富饶的地方！

不仅是在创作与口才方面，徐先生在学院里文娱体育等各个方面也都非常活跃。他们上学所处的年代，也正是高校招收工农兵大学生的阶段。招收上来的工农兵学员学习程度参差不齐，据

徐力杭、吴曼芝夫妇

统计，初中以上文化程度的学员在整个工农兵学员中不到20%，大部分学员都是初中文化程度，比例达到了60%。另外，还有不少人只有小学文化水平。开课后，知识水平良莠不齐的问题很快就显露了出来，为了弥补这一方面的不足，学校的教师开始为工农兵大学生做有针对性的指导，同时，同学们之间也开始了帮扶活动。徐先生和吴女士等一批大学生与工农兵大学生结成了一帮一对子，许多基础较差的同学都得到了他们的耐心指导，他们之间也结下了深厚的友谊。毕业之后，每年的同学会相见，那份亲切与怀恋依旧在他们的心间和眉眼之间动情地传递着。

1961年，徐力杭和吴曼芝在杭州大学建筑工程系毕业之后，被分配到了家乡当地的设计单位——浙江省工业建筑设计院和浙江省石油化工设计院。从事建筑设计工作。在国企工作的十余年间，曾经是同学、朋友的他们，从恋人发展成为夫妻，并且拥有了爱情的结晶。在那个年代，爱情还没有可能沦为物质的附庸。他们在大学在读期间相识，毕业了之后再度相逢，相知，从1961年到1989年三十余年的时间里相濡以沫，开启了恬淡又富于滋味的生活。

静水深流，这或许就是徐先生和吴女士爱情原本的样子。他们在生活上互相扶持、体贴，在专业学习和工作上互相帮助。徐先生回想起，那个时候的年轻人没有什么攀比的心理，他们的婚礼也非常的简单。仅仅是由党委书记主持开会，各个科室派了代表宣布一下，徐力杭先生和吴曼芝女士结婚了，没有彩礼，也没有首饰，只是在桌子上放了瓜子、糖花生寓意早生贵子，好事发生。单位分了一间十个平方的小房子，作为他们的婚房。两张单人床拼成了一张双人床，一张方桌子，两个小椅子。这样朴素的生活，他们很欢喜、也很开心，因为那是他们的家。他们对物质没有过高的要求，也从不寻求时下年轻人常态化的攀比心理。平凡努力的生活，也总难免被裹挟进大时代的浪潮当中。我们知道在20世纪60年代到七八十年代之间，国家经历了许许多多的浪潮，风起云涌的政治更迭。风云莫测的时代之下，他们仍然坚守着内心的一份信仰、努力生活、认真学习、不断提升。"文化大革命"来袭，许多小家庭被裹挟进大时代的浪潮之中。现在，一幕幕被复刻到荧屏上面的影视作品都折射出了彼时极端环境下人性的狼奔豕突。然而，对于徐氏夫妇而言，信任却始终传递在两个人的心间。他们经历了重重的磨难，感情的浓度也在愈发升华。对于他们而言，这些都是时代带给他们的正向的生活磨砺、工作经验、社会阅历从各方面使得他们的能力得以更大程度的提升。就这样，他们的生活日益丰盈起来。

大学毕业之后，昔日的同学们大部分都被分到各地设计院工作。徐力杭先生和吴曼芝女士在设计院工作时期，不仅将扎实的学习功底应用到了建筑工程设计实践当中，同时，也积累了大量的技术经验，无形之中为后来选择"下海"在打下了扎实的铺垫和前期准备。

1960年代至1990年代正是国家在工业建设方面专注于技术革新和技术革命的重要时期，现代化和创新始终是国家建设的重中之重。在这个"百废待兴"的阶段，也是建筑设计师的重要演练场，徐先生和吴女士开始了他们为国家做贡献的"广阔天地"。他们所在的设计院陆续参与到了医疗、文化、化工等各方面的设计项目当中。值得一提的是，建国以来，我国化肥行业走出了一条"中国特色，世界水平"的发展道路。化肥行业的发展对于国有经济的推动作用自然离不开国家政府的大力支持，国家每个五年计划期间，政府都对化肥工业有相当大比例的投入。正如吴女士所言："60年代的中国发展需要化肥。"我国化肥工业的发展是从引进技术开始的，但是引进技术往往存在周期长、投资大、经济效益差等问题。在我国化肥行业对引进技术的消化吸收和自主开发的技术装备发展过程中，保持产量、逐步突破也是重要战略之一。六七十年代，在国家建设的驱动之下，吴女士所在的设计院也做了大量关于农药和化肥厂的设计工作。他们按照每年三千吨的规模去设计，对浙江的农业进行支援，这些都是需要到现场操作的设计工作，因而经常需要他们出差或者住在工地上，十分辛苦。后来化肥厂的规模逐步从三千吨扩容到五千吨，对当地化肥工业和农业发展起了很大推动作用。

徐力杭先生和吴曼芝女士事业的主要方向是做建筑设计，而建筑设计的重心就在于画图。各种各样的建筑物，其实最初不仅仅来源于一砖一瓦，更首要的是要有一张设计科学、具备前瞻性的图纸来开展工作。对于建筑设计行业而言，这些一方面需要专业的素养，另一方面也需要设计师不断迸发的创造力和想象力，还要结合整个社会的发展，建设的发展。随着国家的繁荣，建筑设计理念本体的内涵和外延也需要不断地丰富和进步。这对于设计行业的人员来说，需要通过不断的学习，去增强和充实各方面的知识，去了解、吸收各方面的营养。这样才能够使得个人工作前景和整个社会发展密切地结合在一起。使自己的事业生命力保持活力不会褪色。值得一提的是，浙江省人民医院设计图就出自徐力杭的笔下。从整体的规模构图到具体工程开展，再到对未来发展规模、扩展面积等规划的考量，都是徐力杭先生等人潜心打磨逐步实现的。

徐力杭为这份事业倾注了太多的汗水，这也体现出了他们那一辈人辛勤耕耘、耐心奉献、不知疲倦、敢于担当、踏实沉稳的优良品质。对于他们而言，建筑行业在做设计的同时，他们也在用自己的心血和智慧来建设自己的国家。也就是说，他们想做的事业和国家的发展繁荣的过程是不谋而合的，这是一个多么鼓舞人心的过程啊！回想起当时设计医院的细节，徐先生谈到，当时与他们所在的设计院相竞争的还有华东设计院。由于华东设计院的人更多，权威人士也多，所以当时的竞争十分的激烈。但当到了竞标的最终环节时，政府仍然决定把这个任务交给浙江工业建筑设计院来做。浙江省建设厅首先从用地方面开始铺陈方案，这也给了大家充分实现内心设想的机会。当然，最终呈现出来的效果不负众望，浙江省人民医院在投入使用之后，成为了当地的地标性建筑之一，而且更为振奋人心的消息是，这一建筑在今年进行了规模的扩展，在徐先生最初设计草图时，早已将科室、病床等扩充空间问题考虑其中，我们不得不佩服他的谋略和规划。认真学习和持续积累最终让徐力杭和吴曼芝两位建筑工程设计师得到了更多人的赏识与认可，也为他们自己积累了更为厚实的信心。

除了第一人民医院外，徐先生还参与了第二人民医院的设计工作。徐先生谈到，每一家医院都有自己的专攻方向和诉求，比如当时的第一医院正值引入氧气罐治疗技术阶段，为了在建筑方面实现技术融合，徐先生应医院和政府邀请，同卫生厅、主任医师等工作人员到福州等地，寻找在这一方面技术过硬的单位实地考察学习，真刀实枪地在设计中实现了对该技术的融合。应甲方的要求，在设计第二医院的时候，徐先生也将对烧伤医疗的技术需求考虑进设计方案当中。徐先生和吴女士的经历告诉了我们，做设计其实并不仅仅是设计这么简单，它不仅仅需要在建筑设计专业上面有极强的功底，同时，也需要将个人的专业设计风格与建筑物的本质和特色结合起来。无论是医院还是机场，或者是基建大楼、饭店、酒店。这些建筑不仅仅由力学、建筑学、美学等理论构成，还需要测量学、结构学等实用专业的支撑，同时，它更需要与这一建筑本身的应用性紧密结合到一起。随着时代的发展，各行各业竞争在不断激烈演化，技术也在时时革新之中。为了适应技术和专业设备的进步，建筑行业也面临着更高的要求。因而，徐先生在和吴女士做建筑设计的过程当中，也同时学习、吸收着各个方面的新知识。就好比记者，不仅仅要学会采访、编辑稿件、排版，同时也需要熟练的掌握体育娱乐，经济，政治，文化等各个方面的知识。成为一位"杂家"，才能够将多种要素考虑到采访当中实现深度采访，挖掘被采访对象的价值内核。

除了医院之外，徐先生和吴女士在国企工作时期，还做了许多方面的政府规划项目。比如西湖边上的杭州新新饭店改造等建筑设计工作也出自他们之手。杭州新新饭店的历史可以追溯到1913年，是浙江省至今唯一存世的百年现代酒店。酒店坐落于西湖北山街的核心位置，置身于中国特有的山水园林之间，可以说是依山傍水、咫尺西湖。在这里，西方艺术与东方审美完美结合，酒店内部包括了何庄、董庄、孤云草舍等在内的多座历近百年的文物建筑围合而成。人文底蕴厚重，无数的政商名流、文人墨客都曾在此度过难忘的岁月，留下了脍炙人口的故事。一直以来，这里都以其幽雅大气的欧式建筑风格，优良精湛的服务吸引着众多海内外宾客。根据资料记载，鲁迅、陈布雷、于佑任、李叔同、徐志摩、胡适、史量才、汪道涵等众多政要和社会名流曾下榻于此，并给予饭店极高的评价。作为一家文化主题酒店，杭州新新饭店既有复古"摩登"、怀旧经典的海派风格客房，又有杭州建筑的独特水墨韵味。建筑的外观设计也是如此，红顶设计与白墙流畅自然地合二为一，成为湖边一道自然而又绚丽的风景。新新饭店由于地处国家重要景区，因而，它在建设、修缮过程中也被列为杭州市的建设项目，需要和设计院做严格的对接、审查工作。杭州政府对这一建筑的设计工作从高度、风格等各方面都有着严格的要求，这也为设计工作带来了很大的挑战。就这样，在经过了一次次纯手工建模、交流，请同济大学等知名设计院专家一同研讨，新新饭店翩然走向了白堤边上，映入我们的眼帘。为祖国的建筑事业开疆拓土，既是一份责任，也是一份担当。时隔三十年再回首，恢弘林立的建筑也曾是一砖一瓦逐渐垒砌而起，也曾在徐先生的设计图中一笔一划勾就。那份热泪盈眶和胸襟充盈着的骄傲多么珍贵，多么值得敬畏。

徐力杭先生深情地回顾那个年代，也深深地感谢国家和政府，感念那个时代。他认为，在那个时候，对于他们年轻人来说，既充满无限可能机遇，也是亟需不断坚持提升、锻炼自我的阶段。那是最好的时代，同时又或许是最荒芜的时代。在什么都匮乏的情况下，在什么都急需建设的时光里，刚刚走出校园的他们，几乎是摸着石头过河的。他们也拥有着各种各样可以将汗水播撒向土地的机会，也为国营事业、建筑行业做出了极大的贡献。机遇总是留给那些有准备的人。徐先生谦虚地说，他们谈不上是创业，在90年代之前，他们是为国家打工，90年代后来到深圳，是给老板打工。当谈及走出去的原因时，他们希望在工作和生活上做一些新的尝试的同时，也想去看看外面的世界究竟有着怎样的精彩。根据吴女士的讲述，在她看来，徐先生是一位思想很前卫的人，想法也很多，他们夫妻也都认为，人生是需要规划的，要将合理的想象、美好的愿景匹配个人的能力和实践，脚踏实地地使其成为现实。

在世纪之交，深圳的一位老板找到了徐先生，问他是否可以来到深圳帮着他一起去做项目。这位从香港来到深圳的老板，自己有一家装修公司。这个提议对于徐先生而言，是实现自我价值体验的一次重要的机遇和挑战。其实，在老板联系到徐先生之前，徐先生就已经有了想要进一步提升自己的想法。但是在当时所处于的政治环境语境当中，他缺少一个走出去的机会。而在1978年改革开放之后，大家也都逐渐感受到深圳是一个非常兼容并收的城市。彼时的徐先生，虽然已经年近五旬，但是他仍然在思考一个问题：即将面临退休的他身上还可以创造多少价值？他还可以做多少事？面对怎样的压力？于是，当深圳的老板找到他的时候，勇气最终战胜了忐忑，他太想这么做了。吴女士回忆起做决定时的光景，那个时候她也坚定地对徐先生说："你出去做吧，不要怕失败，我在家中镇守后方。我还有一个铁饭碗，我们两个人一人半碗饭也是可以的。"可以说，吴女士给了徐先生一颗定心丸。对于徐先生而言，吴女士的付出和牺牲，是成就他事业第二次重要转折的最重要的后盾，也正是夫人的鼓励带给徐先生继续前行的决心。

徐先生"下海"工作，打破了他们一家原来几十年在杭州的生活惯性。到了后来，孩子们也全部都长大了，他们最小的女儿也考进了大学。徐先生和吴女士再无后顾之忧。于是，到了1990年的时候，改革开放迎来第二次小高潮，吴女士也选择随徐先生奔赴深圳一同工作。在徐先生率先去深圳工作的那段岁月里，吴女士所在的设计院主要从事的是化工、化肥行业。浙江省各个县城里面的小化肥厂全部都是出自于吴女士所在的设计院，除此之外，很多精细的化工厂也是由他们所在的设计院来设计出来的。因而，可以说徐先生和吴女士所在的设计院，在整个国家建设方面，尤其是在国民经济当中，都起到了很大的贡献。一直到徐先生和吴女士退休之后，回望他们几十年来的心血。他们仍然十分感慨：勤勤恳恳地把每一份工作做到十分，回望这些沉甸甸的果实，社会主义国家的进程是多么的厚重。回首岁月，徐先生和吴女士谈及最多的还是感恩时代。他们觉得是时代和政策，尤其是改革开放，成就了他们的事业，他们最为感谢的就是邓小平。其实不仅仅是徐力杭先生和吴曼芝女士两位，那些和国家同时代成长起来的创业者和工作者们，无一不在感念着1978年时代所带来的机遇与挑战。

二、厚积薄发　报效国家

当人生出现了重要转折的时候，我们无法判断是时代选择了他们，还是他们赶上了时代的某一个关键性节点。改革开放是深圳实现跨越式发展的"基因"，也是读懂一个国家、一个民族实现命运伟大转变的"密码"。在时代的感召之下，1990年的时候，他们选择了从安稳的生活状态相对稳定的工作状态和已具规模的家庭生活当中"闯"出去，投身到建筑设计装修的新方向上去。做出这样一个重要选择，不仅需要两个人的默契，也需要两个人的胆量。从香港来到深圳开办企业的一位老板找到了徐力杭，希望他能够来到深圳，跟着自己一起做建筑工程设计。也就是从这个时候开始，吴曼芝女士没有犹豫，而是放手让徐力杭去做他想做的事情。自己则选择成为那个坚定的大后方，继续守护着两个人的温暖家庭，将孩子们培养成才。也正是那一年，他们的女儿考上了杭州的浙江丝绸工学院，直到那个时候，吴曼芝女士认为他们已经没有什么后顾之忧了才决定和徐力杭先生一起来到深圳做事。

可以说，徐氏夫妇见证了深圳、珠海从小渔村逐渐发展起来的全过程。他们刚刚来到深圳的时候，那里还非常破败，除了沿海地带，其余的地方几乎可以用"惨不忍睹"来形容。改革开放四十余年来，深圳从一个小渔村成长为国际性大都市，发生了翻天覆地的变化。如同施展了法术，从一个默默无闻的边陲小镇到拥有两千多万人的现代化国际都市。就这样，深圳奇迹般地崛起于中国的南部地区，绽放出璀璨的光辉。在这里，每一个人都在为自己的梦想和理想做出努力和奋斗，也拥有着无数的可能性和机会。我们常常说，不积跬步，无以至千里。无论是为人还是做事，不管是个人的发展，还是社会的进步，所有的事物其实都是一步一个脚印地使其变为现实的。建筑设计、装修工作也都是这样。也正是徐先生和吴女士这样千千万万来自祖国各地去将个人的价值实现在具体的建设上的人才使得深圳、珠海等城市一步步走向繁荣。

对于一座城市而言，建筑物象征着一个城市的文明和发达程度。而对于一个具体的建筑而言，它的内部装修风格则能够体现出这一个建筑物的整体格调和档次。来到深圳和珠海之后，老板放开手脚让徐先生和吴女士发挥自己的创造力和想象力去做项目，因而在整个实施项目的过程中，他们也合作的非常开心。由于两位建筑工程设计师都是高级工程师，所以凭借着他们的名气，也为公司带来了许多很难拿下的大型项目机会。这些项目的资金十分充裕，所以他们在材料的选取和设计结构上面只需要去把它呈现的更加完美，而不必去考量过多其他的因素。这对于徐先生和吴女士而言，无疑是一个自由的试炼场。他们所在的公司名为深圳长城装饰集团有限公司，成立于 90 年代末期。这家公司的经营范围包括一般经营项目是建筑装饰工程设计专项、建筑装饰装修工程专业承包、新材料的技术研发等。可以说，这是一家集设计、装修、施工、管理为一体的装修公司。在整个设计、装修和经营的过程中，徐氏夫妇接手了如广州白云机场、珠海机场等建筑的二次装修。这些大型项目的二次装修和设计、基建工作都是他们参与并负责完成的。老板也非常重视他们，他们个人也享受着这样的一份信任，公司和他们个人的能力都飞速向上运行。徐先生和吴女士齐头并进，充分地展示着他们个人的价值与才华，将他们蓬勃的创造力播撒于自己热爱的事业当中。

像徐先生和吴女士的老板这样，如此让员工放开手脚、百分之百地信任员工，其实对于下属而言是一种幸运，也是成就彼此的难得品质。这是一个互相信任、彼此用心对待、相互成就、相互实现价值的过程。令徐先生和吴女士印象深刻的一件小插曲发生在 1994 年，那是他们在北京基建学大楼装修的时候，当时的基建大楼最好的三层内部装修工作就是由徐氏夫妇来完成的。大楼的装修设计风格主打简约、高端风格，越是简单就越是高级，这也就愈发考验徐先生和吴女士的眼光和设计构思。从材料的选取到装修的理念，时间紧任务重，徐先生和吴女士几乎将所有的心思都扑在了这一项目当中，他们的全情投入也使得项目进展飞速。就在接近尾声的时候，吴女士发现了一个问题——三十多扇门变形了！在那样紧迫的关头，这个细节其实除了专业人士之外并未有其他人发现。是选择蒙混过关，还是纠正问题，这不仅仅是技术的考验，更是对良心的考察。徐氏夫妇并没有犹豫，而是毅然决然地指出问题，并找到了问题的源头。原来，门板变形是由于原材料采购员在审查材料的时候没有考虑到湿度的原因。于是，他们在项目即将收官的紧要关头，将三十多个门板全部拆掉重建。正如吴女士讲述这个故事时所强调的那样，诚信、良知、良心、沟通对于人与人之间相处是多么重要。对于徐先生和吴女士而言，如果类似的事情他们不讲出来，他们的良心不会得到安妥，也不会对自己感到满意。只有事情处理得踏实、圆满，才是对自己内心最好的交待。也正是他们这样厚道的处事风格，才使得老板愈发重视这两位高级建筑设计师。诚信，不管在什么年代，它的闪光之处都不会随着时间而流逝，因为这是对于人性的考验，是对于一个人涵养的最高体现，而不单单是对工作能力和工作表现的考察。这件事情之所以能够给徐先生和吴女士留下如此深刻的印象，最大的原因便在于那份与生俱来的责任感与担当吧。在我们漫长的一生当中，我们的人性会受到许多次考察，究竟是蒙混过关，还是选择坚守信仰？我们始终都在做着这道选择题。许多人都会为自己曾经的错误后悔不已。徐先生和吴女士却从来都去选择做那个无愧无悔的人。在90年代末期，其实我们也听到过许多关于物质、欲望等考验人性的故事。那么多的诱惑，从人们的身边走过，人们是否侧目、是否凝望、是否沉沦、是否深陷？这些看似不常发生的事情，其实时时刻刻都在我们身边发生着、鼓动着。面对生活带来的种种侵扰、磨难、挑战，徐先生和吴女士携手并进，对抗着那些与人性相悖的事物。相信在他们的事业进程当中，一定面临了许许多多类似的事情，然而，这些都被他们用高贵的品质一一化解掉了从徐先生和吴女士的个人选择当中，我们也能够感受到两个人乐于奉献、双向奔赴的爱情。在感情面前，许多人禁不起自私的考验，他们翘首以盼，暗中等待着将个人利益最大化的那一天的到来。而对于徐先生和吴女士而言，这些事情却从未困扰过他们。因为他们都懂得牺牲，都懂的成就彼此，更懂得陪伴和双赢的意义。这份坚定不仅仅是对个人能力提升的信心，同时也是对于另一半的一份期待和认可。

　　90年代是一个互相成就的时代，徐氏夫妇在深圳不仅有了施展才能的广阔天地，同时，也为他们所处于的公司的发展开拓了有利的前景。那时的他们还很年轻，那时的他们仍富有朝气。老板也敢于放手，让他们去做，让他们去闯。或许真正的爱情就是这个样子，彼此成全，彼此支持，相互搀扶，携手一生。无论是分离也好，还是各自打拼也罢，亦或是共同成长也罢，他们将这横跨半个世纪的爱情故事演绎得不仅彰显出时代的精神，又纯净如水般浪漫。质朴、坚韧、奋斗、拼搏，或许就是他们爱情保鲜的秘诀。许多对夫妻，他们之间出现问题，原因就在于没有了共同的目标，没有了共同的事业，从而也失去了共同的语言。家庭的温馨的底气，不仅仅来自于共同抚育孩子共同赡养老人等义务，更为重要的是精神上的同频共振。共同的专业和事业成为徐先生和吴女士横跨半个世纪爱情的关键。吴女士打趣说道，许多人跟她讲，不要像年轻时候那样去要求徐先生，他已经很优秀了。但实际上吴女士在说这句话的时候，眼中流淌着的爱慕与深情是无法掩藏的。

从事建筑设计工作，一方面需要专业素养，另一方面也需要通过学习来提供源源不断的创造力和想象力。社会的发展，特别是各种硬件设施的发展，随着国家的繁荣，内容也越来越丰富。对于设计行业来说，也要向社会各个方面去学习和了解，吸取各方面的营养，这样才能够使得他们的工作和社会都变得越来越好。近四十年前，珠海经济特区诞生。改革开放的总设计师邓小平第一次踏上珠海的土地视察，欣然写下"珠海经济特区好"七个大字，如同茫茫大海上的一座灯塔，照亮珠海经济特区勇往直前的道路。如今那个曾经落后的边陲小镇，已变成一座现代化花园式海滨城市。谈及一个地方的经济发展，交通运输无疑是无法绕开的话题，机场对于珠海而言意义也是不言而喻的。90年代深圳的发展，不仅仅体现在"闯"这个字上，更加体现在效率和速度上。徐先生和吴女士接到了一个个装修的项目。他们一边学习，一边装修，一边熟悉公司的运营模式。这就好比说是一个短途和长途加在一起的跑步比赛。他们需要在赛道上同时完成多线程的操作，并同时保持着跑步的速度。每一个任务被抛过来。他们都要在最短的时间内，达到最好的效果，然后再抛掷回去。这对于年过半百的两位设计师而言，并不容易。但他们走过来了。虽然他们在讲述深圳工作的过程中语气轻松，柔和，但实际上，他们所经历的艰辛和磨砺是不言而喻的。在生活当中，每个人都会有这样一种感受，能够说出来的体会和经历，其实并不是印象最深刻的，并且或许它已经成为了过去的一份轻柔的记忆，那些未曾说出口的才是藏在心底的最为艰辛、深刻的个人经验体验。

关于珠海机场的项目，吴女士参与的相对较多，那个时候珠海的发展相较于深圳和广州而言相对冷清，其中不仅涉及到了发展政策的规划问题，和珠海的交通条件恶劣也有很大的关系。彼时的珠海机场处于一个十分偏僻的位置，在珠海机场还未竣工之前，如果要通过航运抵达珠海，就必须要先经过深圳，然后再从深圳转乘至珠海。这在很大程度上也阻碍了珠海经济的发展。飞行不便如何才能够使得一个城市获得较快的发展呢？因而，政府考虑到了这一情况之后，开始筹备重建整修珠海机场。徐先生和吴女士所在的装修公司接到了内部装修的任务，接手这一项目对于他们来说是一个非常自由的平台，可以让他们有更大的想象和发挥的空间。虽然当时的环境存在许多困难，很多问题都急需解决。但这对于他们而言，却是一个挑战和机遇并存的，这或许就是他们不服输、有韧性。如今当我们再来回望珠海机场，它早已"蔚然成风"。机场开通以来，营运情况良好，并正在不断的提高水平，争创"一流管理，一流服务，一流运行，绝对安全"的现代化机场。这些材料都足以表明珠海机场的发展对珠海的发展起到了很大的作用。如今再去考察，虽然他们已经不记得这一个机场的具体名字。但可以肯定的是，它是珠海的第一个机场，对于当地的交通发展意义重大。装修带来的不仅仅是视觉的效果，用户的体验，更为重要的是它实际上也体现出了一个城市的外观和格调，与当时实行"走出去"和欢迎"走进来"的发展理念不谋而合。四十余年弹指一挥间，现在的珠海从昔日珠江三角洲上一座落后的边陲小镇，已经一跃变成了现代化花园式海滨城市。作为改革开放的"窗口"和"试验田"，在过去的岁月里，珠海"摸着石头过河"，屡开全国风气之先。

在珠海机场竣工之后，他们所在的公司随即接到了珠海总统别墅的标书。对于徐氏夫妇而言，在设计装修总统别墅的过程中，他们是一边学习，一边去做建筑装修设计工作的。可以说，负责珠海别墅的设计工作对他们的提升和帮助十分重要这也标志着他们从设计到装修的最终成功转型。在深圳和珠海，他们从设计到施工，再到管理项目、投资项目，掌握了更加全面的技能。用吴女士的话来说，这是像"一条龙"一样的快速成长之路，那几年的光景对于他们的一生都产生了十分重要的影响。徐先生选择要去深圳的前夕，其实也面临着很大的争议，当时徐先生如果想要选择去到深圳工作，他只能切断和社区、单位的所有关系。面对要将他的人事档案退还给他在这样极端的情况下，徐先生和吴女士身边的许多人表示不信任他们。主要的原因就在于大家都认为他们的年纪太大了，或许早已不再适合走出去这样的一种选择。而事实上，徐先生和吴女士两个人始终都在注重提升自己，他们这种自律性极强的成长型人格使得他们得到了更多自由选择的空间。可以说，英雄不问出身，更无关年龄。徐先生和吴女士也用自己的实际行动和成果反击了那些昔日曾经怀疑过他们的人们："他们做到了！"在徐先生和吴女士谈及自己将近半个世纪的打拼历程时，他们很谦虚地说自己和创业的企业家们并不一样，他们只是普普通通的打工人。然而，在我们看来，他们的选择和他们所做出的付出、贡献是意义非凡的。他们的成功背后，蕴含着多重意义。一方面，在国家急需建设的关键时期，正是有他们这些敢于付出、敢于实现自我价值、敢于走出去的打工人，才有了现当今现代化的城市面貌。其次，从个人价值的实现角度，在大浪淘沙的任何阶段，有多少人放弃了自己曾经追逐的梦想？多少人的名字连同他们的才华、他们的生活被湮没在了时代之下。蓦然回首，再去感慨时光匆匆，如何辜负了此生，辜负了年华，那或许才是最为可悲的。不负此生，说起来简单，可做起来却需要太多的坚持，太多的考验，才能够真正成型。与时代下的中国共同成长起来的徐先生和吴女士，他们的身上所氤氲的正是千千万万中国劳动人民勤劳质朴、坚韧果敢的优良品质。在千千万万位徐先生和吴女士身上流淌着的就是中国人民最为优秀的文化传统和精神品格。

今天，当我们在这里讲述徐先生和吴女士的故事，并不是有意夸大他们个人的价值和意义。而是铭记一代有血有肉的建筑设计工程师对于时代，对于社会所做出的巨大贡献，从他们个人的发展史和奋斗史上，使得我们能够习得实现自我价值所需要做的种种努力，以及内心所怀抱的坚定信念。他们让我们感受到了蓬勃的朝气，哪怕从物理年龄上他们已然芳华远去。在谈起他们毕生坚守的工作和打拼时，吴女士说，最重要的仍然是万变不离其宗的诚信和勇气。我们会发现，徐先生和吴女士也在通过他们的人生证实了这两个词汇。诚信与勇气在人生当中是多么重要和难能可贵的品质。诚信一方面是不欺诈他人，另一方面更是不违背个人的本心。想要做到这两点，其实难度是很大的。徐先生和吴女士却将这两条原则始终镌刻在心里并付诸实际行动。我们在他们的身上不仅仅看到了他们对于业务的熟练与实践、锐意进取的拼搏精神。更为重要的是，他们每经历一些小小的过程时，所收获的人生体验和精神感悟。精神成长就是相对于外部世界的个人的成长，成长这个词在一部分人眼里，被视作是结果型人格。而对于徐先生和吴女士而言，他们则是严格意义上面的成长型人格。事实上，也只有成长型人格的人才能够不断面对变化，并随之不断的调整自己，迎接和适应自己与外部的新的变化。对于徐先生和吴女士而言，他们自然属于后者。"事上磨练"，他们在这个实现自我价值的过程当中，不断的给自己设立新的目标。然后将其合理化，有计划性地一步步实现，然后再开始下一个目标。在实现目标的过程当中，他们不断的用自己的内心去体察每一个事物的细微差别和变化。在这个过程中，他们的内心也获得了源源不断的丰盈与成长，这也就是我们所说的成长型人格。事实上，我们无意去为这些"人格"命名，而是在徐氏夫妇的身上，让我们看到了踏实勤勉、心怀理想的人所呈现出来的人生可能性。

改革开放四十余年来，徐先生和吴女士现已经退休多年，他们过着平静而踏实素朴的生活。如今再度谈及以前的工作经历和工作生活，两位老人家感慨万千。能够在可以回忆的年纪去放肆回忆，这也是一种幸运。能够在晚年的时候，思路清晰地爬梳这半个世纪以来所做过的事情，这又是多么难得的精神财富。难道年龄的极限，便是生命的尽头吗？徐先生和吴女士并没有有失偏颇地去和世界对抗，相反，他们积极地悦纳规则等待时机审慎地思考怎样自全。徐氏夫妇那种沉静乐观的状态让我们感到，即便八十多岁的徐先生和吴女士，他们的未来也依然值得期待。我们时常说生命只有一次，因而希望你尽兴而归。徐先生和吴女士做到了这一点，并将毫不犹豫的大踏步向前，继续走去。

三、栉风沐雨 感恩时代

徐先生和吴女士皆出生于 1930 年代末期，徐先生出生于一个教师家庭，他的父亲曾经是女子师范学校的校长徐一朋，曾和周总理一起在法国留过学，也是昔日的革命党人。1928 年，留法经济学博士中共早期党员徐一朋回乡创建栟茶中学并任校长。这座名为"东台县私立栟茶初级中学"。在创建之初，进步师生继续发扬"五四"精神，向封建旧文化、旧观念开战，走向街头、乡村，给乡民剪辫子，动员妇女放足。徐一朋同志除了倾心学校工作外，还热心于地方公益事业，兼任栟茶救济院院长。他看到栟茶商贸日渐繁荣，从外地往来人员较多，原有的客店难以容纳众多客商，徐一朋决计建一旅社。他多方积极筹款，亲自绘图设计，在街市中心妙香庵巷口（现育婴巷）拆去旧民房，建起临街两层青砖灰瓦楼房。自动工日起，徐一朋亲自督工，该建筑为前店后宅，前面为三间店铺，店铺屋架为穿斗式结构，进深六界。大门墙两层全以青砖嵌线，图案凸现，线条流畅，欧式风格十足，外观秀美，客房皆推窗亮格，古朴典雅，在古镇栟茶迥然独具。正中客栈落成后，徐一朋经常接触些学界名流、中共要人，客栈也就自然成了中共地下党组织的联络点，旅社定名为"正中客栈"。他在南通物色一年轻人叫王保田，打理旅店生意，徐一朋经常向他宣传一些革命道理，提高他的政治觉悟。1941年8月，徐一朋和李主一（中共早期党员革命烈士）、刘晓（建国后任驻苏大使、外交部副部长）一道去上海开展革命工作，将这个密联络点移交给栟茶的党组织。在抗日战争期间，正中客栈为苏中军区四分区的抗日斗争传送情报、掩护党组织负责人，经历过多少次惊险，最终化险为夷。解放战争时期，中共党组织在栟茶组建鸿济公司，负责上海—苏中、苏北战场人民解放军军需物资的筹集和运送。正中客栈、东街蔡家祠、六灶也是中共负责人吕炳奎、邱季峰的出没场所。镇上军统特务活动猖獗，常在深夜到旅店突击检查，王保田都能像电影"五十一号兵站"的店主那样从容应对，掩护好地下党组织接头的人员，从未露出一点怯色。由于正中客栈王保田机警灵活的斡旋，大量枪支、弹药、棉衣被，源源不断地通过海上通道运往合德、连云港等地，有力地支援和推进了苏北人民解放战争的进程。

也正是这样纯正良好的家风哺育出徐氏那一代代正气、蓬勃的少年郎。然而，徐先生的父亲在从香港回到广东的途中，曾被国民党扣押。徐先生的父亲是支持革命和共产党的，然而由于被国民党扣押，他的身份也随即被怀疑，十分暧昧。于是到了"文化大革命"阶段，徐先生的父亲被认为是反革命而下放，饱受摧残。后来虽然也得到了平反，可是徐先生的父亲也被折磨得不成样子。

关于徐先生的父亲或许已经成为一个传说。徐先生自己对于父亲的往事也讳莫如深。然而，能够让我们感受到的是，不管是徐先生，还是吴女士，他们谈及徐先生父亲的印象时是那样的崇敬钦佩。这足以证明徐一朋先生所带来的那种凛然的正气是如何影响着他的子女后代。父亲在外的那段岁月里，徐先生一直被寄养在外婆家，一直到六七岁的时候，才回到上海。虽然父亲陪伴他成长的时间并不多，但影响是一直存在的。徐先生的母亲也是一位教师，和父亲一样，她对五位兄弟姐妹寄予了深厚的期望。饶有趣味的是，首先体现在他们的名字设计上。徐先生连同自己在内的五位兄弟姐妹名字，都是十个笔划。他们的父母是这样构思的："徐"字本身就是十笔，孩子们名字的第二个字，意味着父母寄托在孩子们身上的希望，第三个字则是他们所出生的地方。就像徐先生的名字是"力杭"，正如我们在传记的开头所猜测的那样，他的父母就是希望他能够努力建设他所出生的地方——杭州。他的哥哥作为长子，父亲也对他寄予厚望，因为孩子出生在北平，因而起名为"子平"。他们的第二个孩子出生在南京，南京和北京都有一"京"字，所以他们给第二个孩子取名为"又京"，最后的一个小妹妹出生在上海，因而取名为"以申"。更加巧妙的是这些孩子们，他们名字的第二个字和第三个字的笔画加在一起也正好是十笔。连同前面的姓氏一起意味着好事成双。我们知道，在那个年代，其实许多的家庭仍然依据家谱，守着老祖宗的规矩给孩子们起名字。而在徐氏家族当中，徐先生的父亲打破了这样的一个传统。也意味着他突破创新，不循规蹈矩的教育观念。就这样，几个孩子，承载着父母对他们殷切的期待。正如前面提到过的，吴女士的一家也都在上海。在解放之前，她的祖父曾是当地有名的商人，父亲毕业于上海武江大学商学院，母亲则是一位大家闺秀。吴女士的父母也十分注重子女的教育问题。虽然彼时对于家庭教育的定义界定还没有形成完全一致的观点，但是从民国时期开始，大家较为认可的一个观点就是，相对成功的家庭教育通常多指父母或其他年长者对子女辈进行的教育。家庭教育也是社会整个教育事业的重要组成部分，具有不可替代的特点和作用。子女从出生到入学，家长对他们实施的教育会直接的或间接的、有意或无意地影响其一生。吴女士家包括她的四位兄弟姐妹都被培养得非常优秀：其中大哥毕业于哈尔滨工业大学，二哥则毕业于北京外国语大学英文系，现在在清华大学的外语系做主任，吴女士的妹妹则毕业于北京钢铁学院。回忆读书的时候，吴女士谈到他父亲在为他们筛选专业的时候，非常用心。认为吴女士所选择的建筑设计工程专业将会对国家做出巨大的贡献，而且这必将是一个永不会"过时"的专业。可以说，吴女士父亲的决定非常具有前瞻性。就这样，他们四个兄弟姐妹，两个女孩子读了理科，两个哥哥读了文科。吴女士和徐先生两个人不约而同的选择了建筑工程设计专业。又不约而同的从上海来到了杭州求学。这段缘分就这样在彼此的青年阶段，早早地被埋下了种子。同时，让我们深受启发的是，父母的陪伴与教育对孩子们的成长和人生的走向也具有深远的影响。同样地，吴女士和徐先生两个人骨子里所蕴蓄、传承的那种来自于大家庭的涵养也极大地影响了他们对于自己子女的教育。

徐先生和吴女士延续了家中"好事成双"的起名方式，大儿子起名为"大诚"，之所以叫这个名字，一方面希望他们的长子能够诚信，诚实，果敢，同时也希望他能够大有所为，成就一番事业，这也是他们对自己的长子所寄予的期望。二儿子取名为"向中"，也有自己的寓意，希望他能够面向中国，为祖国的发展做出更大的贡献，这也是他们一家人始终在努力的方向。小女儿"文成"的名字则更加温暖亲密。在谈到小女儿文成的时候，徐先生和吴女士脸上荡漾着温暖而慈祥的笑容。吴女士开心的说，徐先生特别希望能够有一个女儿。所以在二儿子向中出生后的第六年，他们迎来了小女儿的出世。他们的小女儿之所以叫文成，就是因为徐先生觉得这一篇关于宝贝女儿的文章终于做成了，同时"文成"也有文成公主的意思，寓意一位父亲对女儿浓浓的宠爱和期许。当我们感叹徐氏夫妇在给子女起名字所具备的创意和才华时，我们更应当留意的是家人们之间所传递的那份温情脉脉的爱。我们在赞叹徐氏夫妇为孩子起名字的精巧和想象力时，更加动容的是徐氏夫妇家中传递出的深厚感情。如果没有那份宽和、温柔的爱的微风袭来，又何来这些被爱包裹着的名字呢？

如今，徐先生和吴女士已然默契相伴了生命中的五十七年岁月，在这半个多世纪的婚姻生活当中，他们将三个子女养育成才，两位在国外，一位在杭州。几个孩子都有着各自优秀的事业。谈及子女的教育问题，徐先生和吴女士也涌起了许许多多美好的记忆。我们在前面提到过，徐先生的父亲和母亲都是教育工作者，徐先生的父亲是中学校长，他的妈妈是小学校长。长期在一线教育工作，长达二十年的时间。因而，良好的家庭教育很大传统在程度上影响到了徐先生和吴女士个人的小家庭。用徐氏夫妇的话来讲，他们自己也仿佛将教师的教育理念贯穿于与自己孩子的教育和相处之中。优良家风的传承，从父一辈就这样延续到了子一辈，甚至在徐先生的子孙一代也更为彰显。这不仅仅是优良基因的传承，更是中国优秀的文化传统和道德思想的传承。问及徐先生家的家风传承关键词，他们讲到最多的也是最为重要的就是：踏实和正气。

虽然徐氏夫妇工作的那些年间时间安排很紧，到处奔波忙碌，但是他们并没有因为忙于事业而忽视对子女的教育，三个孩子也都成长得非常优秀。一如我们在前面所说1990年代的时候，对于他们这个小家庭来说，是一个重要的转折点——徐先生即将远赴广东工作。夫妻两个人谁都没有，因为这样的事情引发争执。这对夫妻具有高度默契的价值观和认同感，从这一点上，我们也能够看出家里的氛围始终非常和谐，少有争吵。和谐的家庭，对于孩子的内心世界培育而言至关重要。当然，这种和谐的原因也来自于两个人从学生时代就培养起来的默契与同频。也来自于大家都毫不吝惜自己的付出，大家都在想着如何能够为这个家庭再多做一些什么。当徐先生决定想要去深圳工作的时候，吴女士认为家里面飞不出两只凤凰，只能先飞出去一只，而吴女士觉得徐先生的能力，当下要比自己更强，所以她十分认可，先把徐先生这只"凤凰"放出去，让他去发挥他最大的能力。吴女士自己则先留在家中，镇守后方照顾子女。同时，吴女士也从未放弃提升自己，也没有放弃工作。虽然她留在了老家，但是她仍然以严格的要求自我约束。事业、家庭两手抓。直到孩子们长大成人，吴女士才随着徐先生一起去深圳继续打拼，正是由于吴女士对自己严格的要求，使得她从未与社会和工作包括政策等方面脱节，这些都为他们的子女教育带来了正面积极的影响。吴女士讲起这些的时候不无骄傲，又似乎带着些许轻松。然而，我们知道，没有人容易在那样一个时代浪潮的更迭之下，又何来容易之说呢？那背后的心酸，那重压之后的如释重负，承载着两个人沉甸甸的爱，也深怀着他们对工作的热情、对祖国的责任感与担当。

可以说，在子女的教育方面，现在越来越认可家长是孩子们的第一任老师的观点。童年和青少年阶段的经历与成长也是影响孩子们一生的关键时期。

同时，徐先生和吴女士十分注重为孩子营造开阔孩子的视野，在孩子们很小的时候就努力抽出时间一起去各地旅游观光，欣赏都市和自然的风光。对于徐先生和吴女士而言，他们身上所具备的那种精神气质和品格对孩子们的影响无疑是巨大的，无论是对于知识的渴求，还是彼此间的信任、自觉的责任感，这些能量带给孩子们的示范效应都是非常强大的。徐先生和吴女士共同孕育的三个子女中，二儿子和小女儿都在 1990 年前后奔赴美国学习。二儿子毕业于浙江大学计算机专业，由于对学习有更高的诉求，孩子萌生了去深造的想法。然而，那个时候家里面的经济条件和各方面的资源还十分有限。这个男孩子身上继承了父母不服输的劲头，他努力学习英语和专业知识，备考托福，终于功夫不负有心人成功地来到了心仪的学府读书。可想而知，在 1990 年代的时候，考托福是需要极强的毅力和学习能力的。因为那个时候的英语教育还不完善，需要个人大量的时间和精力去坚持练习读写。并且在那个时候，徐氏夫妇的工资只有五十块钱左右，他们几乎没有什么积蓄。在二儿子到美国入学之前，他们把仅有的三千美金拿给了他。拮据的生活条件并没有让孩子退缩，反而锻炼了他自力更生的生活本领，孩子出国之后，形成了上午读书、晚上打工的勤工俭学生活作息。回到家中，孩子对吴女士说："妈妈，我出去的这三四年时间里，没有休息过一天，我每天都在不断的往返于学习和工作之中。"这股不服输的劲头让他收获了丰厚的学习成果与工作回报。如今，二儿子来到美国差不多也将近三十年的时间了，在拉斯维加斯的一家公司做到了副总的职务，他在工作方面取得的成绩也很让父母骄傲。吴女士不无骄傲的说，事实上，中国人想要在国外做到高层次的职务是很难的。国外的当地人一般不会给中国人这么高的职务，因而，这就需要他具备更强的学习能力和知识密度来赢得信任。徐氏夫妻的小女儿也非常优秀，她拿到了注册总会计师的证件，在德国也胜任了十分稳定的工作。他们的大儿子在杭州工作，最初也跟着徐氏夫妇一起做装修。吴女士讲到，虽然大儿子没有取得很高的学历，但是他的领悟力和能力非常的强，通过个人的努力成为了杭州市的专家设计审查组成员。这一职业也需要他对设计行业具备前瞻性的眼光和统筹能力，来判断某一种建筑规划和施工方向是否可行。就这样，他们的三个子女在理工类、会计行业，业务类各有成绩，这份收获不仅让我们看到了徐氏夫妇的家族风气，也让我们感受到了这个家庭蓬勃向上、永葆活力的姿态。

现在，徐先生和吴女士两个人已经退休，回到杭州安度晚年。他们老两口的几个孩子也都各自有了自己的小家庭。吴女士在谈到孙辈的时候，不无骄傲的说，她两个在美国的孙子也都已经上大学读研，甚至他的大孙子已经读完了研究生，并且娶到了他心爱的女孩。小孙子也在顺利毕业之后到纽约银行工作。让我们看到了又一代年轻人踏上了拼搏的征程。谈到教育子女的心经，吴女士说道，我们中国优良的传统，很大程度上就在于发挥勤劳，刻苦，拼搏的精神。如今看到几个子女都长大成人，并且不断地在通过自己的力量为国家做出更多的贡献、学有所成，二位老人感到十分欣慰，也为他们高兴。

退休之后的两位老人都十分喜欢旅游，也会经常到国外和他们的儿女团聚。但是在谈到为什么没有在国外和两个儿女一同生活的时候，徐先生和吴女士异口同声地说，我们的家乡在这里，我们对杭州有着更加深厚的归属感。疫情期间，虽然难以和子女们团聚，团圆。但是一家人总是心系着彼此，沟通也十分顺畅。也只有在杭州的时候，他们才感受到疲惫的身心，能够得到最大程度的放松。虽然和两个孩子和他们的小家庭仍然是分离的状态，但是他们相信只要他们心系彼此，距离便不是问题，那份温情就会永久地在心间传递。无论奔走何方，无论身在何处，家才是最终心灵的港湾，也是精神的皈依。他们才能够真正地在精神上实现还乡。徐先生和吴女士有着十分浓厚的爱国主义情怀，这份对于祖国的爱，也是如磐石般坚硬难移的。他们不仅仅用实际的行动，投身到祖国的建设当中，同时，他们在心里、骨子里也始终竖立着对于祖国的深切的爱和关怀。无论在何时，他们都时常感念国家、感念时代、感念政策。

说起和中国再生医疗结缘的故事，吴女士很开心地回忆道，那真的是一份很宝贵、很难得的友谊。徐先生是在深圳退休的，所以他的医保关系都在深圳。差不多五年前，徐先生和吴女士谈到，希望能够找到一个相对比较好的，治疗高端的医疗机构，去做全面的身体检查和护理。于是，吴女士也开始留心医疗机构的问题。她在杭州的一家美容院做美容理疗的时候，通过朋友的关系认识了中国再生医疗的工作人员。就这样，开始结下了深厚的缘分，他们被中国再生医疗的健康理念吸引，放心地来到这边做检查护理同时也和这里的工作人员成为了非常要好的朋友。对于徐先生和吴女士来说，他们的健康理念也与中再生的医学理念不谋而合。已经迎来晚年生活的他们，其实最重要的健康方式就是作息规律和坚持运动，保持清淡的、均衡的饮食。除此之外，对于健康来说，最为重要的是人们的心态。只有保持着一颗有活力的，昂扬的心，同时充满对未来的期待，有爱彼此的人，陪伴在身边，才能够真正地实现身心健康。当我们凝望徐先生和吴女士的眼神，你会从他们的眼中看到希望，仍然能够看到他们那精神斐然的目光背后实则是智慧的显现。那仍然是目光如炬的慧眼，依旧是敢于拼搏的冲锋者所具备的眼神。除了眼神之外，还有他们嘴角不经意间勾起的微笑，那种幸福感是由内而外散发出来的，不掺杂一丝伪装和夸耀。

随着时间的流淌，一切坚固的东西，或许都会烟消云散，一切虚无的东西也都逐渐会浮出表面。然而，真诚的品质和不懈的追求与踏实的努力，却不会随着时间而消弭。它只会伴随着时间而打磨得更加闪亮，富于光泽。从1930年代到21世纪的第二个十年。这不仅仅是从民国到新中国、百年中国历史的见证，也是个人奋斗的进程。随着时间的推移，个人的努力和社会的节奏结合的就更加紧密，因而，这也是一个大浪淘沙的过程。我们时常说，到了什么年龄就要去做那个年龄该做的事情。也有许多人讲明白许多道理，却不能保证能否过好这一生。其实每一个人，都是在只有一次的生命当中，摸着石头过河的。那么究竟让自己的生命保持着何种姿态，究竟让自己的生命在物理时间之内实现多大的价值？有时候命运的确决定了许多，时代也决定了许多。但归根结底，真正能够主宰个人命运的还是自身的努力和格局。不论是求学阶段的他们，还是在国企努力积淀储备个人才能的他们，亦或是决定在年近半百的时候来到深圳奋斗打拼、再度创造事业辉煌的他们。还是以健康的理念走向退休生活的他们，徐先生和吴女士所做的每一个决定，都在用实际的行动去印证着，实现着自己的规划。这或许是有关知行合一最好的解读。我们在生活当中所需要的就是这样的一种坚韧。真诚，说到做到的勇气和坚持。

结语

"于千万人之中遇见你所要遇见的人，于千万年之中，时间的无涯的荒野里，没有早一步，也没有晚一步，刚巧赶上了，没有别的话可说，惟有轻轻地问一声：噢，你也在这里！"2022年元旦的烟火刚刚绽放，徐先生和吴女士将继续大踏步地朝前走去，他们将迈向更温暖而诗意的未来，奔向幸福与欢欣！